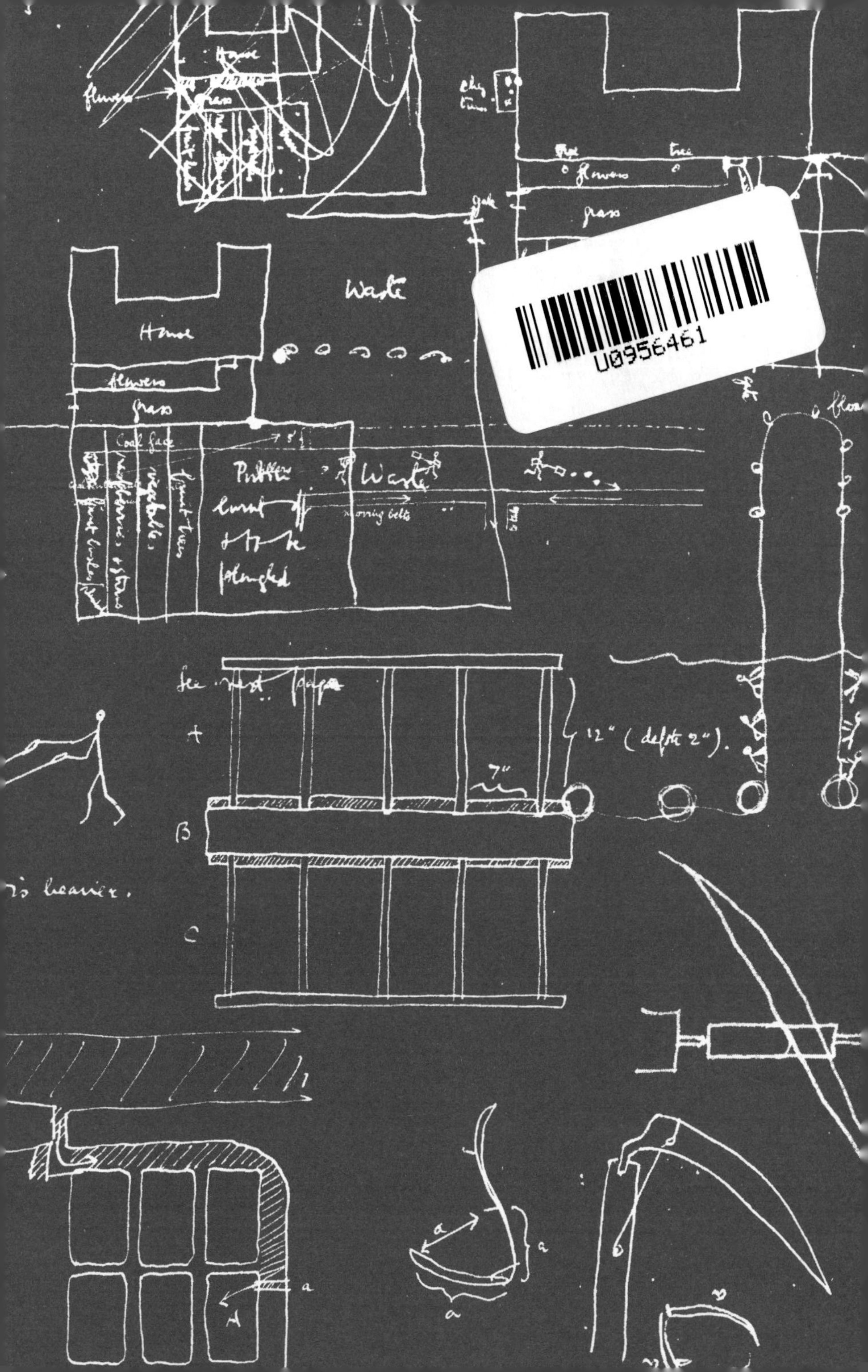
Home
flowers
grass
tree
flowers
grass
gate
Waste
Home
flowers
grass
Coal face
Puller
Waste
moving belts
vegetables
fruit trees
see next page
A
12" (depth 2").
7"
B
C
is heavier.
a
A

George Orwell

奥威尔日记

Diaries of George Orwell

[英] 乔治 · 奥威尔 著
彼得 · 戴维森 编
宋佥 译

上海译文出版社

目 录

序

奥威尔一生执著于写日记和记清单。他的日记本里记满了所思所想，这些想法中还有诗句的初稿——“这是一个周二的早晨”，还有“约瑟夫 · 希格斯，已故的牧师”——还有从报纸上抄录粘贴的信息、配方、园艺技巧等等。他编制的清单包括国家领袖，流行歌曲，拉丁语、法语及其他外语字词。他还将那些他怀疑是秘密共产党员及其同路人的名字编成了一份著名的名录。在他生命的最后一年里，他记下了自己广泛阅读的书目。多年来他一直留意收集各种宣传册（现藏大英图书馆），并着手为它们编订目录。他还仔细记录了自己的每一笔稿费，以便申报个人收入申领退税。不幸的是，现存的只有他从 1943 年 7 月到 1945 年 12 月的稿费记录；讽刺的是，记录这些的是艾琳在怀特霍尔的审查局里工作时领取的一本笔记本。尽管他通常从不考虑要保留那些已发表作品的手稿——部分还是保留了下来（例如《动物农场》和《一九八四》的打字原稿），这可能只是因为奥威尔早逝，没有机会销毁它们。不过他的日记都由他本人保存了下来并打字成稿，现存十一卷。这些不是佩皮斯的那种用代码写成的纯私人记录，而是大体上用平直的语言写成的他对生活、他对自然的观察以及当时的政治事件的记录。当他在 1939 年 9 月离开沃林顿后，艾琳帮他代写了家庭日记；1947—1948 年的那个冬天在他住院期间，他的妹妹安维尔代他记录了一些基本信息，如天气以及在巴恩尔农场周围开展的农务。

我们几乎可以肯定，还有第十二卷甚至是第十三卷日记被锁在莫斯科的内务人民委员会档案室里。1996 年 3 月，前匈牙利共产党领袖贝拉 · 库恩之孙米克洛斯昆告诉我，内务人民委员会曾锁定了奥威尔，他知道档案里有一份专门针对奥威尔的文件（贝拉·库恩与苏联当局决裂后，可能于1938年8月29日在一座古拉格集中营中被枪决，尽管早先的一份苏联报告声称他于1939年11月30日死于监狱）。不幸的是档案在公众有机会查阅前就被封闭了。奥威尔在1937年8月2日给查尔斯·多兰的信中写道（CW，XI，p.386），这些文件被从他妻子位于巴塞罗那大陆旅馆的房间中没收了。在《向加泰罗尼亚致敬》中，奥威尔写到六个便衣警察拿走了“我的日记”（p.164）。考虑到奥威尔对写日记的执著，他在担任驻缅警察的那些年里也有可能记过日记，但这些日记也许永远不会浮出水面了。1946年6月1日的家庭生活日记中，奥威尔说“另一本日记里”有一张兔皮清单——但这本日记还没有被确认。尽管有明显的遗缺，但这十一卷日记外加两本笔记本中的一些日记条目为我们展现了奥威尔一生的个人记录（虽然有空缺），从他1931年摘啤酒花的经历直至他在医院中的最后时日。

奥威尔从1938年8月9日起的所有日记条目在整整70年后，现已一篇篇地发布在了“奥威尔奖”网站上，并配有记录奥威尔写下当日日记时的行程地图。该网网址www.orwelldiaries.wordpress.com。

在将奥威尔的日记呈现给读者时，我（编者）尽力保留奥威尔作为日记作者而非那个完美作家的某些典型特征，同时确保文字的可读性。一些无关紧要的拼写错误如“actualy”（正确的拼写是actually）被直接纠正了；他将“i.e.”（即）和“e.g.”（例如）写成“ie.”和“eg.”的习惯在这里则被保留；报刊名称打成了斜体。重要的改动都加了注解。值得注意的是，艾琳在代奥威尔将日记整理成文时，她的拼写比丈夫的准确。如艾琳写的是“scabious”（山萝卜，拼写准确）而奥威尔写的是“scabius”。我尽可能地确定了日记中各个首字母缩写所代表的人物身份，并补全了日记中频繁提及的人名缩写（用方括号）——如安［维尔］和比［尔］。如果奥威尔的日记是先写手稿再誊成打字稿的话，那我只发现了少数有意义的改动。奥威尔在手稿上的手写修改在这里大部分都不加说明，直接照办了。详情可见《奥威尔全集》。注脚中引用全集的地方用CW代表，并标了卷数和页数。本书的注释除了忽略了上文提到的那些小变动外，比起《全集》来说要充实得多。

感谢“奥威尔基金会”，尤其是理查德·布莱尔和比尔·汉弥尔顿；感谢吉尔·弗隆，档案馆以及伦敦大学学院特殊收藏图书馆允许本书出版这些日记。我还要感谢迈拉·琼斯太太孜孜不倦的校对工作。

最后：奥威尔平生非常反对有人给自己写传记；讽刺的是，这些日记恰恰是对他自己大半个人生中思想生活的一本自传。

奥威尔的原注用符号(如 *，†， §)标示(这是他的个人习惯)。编者添加的注解在方便阅读的前提下尽可能地靠近其注释的原文。

摘啤酒花日记

1931 年 8 月 25 日—1931 年 10 月 8 日

乔治·奥威尔，1903 年 6 月 25 日出生于孟加拉的莫提哈里；父亲是理查德·沃姆斯利·布莱尔，一名印度文职政府鸦片局的小职员，母亲叫伊达。他的受洗名是艾瑞克·亚瑟。他有一个姐姐，名叫玛乔丽。1904 年两个孩子被送回英国，住在泰晤士河畔亨里镇。奥威尔再次见到父亲是 1907 年夏，当时他正休假返回英国。1908 年 4 月 6 日奥威尔的妹妹安维尔出生了。1912 年布莱尔先生退休后，举家迁往牛津郡的希普莱克，在那儿奥威尔同布迪科姆家成了朋友，尤其是他们家的长女杰辛娅。杰辛娅·布迪科姆的《艾瑞克和我们》一书中有一张地图，描绘了那个他们曾一同生活玩耍的街区(尤请参见 2006 年第二版中狄奥涅·维纳伯尔斯写的跋)。奥威尔最初由英国国教会修女教育，后来进入位于伊斯特本的圣希普林小学(他的一篇很有名但有失偏颇的文章《如此，如此的欢乐》就是关于这所学校的；奥威尔在这里创作了两首爱国诗，发表在《亨里与南牛津郡旗帜报》上)。之后他取得了一份奖学金，前往威灵顿学院学习了一个学期，随后又荣获国王奖学金，转至伊顿公学。一战后布莱尔一家搬到了萨福克海岸边的索思沃尔德。

1922 年 10 月到 1927 年 12 月，奥威尔在驻缅印度皇家警队服役，这段经历提供的素材使他创作了长篇小说《缅甸岁月》以及两篇最重要的早期短文——《射象》与《绞刑》。休假返回英国后，奥威尔提交了辞呈，放弃了这份收入相对优厚的工作，转而寻求靠写作谋生。他做过流浪汉，几次深入伦敦东区的贫民窟，观察穷人的生活，并亲身体验他们的经历。从1928年春到1929年下半年，他住在巴黎的一个工人聚居区，起初靠自己在缅甸的积蓄生存，并创作——且发表——了多篇文章。他还写过一到两部小说(他自己的话有前后矛盾)，但后来自己把稿子毁了，对此他事后很后悔。他的早期文章除了一篇以外都在一些不知名的巴黎刊物上发表，这些文章预示了他后来的写作兴趣：审查制度、失业、穷人、帝国主义剥削、文学(一篇文章是关于约翰·高尔斯沃西的)以及通俗文化。在他最后的积蓄被盗后，奥威尔还曾在一座外表奢华的酒店那令人作呕的厨房里工作过一段时间，之后返回英国，住在索斯沃尔德的父母家里，一边开始写作后来成为《落魄在巴黎和伦敦街头》的初稿，一边给《阿德尔菲》杂志写评论，并继续体验流浪汉生活，同那些潦倒落魄的人住在一起。1931年秋，他前往肯特郡摘啤酒花，这第一卷日记记录的就是这段经历。日记条目的内容复制了奥威尔在1931年10月10日完成的打字稿。他后来送了一份复印本给他在索思沃尔德的朋友丹尼斯·科林斯。科林斯(1905—2001)是一名人类学家；1934年他成为新加坡拉弗尔斯博物馆副馆长。新加坡沦陷后他试图逃往爪哇，但被日军俘虏并囚禁。1946年1月22日，奥威尔写到他在丹尼斯回国的时候见到了他，他“好像过得还不算特别糟，因为他是战俘营翻译”(CW, XIII, p.53)。奥威尔建议可以将打字稿交给科利特·克雷斯韦尔·普力诺——一名约克郡的律师，也是两人共同的朋友——还有埃莉诺·贾克斯阅览。对于后者奥威尔心怀爱慕，但她后来在1934年嫁给了科林斯。奥威尔还写过一篇叫《摘啤酒花》的文章，以艾瑞克·布莱尔为署名在1931年10月17日的《新政治家与国家》上发表(CW, X, pp.233-235)；文章中使用了日记中的一节。《牧师的女儿》中曾有多萝西·黑尔摘啤酒花的情节(第二章，3—6节；pp.104-141)。

摘啤酒花日记

1931 年 8 月 25 日

25 日晚我从切尔西启程，手里握着 14 先令，去威斯敏斯特桥路上的卢 · 李维寄宿舍[1]。这地方和三年前几乎一模一样，只是所有的床铺现在都从 9 便士涨到 1 先令了。这要归功于伦敦市议会的干涉，使他们制定了法律(老调重弹，还是为卫生起见)规定寄宿舍里的床铺必须分得开些。针对寄宿舍已经出台了一连串的此类法规*，但从来没有，以后也不可能有一条法律规定说，床铺必须舒适。结果就是，现在两张床之间的距离从 2 英尺变成了 3 英尺，租金因此也贵了 3 便士。

1 寄宿舍(Kip)：原意是指妓院，后来就指普通的出租屋寄宿舍(文中即是)，扩展意为一张床；在今天的意思是睡觉。

1931 年 8 月 26 日

第二天我前往特拉法加广场，在北墙边露宿。这里是伦敦穷光蛋们的一个默认聚集点。每年的这个时候，广场上都汇聚着 100 到 200 人的流动人口(其中约 10% 是女人)。他们中有些人事实上已经把这里当作了自己的家。他们靠定时乞讨获取食物(凌晨四点去考文特花园[2]讨烂水果，上午跑几个修道院，深夜去餐馆和垃圾桶，诸如此类)；他们还能向面善的过客讨来足够的东西作茶炊。广场

* 比如说比利门的迪克咖啡屋。迪克是少数几个能花 1 便士买一杯茶的地方之一，而且那里还生火，任何人只要口袋里有一便士都可以在清晨上那里暖和几个小时。可就在上周伦敦市议会关停了这家店，理由是它不够卫生。 [奥威尔原注]

上一直在举行“茶会”。一个人提供“铁皮罐”，另一个人提供糖，依此类推。牛奶是两个半便士一听的炼乳。你用刀在罐头上戳两个洞，拿嘴朝一个洞吹气，一股黏稠灰白的奶汁就会从另一个洞中流出；洞用嚼烂的纸堵上，这罐炼乳就能放上几天，上面盖满了一层灰尘和污秽。热水是在咖啡店讨的，若是晚上就在巡夜人的火炉上煮开。但这样做可得悄悄地才行，因为警察可不答应。我在广场上遇到的某些人已经在那儿连续待上六个星期了，看上去过得也不算太坏，只是身上都脏得恐怖至极。就像所有的贫困人群一样，这些人中很大一部分也是爱尔兰裔。时不时地这些人也回家看看，但他们似乎从来不想付路钱，总是巴在小货船里，而船员们也就睁一只眼闭一只眼。

我本想在圣马丁教堂[3]过夜，但据其他人讲你进门的时候似乎会有一个叫麦当娜的女人对你尖刻地盘问一番，所以我决定就在广场上过一夜。这里不像我想象的那么糟糕，但又是严寒又是警察的，就连打个小盹也不可能；而事实上除了几个饱经历练的流浪汉外也没有人会试着在这里睡觉。广场上的椅子能容纳大约五十人，其他人只能坐在地上——当然这是法律禁止的。每隔几分钟就会有人大喊一声：“当心伙计们，警察来了！”然后一个警察就会走过来，摇醒那些睡着的人，命令坐在地上的人站起来。通常他刚一过去我们就马上又倒头便睡，这一幕就像游戏一般从晚上八点上演，一直进行到凌晨三四点。午夜之后实在是太寒冷了，我不得不靠长时间的步行来保持温暖。此时的街道真的有些恐怖：一切都静悄悄的，像是被遗弃了一样，却又被一盏盏刺眼的路灯照得亮如白昼，使得一切都散发出一股死一般的气息，仿佛整座伦敦城就是一座死城。凌晨三点钟左右又有一个警察走过，我干脆走到阅兵场后的一片草地中，看到妓女和嫖客们冒着冰冷刺骨的雾气和露水，成双成对地躺在那里。广场上总有一些妓女；她们的生意不好，没能挣够过夜钱。晚上其中一个妓女躺在地上痛苦地哭泣——一个男人没有付她6便士的嫖资就跑了。天将破晓时，这些妓女甚至都没有挣到6便士，只有一杯茶或一支烟。四点钟左右有人弄到了一些打包的报纸，我们六个一群，八个一组地挤在长椅上，用巨大的“纸包”把自己包裹起来。这能让我们保持温暖，熬到圣马丁巷上的斯图尔特咖啡馆开门。在那儿你买上一杯茶就能从五点坐到九点(有时候三四个人甚至合用一杯茶)，店家还允许你把头枕在桌子上睡到七点钟，到点后就会把你叫醒。在那儿你能看到形形色色的一群人——流浪汉，考文特花园的脚夫，小商人，妓女——店里不停地有吵嘴打斗。这时一个脚夫的妻子——一个又老又丑的女人——正在拼命地羞辱两个妓女，因为她们点的早饭比自己的好。她们的桌前每上一道菜她都要指手画脚地大声辱骂：“这就是上一次床的价钱，对不对？我们可不靠睡觉来换早饭，对不对姑娘们？你们猜她们靠什么换来这两个甜面圈？就是那个黑鬼，花了6便士就上了她们……”不过妓女们却并不在意。

---

2 考文特花园：在奥威尔的时代(以及此前的三百年间)这里都是伦敦的蔬果中心市场。1974年市场搬到了拜特斯的“九棵榆”。

3 圣马丁教堂：面向特拉法加广场的东北角。教堂的地下墓穴为穷困潦倒的人提供庇护，直到今天依然如此。

1931年8月27日

早上八点钟左右我们所有人都在特拉法加广场的喷泉边剃了胡子。我大半个白天都在读《欧也妮·葛朗台》[4]——这是我身上带的唯一一本书。法国书的出现总是会引来相同的评论：“啊，法国书？里面的东西一定很火辣，对不对？”诸如此类的话。显然大多数英国人根本不知道有些法国书一点也不色情。穷光蛋们似乎只读“水牛比尔”一类的书。每个流浪汉身上都带着一本类似的书，等他们一到救济院就互相换着看。

因为第二天一早我们就要出发去肯特郡了，所以当天晚上我决定找一张床睡觉，于是去了南堤桥路上的一家集体寄宿舍。这里一晚上只要7便士——这么便宜的地方伦敦没有几家——看上去也确实就值这个钱。床有5英尺高，没有枕头（你只能把外套卷起来当枕头），里面全是跳蚤，外加几只臭虫。厨房是一个又小又臭的地下室，里面摆着一张桌子，离厕所门只有几尺远，桌子上面放着些满是苍蝇卵的果酱，店小二正坐在那里卖着。老鼠是如此地猖獗，以至于店里不得不养了好几只猫来专门对付它们。这里的房客我猜都是些码头工人，而他们似乎也并不讨厌。这群人中有一个苍白的小伙子，害着肺病，但很明显是个体力劳工。这小伙子狂热地爱着诗歌，不停地重复念叨着：

“如此动人的声音我从么听过——
四月天里哟那布谷鸟的歌声，
它打破了大海的寂静
在那饿布里底群岛的最远头”[5]

他念的时候饱含真情。其他人也不怎么嘲笑他。

---

4 《欧也妮·葛朗台》：巴尔扎克所著《人间喜剧》中《外省生活场景》(1834)系列中的一本。

5 这是华兹华斯名诗《孤独的刈麦女》(1805)的“乡土”版本。原诗是这样的：“如此动人的声音我从未听过——春天里那布谷鸟的歌声；它打破了大海的寂静，在那赫布里底群岛的最远端。”

1931年8月28日

第二天下午我们四个人一起动身前往啤酒花田。与我同行的这干人中最有趣的是一个叫金吉的小伙子，直到今天我动笔写下这些文字的时候他依然是我的朋友。他26岁，强壮，敏捷，大字不识一斗，全无头脑，但浑身是胆，什么都敢做。在过去的五年里，他也许每天都在违法——除了呆在监狱里的时候。年少时他就在波特尔[6]呆过三年，出来以后，18 岁那年靠着一票成功的入室盗窃得来的钱财娶上了老婆，不久以后应征入伍成了炮兵。他的妻子后来死了，不久以后他也在一次意外中左眼受伤，无法继续服役了。官方让他在定期抚恤金和一次性补偿间作选择，他理所当然地选择了一次性补偿，并且在一周之内就花了个精光。从那以后他又重操旧业，并六次入狱，但从来没有呆长，因为警察抓到的都是小案子。他曾经干过一两票大活儿，赚了 500 多英镑。不过对我他一直都很诚实，把我看作他的哥们儿，但一般来讲他会偷走任何没有被拴住的东西。但我不相信他会是一个成功的大盗——他太笨了，没有能力预见危险。这很令人惋惜，因为他完全有能力挣上足够的钱过体面的生活，只要他愿意。他在跑街兜售方面有惊人的天赋，曾经干过许多份代理销售的工作，但只要他赚了一笔，就立刻拿钱开溜。他在讨价还价方面也是一把好手，总能说服屠户给他一磅能吃的肉，却只收他 2 便士。可另一方面，他对钱却是个彻头彻尾的白痴，从来省不下半个子。他喜欢唱"家在西边的小灰房"之类的歌[7]，说起他死去的妻子和母亲时感伤得肝肠寸断。我想他应该算个典型的"可爱罪犯"。

同行的另外两个人中，一人是个叫"小金吉"的 20 岁男孩，看上去像个挺讨人喜欢的孩子，却是个孤儿，去年几乎一整年都住在特拉法加广场上。另一人是个 18 岁的小犹太人，来自利物浦，是个彻头彻尾的小瘪三。我想我再也没有见到过哪个人比这孩子更令人作呕了。他对食物就像猪一样的贪婪，永远都在垃圾桶里翻吃的，脸长得让人想起某种低贱的食腐动物。讲起女人来他说话的方式和脸上的表情是如此淫荡得令人恶心，几乎要让我吐。他身上除了鼻子和周围的一小块区域，其他部位从不碰水，我们怎么劝他也没用，他还满不在乎地说起过自己身上长了好几种跳蚤。他也是个孤儿，几乎从娃娃开始就一直在流浪。

我这时身上还剩大约6先令；出发前我们花了一个半先令买了一条所谓的毯子，又讨了几个空罐头作烧水用的铁皮罐。唯一能可靠地派上这种用场的罐头是那种两磅容量的鼻烟罐，这可不太容易弄得到。我们花了2便士坐上电车，一直坐到布鲁利，然后在垃圾堆上生起一堆火，等着另两个人过来入伙，但他们始终没有出现。这时天已经黑了，我们也不打算再等了，但已经错过了寻找更佳宿营地的时机，只能在一片游乐场边缘的湿草丛中过夜。夜晚冰冷刺骨。我们四个人只有两条薄毯子，又不敢生火，因为周围有住户；而且我们偏偏又躺在斜坡上，时不时地就有人滚进沟里。看着其他比我年少的同伴个个睡得香甜，而自己却整夜未合眼，我自觉很丢脸。为了不被抓住，我们破晓前就得上路，走了几个小时才弄到热水和早饭。

---

6 波特尔：肯特郡的一个镇子，当地发展出了一套通过惩罚、教育与工作培训来改造年轻罪犯的体系。该体系后来被推广到一系列同类机构中，但在1982年的刑法中被废除，取而代之的是少年犯监护中心。

7 家在西边的小灰房：一首作于1911年的伤感的歌曲，D·厄德利·威尔莫特作词；赫尔曼·洛尔谱曲。一战期间这首歌由于澳大利亚男中音彼得·道森的演唱而流行开来——他那优美的嗓音轻易地克服了当时录音效果的欠缺以及蜡盘唱片性能的不足。

1931年8月29日

我们走了一两英里，看到一座果园，其他人立刻溜进去开始大偷苹果。出发时我并没有准备干这事儿，但此刻我意识到我要么随波逐流，要么离开他们，所以我只好分享了苹果。不过第一天里我并没有参加任何偷窃活动，除了替他们放哨。我们差不多在朝“七棵橡”的方向走去；晚饭前我们已经偷了十几只苹果桃子，还有15磅的土豆。每次路过面包店或茶馆时其他人还进去乞讨，就这样我们又弄来了不少碎面包和碎肉。就在我们停下来生火吃晚饭时我们又碰到了两个苏格兰流浪汉，他们刚刚从附近的一座果园里偷过苹果。我们驻足和他们聊了许久。所有人都在用一种令人反胃的方式讨论性话题。流浪汉们说起性时都十分恶心；他们的贫穷让他们根本碰不到女人，所以各种淫秽不堪的东西都在他们的脑子里发酵。好色之徒还不算太糟，但有色心没色运的人却会被这种欲望折磨得卑贱不堪。他们让我想起那些酸溜溜地在一对正在交配的同类身边晃悠的老狗。谈话中小金吉讲起他和其他几个特拉法加广场上的流浪汉发现其中一人是个“吹吹”（指同性恋），或者说是“假娘们儿”，于是立刻扑将上去，抢走了他身上仅有的12个半先令，然后挥霍一空。显然他们认为抢他钱是件非常正当的事，因为他是个“假娘们儿”。

我们走得很慢，这主要是因为小金吉和犹太人不习惯走远路，总是想停下来翻找食物残渣。有一次犹太人甚至捡起几只踩烂的碎土豆吃了下去。在这种情况下我们当天下午决定不去七棵橡了，而是改去“懒山”收容所。苏格兰人告诉我们那里比人们通常说的要好。我们在离收容所一英里的地方停下来喝茶；我记得旁边一辆汽车里的绅士非常友好地帮助我们找生火的木头，还给了我们每人一支烟。随后我们继续前往收容所，沿路摘了一捧忍冬花打算献给“流浪汉少校”[8]。我们想这或许能让他好说话些，放我们星期天出去。可等我们到了收容所，“少校”却说他非得把我们留到星期二上午不可。原来，收容所所长热衷于让每个闲散人员都做一天工，可另一方面又绝不答应让他们星期天干活儿。这样的话我们整个星期天都得无所事事，一直呆到星期一才好工作。小金吉和犹太人选择留到星期二上午，而金吉和我则跑到教堂附近的一座公园边缘睡觉。那里冷得恐怖，不过比前一晚要稍许好点，因为我们有充足的木头点火取暖。金吉还向当地的一个屠户讨来了两磅最好部位的肉肠作晚饭。屠户们总是在星期六的晚上最慷慨。

8 “流浪汉少校”：负责对收容所里的流浪汉们进行日常组织管理的官员。

1931 年 8 月 30 日

第二天早上做早祷的牧师发现了我们，把我们赶了出去，不过态度不算太坏。我们经过七棵橡，继续前往希尔，路上碰到的一个人建议我们去三英里远处的米歇尔农庄找活儿干。等我们到了那里，农夫却说他没法给我们工作，因为他不能提供住宿，而政府巡检员*一直在附近晃悠，要确保所有啤酒花采摘工都有“适当的住宿”。(顺便插一句，这些巡检员今年成功地阻止了数百个失业人员在啤酒花田里找到工作。因为没法向采摘工提供“适当的住宿”，农夫们只能雇用自己有住所的当地人。)我们从米歇尔的田里偷了一磅木莓，然后去另一个叫科隆克的农夫那儿找活儿干，可他的回答一模一样。不过我们从他的田里偷了五到十磅的土豆(所以不算白来)。就在我们动身朝少女石方向走去时，碰到了一个爱尔兰老妇。她说自己在希尔有住处，所以成功地从米歇尔那里揽到了活儿，但实际上她在撒谎。(她其实就睡在某人花园里的工棚中。她总是在天黑后溜进去，天亮前溜出来。)我们从附近的一间农舍中讨来了热水，和爱尔兰老妇一起喝茶，她则给了我们许多讨来又吃不掉的食物。我们很高兴，因为我们身上只剩 2 个半先令，食物也不多了。天这时开始下雨，于是我们走到教堂附近的一间农舍中，求主人让我们在一间牛棚中避雨。农夫和他的家人此时正要去参加晚祷，非常震惊地回答道当然不行。于是我们只好在教堂的墓地前门里躲雨，一边巴望着自己这副浑身湿透，筋疲力尽的模样能讨来过往信众的几个铜板。最后我们一个子儿都没得着，但金吉在礼拜结束后从牧师那里讨来了一条七成新的法兰绒裤子。躲在墓地前门里很不舒服，我们浑身湿透，又没有烟草，而金吉和我那天已经走了十二英里路了；不过在我的记忆里我们自始至终都很开心，一路欢笑。那个爱尔兰老妇(显然她一生都在流浪)真是颗老开

---

* 由工党政府任命。[奥威尔原注]

心果，满肚子故事。说到晚上“蹭觉”的地方，她告诉我们在一个寒冷的夜晚她甚至爬进猪圈，挤在一头老母猪身边取暖。

夜幕降临时天还在下雨，我们于是决定找一间空房子睡觉，不过我们首先去杂货店买了一磅糖和两支蜡烛。就在我付钱的时候金吉从柜台上偷了三只苹果，爱尔兰老妇则偷了一包烟。这一切都是他俩事先策划好的，却故意瞒着我，好利用我纯洁的外表作掩护。一番好找之后，我们终于找到一间没造完的房子，从一扇工人忘关的窗户里溜了进去。光秃秃的地板冷得可怕，不过总比外面暖和，我也终于睡上了两三个小时。破晓之前我们溜了出去，按照约定和爱尔兰老妇在附近的一片树林中会合。天还在下雨，不过金吉在任何情况下都能点着篝火，我们也好煮点茶，烤几个土豆。天亮时爱尔兰老妇去干活了，金吉和我则前往一两英里开外的钱伯农场找工作。我们赶到农场时村民们正在绞死一只猫——这种事我过去倒从未听说过。村长说他应该能给我们活儿干，让我们先等着；我们从上午八点一直等到下午一点，可最后村长又说他没活儿给我们干。我们马上走人，顺手捞了大把苹果和蜜李，上了通往少女石的路。三点钟左右我们停下来吃饭，用前一天偷来的木莓做了点果酱。就在这附近，我记得有两户人家拒绝给我冷水，因为“女主人不许我们给流浪汉任何东西”。金吉看到一位绅士在旁边一辆小汽车里野餐，就走上前去问他讨火柴；据金吉讲，向正在野餐的游客乞讨总是有赚头的，因为等他们回家的时候肯定总有些吃不掉的东西。果不其然，那位先生马上拿了一些没动过的黄油走了过来，和我们攀谈起来。他的态度是这么友善，以至于我都忘了装出伦敦土腔。这位先生仔细地打量着我说，沦落到这种境地对于我这样的人来该是多么痛苦啊，等等。他接着又说：“我说——你可别介意啊——你拿上这个好不好？”他说的“这个”是1先令，我们正好拿来买了点烟草，抽上了当天的第一口烟。这也是整个旅途当中我们唯一讨到钞票的一次。

我们继续朝少女石方向走去，可刚走了几英里天就下起了大雨，我的左靴子把我的脚夹得生疼。我已经三天没脱靴子了，过去的五个晚上总共也只睡了八个钟头，我感觉似乎没法在野外再熬一晚上了。于是我们决定去八英里开外的西莫林救济所，可能的话最好搭一段便车。我记得我们招了四十辆货车，最后总算有人载了我们。今天的货车司机已经不肯给人搭便车了，因为他们没有第三方保险，万一出了事故他们就要被解雇。不管怎样我们终于搭上了车，在离救济所两英里处被放了下来，晚上八点钟才走到那儿。大门外我们碰到一个又老又聋的流浪汉，正打算在瓢泼大雨中露宿——他昨晚已经在救济所中呆了一宿了，如果再来的话就会被关上一星期的。他告诉我们，只要我们告诉救济所自己找到了工作，他们一早就能放我们出去；不然的话，就得把我们关上一天，除非我们"翻墙"——也就是趁"流浪汉少校"不注意的时候溜出去。流浪汉们经常这么干，不过这样的话你得把自己的东西藏在外面，可此时正下着大雨，我们无计可施。就这样我们进了救济所。我发现自从我上次进来之后的这些年里救济所改进了不少（如果西莫林具有代表性的话）。*卫生间整洁体面，我们每人甚至都发了一条干净的毛巾。不过食物还是一如既往的陈面包和人造黄油；我们好声好气地询问他们给我们喝的究竟是茶还是可可†时，少校居然很生气。我们的床上铺着草席和厚厚的毯子，我俩都睡得像木头一样死。

早上救济所的人命令我们必须工作到十一点钟，打发我俩去擦洗寄宿舍。一如既往，这种工作只是一种形式。（我在这里从没有做过一分钟真正的工作，我也从没有见到有谁做过。）寄宿舍里塞了五十张床，密密麻麻地排在一起，房间里满是一股暖烘烘、臭烘

* 不：实际上反倒更糟了。［奥威尔原注］
† 直到今天我依然不知道那是什么。［奥威尔原注］

烘的屎味儿——救济所里似乎永远摆脱不了这股味道。房间里还有一个弱智的乞丐，一身16英石[①]重的大肉团，小脸上安着一张猪嘴，正歪嘴傻笑。他的工作是倒房间里的尿壶，动作慢得吓人。这些救济所看上去都差不多，空气中弥漫着一股极其令人作呕的味道。想到这些脸色灰黑、渐渐衰老的男人在一股厕所味儿中过着这样一种极其安静、孤独的生活，一边搞着同性恋，我真是想吐。但我很难清晰地传达出我的想法，因为它们已经和救济所里的这股味道难分你我了。

十一点钟，救济所像往常一样发给我们面包奶酪，放我们出去。我们动身前往三英里外的布莱斯特农场，路上停下来摘了一大捧蜜李，所以直到下午一点才走到地方。我们一到农场，工头就告诉我们他正要招采摘工，马上就把我们赶进了田里。我们这时身上只剩3便士了；当天晚上我写信给家里，让他们再给我寄10先令过来。两天以后钱到了，在此期间要不是其他采摘工给我们吃的，我们几乎断粮。此后的几乎整整三星期我们一直都在摘啤酒花，下面我将逐一记述此间经历的各个方面。

×1931年9月2日至1931年9月19日[*]

啤酒花沿着杆子或者铁丝能爬到10英尺高，成排种植，中间间隔一两码。采摘工的工作就是把啤酒花扯下来，剥进一个筐里，还要尽可能地不把叶子混进去。当然，在实际操作中你是不可能完全把树叶剔干净的；有经验的采摘工会用叶子来充啤酒花的数，而且数量刚好在农夫能容忍的范围内。这里面的技巧你只要一会儿就能学会，真正的困难是长时间的站立（我们一天通常要站上10个小

---

① 一英石相当于6.35千克。——译注

* 两个叉号之间的段落（至少是其主体）被写进了登在《民族》上的一篇文章。[奥威尔原注] 第二个×号在六段之后。关于这篇文章，见CW，X，pp. 233－235。

时）、木虱和手上的伤口。你的手沾上啤酒花汁以后会脏得和黑人的手一样黑，而这东西只有泥巴才能擦掉[†]；一两天后手就会开裂，接着被啤酒花那多刺的茎蔓划得横一道竖一道。早上，在伤口重新开裂前，我的双手会疼得死去活来。甚至在我现在打字的时候（10 月 10 日）我的手上依然有疤痕。大多数啤酒花采摘工从孩提时代起就年年下地干活了，他们的动作快如闪电，而且知道这行当里的所有把戏：比如晃晃篮子，把啤酒花摇松。最成功的采摘工都是全家出动——两三个大人捋藤蔓，一两个小孩捡掉落的啤酒花，再把漏网的藤蔓剥干净。禁用童工的法律被彻底漠视，有些人拼命地催逼自己的孩子。紧挨着我们的一个女人是个典型的老派伦敦东区人，对自己的孙子孙女就像奴隶一样使唤——“快点，罗斯，你这小懒猫，快把啤酒花捡起来。要是让我逮到你，我非揍你屁股不可……”直吼到这些才 6 到 10 岁孩子一头倒在地上睡着为止。不过在我看来这样的生活对他们的伤害并不比学校要大。

要想知道你能挣几个钱，请听我讲讲酬劳的计算方法：摘下来的啤酒花农场每天秤两到三次，你每摘一蒲式耳就能挣一点钱（我们这家是 1 蒲式耳 2 便士）。一株长势良好的啤酒花藤可以摘出半蒲式耳啤酒花，一名熟练的采摘工能在 10 分钟内剥光一株藤；因此理论上讲你能在一周 60 小时的工作时间里挣上 30 先令。但实际上这是不可能的。首先，啤酒花的长势参差不齐。某些啤酒花藤上的花株有珍珠大小，而另一些藤上的却只有豌豆那么大；长势不好的藤剥起来反倒比“好藤”更费时间——它们的茎蔓往往乱糟糟的——有时要剥五六株“坏藤”才能装 1 蒲式耳。另外还有各种原因造成的误工，对此采摘工们不会得到任何补偿。有时还会下雨（啤酒花被雨水打湿后会变得很滑，没法采摘），再有就是你每次从一片田挪到另一片田上时总要等上半天，所以每天都要浪费掉一两

† 或者是啤酒花汁——很滑稽不是。［奥威尔原注］

个小时。最要命的是称量问题。啤酒花像海绵一样松软，因此掌秤的很容易就能把1蒲式耳的啤酒花硬是压成1夸脱——如果他想这么干的话。有时他只管把东西舀出来直接上秤，但有时他却会接到农夫的指令，要“严格把关”。这时他就会把啤酒花在篮子里压紧，这样的话原本有20蒲式耳的满满一筐啤酒花就只剩下12到14蒲式耳了，足足少算了1先令上下。有一首歌唱的就是这个，时常挂在那个东伦敦老妇和她孙儿们的嘴边：

“倒霉的啤酒花！
倒霉的啤酒花！
掌秤的他过来了，
快摘呀，
快把它们从地里摘下来！
他是来秤数的，
他从不知道什么时候该住手；
喂，喂，快把你的手伸进筐，
把那该死的啤酒花拿出来！”

掌秤的把啤酒花从筐里拿出来，放进一个10蒲式耳的大口袋中。这大口袋照道理是半英石重，正常情况下一个人就扛得动。但碰上掌秤的“下重手”时，就要两个人才扛得动这满满一大袋。

面对如此之多的困难，你一星期根本挣不了30先令，边都挨不到。奇怪的是，很少有工人能意识到他们的报酬有多低——计件工资掩盖了低回报率的事实。我们这一群人中，最成功的采摘工是一家吉卜赛人，五个大人加一个小孩，都是从会走路起就年年来摘啤酒花了[9]。在不到三周的时间里，这家人一共挣了10英镑——不算小孩，那就是人均每周14先令。金吉和我每周挣9先令左右[10]；我怀疑没有哪个采摘工每周的工钱能超过15先令。按照这样的报酬率，彼此合作的一家人还能养活自己，并且挣够回伦敦的旅费，但单个的采摘工甚至连这点钱都挣不够。附近有些农场要八九蒲式耳才能换1先令，而不是我们这里的6蒲式耳，在那种地方一周要挣10先令都很困难。

开始工作前，农场会给每人发一张印出来的工作条款，其目的就是把采摘工在某种程度上变成奴隶。根据条款，农夫可以以任何理由在没有预先通知的情况下解雇工人，并且只按8蒲式耳1先令而不是6蒲式耳1先令核算工钱，这样等于是抢走了他四分之一的收入。如果哪个工人在采摘季结束之前就辞职不干了，那他的工钱同样按上面的标准核算，而且你没法拿上全额工钱跑路，因为农场最多只预付给你三分之二的钱，剩下的要欠到采摘季的最后一天才结算。管筐的（也就是工头）拿的是计日工资，不是计件工资，但一旦发生罢工他们的工资就要停发，因此他们自然要上天入地地阻止罢工。总的来说农夫把采摘工们玩弄于股掌之间；除非后者组织起自己的工会，不然这种情况就永远无法得到改变。不过，试图在这里组织工会是毫无用处的，因为半数的采摘工是女人和吉卜赛人；他们实在太笨，看不到工会的用处。

下面说说我们的居住条件。讽刺的是，农场里最好的寄宿舍居然是废弃的马厩。我们大多数人睡在10英尺宽的锡棚里，窗上没有玻璃，四周到处是洞，风也进雨也进；里面唯一的家具是一堆麦秆和啤酒花藤，除此以外别无他物。我们的棚里住了四个人，而有的棚里居然挤了八个——这其实是好事，因为人多更好保暖。睡在麦秆里的感觉糟透了（它比干草要冷得多）；金吉和我每人只有一条毯子，头一周里我们就害了冻疮；后来我们偷了许多大口袋来保暖。农场免费提供生火的木头，但数量不够。水龙头在200码开外，厕所也一样，但那实在是太脏了，我们宁可走上一英里也不愿去用它。附近有一条小溪，可以用来洗衣服，但想在村里洗个澡就像买条听话的鲸一样难。

×采摘工似乎有三类人：东伦敦人——大多是街头小贩、吉卜赛人，还有流动农场工，当中掺杂着些流浪汉。金吉和我就是流浪汉，这让我们赢得了不少同情，尤其是从那些境遇相对较好的人那里。有一对小贩夫妇，对我们就像父母亲一样。他们是那种每个周六晚上都喝得七荤八素，每说一样东西都要加上"操"的人，但我再没有见过有谁比他们更善良、更体贴了。他们一次次地给我们送吃的。一个孩子会拿着平底锅来到我们的窝棚里："艾瑞克，妈妈原本打算把这炖菜扔掉的，但她说那可就浪费了。你们愿意吃吗？"当然他们根本没打算把菜扔掉，但故意这样说，避免予人施舍的嫌疑。一天他们甚至送来了一整只烧好的大猪头。他们自己也曾流浪过好几年，因此对我们格外同情。"啊，我知道那是什么感觉。睡在他妈的湿草丛里，早上去问送奶人讨一杯茶。我有两个儿子就是在路上生下的……"另一个善待我们的男人是个纸厂工人。此前他曾在莱昂斯饭店做过捕鼠人。据他讲，莱昂斯的厨房里灰尘和老鼠多得令人难以置信，就连它们在卡德比的总部也是这样。他曾在托格莫顿街的莱昂斯分店工作，那里的老鼠多得吓人，晚上赤手空拳进厨房甚至都有危险，必须带上一把左轮枪。[11]我和这些人相处了几天后，实在是懒得再装伦敦土腔了，于是大家注意到我说话"不一样"。同往常一样，这让他们对我更加友善了，因为这些人似乎觉得"贵人落魄"是件格外痛苦的事。

布莱斯特农场的200号采摘工里，吉卜赛人占了五六十个。他们看上去格外像东方的老农——同样的宽脸盘，既麻木又狡诈，同样在自己的世界中精怪无比，出了这个圈子就无知得令人发指。他们大多目不识丁，孩子们也都似乎从未上过一天学。一个40岁左右的吉卜赛人问我："巴黎离法国有多远？""赶着大篷车去巴黎要几天？"诸如此类的问题。一个20岁的年轻人总喜欢问我相同的谜语，一天问上五六遍："想知道什么事情你做不了吗？""什么？""用电线杆挠蚊子屁股。"（这时，四周总会响起永不消失的大笑。）吉卜赛人似乎很富有，有大篷车，有马匹，但他们还是一年四季流浪做工，不停地攒钱。他们经常说，我们的生活方式在他们看来令人厌恶，还喜欢吹嘘他们如何巧妙地在战争期间躲开兵灾。和他们说话，你感觉就像时空错乱了一样。我经常听见一个吉卜赛人说："要是让我知道了某某在哪儿，我一定要快马加鞭地追过去，哪怕跑得一个马掌都不剩了也要抓住他！"这根本就不是二十世纪的比喻嘛。一天几个吉卜赛人在谈论一个叫乔治·比格兰的盗马贼，这时一个男人替他辩护道："我觉得乔治不像你们说的那么坏。我知道他只偷乔治亚人（上层人）的马，他是不会特意来偷我们的马的。"

吉卜赛人管我们叫乔治亚人，管自己叫"罗马尼"（吉卜赛）人。不过他们的诨名是"底达西"（不清楚具体的拼法）。他们都会吉卜赛语，在不想让外人听懂的情况下会用一两个吉卜赛词。在这群吉卜赛人身上我注意到一件很有趣的事——不知道其他地方的吉卜赛人是不是也有这回事——你常常发现，一家人长得完全各不相同。这表面看似乎佐证了吉卜赛人偷小孩的传闻；不过这可能只是因为孩子们更聪明。

我们的窝棚里住了一个又老又聋的流浪汉，就是我们在西莫林救济所外面碰见的那个，人们一直管他叫德菲。他说起话来就像 F 先生的姑妈[12]，看上去就像乔治·贝尔奇[13]的一幅画。但其实他挺聪明，受过不错的教育，毫无疑问如果不是耳聋的话绝不会成流浪汉的。他身体太弱，干不了重活，因此在过去的几年里只做过些摘啤酒花之类的零工。据他估算，他呆过 400 多家救济所。我们这群人中的另两个男人，一个叫巴瑞特，一个叫乔治，都是流动农场工的典型。过去的几年里他们一直按固定的顺序打工：早春剪羊毛，然后摘茶叶，摘草莓，摘其他当季的水果，摘啤酒花，铲马铃薯、芜菁和甜菜根。他们一年最多只有一两个星期没活干，可即便是这么短短几天时间也足以吞掉他们的全部积蓄了。两人来到布莱斯特农场时都身无分文。我看到巴瑞特头天干活儿时颗粒未进。他们的全部所得换来的只是遮体的衣服，一年到头睡觉的草垫，一日三餐的面包奶酪培根，还有(据我猜想)每年一两次的酩酊大醉。乔治是个抱怨鬼，对于自己吃的比猪差，干得比驴多，不停地换工作怀着一股卑贱的自豪感。他的口头禅是："像我这样的人，聪明是没用的。"(他不能读写，甚至认为识字都是一种奢侈。)我很了解他的这种想法，因为我也曾在巴黎的洗碗工口中听到过类似的说法。[14]巴瑞特63岁了，他总喜欢拿现在和他小时候比，抱怨现在吃的有多糟糕。——"想当年俺们可不吃这他妈的假黄油抹面包。俺们吃结结实实香喷喷的好面包！还有牛心！还有培根布丁！还有血肠！还有猪头肉！"他说"猪头肉"时那股垂涎欲滴，充满追忆的语调让人觉得他似乎已经饿了几十年了。

除了这些一般的采摘工外，还有一些所谓的"有家的"，也就是偶尔来干干活儿的当地人，干这个主要是为了图开心。她们通常都是农夫的妻子，因此一般的采摘工和她们自然彼此看不对眼。不过她们中有一个女人却非常善良，给了金吉一双鞋，又给了我一件几乎全新的外套，一件背心和两件衬衫。大多数当地人视我们为粪土，店主们也都非常粗鲁，尽管我们这些人合起来一定在村里花了几百英镑了。

摘啤酒花的日子平淡无奇。每天早上六点差一刻我们从草堆里爬出来，穿上外套和靴子(其他衣物我们睡觉时全都穿在身上)，走出门去生火——这在九月天可不容易，因为老是下雨。不到六点半，我们就煮好了茶，煎了几片面包做早饭，然后下地干活，随身带上培根三明治和一罐冷茶作午饭。天如果不下雨的话我们会差不多一刻不停地干到下午一点钟，然后在啤酒花藤中间生一堆火，热热茶，休息半个小时，之后接着干到下午五点半。等我们回到家，清洗完手上的啤酒花汁，吃完茶点时，天已经黑了，我们倒头便睡。不过也有很多时候我们晚上溜出去偷苹果。农场附近有一座大果园，我们三四个人会按计划洗劫那里，每次都偷走50公斤的苹果，装满一袋，外加几磅大榛子。星期天，我们除了在溪水旁洗衣袜，其他时间整天都在睡觉。在我的记忆中，那些日子里我睡觉从没有脱过衣服，从没有刷过牙，一周只剃一次胡子。除了工作和做饭（做饭意味着拿罐头取水，用湿柴生火，拿罐头盖做煎锅），你几乎一刻也不得停。那些日子里我只读了一本书——水牛比尔。回头计算开销时，我发现金吉和我每人每周吃饭只花5先令，因此毫不奇怪，尽管我们有偷来的苹果和别人送来的食物，可我们仍旧总是没有烟抽，总是挨饿。我们似乎永远在用四分之一便士作单位在计算自己能不能多买半盎司粗烟丝，多买2便士的培根。这样的生活算不得太糟糕，但成天成天地站着，睡不好觉，手被划得伤痕累累，这些因素到最后实在有些让我吃不消了。看到身边的大多数人都把这当作是度假，我实在是感到羞愧难当——事实上，正因为摘啤酒花被人看作是休假，所以这些采摘工才会接受这样低得让人吃不饱饭的工钱。按照农场工人的标准，摘啤酒花简直算不上工作；认识到这一点，也提供了一个了解农场工人生活的视角。

一天晚上，一个年轻人敲开我们的房门，自称是新来的采摘工，被安排在我们的窝棚里。我们放他进来，第二天早上还给了他一顿饭，接着他就消失了。看来他根本不是采摘工，而是个流浪汉。在啤酒花的采摘季里，经常有流浪汉要这套把戏，为的就是找个屋顶睡一晚。还有一天晚上一个女人正要回家，请我帮她把行李扛到沃特林伯里车站。她是提早离开的，所以算工钱时是按8蒲式耳1先令算的，她的全部所得刚好只够她们一家回去的路费。我推着一辆歪轮的婴儿车，上面塞满了行李，足足在黑暗中走了两英里半的路，后面跟着一队哇哇大叫的孩子。我们赶到车站时，最后一列火车刚好进站，我推着小车冲过栅口，匆忙之中弄翻了车。我永远忘不了那一刻：火车眼看着朝我们冲过来，而脚夫和我却在追着一只沿着铁轨乱滚的锡尿壶。有好几个晚上，金吉一直怂恿我同他一起去抢教堂。我告诉他，他是有前科的人，一旦出事警察肯定会怀疑他的，总算把他劝住了，不然他就要单干了。他说他以前就抢过教堂，济贫箱里一般总有些值钱的东西，这让我吃了一惊。我们一起度过了一两个快乐的周六夜晚，坐在熊熊的篝火前烤苹果，直到深夜。我记得有一个晚上我发现围坐在篝火边的十五个人当中，除了我之外全都蹲过大牢。周六的村庄里人声鼎沸，手头有闲钱的人通常都会喝得烂醉，酒馆不得不叫来警察才能把他们赶出去。我相信当地居民一定把我们看作是讨厌庸俗的一群，但我实在觉得，一个沉闷的小村庄能有这样一年一度的伦敦佬入侵，也未尝不是件好事。

---

9 奥威尔最初写的是“干活儿”。

10 每人每周9先令：相当于今天的18英镑——远远少于理论上的30先令（相当于今天的60英镑）。

11 这些名字在1968年首版时抹去了。

12 F先生的姑妈：狄更斯的小说《小杜丽》中弗罗拉·芬奇的姑妈，靠弗罗拉赡养。她通常被简称为“F先生的姑妈”。她的主要性格特征可以归纳为“极端的严肃与沉默寡言；有时会突然用深沉警示的语调发表些不着边际的评论，和任何人说的任何话都毫无关系，全无由头，令人既困惑又害怕”。她的有句台词可能对曾住在“泰晤士边的亨里”的奥威尔格外有吸引力：“F姑妈用凶恶的眼神盯了众人足足十分钟，然后说了一句令人惊惧的话：‘我们住在亨里时，巴尼的公鹅被修补匠给偷走了！’”（第十三章）

13 乔治·贝尔奇（1875—1947），皇家艺术院会员，他的画集包括《人物》（1922），《生活中来》（1929）和《罐装木炭》（1933）。

14 巴黎的洗碗工：1929年奥威尔曾在巴黎当过洗碗工——也就是法语中的plongeur；详见1933年出版的《落魄在巴黎和伦敦街头》，也就是这段摘啤酒花经历的两年之后。

1931年9月19日

最后一个上午，我们摘完了最后一片田后，人们玩起了一个古怪的游戏：抓住女人，把她们扔进筐。很可能《金枝》[15]中会对此有所描述。这显然是个古老的习俗，所有的收获活动都有类似的某种习俗。那些文盲和半文盲拿着账簿来找我和其他的“学者”帮他们对账，有些人甚至还会付一两个铜板。我发现很多时候农场的出纳都会加错金额，而且无一不是偏向农夫的。当然只要采摘工抗议，他们总能拿到该拿的钱；但要是他们接受了会计的账目，那可就拿不到了。而且，农场还有一条讨厌的规定：谁要对账目提出异议的话，就得等其他所有人领完钱以后再做结算。这就意味着你得一直等到下午。这样一来，很多急着赶公车回家的人就不得不放弃那点少算的钱，直接回家了。当然，大多情况下那不过是几个铜板。但有一个女人的账簿居然少加了整整1 英镑。

金吉和我收拾好东西，步行前往沃特林伯里车站去赶采摘工专列。路上我们停下来买了点烟草，算是对肯特郡说再见。金吉还要了个聪明的小花招，骗了那卖烟草的姑娘 4 便士。等我们赶到车站时，那里已经有 50 个左右的采摘工在等火车了；我们见到的第一个人就是老德菲。他正坐在草地上，面前举着一张报纸。忽然他把报纸挪开了，我们赫然发现他脱了裤子，正向过往的妇女孩子展露阴茎。我吃了一惊——他平时可是一位体面的老人；不过，流浪汉十有八九都有着某种性怪癖。采摘工专列比一般的车票要便宜 9 便士，但足足开了 5 个小时才到伦敦，只跑了 30 英里。晚上十点左右，采摘工们拥出了伦敦桥车站，许多人都喝得大醉，每个人手里都捧着几捆啤酒花；街上的行人不知何故都很乐意买这些东西。德菲一路就坐在我们的车厢里。他请我们上最近的酒吧，给我们每人买了一品脱。这是我那三星期里喝到的第一杯啤酒。喝完酒后，老德菲起身去了汉姆施密斯。毫无疑问他会在那儿一直游荡到明年的水果采摘季。

我和金吉算账时发现，我们俩干了 18 天的活儿，每人总共才赚了 26 先令。我们一开始每人预支了 8 先令，卖掉偷来的苹果后我们两人又合赚了 6 先令。付清了回伦敦的车费后，我们每人就只剩16先令了。这样算来，我们在肯特郡的那些天里总算是养活了自己，而且回来时口袋里还剩了一点点余钱；但这样做的代价是把我们所有的生存底线都降到了最低限度。

---

15 《金枝：魔法与宗教研究》，两卷本，1890年版；十二卷本，1906—1915，詹姆斯·弗拉兹爵士(1854—1941)著。

1931年9月19日至1931年10月8日

金吉和我去了突利街上的一家旅馆睡觉，店主是刘·李维，他同时也是威斯敏斯特路上那家旅馆的主人。这里一晚上只要7便士，可能是全伦敦最好的7便士旅馆了。床里当然有臭虫，但还不算多；厨房尽管又黑又脏，但还算方便，炉火燃得很旺，热水也足够用。房客们都是群下三烂——大多是些没有活儿干又没有技术的爱尔兰劳工。他们中间不乏稀奇古怪之人。有一个68岁的老头，工作就是在比利门[16]市场上扛整筐的鱼(每筐重达一英石)，却对政治很感兴趣。据他讲他参加了1888年的血色星期日[17]暴动，却又在同一天里宣誓当了临时警察。另一个老头，一个卖花翁，是个疯子。他大多时候举止正常，可一旦发作起来就会在厨房里走来走去，嘴里发出野兽般的可怕嚎叫，脸上的表情极为痛苦。奇怪的是，他每次发作都是在天气潮湿时。还有一个人是个贼，专偷商店柜台和空车，尤其是推销员的汽车，然后把赃物卖给兰贝斯街上的一个犹太人。每天晚上你都能看到他打理得光彩体面后“往西边去”。他告诉我，自己一星期能稳赚2英镑，还时不时地干票大的。他每个圣诞节都能摸一家酒馆的钱柜，赚上40到50英镑。他干这行当已经好多年了，只被逮到过一次，关押待审。就像所有的贼一样，尽管他本事了得，可依然全无用处。因为每次他大赚一笔，总会在瞬间花个精光。他长着一张我这辈子见过的最卑琐的脸，就像条土狼；可他为人却挺让人喜欢，很乐意分享食物，付账也利索。

有好几个早上，金吉和我去比利门市场做脚夫的帮手。五点钟你就得到那儿，站在从比利门通往东奇普的街道拐角里等着。如果哪个脚夫推车推不上坡，他就会喊一嗓子：“推上坡来！”你这时要立刻跳上前去(这个工作的竞争当然异常激烈)，从后面把车推上坡；报酬是“2便士推一把”。推车通常重4英石，能把你的小腿和胳膊肘累弯，不过你不可能揽到太多的工作机会，所以不至于累垮。我们从早上五点一直站到中午，我挣到的钱从来没有超过1先令6便士。如果你走运的话，某个脚夫可能会雇你做固定帮手，这样你一早上就能挣4先令6便士。脚夫自己似乎每星期能挣4到5英镑。关于比利门，有几点值得注意的地方：其一，这里许多的工作都是在做无用功，因为市场里缺少一个集中统一的运输系统。现在算上脚夫，算上推车的，算上打杂的，你得花上1英镑才能把一吨鱼从比利门运到伦敦的某个铁路站点。如果采用某种有序的方式实施运输，比如货运汽车，我猜运费可能只用几先令。其二，其他酒馆都打烊的时间段里，比利门的酒馆还在营业。其三，这里的推车人常年私自贩卖偷来的鱼，你要是认识其中某个人的话，就能用极低的价格买到鱼。

在旅馆住了两周后，我发现自己什么也没写出来，而这个地方本身也让我越来越厌烦了——嘈杂，没有隐私，厨房里闷热难耐，而最让人无法容忍的是肮脏。厨房里永远飘着一股甜丝丝的鱼臭味，所有的下水管都被腐烂的鱼肚塞住了，恶臭难当。食物只能存放在黑黢黢的角落里，里面爬满了黑甲虫和蟑螂，懒洋洋的苍蝇成片的黑云一般到处都是，非常吓人。寄宿舍里也极其恶心，永远响着咳嗽和吐痰的嘈杂声——旅馆里的每个人似乎都有慢性的咳嗽症状，毫无疑问是这里污浊的空气造成的。我这时必须要写些文章，可在这样的环境里根本没法提笔，所以我只能向家里写信要钱，住进了温德瑟街靠近哈罗路的一间房里。金吉则再度流浪。这篇记叙绝大部分是在博蒙德西公共图书馆里完成的，那里的阅读室条件很好，离旅馆也很近。

---

16 比利门：比利门水产市场（伦敦特拉法加路，E14）里集中了五十个左右的商铺，以卖鱼为主，但也贩卖禽类和其他产品（如土豆）。今天这个市场每周二至周六营业，营业时间早上五点至八点；星期天还有一家卖贝类的商铺从早上六点开到八点。

17 血色星期日：这场事件发生在1887年11月13日（而非1888年）。大约一万名抗议者游行前往特拉法加广场，在那里许多演讲者向人群发表演说（其中就有萧伯纳）。游行的目的是为了抗议当时爱尔兰的局势，并要求释放国会议员威廉·欧布莱恩。事件引来了大约两千名警察和四百名士兵与人群对峙（尽管并没有使用刺刀或者开枪）。

通往威根码头之路日记

1936 年 1 月 31 日—1936 年 3 月 25 日

1943 年 12 月 2 日，奥威尔参加了一个跨大西洋的广播节目——“你的问题我回答”。有人问到了威根码头。奥威尔是这样作答的：

“嗯，恐怕我得告诉你，威根码头已经不复存在了。1936 年我特意去了一趟那里想要亲眼看看威根码头，但是我没能找到。当然，这个‘码头’曾经存在过，从照片上看它起码有 20 英尺长。威根在一片矿区中央。尽管从某些方面来讲那是一个令人愉悦的地方，但风景并不是它的强项。放眼望去那里到处都是矿渣堆，就像月球上的环形山一样，到处是烂泥、煤灰以及诸如此类的脏东西。尽管和威根相比全国起码有五十个其他地方的丑陋程度也不相上下，但出于某种原因却单单是威根成为了工业区丑陋的标志。曾经一度，在一条流经城镇的混浊的运河上有一段摇摇欲坠的木质防波堤，有人开玩笑地把它叫做‘威根码头’。这个笑话很快在当地流传开来，并被歌舞喜剧演员所利用。是他们，在那个地方本身早已被铲平之后的许多年里依然成功地维持着‘威根码头’这个绰号的生命力。”(CW，XVI，p.11)

日　记

1936年1月31日—1936年3月25日

奥威尔在写了数版后来成为《落魄在巴黎与伦敦街头》的手稿并调整了事件的时间次序后(在初稿中伦敦的经历被放在了巴黎的前面)，他的书还是被乔纳森·凯普与T·S·艾略特代表费伯与费伯出版社退稿了(正如他们后来拒绝了《动物农场》一样)。奥威尔随即放弃了。不过，他的一位朋友——辛克莱·菲尔兹太太——将打字稿交给了克里斯蒂与摩尔出版社的伦纳德·摩尔，他后来成为了奥威尔的文稿代理人。摩尔说服维克多·格兰茨出版了该书。奥威尔希望匿名出版：首先他担心自己在底层贫民窟的经历会令父母不安，其次——正如他对一位朋友理查德·里斯爵士(《阿德尔菲》编辑，奥威尔也为其供稿)所说的那样——他有一种奇怪的担忧——一种迷信——如果你的真名出现在了出版物上，就会让敌人有可乘之机，“对它施以某种巫术”。不过，格兰茨坚持要一个作者的名字，于是奥威尔最终提议了几个笔名，其中之一就是“乔治·奥威尔”。1933 年 1 月 9 日，《落魄》一书由格兰茨出版，六个月后在纽约发行。

1932 年 4 月至 1933 年 7 月，奥威尔在一所位于米德尔塞克斯郡海斯市的“山楂树”中学任教，这是一所面向 10 至 16 岁男孩的私立学校。1932 年的圣诞节里，他还为孩子们写了个剧本《查理二世》。1933 年起他到了一所稍好一些的学校任教——位于阿克斯布里奇的弗雷学院，并在那里完成了《缅甸岁月》的写作。但是，他在同年 12 月染上了肺炎，不得不放弃教职。1934 年 1 月至 10 月奥威尔住在父母位于索思沃尔德的家中。《缅甸岁月》于 1934 年 10 月 25 日在纽约初版，随后为防止有人提出诽谤诉讼而对内容进行修改之后，于 1935 年 6 月 24 日由维克多·格兰茨出版。奥威尔在索思沃尔德居住期间创作了《牧师的女儿》（1935 年 3 月 11 日及 1936 年 8 月 17 日在纽约出版）。1934 年 10 月起直至 1936 年 1 月，他在汉普斯特德的一家书店做兼职店员。在此期间他创作了《让一叶兰飞》——书中描写了一个年轻人一边在书店打工一边试图成为诗人。

1936 年 1 月 31 日是奥威尔踏上前往威根的旅程的日子——并记下了本卷的第一则日记。就在这天他还给维克多·格兰茨写了封信。格兰茨的律师哈罗德·鲁宾斯坦（他本人也是作家、戏剧家与评论家）希望奥威尔能够确保他在《让一叶兰飞》中提到的一则广告“不是基于任何可确认的广告，或任何真实的广告。一定不能”。奥威尔在作出这个保证后，错误地以为他已一劳永逸地解决了所有可能引起诽谤诋毁诉讼的问题，他的打字稿终于可以送到印刷机前，而他也可以集中精力开始下一个项目了，即按格兰茨的建议调查英国北部被称为“贫困地区”的生活条件。过去有人出于误解以为奥威尔为这次北行得到了 500 英镑的预支款。但现在看来事实不是这样的。而且，这也不符合一个经过验证的事实：格兰茨从不给麾下的作家们开大笔的预支款。从他旅途中极度清贫的生活条件可以看出，奥威尔为这次远行得到的赞助少之又少。最近 D · J · 泰勒发现，维克多 · 格兰茨直到 1936 年 10 月 29 日都不知道奥威尔究竟在写什么（泰勒，p. 175）。而到此时奥威尔事实上已几乎完成了《通往威根码头之路》。

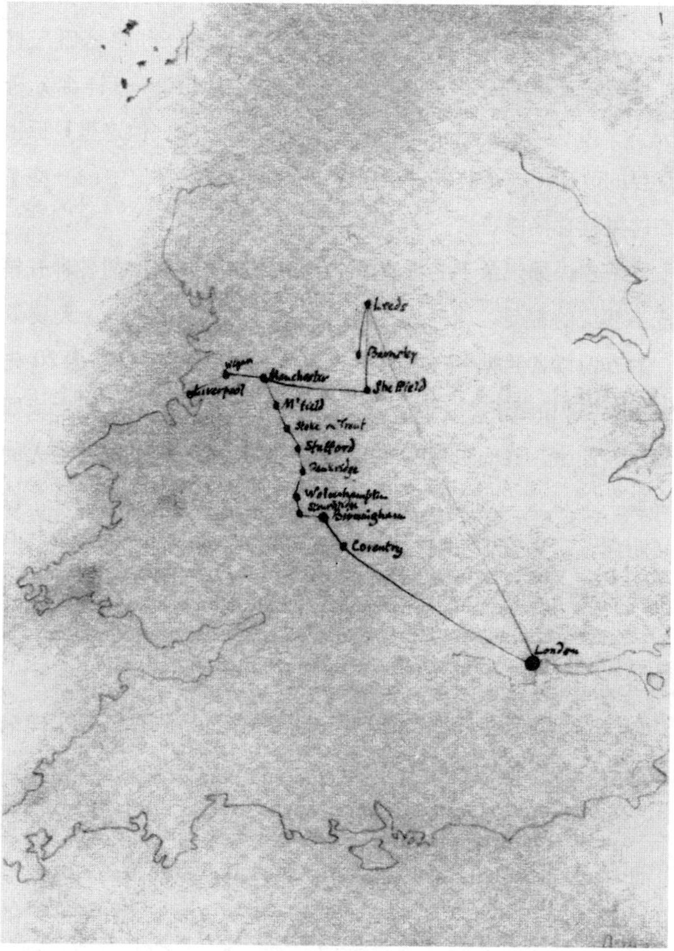

奥威尔北行路线的草图

奥威尔在创作该书时用到了部分日记，但他也做了广泛的调研，其中部分资料保留至今。关于其中许多材料的重印版，请见CW，X，pp. 538–584。也许奥威尔在北方时就用随身携带的那台用来打信件的打字机打出了这卷日记。不过日记打字稿的页码分成了两部分(1月31日到3月5日页码为1—36；剩余部分的页码为1—25，以“日记”为标题)，因此至少第二部分可能是后来打的字，也许是艾琳将原来的部分日记手稿打了出来——详细分析见CW，X，p. 417的眉注。打字稿对手稿做了改动，但这里只标出了最重要的改动。《全集》中给出了全部的信息。日记中的一些小笔误在这里就直接修正了。

奥威尔详细记录了北行的途中及在当地居住期间的各种开销。这些当然用的都是“老币值”，当时的花费与价格比今天要低得多。为方便读者起见——当时1先令为12便士，1英镑为20先令(因此1英镑相当于240便士)。1便士可拆分为两个半便士或四个四分之一便士。我们很难给出1936年的价格在70年后的今天的等值金额，不过将当时的价格乘以40可以有一个大概的估算。读者务必明白，这只是个平均比例：今天有些商品的价格翻了远不止40倍，而有些则增长得没有那么厉害。

1936年1月31日

按计划坐火车去考文垂，下午四点到达。旅馆提供住宿加早饭，非常糟糕，3先令6便士一晚。大堂里挂着镶框证书，证明(约翰·史密斯)被选升为喜剧主唱级别。一个房间有两张床，包一间单间要5先令。这里的气味就像一般寄宿舍一样糟糕。女服务生是个蠢蛋，硕大的身躯，小小的脑袋，脖颈后面堆着一卷一卷的脂肪，格外让人联想起猪大腿上的肥肉。

1936 年 2 月 1 日

同一个约克郡推销员一起吃了顿糟糕的早饭。步行了 12 英里去伯明翰郊外，乘车前往布尔环区(这里很像诺维奇市场)，下午一点钟抵达。在伯明翰吃过午饭，乘车去斯陶布里奇。步行了四五英里去克兰特青年旅社。到处都是红土地。鸟儿们在求偶，花鸡和红腹灰雀毛色亮丽，雄山鹤在向雌鸟歌唱。梅里登[1]村是个例外，夹在考文垂和伯明翰中间，简直没有一栋像样的房子。伯明翰以西是典型的丘陵地带的乡村农庄风光。整天都在下雨，断断续续的。

1 梅里登：传统意义上的英格兰中心，自行车骑手们熟知的第一次世界大战纪念碑所在地。

1936 年 2 月 2 日

晚上在旅馆睡得香甜，整个房间都是我的。这是栋单层的木房子，用一个巨大的炭炉取暖。床铺每晚 1 先令，炉子两便士，做饭用的煤气还得再花几便士。面包牛奶等食品旅馆里有售。睡觉时你得用自己的睡袋，不过旅馆提供毯子、褥子和枕头。晚上很累，因为店主的儿子——也许是出于好心——过来和我打乒乓球，直打到我几乎都站立不稳了。早上与店主长谈了一番，知道他养家禽，还喜欢收集玻璃和白镴器皿。他告诉我他如何在 1918 年的法国紧跟着撤退的德军抢来了几件价值连城的玻璃器皿，却又反过来被他们师的少将从自己手里给抢走了。他还给我看了几件精美的白镴器和几幅奇怪的日本画。这些画是他父亲在 1860 年前后跟随海军远征军出海抢来的，①看上去明显受到了欧洲文化的影响。

① 根据年代判断奥威尔此处所说的“日本画”其实是英法联军在第二次鸦片战争期间从中国掠得的。一般的西方人很难分清日本文化与中国文化。——译注

早上十点我起身步行前往司图桥，再坐车抵达沃尔佛汉普顿。我在沃尔佛汉普顿的贫民区逛了一阵，吃过午饭后又步行十公里去了潘克岭。沃尔佛汉普顿似乎是个很糟糕的地方，到处都是破旧的小房子包裹在滚滚黑烟之中的景象，尽管今天是星期天。铁路沿线上，巨大的黏土堆和圆锥形烟囱（陶瓷厂）随处可见。从沃镇到潘克岭的行程非常沉闷，一路都在下雨，两座城镇之间乡村农庄绵延不绝。下午四点半左右，我在潘克岭停下来喝了杯茶。茶馆是间又小又憋闷的房间，炉火生得很旺，店主是个皱巴巴的小个子老头儿和一个 45 岁左右的大块头女人，亚麻色的短发，没有门牙。两个人听说我在这样的天气里居然徒步跋涉，都觉得我是个英雄。我们坐在一起喝茶，就像一家人。五点一刻左右我起身离开，又走了两英里左右，搭上了去斯坦福的公车，省去了剩下的四英里路。到地方后，我住进了“温暖”旅馆，以为那里会便宜；结果住宿加早饭居然要 5 先令。房间却还是一如既往的可怕，床单灰黢黢的，一股臭味；去洗澡间时，发现流动推销员正在里面洗快照。我说服他把东西拿走，洗了个澡，感觉两脚痛得厉害。

今天总共走了 16 英里的远路，车费花了 1 先令 5 便士，吃饭花了 2 先令 8 个半便士。

1936 年 2 月 3 日

九点钟起身乘车去汉利。在汉利和伯斯勒姆部分区域周围走了走。天冷得可怕，寒风凛冽，晚上又开始下雪；黑色的雪花落得到处都是。汉利和伯斯勒姆大概是我见过的最可怕的地方了。被烟熏得发黑的小房子排列得像迷宫一般，中间分布着一个个陶瓷厂，就像巨大的白兰地酒瓶半埋在泥土里，一边打嗝般冒着黑烟。到处都是贫穷的迹象，连商店也一贫如洗。地下钻探形成了好几处巨大的深谷，其中一处有 200 英尺宽，200 英尺深，锈迹斑斑的车皮沿着崖壁上的链轨爬上爬下。而就在对面，随处可见几个工人像寻宝者一样挂在几乎竖直的另一边崖壁上，似乎在毫无目的地挥着镐子，也许是在挖黏土。我随后步行前往艾尔顿，在一家酒馆吃了午饭。天冷得出奇。这是一片多山的原野，景色怡人，尤其是东面，灌木丛逐渐被石墙所取代。这里的羊似乎比南面的更土。接着我又步行前往拉迪亚德湖[2]。

拉迪亚德湖（其实是个为周边陶瓷业城镇供水的水库）的景象令人沮丧。这里在夏天是个怡人的旅游景点，每隔十码就有咖啡馆、房船、游艇；但现在是淡季。我看到有垂钓的告示，但我看了看水，觉得这里不像是有鱼的样子。四周没有一个鬼影，处处寒风怒号。所有的碎冰都被吹到了湖的南端，波浪卷着碎冰摇上摇下，发出哐哐哐哐的声音——这是我听过的最令人神伤的噪声了。（这段记忆可以用在将来的某篇小说里，再加上一段：一个“黑猫”香烟的空烟盒夹在碎冰中浮上浮下。）

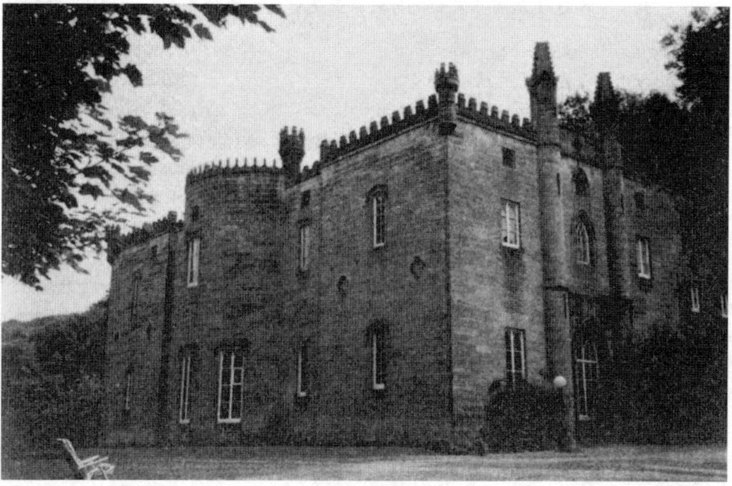

青年旅社（现在是克里夫公园大厦，一座俯瞰拉迪亚德湖的私人住宅），1936 年 2 月 3 日奥威尔在这里住了一个晚上。它建造于 1811 年前后，1933—1960 年是一家青年旅社，可以容纳 46 名男房客和 20 名女房客。

我很轻易地在一英里开外找到了一家青年旅社。还要了单间。这是个奇怪的地方，整栋房子就像座冷风呼呼的兵营。房子建于1860年，愚蠢地建成了仿城堡的造型。此刻旅馆除了三四间房间外，几乎空空荡荡。回音袅袅的石砌过道绵延数英里，照明只有蜡烛，做饭只有冒烟的小煤油炉。里面冷得出奇。

我身上只剩下2先令8便士了。明天得去曼彻斯特兑支票。

今天走了12英里的远路。车费花了1先令8便士，吃饭花了2先令8便士。

---

2 拉迪亚德湖：奥威尔故意绕路步行经过拉迪亚德湖。罗伯特·费森博士说明了他为什么这样做。1863年，洛克伍德·吉卜林与爱丽丝·麦当娜在这里做了一次野餐。两年后两人结婚，并把他们的第一个孩子取名拉迪亚德。拉迪亚德·吉卜林于1936年1月18日去世，奥威尔在1月23日出版的《新英国周刊》上写了一篇赞美他的文章（CW，X，pp. 409－410），并在文中写道："斯人已逝，我现在只希望能向这位对我的童年如此重要的故事大王献上一份祭礼——比如鸣枪致敬，只可惜我办不到。"而这次顶着严寒的绕行之旅正是奥威尔的祭礼。

1936年2月4日

起床时简直冻僵了，几乎没法扣扣子，只能先爬起来暖暖手再穿衣服。10:30出发。早上天气很好。泥土冻得像铁一样硬，一丝风都没有，阳光明媚。四周没有一个人影。拉迪亚德湖（全长一英里半）一夜之间结了冰，野鸭悻悻地在冰面上走着。太阳越升越高，阳光斜洒在冰面上，这是我见过的最奇妙的红金相间的色彩。我往冰上扔石子，玩了好一会儿。有棱角的石子划过冰面的声音和红脚鹬的叫声一模一样。

步行了10—11英里来到麦克利斯场，然后乘车去曼彻斯特。先去取信，再去银行兑支票，结果发现银行关门了——这里的银行三点就关门。我的处境很尴尬，因为手里只剩3便士了。去了青年旅社总部，请他们帮我兑支票，遭到拒绝。又去了警察局，请他们帮我引见一位愿意兑支票的律师，结果同样遭到拒绝。天冷得出奇，马路被一堆堆可怕的黑玩意儿裹了起来，那正是冻得硬邦邦、被烟灰熏得发黑的积雪。我可不想在这个时候露宿街头，设法摸进了贫民区（切斯特街），去了间当铺，想要当件雨衣，可他们说现在已经不接受这个了。我突然想到，围巾是可以当的，于是拿到了1先令11便士。马上去了一家集体寄宿舍——切斯特街上有三家紧挨在一起。

里斯在长信中介绍给我几个应该见的人。幸运的是，其中一个就在曼彻斯特。

今天走了13英里的远路。车费花了2先令，吃饭花了10便士。

1936年2月5日

今天去了米德[3]家，但他不在。在寄宿舍里呆了一天。这里很像伦敦的寄宿舍，住宿费11便士，寄宿舍是隔间，不是真正的房间。舍监是个瘸子——干这一行的似乎常常是瘸子。这里煮茶用的是锡碗，很吓人。早上终于兑了支票，不过今晚还是要在寄宿舍过夜，因为明天还得去见米德。

---

3 弗兰克·米德：伐木工人联合会的一名官员，负责《阿德尔菲》杂志（从1930年起，该杂志陆续发表了奥威尔的部分评论文章）驻曼彻斯特办事处，也是独立社会主义党的一份宣传刊物《北部劳工之声》的事业主管。

1936年2月6日—10日

今天和米德一家在一起。他们的房子在曼彻斯特市隆赛特区布林顿路49号。布林顿属于新住宅区，房屋漂亮，带洗手间，还有电灯。这里的日租金我猜在12先令到14先令之间。米德算是个工会干部，还参与《北部劳工之声》的编辑——也正是这些人在负责《阿德尔菲》的出版工作。米德夫妇对我很好。两人都是工人阶级出身，说话带着兰克郡口音，童年时都穿着木底鞋，[①]可这间房子的氛围俨然一副中产阶级派头。米德夫妇听到我在曼彻斯特居然睡集体寄宿舍时，都有些错愕。我再度深切地意识到，一个工人一旦在工会里谋得了职位，或是进入了工会政治圈，他便立刻跻身中产阶级行列，不管他自己愿不愿意。如此说来，和资产阶级战斗的结果就是自己也变成了资产阶级。事实上，一个人的生活方式和意识形态不可能不同自己的收入水平相挂钩（米德的收入我估计是每周 4 英镑）。我同米德夫妇的唯一争论是因为他们叫我"同志"。米德夫人就像大多女人一样，对政治一知半解，只是全盘接受丈夫的观点，视之为妻子的本分；她说"同志"时表现出明显的不适。即便在如此靠北的地区风俗习惯居然也大相径庭，对此我很诧异。米德夫人每次进屋时我都站起来，洗碗时我也要帮忙，对此她很不习惯，也不太认可。"这里的男人都习惯被女人伺候。"她说。

米德让我去威根见乔·凯南[4]，一位在社会主义运动中崭露头角的电工。凯南也住在一栋市政委员会建的体面的住房里，不过更像个工人。他是个矮小粗壮的人，态度极其礼貌热情，非常乐于助人。他的大儿子此时在楼上因病卧床（怀疑得了腮腺炎），小儿子正在地板上玩木偶兵和玩具大炮。凯南笑着说："你看看——我本该是和平主义者的。"他让我去"全国失业工人运动"的庇护所，还给了我一封写给组织秘书的亲笔信，请他帮我在威根找一处住所。庇护所是个破烂得吓人的小地方，不过对于失业工人来说却是个天赐之物，因为这里至少暖和，还有报纸。秘书名叫帕迪格拉蒂，是个失业矿工。他身材瘦长，35 岁上下，聪明，消息

① 这在当时是下层社会的标志。——译注

灵通，乐于助人。他是个单身汉，每周领取 17 先令的救济金，由于长年的营养不良和无所事事，身体状况很糟，前牙几乎完全烂光了。组织里的工人在听说了我是个作家，正在搜集反映工人阶级状况的事实后，都非常友善，爽快地为我提供信息。不过我没法让他们平等地待我。他们要么叫我“先生”，要么叫我“同志”。

---

4 乔·凯南：当时是一名失业的矿工，也是独立工人党的一名活动家。他同约翰·安德特和莉利·安德特夫妇一起为奥威尔找到了住所（本日记中写作霍比夫妇）。《忆奥威尔》（130—133 页）中有一段对他的珍贵访谈。

1936 年 2 月 11 日

今天在威根镇沃林顿巷 72 号[5]住下，食宿每周 25 先令。我同另一个房客（一名失业的铁路工）合住一间房。吃饭是在厨房，洗东西在后厨房的水池。吃得还行，但不易消化，量大得吓人。兰克郡这里吃牛肚的风俗（就着醋冷食）真是吓人。

主人一家——霍比先生，39 岁，从 13 岁起就下了矿井。目前已失业九个月。他是个大个金发的男人，动作迟缓，非常温和友善。你每问他一个问题，他都要仔细推敲好久才开口：“我估计……”他说话不带什么口音。十年前一股煤灰喷进了他的左眼，从此他左眼几乎失明。矿里把他调到了井上，但没过多久他又重返井下，因为下面挣得多。九个月前，他的另一只眼睛也出了问题（某种叫做“眼震颤”[6]的毛病，矿工的职业病），视力只剩下了几码远。目前一周领 29 先令的“补偿金”，不过上面正在讨论只给他一周 14 先令的“部分补偿金”。这全取决于医生究竟是否判定他仍具有劳动能力。当然，即便判定了，他这样也是不可能找到工作的，大概除了所谓的“井上”工作。但这样的机会太少了。如果他被归入部分补偿金行列，那他的救济金就只能领到规定的期限为止。

霍比太太比丈夫大4岁。她不到5英尺高，身材像个胖老头啤酒杯，性格开朗，非常无知——27加10会得出31——说话口音很重。这里的方言似乎有两种“the”的用法。在辅音前面，the被完全省略了，而在元音前面又和后一个词合为一体。

他们的儿子，也就是“我们的乔”，今年刚好15岁，已经在井下工作一年了，目前在上夜班。他晚上九点去上班，早上七八点钟回来，吃完早饭后马上扑倒在另一个房客腾出的床上倒头睡觉，通常一觉睡到晚上五六点钟。刚开始工作时他每天挣2先令8便士，后来加到了3先令4便士，相当于每周1英镑；从中每周要扣掉1先令8便士(保险及其他费用)，每天还要花4便士作往返矿井的车费。所以他全时工作的每周净收入是16先令4便士。不过在夏天，他只做短时间的工。他是个高个虚弱、苍白得吓人的小伙子。这工作显然让他筋疲力尽，不过他看上去还挺快活。

汤姆是霍比太太的侄子，没有结婚，借宿在她家——他每周付25先令的食宿钱。他浑身是毛，长了个兔唇，性格温和，人也简单。

另一个乔也是个房客，单身，失业，每周领17先令的救济金。他每周付6先令的住宿费，吃饭自理。他每天八点左右起床，给“我们的乔”腾出床位，一天大多时间都待在外面，像是公共图书馆之类的地方。他是个傻蛋，不过受过点教育，喜欢铿锵的字词。在解释自己为什么没有结婚时，他装模作样地说：“婚姻的枷锁是件沉重的东西。”接连重复了好几遍，显然对这句话很有感情。他已经失业七年了，逮到机会就喝酒。不过眼下他显然再也没有机会了。

这栋房子楼下有两个房间和一个后厨房，楼上有三个房间，外加一个小后院和室外厕所。房子不提供热水；屋子年久失修，正面的墙都凸出来了。租金是12先令，含税14先令。霍比一家的总收入如下：

霍比先生的补偿金 ………………	29先令每周
乔的工资 ……………………	16先令4便士
汤姆每周的房租 ………………	25先令
乔的房租 ……………………	6先令
总计 ………………………	3英镑16先令4便士[7]

支付租金和房产税后就还剩3英镑2先令4便士。这些钱要供4个人吃饭，并给一家三口提供衣服等必需品。*当然现在还有一笔我的租金，但这只是非常收入。

威根镇中心看上去不像人们说的那样糟糕——明显不像曼彻斯特那么萧条。威根码头据说已经被拆除了。木底鞋在当地以及周边像欣德利这样的小地方都很普遍。老妇人通常在头上戴着头巾，而年轻姑娘只有在极度贫困时才会这样做。我看到的所有人几乎都衣衫破旧，街角处的年轻人明显不如伦敦的时髦活跃。但这里除了商店空荡荡之外，没有其他非常明显的贫困迹象。据说每三个登记的工人中就有一个失业。

昨晚我和几个全国失业工人运动（N. U. W. M.）的成员一起去合作社大礼堂听沃尔·汉宁顿[8]演讲。他的口才很差，说的全是社会党演说者说滥的陈词滥调，还带着跑调的伦敦土腔（我又碰到了一个共产党员，其实是彻头彻尾的资产阶级），但他居然把听众都鼓动起来了。我很诧异于这个地区的共产主义情绪。当汉宁顿宣称如果英国和苏联开战，苏联将取胜时，底下爆发出热烈的欢呼声。

* 霍比一家按当地标准算是小康人家。

听众都是粗人，而且明显都在失业（其中十分之一是女人），但听得很专注。演讲过后举行了募捐——以支付大礼堂的租金和汉宁顿从伦敦过来的火车费。共募到了1英镑6先令——对于200个失业者来说这不算少了。

你可以通过矿工鼻梁上的蓝色印记来辨别他们。有些老矿工的额头上都印着蓝纹，就像羊乳干酪一样。

---

5 沃林顿巷：彼得·刘易斯的《乔治·奥威尔：通往一九八四之路》中配有一张这条街的插图（1981，p.50。同页上还绘有威根码头）。

6 眼球持续剧烈震颤。

7 霍比家的总收入大致相当于今天的150英镑。

8 沃尔·汉宁顿：（1896—1996），全国失业工人运动的一名领袖，曾写过《失业者的斗争 1919—1936》以及《贫困地区的困境》，这两本书都由左翼图书俱乐部于1937年11月出版。就像在它之前出版的《通往威根码头之路》一样，这本书的中间部分也有32整页插图。奥威尔的一位和平主义者朋友瑞格·雷纳尔多在写下他对"饥饿大进军"的同情时曾评论道，当游行队伍抵达伦敦海德公园角时，他们"看上去一点儿也不饥饿——尤其是那个坚定的共产主义者领队沃尔·汉宁顿"（《我的一生与罪行》，1956，p.106）。汉宁顿还写了一本实用的《主席好！会议主持与程序简明手册》（1950）。演讲募集到的1英镑6先令相当于312便士——对于200名左右的听众而言，就相当于平均每人1便士到1个半便士。

1936年2月12日

天冷得出奇。沿着运河，朝远处的几个矿渣堆走了很长一段路。丑陋的矿渣堆和打着黑嗝的烟囱构成了一幅可怕的景观。有几个矿渣堆高得像山——其中一个看上去就像斯汤博里火山。寒风刺骨。当局不得不派来一艘蒸汽船在运河上的运煤拖船前破冰开路。拖船上的水手们脸上蒙着麻袋，一直蒙到眼睛。所有的"臭水塘"（荒废的矿坑下陷产生的死水塘）上都覆盖着一层深褐色的冰。闸门上也挂着胡须一样的冰珠。几只老鼠慢吞吞地穿过雪地，样子很呆，也许正饿得发晕。

1936 年 2 月 13 日

威根的住房情况糟透了。霍比夫人告诉我，她弟弟家里有十一口人(她弟弟今年才 25 岁，所以我想他一定只是她的同父异母弟弟，可他自己的孩子已经 8 岁大了)，5 个成年人，3 个家庭，全部挤在 4 个房间里，“两个楼上，两个楼下”。

我遇到的所有矿工要么亲身遭遇过严重事故，要么有亲戚朋友遭遇过。霍比夫人的堂兄背部被落石砸断了——“他又硬撑了 7 年才去世，这伤痛一直折磨着他”——她的小叔子则失足掉下了1 200英尺深的矿井，下落过程中被井壁两侧弹来弹去，还没落到井底就已经死了。霍比夫人还补充了一句：“要不是他那天穿了一件新油布衣的话，他们是没法收集到所有碎片的。”

1936 年 2 月 15 日

我同 N. U. W. M. 的调查员一起前去收集关于住房情况的信息，尤其是拖车里的情况。对此我做过笔记，详见他处。[9]最令我震惊的是一些女人脸上的表情，尤其是那些睡在拥挤的拖车里的女人。有一个女人的脸就像骷髅头一样。她的眼神流露出的是彻头彻尾无法忍受的悲惨与屈辱。我想，她心中的感觉我只有浑身上下涂满大便才能体会到。可是，所有人似乎都把自身境况视作理所当然。当局一次次地向他们许诺住房，可终究仍是一场空，而他们也就渐渐认命了，觉得一栋可以安居的房子是绝对遥不可及的。

我们路过了一条肮脏得令人恐惧的小巷，看见一个女人，很年轻，但极度苍白，一副沾满污泥、精疲力竭的样子。她正跪在一栋房子外的下水道边，拿着一根棍子疏通污水管。在那一刻她突然抬起头，看着我的眼睛；那神情是我一生中见到过的最凄凉的东西。更令我震惊的是，她此刻的所思所想显然和我的一模一样。

奥威尔在《通往威根码头之路》中对这一幕进行了发挥：

列车带着我在这片可怕的景象中穿行——矿渣堆、烟囱、废铁堆、肮脏的运河，还有布满了横七竖八的木鞋印的煤渣路。现在是三月，但天依然冷得出奇，到处都是黑雪堆成的小丘。我们缓缓地驶过市郊，经过了一排排又小又灰，和河堤垂直的窝棚房。在一间房子的背后，一个年轻女人正跪在石头上，拿着一根棍子疏通堵塞的下水管。我有足够的时间看清她身上的每一个细节——她的粗麻布围裙，她笨拙的木鞋，她被严寒冻得通红的胳膊。火车经过时她抬起头来，此刻我们间的距离近到我几乎能看清她的眼睛。她长着一张苍白的圆脸，就像大多贫民窟的女孩一样一脸倦容，在反复流产和过度操劳的折磨下，25 岁的姑娘看上去却像 40 岁。就在我看到她的那一瞬间，那张脸上的神情是我一生中所见过的最凄凉的神情。令我震惊的是，当我们说“他们对这种事的承受力跟我们可不一样”，贫民窟长大的人没法想象贫民窟以外的世界时，我们其实错了。因为我在她的脸上看到的不是动物般无知的痛苦。她非常清楚自己的遭遇——就像我一样明明白白地意识到：顶着这样的严寒，跪在贫民窟小巷中湿滑的石板上，拿着棍子捅肮脏的下水管是一种多么可怕的宿命。

但是很快，列车开进了空旷的乡间；乡村的景象这时看起来是这样的奇怪，甚至不自然，美得就像公园一样……[10]

今天换了住处，因为霍比夫人得了某种不明疾病，被送进了医院。他们在达灵顿路 22 号为我找了一处接受房客的牛肚店[11]。店主以前做过矿工（今年 58 岁），妻子心脏不太好，躺在厨房的沙发上。店里还有其他几个房客。有一个 75 岁的老头，以前是矿工，靠养老金和每周两个半先令的教区补助生活（总共 12 先令 6 便士）。另一个人据说出身上层，但已落魄，经常抱病卧床。还有一个爱尔兰人，也做过矿工，肩胛骨和几处肋骨在几年前的一场落石事故中被砸断，靠每周 25 先令的残疾补助生活。他出身显然比较优越，开始是做职员，却自愿去下矿井，因为他高大强壮，当矿工挣的钱反而多（那是在战前）。还有几个人是报纸推销员——两个卖《约翰牛》[12]的看上去很苍老，年龄在 40 岁和 55 岁左右。另一个年轻人曾在加尔各答的橡胶公司呆了四年。这小伙子有些难以捉摸。和别人说话时他操兰克郡口音（他算本地人），但和我说话时他又换上了通常"受过教育"的腔调。主人一家除了福瑞斯特夫妇外还有一个胖儿子；他在别处工作，住在附近；他的妻子麦吉，几乎整天都在店里；他们有两个孩子；还有老夫妇另一个儿子的未婚妻安妮，小儿子自己则呆在伦敦。他们还有一个在加拿大的女儿。麦吉和安妮几乎包揽了家里和店里的全部工作。安妮很瘦，操劳过度（她同时还在一家缝纫店工作），显然很不开心。我觉得这场婚姻的确定性依然是个未知数，但福瑞斯特太太却已经把她作儿媳使唤，安妮则在暴政下呻吟。除去店面，这里总共有五六间房，外加一个洗澡间兼厕所，总共住了 9 个人。我的房间里睡了 3 个人。

这里的工人阶级对待食物的无知和浪费令我十分震惊——这一点似乎比南方要严重。一天早上，在福瑞斯特家的水池边洗漱时，我记录了这样一份食物清单：一块 5 磅重的培根；一只 2 磅重的牛小腿；大约 1 磅半的猪肝（这些全是生的）；一份吃剩下的，分量吓人的肉馅饼（福瑞斯特太太做馅饼时用的瓷盆可以用来洗衣服）；一道用了 15 到 20 个鸡蛋的菜；许多小糕饼；一只水果馅饼和一只"糕点馅饼"（带葡萄干的糕点）；好几块上顿的馅饼；六大条加十二小条面包（我看到福瑞斯特太太前一夜做的）；一些零零碎碎的黄油、土豆和开了罐的牛奶，等等等等。另外厨房的烤炉里还暖着一些食物。除了面包，所有东西都习惯性地不加盖子，食品架也脏得要命。这里的主食几乎全是面包和淀粉类食物。福瑞斯特太太家典型的食谱是这样的：早饭（八点钟左右）是两份煎鸡蛋培根，面包（没有黄油）和茶，午饭（中午十二点半左右）是一大盘多得吓人的炖牛肉，水果布丁和煮土豆（相当于三份莱昂斯店[13]里的量），外加一大份大米布丁或板油布丁。下午茶（五点左右）是一盘冷肉，面包黄油，甜糕点和茶。晚饭（晚上十一点左右）是炸鱼薯条，面包黄油和茶。

---

9 详见他处，这里是指奥威尔的笔记，部分可见于其全集，X，p. 546；以及《通往威根码头之路》插图 31（画面中的拖车是在达拉姆，而非威根）。

10 两个段落间的对比非常明显。在日记中，奥威尔是步行穿过肮脏的小巷。当那个年轻女人抬头，看着奥威尔的眼睛时，这是一种明显的近距离接触。而在书中，奥威尔远远地坐在火车上，透过车窗看着这个年轻女人捅下水道：当奥威尔写道“此刻我们间的距离近到我几乎能看清她的眼睛”时，这有一种明显的拉开距离的效果。

11 达灵顿路 22 号：（此处的“路”其实是街）由于霍比太太因病住院，奥威尔离开了沃林顿巷 72 号。工会为他在《通往威根码头之路》中描述的那家臭名昭著的牛肚店里安排了住宿。人们通常认为那就是达灵顿街 22 号（见克里克，p. 282），但悉尼·史密斯认为那其实是君主街 35 号，房客们则住在隔壁 33 号。见《追忆奥威尔》，pp. 136 – 139。奥威尔的确曾从达灵顿街 22 号寄过信。

12 《约翰牛》：这份报纸创于 1906 年，最初由赫雷休·波坦利（1860—1933）编辑。报纸主要以耸人听闻和大额奖金的比赛作卖点。波坦利在一战中把自己描绘为“士兵的朋友”，鼓吹应将兰姆西·麦克唐纳①投入监狱。不过最后波坦利自己却因欺诈而锒铛入狱。

13 莱昂斯：是一家当时很受欢迎的连锁茶餐厅/饭店。

1936 年 2 月 16 日

今天店里骚动异常——一对一个月前在这里住过的夫妻在普利斯顿因造假币被逮捕，据信他们住在这里时曾造过假币。警探来这

---

① 当时的工党领袖，由于其反战立场在一战初始时饱受指责。——译注

里呆了一个小时，讯问调查。福瑞斯特太太说他们出去时在那对夫妇住过的房间周围窥探，在毯子下面发现了一团焊锡一样的东西和几个形似蛋杯但个头更大的罐子。福里斯特太太当场就答应了警探的全部要求。警探上楼搜查后我也给了她两条建议，她也都接受了。看得出来，当听说这两人并未结婚时，她立刻就认定他们有罪。警探记完了她的证词后，才发现她其实大字不识（除了会写名字），而她的丈夫也就认识几个字。

一个报纸推销员的床正好横堵在我的脚边，弄得我连腿都伸不直；因为我一伸腿，脚就会抵住他的后腰。我似乎已经很久没有睡上亚麻布床单了。甚至在米德家睡的都是斜纹布单。他们家的床是我离开伦敦后睡过的唯一一张不发臭的。

1936 年 2 月 17 日

报纸推销员真的很可怜。当然这也是份极端无奈的工作。我想《约翰牛》的伎俩就是雇一些人，让他们发疯一样地拼命工作，弄到一些似是而非的订单，然后把他们开了，再雇更多的新人，如此循环。我估计这些人每周挣 2 到 3 英镑。两人都有家室，其中一个还有孙子。他们手头是如此拮据，甚至都付不起全食宿的费用，只能付点房租钱，吃饭则靠厨房里一小橱柜肮脏的食物。他们从那里掏出点面包，几小包植物黄油，为自己做上一顿寒碜的饭食。报社每天分配给他们许许多多的人家，他们得挨个敲门，还得推销出足够数量的订单。此刻他们正在替《约翰牛》玩一个骗人把戏——报社送你一套“免费”的茶具——条件是你寄出价值 2 先令的邮票外加 24 张优惠券。这些推销员一吃完东西，马上就开始埋头填写第二天的表格。此刻那个年岁较大的已经倒在椅子上睡着了，鼾声震天。

不过他们对工人阶级的生活状况倒是十分了解，这点让我很吃惊。他们能告诉你每一座英国北部城镇里的一切有关住房、租金、费率、贸易状况等的信息。

1936年2月18日

大清早，工厂女工们穿着木底鞋扑哧扑哧地走过铺着石子的街道，脚步声莫名地令人畏惧，好像一支军队正全速奔赴战场。我想这大概就是经典的兰开夏郡之声了吧。还有泥地里典型的木底鞋印就像半个母牛蹄。木底鞋非常便宜，一双只要5先令上下，而且几年都磨不坏，因为你只要花几便士换个新铁鞋底就能接着穿。

无论何时何地，当地的民俗服装总被视为粗鄙。一次我同N. U. W. M.的调查员一道拜访了一位愁眉苦脸，但很有尊严的女士。她就说道：

“我一直把自己保持得很得体。我决不会在头上戴块围巾——我可不能让人看见自己这副模样。从我还是个姑娘起我就一直戴帽子。不过这可是要花钱的。圣诞节时我们手头实在是太紧了，我甚至想试试祝福篮（慈善组织分发的礼物篮）。等我到了那里，那个牧师对我说：‘你不能拿祝福篮。’‘好多人比你过得还要糟。我们就认识许多每天只吃面包果酱的人，’他说。‘你怎么知道我们每天吃的是什么？’我说。‘你能穿得这样，就不可能过得太差。’他说——他是在说我的帽子。我结果就没拿到祝福篮。要是我在头上包块围巾的话，我肯定就拿到了。这就是你保持体面得到的奖赏。”

2月28日奥威尔回复了维克多·格兰茨公司寄来的第一封信（随后还有多封相关信函），信中要求奥威尔对《让一叶兰飞》作出更多改动，以消除鲁宾斯坦先生对诽谤及诋毁诉讼的担忧。奥威尔对这些要求越来越感到烦恼。在他痛苦地爬过矿井，亲眼目睹了矿工们的工作条件后，有些要求听起来一定显得格外微不足道。2月24日他对代理人伦纳德·摩尔说："我恼火的原因是，他们没有早些讲明这些改动要求。同往常一样，律师看完整本书后早就开了绿灯……早知这样我整个第一章都会重写，其他几章也会改动。可现在书已经临近印刷了，他们又要改动，还要我把句子的字母长短调匀。这么做当然会毁了整段整段的文字，甚至是整个章节。"（电脑排版出现之前，印刷用的是铅字，把句子长度调匀是件枯燥费时的工作：这就要求用字母长短相同的词来取代先前的词。）

1936年2月19日

"大土堆"下陷后（它们最终都会下陷），会留下一个蜂窝一样的表面。罢工时矿工们还会在上面挖洞，寻找小煤矿，这样土堆就愈发呈现蜂窝状了。其中一个被用作活动场的土堆看上去就像波澜起伏的海面瞬间冻住了一般。当地人把这叫作"绒毛垫"。土堆上的泥土颜色发灰，满是煤渣，只有一种模样丑恶的棕草才能在那上面生长。

今晚参加了一个N. U. W. M.组织的联谊会，目的是帮助筹募特尔曼[14]的辩护资金。入场及餐饮费6便士（一杯茶加一个肉馅饼）。参与者有200人左右，绝大多数是女人，主要是合作社的会员，会场也是合作社的一个房间。据我猜测这些人大多直接或间接地靠救济金生活。后排坐着几个老矿工，慈眉善目地观看着活动，前排坐着许多非常年轻的姑娘。有些正和着六角风琴跳舞（许多姑娘承认她们不会跳舞，这在我听来真是可怜），另一些正扯着嗓子唱歌。我想这些人就是威根当地革命阶层的一个切面了。如果事实果真如此，那上帝保佑我们吧。这还是一群绵羊一般的群众——张着大嘴的女孩，歪歪倒倒的中年妇女，边织毛衣边打瞌睡——就跟你在别处看到的一模一样。全英国已经没有一丝一毫的"骚动"了。不过一个老太婆倒是唱了一首好歌——她好像是个伦敦佬，靠养老金生活，还在酒吧里唱歌稍许赚点钱。歌词是这样的：

> “你不能在这里的那里干那个，
> 噢不，你不能在这里的那里干那个；
> 在其他地方的那里你都能干那个，
> 但你不能在这里的那里干那个。”[15]

---

14 恩斯特·特尔曼：(1886—1944)运输工人，1925年起担任德国共产党主席。1924—1933年期间任魏玛共和国议员，并于1932年与兴登堡竞选总统，得到了500万张选票。1933年他被逮捕，其审判被数次推迟。1936年10月当局宣布将其不经审判，终身监禁。官方后来宣布他在空袭中被炸死，但事实上他被纳粹于1944年在布痕瓦尔德枪杀。西班牙内战中为共和国而战的德国战士自发组成了特尔曼百人团(后来更名为特尔曼旅)。

15 “你不能在这里的那里干那个”：奥威尔在1946年1月19日《我们曾经唱过的歌》中提到过这首歌(CW, XVIII, p. 51)，并暗示它似乎“反映了当时的政治局势……也许是下意识地暗指希特勒”。

1936年2月20日

今天下午同派迪·格拉迪一起观看失业矿工抢“泥巴车”，或者像他们自己说的，“扒煤”。这场面真是令人诧异。我们同往常一样，沿着从运煤铁路线到冷杉边轨的那条可怕的线路走着，沿途碰见许多男女扛来偷到的一袋袋煤，甩上自己的自行车——这些车子看上去像是用从垃圾堆捡来的边角料自制的。没有哪辆车上有挡泥板，只有极少数的装了车座，有些甚至连轮胎都没有。当我们赶到那个由列车卸下的页岩矿土堆积而成的大土堆时，发现土堆上站着50人左右，在他们的指引下我们找到了铁路线上游人们扒车的位置。我们到了那里，看到至少有100个男人和几个孩子正等在那里，每人都拎着一个口袋，衣服后摆上还系着一把煤锤。此刻一辆火车驶入了视野，以每小时20英里的速度正转过弯来。有50到70人冲了上去，抓住保险杠之类的物件扒进了车厢。看起来一旦某人在列车开动的时候扒进了某节车厢，这车厢就被认作是他的财产了。车头把车厢拉到土堆跟前，脱开接头，然后回头去拉剩下的车厢。人群一如既往地疯狂冲刺，用同样的方法登上第二趟火车，只有少数几个人没有成功。一旦车头脱钩，上面的男人就开始把车厢里的东西铲出来扔给车下自己的女人和其他帮手，这些人飞快地从土里筛出所有的煤块(数量很多但个头都很小，大约鸡蛋大小)装进口袋里。再下面是那些没能扒进火车的人，他们正忙着收集从车厢里滑落出来的小片碎煤。当然，你在扒进车厢前是不知道这是节"好车"还是"坏车"的，这纯粹是碰运气。因为有些车厢里装的不是矿井底部挖上来的土——那里面当然有不少的煤块——而是全部装着页岩。不过据说至少部分煤矿的页岩里有时会出现一种叫"浊煤"的可燃矿物，是相当不错的燃料。这东西没有商业价值，因为它开采困难，烧得也太快，不过却能满足日常生活所需。那些扒进页岩车皮的人于是便动手拣出这些"浊煤"。浊煤看上去看上去几乎和页岩一模一样，只是颜色略黑一点，而且据说可以横向劈开，就像板岩一样。我看着这些人在那儿大干特干，直到他们把车皮几乎掏空。现场有20节车皮，偷煤者则有100人上下。每个人据我估计都弄到了半英担左右的煤或是浊煤。这样的表演每天可能上演不止一次，因为有时一天会开过几趟煤土车。显然每天被偷的燃料有数吨之多。

这个现象背后的经济学和伦理学动机很有意思。首先，偷煤土车当然是违法的。理论上讲，一个人只要站在煤土堆上就是非法侵入。时不时地也有人被起诉——事实上今早的《观察报》就报道了三个人因此被罚款。但没有人注意这些诉讼案，实际上其中一个被罚款的人当天下午就又去偷煤了。与此同时，煤矿公司也没有打算利用这些散落在土中的碎煤，因为它们本身的价值还抵不上分拣的费用。如果不是被人偷走的话，那它们也只能给白白浪费掉。况且，偷煤活动还帮公司省掉了清空车皮的花销——等到偷煤人收工时，车皮里已经空空如也了。因此，公司对这种偷盗行为也就睁一只眼闭一只眼。我注意到机车司机根本就不在乎那些扒车皮的人。至于为什么当局还要时不时地起诉偷煤行为，据说这是因为由此导致的事故频发。不久前就有一个人不慎滑进车底，压断了双腿。考虑到列车行进的速度，目前的事故率已经低得令人称奇了。

我见到的最奇怪的运煤工具是一种用包装盒和两只厨房压碾轮做成的小车。

部分偷来的煤据说就在镇里出售，1 先令 6 便士一袋。

1936 年 2 月 21 日

这房子的肮脏开始令我无法忍受了。没有一样东西有人打扫或除尘；房间直到下午五点才有人整理；厨房餐桌上的桌布从不更换，晚饭时你依然能看到早饭时的面包屑。最令人反感的一点是，F 太太总是在厨房沙发上睡觉。她有个可怕的习惯，总喜欢撕下一条条报纸拿来擦嘴，然后扔在地上。早饭时餐桌下还塞着没倒的尿壶。吃的也很糟糕，净是些 2 便士的半成品牛排和过期的腰子馅饼。我还听到些关于地窖的可怕传言，据说里面爬满了黑甲虫。显然，他们要隔很长时间才会进一次新鲜牛肚。F 太太是这样记日子的："让我想想：自那以后我已经进过三次冻货(冻牛肚)了。"我估计他们每两个星期才进一次"冻货"。还有，晚上睡觉时不能伸腿也是件令人痛苦的事。

1936 年 2 月 24 日

昨天同杰瑞 · 凯南[16]，他的一个电工朋友和两个儿子，另两个电工和一个领路的井下工程师一起下了克里彭矿井。井底深 300 码。我们 10: 30 下井，下午 1: 30 回到地面。据那个领路的工程师讲，我们走了 2 英里路。

铁笼下降时，你的肚子会感到片刻恶心，然后耳朵就像被塞住了一样。下降到半当中的时候，铁笼的速度惊人（在更深的矿井中，据说铁笼的时速能达到60英里，甚至更快），接着又突然减速，你几乎觉得自己在往上蹿了。铁笼很小——只有大约8英尺长，3.5英尺宽，6英尺高，设计容量10人左右或是1吨半的煤（这个是我估计的）。我们一共6个人，还有两个孩子，但就是这样我们也费了很大力气才挤了进去。还有，你务必牢记面朝走进铁笼的方向，这样下到矿底时才好从另一端走出去。

矿井下面比我想象的要亮堂。除了我们自己带的灯具，井下主干道上都有电灯。不过我没料到的一点是——这自始至终都是最令我烦恼的一件事——天花板实在是太低了。我先前也想过在地下隧道中到处穿行；但事实上很少有什么地方能让你站直身体。总的来说，天花板在4英尺到4.6英尺之间，有时还要低得多。时不时地，就有一根横梁大得出奇，你不得不把腰弯得不能再弯才能钻过去。有些地方的墙面是用页岩石板工整地砌成的，几乎就像德比郡的石墙。井下几乎每隔一码就有一根支撑梁。这些差不多全是木制的，用的是锯成合适长短的落叶松（据我看到的木料用量，我终于明白了为什么种植园主们几乎都要种落叶松），简单地架在两根立柱的两端，立柱则放置在木垫板上。也就是说整套支撑都没有固定措施。随着时间的推移，木垫板会逐渐下陷进井底；或者按矿工的说法，是“井底浮上来了”。不过顶部的重量会把一切都固定住。有些地方用的是钢梁而非木梁，可就连它们也被压弯了，可见顶部

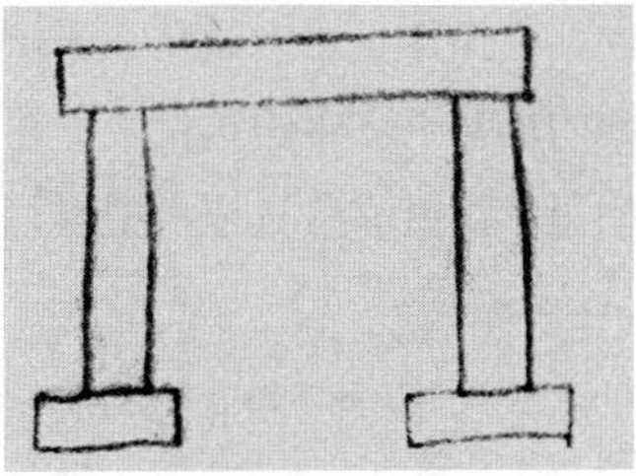

的重量有多大。脚下是一层厚厚的石粉和铁轨，铁轨宽 2.5 英尺，用来跑小车。矿工们走下坡路时会踩着铁轨往下滑。他们的木鞋底是中空的，多少可以嵌在铁轨上。

我弯腰走了几百码路，还爬过一两回矮洞，开始感到整条小腿上下酸痛无比，脖子也酸得抽筋，因为弯腰走路时还得时不时地抬头看看，免得撞上横梁。不过小腿的酸痛还是最要命的。我们越是靠近采煤面，头顶自然就越是逼仄。我们还爬过一条临时隧道，看上去就像个大号的老鼠洞，没有支柱，其中一处地方夜间发生落石——估计落下三四吨*的石土——把整条隧道都几乎堵死，只剩一个贴近顶壁的小开口，我们不得不就从那里钻过去，还不能碰到木梁。此刻我的膝盖已经打颤，不得不停下来让膝盖歇歇。又走了几百码后，我们终于来到了第一处采煤点。这只是一处小矿点，只有两个工人在操作一台类似于修路电钻[17]的机器，只是体积大点。旁边是台发电机，通过电缆给这台机器还有其他机器供电。我还看到些相对较小的电钻（不过每台也重 50 磅左右，需要吊到操作工人的肩膀上），用来打洞安置炸药；还看到成捆的矿工工具锁在钢丝绳上，就像一串串钥匙。这是为了防止遗失。

我们又走了几百码，来到一处主要的采煤点。这里此刻没有工人干活，前来换班的人还在 250 码开外。这里有台更大号的钻机，需要五个人操作。机器架在一个旋转底盘上，底盘上面布满几英尺长的轮齿，朝向各个方向；理论上讲它就像是个加厚的圆盘锯，只是水平转动而非垂直转动。机器要靠工人拖到位，然后它的前端就可以旋转到任何方向，靠操作工用力紧贴在采煤面上。两个叫“铲工”的操作员把挖到的煤铲进皮带输送机上，输送带穿过隧道把煤输送到主道上的煤桶里，接着靠蒸汽拖机把煤桶拖进吊笼。我以前

---

* 杰瑞·凯南说有 20 到 30 吨。我不知道我们俩谁估计得准。［奥威尔手写原注］

从不知道，煤钻操作工们就是在这样一个不到一码高的地方工作的。当我们趴着从岩顶下钻过来到采煤面时，最多只能跪着，甚至还不能跪直。我想操作工们大多工作时间都是肚皮贴地趴着的。温度也高得可怕——我猜可能有100华氏度。工人们不断地钻进采煤面，挖出一道半圆的轨迹，时不时地还要把机器向前拖，然后架好支撑。我不知道他们是怎么把这台怪兽般的机器拖过来的；它虽然扁平，但有6到8英尺长，好几吨重，而且没装轮子，只有滑架。工人们得把它拖过一英里长的距离。即便是拖着它跟上采煤线的前移也是项可怕的任务；我看着工人们几乎是躺着拖的。在采煤面附近我看到了不少老鼠，据说井下还有很多。我不知道它们最初是怎么进来的，也许是通过吊笼，但更有可能是掉下矿井的。据说老鼠不管从多高的地方跌落都摔不死（因为它的表面积相对重量来说大得多）。

回去的路上我实在是筋疲力尽，几乎跟不上脚步了，最后一段路我每走50码就要停下来休息。每过一道梁就得周期性地弯腰再直腰真是种折磨，当你好容易可以站直时——通常是因为天花板上有个坑——那种轻松感是无与伦比的。有时我跪下时膝盖都没法支撑身体。更糟的是，在井下最深的区域天花板通常还有坡度，这样你不但得弯腰还得时常侧行。我们所有人都累得够呛，除了那个领路的工程师——他早已习惯了——和那两个孩子，因为他们完全不必弯腰。我毫无疑问累得最惨，因为我个子最高。我很想知道有没有哪个矿工和我一样高，如果有的话他们是不是也像我这么累。我们在井下见到的那几位矿工行动起来身手敏捷，手脚并用地在柱子间四处穿梭，动作简直像狗。

当我们最终回到地面后，我们先洗掉了身上最显眼的煤灰，喝了点啤酒。我回到家吃了午饭，泡了个长长的热水澡。我很奇怪身上居然钻进这么多灰，而且很难洗掉。灰尘穿透了外套和下面的层层衣物，渗透到了我的每一寸皮肤。当然，很少有矿工的家里装了浴缸，只有放在厨房火炉前的一只浴盆。我觉得没有一个像样的浴缸，要保持清洁是根本不可能的。

我们换工作服的房间里放了几笼金丝雀。这是法律规定的，为的是监视空气质量，预防井下爆炸。只要这些吊笼送下来的金丝雀没有晕厥，空气就没有问题。

戴维灯的灯光还算亮。空气能从灯的顶部流进，但火焰却被一层金属细网拦住了——火焰不能钻过直径小于某一定值的孔洞。因此，细网既允许空气流入为火焰供氧，又阻止了火苗外溢，防止引发危险气体爆炸。每盏灯可以燃烧 8—12 小时，而且上了锁，这样就防止了在灯熄灭后有人在井下重新点灯。矿工下井前要搜身检查是否携带火柴。

---

16 杰瑞（乔）·凯南：当时是个失业矿工，也是独立工党的活跃分子。他坚称沃林顿巷 72 号的房间一尘不染，尽管奥威尔对那里颇有微词。他还说“奥威尔离开那里住进那家牛肚店是为了寻求更阴暗的素材”。不过他走得是匆忙，但奥威尔离开 72 号确是因为霍比太太得病一事。奥威尔后来没有送给凯南一本自传式的《通往威根码头之路》，对此凯南心怀怨恨是可以理解的。不过另一方面，他很有风度地评价道：“这是本好书。我想它一点儿也没有夸大现实，而是清晰描绘了 1936 年工业区的现实图景。”（《追忆奥威尔》，pp. 130 & 133）

17 奥威尔可能说的是风镐。

1936 年 2 月 27 日

星期三（25 号）去了利物浦看望代纳[18]夫妇和盖略特[19]夫妇。我原本打算当天晚上回来的，但我一到利物浦就感觉不适，病得一塌糊涂，代纳夫妇于是坚持送我上床休息，接着又挽留我过夜。[20]因此我昨天晚上才回来。

盖略特给我留下了非常深刻的印象。要是我以前就知道是他用马特劳的笔名给《阿德尔菲》和其他几份刊物写文章的话，我一定早就设法和他见面了。他是个壮实的大块头伙计，36 岁上下，利物浦的爱尔兰裔，在一个天主教家庭长大，但却成了一名共产主义者。他说他在过去6年左右的时间里一共只找到9个月的工作。他孩提时就已出海，在船上呆了10年，后来又做了码头工人。大战①期间他的船被鱼雷击中，7分钟就沉没了，不过水手们已经料到了鱼雷攻击，因此早早做好了准备，除了无线电通讯员外所有人都获救了——那位通讯员拒绝在没有收到回复的情况下离岗。他还曾在禁酒令期间在芝加哥的一家地下酒坊里做活，目击了好几次银行抢劫，希奇在一场街头打斗中遭枪击身亡后他马上去看了《战斗的希奇》[21]，等等。然而，所有这一切对他的吸引力都比不上共产主义政治。我劝他写本自传，可他觉得同妻子和好几个孩子一起挤在两个房间里，根本不可能动笔写长篇，只能写点短篇。利物浦的失业率高得惊人，更何况他到处都被列入了“共产主义者”黑名单，根本找不到工作。

盖略特带我前往码头，目睹雇主挑选码头工人卸货的过程。我们赶到时看到约200人围成一圈，警察正把人群往后拦。看起来似乎是一家水果店需要人手卸货，得到消息后工人之间发生争抢斗殴，警察不得不出面干预平息事端。过了一会儿公司代表（我猜是所谓的装卸公司）从一间工棚里钻了出来，开始唱名，有时只是报数——那是他当天雇过的工人的编号。点完名后他还要10个工人，于是绕着人群围成的圈子走了一圈，时不时地挑出一两个人来。他会停下脚步，选中一人，摸摸肩膀，然后把他牵出来，那动作跟挑牛简直一模一样。完事后他宣布挑选结束，剩下的工人发出一阵咕哝声，随后陆续散去。200个工人中有大约50人被挑中。失业的码头工似乎要每天登记两次，不然当局就认定他们当天找到了工作（他们主要是打零工，按日计活），那天的救济金就要取消。

---

① 指一战。——译注

不过利物浦在清理贫民窟方面比大多城市都做得要好，这点给我留下了深刻印象。贫民窟里的情形依然糟糕，不过市里还建了大量的市政会建房和廉租房。就在利物浦市外有许多小镇，几乎全部由市政会建房构成，里面的居住条件相当不错，外观也很体面，但就是离工作地点远，这点一如既往地招致反对声。小镇中央是模仿维也纳建造的大片工人公寓，建成巨型环状，五层楼高，中心是一片纵横约 60 码的天井，用作儿童的活动场。公寓楼房的里圈是阳台，两边都开着宽窗，这样每户都能照到点阳光。我没能走进公寓，不过估计每套房子有两三个房间*，有小厨房和通热水的浴室。顶楼的房租是 7 先令，底楼是 10 先令（当然，没有电梯）。值得注意的是，尽管利物浦市民已经接受了公寓（或者按他们的叫法，出租房），但在威根这样的地方人们尽管也认识到了公寓可以解决在工作地点周围就近安居的难题，但他们都说宁可要属于自己的一间房，不管那有多寒碜。

这里有两点很有意思的地方：住房改造几乎完全由市政会一手操作；据说市政会对待私人产权十分粗暴，甚至宣告贫民窟房屋不得使用时都不付赔偿。你会发现，这样一条立法事实上是社会主义性质的，尽管它由当地机构出台；可利物浦市政会几乎完全由保守派组成。更有趣的是，尽管住房改造动用的是公共资金，因而事实上也是社会主义性质的立法，但实际工程却是由私人承包商完成的。按照常理你可以推测，这些承包商都是市政会成员的朋友、兄弟、侄儿……如此看来，超出了某个界点后，社会主义和资本主义就变得难舍难分了，国家和资本家也合二为一了。在河的另一边——伯肯头滩上（我们是穿过梅兹隧道过河的），你看到的是阳光港，一座城中之城，全部由利威赫姆肥皂厂建造并拥有。这里同样是租金低廉的优质住房，但也写满了条条框框的规定，和公共住房

---

* 也许是三个——一个起居室和两个卧室。［奥威尔手写原注］

臭味相投。河这边是市政廉租房，河那边是利威赫姆勋爵的私人产权，你简直没法分清孰公孰私。

还有一件有趣的事：利物浦是由罗马天主教徒管辖的。至少在切斯特顿-贝奇考姆[22]这类作家的观点中，天主教理念一定是认同私人产权，反对社会主义以及广义上的“进步”立法的。切斯特顿这类作家宁愿看到自由农或其他小产业主住在尽管不很卫生但却归个人拥有的茅舍中，也不愿见到“工资奴隶”住在设施完备的公共住房里，饱受强制卫生和其他限制规定的束缚。因此，利物浦的天主教徒事实上是与他们自己的宗教理念背道而驰的。但我想如果切斯特顿等人也意识到了天主教徒可以掌控地方和其他政府机构，哪怕别人管这叫社会主义，他们也会变换说辞的。

利物浦这里没人穿木底鞋，包头巾。坐车回到住处，心里盘念着威根以西这么点点距离风俗就变化得这么突然。*

要是盖略特能让我蹭趟货轮的话，我想走海路回伦敦。

买了两个黄铜烛台，一只瓶里的船模。烛台花了 9 先令。盖略特说我被骗了，但烛台的黄铜材质真的不错。

---

18 梅·代纳和约翰·代纳夫妇负责《阿德尔菲》的利物浦办事处。奥威尔通过《阿德尔菲》的米德顿·穆雷或理查德·雷德的介绍结识了他们。奥威尔抵达利物浦时病得厉害，因此没能按计划参观利物浦。他还曾对他们说起过自己希望坐船回伦敦，好体验下海轮的情形。梅·代纳在《追忆奥威尔》中对奥威尔有一段动人的回忆(pp. 134 – 136)。她总结道：“他是如此真诚……和他在一起时我们感觉不到丝毫窘迫。只是他的话不多，除了在谈论自己的书，感兴趣的事和经济危机时……但你能感觉到那份温暖；你能感觉到他的关注。”

19 乔治·盖略特(1896—1966)是奥威尔熟识的一名失业海员。他曾用“马特劳”的笔名给《阿德尔菲》写过文章和短篇小说。20 世纪 20 年代他在美国呆了很长时间，还是一个革命性的工会组织“世界产业工人工

---

* 威根的所有人都说木底鞋要过时了。但在相对贫穷的城区里，我看到的两个人中就有一个穿着木底鞋，而且(我觉得)至少有十家店铺除了木底鞋不卖别的。[奥维尔原注]

会”的一名会员。他凭着模仿美式口音的本事在莫西赛德团结剧院出演过些小角色。

20 奥威尔在代纳夫妇家呆了5天。在他们的坚持下，奥威尔在床上休养了3天(克里克，p.285)。

21 “战斗的希奇”(1857—1925；原名阿马多·M·贝里克·佛)：塞内加尔拳击手，曾在一战期间随法国殖民地团参战。他在1922年初意外击倒了当时的法国冠军乔治·卡本提，夺得了世界轻重量级冠军。但不久以后他就输给了爱尔兰人迈克·麦泰戈，丢掉了冠军头衔。希奇后来试图在美国扬名，但没有成功。一天早上，他被人发现倒在纽约的一条黑巷中，已中枪身亡。希奇对卡本提的比赛被拍成电影，广为放映。奥威尔很可能在动身前往缅甸前也看过这部电影。

22 切斯特顿-贝奇考姆：G·K·切斯特顿(1897—1925)，罗马天主教护教者，编辑，多产作家，“神父侦探”布朗神父的创造者。他出版了奥威尔的第一篇英语职业文章。(见《一铜板新闻报》，1928，CW，X，pp.119–121)。“贝奇考姆”专栏由J·B·莫顿(1893—1979)于1924年首先开启；莫顿也是个罗马天主教徒。专栏用语略带讽刺，是奥威尔时常蔑视的对象。奥威尔曾对切斯特顿和莫顿两人做过一段更细致的比较，详见《如我所愿》，No.30(1944年7月23日，CW，XVI，pp.262–265)。

1936年3月2日

作于谢菲尔德华莱士路154号。

一路走来，山上到处都落满了厚厚的积雪。田间的石头分界穿过雪原，就像白裙上穿过一条黑管子。不过天气倒是温暖又阳光明媚。我有生以来第一次看到秃鼻乌鸦在交尾[23]——在地上，不是在树上。雌鸟张着喙站着，雄鸟则在她身边走来走去，看起来像是在喂她东西。

对威根的回忆：小山一样的煤渣堆，黑烟，一排排熏黑的房屋，黏糊糊的烂泥地，上面踩满了木鞋印；粗壮的姑娘站在街角，怀里抱着裹在披巾里的婴儿；糖果店橱窗里大堆打折的碎巧克力。

---

23 秃鼻乌鸦在交尾：所有版本的《通往威根之路》都在CW，V，p.16，16行处写着“秃鼻乌鸦在散步”。二稿本来写的是“乌鸦在求爱”，但即便这样出版商还是觉得太直接。据艾琳·布莱尔于1937年1月17日写给格兰兹的信中所说，奥威尔最初写的就是“交尾”，正如此处日记中的措辞。

1936年3月3日

这栋房子：楼上楼下各两间房，卧室大约14 × 12英寸，客厅则小得多。起居室里有水槽和大锅，没有暖气。租金加杂费大约8个半先令——房子还有两个地下室。丈夫失业（领P. A. C.[24]救济——过去是家工厂的仓管员，后来工厂关门，辞退了所有员工），妻子是个杂役女佣，工钱是每小时6便士。他们还有一个五岁的孩子。

詹姆斯·布朗：45岁，但看上去更年轻。右手和一只脚畸形。这是遗传病变，他担心这病还会传给下一代，因此拒绝结婚。因为残疾他从没有过正常的工作。他曾跟随一个马戏团多年，当过马夫、小丑和"狂野西部"的骑手——显然他能够用畸形的手控制缰绳。他目前独身，不知何故还领不到救济，只能从教区和兄弟手里得到一点帮助；住一个单间，里面只有一个敞开式壁炉用来做饭，没有烤炉。他苦大仇深，宣称对资产阶级——甚至是对其中个体的真切仇恨是成为社会主义者的必要条件。不过他人很好，非常乐于助人。他的政治情感中还掺杂着那种司空见惯的约克郡地方主义，交谈中总喜欢拿伦敦和谢菲尔德作比较，然后贬低伦敦。他认为谢菲尔德在所有方面都比伦敦强——一方面谢菲尔德的新房规划比伦敦要优越得多，另一方面全伦敦也找不到能比谢菲尔德的贫民窟更肮脏的地方。我注意到除了北方人和南方人间通常互不对眼外，约克郡人和兰克郡人也互不对眼，甚至约克郡各镇之间也互不对眼。除了伦敦外，这里的人似乎从没听说过南方其他地方。只要你是南方人，那他们就认定你是伦敦佬，不管你怎么否认都没用。与此同时，尽管北方人鄙视南方人，可他总惴惴不安地觉得南方人比他更懂得生活艺术，总想露两手给他看。

度过了漫长又劳累的一天。詹姆斯带我连走路带坐车地看遍了谢菲尔德的每一寸角落。我现在已经逛遍了几乎整座城市。在我看来，光天化日之下的谢菲尔德是我见过的最可怕的地方。不管你朝哪个方向看，你看到的都是同样的景象——怪物般的巨大烟囱喷出团团浓烟，有时是黑色，有时透着一点玫瑰红，据说是硫黄。你永远能闻到空气中的一股硫黄味。所有建筑竣工一两年就会被熏成黑色。我在一处地方停下脚步，目光所及之处的烟囱竟然有 33 个之多。那天天空雾蒙蒙、烟蒙蒙的，要是天气晴朗的话我还能看到更多。我怀疑整座城市也找不出一栋有建筑学价值的房屋。谢城多山（据说它像罗马一样建在七座山上），到处都是寒碜低矮的房屋，被烟熏得漆黑，构成一条条互呈锐角的街道，街面上的鹅卵石故意铺得凹凸不平，好给马掌增加抓力。入夜后一个个山头倒是幻化出一种漂亮的视觉效果——你从一处山坡眺望另一处山坡时，点点灯光就像闪烁的星星。巨大的火焰不时地从铸造车间喷射而出，透过浓烟与蒸汽显现出玫瑰的色彩。瞥一眼车间内部的情形，你会看到火红的、白热的（其实是柠檬色的）铸铁如巨大的火蛇般翻滚到输送轨上。市中心的贫民窟区是些“小老板”开的小作坊，主要是做刀叉的。我一生中从未见到过如此之多的碎玻璃。有些作坊的窗框上几乎一块玻璃也不剩了。要不是看到里面有雇工的话（多是些姑娘），你简直无法相信这样的房子里能住人。

整座城市正以迅雷般的速度进行着拆迁重建。贫民窟里到处都是豁口，旁边堆积着肮脏的瓦砾堆——那是被认定危房的建筑爆破拆除后留下的。市郊到处可见市政廉租房正拔地而起。这些房屋不管从哪一方面来看都比利物浦的要差很多，看上去也处境惨淡。我现在的住所后面就有一座廉租房，恰好建在山顶，地基是烂糟糟的黏土，四周冷风呼号。我观察到那些出入廉租房的租客总是要付（比在利物浦）更高的租金，还得花更多的钱买燃料取暖，而且往往离工作的地方更远，因此要花上更多的车钱。

晚上他们带我去参加一个卫理教集会，那其实是个男人的协会组织（他们管这叫兄弟会[25]），每周集会一次，听个讲座，做点讨论。下周作讲座的是个共产主义者，宣布这一安排的牧师显然对此颇有微词。这周的演讲人是个牧师，题目是《干净的水，肮脏的水》，通篇净是些愚蠢至极，前言不搭后语的胡说八道，说的是萧伯纳的剧作《一个黑人女孩的冒险》[26]。大多数听众一个字也听不懂，也几乎都不在听，演讲后的讨论与提问愚蠢得令人无法忍受，布朗和我干脆和他的朋友宾一道溜走了，去看他家的“背靠背”房①。对此我还记了笔记。宾说兄弟会的大多数成员都是失业者，为了能有个暖和的地方坐上几小时，什么都可以忍受。

谢菲尔德的口音不像兰克郡那么重，只有极少数人穿木鞋——估计大多是矿工。

---

24 P. A. C.：地方政府的“公共救助委员会”；那些没有失业救济的人可以向这个机构申请财政补助。

25 “兄弟会”：在《一九八四》中，欧布莱恩宣称那些读完古德斯坦的人“将成为兄弟会的正式成员”。小说中的兄弟会是个反政府组织。

26 “一个黑人女孩的冒险”：《黑人女孩寻找上帝的冒险旅程》是萧伯纳于1932年创作的剧本。剧中作者以一个纯真又聪慧好问的黑人女孩的口吻进行了一场富有寓意的哲学之旅，提出“为什么上帝是男人”之类的问题。在序言中，萧伯纳解释道，1932年“非洲的夏日，英国的冬日”，他被困在南非克尼斯纳整整五周，在此期间受到启发写下了这个“故事”。他原打算把它写成剧本，“但发现自己在写这个黑人女孩的故事”。写完之后，“我开始推测它究竟意味着什么”。

1936年3月5日

写于利兹市赫丁利，埃斯特科特街21号[27]。

我今天上午10: 30分离开谢菲尔德，尽管我住的地方如此糟糕，回到温暖的家中将是莫大的安慰，但我还是为离开瑟尔一家感到遗憾。我很少遇到像他们这样天性正直的人。他们对我的友善是

---

① 指两栋住宅共用一面墙壁；这样的房子通常卫生通风条件较差，通常是为工人阶层建造的。——译注

绝不输于我所碰到过的任何一个人；我希望也相信他们真心喜欢我。当然对于他们的生平我也是一点一点了解到的。瑟尔 33 岁，是家中独子。年轻时他参加过陆军，在巴勒斯坦和埃及的占领军炮兵团（或者叫其他名字）中服役。他对埃及有生动的回忆，希望有朝一日能够重返那里。从那以后他一直在打短工，在许多工地上干过仓库管理员、监秤人等工作，还当过铁路搬运工。瑟太太娘家的家境要好一些，她的父亲直到几周前*还有一份不错的工作，周薪有 5 英镑，并且靠做渔竿还能有些额外收入。但他们是个大家庭，有 11 口人，所以她也得出去做用人。她不顾家人反对同瑟结婚时瑟正在领救济。起初他们租不到房子，挤在一个单间里，而且就在那儿生了两个孩子，其中一个夭折。他们告诉我，当时全家只有一张床，他们只能把死婴直接"陈"在救护车上。最后，他们费尽周折（因为房东不乐意把房子租给领救济金的人家，他们不得不向中介行了点贿赂）总算租到了现在这栋房子，租金在 8 先令 6 便士左右。瑟太太每周做清洁工挣 9 先令。我不清楚她的救济金因此要扣去多少，但我知道他俩一周的总收入是 32 先令 6 便士。尽管如此，我还是费了好大力气才说服他们收取我全额的食宿费——他们开始只要一周 6 先令，从周一晚上到周四早上食宿全包。他们把房子收拾得非常干净整洁，虽然有一个小花园，却种不了什么东西，因为花园一边是工厂的烟囱，另一边是煤气厂，而且土质也很差。夫妻俩感情很好。瑟太太对经济形势还有抽象概念的理解能力令我非常惊讶——她同大多数工人阶级妇女不一样，尽管她识字可能也并不多。她对雇主好像并不怨恨——她说他们对她很好——但对于家政服务的实质看得很清楚。她对我说，前几天当她服侍主人家进午餐时，估算了一下桌上食物的价格（5 个人一餐），一共 6 先令 3

* 他死得非常突然，他妻子除了养老金和保险单，如今没有别的经济来源。[奥威尔手写原注]

便士，相当于P. A. C. 给她孩子两周的伙食费。

布朗非常热情，对于我“在谢菲尔德走走”的要求甚至过分认真了，于是我从早到晚被领着赶东赶西，大部分时候是步行，参观了公房、贫民窟、住宅区等等。但布朗这个人处起来很累，总是满腹牢骚，而且对于自己的共产主义信仰过分敏感了。我们在罗瑟勒姆的时候不得不在一家略有些昂贵的饭店吃午饭，因为那里除了酒吧外没有其他吃饭的地方了(布朗不喝酒)。进了饭店后布朗紧张得出汗，抱怨那里的“资产阶级氛围”，说他吃不下这样的菜。因为他曾宣称必须仇恨所有的资产阶级，我不知道他是怎么看我的，因为他从一开始就说我是资产阶级，还对我的“公学鼻音”品头论足。不过，我认为他还是愿意把我看作是一名“名誉无产阶级”的，部分是因为我不反感在水槽里洗手，但更多的是因为我似乎对谢菲尔德很感兴趣。他很大方，尽管我从一开始就告诉他，我们在一起的时候他的伙食等开销由我买单，他总是特意为我省钱。他一周的生活费好像是10先令——这我是听瑟尔说的，至于他的10先令是从哪里来的我就不得而知了——而房租就要6先令。再算上暖气费的话，要想靠剩下的钱生活肯定是办不到的。如果你不在暖气、烟草和衣服上花一个子的话，那4先令可以让你不饿死(见附件)[28]。我想布朗一定时不时地从瑟尔和其他朋友那里蹭饭，还有他那位收入尚可的兄弟。他的房间整洁，甚至有点文化味，因为里面有些“古色古香”的家具，都是他自己做的，还有一些他作的画，粗糙但并不难看，大部分画的是马戏团。他的怨恨大部分来自性饥渴。他的身体畸形妨碍了他和女人交往，他对畸形会遗传的担忧也阻碍了他结婚(他说他只会娶已经过了生育年龄的女人)，而他又不能挣钱，更是雪上加霜。不过他在阿德尔菲暑期学校交往了一个女教师(43岁)，我猜是他的情妇，她愿意嫁他，只是父母反对。瑟尔说自从他同这个女人交往后，情绪已经有了很大改善——之前他还会时不时地大发脾气。

我们有天晚上在瑟尔家有过一场争论，因为我帮瑟尔太太洗碗了。两个男人当然对此都不赞同。瑟太太好像有些摇摆。她说在北方，工人阶级的男人从不向女人表现风度（任凭女人一个人做所有家务，哪怕男人没有工作，那把舒服的椅子总是男人坐的），她认为这理所当然，但也觉得这种现状没理由不能改变。她说她觉得现在的女人，尤其是年轻姑娘，也会欣赏男人替她们开门。现在的男女位置很反常。男人事实上总是失业，女人却偶尔在工作。而女人却要继续承担全部的家务，男人连手都不搭一把，只是做些木工和园艺。我想两性一定都本能地觉得，如果仅仅因为男人失业就要做“家庭妇男”的话，那他就会失去男子气。

我在谢菲尔德看到的一个特别的景象一直萦绕在我的脑海中。一片可怕的废地（不知怎的，这里的废地会肮脏到在伦敦无法想象的程度），几乎被践踏得寸草不生，上面扔满了报纸、废平底锅等垃圾。右边是孤零零一排单薄的四室房子，被烟熏成了深红色；左边是一片无尽的工厂烟囱，烟囱接着烟囱，直到消失在一片蒙蒙的黑雾中。我的身后是用炉渣堆成的铁路路堤；前面，越过废地，是一栋砌着黄砖的暗红色方块建筑，上面有块招牌：“约翰·格罗科克，汽运承包商”。

其他关于谢菲尔德的回忆：被烟熏黑的石墙，流淌着化工品的浅河；从铸造厂烟囱的通风帽里蹿出的锯齿状的火焰，就像圆锯一样；汽锤的重击声和尖叫声（铸铁似乎在汽锤的打击下尖叫）；硫黄味；黄色的黏土；女人们把婴儿车推上山时吃力地扭动身体的背影。

瑟尔太太的水果蛋糕配方（搭配黄油非常好），我在这里记下来，免得忘了：

1 磅面粉，1 只鸡蛋，4 盎司糖浆，4 盎司各色水果（或者用醋栗），8 盎司白糖，6 盎司人造黄油或猪油。

先把黄油和白糖搅拌成糊状，再把鸡蛋打进去，之后加糖浆和面粉，最后用一个抹过油的锡罐盛着在温度适中的烤炉里烤半个小时到三刻钟。

还有她的松糕配方“54321”：

5 盎司面粉，4 盎司白糖，3 盎司油(最好是黄油)，2 只鸡蛋，1 茶勺发酵粉。按以上步骤混合烘烤。

---

27 赫丁利埃斯特科特街 21 号：奥威尔的姐姐玛乔丽(1898—1946)和她的丈夫汉弗莱·戴金(1896—1970)家住那里。两人于 1920 年 7 月结婚。戴金在国民储蓄委员会工作。奥威尔时不时地住到他们家，“写些东西，享受姐姐的照顾。汉弗莱好像对此颇有怨言”，认为奥威尔是个不愿工作的懒蛋(见《追忆奥威尔》，pp. 127－130)。1936 年 3 月 5 日到 11 日以及 26 日到 30 日，奥威尔曾经住在戴金家。

28 见附件：附件是 1936 年 3 月 1 日《世界新闻》报上的一则剪报，描述了家住东南伦敦区利尔福路的一个叫 W·利奇的人一周只花 3 先令 11 个半便士买食物(相当于十进位币值下的 2 英镑)。编者在 1993 年 11 月曾计算过利奇给出的清单上食品的价格，总计约 8.80 英镑。利奇还说尽管他愿意把买来的胡萝卜煮着吃，但他还是会生吃，因为“烧水太费钱了”。这句话不能不让人怀疑利奇先生的话到底有多可信。更多细节请见《通往威根码头之路》，pp. 87－88。

1936 年 3 月 7 日

我打算在埃斯特科特街 21 号玛乔丽和汉弗莱的家中住到下周三。我自始至终都能感觉到中产阶级家庭(哪怕是这种阶层的中产阶级)和工人阶级家庭氛围上的差异。最重要的区别是这里有宽裕的空间，尽管这栋房子里也住了 5 个成年人和 3 个孩子外加宠物。小孩子很吵闹，但如果你决意要独处的话，还是办得到的——而在工人阶级的家里这根本不可能，不管是白天还是黑夜。

有一种麻烦是工人阶级避免不了的：等工钱。如果你领的是月薪，工资是直接支付到你银行账户的，你需要时就可以提出来。但如果你领的是现金工钱，你就不得不候着别人的时间，有时候就得在那里等着，好像还得觉得别人付钱给你是一种恩惠一样。住在威根的霍恩比先生每次去矿上取补偿金的时候，不知为什么他每周得在不同的日子去两次，还得站在冷风中等上一个小时才能拿到钱。而且每次坐电车往返还得花1先令，这样他每周的补偿金实际上就从29先令减到了28先令。当然，他本人觉得这理所当然。在这种习惯的长期熏陶下，资产阶级在生活中会理所当然地认为自己能得到想要的东西(在一定的限制范围内)，而工人阶级却总觉得自己是某个神秘权力的奴隶。有一件事让我印象很深：当我去谢菲尔德市政厅查询某些数据时[29]，布朗和瑟尔——他们俩的个性都比我要强硬——却都很紧张，不愿陪我进办公室，认为市政书记员肯定会拒绝提供信息。他们说："他也许会告诉你，但不会告诉我们。"结果那书记员态度很傲慢，我也没有拿到我要求的所有信息。但这件事的要点在于，我一开始就认为我的问题会得到答复，而他们俩的想法恰恰相反。

正是因为这个原因，所以但凡是等级制存在的国家，在危机时刻总是那些来自较高社会等级的人物冲在前列，尽管他们未必更有才华。而这一点不论何时何地都被视作理所当然。注意：我回头要把利萨加雷的《巴黎公社史》中的那个段落给找出来，其中描述了公社被镇压后的枪杀过程。政府将公社领袖不经审判处以枪决；他们不知道谁是领袖，所以就根据领袖的社会阶层高于其他人的原则来挑选。一个人因为戴表就被处决，还有一个人因为"有张聪明脸"而被处死。我一定要找出这个段落。

昨天同H和M去了霍沃思教长府，那里曾是勃朗特姐妹的家，现在是一座博物馆。夏洛蒂·勃朗特的一双布头靴给我留下了很深的印象。那靴子非常小，鞋头是方的，两侧有系带。

---

29 关于谢菲尔德健康卫生干事提供的数据，见CW，X，pp.571－575。

1936年3月9日

昨天同H和M去了他们在米德尔斯穆尔的小房子，就建在那片高沼地的边缘。也许是季节关系，哪怕是在山上，距离工业城数英里远，这地方特有的烟雾弥漫的景象依然萦绕着眼前的一切。草是灰黄的，河流污浊，房子都被烟尘熏得发黑。雪到处都是，正在融化，烂糟糟的。羊群身上也很脏——好像没看到羊羔。棕榈树长出了叶子，报春花发芽了，除此之外没有春天复苏的迹象。

1936 年 3 月 11 日

前两天晚上我参加了“讨论小组”——就是一个每周一次的聚会，人们聚在一起听听广播谈话，然后讨论听到的内容。那些周一来参加活动的主要是失业人员，我相信这些“讨论小组”一开始就是由管理失业者就业中心的社会福利官员发起的，至少是由他们提议的。周一的这场讨论很一本正经但很乏味。包括我们在内共有 13 个人（除了玛乔丽之外还有一个女人），我们在公共图书馆旁边的一个房间里碰头。讨论的是高尔斯沃西的新剧《骗局》[30]，讨论一直围绕着主题，会后我们大多数人去旁边一家酒吧来了点面包奶酪和啤酒。讨论基本上被两个人把持：其中一个叫罗，是个固执的大个子，不管他前面一个发言者说的是什么他都要反对，说出的话全都自相矛盾；另一个人比较年轻，名叫克里德，很聪明，见识很广。从他文雅的谈吐、平和的声音和表现出的广博的知识判断，我一开始以为他是个图书管理员。我后来得知他开了一家烟草店，之前做过推销员。大战期间他因为道德原因拒服兵役而遭监禁。另一场讨论会在酒吧里进行，参加者的社会地位要高一些。玛乔丽和汉弗莱带着可携式收音机去酒吧，酒吧老板提供一间房间供大家使用一晚上，因为他自己也是组员。这次广播里谈的是“如果柏拉图活在当今”，但事实上除了玛乔丽和我以外，其他人根本就不听——汉弗莱去了贝德福德。节目结束后酒吧老板——一个脑袋光光的加拿大人，一个已经喝高了的园丁，还有第三个男人马上冲了进来，开始了一场豪饮狂欢，半个小时后我们才好不容易脱身。两个晚上大家都谈了不少关于欧洲局势的事情，大部分人都说(其中有些依然抱有非常牵强的希望)战争不可避免。除了两个人以外，其他人都持亲德立场。

今天去巴恩斯利敲定住所。工人俱乐部南约克郡分部秘书长王尔德为我料理好了一切。地址是艾格尼丝大道 4 号。房子是通常的“二上二下”结构，水槽在客厅里，和谢菲尔德的房子一样。户主家丈夫是矿工，我们到的时候正在井下工作。房子非常乱，因为这天正好是洗衣日，但好像还算干净。王尔德尽管善良而且乐于帮忙，却含糊其辞。他干矿工干到 1924 年，但就像大多数人一样也被资产阶级化了。他穿着体面，戴着手套，拿着伞，说话几乎没有口音——单凭外表我会以为他是个小律师。

巴恩斯利比威根略小一些——人口 70 000——但贫困程度明显要轻一些，至少看上去如此。商店要体面得多，生意也像是要好一些。许多矿工下了早班在回家的路上。大部分人穿着木底鞋，不过鞋头是方的，同兰开夏郡的样式不一样。

---

30 《骗局》：约翰·高尔斯沃西的三幕悲喜剧，作于 1920 年。该剧用戏剧的形式表现了两个家族的宿仇：其中一个是老牌的上流社会家庭，另一个来自较低的社会等级但发了横财。1931 年阿尔弗莱德·希区柯克将其改编成电影(算不上是他的杰作)。高尔斯沃西当时刚去世不久(1933)。

1936 年 3 月 13 日

写于巴恩斯利艾格尼丝街[31]4 号。

房子比我想象得大。楼下有两间房间和一间很小的食品储藏室，楼上有三四间房间。房子里住了 8 口人——5 个大人 3 个小孩。前室本来应该是客厅，现在也改成了卧室。起居室面积

14 × 12(码)，按通常的标准配了厨用炉、水槽和铜锅。没有煤气炉。除了一间房间以外，其他的都配有电灯。厕所在外面。

户主家。格雷先生，一个矮小结实的男人，43 岁上下，五官粗大，长着个大鼻子，看上去苍白疲劳。他的头很秃，还有真牙(这在像他这个年纪的工人阶级当中并不常见)，但变色变得厉害。他有些聋，但很喜欢说话，特别喜欢谈论挖矿的技术问题。他从还是个小孩子的时候就一直在井下了。有一次他被落石塌方埋住了——骨头没断，但他们花了十分钟才把他挖出来，又用了两个小时才把他拖上升降笼。他告诉我，井下没有将伤员从事故现场转移走的机械设备(没有担架)。当然他们可以临时做一个担架架在矿车轨道上，但这需要把整个运煤操作全停下来。所以伤员只能靠救助者蜷着身子一点点拖到升降笼里，速度极慢。格先生的工作是将切割好的煤装上车——他们好像把这叫做“Scufting”。他和他的搭档按件计酬，每吨报酬 2 先令 2 便士，每人得 1 先令 1 便士。全职工作时他每周平均能挣 2 英镑 10 先令。他的停工津贴是 6 先令 11 便士。他在达顿上班，距这里 4 英里左右，每天上工要坐公共汽车[32]，车费每天 6 便士。所以他全职工作时的收入是每周 2 英镑。

格太太比他年轻十岁*，贤妻良母型，总是在做饭打扫，口音没有丈夫那么重。他们有一对小女孩——多琳和艾琳，分别是 11 岁和 10 岁大。其他的房客包括一个鳏居的细木工，受雇为新开的赛狗场做木活儿，有一个 11 岁大的儿子；还有一个职业歌手，在附近的一家酒吧里唱歌。在巴恩斯利，但凡大一点的酒吧都会时不时地请歌手和舞者(听格太太讲其中有些非常放荡)。

---

* 他们的实际年龄分别是 50 岁和 38 岁。[奥威尔手写原注]

房子非常干净整洁，我住的房间是最好的。这次有法兰绒床单。

---

31 奥威尔在这里写的是“街”，而不是前文中的“大道”。
32 公共汽车：奥威尔后来把它手写改为“电车”。

1936 年 3 月 14 日

昨晚同格先生聊了很多他的战争经历，尤其是他在腿部受伤的休养期间观察到的种种诈病现象，以及医生对此敏锐的洞察力。有个人装作彻底聋了，成功地坚持过了两个小时的测试。最后他终于通过手语被告知他将被允许退役，可以走了。就在他要出门的片刻医生不经意地说：“随手带上门好吗？”那人转过身来把门关上了，因此被判定继续服役。还有一个人装疯，也混过去了。他在好几天里一直用一根绳子吊着一只折弯的别针，装作是在钓鱼。最后他终于被允许退役了，在同格雷告别时他举起退役通知说道：“这就是我一直要钓的那条鱼。”我不禁想起我在巴黎科钦医院[33]里看到的装病现象，一些失业者会以生病为借口在那里逗留好几个月。

今天又冷得不得了。上午有雨夹雪。但是昨天我在火车上看到农民已经在犁地了，田野里看上去春意渐浓；尤其是有一片地里的土壤颜色很深，不像附近的黏土土质，铧头把土翻开时就像用刀划开巧克力软糖一样。

我在这栋房子里住得很舒服，但我怀疑我对巴恩斯利不会有太大兴趣。除了王尔德，这里我一个人都不认识，而他也什么都不肯说。我不知道这里有没有 N. U. W. M. 支部。这里的公共图书馆也很差。当地没有像样的参考图书馆，好像也没有出版过巴恩斯利的分类名录。

---

33 科钦医院：1929 年 3 月 7 日到 22 日，奥威尔因为流感住在这家巴黎医

院。他在1946年11月6日《穷人如何死去》中写到过这段经历，见CW，XVIII，pp. 459－467。

1936年3月15日

昨晚同王尔德还有其他几个人一起参加了工人俱乐部与工会南约克郡分部的全体大会，会议在巴恩斯利的一家俱乐部召开。到场约200人，都在忙着啃三明治喝啤酒，尽管当时才四点半——他们那天延时了。俱乐部很大，就像一间放大了的酒吧，有一个大厅，可以举办音乐会，会议就在这里召开。会议中有几个片刻气氛有些火爆，但王尔德和大会主席把场面很好地控制住了；他们真是演讲辞令和大会程序方面的大师。我从财务报表上看到王先生的年薪是260英镑。在此之前我从未意识到这些工人俱乐部的数量和重要性，尤其是在北方，约克郡周边。出席这次会议的有南约克郡各家俱乐部派来的一对对代表。我估计总共有150名代表，代表75家俱乐部，共10 000名左右的会员。而这仅仅只是南约克郡的人数。会后他们把我带进一间小会议室吃茶点，里面坐了大概30个人，我估计都是些比较重要的代表。我们吃了些冷火腿、面包黄油、蛋糕和威士忌，大家都把威士忌加在了茶里。茶点过后我跟王和其他人去了镇中心的"激进与自由俱乐部"，这地方我之前已经去过了。里面正举行一场音乐聚会。和酒吧一样，这些俱乐部也会在周末请歌手。这次现场有一个很滑稽的喜剧演员，讲的都是那些平常的老段子；大家喝得也很痛快。在这种场合里王尔德的口音就明显多了。据说这些俱乐部最早是在十九世纪中叶因慈善目的发起的，当然也是禁酒会组织的。但后来这些俱乐部通过财务独立摆脱了控制，目前在我看来已经成了挂着响亮名头的酒吧。格雷就加入了这家"激进与自由俱乐部"，他说他的会费是每季度1先令6便士，所有的酒水每品脱都比其他酒吧便宜一两便士。年龄不满21周岁的少年不许进入，女人(好像)也不能成为会员，但可以和丈夫一起来。大部分俱乐部都声称没有政治性——这一点，再加上这里的大部分会员都是经济较为宽裕的工人阶级——鲜有失业者——便可以预见到他们身上存在着被政治动员反社会主义的危险性。

我和其中一个人谈了一会儿，他以前当过矿工但现在是一名市政局的雇佣劳工。他向我讲述了在他童年时巴恩斯利的住房条件。他在一栋“背靠背”房中长大，里面住了11口人（我想是挤在两间卧室里），上厕所不但要走200码远，而且还要同总共16个人一起合用。

我安排好了下周六去格里姆索普矿下井。这座矿非常现代化，里面有些机械设备在全英国是独一无二的。我还要在周四下一趟“巷道矿”。和我说话的那个人告诉我，那座矿离采煤面有一英里远，所以如果井下通道不好走的话，我就不打算走完全程了——我只想看看“巷道矿”是什么样子，不想像上次那样把自己累趴下了。

格每次从井下回来后，吃东西前都先洗一下。我不知道这样的做法是否常见，但我经常看到有矿工带着一张“克里斯蒂诗人”的脸就坐下吃饭——除了嘴唇是鲜红的，整张脸漆黑一片，嘴唇边吃东西边就变干净了。格刚回家时也是黑得像墨，尤其是头皮——因为这个原因矿工通常都剪短发。他会倒一大盆热水，上半身脱光，有条不紊地清洗身体——先洗手，再洗上臂、前臂、胸口和肩膀，然后是脸和头。然后他自己擦干身体，妻子帮忙洗背。这时他的肚脐还是个煤洞。我想他腰部以下的部位一定还是黑的。矿区有公共澡堂，矿工们平时也会去，但通常每周不超过一次——这其实没有什么值得奇怪的，因为矿工除了工作和睡觉，剩下的时间本来就不多了。除了市政局的新建房外，带浴室的矿工住宅几乎闻所未闻。只有几家煤矿公司的矿井井口棚里有浴室。

我发现格吃得不多。他现在上的是下午班，吃的早饭和我一样（一份鸡蛋培根、面包——不涂黄油——和茶），中午12点半左右再吃一餐简单的午饭，通常就是面包奶酪什么的。他说如果吃得太多就干不了他这份活儿。他带下井的只有一点面包和凉茶。通常就只有这些东西。矿工在闷热的井下也吃不下太多东西，而且他们也没有进餐时间。格回到家在10点到11点之间，只有这时他才会吃上一天中唯一较丰盛的一餐。

1936年3月16日

昨天晚上去听了莫斯利[34]在大厅里的演讲，那座大厅的建筑结构就是座剧院。里面坐得挺满——估计有700人左右。大约有100名黑衫军成员在场维持秩序，其中有两三个身材羸弱的货色与之显得格格不入，还有几个女孩在兜售《行动》[35]。莫斯利说了一个半小时，令我沮丧的是他似乎争取到了会场里的大部分听众。有人一开始朝他喝倒彩，但最后热烈鼓掌。有几个人一开始试图插话提问，结果被赶出去了。其中一个——在我看来只是想要莫斯利回答一个问题，根本没有做出任何暴力举动——正要坐下时就见几个黑衫军扑了上去，拳头雨点般落在他身上，这样的暴力完全没有必要。莫的口才很好。他说的都是那些陈词滥调，夸夸其谈——帝国内自由贸易，打倒犹太人和外国人，提高工资，缩短工时……在一开始喝过倒彩后，下面的工人阶级听众（主要是）很快就被莫斯利的貌似社会主义的立场给迷惑住了，他在演讲中一直在谴责历届政府对工人的背叛。一切的罪责都被推在了一伙神秘的跨国犹太人的头上，据说就是他们在资助英国工党和苏联。莫对于国际局势发表了如下评论："我们过去为了英国和德国人打过仗；我们现在不会为了犹太人再和他们开战。"[36]听众对此报以热烈的掌声。演讲过后照例有提问，令我惊讶的是，只要你事先准备好几句答复用来回避尴尬的问题，你就能非常轻松地蒙骗这样一群听众。譬如莫斯利一直在赞扬意大利和德国，当被问及集中营等问题时他总是这样回答："我们不照搬外国模板；在德国发生的事情不需要在这里同样上演。”当被问及“你怎么知道你的钱没被用来资助廉价的外国劳工”时(莫谴责犹太投资人在赞助这些劳工),莫回答道:“我所有的钱都投资在了英国。”我怀疑很少有听众能够意识到这说明不了任何问题。

一开始莫说将按公共集会法案起诉所有被驱逐出场的人。我不清楚他们有没有这样干,但也许他们的确有这样的权利。与此相关的另一件事是,大厅里面没有一个警察。这是个很能说明问题的现象。任何打断他讲话的人都可能遭到攻击、驱逐,事后再遭起诉,不得不达成和解协议——而对于什么样的行为构成干扰则完全听凭组织者(如莫斯利)裁决。因为你完全有可能只是因为问了一个莫斯利难以回答的问题就挨上一顿打外加罚款。

会议结束时会场外聚集了一大群人,因为有公众对于有人被驱逐出场感到愤怒。我挤在人群里等了好久,想看看会发生什么,但莫和他的党徒没有出现。接着警察赶来将人群一分为二,我发现自己忽然站在了前列;这时一个警察命令我离开,但很有礼貌。我转身走到人群的后面,继续等待,但莫还是没有出现,我猜他一定是从后门溜走了,于是便回家了。但是第二天上午我在《纪事报》办公室里得知,现场有人扔了石头,两个男人被逮捕,还押候审。

格雷今天上午换了早班,三点四十五分就起床,六点钟要下到采煤面开始工作。他下午两点半左右回到家。他的妻子没有起床为他做早饭,他说很少有矿工会让妻子这样做。据说现在还有矿工如果在上班的路上遇到女人就会转身回家。据说在上工前遇到女人会带来坏运气。我想这仅仅针对早班。

---

34 莫斯利:奥斯瓦尔德·莫斯利爵士(1896—1980),曾经参加过一战,一条腿还因此残疾。1918 年他第一次在选举中进入议会(保守党),之后以无党派身份担任议员,1924 年加入独立工党,但在 1929 年成为工党议员。他创立了“新党”,并在 1932 年将其改名为“英国法西斯主义者联盟”。1936 年他在约瑟夫·戈培尔的家中与米特福德姐妹之一的戴安

娜结婚。战争期间两人遭监禁。

35 《行动》：英国法西斯主义者联盟（BUF）的会刊，1936年7月9日黑斯廷斯·伯纳拉太太写信询问奥威尔，她正在为《行动》写一篇评论，是否可以引用《牧师的女儿》中特拉法加广场上的那幕描写。她写道，她希望奥威尔不是个激烈的反法西斯人士，能够得到他"当然不是"的回复。但显然奥威尔就是个坚定的反法西斯者。在后续的信件中她还辩称至少BUF有一个项目"致力于帮助我们身边的可怜人"。

36 为了犹太人：7个月后，莫斯利在10月组织了一场反犹游行，试图带领BUF成员横跨伦敦东区。接下来的暴力冲突后来被称作"凯布尔街之战"。

1936年3月18日

巴恩斯利公共澡堂的设施非常差。澡盆很老式，也不太干净，而且根本就不够，看上去最多只有50只*——而这座小镇却有七千到八千的人口，大部分是矿工，他们没有一个人自己家里有浴室，除了市政厅的新建住宅。

发生了几个奇怪的巧合。我去见莱恩·凯伊时，他推荐我去见汤米·德格南，威根镇的派迪·格拉迪也向我推荐了同一个人。但更奇怪的是，德格南正是那天在莫斯利的讲座中被驱离会场的几个人之一，尽管不是我亲眼看到的那个人。昨天晚上我去找德格南，费了好大劲才找到他。他住在一个叫"花园宅"的房子的谷仓里，那房子非常破旧，几乎都要塌了，里面住了6个失业者，把它改造成了一间寄宿舍。德本人没有失业，但他这时在"偷懒"，因为就在莫斯利的集会上挨打前几天他在井下被落石轻度砸伤了。我们当时特意走出会场想见见这个被打的人，因为我在把这件事写给报社前想先问清细节，并检查他的伤势，但那天没有找到他。而今天我要见的刚好就是他。后来我们在街上又碰到一个那天被逐出场的人。这个人的遭遇很好地说明了像莫斯利这样的煽动大师如何能将任何对自己的干扰进行曲解并转化成优势。当时大厅的后排一阵喧

---

* 事实上只有19只！［奥威尔手写原注］

器，这个人——好像叫亨尼希*——突然冲上讲台，所有人这时都以为他要叫起来打断莫斯利的讲话。可让我奇怪的是，他上了讲台后并没有大叫，当然随即就被台上的黑衫军抓住赶了出去。莫这时叫道："典型的赤匪策略！"现在看来，事情其实是这样的：亨尼希看到黑衫军在大厅后排狂殴德格南，但没法走过去帮助他，因为中间没有走道；不过大厅右手边是有走道的，而他惟有穿过讲台才能过去。德格南被赶出会场后以"公众集会法案"遭到起诉，而亨尼希没被起诉。我不知道还有一个叫马歇尔的人有没有被起诉。那个被扔出会场的女子——这个是在后排发生的，我没有看到——被人用喇叭敲击头部，结果住院一天。德格南和亨希尼曾是战友，1918年当第五军[37]战败时，亨伤了一条腿，德格南被俘。德因为做过矿工，所以被送往波兰矿井服劳役。他说那里所有的矿井井口棚都有浴室，亨说法国矿井也都有浴室。

37 第五军：也许德格南是在1918年3月21日埃里克·鲁登道夫指挥德军沿索姆河以南一线发动春季攻势时被俘的。第五军被迫后撤，损失惨重。

1936年3月19日

今天下了"巷道矿"，累得精疲力竭——下井的那一刻，我显然没有足够的意志力说出"我不想走到采煤点"这样的话。

我下午三点和"副矿长"（罗森先生）一起下井，晚上6:30左右上来。罗森说我们只走了不到2英里。我不得不说这次我感觉比上次在威根要好很多，也许是因为路要好走一些——全程大概有三分之一路是能直起身子的——也有可能是因为罗森故意放慢了脚步

* 他的名字是弗斯，我听成了亨尼希，因为别人在介绍时说他叫赫利斯·弗斯。（其实是艾利斯·弗斯——当地人说话时经常吞掉"H"音。）［奥威尔手写原注］关于艾利斯·弗斯的每周收支，见CW，X，pp. 365－367。

等我(罗森的年岁已经很大了)。除了是座“巷道矿”，这个矿坑的另一个主要特征就是里面大部分坑道都潮湿得可怕。矿井里面到处都有大股的地下水在流动，两台大水泵整个白天不停地往外泵水，大部分时候晚上也要开动。地下水被泵到了地面上，形成一个巨大的湖泊，但奇怪的是水非常的清——罗森说甚至可以喝。湖里有水鸡在游来游去，看上去还挺赏心悦目。我们是在早班矿工上来的时候下井的，下午班的工人不知怎的比早班少。我们下到采煤面的时候，工人们正带着切煤机守在那里，机器没有发动；但他们为了让我看特意把它发动起来。旋转链条上的锯齿——理论上讲这就是个巨大结实的带锯——切入煤面下方，这样就可以把大块的煤轻易地撬出来，再用镐子敲碎，装上矿车。有些大煤块在敲碎之前有 8 英尺长，2 英尺厚，4 英尺高——煤层好像有 4 英尺 6 英寸厚——重量肯定有好几吨。*切煤机运行时能凭借自力按要求沿着煤面前后移动。这些工人，还有那些把碎煤装上矿车的工人的工作环境简直像地狱。我以前还从来没有想到过这一点，但切割机运行时当然会喷出大团的煤粉，几乎能让人窒息，而且你根本看不到几英尺外的东西。井下除了样式老旧的戴维灯外没有其他照明，而且灯的亮度只有两三个烛光；我很难想象这些人究竟怎样工作，除非能同时点好几盏这种灯。要从采煤面的一个位置挪到另一个位置，你必须穿过从煤层里切凿出来的非常狭窄的挖掘通道(1 码高，2 英尺宽)，然后肚皮贴地爬过小山一样的大煤块。爬行的过程中我把戴维灯给掉了，灯灭了。罗森朝一个工人叫了一声，把自己的灯给了我。后来罗森说“你最好给自己切一小块煤留作纪念”(参观者都会这样做)；而就在我用镐子切煤时，我又把我们两个人合用的那盏灯给弄翻了。这真的很尴尬。这件事让我明白了在井下如果不认识路的话该有多容易迷路。

---

* 1 立方码的煤据说重 27 英担。[即 1 372 千克。奥威尔手写原注]

我们经过了矿车，上面装着手杖等物资在皮带上来回运行，皮带是电力驱动的。矿车的时速只有一英里半左右。这座矿井里的所有矿工好像都拿着手杖，他们给了我一根，真的很有用。这些手杖有2英尺6英寸长，把手以下中空。在井下高度正常的地段你可以把手撑在把手上，不得不弓着腰的地段可以握住手杖中空的地方。许多地方的地面就像农田一样泥泞。他们说最好的办法就是一只脚在矿车轨道上走，另一只脚在轨枕上走——如果你摸得到的话。矿工们在井下通道里都是一路小跑，当然一边跑一边蜷着身子，可有些地方我走路都踉踉跄跄。他们说一旦你掌握了感觉，跑就比走容易。我们回来的时候走的是最短的路线，我走了整整三刻钟，而矿工只要走一刻钟，真是丢脸。就算这样，我们去的还是最近的一个采煤点，只到矿井总长的一半。那些在更远的采煤点工作的矿工要花将近半个小时才能到岗。这次他们发给我一顶新式的安全帽，许多矿工也戴着它，虽然不是全部。它们看上去很像法国或意大利的钢盔，我以前一直以为它们是金属做的。可事实上它们的材质是一种压缩纤维，非常轻。我的这顶很麻烦，因为太小了，所以我弯腰太深时总是掉下来。但它真的帮了我大忙！我往回走的时候因为太累了，所以弯腰弯得不够，脑袋一定碰了不下20次了——有一次碰得很重，甚至碰下来一大块石头——但我脑袋一丁点感觉都没有。

我和罗森一起走回了他在多德沃斯的家，因为我在那里乘公交车更方便。他每天上下班要走2英里路，中间还有不少陡峭的山路，下井后还要走路。但我估计他作为“副矿长”并不怎么直接参与劳动。他在这座矿井里工作22年了，他说他对其了如指掌，从不需要抬头就能知道什么时候会有亮光照进来。

鸟儿都在歌唱。榆树上吐出了粉红色的小花苞，这我之前还没注意到。榛树上开出了许多雌花。但我怀疑它们又会像往年一样被老处女们都剪去做复活节装饰。

当我坐在这里打字时，这家人——尤其是G太太和孩子们——都聚拢过来专心致志地看着我，好像很崇拜我的才能一样，这正如我对矿工们劳动能力的崇拜。

1936年3月20日

今天和弗斯谈了一会儿（另见关于他的住所的笔记[38]）。他每周从UAB[39]那里领32先令。弗太太是德比郡人。他们有两个孩子，一个2岁零5个月大，另一个10个月大。他们现在长得很结实；显然这些孩子在婴幼儿期比起之后的童年期要健康得多，因为在他们生长的头三年里"婴儿福诊所"会提供帮助。弗太太每周能领到三包婴儿食品（奶粉），还有一点雀巢牛奶。有一次她领到每周2先令的补贴，为期一个月，用来为长子买鸡蛋。我们住在他们家的时候，订了一些啤酒送过来。我注意到弗斯两口子都让孩子们从自己的杯子里喝一点啤酒。他们家还有一个孩子，忙里忙外地照顾他们的两个小孩。她的爸爸四年前被谋杀了。守寡的母亲每周能领到22先令补贴，我不知道她是从哪里领的；这点钱她要养活自己和四个孩子。

我以前还不知道，但听弗斯说，那些井口有浴室的矿井里，浴室并不是煤矿公司建的，而是矿工们自己用他们每人都缴纳会费的福利基金建的。至少这一带都是这个情况——我一定要调查其他地方是不是也是这样。因此，这又是对"矿工们不要洗澡也不爱洗澡"的一个有利辩驳。不是所有矿坑都建浴室的一个真实原因是，对于那些即将采空的煤矿，公司觉得不值得为它们建浴室。

前面忘了说了，我在文特沃思的巷道矿里，借着灯光看到矿柱上长着一种奇怪的真菌，就像棉絮一样。你如果伸手去摸，它们立刻就消失得无影无踪了，留下一股恶心的味道。兰开夏郡矿工好像不把灯挂在脖子上，而是在肘部绑一根带子，灯就挂在那里。

今天格雷几乎没有挣到什么。切煤机坏了，他也就没有煤往矿车上装了。这种时候这些计件工就没有收入了，最多只有一些零活儿，挣个一两先令。他们管这叫“副工”。

我发现《曼彻斯特卫报》没有刊登我写的关于莫斯利的信件。我想他们永远不会发表了。我对《泰晤士报》本来就不抱希望，但考虑到《曼卫》的名声，我原以为他们会的。

---

38 见CW，X，p.558（东阿尔伯特街12号）。
39 UAB：失业救助委员会。

1936年3月21日

今天上午下了格里姆索普煤矿。这次不那么累了，因为我们为了避开技术学院的学生实习，只去了最近的采煤点，离井口只有四分之一英里，也不怎么需要弯腰。

井的深度约400多码，至少我们参观的那块区域是这样的。那个带我下井的年轻工程师认为升降笼下井的平均时速为60英里，这样的话它们的最高时速能达到80甚至更高。我想这一定是夸张，但它们的确比一般的列车要快。这座矿井的一大特色是“翻斗车”，将煤块用特制的笼子直接送上地面，不需要费力地装入矿车送上去。满载的矿车在一根倾斜的轨道上缓缓运行，由两边的工人靠手闸控制。每辆矿车都在称重机上停一下，录入重量，接着继续运行，并两两驶入一个类似容器的构件，底部被固定住。那个容器会向右倾斜，将煤块顺着料槽倒入下方的吊笼内。当吊笼装满8吨或16车的量后就会移开，煤块会顺着一个类似的料槽直接倒在地面上，然后顺着传送带经过自动筛拣的筛分器，接着被清洗。卖给工厂的煤块则被直接抛到轨道下方的货车上，装车后将卡车称重，车辆自重是事先知道的。这是全英国唯一一家使用这种系统的煤矿——其他的煤矿都用矿车把煤送上地面，十分费时而且需要的矿车也多。这个系统已经在德国和美国使用很长时间了。格里姆索普煤矿每天的产量约5 000 吨。

这次我看到了装煤工究竟是怎样在采煤面工作的。在看过了采煤的各个工序(除了爆破)之后，我多少理解了这究竟是怎么一回事。切煤机沿着煤面切割，切入煤层底部5 英尺深的地方。接着用镐子把大块的煤撬出来，或者是——因为格里姆索普这里的煤质非常硬——先用炸药爆破炸开，再取出来。然后装煤工(在把煤取出来后)再把它们装上身后运转着的传送带，传送带将煤块送入料槽口，顺着料槽倒入矿车。如以下图示：

只要可能的话，这三道工序分三班完成。切煤工干下午班，爆破是夜班(在井下工人最少的时候)，装煤工在早班取煤。每个人都需要负责4 到5 码宽的煤面。煤层的高度约为1 码，切煤机的切割深度为5 英尺，因此每个工人需要取出(大约)14 × 5 × 3 等于210 立方英尺的煤块并装上皮带，差不多相当于8 立方码。如果1 立方码的煤重量的确是27 英担，那么这些数量的煤就远远超过10 吨了——也就是说，每人每小时需要装运一吨半的煤。等到这个班次结束的时候，煤面就前移了5 英尺，因此等到下一班开始的时候就要先把传送带拆卸并前移5 英尺再组装起来，另外需要撑上新的撑木。

装煤工的工作环境可怕得难以形容。你唯一能说的是，地下的温度倒不算太高。但是煤层只有1 英尺高多一点点，工人们只能跪着甚至趴着干活儿，从来站不起来。一边跪着一边把铲子举过左肩，把煤扬到一两码开外，即便对那些习惯这项工作的人来说也一定是件非常累的活儿。你必须算准时机，趁着皮带停住的片刻迅速扭身。我们回程的时候趁皮带还在运转的时候爬了上去；之前没有人警告过我这是个高难动作，结果我刚上去就摔倒了，其他人赶在皮带推着我撞上四处散落的撑木之前把我拖开了。还有一件事情在折磨着这里的工人：皮带一直发出可怕的噪声，这声音从来不会停歇超过一分钟。

这次我们有电灯了——矿井里不用戴维灯，除非用它检测瓦斯气体。如果检测到瓦斯气的话，灯焰就会变蓝。通过测试戴维灯在离地多高的情况下灯焰依然保持蓝色不变，他们可以粗略估算出气体里的瓦斯含量。除了一两条用作便道的走廊，我们经过的所有通道都高大结实，有的路面还是铺过的。我现在终于理解了为什么我们会时不时地走过一扇门。风扇将空气从一个入口处吸出，另一个入口处就会有空气自动流入。但如果不加阻止的话，空气会沿着最短路径回流，而不是流过整个矿井。因此需要用门来阻止空气走捷径。

矿井的浴室设施很好。他们有 1 000 多具冷热水淋浴器。每个矿工都有两个衣柜，一个用来放井下工作服，一个用来放便装(这样工作服就不会弄脏便装)。据工程师说，浴室的建设资金部分来自矿工福利基金，部分来自矿产所有人，公司也出了点钱。

这周格雷两次险些被落石砸中，其中一次甚至擦伤了他。这些人要不是因为熟悉环境，知道什么时候该从石头下面躲开的话，早就没命了。这些矿工在井下和在街上看上去差别如此之大，令我十分诧异。在地面上的时候，他们穿着厚厚的不合身的衣服，看上去很普通；他们通常个子矮小，貌不惊人，很难同人群区分开，只有他们的步态(步伐笨重，肩膀很平)和鼻子上的蓝疤比较显眼。而在井下，当你看见他们脱掉衣服的样子时，你会发现这些老老少少的身材都很健美，每块肌肉都很有型，而且腰身细得完美。我还看到过一些矿工去洗澡。就像我猜的那样，他们从头到脚都是黑的。所以那些没有条件进浴室的普通矿工一定每周至少六天腰部以下是黑的。

我一直想知道像弗斯这样的人每天吃什么。他们每周的收入是32先令，房租9先令半便士，燃气算1先令3便士，煤（算3英担，每英担9便士）2先令3便士。其他的杂项开支（比如弗斯还交工会会费）算1先令。这样就还剩18先令6便士。但弗斯太太还从诊所那儿领一定量的免费婴儿食品，所以婴儿每周的额外开销只有1先令。这样还剩17先令6便士。弗斯肯定还抽烟，香烟算1先令（每周6包"忍冬树"）。这样每周就只剩16先令6便士了，要养活两个成年人和一个2岁大的女孩，平均每周每人5先令6便士。这还不算衣服、肥皂、火柴等开销。弗太太说他们主要靠面包果酱过日子。如果我能设法委婉地提出请求的话，我一定要请弗斯为我准确描述一下他们一天的伙食。

1936年3月22日

凯伊说他的父亲——一个矿工（现在年纪太大，不能工作了）——总会擦洗上身和膝盖以下的腿脚部位。他身体的其余部位要过很久才洗一次，因为这个老头相信洗全身会得腰痛。

集市上的共产党集会令人失望。这些共产党演讲者的问题是，他们不用那些通俗的俚语，而是喜欢用大长句，里面一大堆的"尽管"，"诚然"，"即便如此"……就像加文[40]的行文风格。尽管他们的口音带着浓重的乡音和伦敦土腔——即约克郡口音。我想他们一定事先拿到了写好的发言稿，然后背下来。这时客座讲演人德格南起身说话了。他讲得就好多了——他带着浓重的兰开夏郡口音，尽管他只要愿意完全可以说得像社论一样，但他故意避免这样说话。听众还是像往常一样，是一群年龄各异的男人，都大张着嘴，面无表情，里面夹杂着少数几个女人，她们的表情要比男人活跃——我想这是因为女人除非真的对政治格外感兴趣，否则不会去参加政治集会。听众约 150 人。会后举行了募捐，为那些因莫斯利事件而被捕的年轻人筹集辩护费。总共募到了 6 先令。

我同弗斯还有另一个不知名的男人一起在运河边的巴恩斯利主煤矿还有玻璃厂周围闲逛。这人的母亲刚刚去世，还停尸在家里。她去世时 89 岁，已经做了五十年的接生婆了。我发现他一点不假惺惺的，倒是有说有笑，还去酒吧喝上一杯。巴恩斯利主矿周围巨大的煤渣堆几乎一直在内燃。黑暗中你能看到长蛇状的火舌爬满了渣堆，火焰不但有红色的，还有鬼魅般的蓝焰（磷火）。它们永远像是马上就要灭了，但紧接着又烧了起来。

我注意到这里还有萨克福都用“Spink”这个词（也许是指一种大山雀，但不管怎样肯定是种小鸟）。

---

40 J · L · 加文：（1868—1947），1908—1942 年任《观察家报》的右翼编辑。

1936 年 3 月 23 日

今天在迈普韦尔。这里的住房是我见到过的最差的，尽管我们没能进入当地那些最糟糕的房子。那是些只有一两间房间的小石屋，面积约 20 × 15 英尺，15 英尺高，甚至还不到，几乎已成危房。这些房子（其中一些是煤矿的地产）的租金据说在 3 先令左右。那排叫“春园”的排房最近惹了众怒，因为房东因房租拖欠问题对其中半数的租客下了迁出通知，而有些人的欠款不过几先令。（弗斯在巴恩斯利就因为区区 5 先令的拖欠收到了一张迁出通知，他原打算每周还 3 便士。）这些人把我们领进屋，坚持要我们看看他们的房子。屋子里面非常吓人。第一家里（见笔记[41]）住的是位老父亲（当然也在失业），他在租住这里二十二年后突然接到迁出通知时显然彻底懵了。他焦急地向弗斯和我寻求帮助，觉得我们好像能做些什么。这家的妈妈要镇定得多。两个儿子都24岁上下，都是大个儿的棒小伙子，身形发育良好，脸窄窄的，一头红发，但人很瘦而且无精打采的(显然是因为营养不良)，表情麻木粗鲁。他们的姐姐要略大一些，和他们长得很像，脸上过早地出现了皱纹，目光不停地在弗斯和我身上来回摇摆，好像也觉得我们能做些什么。其中一个小伙子没有注意到我们的存在，自始至终一直坐在壁炉前慢吞吞地剥脚上的袜子；他的脚上沾满了黏糊糊的泥巴，几乎都变黑了。他们家另外一个儿子在上班。房子里空空如也——只有大衣，没有被褥——但还干净整齐。孩子们在后院里玩泥巴，其中有些五六岁大的孩子赤着脚，除了一件宽袍一样的衣服外几乎赤身裸体。弗斯告诉房客们，如果房东坚持要他们迁出的话，就来巴恩斯利找他和德格南。我告诉他们，房东只是在虚张声势，我叫他们坚持不搬；如果他威胁打官司的话，就反威胁他，说要起诉他的房子缺乏维修。希望我做的没错。

我扫了一眼布朗的小说[42]。真是b—s①。

41 见CW，X，p.544。
42 布朗的小说：《阿尔比恩的女儿》(1935)，亚历克·布朗著。奥威尔在为菲利普·亨德森的《当代小说》所写的评论中，将其描述为“一大摊平庸的东西”(CW，X，p.534)。b和s间的连字号是奥威尔添加的。

1936年3月25日

通往高博矿井的专线上沿途都有工人在卸下卡车上的煤屑。他们说矿井“不能把煤屑挡在外面”，正在动手存放。这被认为是个坏兆头。如果矿井开始储存煤屑了，那就意味着它快采空了。卸一吨煤屑的工钱是4便士。一辆卡车能装10吨，所以他们得卸完三车才能挣够一天的工钱。

① bullshits，一通胡话。——译注

我见识过各种各样的肮脏——堆成一堆的没洗的坛坛罐罐，落满了食物残渣的铺着油布的桌面；脏得吓人的破烂毯子，里面全是经年累月被踩踏进去的碎屑残渣——但我想最肮脏、最令我反感的是撒满一地的报纸碎片。

格雷的支气管炎发作得厉害。他昨天没有上班，今天早上尽管明显还病得厉害，但他坚持要去工作。

明天返回利兹，然后周一 [3 月 30 日] 回伦敦。

家庭日记第一卷

1938 年 8 月 9 日—1939 年 3 月 28 日

穿　插

摩洛哥日记

1938 年 9 月 7 日—1939 年 3 月 28 日

从威根码头返回后，奥威尔租下了赫特福德郡沃林顿的斯托斯宅，租金每周 7 先令 6 便士(相当于今天的 15 英镑)。房子的设施很原始，尤其是以今天的标准来看更加如此；但房子周围的空地很大，能够让奥威尔做他最爱的两件事：种庄稼，养鸡羊。他的第一头山羊(他还和它合过影；见克里克，插图 19)叫穆里尔——正是《动物农场》里那头山羊的名字。他经营着这份小产业，直到战争爆发；他好像还靠这个收入支付了那低廉的房租。1936 年 6 月 9 日他同艾琳·欧肖尼斯结婚。他随后开始《通往威根码头之路》的创作，并在 1936 年 12 月 21 日(星期一)将手稿交给了维克多·格兰茨。当时碰巧波特梅里恩的创办者克拉夫·威廉姆斯·艾利斯在手稿送到的当口过来拜访格兰茨，他提议应该给它配上插图。从格兰茨的笔记本上撕下的一页纸保存至今，上面写了几个书名建议(CW, I, p. xxxiii 与 X, p. 530 页上有对应插图)。这本书并不是受左翼图书俱乐部委托写的(有时人们会有此误解)，但在 1937 年初，该俱乐部决定此书将由俱乐部发行。这确保了该书的销量，使得奥威尔收到的版税(扣除佣金)到 1939 年 11 月 28 日为止达到了 604.57 英镑，远远超过他之前任何一部作品的收入——如《落魄在巴黎与伦敦街头》只有 127.50 英镑。

圣诞节期间奥威尔动身前往西班牙，中途经过巴黎领取旅行证件时顺道拜访了亨利·米勒。起初他只是打算报道西班牙内战，但很快就加入了 POUM(马克思主义联合工人党)民兵组织，投身阿拉贡战场为西班牙共和国而战。安奈林·贝文的妻子詹妮·李(曾进入 1964—1970 年的工党政府，后担任第一文化大臣)曾在一封信中写道，奥威尔抵达布鲁塞尔时没有证件，自己负担生活费；(她见到奥威尔时)他当时指了指挂在肩上的靴子，这个动作赢得了她的好感："他知道这里没有合他尺码的大靴子，因为他有六英尺多高。这就是乔治·奥威尔，带着他的靴子来为西班牙而战。"(CW, XI, p.5)在前线参战后，奥威尔在巴塞罗那休假期间卷入了共产党人试图镇压所有革命党派包括 POUM 的斗争中。他后来返回前线，结果喉部中弹，险些丧生。他在养伤期间不得不躲藏在巴塞罗那，直到 1937 年 6 月 23 日他携妻子同独立工党领袖约翰·麦克奈尔以及班组里年龄最小的成员斯塔福德·科特曼成功逃离西班牙。后来发现的一份文件——作为对 POUM 审判的部分官方司法记录——声称该组织"经确认系托派分子"，因此被共产党当局革出教门。奥威尔从不知道有这样一份文件。理查德·里斯爵士在巴塞罗那见到艾琳时，她正在独立工党办公室工作。理查德写道："在艾琳·布莱尔身上我头一次见到了一个人生活在政治恐惧之中时的各种症状。"1937 年 3 月 8 日，当奥威尔在前线作战时，《通往威根码头之路》出版了。随后的那个周末艾琳在前线度过了两天。如序言所说，奥威尔在西班牙期间的一本或数本日记可能还尘封在莫斯科的内务人民委员会档案里。

奥威尔夫妇于 7 月返回斯托斯宅后，奥威尔随即写了几篇文章和评论，试图真实地描绘西班牙究竟发生了什么，同时开始动笔写作《向加泰罗尼亚致敬》，尽管他这时已收到了维克多·格兰茨的一封落款日期为 1937 年 7 月 5 日的信，信中说他不太可能发表奥威尔的这些作品，因为它们会“损害与法西斯的斗争”。就在第二天，马丁·塞克与沃伯格出版社的罗杰·森豪斯寄来一封信，说他们会对奥威尔的记述很感兴趣，因为这“不但很有趣，而且具有重大的政治意义”。奥威尔因此与格兰茨分道扬镳，塞克与沃伯格逐渐成为了他的出版商。

1938年3月15日，奥威尔在经历了一次严重的肺出血后被送入位于肯特郡艾尔斯福德(靠近梅德斯通)的普雷斯顿·霍尔疗养院。他起先被怀疑患有肺结核，但最后经诊断基本确认为左肺支气管扩张(见谢尔登，pp. 316－319)。他在医院度过了整个夏天。4月25日，《向加泰罗尼亚致敬》出版，发行量只有区区1 500册。尽管这本书被认为是奥威尔最杰出的作品之一(而且是一份非常重要的对西班牙内战的个人描述)，直到1951年该书再版时这点可怜的发行量甚至都没有售完。在普雷斯顿·霍尔住院期间，奥威尔于1938年6月13日加入独立工党，24日他的文章《为什么我加入独立工党》发表(CW，XI，pp. 167－169)。二战爆发时他因该党的和平主义立场而退党，而且他“认为这些人在胡说八道”，这只会“让希特勒的日子更好过”。他认为自己是鲜明的“左翼”，但作为作家他最好“不带党派标签”(CW，XII，p. 148)。他直到8月末才出院。医生建议他在气候温暖的地方过冬，因此他和艾琳选择了去摩洛哥(结果这并不是一个最好的选择)，资金来源是一位匿名的捐助者赠送或借贷的300英镑。奥威尔从不知道此人就是小说家L·H·迈尔斯，因为资金是通过一名中间人多萝西·普罗曼转手的(见CW，XI，p. 452)。奥威尔后来凭借《动物农场》的稿酬设法偿还了这笔慷慨的捐助，但当时迈尔斯已去世。在索思沃尔德短暂地探望了他病重的父亲后，奥威尔夫妇于9月2日乘S·S·斯特拉斯登号从蒂尔伯里启程。

奥威尔在1938年写了两本日记：一本家庭生活日记和一本单独记录他和艾琳在摩洛哥的日记，包括往返的路程。他的家庭生活日记始于1938年8月9日；摩洛哥日记始于9月7日。家庭日记是手写的，摩洛哥日记大部分是打字的（见1939年3月12日日记的首注）。日记中的小错误在这里就直接纠正了。奥威尔在家庭日记中贴了一些剪报，本书中没有复制，但在方括号中给出了标题或简短的描述性注解，表明是什么吸引了奥威尔的注意。这些简报的内容可以在伦敦大学学院的“奥威尔档案室”中查询。奥威尔在某些日记中还绘有草图，通常是画在空白的反页上的。这些草图被插入了对应的日记中。注释插在对应的日记条目后。日记的日期和分段（手稿中段落缩进不一）在这里都统一排制了。

日记都按日期顺序排列。奥威尔经常在同一天写了两份日记。在这种情况下，家庭日记排在前面，以D表示；摩洛哥日记以M表示。两本日记中的脚注以同一个数字序列编号。

家庭日记第一卷

1938年8月9日

我在车道边的花坛草丛里抓到一条大蛇。大约2英尺6英寸长，灰色，肚皮上有黑斑，但是背部没有（头颈背部除外），斑点的形状像箭头。不清楚这是不是蝰蛇，因为我记得蝰蛇的整个背部都有宽箭头状的斑点。我抓蛇时不想太冒险，所以只抓尾尖。蛇给这样抓住时，几乎都可以转身咬到我的手了，但是差了一点点。马克斯[1]起初对它很感兴趣，但一闻到蛇的味道就吓得逃之夭夭了。当地人通常会打死碰见的每一条蛇。和许多地方一样，他们也把蛇的信子叫做“毒牙”。[2]

---

1 马克斯：奥威尔的狗，一条黑色卷毛犬。它的名字究竟来自于格劳乔还是卡尔·马克思，一直是人们争论的话题。

2 毒牙：一种古老的信念认为，蛇是通过分叉的信子把毒汁注入猎物体内的，而非通过它的两只毒牙。在《查理二世》中，莎士比亚写道：“一条潜伏的蝰蛇/它那分叉的毒舌仅凭致命的一触/就将君王的敌人置之死地”(3.2.20—22)。另见8月11日的日记。

8月10日

蒙蒙细雨。晚上有浓雾。黄色的月。

8月11日

今天上午所有东西的表面都被雾给浸潮了，就连室内都是。我的鼻烟盒上积了一层奇怪的沉积物，这显然是面漆受潮的结果。

天很热，不过下午有雨。

我听说有人今天上午又抓到一条蛇——这次好像是条草蛇。看到这一幕的那个男人说，他们在蛇的脖子上缠了一条绳子，试图用刀割掉它的舌头，认为这样蛇就没法“蜇”人了。

今天看到了头一批“巴斯美人”苹果。

8月12日

上午非常热。下午突然下起了雷电暴雨。就在大门外50码的地方，公路和人行道在仅仅持续了半个小时的暴雨中被水淹了一英尺深。

黑莓红了。

8月16日

过去的几天里天气多变，一会儿下雨，一会儿酷热。田里的小麦和大麦大都已经收割成堆了。孩子们两天前在摘差不多熟了的黑莓。大前天晚上看到一只白猫头鹰——这是两年来的头一次。远处还有一只鸟，也许是只小猫头鹰。七叶果的个头已经长足了，但还没有熟。啤酒花和榛子差不多大小了。昨天又去动物园*了。又看到一窝小狮子，就比家猫稍大一些，浑身都有斑点。那些一岁大的幼狮和瑞士救护犬差不多大小。一头狮子一天的肉食——我想它一天只吃一顿——好像是六七磅的样子。

萨丁盘羊[3]的乳房和山羊一般大，也许能出产一品脱甚至更多的羊奶。我注意到斑马的蹄子（至少是前蹄）几乎是竖直的，而驴和斑马的杂交种却有着和马一样的蹄子。杂交种的耳朵略大，其他方面就外形而言和斑马几乎一模一样。

---

3 萨丁盘羊：一种野羊，生活在萨丁尼和科西嘉岛的群山中，也可泛指所有的大型野生大角羊。

8 月 17 日

温暖晴朗，风很大。

那片 22 英亩的地里，大麦还没有堆好，不过小麦已经堆好，堆成了两堆，据我目测麦堆的大小为 30 × 18 × 24（高）英寸和 18 × 15 × 20（高）英寸。如果我的估计准确，那么 14 英亩的土地出产的小麦可以堆 14 040 立方英尺的麦堆。按每英亩产 1 吨小麦计算，那么 1 000 立方英尺的麦堆大概相当于 1 吨。等到这片地里的作物都堆好以后我再来核实。

猫薄荷、薄荷和艾菊都盛开了。刘寄奴和柳兰快要结种了。一些黑莓熟了。接骨木果开始变紫了。

用橡树枝而非橡树干做出来的橡木板叫做“杂种橡木”，价钱也便宜。

当地废弃的枕木卖了 1 英镑 1 先令，枕木共 10 英担重。这样算下来每根枕木大概卖 1 先令，即 2 便士 1 英尺。

---

* 在少女石附近。［奥威尔原注］

[剪报：关于绿心木的一篇短文]

8 月 19 日

关于麦田里的麦堆：事实上小麦和大麦的种植面积是差不多的，所有庄稼共堆了四堆，其中两堆 30 × 18 × 24（高）英尺，另外两堆 18 × 15 × 20（高）英尺。这样算来 22 英亩地共出产 28 000 立方英尺的麦子。昨天天气晴朗，风很大。黑莓熟了不少了。接骨木果正在迅速变色。榛子差不多长足了。缬草和毛蕊花谢了。关于改良水泥制作的最后一道工序：

[剪报描述了应当采取的方法]

今天天很冷，风大，潮湿。山楂红了。下午下了点雨。

8 月 21 日

昨天天很好，很温暖。下午去参观了 Kit's Coty[4]，一个德鲁伊祭坛之类的古迹。祭坛由四块石头组成，排列大致如下：

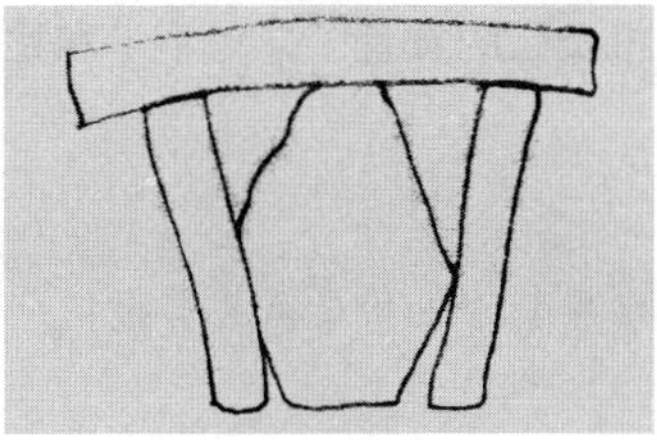

整个祭坛 8 英尺高，顶部的石头约 8 英尺见方，石板有 1 英尺多厚。祭坛总共大约有 70 立方英尺的石头。1 立方码（27 立方英尺）的煤大概重 27 英担，那么顶部的石头如果是煤的话，重量大约为 3 吨半。如果我对尺寸估计准确的话实际重量可能更大。这些石

头立在一座高山的山头，看起来似乎属于另外一个完全不同的地区。

4 Kt's Coty：这是一个长墓的墓室，建在蓝岭山上，位于艾尔斯福德以北不远处。奥威尔的草图以及他的描述非常接近这几块立石的实际情况。

[剪报：《无糖瓶装保存水果，乡间老方》；见 1938 年 8 月 29 日]

8 月 22 日

天很暖和，有阵雨。晚上比较凉，更像是秋天。几棵橡树的叶子开始微微泛黄。

阵雨过后硕大的鼻涕虫在地上爬来爬去，最大的一条有 3 英寸长，脑袋后面有大洞，也许是耳孔。这些鼻涕虫有两种不同的颜色，一些是浅黄色，另一些是白色的。但两种鼻涕虫的肚皮边缘都有一圈亮橘色的色带。这让人觉得它们像是同一物种，只是个体色泽有差异。它们的尾巴尖上都粘着几团胶状的东西，像是钉螺的卵夹。一只大甲虫——大概和鹿角虫差不多大，但不是同一品种——从屁股后面伸出一根长长的黄管子，差不多和她自己的身长相当，也许是在产卵？

[关于如何酿制黑刺李杜松子酒的剪报]

8 月 22 日[5]

南伍尔德：今早很冷，大半天都在下雨。田里的庄稼大都收完了，码成垛堆在那里。萨科福的黑莓比肯特郡熟得早，除此以外两地的植被没有太大差别。

剪家禽的翅膀时，只剪一只，最好是右翅（左翅能让禽笼保暖）。

冷茶是天竺葵的上好肥料。

5 8 月 22 日：前一则日记的日期也是 8 月 22 日，因此这一天也许是 8 月 23 日。奥威尔在动身前往北非前来到南伍尔德看望他的父母。

8 月 25 日

普勒斯顿厅：萨福克的一切都比肯特郡干燥。在我们抵达前的好几个星期里，一滴雨水也没下过，许多庄稼都已歉收。在南伍尔德附近看到几片燕麦和大麦田，庄稼只有 1 英尺到 18 英寸高。不过麦穗看上去还算正常。据说今年全球的麦类作物都丰收。

后院里发现了一只天蛾，被克林斯医生[6]做成了标本。显然是从大陆过来的落单客。据说是当地五十年来看到的头一只天蛾。

小猫头鹰在这里很常见。棕猫头鹰几乎完全看不到。

克医生说我捉到的那条蛇是“滑蛇”，一种少见的无毒蛇。

今天又热起来了。

吉卜赛人开始赶来采啤酒花。他们一到就把大篷车撑开，撒开绳子让鸡满地跑，显然不怕它们跑丢。他们还拿废饼干盒切出一条条锡带做晾衣夹。干这活儿需要三个人，一个人做，一个人剪锡条，一个人钉夹子。如果这三道工序全由一个人来干的话（包括钉好夹子后再把夹子劈开），一个小时可以做 10 到 15 个夹子。

今晚又看到一只白猫头鹰。

6 克林斯医生：布莱尔家的家庭医生。他的儿子丹尼斯是奥威尔的一位朋友：见《摘啤酒花日记》的引言。

8 月 26 日

天很热。早晨地上有浓雾。大片的黑莓熟了，果实又大又甜。

还有不少露莓。胡桃也差不多长实了。店里有很多英国苹果。

8 月 28 日

昨晚下了一个钟头的雨。昨天很热，天阴沉沉的。今天也一样，下午落了几滴雨。再过一星期就该收啤酒花了。

8 月 29 日

天气阴冷。昨晚下了大雨。大丽菊正盛开。

[剪报：对瓶装保存水果一文的回复(见 1938 年 8 月 21 日)，说该方法“必定会产生许多不尽人意的结果”]

8 月 30 日

天转暖了。

郁金香树的叶子开始泛黄。向日葵和剑兰正盛开。高代花已过了时节。鸠尾花快要开了。接骨木果已经熟了，随处可见紫色的鸟粪。凡是有鸟停留过的木头上全都是紫色的斑迹。很难相信鸟类的消化这么好。这儿的豚鼠饲养员似乎不清楚它们到底睡不睡觉。他说它们有时会闭眼睛，但看不出它们是不是睡着了。今天看到了头一批英国产的食用梨。

8 月 31 日

早上非常冷，后来稍微暖和点。

9 月 1 日

天气晴朗，还算暖和。

9 月 2 日

天气晴朗，还算暖和。

9 月 3 日

我在 P&O. ss. 斯特拉斯登号船上写下这则日记。船的吨位 22 500，客舱位 1 063 个。[7]昨天下午六点从蒂尔伯里起航，今天早上的定位为北纬 49. 25 度，西经 3. 34 度；已航行 288 英里，余下的航程为 1 007 英里。船在下午五点左右时从距离码头 5 到 10 英里的位置经过阿申特岛。现在已进入比斯开湾，朝正南方向航行。明天晚上应该会看到陆地。海面现在很平静。我看到过一两群小鱼(沙丁鱼)跃出水面，好像有什么东西在追它们。一只小陆地鸟，像是鹨一类的东西，今天早上飞到了甲板上，当时陆地已经从视线中消失了。船索上还有鸽子在栖息。

---

7 斯特拉斯登号在巴罗为 P&O 公司建造，于 1938 年下水。船体 664 英尺长，23 722 吨，可以容纳 448 名头等舱乘客和 563 名二等舱乘客。该船共经历了 45 次从英国到澳洲的往返旅程，最后一次是在 1963 年 9 月。二战中她被征用作为运兵船。在被一名希腊买主拥有六年后她于 1969 年被解体。

9 月 4 日

今天穿过了比斯开湾河口。海面浪头稍大了些，船体有些摇晃。我没有晕船(晕船药“Vasano”非常有效)。船在下午五点时经过菲尼斯特雷海峡，但因为有雾看不到海峡。今天船的航程为 403 英里(十二点—十二点)。直布罗陀海峡在格林尼治以西 5 度。周一和周二时钟会慢半小时，然后到了马赛又会变快。我们将在周二(6 号)早上七点抵达丹吉尔，下午一点半抵达直布罗陀。到丹吉尔的 1 007 英里航程耗时约 89 小时。今天几只鼠海豚从船边游过。昨天看到一只叫不出名字的海鸟，棕黑色，翅膀上有白色条纹。除此以外没有看到其他生物。

船体长约250码，最宽处的宽度为25码左右。吃水线上有7层甲板。我不知道船员的人数有多少，他们（包括乘务员在内）大多是东印度水手。

9月5日

昨晚起了大雾。汽笛不停地鸣叫。今天上午海面平静了许多，海水是灰色的，油腻腻的，就像铅的颜色。随后白天变得非常炎热，海面是亮蓝色的。上午十点左右经过了罗卡角，但因为有雾看不到陆地。下午六点紧贴着陆地经过了圣文森特角，离海岸线只有2—3英里。船今天的航程为（正午到正午）324英里。按计划明天清晨抵达丹吉尔。

这里的海鸟品种我不认得，头顶是深棕色或黑色的，身体下面是白色的，在海上离海面只有几英寸的高度滑翔捕食，就像猫头鹰在草地上方掠食一样。我们接近陆地时看到一团团的海草。几只燕子或小燕（与英国的品种不同）从离陆地很远的位置就开始尾随着船只。有人说昨天看到了两头鲸，但我没有看到。

与我原先设想的不同，这艘船不是蒸汽轮船，而是烧汽油的。船员据说有600人左右。普通舱（确实在二等舱和三等舱中间）除餐厅外有三间休息室，两层用作运动场所的甲板，一个小游泳池和一台很原始的电影放映机。船上每天都举行天主教弥撒和英国国教的圣餐礼。伦敦到直布罗陀的普通舱票价为6—10英镑。[8]

船员人数为543人。船上装载了8 000到9 000吨货物。

---

8 6—10英镑：6英镑10先令——大概相当于今天的250英镑。

摩洛哥日记

1938 年 9 月 7 日—1939 年 3 月 28 日

直布罗陀　1938 年 9 月 7 日

英国报纸每天搭 P&O 公司的班轮，晚四天送达直布罗陀。当地的英文日报《直布罗陀新闻与官方公报》有 8 页，其中 2 页半是广告，售价 1 便士。当地人口为 31 251 人，民众或多或少地亲法西斯。当地的西班牙报纸《通报》和《康帕斯报》都是 4 页，其中大部分是广告，售价 1 便士，也是日报。报纸没有很明确的政治倾向，也许略微有些亲法西斯。当地出售十到十一份佛朗哥的报纸，还有三份政府的报纸，包括《劳工团结报》。后者在当地有售时至少已经是六天以前的了，而且非常不显眼。另外两份亲政府报纸《未来报》和《民主报》在丹吉尔也有售。报纸的价格都是用佛朗哥政权的货币标价的。

我无从判断当地西班牙民众的政治情绪。我只是在墙上看到过"佛朗哥必胜"的标语和长枪党的标识，但这些都很少见。

城镇人口为 20 000 人，大多是意大利裔，不过几乎所有人都会英语和西班牙语。在这儿工作的许多西班牙人每天晚上都会返回西班牙。当地至少有 3 000 名躲避佛朗哥政权的难民。当局目前正在试图以"过度拥挤"为借口驱赶这些难民。我没法弄清当地的工资和食品价格。这里的生活水平不算很低，没有看到赤脚的成年人，孩子赤脚的也很少。水果和蔬菜很便宜，酒和烟草显然也没有征税或者税率很低（英国香烟每一百支售价 3 先令，而在西班牙是 10 便士），丝绸也很便宜。当地没有英国白糖和火柴，都是比利时产的。牛奶每品脱 6 便士。有些店主是印度人或帕西人。

港口里停泊着西班牙驱逐舰“何塞·尤里斯十世”。船体侧面有一个四五英尺见方的弹洞，就在吃水线上方，左舷，位于船艏后方 15 到 20 英尺的位置。船上挂着西班牙共和国的旗帜。船员起初好像被禁止上岸，后来在某些时间段被允许进入海军专用的娱乐场（还是不许和当地人接触）。没人试图修理船只。

我偶然听到一个当地的英国人在说：“马上要出大事了。希特勒肯定会吞并捷克斯洛伐克的。就算他现在得不到，他以后也会步步紧逼，直到达到目的为止。还不如让他一次全拿去呢。等到 1941 年我们就准备好了。”

9 月 8 日

直布罗陀：天气大多时候都很炎热，晚上有时也燥热难耐。海风飘忽不定。风平浪静时，至少能看到海面下 10 米深处的鱼。

据说地中海猕猴现在在直布罗陀已经很少见了，当局试图彻底铲除它们，因为这些猴子总是惹麻烦。每年到了一定的季节（我想是由于食物短缺）它们就从山上爬下来，闯进居民的房子和花园。据描述它们是大型猿类，体型似狗，尾巴已退化成短短的一截残留。地中海对岸（北非）的同类猴子却恰好相反。

这里的山羊是马耳他种的，至少以马耳他种为主。这种山羊很小，上半身覆盖着长长的粗毛，一直披到膝盖，给人感觉好像是它们的腿很短。它们的耳朵总是低垂着。大多数山羊都没角，至于那些长角的山羊，它们的角向后弯曲得非常厉害，甚至贴到了脑袋上，而且通常还会折返回来，呈半圆形，角尖与眼睛齐平。它们的乳房下垂得厉害，很多就像一个口袋，有的连乳头都没有，有的只有半英寸长。它们的毛色有黑的，白的，还有红褐色的（这种颜色尤其多）。母羊的产奶量据说是每天一升。这种山羊好像什么草都吃。比如说我看到的那群就在吃农田右边的野茴香草。

这里的驴子很小，和英国的品种类似。当地有一种特有的交通工具——一种车厢半封闭的马车，很像拿掉侧板的印度马车。

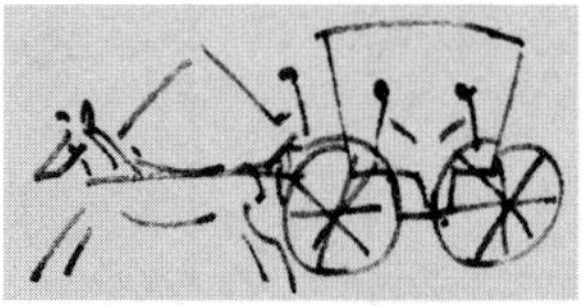

这里的山地陡峭，牲畜的待遇总体里说都很差。当地没有奶牛。牛奶6便士一品脱。现在当季的水果有：苹果，橘子，无花果，葡萄，甜瓜，仙人掌果，茄子和各种英国蔬菜。仙人掌果能够在贫瘠的土壤中大量生长。这里的母鸡很少，鸡蛋也很小。广告里把"摩尔鸡蛋"标榜为一种优质蛋。

这里的猫也是马耳他种的。狗都戴着口套。

9月10日

丹吉尔：这里的气温据说从来不会超过85度(华氏)。海水很温暖，水质非常清澈，无风的时候海面下20到30英尺的物体都能看见。涨潮大约有1英尺高。港湾里的鱼很多，但是不知为什么捕上来的都是较小的鱼。这里有一种大鱼，长约6英寸到1英尺，灰色，看上去有点像鳕鱼，成群结队地在防波堤的石缝间游弋，每群有5到20条鱼。不过所有的渔夫都说这种鱼没法用渔钩钓上来。这里用渔竿和渔线钓小鱼的方法类似于偏钩①。当地人使用的吊具由6个左右的小渔钩组成，背靠背排列，渔钩上面放一块面包或肉片作饵，把渔钩放进鱼群里，一旦鱼群聚集过来就立刻把鱼钩迅速地提起。离岸拖网捕鱼是用以下的方法进行的：渔网长150英尺，深6英尺，中间部分网眼很密，两头较疏；渔网用渔船拖进海里，固定就位，靠浮力托举在海面上。网的两头各有一根极长的绳子，

① 指用渔钩钩住鱼嘴以外的部位。——译注

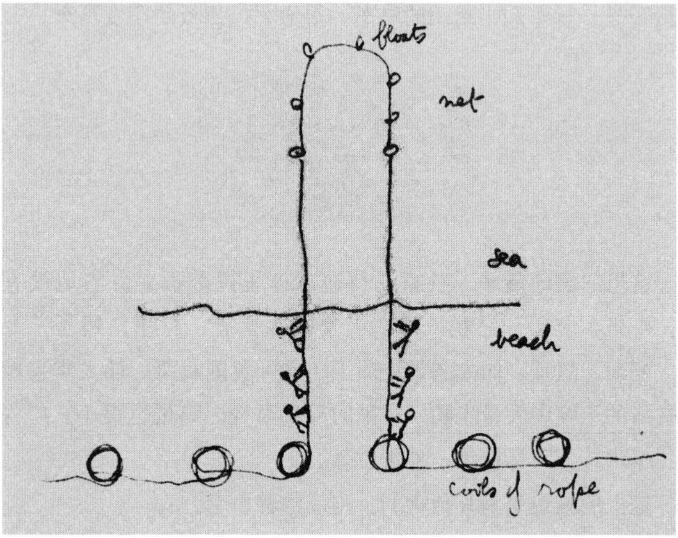

也许有半英里甚至更长。渔网被逐渐收紧，两头拉绳的两队人逐渐靠拢，渔网也随之被弯成一个弧线。每根绳子需要6到8个成年人或男孩子。他们不是用手拉绳，而是在腰上绑一条绳子，末端打结，可以直接套在渔网的绳子上。他们因此可以用身体拉网，上身后仰，主要靠右腿发力。绳子被逐渐收起时会盘成一圈一圈的，所有人一遇到盘起的绳圈就会把腰上的绳套解下来，向前跑去，再把腰绳套在绳子的向海端上。收网大概需要一个小时。我看到的那次收网捕到了约30磅的沙丁鱼（或者其他类似的小鱼）和5磅左右的其他各种海产品，包括乌贼、红鲣、长鼻鳗等。这些东西的价值大约在5先令左右，相当于15个成年男子和男孩两小时的劳动力，按20个成年人的工时来算，每个工时是3便士。

这里的驴子体力被透支得厉害。它们一头相当于9到10个人力，时常负重达到200磅。赶驴人在往驴背上放了许多重物后，自己再坐在货物中间。这里的山非常陡，许多地方坡度达到五分之一或六分之一，可驴子还得驮着这么多东西，有些时候都被货物压得看不到了；但它们还是非常耐心、顺从。这儿的驴子一般都不戴笼头，不需要人驱赶，甚至都不需要牵。它们会跟着主人走，或者走在主人前面，就像狗一样。主人停步时它们也停步，主人进屋它们就在外面等着。这里的大多数驴子好像都没有阉过，许多马匹也是（个头都很小，身体状况也不好）。

这里的空气倒还不赖，虽然气温很高，还有迷宫一样的大集市。

当季的水果有：仙人掌果，各种甜瓜，葡萄，茄子，其他的都是欧洲产的。这里的水都装在羊皮口袋里，需要花钱买。当地生长着高大的无花果树，上面结着绿色和紫色的无花果。这是我以前从来不知道的。这儿有一种很常见的旋花类攀缘植物，一棵植株上同时开着蓝色和粉红色的花朵，有时甚至开在同一根茎上。当下盛开的花朵有：美人蕉、叶子花、天竺葵；草坪上生长着一种独特的粗大的草。

这里有两种燕子或小燕。海湾里没有海鸥。

这里不到七点就天黑了（我是指实际时间的七点；这里没有实行夏令时）。

这里的奶油还不错，但鲜奶好像根本买不到。

丹吉尔　1938 年 9 月 10 日

丹吉尔当地有售的报纸有：《摩洛哥新闻报》（卡萨布兰卡每日早报），明显的亲佛朗哥；《小摩洛哥报》（同上），中立；《摩洛哥电讯报》（丹吉尔日报），略微亲佛朗哥；《丹吉尔期刊》（好像是周报），似乎没有政治性，发布商务类的信息；《丹吉尔公报》和《摩洛哥邮报》（丹吉尔英文周刊，每周五发新刊），似乎略微有些反法西斯倾向，强烈反日 *；此外还有其他几份报纸，法语

* 注意：自 1934 年起，英国对摩洛哥的贸易量被日本抢去了大半。在此之前英国是摩洛哥的第二大贸易国，而现在降为了第六位，日本成为了第二位。（D · H · 沃尔，《当今的摩洛哥》）[奥威尔原注]

和西班牙语的都有，不过似乎没有西班牙语的亲佛朗哥的当地报纸。

这里有两栋建筑挂着西班牙共和国的旗帜，一栋叫做“西班牙楼”，像是个俱乐部，外面贴着常见的共和国政府宣传画。一些商店贴着佛朗哥的宣传画（“西班牙前进”的宣传画和共和国政府的看上去几乎一模一样）。墙上的标语不太常见，亲佛朗哥和亲共和国的大致相当，后者也许略多一些。基本上就是“佛朗哥万岁”或“佛朗哥去死”，还有UHP，CNT，FAI，很少有UGT。除了FAI，长枪党还有JSU外，没有其他党派的首字母缩写。这些标语都用的是西班牙语。摩尔人的政治立场无从得知。（见1936年9月15日的《小摩洛哥》剪报。）*[9]

以东方城市的标准来看，这里的贫困状况不算极端严重。尽管有许多乞讨现象，城市经济却主要是靠旅游业维持的。真正的乞丐倒并不多，但是有无数的人在街头给小古董店和妓院拉客。大多数人都说西班牙语，许多人会说法语，所有和旅游业相关的人都会说一点英语。当地人的体格非常健康，尤其是年轻人，不管是西班牙人还是摩尔人都是这样。尽管有某种程度的欧化，几乎所有的摩尔人还是裹着头巾，戴着土耳其毡帽，大多年轻女性都戴着面纱。沿海渔民的收入估计在一小时3便士左右。

这里有四家邮局，一家法国的，一家英国的，还有两家西班牙的，分别是佛朗哥派的和共和国的。邮票是英国收取附加费的丹吉尔邮票。货币和法属摩洛哥的一样。[10]

---

9 1940年法国沦陷时，西班牙接管了整个丹吉尔。战后丹吉尔恢复了之前共治的状态，直到1956年成为摩洛哥王国的一部分。CNT是“无政府

---

* 1939年1月23日的《时间报》据说登有重要文章（但我没看到），严肃地暗示法国将在西班牙内战结束时接管西属摩洛哥。［奥威尔原注］

工团主义工会”；FAI是“无政府主义先锋”；UGT是“社会主义工会”；JSU是“团结青年运动”；UHP代表“¡Uníos, Hermanos Proletarios!”（团结起来，无产阶级兄弟们！），这最初是1934年阿斯图里亚斯矿工暴动中使用的口号。见托马斯，p. xiii。

10 根据奥威尔夫妇在英国驻马拉喀什领事罗伯特·帕尔面前的证词，他们于1938年9月11日抵达摩洛哥；见CW，XI，p. 196。奥威尔的生日登记为1902年，而非1903年。在他于1938年2月12日写给A·H·乔伊斯的信中（见CW，XI，pp. 120－122），他说自己护照上的生日被错误地登记为1902年。奥威尔夫妇在摩洛哥住了6个多月，于1939年3月26日从卡萨布兰卡登船返回英国。9月18日，奥威尔以艾瑞克·布莱尔为署名接受了租约，租下了“一栋别墅，位于通往卡萨布兰卡的道路上，主人是马拉喀什的一名屠户西蒙先生”，租期至少为6个月，租金每月550法郎，从1938年10月15日起生效。别墅距马拉喀什约5英里。据R·L·比德维尔记录，1938年3月时的法郎对英镑为165比1（对美元为31比1），到了1939年1月兑换率变为165法郎对1英镑（对美元为39.8比1），这个兑换率一直维持到来年1月（《货币兑换率表》，1970，20）。因此，550法郎在这6个月里约合3.25英镑（551.50）。当时沃林顿的一栋小屋每周租金为7先令6便士，或者是每4周1.5英镑（这是按当前的币值计算的，但不考虑购买力的差异）。

奥威尔夫妇在租下西蒙先生的别墅前，一直住在维勒太太位于马拉喀什的爱德蒙多·杜特街的家中。

马拉喀什　1938年9月13日

我观察到西属摩洛哥实行了夏令时，但法属区没有。火车站上佛朗哥派士兵的穿着几乎和共和国士兵一模一样。火车上检查了行李，但非常马虎，检查行李的是个典型的西班牙官员。随后又进来一个官员，没收了所有的法国报纸，甚至那些亲佛朗哥的也被一同收缴。法国乘客对此感到很好笑，甚至连那个官员自己也觉得好笑，他一定也认识到了这种做法的荒谬。

西属摩洛哥好像不如法属区发达，这也许是因为这块特定区域的贫瘠造成的。在西属区以南的法属区，摩尔人和欧洲人耕种的土地构成了鲜明的对比。欧洲人的土地大片种植着小麦（据说3 000名法国人和其他有色人种劳工种植了1 000 000英亩的麦田），麦田的面积是如此辽阔，往铁路两边一直延伸到了地平线。土质的差别也很大。有的田是肥沃的黑土，另一些的颜色则像碎砖。卡萨布兰卡以南的土地总的来说更贫瘠，其中大多没有耕种，也几乎没法做牧场。马拉喀什以北 50—100 公里开外就是真正的沙漠，全是沙地和沙丘，还有风蚀的岩石，几乎看不到植被。当地的动物：在靠近西属摩洛哥的边界处，骆驼开始出现了，越靠近马拉喀什就越多，到了马拉喀什附近它们几乎和驴子一样常见了。山羊和绵羊几乎一样多。马不太常见，骡子几乎看不到。条件较好的地方能看到奶牛。马拉喀什附近有耕牛，但再往北就看不到了。所有牲畜的状况几乎无一例外地都很糟糕。（今年据说是连续第二年的灾年。）卡萨布兰卡看上去完全像一个法国城镇（居民为 15 万到 20 万人左右，其中三分之一是欧洲人）。显然欧洲人和摩尔人都彼此不相往来。欧洲人也从事各种体力劳动和服务性行业，但显然比摩尔人的报酬高。（在电影院里只有摩尔人坐最便宜的座位，在公交车上许多白人不愿意坐在摩尔人旁边。）当地的生活水平好像不算太差。乞讨现象比丹吉尔和马拉喀什明显要好。

马拉喀什有大片的欧洲人聚居区，但更像一个典型的摩尔城镇。欧洲人不从事低下的劳动，除了在餐厅*。卡萨布兰卡的出租车司机是欧洲人，而在马拉喀什则是摩尔人。这里的乞讨现象非常严重，这使得在街道上行走变得难以忍受。这里的贫困毫无疑问很严重。孩子们向路人乞讨面包，得到施舍时也吃得很贪婪。在集市区许多人都睡在街道上，几乎每个门道口都睡着一家人。瞎子很常见，很多人有皮癣，还有很多畸形。大群的难民在城镇外围露宿。据说他们是从南面的饥荒灾区往北逃荒出来的。这里据说在花园里种烟草是要受法律惩罚的。**

---

* 许多看起来像欧洲人的侍者相互间用阿拉伯语交谈，可能是欧亚混血。［奥威尔原注］

** 即超出一定面积的话。

9月14日

马拉喀什：我在丹吉尔—卡萨布兰卡—马拉喀什的火车上沿途看到了一些鸟。朱鹭很多。茶隼也很常见，还有两种大型的鹰或鸢。还看到几只独行的乌鸦，很像英国的品种。我没有看到鹳，尽管人们说这一带有这种鸟。我还看到很少的几只山鹑。

在马拉喀什，金翅雀很常见，它们好像和英国的同类一模一样。我看到一个人拎着一只野兔，除此以外没有看到有什么野味。据说这里也确实没有什么猎物，除了在法属摩洛哥有些野兔和豺狼。西属区里有一些骆驼，但是要到卡萨布兰卡以南才比较常见。一般来讲骆驼的站立身高在十八掌左右。它们都精瘦精瘦的，所有的关节处都结着老茧。大多数骆驼都戴着口套。马拉喀什的驴子与丹吉尔的同类相比负荷要略微轻一些，也更野一些。

海枣差不多快熟了。部分成熟的海枣是亮黄色的，一簇簇密密麻麻地挂在树枝上，就在棕榈叶和树冠相接的位置上。通常每棵树会长六簇果实，总重约半英担。掉落的海枣看上去就像没壳的橡子。好像有好几种海枣树，其中一种是矮种的。

胡椒树上的胡椒子也快熟了。这些好像被称作“假胡椒”，尽管它们也可以被当作胡椒照常利用。胡桃刚刚成熟，这些显然是当地的品种。梨子和桃子还不怎么熟。这儿的柠檬又圆又绿，看上去更像印度酸橙，只是个头大些，皮更厚些。酿酒葡萄非常多，也很便宜。

卡萨布兰卡的海洋生物似乎和英格兰的一样。食用螺，帽贝，藤壶，陆蟹和一种海葵和英国的一模一样。但我没有看到海鸥。前面忘了说了，在丹吉尔我看到有人捕到很大的鲭鱼。

迷迭香在马拉喀什生长得很好。玫瑰也长得不错，矮牵牛花长成了一片片大灌木丛，就像在印度一样。鱼尾菊也长得很好。显然只要有充足的水，就能种植优质的草类。

9月15日

我在当地的小动物园外抓到一只水龟，约8英寸长(显然它不是从动物园里面逃出来的，尽管它和园里的乌龟品种一样)。当时它在一条灌溉渠里，逆流游动着，但只能勉强不被水冲走。这只乌龟被翻过来后就翻不回去了。它的气味很难闻，不过精神很好，好像状态不错。

这里没有一般的麻雀，但有一种雀科小鸟，身体是棕色的，脑袋是蓝色的，尾巴很长，在这一带很常见。

动物园里开了几朵紫菀，这让我很吃惊。橄榄快熟了。一些呈现出了蓝红色，这也许就是它们成熟的颜色。橘子还是绿的。这些橘树显然需要施肥。红花菜豆结出了豆荚，就和英国的一样。这里的葡萄很差劲，干涩无味。

当地有一种大蚂蚁，身体半红半黑，会在土壤里不断扩建它们的巢穴。每只蚂蚁携带一颗豌豆形状的石子，长约1/4英寸，厚约半英寸。这里的苍蝇非常讨厌，蚊子也很多，不过到目前为止还没有发生蝗灾。

今天七点钟天黑。

马拉喀什　1938年9月16日

当地最流行的两份报纸是《卡萨布兰卡日报》(通常在正午发售)和《小摩洛哥》(直到傍晚才有卖)。两份报纸都很爱国，多少有些反法西斯倾向，不过对于西班牙内战和反共主义持中立立场。当地的报纸《阿特拉斯》(周报)好像完全无足轻重。昨天(15号)尽管有条爆炸性的新闻(张伯伦飞往柏林)，各大报纸对此也都有重点报道，但这件事在当地完全没有引起注意，人们显然不相信战争已近在咫尺。尽管如此，依然有大批军队被调往摩洛哥。两艘马赛—丹吉尔—卡萨布兰卡航线上的法国班轮几乎满载着士兵。当地的空军力量最近有大幅加强，据说有125名军官新近抵达。

9 月 19 日

市场上亮橘色的半熟海枣和其他亮紫色的海枣放在一起出售，后者的颜色就像茄子。到处都有大堆的石榴在出售。一些橘子开始变黄了。市场上还有一种大个的西葫芦，每个可能有 20—30 磅重。还有一种表皮光滑、淡绿色、非常狭长的西葫芦——也许是一种黄瓜。市场上有自制自售的黑面包，也许是大麦的，但看上去像黑麦。

金翅雀在这一带很常见。白鹳好像是候鸟，直到寒冬腊月才会出现在这里。这里的气温波动很大。今天和昨天都挺凉快，但前天热得让人受不了，晚上六点时的气温都有 25 摄氏度(77 华氏度)，正午时大概有 40 摄氏度。据说这里最热的时候室内温度能达到 45 摄氏度。通常下午四点左右稍稍凉快一点，但到了六点又会热起来。这也许是由于支配性的暖风导致的。

晚上睡觉时盖一条被单就够了。不过到了清晨通常要裹一条毯子。

一头驴子据说值 100 法郎左右(约合 12 先令 6 便士)。莴苣据说在这里很难生长。

9 月 20 日

犹太木匠用来做椅子的车床非常原始。车床上有两个夹具，左手边的一个是固定的，右手边的那个可以在一根金属杆上滑动，两个夹具上各有一个金属尖。木棒就被固定在这两个尖头上旋转，尖头在木棒旋转时静止不动。木棒在被放上车床前，先拿一根弓弦把木棒缠一圈。木匠用右脚踩住那个可滑动的夹子，并用右手驱动弓弦，左手把住凿子，同时用左脚协助保持凿子的稳定。用这种方式他似乎能以与正规车床不相上下的精度加工木头，仅凭肉眼就能控制精度到 0.01 英寸。在弓弦的驱动下木头能以惊人的速度旋转。

这里的土墙是用深度在地表下 4 到 6 英尺的土砌成的。这也许是因为这个深度的土质与地表迥异，抑或是因为这个深度的土足够潮湿，更容易处理。土的颜色是一种奇特的巧克力色，晒干后呈现出这座城镇特有的淡粉色。土被挖出后和上碎石和少量的水，然后倒入木框模里浇铸，就像浇铸水泥一样。不过在倒入木框后，必须用重锤把土材紧紧地压实。当一截土墙干硬到足以在没有支撑的情况下竖立时，就可以浇铸下一截了；两截土墙的接合处没有痕迹，泥土就像水泥一样能够彼此黏合。这些土墙据说能够经受暴雨的考验挺立多年。

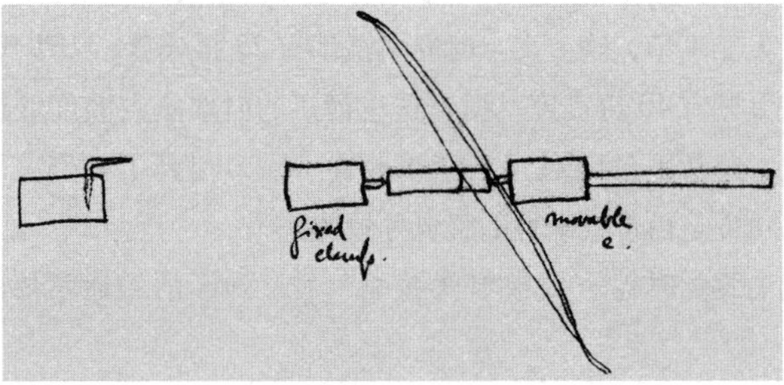

当地街道上生长的橘树，果子是不能吃的，味道苦涩。这种橘树的用处是作为砧木，将来在上面嫁接甜橘。

这里的橄榄树结的果实除了通常的绿橄榄，还有一些蓝红色的果实，不过这些橄榄除了颜色之外其他方面好像都很平常。

摸驼背能带来好运的迷信行为似乎在阿拉伯人当中也有流传。

今天正午时闷热难耐。其他时间都还比较凉快，尽管我们在晚上六点半之前都不需要披外套。到目前为止我们还没有碰到过哪个日子天气晴朗到足以看清阿特拉斯山顶上究竟有没有雪。

9 月 25 日

昨天上午风很大，天很阴沉，随后下了阵挺大的雨。今天没下雨，不过气温下降了，风还是很大。

所有骆驼的膝关节处都有磨伤，因为这就是它们跪下时受力的部位，而且它们还经常跪在石头上。几乎所有的骆驼背部也都有磨伤。据说一头骆驼只能由一个它认识的人驾驭，而且你必须尽一切可能避免打骆驼。相对体型来说，骆驼的负重比驴子要小多了。有些骆驼背部的伤口处钻进了苍蝇和蛆，它们似乎根本注意不到。这里的孩子也对苍蝇完全不在意，苍蝇有时甚至在他们整个眼圈周围的伤口处结痂。

蜀葵刚刚谢，向日葵也快谢了。蜀葵的植株长到了 10 到 12 英尺高。

公园里的菊花含苞待放。美人蕉长得很好，有四种不同的颜色。

阿特拉斯山上现在没有雪。天晴时，每到日落山峰就会呈现出迷人的紫红色。

用来车木头的弓也被用来当钻。这种钻有一个圆柱形的木把手，把手底部有一个洞，抵住一根钢尖；钻靠弓弦驱动旋转。钻的另一端和被钻的木头接触，从而保持平衡。这种简易钻似乎能像通常的钻一样工作，而且钻得飞快。

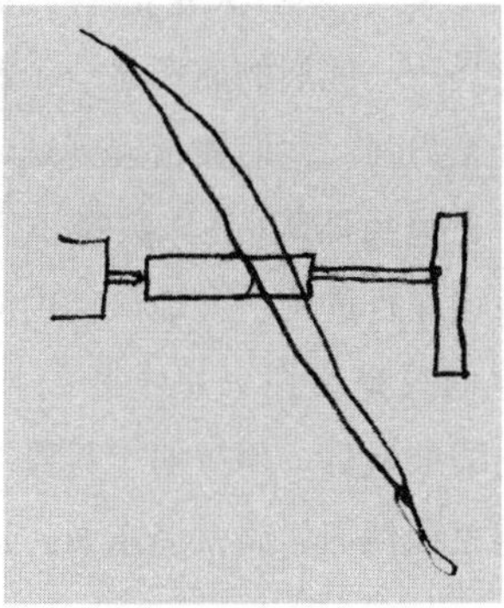

我今天上午买了两只斑鸠，花了 10 法郎(买贵了)；竹笼子有 20 × 15 × 20 英寸大小，花了 15 法郎。总共花了 3 先令左右。这些鸟似乎很容易驯化。

黑鹂(或者是某种非常类似的鸟)在这一带很常见。还有小猫头鹰也是。这里的蝙蝠都很大，差不多有英国蝙蝠的两倍大。

现在差不多晚上6:45天黑。

9月27日

昨天凉快了些。下午有雷声，然后傍晚时分持续下了一个小时左右的雨。我在过去的几天里都没有戴墨镜。

马拉喀什　1938年9月27日

当地还有一份日报，叫《摩洛哥新闻报》，相比《小摩洛哥》更加右倾(至少更加反俄，更亲佛朗哥)。

据说在马拉喀什驻扎有15 000名士兵。除了军官和军士长，还有一支海外军团*外，其他人员都是阿拉伯人和黑人。海外军团显然被视作危险的暴徒，在没有特别许可的情况下不允许进入城镇的某些区域，尽管他们是优秀的士兵。阿拉伯骑兵看上去很神气(他们的肩章好像是第二骑兵团的)，阿拉伯步兵就差些了，也许相当于二流的印度步兵团。这里还有大量的塞内加尔步兵(叫做“散兵”——也许是步枪兵——他们的肩章是一个锚†)。这些士兵的体格非常健壮，据说行军力强。他们被指派到城镇的某些区域担任纠察工作。当地还有一支炮兵部队(具体数量不详，但我最近看到一个炮组的大口径野战炮在行进中，大炮口径也许超过了75毫米)，由黑人士兵操作。他们只是在白人军士长的指挥下担任司机等职责，没有被教会如何瞄准炮具。阿拉伯士兵没有担任这一职责，显然是因为军队设法避免让他们学到太多东西。这里的所有士兵据说

---

* 好像除了士官长外，也还有一些白人士兵。[奥威尔原注]

† 锚代表炮兵。[奥威尔原注]

都已准备就绪，一声令下就能开拔。在城镇的正西方位，一个筑有工事的山顶上部署有大炮，控制着阿拉伯聚居区，“以防不测”。尽管如此，当地的法国当局对于欧洲危机表现得完全缺乏兴趣，这不能不让人觉得他们根本不相信战争会爆发。这里没有人争抢新闻报纸，没有人主动提及战争，除非有别人问起；你在咖啡馆里也听不到有人谈论此类话题。当被问到有关战争的问题时，一个法国人说，当地人都清醒地意识到一旦开战，“这里肯定比法国要好过”。所有人都会被动员入伍，但只有年轻人会被送往欧洲。当地的学校开学并没有被推迟，不像在法国。我无法完全确认当地的贫困程度。毫无疑问，由于持续了两年的旱灾，这个省份刚刚经历了一段非常艰苦的时期。到处都有之前开垦的农田被抛荒，几乎又完全沙漠化了，土地龟裂，甚至连杂草都长不出来。因此，许多农产品(例如土豆)都很匮乏。受灾地区的难民大量地来回逃难，法国人为他们提供了一定程度的救济。法国人的大型麦田据说主要是靠女性劳工耕种的，受灾时这些失业的女性便大量地拥入城镇。据说卖淫现象因此大大增加。以欧洲标准来看，这里的贫困程度无疑是非常严重的。人们成百上千地睡在大街上，乞丐(尤其是儿童)到处成群结队。值得注意的是，这种现象不单单发生在旅游区，甚至在完全由当地人构成的社区里，任何一个欧洲人都会被一群童乞尾随。大多乞丐只要得到一个苏就满足了(20 个苏相当于半便士)。我遇到的两件事很能说明问题：我让一个 10 岁左右的男孩给我叫一部出租车，当他把出租车喊来时，给了他 50 生丁(相当于四分之三便士，按当地的标准我给得太多了)。这时大约有 12 个男孩聚集在我周围，他们一看到我掏出一把零钱，立刻扑了上来，力道如此之大，甚至把我的手都抓出血来了。我好容易挣脱开来，把 50 生丁递给那个给我叫车的男孩，其他孩子又扑向他，硬把他的手掰开，把钱抢走。还有一次我在公园里用面包喂鸽子时一名当地政府的阿拉伯雇员走上前来，向我讨一片面包。我于是递给他一片，他很感激地把面包塞进了口袋里。唯一令我对这一切产生怀疑的是，某些区域的当地人，至少是年轻人，已经被旅游业给彻底腐蚀了，以为所有的欧洲人都富得流油，而且容易欺骗。许多年轻人表面上靠做导游和翻译谋生，但这事实上是某种形式的勒索敲诈。

当我计算出当地的各种工匠和计件工的收入后（如木匠，金属匠人，搬运工等），我发现它们通常都在每小时 1 便士或 2 便士左右。因此许多物品都很便宜，但某些主食却不便宜，比如面包就很贵，所有的阿拉伯人都吃面包，只要他们能弄到。四分之三磅的劣质白面包（欧洲面包更贵）要 1 法郎，相当于 1 个半便士。它们通常半块半块地出售。一个阿拉伯人（睡大街，无家可归的那种人）每天维持生存的最低费用据说是 2 法郎。经济条件较差的法国人认为，10 法郎到 8 法郎对于一名阿拉伯仆人来说是个相对合理的工资水平（饭钱也算在这个工资里了）。*

犹太区的贫困程度甚至更严重，至少比阿拉伯区的更加触目惊心。除了主要街道（它们本身也已经够窄的了），居民区的小巷都只有 6 英尺宽（甚至更窄），大多房子根本没有窗户。这里的拥挤程度已经达到了令人难以置信的水平，而且臭气熏天，令人无法忍受，在那些最窄的小巷里，居民习惯性地在街道上对着墙壁撒尿。尽管如此，显然有些很有钱的人也时常住在这种肮脏的环境中。这座城里有 10 000 †名左右的犹太人。金工和木工活儿大多是由他们做的。他们中有一些人相当富有。据说阿拉伯人对犹太人的敌意要比对欧洲人强烈得多。犹太人的衣服和身体明显要比阿拉伯人的脏。很难说他们的犹太信仰有多正统，但显然这里所有的犹太人都遵守犹太节日，几乎所有人（至少是年满三十岁的人群）都穿着犹太服装（黑袍和小圆帽）。尽管贫穷，但犹太区的乞讨现象却不比阿拉伯区

* 女仆每天只有 3—5 法郎。［奥威尔原注］

† 13 000。［奥威尔原注］

的严重。

在马拉喀什这里，比起在卡萨布兰卡，法国人对待阿拉伯人的态度明显更接近于英国人对待印度人的态度。“原住民”这个词完全等同于“土著”的含义，大量出现在报纸上。不像在卡萨布兰卡，这里的法国人不从事开出租车等低微的工作，尽管咖啡店里也有法国侍者。在犹太区，有一些非常贫困的法国居民，其中有些人似乎“成了土著”，但要把他们同犹太人完全区分开也并不容易，因为大多犹太人的肤色也很白。阿拉伯人当中会说法语的比例远远超过会说英语的印度人，事实上所有与欧洲人接触的阿拉伯人都会说一点法语。法国人在同阿拉伯人说话时总是“伙计”相称，阿拉伯人在回答时也学样，但我不确定他们是不是理解这个称呼的语气(阿拉伯语中没有对应这种语气的第二人称代词)。大多数在当地呆过一段时间法国人都会说一点阿拉伯语，但估计也说不多。我听到过一名法国军官对他的军士长说法语，至少他有时候用法语。

9 月 28 日

晚上明显凉快了。昨晚我整夜都裹着毯子。红芙蓉开花了。

10 月 1 日

今天看到阿特拉斯山上有雪。显然是昨晚下的。

骆驼的体型和毛色差异很大。有些几乎是黑色的。驴子也是这样，毛色从红褐色到近乎黑色不等。黑色是最常见的颜色。昨天看到一头驴子，显然已经成年，体型还不到 3 英尺高。骑驴的 男人一只脚挨着地面。

阿特拉斯山脉据说有 3 200 米高(约 10 000 英尺)。(事实上是 13 500 英尺左右。)

10 月 2 日

这里的夜鹰和英格兰的很像。今天看到一头母驴，肚子沉沉地怀着小驴，还驮着一大捆木头外加它的主人。连木头带小驴一定有 200 多磅重。

阿尔及利亚骑兵骑的是种马，用的是阿拉伯鞍，但没有马眼罩。马匹颜色不一。当地人都不阉公驴。

10 月 4 日

正午时依然非常炎热。集市上看到有大团的骆驼油（也许是从驼峰上取下来的）出售，雪白的，就像猪油。据说“山里人”吃骆驼油。

这里的木勺是用一种小扁斧劈出来的。当地人使用这种斧子的手法十分灵巧，可以把木勺几乎完全掏空，然后再用一种类似凿子的工具（不过边缘部分是开锋的）继续加工，最后再用砂纸。有些勺子有两三英尺长，头部就像早餐杯一样大。这种勺子基本都是孩子做的，还有木犁也是（这种木犁非常原始，而且批量地买卖，这表明它们每年都得更换。）

10 月 6 日

昨天热得让人受不了，酷热一直持续到今天早上六点左右，直到那时我才觉得需要盖毯子。苍蝇和蚊子依然非常猖獗。

今天整个白天都非常热。显然这样的天气在这个月份是很反常的。我看到一头也许是 6 个月大的小骆驼，已经长到 5 英尺高了。它们长到很大时依然在吸奶。与我听说的不同，骆驼似乎很驯服，即便更换了主人它们表现得依然很正常，只是年轻的骆驼容易受惊吓。骆驼不但体型和毛色不同（从白色到近乎黑色不等，黑色的骆驼通常体型较小），而且皮毛的质地也不一样，有的是卷毛，有的光滑，还有些骆驼的整个脖子上都长着类似胡子的毛发。骆驼的气味很轻。

这里的马有些看上去非常神奇，它们也都不阉。阿拉伯鞍有些像墨西哥鞍，不过阿拉伯人的马镫非常短。他们的马镫是一块狭长扁平的钢片，边角十分尖锐，起马刺的作用。阿拉伯人在鞍上的姿势不怎么漂亮，不过他们对马匹驾轻就熟，只用一根松松的缰绳就能控制马匹前进，变速，停步；显然控制马匹的主要是骑手的声音。他们骑骡子时总是坐在骡子的屁股上。当地的骡子很驯服，这显然归功于它们从小就接受驯养。

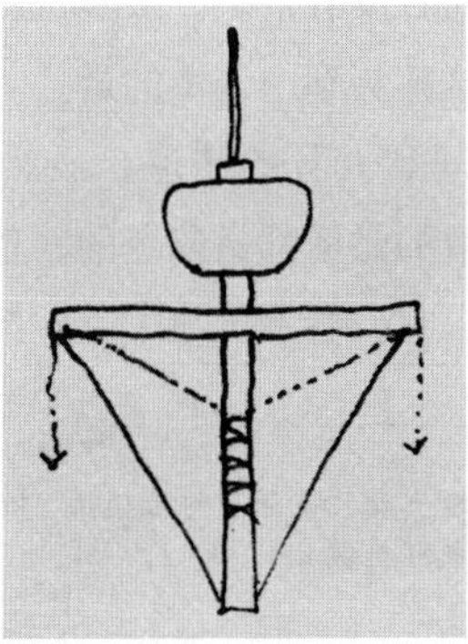

10 月 9 日

前天热得让人无法忍受，昨天凉快了些，但晚上很闷。今天正午时非常炎热，下午刮了一阵猛烈的沙尘暴，打了很多声雷，然后下了一个小时左右的大雨。集市里因此全是烂泥。雨后的空气清新多了。

阿拉伯人使用的一种原始的钻——我不确定这种钻只是用来钻木头，还是也用来钻石头和陶器——是这样制作的：钻头附着在一根立柱上，立柱穿过一块 5 到 10 磅的重石。石头上面是一根横木，嵌在立柱上，但可以移动。两根绳子，一头连着横木两端，一头连着立柱顶端。绳子被缠绕在立柱上，同时横木上下移动，使得立柱带动钻头旋转。石头仅仅起配重的作用。

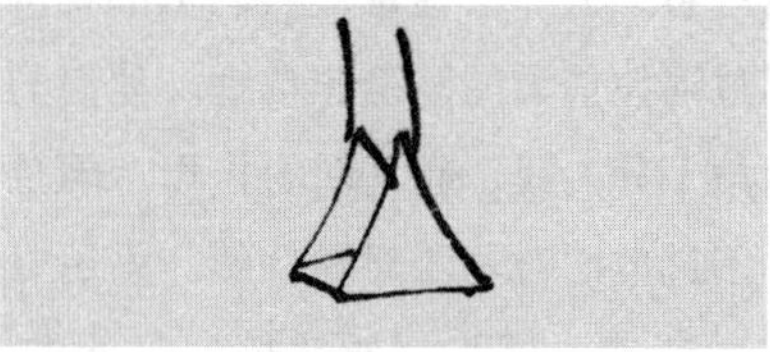

阿拉伯麻药[11]据说有某种麻醉效果。吸食时用一根带陶斗的长竹管，陶斗有烟斗大小。麻药看上去像碎草。味道很难闻——至少我是这么觉得的——而且没有效果。贩卖这种麻药据说是违法的，但是到处都可以花 1 法郎买到一调羹的量。

你在这里很少能闻到大蒜的味道。显然阿拉伯人不怎么吃大蒜。现在市场上大多数的橄榄都是紫色的。也许黑橄榄就是用它们做的。海枣也熟透了。它们看上去很干，质量很差。

---

11 阿拉伯麻药：印度大麻，来源于阿拉伯语“kaif”，意思是享受，幸福，梦境般的沉醉。也可拼做 kef， keef， kif。

马拉喀什　1938 年 10 月 9 日

当地能买到的另一份日报是《摩洛哥晨报》，有插图，来自卡萨布兰卡。这报纸比其他几份报要左倾得多。报纸的纸质和印刷很差，显然发行量不好，也不太惹眼，事实上要买到它都很困难。

危机过后所有人都大松了一口气，远不像危机当口时表现的那么无动于衷了。我们认识的一位受过教育且担任公职的法国女性向达拉第[12]写了一封祝贺信。从媒体的语气中可以清楚地看到，即便在那些存在白人无产阶级的大城镇中，人们对于为保护捷克斯洛伐克而参战也没有一丁点的热情。

我之前错误地以为所有的黄铜器都是犹太人做的。事实上犹太人和阿拉伯人好像从事的是同一阶层的工作。大部分制作木犁、木勺、黄铜和铜质器皿的活儿，甚至连一些铁匠工作都是由很小的孩子完成的。那些还不到六岁的孩子做的是相对简单的环节。八到十岁的孩子能够十分熟练灵巧地使用扁斧和凿子。那些年幼得甚至无法站立的孩子被要求驱赶水果堆上的苍蝇。阿拉伯木器尽管非常粗糙而且是用极其原始的工具加工出来的，但却很美；但他们好像总是用没有晾干的木头，因此木料容易弯曲。木犁的柄就是用未经干燥的树枝直接削出来的。这也许是由于缺乏资金和仓储空间。显然农民每年都得买一把新木犁。

女仆比男仆的报酬少。V(Vellat)太太付给她的用人兼厨子艾舍一天6个半法郎，不过好像5法郎是更常见的水平，有时只有3个半法郎甚至3法郎。拿到报酬的用人绝不会再得到食物或住宿安排。艾舍是个极好的厨子，要是在英国的话肯定值50英镑一年，外加食宿[13]。

这里的骑乘牲畜和货运牲畜大多都非常便宜。以下是我在巴布·艾尔·凯米斯牲畜市场上拿到的价格(其中有些还可以还价)。完全成年但体型较小的骆驼是300法郎。15—16掌高的骑乘马275法郎，看上去也很精神。驴子是75—150法郎。产奶的奶牛值650法郎。骡子250—1 000法郎不等。*骡子价高是因为它们是富人的坐骑，事实上骑骡子是富有的标志。山羊(看上去很糟糕)30—50法郎。

当地的瞎子非常多。在某些最贫穷的街区，你可以在50码的距离里连续看到三四个瞎子。有些瞎乞丐也许是骗子，但主要的原因无疑是苍蝇，这里的所有孩子眼睛周围都叮着一层苍蝇。奇怪的是，儿童在达到一定年龄之前(也许是5岁)似乎完全注意不到苍蝇。

阿拉伯女人尽管差不多都蒙着面纱，却一点儿也不害羞；她们

---

* 每笔交易买家需支付10%的交易税。[奥威尔原注]

不忌讳独自出行，争吵、还价的时候好像也完全不受面纱的影响。阿拉伯人比起大多数东方人来说，似乎不太在意接触和被接触。阿拉伯男人经常手拉着手，有时还会和女人手拉手（这对于某些东方民族来说是不可想象的）。公交车上有时阿拉伯女人还会和欧洲男人略微调情。伊斯兰教的禁酒令好像得到了严格遵守，从来没有听说过有人喝醉。另一方面，很多人吸食一种叫做基啡的麻药，这东西肯定有麻痹效果。据说吸食基啡是非法的，但这东西到处都有。当地的清真寺不允许欧洲人进入。

法国当局征召了一批特别警察，叫做“安全部队”，装备警棍，每当需要围捕罪犯时就会调用他们。我还不太清楚具体细节，不过好像是这些人或者是一般的警察有权利当即下令鞭打小偷，野蛮的鞭刑可以不经审判就执行。

我看到了许多海外军团士兵。他们看上去不像危险的恶棍。身板普遍都很羸弱，制服甚至比征召兵的还差。

当局打出了广告，为面向当地女孩的公办学校招募女教师，显然针对的是军官或类似阶层人员的女儿，工资是每月 900 法郎（约合每周 25 先令）。

法国电影《荣誉军团》，和《孟加拉轻骑兵》类似的宣传电影，讲的是法属撒哈拉。影片里透露出的社会差异还是很有趣的。法国军官主要通过翻译和柏柏尔人对话。在点名命令其中两人从事某项特别任务时，他叫的不是他们的名字，而是编号。军官（影片里表现得有些贵族气）抽雪茄时不撕烟标，休假时（如坐船回家时）也穿着制服。

在读过危机期间的英国报纸后，我发现当地的法国媒体系统性地将整个事件低调处理了，其原因是显而易见的。

集市上一小团茶叶（中国绿茶，这种茶阿拉伯人喝得很多）——大概只有四分之一到二分之一盎司——外加一盎司左右的白糖只要 25 生丁就能买到。你在大多欧洲国家根本买不到这么少的量。一杯水的价格是一个苏。这也许意味着一个苏的购买力是买不到其他东西的。

我在这里还没有发现任何对欧洲人敌意的流露，而这种敌意在印度城市里是屡见不鲜的。

---

12 爱德华·达拉第(1884—1970)：1938—1940 年出任法国社会党总理。1938 年 9 月 30 日他同张伯伦、希特勒和墨索里尼一起签署了慕尼黑协议，将苏台德区割让给德国。达拉第曾于 1938 年 9 月 18 日访问伦敦，与张伯伦商讨希特勒的要求，丘吉尔对此做过描述，见他所著的《第二次世界大战》，第一卷，pp. 270－272。

13 如果她一周工作 7 天的话，每周的报酬是 45 法郎；一年 50 英镑相当于每周 170 法郎。

1938 年 10 月 10 日

今天正午的气温达到了 26 摄氏度，约合 78 华氏度。这比之前几天凉快多了。今晚也很凉，披了一件外套。

1938 年 10 月 12 日

今天凉多了。阿特拉斯山上现在看不到雪，但也许是被云遮住了。

我安置好了母鸡和山羊。母鸡和印度鸡的大小相当，不过毛色各不相同，有些长有头冠，其中白色的鸡冠非常漂亮。这些据说是产蛋小母鸡，不过到目前为止还没有下蛋。我买了 12 只，塞在两只小篮子里，放在驴背上驮了 5 英里，等到家时发现一只已经死了，显然是被其他母鸡啄死的。它们好像不喜欢吃玉米，也许是因为还吃不习惯，或者是因为没磨碎的玉米粒对它们来说太大了。阿拉伯人总喜欢把鸡圈养在寸草不生的圈里。我试着喂给它们一些蔬菜，但它们吃得一点也不起劲。希望以后它们会喜欢上蔬菜的味道。

山羊还很小。我找遍了整个市场，就是找不到一只个头大些的或是有大乳房的，但我曾看到过一些体型不错的山羊在山坡上吃草。当地的山羊品种长着又粗又厚的毛，很容易弄脏。我们买到的山羊中，有一只小红羊显然就要产犊了。另一只体型稍大的据说正在产奶，但我很怀疑它最初每天是否能产半品脱的奶。喂养10天后也许它每天能产一品脱。阿拉伯人在听到给山羊喂谷物的想法后都十分惊讶，都说山羊只该喂草。山羊如果吃了谷物就会拼命喝水，肚子发胀。市场里有切得很细的草料出售(好像是紫花苜蓿)，10生丁一捆。只喂草料的话，1法郎应该可以给两头山羊提供一天的饲料了，我第一餐给它们喂了大麦和糠皮的混合物。也许是没见过这种东西的缘故，它们一开始对饲料视而不见。后来它们闻了闻这东西，开始吃了起来。这里的山羊不拒绝吃地上的东西。它们很害羞，但是因为体型很小，所以也很好控制，而且它们不会用角顶。它们对待彼此也很温和，不会为了食物打架。我把它们拴在驴子身后牵回了家，驴子的两侧一边挂一只，驴主人就坐在中间。

当地人喂给家禽的唯一一种糊料就是糠。这里的杂货店主乃至所有当地人都从未听说过牛羊板油(用来做布丁的)。

西蒙先生[14]的橘子快熟了。海枣已经熟了，但是非常干涩，质量很差。胡桃长得很好。石榴里面的颜色很漂亮。很多海枣颜色亮黄的时候就被采下来了，据说是因为它们是烹食的品种。

奇怪的是，尽管这里牲口的体格普遍都很糟糕，但绵羊却长得很好。当地的绵羊是长尾的品种，体型挺大，好像很肥(羊肉很好，很嫩)，羊毛又厚又密。这些绵羊很温顺，喜欢挤作一堆，因此羊群管理起来很容易。当地人买下一头绵羊后就把它扛在肩上，那羊就乖乖地趴着，像只大鼻涕虫。当地人可以像这样背着一头绵羊骑自行车。

---

14 西蒙先生：奥威尔的房东，是马拉喀什的一名屠户。他的房子坐落在一片橘树丛里。

1938年10月13日

今天很凉，直到上午十点阴凉处都有寒意。今天晚上又刮了一阵猛烈的沙尘暴，紧接着下起雨来。

1938年10月14日

天很闷，但不太热。今天头一回给那头小山羊挤了奶（它也许没有怀孕）。我开始挤了很长时间，就是不出奶，但是乳房明明很大，肯定有奶。我最后发现，如果不按照通常的做法用手往下挤乳头，而是抓住整个乳房，就像挤海绵一样，很容易就能把乳汁挤出来。显然这种山羊的乳房构造有些不同。产奶量很糟糕，两头羊加在一起只挤了半品脱左右。不过它们的胃口很好，以后应该会有增长。

成熟的黑胡椒从树上掉下来了。母鸡没有下蛋。

1938年10月16日

卡萨布兰卡公路边的西蒙别墅：昨天热得不得了。晚上雷电暴雨，地上的积水有几英尺深。

今天上午真是糟透了。一只母鸡死了，另一只好像也奄奄一息。忘了这种病的名字了，但好像和“喉”有关。那只要死的母鸡站不起来了，头向前耷拉着。那只死掉的母鸡显然整晚都趴在栖木上，最后掉了下来。发病也许和整晚呆在雨里有关，但我已经在有遮棚的地方给它们另搭了一根栖木。

山羊更驯服了。那个在橘园干活并照看羊群的阿拉伯人的妻子说，那只灰山羊的确怀孕了。

1938年10月18日

现在算上第一只开始以为是被啄死的母鸡，我们已经损失三只了。症状全都一样——腿脚无力，脑袋低垂。显然是瘫痪的症状，但阿拉伯人把这归结于一种黑色的寄生虫。当地人也不清楚这种病的起因与症状。阿拉伯人对此的治疗方法是用炭灰、盐和水的混合物给鸡擦身。这方法似乎奏效，至少那两只有轻微症状的母鸡今天似乎好些了，能到处跑动了。剩下的八只鸡看上去健康状况良好，不过就算考虑到体型，它们的胃口还是很小。它们只吃煮熟的玉米，也不太爱吃糊料。

山羊更听话了。我现在给那只小羊一天挤一次奶，另外两只每天产半品脱奶左右。这点产量也比前几天要多。那只小羊昨天有轻微的痢疾，也许是因为吃了太多湿草料的缘故。所以我打算把苜蓿烘干制成干草。就在同一时间，西蒙先生的一只羊也奇怪地死了——死因据说是吃了太多雨后冒芽的新草。山羊几乎什么都吃，像橘子皮什么的，玉米粒煮熟后也可以和上糊料喂给它们一些。这里买不到玉米片饲料。山羊已经懂得跟着人走了，也记住了回自己窝棚的路。

今天上午看到一只蜥蜴顺着窗玻璃往上爬。它体长约 4 英寸，很粗壮，像只短吻鳄，尾巴上有刺。这是我在摩洛哥看到的第一只蜥蜴。

天凉一些了，今天依然无风。

大蚂蚁可以拖动两只胡椒子外加连在上面的小树枝。各种体型的蚂蚁都能拖动一粒麦粒。

母鸡昨晚头一次趴上新栖木上休息。

1938 年 10 月 20 日

两天后，斑鸠终于鼓足勇气，离开了它们的巢，飞向远方，从视线中消失了。阿拉伯人说它们不会回来了。但它们还是三天两头地飞回来啄食谷物，在房子后面的漆椒树上睡觉。

西蒙先生的羊群被允许在橘树林里吃草。显然按照他的想法，羊群不会吃树叶（橘树叶据说是苦的），又能去除杂草。但事实上它们还是会偶尔啃啃树叶。

天转凉了。清晨的秋意令人心怡。山羊的产奶量明显变大了，超过了半品脱。不过我只是每天挤那只灰山羊。

母鸡都很健康，但不下蛋。就算考虑到她们的小个头，这些母鸡的食量也小得离奇。

这附近的阿拉伯人种的几乎都是英国蔬菜（胡萝卜，白萝卜，莴笋，卷心菜，西红柿，红花菜豆，洋藜，西葫芦），除了那些火辣的大绿椒。大多数蔬菜的质量都很差。椰枣又干又难吃。这里的羊群吃的就是半干的椰枣。

当地广泛使用的炭盆用来烧饭还是相当不错的。它们通常 1 英尺宽，8 英寸深，有的在侧壁上开了许多小孔，有的用的是双底，上面的底板上开了小孔。木炭只要很少的纸、木头和火种就能点燃，能烧上几个小时；拉几下风箱就能把炉温提到很高。在炭盆上放个小锡烤箱，就能很好地烤制食物。

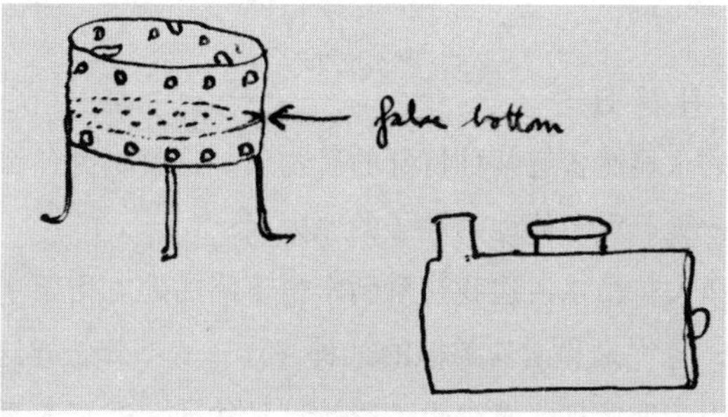

1938 年 10 月 21 日

昨天去了两英里开外的塔西夫特枯水河。这条河是这片区域的主河。河道只有大约 5 码宽，1—3 英寸深，却流经一片深邃的峡谷，一年中的某些时候水位可能还会上涨。水质很差，但据说里面有小鱼。河岸河床都很泥泞。泥巴里有些淡水蚌在钻来钻去，和泰晤士河里的很相像，身后留下一条条深深的印记。红茎和金眶鸻（至少是非常相似的鸟类）也靠泥巴为生。一种毛茸茸的灌木——也许是腾地莓树[15]——长得到处都是，这在英国花园里是用来做树篱的。这里一片片的草地几乎和英国的一样。

天还是很热。昨晚尤其热得令人难以忍受，直到深夜才凉了下来。

这儿的水几乎不能喝，不但有股泥腥味儿，而且明显发咸。

这里种的苦橘被用作砧木，据说很适合做橘子酱。这么说大概和塞维利亚橘子是同一种。

这儿的某些山羊毛色是亮银灰色的。上等的西班牙山羊据说值500法郎。

15 腾地莓树：很难说奥威尔这里说的究竟是哪种灌木，因为腾地莓树的叶子似皮质的而不是毛茸茸的。最大的可能性是撑柳，奥威尔所说的这片区域也生长着这种树木。

1938年10月23日

这儿的水显然含有某种特殊的矿物质。这就是为什么我们从到这儿的那一天起就不停地闹肚子的原因。

在塔西夫特枯水河边我注意到水位下降的地方留下了一种白色的沉淀物，也许是和泄盐类似的某种晶体——不管怎样这一定不是有机物，因为即便把水煮沸也不影响这种物质。我正着手安排接通马拉喀什自来水。（这水还可以，据说来自阿特拉斯山脉。）

市面上有各种瓶装饮用水，但都贵得离谱，甚至比最便宜的红酒还要贵。

这里的土壤层很深，从地面下挖至少4英寸土质都不会有任何变化。这儿的土质松软发红，不过晒干了却能做砖头，据说需要施大量的肥。

一些小橘子（叫“满大人”）已经泛黄了。有些柠檬也熟了，但另一些还正开着花——大概是不同品种吧。[16]

今天是我们度过的第一个全天凉爽的日子。天气阴沉，风大有雨，就像是在英国的一个潮湿的九月天。前天也下了点雨，雷声隆隆的。

鸽群时不时地飞回房子，显得非常驯服，稍加诱导就肯从人的手里啄食。昨天看到一只山鹑。

今天播种，撒下了旱金莲、福禄考[17]和三色堇。

杀虫剂非常有效，干掉了上千只的苍蝇。不然的话这些飞虫会让人发疯的。

地里正把红辣椒铺开来晒干，远看就像大片的红地毯。

---

16 柠檬……不同品种：奥威尔显然不清楚，同一棵柠檬树上的柠檬可以在同一时间处于从开花到结果的不同阶段。不过他后来也认识到了这一点：见家庭日记，1939 年 3 月 4 日。

17 可能指一年生的天蓝绣球花，有多个品种。

1938 年 10 月 25 日

天气凉多了。昨天整日阴冷阴冷的，偶尔下阵急促的阵雨。夜里风大雨急。昨晚和今晨都生了火，不能说非生不可，但也说得过去。

那只灰山羊不但很难挤奶，而且几乎什么也挤不出。她大概是真的准备断奶产羔了，这样的话她大概离分娩还有几周时间。

今早鸽子自动飞进了鸽笼，也就是我们头天安顿它们的地方。它们现在已经很驯服了。

山羊开心地吃下了煮麦子和煮玉米。

1938 年 10 月 27 日

星期二下午（25 号）下了暴雨，很有热带地区的那股劲头，除了雨水是冰冷的。到处都是没到脚踝的雨水，土地到现在都还没干。塔西夫特枯水河现在成了条壮观的溪流，周边的洼地都成了沼泽。今天我在塔西夫特枯水河附近见到了一个大水塘，一群野鸭正在那儿游泳。我折腾一番后终于把它们吓飞了，它们盘旋数圈后从我正上方飞过。一共有 16 只，显然是绿头鸭，和英国的一样，或者说非常相似。后来我又看到远方飞过另一个大鸭群。这是我来这儿后头一回看到野鸟。

普通麻雀在这儿的庭院里很常见，但在马拉喀什却不太多见。

许多身长 1 英寸左右的黑甲虫爬得到处都是，显然是被雨水引出来的。今天种下了向日葵、香豌豆和万寿菊。其他种子还没到撒播的时令，因为天气已经冷多了(我们每晚都生火)。这儿的土壤结块很多，不利于耕种，不过目前杂草还不算多——也许等这场雨的后果显现出来的时候就会多起来了。有些野草和英国的一样，比如旋花和茅草，不过长势不算旺。这里还长着雪白杨之类的树木。这里的土豆是大片种植的，不用爬竿。植株的长势很差，没精打采的，土豆的个头也很小，不过数量众多。

昨天给灰山羊挤奶，发现她的奶变酸了，而且很黏稠。这是因为她一天只挤一次奶，而且因为她焦躁不安，已经两天没有好好挤奶了。我把变质的羊奶挤到了地上，今晚她的奶就正常了。今晚一只母鸡的腿出了问题。检查后发现她生了大黑虱子。希望治疗和以前一样有效。那只花山羊的产奶量有所上升，不过只增加了一点点，每天还是只有半品脱多一点。她很瘦，不过食量很大。目前的硬饲料配量是早晚各两捧大麦加两捧麦糠，每周加一次煮玉米配麦糠糊。玉米只要打碎了鸽子就很乐意吃。

今天在一间鸟舍里看到几只鸽子，里面有鸽蛋。

房子前面的水池被雨水填满了，蚊子幼虫开始迅速繁殖。

昨天母鸡下了一只蛋(这还是头一遭)，今天没下。

1938 年 10 月 28 日

一只鸡蛋。路上有许多被压扁的黑甲虫。它们身体里面是鲜红色的。雨后农民正赶着一对对公牛犁地。犁很粗陋，没有轮子，只能动动土。

1938 年 10 月 30 日

天气晴朗，不算太热。一只鸡蛋。

1938 年 10 月 31 日

同昨日。一只鸡蛋。里面又是坏的。

街上有卖一种水果，很像草莓，但里面全是种子，味道不好，很酸。

昨天在水池里放了石蜡。30 平方英尺的水面，只放了一勺就全盖满了。今早蚊子幼虫全死了。

这里用的耕犁有一根横杆，从两头耕畜的肚皮下方穿过，上面系着轭——公牛用的是木轭，马用的是麻袋布。公牛、骡子、马匹甚至驴子都可以用来拉犁。两种动物有时候被套在一起拉犁。

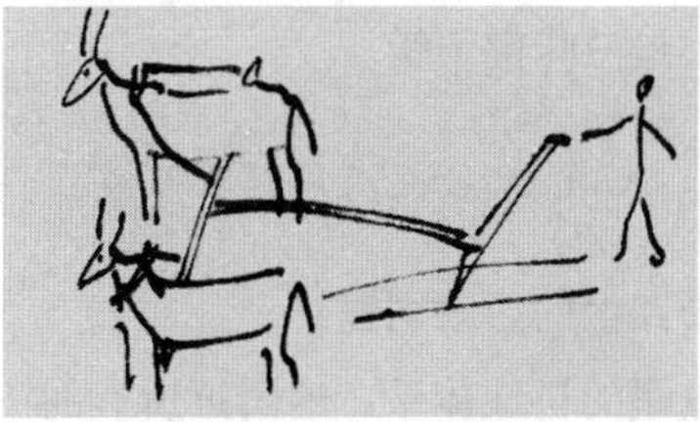

农夫沿着犁过的一侧田行走，一手扶着犁柄，每犁一趟田就换一只手。犁头就是个空心的铁尖，装在一根木杆上。整个犁器可以轻松地扛在肩上。因为没有轮子，所以这东西很难导向。

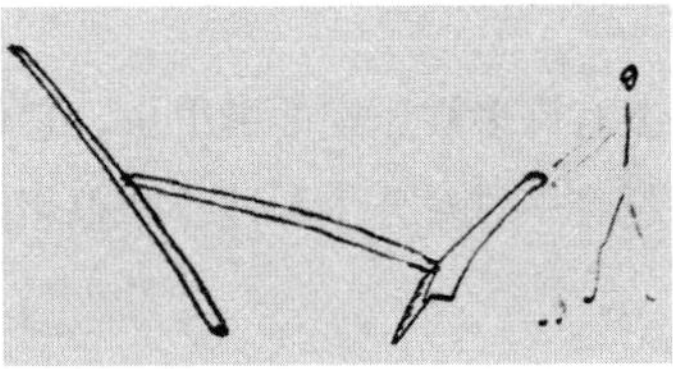

1938 年 11 月 1 日

天气晴朗，一点儿也不热。随处可见农夫在犁地。这种犁只能翻动 4 到 6 英寸深的土壤。各地的土质差异悬殊，有些看上很肥沃。大块的田地水土流失，甚至露出了岩石(也许是前些年耕种过的)。大雨过后一种杂草迅速地破土而出，长得到处都是。无疑它们很快就能提供许多牧草了。掉落的橄榄看上去很黑。石榴现在快下市了。石榴树很小，看上去很不起眼，就像棵山楂树。一些麦子(或者是某种谷物)刚刚发芽，显然是冬麦，播种时间和英国的差不多。

今天路过一个羊群，一只母山羊刚刚产过仔。牧羊人抱起羊羔搂在怀里，母羊一蹦一跳地跟在后面冲着幼仔咩咩叫着，身上还拖着胎盘。山羊爱吃仙人掌果的叶子。另一些啃食荆棘灌木的山羊会四肢摊开趴在灌木丛下，姿势几乎像猫一样，为的是能吃上一口嫩绿叶。

石榴和万寿菊的种子发芽了，其他种子还没有动静。

另一种橘子的时令到了，但依然没有完全成熟。这橘子个大味酸，皮厚籽多，不过滋味倒不错。

1938 年 11 月 1 日

卡萨布兰卡公路上的西蒙别墅：

我还没弄清这里的耕地体系。这附近所有的土地，除了几个小山坡，要么已经开垦，要么可以开垦。我们刚好在一个巨型棕榈种植园的边缘，这个种植园环绕着马拉喀什北郊，占地肯定有数千英亩之大。棕榈树之间的土地大多也像农田一样被垦殖了。不过土地之间没有或很少有界限，因此我不清楚农民到底是拥有这些土地还是租佃的，也不清楚究竟是所有人都拥有一小块地，还是集体拥有所有土地。我怀疑至少部分土地一定是集体所有的，因为休耕的土地由于长了一片一片的野草，也被当地人当做牧场，到处都有成群的山羊和绵羊在吃草。另一种可能性是地块的耕种权是个人所有的，但放牧权是共有的。棕榈树的种植是完全随意的，很难相信它们是个人所有的。我们房子周围的一片区域大都是菜园和果园。好像有些农民在这里垦殖了大片的土地，而且经营得井井有条。这里还有大型的商品菜园，同样经营得井然有序，通常都是欧洲人或富有的阿拉伯人的私产——我估计后者占多数——四周竖着围墙。把他们的土地同普通农民的土地做个对比，你就会发现，拥有资金铺设水管会带来巨大的变化。

由于最近刚下过大雨，随处可见人们在耕地。从地块的面积判断，种的一定是某种谷物。到处都有小麦或其他谷物在冒芽，那也许是冬麦，播种时间和英格兰的相似。当地人用的犁非常蹩脚，除了犁头其他部分完全木制，就相当于在一根木条上装一个铁头。整件犁轻到可以轻松地扛在肩上。犁头只能松到 4 到 6 英寸深的土壤，这里大部分土地的垦殖大概从不会超过这个深度。尽管如此，有些地方的土质看起来还不错，比如我们房子周围的那片橘园，土质就非常深厚，大约有 4 米深(表土)。这种犁上没装轮子，使得拉犁的人畜十分吃力，也几乎没法犁出直沟来。拉犁大多用的是公牛，不过其他各种牲畜也都能用，除了骆驼。有时一头公牛和一头驴子一起拉犁。一对公牛一天可以犁半英亩的地。

当地的主要作物有：棕榈、橄榄、石榴、玉米、辣椒、紫花苜蓿还有大部分的欧洲蔬菜(豆子、卷心菜、番茄、西葫芦、南瓜、豌豆、萝卜[18])，茄子、橘子，还有一些谷类作物——我分不清是哪些。种植橘子的好像主要是欧洲人，柠檬也是。石榴快要过季了，海枣也要下市了。我想紫花苜蓿是全年作物，因为它们长得快，而且长到 1 英尺高就可以收割。它们是这里的主要饲料，3 英寸粗的一捆卖10生丁。玉米也用作饲料，大概也是全年作物，还有各种蔬菜也是。大多数作物的质量都很差，这无疑有土质差的因素，但更多的是因为缺乏购置农具的资金。比如说，这里种番茄不搭爬杆，所以番茄的植株长得很差。牲畜当中，绵羊好像最适应这里糟糕的牧场，除了能提供优质羊肉外，还能出产优质羊毛。其余的牲口大都长得很糟糕，那些产奶的牲口都长不出一点乳房。一头优质的西班牙山羊几乎同一头母牛等价，这也说明了后者的产奶能力。这里的家禽很像印度家禽。所有动物得到的都是非常糟糕的对待，但都非常驯服。工具也极其原始。这里没有铁锹或欧洲耙，只有印度式的锄头。因为缺水，耕种变得极其辛苦，因为每块地都必须用土堤隔成一个个小块以节约用水。在地里干活的不但有小孩，还有老妪。这些少则60，多则70岁的老太拿着镐子在地里锄草。典型的阿拉伯村落是一个围着高土墙的大土围子，看上去就像一座大宅。里面是些当地常见的简陋窝棚，大多用稻草或棕榈叶砌顶，形状像蜂房，约8英尺宽，7英尺高。当地的所有居民似乎都很怕强盗，晚上喜欢把自己关在土围子里。除了地里那些用来看护成熟庄稼的临时窝棚，没有人在村子的围墙外过夜。我还是没有弄明白为什么这里的谷物价格这么高。市场上一公斗的小麦，重约40磅，要卖到30法郎，换算成英国货币的话每磅要卖1便士多。面包因此也很昂贵。（上个月小麦的价格被官方锁定为每公担158法郎。见VM[19]1938年10月9日的剪报。）

斋月开始了。阿拉伯人好像十分严格地遵守戒律，但我猜测他们有时候也吃禁忌的食物。比如说，我怀疑他们有时候会吃一头自然死亡的动物。我们的仆人，西蒙先生的看门人就认为，可以吃一只被同类啄死的鸡鸭。不过他们对于禁酒好像遵守得很严格。[20]

士兵时常经过这里前往靶场。他们看上去军容齐整，士气很高，行军的样子也比我预料的要好，优于法国义务兵。哈罗德·马拉曾在轻步兵团中服役，他说轻步兵主要由阿尔及利亚犹太人组成，很被其他军团瞧不起。我推测摩洛哥的正统犹太人是不服兵役的。你在这里到处都能感受到对犹太人的敌意，不单是阿拉伯人，欧洲人也是这样。据说犹太人用低价、欺骗等方式抢夺其他人的工作。（见 PM[21] 剪报，1938 年 10 月 18 日刊）

---

18 页边有用奥威尔的笔迹写的一条注脚，没有指明注在哪里：土豆(质量很差)。
19 VM：《摩洛哥观察报》，一份当地报纸。
20 用奥威尔的笔迹写的一条页边注脚(但并不完全和这个段落有关)：“M 还会吃我们餐桌上剩下的残羹剩饭。”斋月期间是禁止吃剩饭的。M 代表麦赫贾布·穆罕默德，即摩洛哥日记 1938 年 11 月 22 日中提到的“我们的仆人”。《消失的奥威尔》的插图 11 中描绘了麦赫贾布帮助奥威尔给山羊挤奶的情景。
21 PM：《小摩洛哥报》，一份卡萨布兰卡晨报。

1938 年 11 月 3 日

昨天一只蛋。青天下美丽的日落。

旱金莲花和万寿菊长高了。

晚上屋里非常难受。

天很暖和。我在银杨树上看到黑带二尾舟蛾的毛毛虫，有 1 英寸长。我发现一只死乌龟的壳。它在活着的时候曾经受过伤，龟壳的一部分曾被压碎，形成一个凹坑，愈合后就长成了那个形状。

西蒙先生最近新买了一头驴子，饿得半死，当它发现山羊的饲料里有大麦时居然冲过来抢它们的饲料。

我曾经看到过野鸭的那片湖几乎都干涸了。

今天一只蛋。

大麦快用完了。我当时买了 20—25 磅，维持了 3 周，每只山羊每天消耗了半磅左右。

1938 年 11 月 4 日

1 只蛋。

1938 年 11 月 5 日

1 只蛋。

1938 年 11 月 6 日

2 只蛋。

晚上下了大雨。白天晴朗温暖。下午万里无云的天空中突然落下几滴雨滴，紧接着就是雷电暴雨。

雨后地里的小溪都涨满了，水龟爬得随处可见。今天看到了 10 到 20 只，常常一次见到三四只。它们通常蹲在泥里，一看到有人过来就纵身跃进水里。过了一会儿它们会浮到水面下，只把眼睛鼻子露出水面，就像西班牙的青蛙一样，一有动静马上下潜。它们好像动作很敏捷。

山羊的奶几乎干了，也许是因为它们已经有两天没吃大麦了，尽管我在此期间还给它们喂了其他东西，比如煮玉米。

旱金莲现在已经长得很大了。一株香豌豆发芽了。草夹竹桃和三色紫罗兰都还没有发芽(已经两周了)，种子肯定是死的。

有些当地产的海枣看上去还不错，光亮，有黏性，外形圆润，个头如大胡桃。

肠胃好些了。

1938 年 11 月 7 日

今天没下雨。气温低一些了。月亮很明亮。

今天他们在橘园里用一头驴犁地。他们用的犁很轻，没有轮子，不过犁头的形状是欧式的，很锋利，产自捷克斯洛伐克，价格估计在 1 到 2 英镑之间。这工作很辛苦，不过对于一头强壮的驴子来说显然不算太重。它一趟就能犁出一块面积不小的土地(约 25 × 5 码见方，已经生出了一些杂草)。

橘子现在已经熟了。前两天我们拿了一些(是柑橘)。

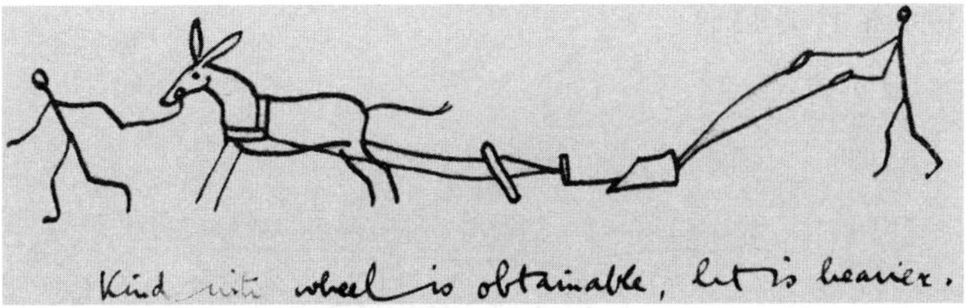

今天买到了新鲜的大麦，约30磅重。花了17.5法郎，约合每磅不到1先令。这比我上次买的便宜。

我在房子附近的一个老石头水槽边发现一个腐烂的动物头颅，好像是狗，但我觉得更像豺。据说这个国度里有一定数量的豺。无论是什么，这个头颅还很完整，我把它插在一根木棒上，让昆虫来把骨头清理干净。

1938年11月8日

晴朗温暖。晚上下了点雨。几株香豌豆发芽了。

1只蛋。

泥地里有乌龟的脚印，很容易同兔子的脚印搞混。

1938年11月9日

今天种下了香豌豆（之前播下的种子只有6株左右发芽）、康乃馨和堇菜。

1938年11月10日

今天种下了香石竹、高代花和山字草。

整个白天都阴沉有雨，不过很温暖。日落时天已放晴。天很绿。随处可见大群的燕八哥飞过。

1938 年 11 月 12 日

1 只蛋。

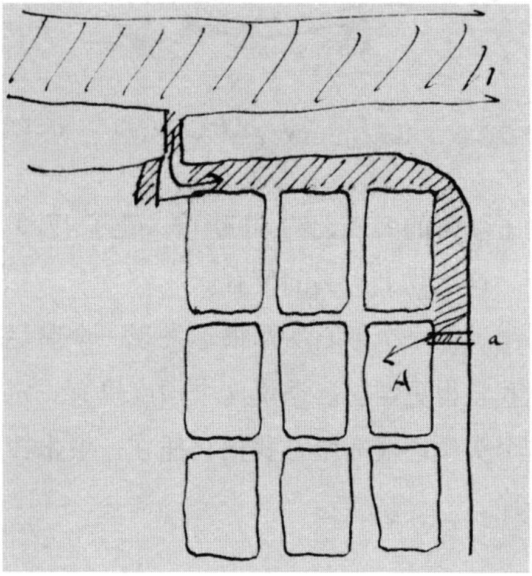

当地的灌溉系统如图：所有种植有灌溉需求的作物的农田都被分隔成面积约 4 × 3 码大小的小块。灌溉渠与溪流相通，环绕农田边缘一周。如果块 A 需要灌溉，那么就先用土坝把灌溉渠封住，再在环绕块 A 的土堤边上开一个小口。水于是流进块 A，灌溉充足后再把土堤封上，并移走之前封住灌溉渠的土坝。这样灌溉水就可以流向任何需要的地方。

1938 年 11 月 13 日

1 只蛋。

那头有条纹的山羊奶水完全干了。

最近白天总的来说都很热。晚上我生了火，不过并不真的很需要。大群大群的燕八哥飞过，一群可能有 3 000 只之多，路过时还啄食树上成熟的橄榄。阿拉伯人整天都在橄榄树丛里，大叫着驱赶它们。艾琳把燕八哥的叫声比成丝绸衣服的窸窣声。

前两天我在一个灌溉水槽里看到许多乌龟，个头从 3 英寸到 1 英尺长不等。我抓了一只小的。你蹚水去追的话，这些小龟游得不够快，没法逃走。和陆龟相比，水龟的脑袋不那么伸缩自如，你用手抓住它们的时候，它们的四肢和脑袋还伸在外面，而且没有足够的力量把尾巴缩进龟壳。它们会把脑袋缩进由皮肤褶皱构成的筒里，就像是裹着条围脖。它们好像不能在水下憋太长时间不上来换气。[22]我在那个水槽里的一块石头下面还看到许多小水蛭，约 1/4 英寸长。这是我头回在这个国度看到水蛭。

昨晚在花圃里看到一只大癞蛤蟆。这是我头一次在这里看到癞蛤蟆。它的个头差不多有英国蟾蜍的两倍大，身上全是疙瘩，一跳能跳好远。

地里的青葱差不多熟了。农民给我们带了点小韭葱。

今天在路边看到一条死狗。我怀疑就是那条前几天过来乞食的狗，估计是饿死的。

当地农民显然不用耙或中耙机。他们只是把地犁一遍然后就把种子撒在田埂上。奇怪的是，根据种子发芽的结果判断，你会以为他们是按排播种的，但其实他们是撒播的。现在已经有许多小麦冒芽了。蚕豆芽长到 6 英寸高了。

---

22 不上来换气：将此处文字同《上来透口气》中的乔治·鲍林做个比较（这篇作品正是奥威尔在摩洛哥完成的）："你知道我的感觉。上来透口气！就像大海龟，游到海面下，把鼻子露出水面，深吸一口气在肺里装满空气，然后再次下潜，同海草和章鱼为伍。我们都在垃圾箱底快憋死了，但我找到了爬到上面来的路。"（CW，VII，《上来透口气》，p. 177）奥威尔直到 1939 年 6 月 12 日小说出版时才为它命名。

1938 年 11 月 14 日

我把旱金莲苗移到地里去了。

1938 年 11 月 16 日

1 只蛋。

1938年11月17日

1只蛋。

1938年11月19日

2只蛋。

1938年11月21日

2只蛋。

1938年11月22日

1只蛋。

西蒙别墅 1938年11月22日

几天前拜访了英国领事。此人名叫罗伯特·帕尔，40岁上下，很有教养，非常热情，已婚，经济状况似乎很宽裕。他会说法语，遣词造句很用心，语法方面毫无差错，但说话时带着很重的英国口音，而且似乎总是在比对语法。副领事是个年轻的英国人，父亲是传教士，显然从小是在摩洛哥长大的。尽管如此，他还是比在印度之类地方长大的孩子要表现出更多的英国性格和英国腔。

帕尔认为我没能正确认识到本地法国人对待危机的态度，他认为法国人真的相信战争就要来了，尽管他们受够了战争，但也准备好了奉陪到底。他们表面上的满不在乎只是一层麻木的表象。他相信近期之内是不会大选的，空军部的丑闻[23]太糟糕了，政府在选举之前肯定要先烫平这件事。他还说他很惊讶地发现或多或少具有保守倾向的普通人数量有这么多，大家都对政府的外交政策感到不安，近期事态可能的发展方向将是一次复兴老自由党的努力。他本人的观点似乎倾向于温和保守派。不知道作为公职人员他是否知道些事态发展的内部消息，不过我猜是不会的。

关于小麦价格说明：一公担相当于约2英担，最近买一量小麦(估计是10立升)花了31.50法郎，相当于约40磅重。这样算来就差不多是10生丁一磅(100生丁等于一法郎)。20生丁相当于1便士，因此当地的麦价和英国的水平是差不多的。我还没能找到全面的物价表，不过看起来肉类、部分水果蔬菜以及大多数本地手工制品(皮革、陶器、部分金属制品以及优质羊毛布)要比英国便宜——当然还有房租。而进口商品——尤其是工业制品——都很昂贵。各种汽油尤其昂贵。

塞内加尔的黑人似乎是法国公民，而摩洛哥的阿拉伯人不是。这个省依然在一本小说里被称作“沙里夫帝国”。所有黑人都有义务服兵役，就像法国人一样。但在摩洛哥只有法国公民——大部分是欧洲人——才需服义务兵役。阿拉伯军团的成员是志愿参军，长期入伍的军人。他们似乎能得到一份体面的年金(按当地的标准来看)。我们的仆人麦赫贾布·穆罕默德就在阿拉伯军里服役十五年，得到了一份每天五法郎的年金。我前面忘了说，在马拉喀什的入城口有一个收费站，所有入境卡车都得将车上的入境销售物品卸货缴税。这也包括农民运进市场的所有蔬菜。不知道税率是多少，但这样一来你在城外买的蔬菜肯定要便宜。

---

23 空军部的丑闻：这可能指的是1938年5月12日议员要求对英国空中防御状况进行调查一事。据说当张伯伦与希特勒达成协议(不管这个协议有多么不光彩)，从慕尼黑返回后，不列颠空战中的战斗机指挥官豪·道丁爵士(1882—1970)表示松了一口气，因为喷火式战斗机的供应生产还没能全线展开。

1938年11月23日

1只蛋。

天气晴朗温暖，但不太热。晚上有时生火。只要天还算晴朗，就能看到阿特拉斯山的雪顶似乎近在眼前，好像只有几英里远（事实上那有50到100英里的距离）。几乎所有的种子都发育不好——除了金盏花、香豌豆和旱金莲，大多都没能发芽，无疑是因为存放了数年之久的缘故。这里似乎很难种小花，它们经不起干旱和酷热。花园里大多种的是灌木。

花了31.5法郎买了一量小麦（大约40磅重，差不多1便士1磅）。

从16号起一直不舒服（胸口）。昨天下了床，今天好些了。

1938年11月24日

1只蛋。

丁烷气罐昨天空了，支持了大约五周时间。它一直很规律地给三个煤气嘴供气（其中一个的火焰亮度似乎高一些——也许高出60标准烛光量），偶尔还供应第四个。

1938年11月25日

2只蛋。

1938年11月27日

1只蛋。

1938年11月28日

2只蛋。

1938年11月29日

1只蛋。

1938年11月30日

2只蛋。

1938年12月1日

2只蛋。（从10月26日到今天为止共30只蛋）

1938年12月2日

天气凉多了，有时风和日丽，就像英国早春，但有时迷雾蒙蒙。前天还下了大雨。天晴时阿特拉斯山脉看起来近在咫尺，你几乎都能辨认出每一条轮廓，而在其他日子里则完全不见踪影。

花种发育得很不好。只有旱金莲、香豌豆、金盏花、康乃馨和少数几株香石竹与山字草发芽了。草夹竹桃、三色紫罗兰、紫罗兰、高代花、罂粟花和向日葵都没能发芽，尽管土质条件很适宜。可能是因为种子存放了数年之久的缘故吧。

我发现两只弹弓中较差的一只只能把石头射出最多90码远（石头不如铅弹）。一只好的弹弓[24]应该能把铅弹射出150码远。

3只蛋。

---

24 在《消失的奥威尔》中，图10描绘的就是奥威尔在摩洛哥射弹弓的场景。

1938年12月3日

2只蛋。

最高的棕榈树能长到25码左右（算到叶基处）。

1938年12月4日

2只蛋。

1938 年 12 月 5 日

3 只蛋。

我在 10 月 30 日或之前一两天看到正在犁的一块田里，庄稼苗已经长到 4 到 6 英寸高了。橘子熟了，到处都在叫卖。现在市上的石榴都熟过了，颜色也不一样了，变成了棕色而不是红色。

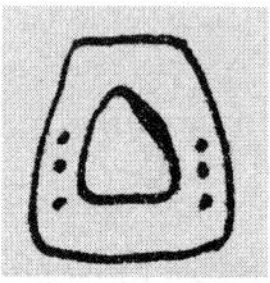

当地驴蹄铁的形状

1938 年 12 月 6 日

2 只蛋。现在晚上凉多了。

1938 年 12 月 7 日

2 只蛋。

昨天下午热多了。

我观察了当地溪流的河床，发现它们的流量显然下降了许多。但我不清楚它们是不是最近才枯水的。我们昨天沿着一条小溪散过步，发现它有三条河床。当前流淌着的这条河床有 6 英尺宽，1 英尺深，第二条 10 英尺宽的河床显然是在每年雨水最充沛的季节里容纳上涨的溪水的，这条河床之外还有一条宽阔的河道，是在石灰岩上冲刷形成的，这表明现在这条不起眼的小溪在过去曾是一条大河。

各种小鸟现在出现得频繁多了。我猜其中有些是候鸟。

石榴树的叶子泛黄了。

1938 年 12 月 8 日

2 只蛋。

上午有沙尘暴，之后是大雨。下午阴冷多雾，就像英格兰的天气。

1938 年 12 月 9 日

2 只蛋。

我发现朱鹭很喜欢聚集在挖沙人的周围，这时候非常老实的样子。它们也许是等着吃他挖出来的虫子。缅甸的朱鹭不是这样的。也许是因为这里的溪流里几乎没有食物的缘故。

1938 年 12 月 10 日

1 只蛋。

西蒙别墅 1938 年 12 月 10 日

我没法确切地了解当地的土地所有制。我不确定这里的农民究竟是自己拥有土地还是租佃土地。土地好像被分成一块块 2 到 3 英亩大小的田地。显然这里有公共牧地，而且当地一定有某种关于水资源分配的集体协定。小溪根据灌溉需要被引流到不同的方向，再通过地里的水渠和小土坝，水流可以被导向任何需要的地块。尽管如此，农民的地块同欧洲庄园主或富裕的阿拉伯人的种植园在水源供应方面有着天壤之别。水资源的紧张大大增加了劳动量。这里有些地方的土壤是松软的白垩土，下面 20 英尺深的地方流动着地下河流。为了得到这些水源——这些往往是水深几英寸的小溪——当地人每间隔一段距离就打一口井。有时你会发现，绕着某块农田四周的是一口接一口的井，彼此间隔只有几码——我不知道这样的情况有多少，但我已经在许多农田里看到这种情景了。比如说，我在一片农田周围就看到了 12 口井。有证据显示，当地的水源在最近几年里有了严重的枯竭。一些溪流有三条河床：一条是现在的河床，一条稍宽一些的是在雨水最充沛的季节里的河床；还有一条非常宽阔的是过去某个时期的河床。某些新近开垦的田地似乎已经荒芜了。如果不能持续地灌溉土壤，是很难让小种子发芽的。

当地的农民好像不用耙，不过他们会从不同的方向把地犁上好几遍。犁完后地上还是一道一道的犁沟。这样做的好处是撒播的种子更容易分布在直线上，也许这样能更好地节约用水。冬季谷物（我猜是大麦）现在长到4到6英寸高了。这里的果树似乎比小个头的庄稼长得好。比如说橄榄（黑色，以味道苦涩闻名）长得就很好。尽管如此，当地除了人工种植的棕榈树、橄榄树以外，没有其他的树木。劈好的优质柴火*每吨售价70—80法郎（约合8先令）。当地唯一的燃料就是木头和炭。这附近有一座法国人经营的大型橄榄种植园，里面给阿拉伯工人住的地方像是个苦力营。但那条件其实还挺不错的，比印度的同类寄宿舍要好多了。除了极少数的富人，阿拉伯人在自己的村落里几乎全都住在小草棚和棕榈顶棚里，就像蜂巢一样，宽约8到10英尺。还有一些看上去像野人一样的当地人住在小帐篷里，就是一块布挂在一根杆子上，没有墙也没有底。这些帐篷似乎是永久性的，因为他们还在帐篷周围建了小围墙。通常村庄外面都有一道10英尺高的土墙，墙头上杂草丛生。就像在缅甸一样，犁地的只有男人，但女人要做地里所有剩下的活儿，特别是像锄草这类吃力的工作。孩子们也要干活儿，通常是去放牧，这时他们几乎还不会说话。但他们做得非常出色，从不擅离岗位，而且好像能很好地理解自己需要做什么。我经过时很多农民都会跑出来乞讨。对于有些人来说，这似乎是看到欧洲人时的条件反射。没有一个农妇蒙面纱，至少我在地头没有看到。

我观察了一下《小摩洛哥报》，发现它的版面构成如下：报纸共10页（有些时候是12页），60栏。其中广告只占了三分之一多一些。报纸的最后和末页则几乎全部都是广告。大多数广告都是珀

---

* 都是橄榄木，大部分是树根。［奥威尔原注］

西尔和其他利弗公司的产品(我注意到广告上总是强调利弗的产品都是法国货)，雀巢牛奶，几家运输公司，几种护眼液，还有一些专利药物。有专页报道摩洛哥的当地新闻，但通常都不在头版。没有看到书评。尽管报纸装订不错，但总的来说笔风比起一般的法国报纸显得平淡无味。

所有的当地报纸都表现得很爱国。比如说，当利奥泰元帅[25]的雕像运抵卡萨布兰卡时，《小摩洛哥报》和《新闻报》都连续三周用至少一个专栏报道此事，甚至经常使用整版，其中不乏对利奥泰的溢美之词。雕像落成当日《新闻报》用整个头版报道此事。《新闻报》时常要求取缔共产党，《小摩洛哥报》没有这样，尽管达拉第［见上文注 12］是它的英雄，而且该报还曾以同情的笔调报道德·拉·罗克圭[26]。马拉喀什当地读者最多的报纸似乎是一份叫《坦诚》的周报，街头到处都有出售。我买下后发现这几乎就是份法西斯主义的刊物。左翼的法国报纸在这里几乎买不到。

西蒙先生把侯赛因解雇了，理由是他懒惰。这里的工作(一个人做)是照看 2 英亩的橘树和柠檬树，还有果树之间的部分田地，大概有 20—30 平方杆大小，还有西葫芦。除了这些还要放羊。按欧洲人的标准，侯赛因应该说已经很努力工作了。西蒙先生抱怨说，侯赛因(他显然有些黑人血统)是个 Cleuh[27]。据说这些人又笨又呆。阿拉伯人也说他们贪婪。显然欧洲人也认同这种偏见。我不清楚工作的报酬是多少，但估计不会超过 10 法郎一天外加住宿。

---

25 路易斯·休伯特·利奥泰元帅(1854—1934)：在担任法属摩洛哥总督期间，很大程度上主导了这个国家的发展。1916—1917 年间他还担任了法国战争部长，并于 1931 年组织了在巴黎举行的殖民地博览会。

26 弗朗西斯·德·拉·罗克圭上校(1885—1946)：极右翼的领军人物，反马克思主义与反资本主义组织“穿越火线”的领导人。该组织后遭取缔，但又以“法国社会党”的名义重新组织(1936—1940)。罗克圭反德，因此后来没有成为通敌者。另见“事件”，1939 年 8 月 6 日。

27 Cleuh：(奥威尔也曾把它拼做 Chleuh；有时也拼做 Shleuh 或 Shluh。本书复制了奥威尔原稿中的各种拼法）主要生活在摩洛哥阿特拉斯山脉中的一个柏柏尔人族群。奥威尔在1939年1月27日的日记中曾提到他们说“自己的柏柏尔方言”，但他们“都会说阿拉伯语”。

1938年12月11日

2只蛋。

天气阴冷，下午有雨。

1938年12月12日

整晚都在下大雨。天气寒冷阴沉，就像英格兰的11月。艾琳得了神经痛，可能是因为昨天冒雨出门的缘故。

白天大多时间都在下雨。

2只蛋（从10月26日算起共53只，从12月1日算起共23只。一只母鸡开始抱窝了）。

1938年12月13日

2只蛋。

1938年12月14日

3只蛋。

天气寒冷晴朗。这些天都下了很多露水。

1938年12月15日

2只蛋。

天空晴朗无云，也不算太热。

1938年12月16日

2只蛋。

天气晴朗凉爽。这里的家畜几乎什么都吃。我看到那头驴子在吃垃圾堆里风干的西葫芦叶。奶牛、山羊和绵羊的饲料是被丢弃的洋蓟叶冠。我注意到当山羊和绵羊被赶在一起时，山羊彼此之间会争斗，但它们不会去碰绵羊。

我捡到一只大鹰的吐弃物。里面只有些昆虫的翅鞘，大多是潮虫。我还没有在摩洛哥看到过蛇，不过最近我们曾捡到一段新鲜的蛇皮。

成熟的橘子好像还能在树上停留很长一段时间，不会掉下来。橘子的批发价(至少是当地的价格)是每打两个半到三个法郎。

我前两天看到一头死驴——这还是头一次碰到。这头可怜的畜生走在从马拉喀什通往瓦德的路上时，一下就倒在路边死了，它的主人就把它丢在了那里。几条狗在周围徘徊，等着进食，但那神情似乎有些不好意思。

1938 年 12 月 17 日

1 只蛋。

昨晚下了暴雨。今天上午很冷，下午出了半个小时太阳，然后又下起雨来。到处都是一片泽国，塔西夫特河的水量猛增——有些地方的河床涨到了 50 码宽。

那头死驴(我其实是 12 月 11 日看到它的)现在完全成了一副骨架。我发现那些野狗把头留到最后才吃。

1938 年 12 月 18 日

2 只蛋。

1938 年 12 月 19 日

3 只蛋。

晚上下了大雨。今天寒冷多云，有猛烈的阵雨和大风。

1938年12月20日

2只蛋。

昨晚下了大雨，今天整个白天雨一直下下停停。我们前些日子沿着散步的那条小溪，当时只是一股湍湍细流，如今成了一条宽达10码的汹涌急流。今天我们在天空中看到两条平行的彩虹，这景象我之前从未看到过。

1938年12月21日

2只蛋。

天放晴了些，气温较低，下过几滴雨。

一只鸽子死了——死因不明。

1938年12月22日

3只蛋。

上午天放晴了些，下午有雨。

剩下的那只鸽子(也许是母的)坐在巢上。我不确定它能不能幸存，也许我们能给它再找一只伴侣。

塔西夫特河现在填满了它流经的整个峡谷，在跨河大桥处河面有300码宽(之前只有10码)。从山谷里的植被判断，我认为这种情况是不常见的。

西蒙别墅 1938年12月22日

在经历了过去几天的暴雨后，河水都在猛涨。塔西夫特河通常只有10码宽，现在填满了流经的整个山谷，宽达300码左右。但是从山谷里植被判断，这种现象已经有许多年没有出现过了。

当地的阿拉伯葬礼是我见过的最寒酸的葬礼。死者裹着尸布，躺在一张简陋的尸架上，由亲属朋友抬着。我不清楚这是因为贫穷还是因为穆斯林不允许用棺材。地上挖出一个深度不及2英尺的坑来，尸体就被放进坑里，上面除了一堆黄土什么也不盖，通常还会在一头放上一块砖或一只破瓦罐，也许是头部。通常来说墓地周围没有任何围墙，除非那里碰巧有某个富人的坟墓，不然你根本没法分辨出这是墓地——它们看上去就像是一片布满小土丘的空地。坟墓上没有任何标记。我在一处坟头发现了一支钢笔和一只墨水壶——那也许是个抄书吏的坟墓。其他的坟头都只有破瓦罐。我还在另一处坟头看到一只珐琅锡罐。墓地上总备有一些空坟，包括给孩子准备的小墓穴。妇女好像从不参加葬礼。

当地另一份流行的法文周报是《格兰古瓦》*。这过去是份闲聊性质的文学刊物，不过现在变得和《坦诚》报很类似了。我发现这些报纸尽管看上去都经营得很好，广告也很多，但依然不能脱离插入色情广告的水准。还有，尽管它们的政治立场右倾，但有时也会刊登一些“左倾”作家的连载故事。我在一家咖啡馆的厕所墙上看到一行涂鸦，写着“布鲁姆去死”[28]，字体非常小。这是我在法属摩洛哥第一次看到政治涂鸦。

---

28 里昂·布鲁姆(1872—1950)是法国第一位社会党总理(1936—1937 年及 1938 年在位)，领导当时的人民阵线政府。从 1942 年起直到二战结束，他先后被囚禁于法国和德国。1946—1947 年他再度担任总理。

1938 年 12 月 23 日

那只鸽子下了 2 只蛋，正在孵蛋。

天气寒冷晴朗。塔西夫特河的水量退到了平时的两倍。3 只蛋。

1938 年 12 月 24 日

4 只蛋。

---

* 《格兰古瓦》号称发行量达到 50 万份，这大概是真的。［奥威尔原注］

2 只鸽子蛋都破了——不知道为什么，也许是有只猫想要爬进巢里，把鸽子给吓跑了。2 只蛋都受过精，因为打破的卵黄里有血迹。

天空晴朗无云。

1938 年 12 月 25 日

晚上下过重霜，今早到处都是白茫茫的，湖里也结了点薄冰。果树上的橘子和柠檬也结霜了，那景象很有趣，柠檬花被冻得梆梆硬。不清楚霜冻有没有对花造成伤害。叶子花开得还不错。我觉得霜冻在这里并不常见，不过此刻全球都有寒流。远处的山脉不知何时披上了皑皑白雪，就连海拔较低处的山坡上也是。

4 只蛋。

1938 年 12 月 26 日
27 日
28 日

我病了。不清楚母鸡下了几只蛋，估计是 9 只。

天空晴朗无云。

第二桶丁烷气 27 号用完了。整整用了三周(和上次一样)。[29]

---

29 上一桶丁烷气其实用了五周；见 1938 年 11 月 24 日。

1938 年 12 月 29 日

2 只蛋。

天空晴朗无云。我们买到一只公鸽子(花了 4 个半法郎)，把他放进笼子和母鸽子熟悉一下。她开始轻轻地啄他的脑袋。我想是在帮他捉虱子。

1938 年 12 月 30 日

昨晚有大群的鹳或鹤飞过。这些鸟体型大，毛色白，翅膀上好像有黑边。鸟群朝北飞去，但也有可能只是在盘旋寻找落脚点，因为它们肯定是从欧洲迁徙来的候鸟。

天很晴，万里无云，气温很低。没有风。

2 只蛋。

1938 年 12 月 31 日

3 只蛋。（从 1938 年 10 月 26 日至今共 102 只蛋，差不多每周 12 只。）

1939

1939 年 1 月 1 日

3 只蛋。

那只公鸽子开始很不心甘情愿，这当然是因为被关进了笼子，而且翅膀还被绑住了。不过现在好些了，会尝试着短飞一会儿。那只雌鸽开始向他求爱，在他身边走来走去，向他低头示意。

我又看到一头死驴子，两条狗正在把它的内脏扯出来。这是我看到的第三头死驴。当地人似乎从不埋葬它们。

黑胡椒树在 9 月份的时候曾经结过一茬成熟的胡椒子，如今又结了新果。前几天遭霜冻的旱金莲花大部分都死了。西葫芦也是。茄子的叶子也都蔫了。

天空晴朗无云，不是很冷，阳光明媚，没有风。艾琳又看到 4 只鹳。

橘子和柠檬花都没有在霜冻中受到一丁点伤害。

1939 年 1 月 2 日

4 只蛋。

1939 年 1 月 3 日

3 只蛋。

1939 年 1 月 4 日

3 只蛋。

天空晴朗无云。气温很低（我穿着轻薄的贴身内衣、棉衬衫、套衫、外套、轻薄的内裤和灰色法兰绒外裤，也不觉得自己穿得多）。前天晚上，那只公鸽子刚刚开始恢复了一点飞行能力就不见了，一定是被阿拉伯人的狗给吃了。昨天又买了一只(6 个法郎)。这只的翅膀没有问题。我把它在笼子里关了一晚上，到了早上发现雌鸽已经在笼子外面了。我把门一打开，它们就一起飞走了。

1939 年 1 月 5 日

2 只蛋。

1939 年 1 月 6 日

3 只蛋。

1939 年 1 月 7 日

3 只蛋。现在有 3 只下蛋的母鸡了。鸽子都很健康。

昨天看到有些人在塔西夫特枯水河钓鱼。鱼小得可怜，只有沙丁鱼般大小。鱼饵是一种长在河边泥地里的小蚯蚓。

前天遇到几个人正在帮助一头跌倒的母骆驼；她就躺在塔西夫特河上一座桥梁的正中央。她显然已经临产了，肚子胀得很大，性器官往外渗着血丝。她侧躺着，半抬着头，抽着鼻子，似乎显得不知所措，但显然并不痛苦。一个小时左右过去了，情况依然没有变化。今天依然如此。地上大摊的血迹，还有某个血淋淋的东西被拖走的痕迹。小骆驼大概生下来就是死胎。

天空晴朗，阴影下寒冷，阳光下温暖。我们现在每晚都用一瓶热水，还有三张毛毯和一条小厚毯。

1939年1月8日

3只蛋。

西蒙别墅 1939年1月8日

寄了四个很重的包裹到英国，花了400法郎[30]左右。另外两个不算重，花了约100法郎。艾琳和我亲自寄送的那两个包裹花了我们两个多小时。先是在柜台前等了半小时。这倒不是圣诞节的缘故，因为这里一年到头都是这般德行。没完没了地填表格，官员照例要翻厚厚的手册，查找究竟要填哪些表格。然后照例是责难包裹包装不牢。一个包裹的绳子不够粗，另一个裹在布里的包裹没有缝起来。我们只好出去买来绳子和针线，把布缝好。然后官员又责难我们没把包裹封上。只好再出去买来密封蜡。这类事情似乎总是和法国邮局如影相随。我注意到这里的低级职员——像邮局职员和其他办公室职员，甚至连交通警察——大多是法国人，而在印度这类职务都是印度人担任的。本地职员几乎不存在。大多与欧洲人接触的阿拉伯人会说一点法语，但我还没碰到哪个阿拉伯人能流利地使用法语。

圣诞夜这里下了一场寒霜，造成了严重的损失。从这里的植被类型和阿拉伯人的描述来看，这样的霜应该是不常见的。不过我注意到柠檬和橘子几乎没受影响。

这儿的法国人比本土的国人更不在乎圣诞节。他们庆祝新年。阿拉伯人都知道新年，把这当作乞讨的借口。今年的游客据说比往年少。

采苜蓿的农民用手把苜蓿拔下来，不用镰刀，因此每棵植株上都会留下一两英寸。别墅边上有个带围墙的小村庄，里面的村民似乎是集体拥有土地的，因为他们总是一起下地干同样的农活儿，像除草犁地什么的。

最近观察了一座富人的墓地。墓穴就围在一道泥巴围墙里，就是平常的水泥墓地式样，坟头放了个小供炉，显然是用来烧祭品的。墓碑上没刻名字。墓地的一棵树上挂着各种小吉祥物，几捆羊毛。我偷了一个吉祥物，是个小皮夹子，里面有一卷羊毛和一张写着字的纸。

---

30 400 法郎：大约相当于当时的2.35 英镑（合今天的90 英镑）。

1939 年 1 月 9 日

2 只蛋。看到了大群的绿千鸟，似乎和英国的千鸟是同类。天空晴朗，下午很温暖。

1939 年 1 月 10 日

3 只蛋。

1939 年 1 月 11 日

1 只蛋。

1939 年 1 月 12 日

3 只蛋。

1939 年 1 月 13 日

2 只蛋（从 1938 年 10 月 26 日算起共 135 只蛋）。

附近一座小山包北侧的石头缝里长了一株像当归的植物，肉多，叶圆，爬满了苔藓。显然这类植物只能生长在阳光永远晒不到的角落里。

1939 年 1 月 14 日至 1939 年 1 月 17 日

4 只蛋(现在有大约 4 只母鸡伏窝)。

前两天看到一只鹳站在朱鹭群中。它体型很大——英国鹭和它站在一起就是小不点。

绿金丝雀和金丝雀在这里都能看到，和欧洲的一样。这里的蚕豆长得非常好，一只黑蝇也见不到。柑橘似乎受到了霜冻的影响，而普通橘子却没有。

西蒙别墅 1939 年 1 月 27 日

在阿特拉斯山中的泰德特(距马拉喀什约 95 公里)度过了一周，刚刚返回。泰德特海拔 1 650 米，约合 5 000 英尺。当你到达平原上方 2 000 英尺的高度时(平原本身海拔 1 000 英尺左右)你会看到一种截然不同的植被类型——橡树和冷杉的生长开始受阻，而丘陵地带的草却长势良好。到了 4 000 英尺的高度胡桃树随处可见且长势旺盛，但也不至于疯长。无花果树生长在 5 000 英尺的高度，但显然长得并不太好。杏树似乎长得不错。总的来说山坡格外的荒芜，只有当你来到主干路途经的山谷 1 000 英尺以上时植被才开始多起来。距村庄 500 英尺高度以内的低坡常常寸草不生，只是些有豁口的石灰岩，就像矿渣堆一样。这大概和放养山羊有部分关系。法国政府似乎正在试图再造植被，打算禁止在某些山坡上放牧。这片区域似乎刚刚在进行精确测绘，因为测量用的地标是新近竖立的。路况还不错，但路面不宽。公共汽车从马拉喀什到泰德特要 3 个小时，回程要 2 个半小时。山中有许多像是铁矿石一样的东西，但显然没被开采。有人居住的山谷中似乎并不像这里那么缺水。

站在高峰上俯瞰四周，你会发现每二十片山谷中大约只有一处有人居住，哪怕是公路附近的山谷。大多山谷都只是些裂缝——显然只有那些能在一天当中接收到足够光照的山谷，那里的土壤才适合耕种。一年中的这个时候每晚都有霜冻，白天的大多时间里都还挂在那些阴冷的地方。雪落得到处都是——但只是6 000英尺以上的高度——山路也因为积雪而阻塞。这里的耕地是梯田，很像缅甸的山地。梯田构筑得很有技巧，围着石灰岩砌的围墙，就像在西班牙；土层似乎也很深，有4英尺左右，虽然那肯定是人工加厚的。

溪流两岸略微背阴的谷地里有小块的牧场，但草质很好，适合放养母牛，山羊则放在山顶吃草。山羊和这里的品种差不多，绵羊却是全然不同的品种，毛质格外丝滑。根据当地人的描述和大致的情形判断，所有的村民都各自拥有一小块土地，当然放牧是自由的，但显然每个村庄都有各自公认的领地。我无法做出精确的判断，不过我估计每人的耕地不超过1英亩。这里好像在冬春时节种植大麦（眼下正在生长，不过没有山下的长得快），6月收割，然后播种玉米。当地的法国人认为Chleuh是优秀的农民，他们好像大量使用粪肥。耕地用的是一头驴和一头母牛，和山下一样。当地人有很多牲口，他们平常的主食一定是大麦和山羊奶。

这里的村庄和平原上的很不一样，没有围墙。房屋是用泥巴砌的，很多时候也用石灰石，外形四四方方，屋顶是平的，上面铺着野金雀花并盖着一层土，这样做也许是因为当地干旱的气候。当你从高处俯瞰村落时，你会发现处于同一水平面上的房屋屋顶都一模一样，尽管里面有所不同。这暗示着村民们有某种程度上的集体生活。几乎没有哪间房有玻璃窗。仅有的一些木制品也非常粗陋。

Chleuh人看上去非常引人注目。他们的男人外表和阿拉伯人差别不大，但女人要出众得多。总的来说她们肤色很白，甚至有时脸颊上都能看出红晕；还长着一头黑发和一双美丽的眼睛。女人们都不戴面纱，而是在头上裹一块头巾，上面系着蓝色或黑色的头绳。她们的服装颜色以红蓝两色为主。所有的女人下巴上都有刺青，有时一直延伸到双颊。她们的举止比大多数阿拉伯女人要大胆得多。几乎所有人都衣衫褴褛，看不出来有任何人会比其他人要富有得多。大多数孩子除了一条破毯子，身上什么也没有。乞讨几乎是普遍现象，女人们发现她们的首饰(琥珀和粗银制的，其中有些做工非常精湛)很为欧洲人所青睐，愿意以与银子本身价值相差不大的价格出售。这里的孩子一会走路就开始行乞，可以为了一个苏在山路上跟出几英里远。抽烟的人非常喜欢烟草，但我发现也有许多人不抽烟，妇女当中几乎没有人抽。孩子们会乞讨面包，一旦得到就满心欢喜。尽管如此，我还是很难判断这里真实的贫困水平。也许并不存在真正的赤贫，至少没有人无家可归或一无所有。我注意到胡桃树下有大量的胡桃掉在那里任由其腐烂，这说明并不存在严重的饥荒。但显然所有人的生活水平都很低。在山区里的有些地方，人们还制作地毯、皮具等手工品。在靠近塔德特的地方，除农业外最重要的行业就是烧炭了。当地人可以不花钱弄到上好的木头(主要是橡木)，尽管政府最近开始了干预；他们用非常原始的土炉烧炭，一大袋木炭卖 12 法郎(在马拉喀什要卖到 35 法郎)。当地人的体格很健康，尽管他们看上去并不特别高大或肌肉发达。所有人都很能走山路，女人也可以轻松地扛着一大包木头或一石罐 3 加仑的水爬陡峭的上山路。除了他们自己的柏柏尔语，所有人都会说阿拉伯语，但很少有人会说法语。有些人长着红发。大多数村庄里好像都有一两个犹太人，但不太容易从当地人中分辨出来。

他们的墓地和阿拉伯人的不太一样，但这些人也都是穆斯林。墓地通常就是一片绿油油的草地，牛群就在坟冢间吃草。因为当地盛产石头，所以坟头通常都堆着一个石冢，而不只是一堆土。不过墓上也没有刻名字，或其他能够指认死者的标记。从几处已经塌陷的墓穴判断，他们通常用平整的石板把坟墓砌成洞穴状，上面再盖上封顶，最初也许是为了防野兽。有些坟墓非常长，有 8 到 10 英尺。我还观察过一次葬礼。像通常的葬礼一样，参加者也是一群亲朋，其中一人一直在喃喃地念诵着什么。现场同样也没有女人，但在视线范围内 100 码远处有一群女人坐在石头上，一直在勉强地发出哭泣声。

我在塔德特同一个海外军团里的德国人谈过几次。他从事的工作我不太理解，好像是安装某种电气设备。他是个友好聪明的人，法语说得不错。他在海外军团呆了八年，好像没有什么不满意的地方，打算服满兵役，好领上那笔小小的年金。他说法国军队里不发烟草，你得服役满相当长的一段时间军饷才能涨到每天 1 法郎，所以新兵通常抽不上烟。他没有表现出特定的政治倾向。据他所说，他离开德国时失业人口有 500 万，而他因为在德国时当逃兵遭到通缉，现在也没法回国。他没有对希特勒发表任何看法，对西班牙内战的看法似乎略微有些亲政府。

今天报上传来了巴塞罗那失守的消息。在马拉喀什，好像没有人关心这件事，尽管报纸上的报道铺天盖地。我注意到在摩洛哥至少有两份社会主义周刊，一份是《菲斯电讯报》，另一份的名字我忘了。它们都不极端，而且好像也没有反帝国主义（这就是为什么法语的社会主义报纸能被允许发行而阿拉伯语的则被禁止的原因）。不过这两份报纸还有 PSF[31] 都保留了法国报纸那种攻击辱骂对手、用语粗俗的传统，相比而言那些温和的报纸则没有这种做法。比如说，《菲斯电讯报》就指责德国人腐蚀了法国的媒体，还指名道姓。这要是在英国或印度的话肯定会惹上诉讼的，虽说报纸这样做大概也只是会被罚个款。另一方面，好像没有一家摩洛哥报纸能够宣扬摩洛哥独立而不被查禁。如果报纸的报道属实的话，也就是说丹吉尔的西班牙人举行了游行，庆祝攻占巴塞罗那，而且没有对立方举行任何反游行。可是我之前觉得丹吉尔的西班牙人中间亲政府的比例要略大一些。塔德特的旅馆就和巴黎的廉价旅馆一模一样，还有路上的一两家咖啡馆也是。我在那里见到的人完全就像法国的普通下层中产阶级，他们的生活方式也同在法国的生活别无二致，唯一的差别是不得不说一点点阿拉伯语。

---

31 PSF：法国社会党。见注26。

1939年2月18日

我在塔德特呆了一星期，这里在阿特拉斯山脉上，海拔1 650米，距马拉喀什约95公里。我从那时起已经病了近三周了(卧床10天)。

关于塔德特的大多数要点我已经记在另一本日记中了[32]。我在那里看到的鸟类有这几种：渡鸦(我很怀疑马拉喀什这里所谓的乌鸦也都是渡鸦)，山鹤(很常见)，小鹰及一种体形大得多的猛禽，也许是老鹰(只是远远地看见)，还有原鸽、木鸽以及蓝冠山雀。其他各种鸟类同马拉喀什这里的类似，不过没有看到鹳或朱鹭。我没有看到四足动物。只是在一座山峰上的积雪里看到过动物的足迹，好像是欧洲盘羊的，但也有可能是山羊。当地人提到一种叫做Blet或Bilet的野兽(大概是阿拉伯语)，会下山来吃鸡。旅馆里驯养的孔雀看上去状况还不错。当地的家畜品种同马拉喀什这里的很类似，除了绵羊有所不同。它们的羊毛像绸缎一样柔软光滑。当地人也用骆驼，不过不会让它们下主干道。他们的驴子好像能爬上任何山坡。

这里的树木有：橡树(很矮小)，非常矮小的青克平栎，野金雀花，一种石南一样的野花，类似于西班牙的同类植物；还有黑莓，野生水仙花(或者是某种野生的郁金香——现在还没有开花)，几种桦木，小冷杉树，山峰峰顶处还有几株景天属和虎耳草属的植物，其中一些开出了美丽的花朵，最后还有雏菊。这里的胡桃树很多，但不是野生的。当地人还种植杏树，看上去长势不错。无花果树在5 000 英尺的海拔高度还能勉强生长，但长势不好。这里的春季作物是大麦，要到六月收割，紧接着种玉米。有些地方的草地生长得非常茂盛，就像英格兰的一样。但它们只出现在溪流边，显然是需要人工料理的。草地上有一种可食的酢浆草，可以拌在色拉里。

在下了两天的雨后，河水再度暴涨。前两天河水很清，可以看到水里的鱼。小鱼只有大概 4 英寸长，像是鲃鱼(用嘴翻着河底寻找食物)。等到水位再次降低的时候我打算抓一条试试。野草一下子冒出来许多，地里到处绿油油的。我们的旱金莲有一两株开花了。香豌豆等作物长势很好，尽管我之前没怎么料理菜园。

因为生病，我已经统计不清母鸡下蛋的数量了。在我们离开的那周里母鸡共下了 19 只蛋。目前只有一只还在下蛋。

我们的奶油已经连续十天发出大蒜味了，有时味道强得难以下咽。显然奶牛在吃某种野生大蒜。威廉姆斯[33]说，他在 1924 年的摩洛哥看到过猎杀最后一头狮子。豹子和瞪羚据说在阿特拉斯山以南依然很常见。

---

32 另一本日记：奥威尔的摩洛哥日记(该日记同家庭日记在这里是穿插在一起的)。

33 威廉姆斯：几乎可以肯定，他是一名在法国海外军团中服役的美国士兵，1939 年 3 月 12 日的摩洛哥日记中将对他有所描述。《消失的奥威尔》图 16 中描绘的三个人中也许就有他。

1939 年 2 月 20 日

壁花在这里的咖啡馆边开花了。石榴树刚刚吐芽，是亮红色的。随处可见生长茂盛的野草。这大概是这片土地绿意最浓的时候了，不过还是能看见一块块干涸的土地。昨天看到一片小麦，颜色还很青，不过已经结出了结实的麦穗。

当地人用草绳绊住奶牛的方法
（从牛角根部系到膝盖以下部位）

今天看到两只鹳在筑巢。它们的巢非常大，差不多有鹭巢的两倍宽，几英尺深，筑巢用掉了一大堆的小树枝，相当于一棵大树的整个一条分支。雌鹳好像正在下蛋，雄鹳站在她身边；不一会儿她站了起来，他们就这么肩并肩站着。我们的雌鸽又下了两只蛋，并且已经在蛋上孵了好些时日了，然后突然两只鸽子就都不见了——剩下的只有几根羽毛。据说是被猫偷吃了，但我怀疑是人干的。这样我们总共损失了四只鸽子了，当然我们也不打算再买了。显然鸽子在这里是很容易繁殖的。咖啡馆的鸽子也有三四只下蛋了。

现在天气热多了，苍蝇开始再度成为大麻烦。前面忘了说了，塔德特的当地人用骆驼毛编绳，既柔韧又结实。

1939 年 2 月 22 日

上午有浓雾。天明显热了。许多野花都开了，两种金盏花，一种雏菊，还有其他各个品种。

1939 年 2 月 24 日

昨晚和今早有大雨。

我发现几株茴香。显然当地也有茴香生长。我看到一些体型很大、行动很慢、黑白相间的鸟。好像是鹰属鸟类。前面忘了说了，我在塔德特注意到，人的影子在那里会表现出很奇怪的现象。有时你站在悬崖上，影子被投射到悬崖下面时会有几百英尺长。如果你就站在悬崖边上，你的影子当然会被投射到悬崖下面。我还发现，尽管石头的影子是黑色实心的，但人的影子如果从 50 英尺或更高的高度投射下来，看上去却是模糊黯淡的，就像灌木丛的影子一样。近距离看这并不明显，影子似乎是实心的，但远距离看(200 英尺开外)，你几乎看不到影子。离开一定的距离观察，整个身体似乎有个投影，但单个的部位——比如胳膊——却没有影子。我不知道这究竟是因为与岩石相比人体不够遮光还是仅仅是个体积差别的问题。

1939 年 3 月 4 日

今天热多了。不过苍蝇不那么多了，也许是因为下过雨的缘故。

一个男孩卖给我一只前两天抓到的鹌鹑，看上去和西班牙的差不多。

现在开了许多野花，其中有些和英国完全一样或者非常类似。有罂粟花，培根鸡蛋花[34]，一种小雏菊，和英国雏菊差不多；一种樱草或多花类的很小的小花，一些类似于蒲公英的小花；一种紫花，花瓣很像毛地黄，但小一些。还有牛舌草和鸟眼珍珠[35]。野金盏花差不多是最常见的，一大丛一大丛的随处可见。

许多田里的大麦现在结出了饱满的穗子，尽管还很青。我看到的所有辨认得出的庄稼几乎都是大麦。长势虽有差别，但大体看上去都不错。各处的樱桃树都在开花。苹果树在长叶子。石榴树的嫩芽变大了——这些树显然先长叶子再开花。柠檬树长着各个阶段的果实——从开花到成熟的果实，同时挂在枝头。它们显然全年不断地结果。无花果刚刚吐出花苞。蚕豆马上可以摘了(绿了)，莴苣现在长得非常好，豌豆、胡萝卜和小芜菁也都长得不错。显然有些蔬菜在这里几乎可以全年不停地种植。值得注意的是，这里的蔬菜很少遇到虫害。农民们在收割一种高草，像是小麦或大麦，但应该不是，因为它们是用作饲料的。随处可见人们将到处生长的野草收割后放在驴背上驮回家。

前两天抓到一只小水龟，个头有画的这么大，也许还要小一点点，形状非常圆。不过这么小的龟尾巴相对大一些。也许它刚孵化没多久，因此现在一定是它们的产卵季节。我已经有段时间没见到过成年龟了。昨天看到一条三四英寸长的蜈蚣——这是我在这里看到的头一条。

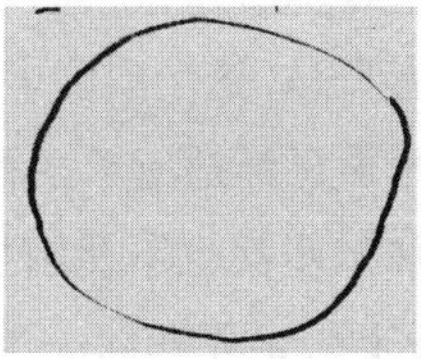

34 培根鸡蛋花：根据杰弗里·格里格森的《英国植物志》，这是萨摩赛特当地对水毛茛的叫法；也是威尔特郡对云兰的叫法。也有可能是指鳞基毛茛。

35 鸟眼珍珠：格里格森说这是16种植物的俗称。

1939年3月9日

天很热，但今天云量很多。我们种下的旱金莲大多还在开花，其他植株的生长都很迅速。

蚊子很多。

M·西蒙用大量的血来给橘子树施肥（血对他来讲不成问题，因为他是屠户）。

1939年3月11日

昨天发现一条死蛇，有2英尺长，这还是我头一回在摩洛哥碰到这东西。

天非常热。据说今年比往年的雨水多，是个好年份。

这个时节里另一种常见的野花是种花瓣淡黄、花心深黄的小花，2 英寸宽，很像小向日葵。

西蒙别墅　1939 年 3 月 12 日

一支参加演习后返回的部队几天前路过了别墅。部队大约有 5 000 人，其中超过半数是塞内加尔人。阿尔及利亚骑兵看上去挺精神，体格比一般的当地人要健壮。马匹大多 14 掌高，很健壮但血统不纯，毛色各异，不过以白色和灰色为主。看上去有些马骟过了，有些没有，但是没有母马(这个国度里从不骑母马)。我在靶场上注意到所有战马都对枪声已经适应了。看着这支部队全体行军的模样，我现在觉得塞内加尔步兵也不比阿拉伯人强了(以前我是觉得前者要好些)。他们看上去半斤八两一个样。骑兵队里有些小口径速射炮——看不见发射机构，因为炮体裹在帆布里的，不过显然口径不超过 1 英寸；轮子上装着橡胶轮胎。运输车辆的轮盘是全钢制的，要用三匹骡拉。除了这些我还看到了重炮组(线膛炮)。这些大炮的口径有 3 英寸左右，大概是 75 毫米炮，不过肯定和速射 75 毫米野战炮不同。要移动整个炮组和弹药显然需要六到八匹骡子。光是炮膛就需要一匹骡子来拉。我们看到的这样一个纵队可以在这个国度里的任何地方自由调动，除了山区。这些士兵演习时穿着厚重的卡其布外套，不过似乎并不像过去那样负荷太重。大多士兵似乎只有 40—50 磅的负重。

海外军团里有五个英美籍士兵，时不时地来拜访我们。[36]

格雷戈：格拉斯哥爱尔兰裔，不过是个新教徒。出身上层工人阶级，说他爸爸是薪资优厚的办公室职员，他自己也是。25 岁上下，身体健康，体格良好；但有明显的妄想狂倾向(喜欢吹嘘过去的荣光时刻)，也通常总和这类人呆在一起。他在军团里服役了两年半，却因为两次企图当逃兵而在战俘营里呆了半年。他几乎不会法语，有点“反共”倾向，提到马克斯顿[37]时显露出敌意。他不喜欢法国人，如果战争打响的话会试图逃避上战场。

威廉姆斯：美国人，黑发，也许有黑人血统。健康和体格情况不太好。他差不多快服役满 15 年了，退役后就可以领到一笔小年金(每月 500 法郎左右)，打算留在摩洛哥。他现在是军官食堂的勤务兵。没受过什么教育，不过性格不错，有脑子。

罗兰兹：30—35 岁左右。自我感觉良好，口音奇怪，也许是欧亚混血人。一有机会就喝酒。他在军团里服役已经有 5 年了，正考虑退役(海外军团士兵先雇佣 3 年，然后再续约 3 年，如果他们愿意的话)。显然没遇到过什么大风大浪。他脾气温和，心思细腻，但不聪明。

史密斯：美国人，40 岁上下，军乐队队员。有点酗酒。他也服役多年，不聪明，但心肠似乎很好。

还有一个爱尔兰小伙子，我只见到过一次。除了这几个人外这支部队(第四军团)中的其他英美籍士兵也就三四个了。显然英国人不太适应这里，忍受不了艰苦的条件，而且法语学习上的困难也束缚了他们；而德国人的法语就学得好些。前面提到的这几个人都是列兵。军团里大多是德国人，军士也通常是德裔。显然军团里的生活目前是极度乏味的。这几个人除了没有什么危险的小遭遇之外没见过什么真正的战斗。士兵之间倒是时常打架，不过曾经盛行的决斗已经被严行禁止了。服役一两年后士兵每天的军饷依然只有 2 法郎左右(合 3 便士)，除非他当上军士，不然饷银永远多不到哪去。一个中士每月能挣 1 200 法郎，不过得自付三餐，还有部分衣物。他们还必须自己洗衣。每人每天能领到半升酒。部队不发免费烟草，新兵服役的头六个月里往往一口烟也抽不上。

加泰罗尼亚陷落后《小摩洛哥人》立刻大幅转向亲法立场。我们每次对比法国报纸和从英国寄来的报纸，都会发现法国和英国公众接收到的新闻差异极大，这就意味着两者之中必有其一在习惯性地撒谎(更有可能的是，两者都在撒谎)。例如，当地的报纸没有提到加泰罗尼亚的难民遭到机关枪屠杀，而英国媒体却如是报道。从军团士兵口中的流言判断，对战争的预期依然存在。一次有流言说他们当晚就要被动员。过去的几天中他们当地的补给站收到了一大批机枪和其他轻武器，似乎是准备招募新兵。每次有法国战舰停靠在卡萨布兰卡，一些水兵总要通过自愿或强制的方式被送到马拉喀什和军团士兵们联欢。

一些大麦植株已经结穗，看上去很健康。按照当地的标准今年的雨水似乎很足，收成估计不错。

---

36 《消失的奥威尔》中有军团士兵和奥威尔日记中描述过的一些女人的肖像画，见 pp. 240 - 241，图 11 - 16。

37 詹姆斯·马克斯顿(1885—1946)：1922—1946 年间任独立工党议员，1926—1931 及 1934—1939 年间任独立工党主席。当首相张伯伦于 1938 年 9 月 28 日宣布希特勒已同意在慕尼黑召开四强会议时，他对此表示赞同。

1939 年 3 月 16 日

昨天不太热，阴云密布，尘土飞扬。今天一样，大概是下雨的前兆。

当天还有其他几种野花：一种小山萝花，几种野豌豆花；其中一种非常漂亮，花的大小和豌豆花差不多大，有两种颜色，粉色和紫红。过去几天里我还看到其他几种认不出来的新品种。在许多地方地面上几乎被这些花覆盖住了，其中大多是野金盏花和一种小雏菊。野金盏花的花色淡黄，接近芥末黄，小雏菊则和英国的同类很相似。昨天有三只金丝雀、一只公鸡和两只母鸡坐在电报线上发报：

1 号金丝雀：“一小块面包。”

2 号：“一小块面包。”

1 号："一小块面包。"

2 号："一小块面包。"

3 号(公鸡)："奶—艾—艾—艾—艾—酪！"

农夫依然在犁地。昨天一个男人在播种，大群的家鸽从空中俯冲下来想要偷吃种子，人们奋力地驱赶鸽子。

昨天看到一头非常年轻的骆驼仔，显然只有几天大，身上还拖着脐带。可它的腿已经和母亲的一样长了。

昨天有骑兵队路过。发现所有的马都是种马。

1939 年 3 月 21 日

马拉喀什，商人旅馆：

昨天苏丹正式访问了马拉喀什，驱车经过市区。城市已预先用彩旗装点了一番，几千士兵沿途列队街道两侧。

显然这是场针对当前危机的表忠心大游行。显然，当地民众，尤其是阿拉伯人，对苏丹的确忠心耿耿。甚至在圭利兹，人们的热情也很高涨，尽管那里的阿拉伯人通常并不多。队列里有许多小酋长和他们的随从，组成了一支非正规的骑兵队，人手一支前膛枪。显然法国人并不害怕让这种枪(最多只有两三百码的射程)在民间自由流散。阿拉伯人效忠苏丹，而苏丹又完全被法国人玩弄于股掌间，这就让法国人的日子好过多了。V 夫人告诉我，阿拉伯人甚至在收音机里听到苏丹的声音都会行礼。

苏丹是个貌不惊人的小个子，三四十岁。塞内加尔军队集结在一起时看上去还不错。我看到一支海外军团分遣队列队走过，体格军容非常棒，同我先前的印象完全相反。

这次人们的注意力更多的集中到了战争危机上。法国人开始自发地提及这件事，这种情况是上次没有的。甚至连阿拉伯人也开始谈论起战争了，比如说我们的仆人麦赫贾布 · 穆罕默德就对我们说，战争要来了，和上次一样——他的意思是说敌人还是德国。麦赫贾布在大战中曾上过欧洲战场。他不会读写任何语言，不过有点地理常识，比如说他知道要去欧洲得过海。

艾琳说阿拉伯孩子没有任何玩具。看起来确实是这样。阿拉伯聚居区里不卖任何玩具，没有娃娃，没有风筝，没有陀螺，什么也没有，阿拉伯孩子手里寥寥无几的一点玩具(有时候是一只皮球)都是欧洲制造的。况且他们玩耍的时间也不多。大多孩子从6岁起就要干活了，仿佛从刚学会走路起他们就大都清楚钱的价值。海外军团里的士兵没有特许证是不允许进药店的(因为毒品和毒药方面的顾虑)。

1939年3月28日

在比斯开湾登上了Yasukunimaru号邮轮(NYK)[38]。

以下段落是3月21日在马拉喀什写的，等我把日记从行李中拿出来再誊上去：

过去的三四天里，气温一直非常低，低温持续到今天下午。两天前在一场大暴雨中间夹杂着下了几分钟的冰雹。在公园里许多动物都在求偶。乌龟在交配，雄龟几乎竖直地站立着，雌龟爬行的时候就拖着他一起到处走。因此我猜测雄龟的阴茎又长又柔韧，可以绕过龟壳的边缘。鸵鸟也表现出求偶的迹象，雄鸟追着雌鸟直把她逼进角落，然后骑在她身上(不像飞鸟那样用脚踩上去)，雌鸟害怕时就把头藏在角落里，就像被捉到的野兔那样。因此关于鸵鸟把头埋在沙里的传言也许有些真实的成分。这两只应该是同一个品种，但雄鸟和雌鸟的外观相差很大，雄鸟的毛色是黑的，而雌鸟的毛是黯淡的灰色。雄鸟的脖子是红的，雌鸟的是灰的。两只鸟的脖子和大腿都没有毛，高度都超过7英尺。它们不吃面包。青蛙在鸣叫，不过已经能看到蝌蚪了。雄孔雀开屏时会抖动翮羽，发出窸窣声，好像风吹的一样。一只猴子(无尾地栖猴类，有点像狒狒)生了只小猴。那小猴好像只有两天大，想要自己四处走动，这显然不被它的母亲允许。母猴用四条腿奔跑时，小猴就用四条腿紧贴在她的肚皮上，脸朝下看着前方。它的毛是黑的，而它母亲的毛色则是黄褐色的。它的手指赤裸无毛，不像它的双亲，比成年猴的爪子更像人手得多。一只像是它父亲的公猴还有另一只雄性对小猴很感兴趣，轻轻地抚摸它，观察它，还龇牙咧嘴，就像它们彼此表达愤怒时那样。但小猴并不害怕，因此这也许并不是在表达敌意。小猴看到艾琳和我时两次发出恐惧的尖叫。

乌龟下了只蛋。它们把蛋下在了石栏里，因此那蛋大概不会孵化了。

那只雄猴在雌猴抱着小猴的时候又和她交配了。

我们于 1939 年 3 月 26 日下午 4 点离开卡萨布兰卡，28 日晚上 7 点经过菲尼斯特雷角，并将于 29 日早晨 7 点经过阿申特岛。过去的 12 小时里航行了 378 英里（我在船上写的东西记在另一本日记中）。离开卡萨布兰卡后，海面有些波涛起伏，而现在穿过海湾时海面已经平静了下来，不足以撼动这样吨位的邮轮了。我已经三次乘船穿过海湾了[39]，只有一次遇到大风浪。我没有看到任何海洋生物，只有从卡萨布兰卡起航时一路尾随而来的海鸥，还有几群向北飞去的野鸭，其中有些距离陆地至少 50 英里。我没有晕船，尽管在船上的头 24 个小时里船身摇晃得厉害，如果没有服瓦萨诺的话我肯定会晕船的。

我在卡萨布兰卡度过的最后几天，天冷得吓人。我坐火车从马拉喀什返回卡萨布兰卡时，对于郊外景观的变化感到吃惊。此刻到处都是绿油油的一片。庄稼长得也很好，尽管不同的地区差异很大。野花大片大片地开放，阿拉伯人的棚屋外的那些小院子都几乎被野草覆盖了，甚至连棚屋都快隐没在草丛中了。艾琳看到有人用骆驼犁地。这我之前从未见过，也没想到过，但显然这原本就是这里常见的做法，因为利奥泰雕像的基座上就描绘了这一场景［见 1938 年 12 月 10 日日记及注 25］。这艘船上种着好几种植物，包括几棵棕榈类的树木，一种月桂树，还有几棵常见的日本盆栽冷杉，都培植得很成功，长势很好。

---

38 NYK：日本邮轮公司。Yasukuni 的意思是“和平的国度”；该公司的邮轮都以日本神社的名字命名，而这个神社是专门献给那些自明治维新以来在历次战争中阵亡的日军亡灵的。因此它也在近些年惹来了很多非议。这艘船于 1944 年 1 月 31 日在从横须贺前往特鲁克群岛的航程中被美军潜艇“特里杰”号击沉。（该信息由明弘山田教授提供。）

39 奥威尔在前往缅甸的航程中曾穿过比斯开湾，后来在从摩洛哥往返的航程中又两度经过。我们从他为恩斯特·罗伯特·库尔提斯的《法国文明》一书所写的书评中得知，“就在萨科和万泽蒂被处决（1927 年 8 月 22 日）前的几天，我站在马赛的一家英国银行的台阶上”。（CW，X，p. 244）

1939 年 3 月 28 日　在 SS. YASUKUNIMARU（NYK）邮轮穿越比斯开湾的航程中：

YasuKuni 的排水量为 11 950 吨。我不完全确定，但从船身的震动情况判断它是一艘内燃机轮。不算船桥，水位线上只有三层甲板。客舱和其他设施都很不错，但因为所有的船员都是日本人，除了管理人员外其他人都不太会说英语，因此给我们带来了一些麻烦。卡萨布兰卡—伦敦的二等舱票价为 6. 10 英镑。该船通常从直布罗陀直航伦敦，这次因为要特地绕路递送一批茶叶，因此从直布罗陀起航的船费估计也是一样的。P&O 公司从伦敦到直布罗陀的二等舱票价也是 6. 10 英镑。这艘船上的伙食比 P&O 的略好，服务则明显好得多，不过这班船几乎是空的，当然大大方便了船务人员。饮水设施不太好，甲板上的运动设施也不行，这应该是相对狭小的空间带来的限制。

我不清楚船上能容纳多少旅客，但估计至少在 500 人以上。目前二等舱里只有 15 名乘客，三等舱里有 12 人，一等舱的显然也不会太多，但我不知道究竟有多少。二等舱和三等舱里有一两个丹麦人或其他国家的斯堪的纳维亚人，一两个荷兰人，其他都是英国人，其中包括几个从直布罗陀上船的列兵。看起来这艘船的整趟航程都这样空。自从中日战争爆发以来，从远东回国的英国人都不愿意坐日本船了。据说 P&O 的所有船只都因此被挤爆了。

过去的 24 个小时里船只航行了 378 英里。这是在良好的天气环境下的航行速度。该船于 3 月 26 日下午 4 点从卡萨布兰卡起航，算上在伦敦内河等待涨潮的时间，估计将在 30 日晚间或 31 日早晨靠港。[40]

船上每天发一张模印的报纸。有时会放电影(我还没有看过)。

我在卡萨布兰卡去过电影院，看到的电影让我愈发肯定法国政府预期战争会爆发。第一部电影是关于一个士兵的生活，涉及军队的各个部门，其中有些镜头非常清晰地拍摄到了马其诺防线的内部布局。这部电影显然是赶工出来的，比起同类电影透露出的细节要多得多。另一部电影是百代电影公司的新闻片，影片中播音员的讲话几乎就是对德国的政治谴责，随后播放了更多关于英法士兵的镜头。事情的要点在于观众们的态度——他们完全缺乏热情，几乎没有人鼓掌，还有些人对影片发表了怀有敌意的评论。

这次所有法国人都确信战争会爆发了。有些人开始自发地和我们谈论局势，所有人都在哀叹前景(我有一两回听到有人说“这对我们一点好处也没有，只有富人才会从中得利”，诸如此类的话)，但偶尔也有人说希特勒是个“畜生”。

A. R. P. (F. A. P. A. C.)的海报在 3 月 20 日那天第一次出现在马拉喀什街头，号召志愿者提供协助。M 太太的儿子就在圣赛尔军校，所她所说，甚至连那里的军校生都不希望发生战争，尽管他们当然为战争做好了准备。

---

40 事后的添注：(30 日上午)(上午九点左右靠港 = 从卡萨布兰卡到靠港共用时 87 小时。)

马拉喀什笔记

这本小笔记本的规格为 5 1/4 × 3 3/8 英寸。页面在顶部有穿孔，每页纸有 25 行虚线。这本笔记本可能是奥威尔在马拉喀什的旅途中随身携带的，以便他随时记录价格。他给每页纸标了页数。内容共有 6 页。当时 1 英镑约兑换 175 法郎；1 美元约兑换 40 法郎。

* 直径约 2 英寸的铜盘，重约 15 磅，175 法郎
* 驴子 75—150 法郎
* 骆驼(小)　300 法郎　价格最高可能达到 1 000 法郎
* 骡子 250—1 000 法郎(可能更多)
* 产奶的奶牛，约 600 法郎
* 马(骑乘用)，200 法郎起
* 点蜡烛的灯笼 4—5 法郎
* 女式软皮拖鞋 10—15 法郎(质量尚好)
* 直径 1 英尺 6 英寸的铜盘，二手货，有磨损，不太重，35 法郎
* 6 × 4 英尺的毯子，全羊毛，40 法郎

* 小麦，最大称量单位的卖 30 法郎，体积约 1 个蒲式耳，重约 40 磅。不确定这是否要价过高(公斗)。
* 山羊，年轻的雌性，体格很差，但属于当地的平均水平，30 到 35 法郎。健壮的山羊(如果能买到的话)据说要卖到 60 法郎。
* 劈好的紫花苜蓿 10 生丁一捆，约 3 到 4 英寸粗。

* 租一头驴子，一小时约 2 到 3 法郎
* 下蛋的小母鸡，品种似乎不错，每只 7 个半法郎（据说这是高价）

租辆自行车，一天 6 法郎（也许是要价过高，正常的租金是 4 到 5 法郎）

谷糠一公斤卖 1.35 法郎

3/4 × 3/4 英寸的木料（据说是进口的松木，锯好了但没有刨过），每米卖 2 法郎

6 × 3/4 英寸的，每米卖 5 法郎

三合板（劣质）每平方英尺卖 1.75 法郎左右

柴火（大致劈过）每吨 80 法郎

货运卡车每两个小时或 10 英里路程，租金 125 法郎

一桶丁烷气（比液化气桶小一些）85 法郎（仅仅是气体价格）

各式饮用水，平均 3.5 法郎 1 升

* "中国官橘"，柠檬（10 月 20 日），每只约 50 生丁
* 另一种橘子（10 月 21 日，刚刚上市）每 6 只 3.5 法郎

加拿大苹果每公斤约 7 法郎

* 橘子（1938 年 11 月 10 日），每 10 只 3.5 法郎

蜡烛（最便宜的），每 10 支 3.5 法郎。质量好一点的 8 支卖 6.5 法郎

豌豆（1938 年 11 月 13 日），1 公斤 5 法郎

* 全毛（也许是骆驼毛）染色的毯子，手工编织，8 × 6 英尺，150 法郎
* 铜盘，直径约 2 英尺 6 英寸，重约 25 磅，300 法郎
* 绳编底座的椅子（需要约 7 个工作时）7 法郎（4 法郎 [？]）
* 二手的斧面，重约 6 磅，7 法郎

＊ 篮子，在英国的价格约为2先令到3先令6便士，这里卖5法郎（买贵了）

＊ 球形未上釉的陶碗，有盖，4法郎

＊ 1品脱容量的未上釉白陶杯，1法郎

＊ 1品脱半容量的红陶瓶，内壁粗粗地上过釉，3法郎（也许买贵了）

略微便宜一些的全毛毯子，尺寸同上，100法郎

† 更便宜的毯子式样，部分毛质部分棉质，6×4英尺，30法郎

小水壶（不是锡制的，这里好像不卖锡做的），9.5法郎

＊ 风箱（根据式样不同从2先令到3先令6便士不等）7法郎

钉子，1.5英寸长，每公斤2法郎

一杯水，5生丁

† 一般的酒，每升3—4法郎（法国本土的价格也差不多）

† 一般的香烟，“最爱牌”，每20支1.5法郎（法国本土的价格约2.5—3法郎）

＊ 皮质马鞍，尺寸定制，（英国的价格约5先令）25法郎（也许买贵了）

＊（当地产）†（国有）

家庭日记第一卷（续）

1939 年 4 月 10 日—1939 年 5 月 26 日

奥威尔和艾琳于 1938 年 9 月 14 日抵达马拉喀什，两周后，在慕尼黑会议上，英法两国同意了德国的要求，准备牺牲捷克的利益，徒劳地期望能够以此维持欧洲和平。谴责张伯伦的“绥靖主义”真是太容易了。但蒙斯、加里波利、索姆河、伊普雷河和帕斯尚尔[①]的血腥回忆一定都沉重地压在他心头；这些回忆也许因他本人并未直接卷入这些杀戮而愈发沉重。他一定害怕让年轻一代的男男女女再度承受如此的苦难。毕竟，奥威尔作为一名独立工党成员在当时也是个和平主义者，而正如艾琳所写的那样，“张伯伦是我们唯一的希望……这个人的确有勇气”（1938 年 9 月 27 日；CW, XI, p. 206）。不论张伯伦的局限性有多大，一个令人不快的事实是：如果当时张伯伦政府决定开战的话，皇家空军此刻绝不是德国空军的对手。10 月 1 日，德国占领捷克苏台德区。6 个月后，即 1939 年 3 月 15 日，德国占领捷克斯洛伐克全境；3 月 28 日，马德里向佛朗哥军队投降，西班牙内战结束，法西斯党人胜利。

奥威尔在摩洛哥期间写下了《上来透口气》。1939 年 3 月 26 日他和艾琳从卡萨布兰卡登上了返回英国的船。在路途中奥威尔忙着准备《上来透口气》的打字稿。他一到英国，就将稿件交给了维克多 · 格兰茨(这本小说他还是和格兰茨签约的)，然后前往索思沃尔德探望病重的父亲。奥威尔夫妇于 4 月 11 日返回沃林顿。这本小说于 1939 年 6 月 12 日出版，首印了 2 000 册；同月又加印了 1 000 册。6 月底奥威尔的父亲去世，奥威尔守在他的身旁。去世后他的眼睛被合上，并按习俗压上了铜板。葬礼后奥威尔沿着索思沃尔德的人行道走着，边走边想该怎么处理这两个便士。他没法让自己把它们花掉，最后把它们扔进了大海。

1939 年 4 月 10 日

索思沃尔德：我从 4 月 1 日起就一直在这里了，但上周的大部分时间都呆在床上。

一周前，我刚到这里时，天气大部分时间还很冷，没有风，雾很大。4 月 2 日海面上有浓雾。有些地方的黑刺李开花了。报春花开了许多。野水仙花也很多，但大部分没有完全开放。果树开始迅速抽芽。两天前我在一处照不到阳光的地方看到一朵不知名的花（紫色的花朵）。玫瑰和其他草本植物开始迅速抽芽。4 月 2 日还看到成群的八哥。云雀在大声歌唱。几株芦笋苗冒出地面几英寸了。

1939 年 4 月 12 日

沃林顿：昨天非常热，天很晴，据说是 70 年来最热的一天。今天好像更热了。我们现在有了 26 只母鸡，最小的一只 11 个月大。昨天收了 7 只蛋（母鸡直到最近才重新开始下蛋）。所有的一切都无人料理，地里全是野草，土地又硬又干，因为之前下过暴雨，随后的几周里又滴雨未下。

尽管离海岸线越远，灌木植物越早熟，但春季总体来说似乎延后了。

花园里的花正在盛开：樱草，南庭芥，绵枣儿，麝香兰，非浆草，还有几株水仙花。地里许多黄水仙。这些显然不是真正的野生黄水仙，而是由意外掉落在那里的球茎发芽长出来的。布拉斯李和李子也开花了。苹果树正在发芽，但还没有开花。梨花正在盛开。玫瑰的芽正在茁壮成长。我注意到一株已经枯死的玫瑰居然又从根

① 皆为一战中的血腥战役，曾造成英军士兵的大量伤亡。如帕斯尚尔战役中英军伤亡人数为 245 000。——译注

部发芽了，显然在接穗枯死后砧木还是可以存活的。牡丹芽也长势很好。番红花刚刚过季。几株郁金香正在抽芽。花园里还有几株韭葱和防风草（它们在没有遮盖的情况下熬过了冬天，顶上还是绿的），除此以外就没有其他蔬菜了。由于严重的霜冻，似乎没有本地的冬青植物。

到处都是蝙蝠。我还没发现有鸟巢。

户外的野花有：紫罗兰，报春花，白屈菜和银莲花。

看到一株小小的大黄。黑醋栗丛里杂草丛生，也许是因为缺少锄草的缘故。草莓丛里已经被野草覆盖了，但长得似乎还不错。

我今天种下了莴苣。

1937 年底埋下的叶霉现在已经充分发酵了。

我在灌木下发现了两只画眉鸟的蛋——但没有看到鸟巢。这有些奇怪，但也许是被哪个孩子扔在那儿的。

今天把一堆燕麦打了谷。里面看起来没有大田鼠，家鼠也不多。我用一只活的小老鼠逗马克斯。他闻了闻又舔了舔，但没有去吃它。

求偶的鸽子笔直地飞上天空再滑翔下落。

今天 4 只蛋。

1939 年 4 月 13 日

今天不太热。晚上下了场毛毛雨。夜空很黑。

几株三色紫罗兰和壁花开花了。三色紫罗兰是靠自播的方式传播生长的，就像金盏花一样。红色的虎耳草也快开花了。

今天 10 只蛋。

1939 年 4 月 14 日

多云，下了几阵小雨。天黑后很冷。

今天看到两只燕子（不是岩燕）。对于这个地区来说，这算是很早了，何况今年的春天来得也迟。其他人都没有看到过。

整天都在清理草莓地。那里自打去年就没有人碰过了。一棵植株似乎最多能长出 12 到 15 根分支。这些分支种在坚硬的土壤里，似乎能发育出最好的根部。我用它们补足了地里的空位，并且又多种了一排。我有些怀疑它们究竟能否成活，但蒂特利[41]说现在还不算迟。种在遮棚里的壁花都完全开放了。但苹果花一朵也没开。

霍林斯沃斯当时从我们那 24 只蛋里孵出了 12 只小母鸡，现在这些母鸡从去年秋天起已经产了 1 500 只蛋了，平均每只鸡每月产蛋 20 只。它们一直给喂的猪食，不是一般的糊糊饲料。可我们自己的同窝母鸡在此期间却没有产蛋，这都是因为饲养不善的结果。

今天有 8 只蛋。

M[42]今天头一次挤了 1 夸脱奶。

---

41 蒂特利：一个邻居。

42 M：穆里尔，奥威尔的山羊。克里克在图 19 中描绘了奥威尔给它喂食的情景。穆里尔正是《动物庄园》中那只山羊的名字。

1939 年 4 月 15 日

今天很冷，晚上风很大，下了几阵小雨。我开始清理大黄地，其他时间忙着挪鸡舍。要是有人能在挪过鸡舍后诱使它们在新家里面或是家门口吃一顿食的话，那就帮我大忙了，不然的话它们总是要跑回旧窝。

M 似乎是在发情。我不确定，不过会记下日期（下一次应该是 5 月 5 日到 6 日）。

今天又看到一只燕子。画眉鸟在我们的树篱上孵蛋。花丛里看到一株死去的荨麻。野李花开得很美。我两年前在树篱中种下的那棵小树，当时以为是棵寄生植物（因为我是在苹果树下发现它的，就以为它是棵爬藤），结果是棵布拉斯李或野李。

今天8只蛋。

1939年4月16日

今天很冷，太阳偶尔露露脸，但风并不大。早上下了场毛毛雨。

花丛里随处可见九轮草。我觉得这出现得很早。风铃草也出现了，有几株都完全开花了。这无疑也早得不同寻常。悬铃木的树叶都长出来了。苹果花就要开了。又有一只画眉鸟坐在树篱上孵蛋。我发现一个乌鸦窝，里面有蛋。这是我目前为止发现的唯一一个鸟窝。

教堂附近的水塘成了一潭死水，浮萍都不见了，只剩下黏糊糊的绿浮渣。但那里还有几只蝾螈。

今天开始实行夏时制，M早上的奶挤得不多，但晚上的量就多起来了。

今天10只蛋。（昨天的蛋每打卖了1先令9便士。）

1939年4月17日

今天很冷，有点风，偶尔有阵雨。

胡桃树开始抽芽了。4月12日种下的莴苣发芽了。几朵郁金香快开了。

今天有10只蛋。（本周共收57只蛋。）

1939年4月18日

天气晴朗，很暖和。

八哥在过去的几天里一直在求偶，喙上衔着稻草飞来飞去的。一只八哥，也许是雄鸟，坐在一根树枝上，竖着颈上的羽毛，一边叫着一边用喙快速地敲击发出哒哒的声音。燕子的数量多起来了。但还没有看到雨燕。

今天种了豌豆(Notcutt，林肯的地，1.5 平方英尺)。我用氯酸钠把胡桃树下半数的荨麻喷了一遍。受精蛋今天送到了，但还找不到孵蛋的母鸡。M 今天很不安，不肯进食，也许还在发情。

天很晴朗，是观测日食的好天气(日环食)。日食从下午 6 点 28 分开始，过程很清晰。7 点 15 分是日食的顶点，一半的太阳被遮住了，天这时有些黑了下来，还有点冷，但没有对鸟类产生任何可观测到的影响。母鸡也没有躲进鸡舍。

今天 9 只蛋。(今天的售价是每打 1 先令 8 便士。)

1939 年 4 月 20 日

全天都很晴朗，非常暖和。

风铃草随处可见。一朵白色星状的多瓣小花(伯利恒之星？)正在盛开。花园里，勿忘我，郁金香还有一两朵银莲花正在盛开。

布拉斯李树旁的画眉没有遗弃自己的巢，这超出了我的预料。显然它们可以离巢很长时间而不让蛋冷掉。

苹果花就要盛开了。

我到处找遍了，就是弄不到孵蛋母鸡。谁家都没有。

今天 10 只蛋(外加 14 号起额外下的 5 只蛋)。

1939 年 4 月 21 日

全天都晴朗温暖。非常干燥。

我相信今天看到了第一株旋花嫩芽。今天用镰刀砍倒了一片荨麻，打算看看效果。据说一年把它们砍倒三四次，就能彻底铲除它们。那些喷洒了氯酸钠的荨麻正在枯死。

今天种下了花椰菜、皱叶甘蓝、韭葱和莴苣。

13 只蛋。

1939 年 4 月 22 日

今天很冷，有风，偶尔可见阳光，也下了几滴雨。

花菖蒲发芽了。一些苹果花也盛开了。

种下了早季土豆(大约 10 磅)。

今天弄到了两只孵蛋母鸡，不过我打算到明天再让它们孵蛋，以防万一。

每只母鸡花了 3 先令 6 便士。

池塘里的水鸡显然筑巢了。

12 只蛋。

[剪报一则：《荨麻也有用》——可做蔬菜，也可酿啤酒]

1939 年 4 月 23 日

今天几乎整天都在下雨，但不算大。

丁香快开花了。田旋花长势很好。

让那两只母鸡孵蛋费了好大的劲。一只母鸡很不情愿地开始孵蛋，但只孵了 8 只；另一只显然根本就不愿抱窝，逃了出去混进了其他母鸡中。这窝蛋大概要被浪费了(2 先令 6 便士一打)。我注意到当那只逃跑的母鸡混进其他母鸡中时，它们并没有像往常那样显露出敌意。也许是因为没有公鸡的缘故。汤姆 · 里德利[43]说，受精蛋在等抱窝母鸡时应该每天翻个个，就像在孵化器里一样。

今天换了一桶液化气。

13 只蛋。(蒂特利每打蛋似乎卖 2 先令。)

---

43 汤姆 · 里德利：一个邻居。

1939 年 4 月 24 日

今天大部分时间有阳光，偶尔有阵雨。晚上很冷。

我撒了更多的氯酸钠。之前喷过的荨麻已经发黑了。

一只母鸡不肯抱窝。我把它带回家，因为我想它也许在熟悉的环境中会更愿孵蛋。另一只正安稳地孵着 11 只蛋。它起身进食时打破了一只蛋，所以我从另一个窝里又拿了一只蛋补进去。我不确定这只蛋的孵化效果会怎样，因为它比其他蛋要晚孵了 12—24 小时。

我开始清理那块准备种芜菁的地。去年种过土豆的地里几乎没有杂草。

几株草莓开花了。

14 只蛋(本周总共 76 只——是从上周六算起的，下次统计也会算到周六为止)。

[4 月 25 日到 5 月 9 日的日记是艾琳的笔迹。]

1939 年 4 月 25 日

白天大多时间都在下雨。很冷。14 只蛋。

1939 年 4 月 26 日

晚上刺骨严寒。下雨。早上短暂地下了一阵雪。那只可疑的母鸡在夜间终于坐在了蛋上，但我最后发现她根本不在抱窝期。只要我能弄到合适的母鸡，我还是打算把这窝蛋孵了，然后观测结果。

15 只蛋(历史新高)。每打卖 1 先令 10 便士。

1939 年 4 月 27 日

晚上刺骨严寒。母鸡的饮水槽都冻住了。白天大多时间都有降雪或雨夹雪。阳光有时短暂地露露脸。花朵似乎被冻坏了。

长青十字花开花了。绵枣儿和麝香兰谢了。

八哥忙着寻草搭窝。安德森太太[44]在 5 点 45 分听到了布谷鸟叫。我在厨房里抓到一只画眉鸟，它没有受伤；这是一只成鸟，鸟喙内侧黄得很深。

16 只蛋（历史新高）。

44 安德森太太：一名邻居，时时照应奥威尔夫妇。据莫妮卡·鲍尔德在《追忆奥威尔》中的介绍（p. 115），安德森太太曾说她确信奥威尔是名作家，因为他时不时地会收到支票报酬。然后艾琳回应说："我们都会收到报酬。"

1939 年 4 月 28 日

9 只蛋。

1939 年 4 月 29 日

12 只蛋。

1939 年 4 月 30 日

14 只蛋。我来到了格林尼治。

1939 年 5 月 3 日

我在米勒医院[45]门外。八哥和麻雀在剥树皮，显然是在搭窝。一些小树枝都被剥光了。

45 格林尼治的米勒医院：这里提到了格林尼治（而艾琳的兄弟劳伦斯·欧肖尼斯医生恰好就住在格林尼治）和米勒医院，再加上这则日记是艾琳的手迹，这些都暗示着奥威尔在欧肖尼斯的指导下接受医疗测试。他也许甚至住院了一两天。另见下文 1939 年 5 月 9 日提到的"医院窗外"的鸽子窝以及日记 1939 年 5 月 21 日中的"因为生病"。令人疑惑的是，他还把劳伦斯称作"艾瑞克"。

1939 年 5 月 8 日

今天去了沃林顿。李子花谢了，苹果花全开了（花很多）。第一茬豌豆长到1—1.5英寸高。第一茬菜豆有3英寸高。第二茬菜豆还没冒芽。大黄在生长，但长势不好(？它们需要适当的防护才能长好；A先生[46]就把他的都种在盆里)。草莓开花了。在过去的三天里种下了土豆，洋葱，胡萝卜，芜菁，第二茬豌豆和萝卜。

树篱上的画眉巢里发现了雏鸟。

开花的植物有：壁花，郁金香，三色紫罗兰，筷子芥(已盛开，很有装饰性)，黄十字花，南庭芥，勿忘我，还有几朵水仙花。玫瑰还没有吐花苞。醋栗大多被霜冻和鸟糟蹋了。我在空地里播下了草籽，并撒了除苔剂。

母鸡在过去的八天里产了92只蛋。

---

46 A先生：有可能是安德森先生，一名邻居。

1939年5月9日

医院的窗外有雏鸽在巢中。

[从5月16日起的日记又是奥威尔的手迹。]

1939年5月16日

伦敦：大多时间都在下阵雨，阳光间歇着露露脸。格林尼治公园里，栗子、粉栗(但不是西班牙粉栗)正在开花，还有丁香和山楂。几只野鸭带着小鸭。几朵玫瑰含苞欲放。郁金香和壁花正在怒放。我记录了以下几种郁金香，都是名贵的品种：维纳斯(鲜玫瑰色)，阿拉德·皮尔森(淡猩红色)，布兰奇夫人(奶油色)，路易十四(棕紫色)，哈勒姆的骄傲(亮粉色)，纪念(浅紫色)，仙肴(“每日邮报”玫瑰)，巴提贡(封蜡红)，海(品红色)，尤班克主教(很浅的浅紫色)，苏丹(很深的深褐色，接近黑色)。

[剪报一则：各种酸奶食谱——“就像圣诞蛋糕”；“一种丹麦食谱”；“南斯拉夫酸奶酪”；“瑞典酸奶”；“色拉酱”；“拉脱维亚酸奶粥”。这些食谱以及奥威尔剪下的其他信息都是由读者向报纸提供的。]

1939年5月21日

今天和昨天天都很好，但依然不太暖和。这儿的玫瑰都含苞欲放，马上就要开了。青李子滋生得很厉害。羽扇豆就要开花了。“伦敦的骄傲”（一种大虎耳草）开花了。这儿的园丁[47]说玫瑰的品种数量被严重夸大了，因为那些过时的、被人遗忘的老品种往往被冠以新名然后重新推出。昨天看到了一只雨燕和一只斑鸠，这两种鸟是我今年头一次看到，之前因为生病的缘故。山楂花正在盛开，尤其是紫花。草地看上去长得很好。

5月19日去了动物园[48]。我对海牛很感兴趣，之前只是很模糊地听说过。这种动物和大海豹的体型差不多，身体后面长着条宽尾巴，前面有两只蹼一样的前肢。它的脑袋像狗，眼睛小小的，身体表面就像大象，但因为下水的缘故黏糊糊的。它的动作很迟缓。最奇特的是它的嘴，外面有一圈粗粗的胡须，吃东西时好像是把食物吸进嘴里的。这种动物很温顺，允许人类抚摸它。它似乎是唯一一种素食的水生哺乳动物。我不确定它究竟是生活在咸水还是淡水中的，抑或是两者皆可。

大象不吃萝卜，而鹿和猴子都肯吃。狨不吃小洋葱，而大多猴子都肯吃。我注意到一些南美猴可以几乎单凭尾巴吊在树上，有时是靠尾巴加一只手或一只脚。一种北非种的盘羊在动物园里自由繁殖，看上去比在马拉喀什的同类过得要好。动物园里有两窝幼狮，显然正在尝试让狮虎杂交[49]。

---

47 这儿的园丁：可能是欧肖尼斯家的园丁，抑或是动物园的。
48 动物园：摄政王公园内的伦敦动物园。

49 让狮虎杂交：动物园后来成功地繁育了一头狮虎兽。（野外也曾发现过野生狮虎兽。）

1939 年 5 月 25 日

昨天和前天非常暖和。今天很阴沉，非常冷，不得不生火。下了几滴雨。

昨天在外出三周后回到了家[50]。田很干，野草疯长，除了厨房花园里的那块地。荨麻和毒芹几乎把地全毁了，不过有一两小片地（约 200 平方码）也许还能长出一点干草来。到处都是郁郁葱葱的草地。苹果树结了许多果。厨房花园里几乎没有茶藨子和醋栗花，但花圃里的零星花丛里却有不少。第一茬（矮）豌豆长到了 4 英寸高，第二茬（高豌豆）约 2 英寸高。第一茬宽豆有 6 到 8 英寸高。几株早栽土豆冒芽了。第二茬土豆、四季豆、胡萝卜和洋葱还都没有冒芽（这些作物种得都很迟）。萝卜冒芽了。草莓开了许多花，甚至有些去年的纤匐枝也开花了。郁金香和壁花要谢了。当下盛开的花朵有：南霆霁，黄十字花（开得很好），勿忘我，虎耳草，三色紫罗兰。长出花苞的有：石竹，牡丹，美洲石竹，蔷薇（不是攀缘蔷薇）。罗甘莓开了许多花。

从 5 月 9 日到 23 日总共有 200 只鸡蛋。24 日有 14 只。今天 17 只。这周日开始重新计数。但我想应该没有遗漏的。我有了 6 只小鸡，10—12 天大，健康，但身长体形似乎滞后。这窝蛋遭受的损失似乎是由一只在鸡舍下方打洞的鼹鼠造成的，几只小鸡因此被活埋了。现在鸡蛋的质量很好，比一个月前大多了。昨天有一只小蛋，和水鸡蛋大小相仿（当地人说，这种蛋“总是一窝蛋里的头一只或最后一只”，就像双黄蛋一样）。现在有 3 只母鸡在抱窝。

M 似乎很健康，虽然很瘦但胃口很好。每天依然能挤超过 1 品脱半的奶（它现在产奶快一年了）。昨天种了一打康乃馨。

50 昨天回到了家：指回到了沃林顿。

1939 年 5 月 26 日

天很暖和。地非常干。有昆虫在郁金香丛中飞。苹果树上正结着许多苹果。再过两周就该给草莓上网了。

蒂特利的土豆已经做过培土了。他说这种卡特里奥纳品种的土豆留作种子并不好，但只要方法得当还是适合储藏的。亚麻花开花了。一些醋栗可以摘了。另一窝蛋孵出了 5 只小鸡。我本以为一只也孵不出的，因为这些蛋等了三周才找到母鸡抱窝，随后那只母鸡一周后又弃了巢，不得不另找了一只母鸡继续抱窝。

今天种了金鱼草。

14 只蛋。

4 月 12 日到 5 月 26 日（包括当日），共有 550 只蛋（26 只母鸡）。

家庭日记第一卷到此结束。

家庭日记第二卷

1939年5月27日—1939年8月31日

穿　插

战前事件日记

1939年7月2日—1939年9月3日

1939年5月27日

上午天很阴沉。下午晴好温暖。蓝色婆婆纳和筋骨草随处可见。金凤花正是长得最高的时候。蒲公英正在播种。地里长着大个的毒菌。

我给草莓搭了茅草顶。在胡桃树下剩下的那块地里也喷了氯酸钠。

昨天看到一只画眉在一块扁石头上敲开蜗牛壳。它不是像我想的那样用喙去啄，而是把它叼起来往石头上砸。

15只蛋。今天卖了50只蛋，目前为止销量最大的一天。（每打卖了1先令10便士）。

目前为止鸡蛋总数（见卷一）为565只。

明天开始新的一周统计。

［剪报："明胶模具"——用于塑料成型；"播种技巧"——用旧可可粉罐播种；"捕获胡蜂女王"］

1939年5月28日　（圣灵降临节）

清晨非常冷。白天其余的时间里都很晴朗。昨晚种了些鼠尾草。“每日邮报”玫瑰马上要开花了，多萝西·帕金森和艾伯丁玫瑰长出了花苞。翠雀花正在长花苞，牡丹离开花也不远了。

13 只蛋(加上 7 只下在外面的蛋共 20 只)。今天开始新一周的统计。

1939 年 5 月 29 日

天很好，很暖和。给草莓上了网。今天领 M 去会了一头公羊，但我担心它没有发情。N 先生[1]说它们通常在秋春季节发情。M 非常怕一头母牛。而那头母牛却怕一只半大的公羊仔。

16 只蛋。

---

1 N 先生：也许是尼古拉斯先生，一名养羊的邻居。据奥威尔所说，他只有一头“年老体衰的老羊”，根本不适合做穆里尔的配偶(见 CW，XI，p. 261)。

[剪报：“产卵期的湿饲料糊”；“如何喂鸡”；“如何喂雏鸭”]

1939 年 5 月 30 日

今天非常晴朗温暖。我种了土豆(12)，并在上面盖了帆布以防阳光暴晒。一株石竹开花了。早上下了一小会儿毛毛雨。我注意到，给草莓罩上网一点儿都阻止不了蜜蜂。

14 只蛋。

1939 年 5 月 31 日

晴朗温暖，但太阳一落山就冷得吓人。土豆(盖着帆布防止阳光暴晒)长得还不错。几株荷兰豆和红花菜豆冒芽了。

M 的交配并不顺利。自从我把它领回家后(48 小时)它就再有没有挤过奶了，乳房也肿得厉害。今天给它挤了奶，有1夸脱的量，味道好像并不酸，也没有其他怪味。不知道这件事会不会减少它的产奶量。

17只蛋(卖了50只，每20只2先令)。

今天晚上看到一只白猫头鹰。

1939年6月1日

上午非常冷。下午暖和些。风很大。我开始给豌豆上杆子，又在鸡舍里添了新栖位。我拿掉了土豆上面的覆盖物。

11只蛋。

1939年6月2日

非常热，非常干燥。风很大。幼苗似乎有些下垂。蒂特利种了些牡丹，耧斗菜开花了。金银花也盛开了。不时可见有美洲石竹开花。苹果长到弹珠般大小。蒂特利家的樱桃也是。

我堆了些晒干的荨麻用作鸡窝衬料，并在鸡窝里放了10只鸭蛋。我清理了一片地准备种莴苣。给小鸡搬了家。

M的产奶量受交配的刺激果然减少了。昨天只有不到1品脱。

15只蛋。我秤了一些蛋，发现只有少数几只的分量不到2盎司。

M今天挤了1品脱半的奶，它也许会恢复正常的。

1939年6月3日

今天非常炎热干燥。我种了一打蒂特利的莴苣和一打我们自己的(个头较小)，上面盖了帆布做保护，就像种土豆时一样。艾琳种了七株大丽菊。

母鸡把4只鸭蛋推了出去。蛋已经凉了。

我换了只母鸡，拿走一只蛋。不确定这样做是否会杀死这些蛋

（它们之前已经孵了24小时了）。

12只蛋。卖了40只，2先令一打。本周共98只蛋（+7=105）。

1939年6月4日

非常炎热干燥。我给小鸡搭了更大的场地，上面盖了帆布遮蔽阳光。我拿走了莴苣上盖着的帆布，它们幸亏有遮盖所以没有枯萎。几朵美洲石竹开花了。另一株很小的石竹也要开花了。这些花夜间都会闭合，中欧石竹就不会。玫瑰上生了许多青李子。我用肥皂水把它们喷了一遍。M今天挤了1品脱又四分之三的奶，看来它快要恢复正常了。

14只蛋。

艾琳昨晚又看到一只白猫头鹰。

1939年6月5日

热得让人无法忍受。所有东西都要被烘干了。一朵美洲石竹开花了。仙翁花开花了。种了豌豆（“英国奇迹”品种）。给土豆做了护根。荷兰豆和红花菜豆的发芽情况很不好，所以我又在一只盒子里补种了些，以便填补空缺。新茬土豆可以做培土了，几株土豆冒芽了。

只有5只蛋！（也许和母鸡发情有关）。

我用半品脱的豌豆给一垄田（约12码长）作密集播种。

1939年6月6日

天太热了，没法在花园里做太多工作。我给早栽土豆做了培土。

我们给母鸡换用了Full-o-Pep饲料，比之前的克拉克蛋鸡饲料糊要便宜些。另外还在饲料里混了1英担左右的谷物，这样也能节省一小笔开销。从今天开始使用1英担的Full-o-Pep饲料混合1英担的谷物，这样每天消耗饲料加谷物各3磅，可以维持到7月12日。那只抱窝母鸡让我很头痛，每到进食时间它总喜欢和其他母鸡混在一起。不过每次我把它抓住关回笼子时，它总能回去继续孵蛋。

今天看到许多斑鸠。

11只蛋。

1939年6月7日

非常炎热干燥。有一点风。晚上下了很多露水。

今天种了两株西葫芦，在外面罩了罐头盒。艾琳用剪刀剪了草坪，又用割草机割了一遍。阿尔伯特·H[2]之前帮我们把它磨快过（付了他1先令6便士）。继续给豌豆上杆。

M挤了将近1夸脱奶。我订购了第二只山羊，一只英国-阿尔卑斯杂交种，上月生过仔，花了3英镑。

9只蛋（+5=14）。卖了20只蛋（2先令）。

---

2 阿尔伯特·H："H"也许代表"老哈切特"，详见1939年6月13日日记。因此阿尔伯特·H可能也是奥威尔在沃林顿的一名邻居，又或许是阿尔伯特·霍林斯沃斯；见1939年8月21日日记。

1939年6月8日

非常干燥，但不是很热。

我又清理出一块西葫芦地，这次我把土翻得浅一些，上面盖了一层4英寸厚的草坪屑。打算拿这次的和之前种的两个比较一下结果。我给荷兰豆和红花菜豆除了草。只有不到一半的种子发芽。我拿掉了莴苣上盖的帆布。今天给苹果疏果。留了约60只，但估计最后只能剩下1打。

D. M. 玫瑰[3]盛开了，翠雀花快谢了。

M 几乎没吃东西，不过产奶量没有下降。

12 只蛋（+7=19）。

鸭蛋据说要 28 天到 1 个月孵化。所以这几个蛋估计到 6 月 30 日—7 月 2 日该孵化了。

---

3 D. M.："每日邮报"玫瑰；见 1939 年 5 月 16 日和 5 月 28 日日记。

1939 年 6 月 9 日

天非常干燥，但不那么热了。没有降雨的迹象。

我又种了两株西葫芦，拿掉了之前两株的覆盖物。又除了些草。芜菁完全消失了，洋葱只剩下几株，其中一些还蔫了。打算等下雨时再重新播种。苗床里除了莴苣其他作物很少发芽，比如说一袋花椰菜种只有 11 株发芽。土豆大多长起来了，看起来很不错。

艾琳把 6 只抱窝母鸡放进一个铁丝网状的笼子里。这也许能让它们好起来。

新山羊送到了。它显然没有挤过奶，于是我给它挤了奶，有 1 品脱半，今晚又挤了半品脱。它原本的产奶量估计在 3—4 品脱，但那事儿显然妨碍了它产奶，就像 M 几天前的情况一样。我不打算把 M 的奶挤净，以后逐渐减为每天挤一次奶，同时减少它的食物。M 非常嫉妒新来者，拿头顶它，还偷吃它的食物。另一只山羊（名叫凯特）也不反抗。

10 只蛋。

1939 年 6 月 10 日

非常干燥炎热。开始给土豆锄草，除得很彻底。莴苣和西葫芦长得还行。花园里的许多花都蔫了。雨水罐几乎要空了（这种情况我是头一回碰到，不过去年夏天是艾琳一个人在这儿的）。

凯特把自己缠在了栓柱上，然后把后腿也缠了进去，结果把绳子绕在了脖子后面，缠得死死的，我不得不把它的项圈取下才把它解了出来。因为这件事它一瘸一拐的，膝关节也肿了，不过骨头显然没断。它今天的产奶量在2—2.5品脱之间。M（没有挤净奶）在1品脱半左右。

8只蛋（+9=17只）。卖了40只蛋，每20只卖2先令。

本周的鸡蛋总数：90只。

1939年6月11日

昨晚下了4到6个小时的大雨，给万物重新注入了活力。今天很阴沉，温度有所下降。

正在开放的野花有：犬蔷薇，罂粟，剪秋萝，矢车菊（几朵），鸡蛋培根花，轮峰菊（几朵），接骨木，Sanfoin[4]。野李树结了些果实。凯特的腿好些了，但它的产奶量只有两又四分之一品脱。所以我得给它加饲料。15只蛋。

---

4 Sanfoin：奥威尔喜欢把红豆草Sainfoin拼作Sanfoin，它的字面意思就是"健康草"，学名是一种叫*Onobrychis saliva/viciaefolia*的多年生草，是种豆科饲料作物，有时也被叫作长青草或法国草。奥威尔在《上来透口气》中数次提到过这种草，比如他曾写道："我最喜欢的阅读地点就是院后的阁楼……那里有大堆的沙袋可以躺在上面，还有一种塑料的味道混合着红豆草的气味……"（CW，VII，p.92）

1939年6月12日

昨晚显然下过雨。今早很阴沉，有些冷，下午四点到六点又下了大雨。

我给土豆除过了草。它们现在已经长起来了。（我种了四排的"伊壁鸠鲁"，十排"红国王"和两排"爱德华王"。不算"伊壁鸠鲁”，剩下的两种土豆应该能产3英担。）

孵鸭蛋的母鸡把蛋挪了两次位置。这也许是因为那只打洞的鼹鼠打扰了她。不过她蛋孵得还行。

艾琳种了山梗菜。

12只蛋。

1939年6月13日

天很阴沉，阳光偶尔露露脸。下了点雨。

我把芜菁拔出，移植到另一片田里，以便完成它们的生长周期。水仙花也是。我开始搭新鸡舍（一款商店摆旧的产品，价格为17先令6便士，送到时没有刷过木榴油，也没有毛毡顶棚。可以容纳10到12只完全成年的母鸡）。老H又移植了些莴苣。我开始给早栽土豆第二次培土。四排里有一个空缺。我把抱窝母鸡放出鸡舍，希望这次至少有几只能自己走掉。我不得不扔掉一只鸭蛋（现在只剩8只了），因为母鸡把它踢了出来。

一只寒鸦两次在鸡舍边徘徊，显然是在打小鸡的主意。

11只蛋。

1939年6月14日

买了8只RIR[5]小母鸡，三到三个半月大，很早熟。每只4先令6便士。

我搭好了新鸡舍，不过没有刷木榴油，也没有盖毛毡顶棚。不过门还需要调整。那只看护第一茬小鸡的老母鸡眼睛有炎症，可能不得不把眼睛拿掉。

第三茬豌豆（矮豌豆，6月5日种下的）刚刚冒芽。盒子里种的红花菜豆和荷兰豆（6月6日种的）冒芽了。

艾琳之前放进笼子，昨天被我放走的抱窝母鸡现在都（7只）恢复正常状态了。

凯特现在一顿吃11捧饲料，产奶量略有上升(接近2品脱半。)

12只蛋。卖了30只(每20只卖2先令。)

---

5 RIR：罗得岛红母鸡。

1939年6月15日

风很大，很冷，偶尔有小雨。我竖好了杆子和铁丝，以便在上面给红花菜豆搭攀缘拉绳。我修好了鸡舍的门，把它撑离地面。

凯特的产奶量略有增加。

15只蛋。

(昨天开始服用一瓶新的补铁片。)

1939年6月16日

昨晚下了大雨。白天大多时间都在断断续续地下雨，直到下午5点钟天空放晴。天太潮了，没法做太多户外工作。我给菜豆搭好了拉绳(搭得太低了)，开始准备一片新芜菁地，用来代替之前那片在干旱中损失的芜菁。

今天开始喂母鸡沙子和贝壳——这是头一次喂它们这些，因为我先前以为在白垩土的环境中不需要喂它们这些东西。不过，最近一些蛋壳尽管不算太薄，但质地却很糟糕。现在新鸡舍被垫高了，小母鸡早上都会从下面的缝隙里钻出来，这样除非铺好地板不然防不了狐狸。

部分草莓红了。吊钟花盛开了，不过缺少爬杆。雨后草地长得更好了。土豆地里似乎没有空缺。

15只蛋。

[剪报：“用山羊奶做奶酪”]

1939 年 6 月 17 日

晴朗，温暖。

种了康乃馨(混合了多年生品种)。给鸡舍搭了毛毡顶棚。一卷毛毡要 9 便士。

两头山羊的产奶量都下降得厉害，肯定是因为昨天没能吃草。把它们关在圈里似乎影响它们对硬质饲料的胃口。

14 只蛋。卖了 30 只，每 20 只卖了 2 先令。

本周的鸡蛋数：94 只。

[剪报：用角柱做栅栏和门]

1939 年 6 月 18 日

早上天很好。下午大多时间都在下大雨。

今天摘了第一只成熟的草莓。尽管有网，但鸟已经开始啄食那些半熟的草莓了。

凯特的产奶量下降了，今天只有 1 夸脱。

13 只蛋。

1939 年 6 月 19 日

上午大多时间天很好。下午大部分时候在下雨。不太冷。地面太湿了，没法在花园里做太多事。我往地里移植了些红花菜豆，用来填补空缺，还种了些美洲石竹和壁花，并修补了窗框，用窗玻璃代替普通玻璃。我注意到窗玻璃容易有小洞，我不知道这能不能修补。今天开始给胡萝卜间苗。不过由于之前的干旱，苗中间已经有很多空缺了。

凯特的产奶量又上升了(约 47 盎司)。

15 只蛋。

1939 年 6 月 20 日

早上天气很好，下午有雷电暴风雨。地太湿了，没法做太多工作。我开始准备新地块，打算种一排花椰菜。牡丹快开花了。攀缘蔷薇（黄色）在盛开。

16 只蛋。

[画在迎面页，奥威尔的手迹：]

混凝土板注模。阴影部分用钉子钉住（比做榫简单）。A 和 C 都是用整件做成的，然后塞进 B 里，侧部末端嵌进槽中，再压重物顶住末端。当混凝土开始成型后，再把 A 和 C 抽走。不算 B，整件模具有 2 英寸 × 1/2 英寸大小。

1939 年 6 月 21 日

天很冷，风很大，下了点小雨。整个白天都在屋里生着火。没有做任何户外工作。没有把山羊放出去，怕冷。常青吊钟花（花朵很小）完全开了。

11 只蛋。卖了 40 只，每 20 只卖 2 先令 2 便士。

1939年6月22日

整个白天都很冷，风很大。上午有浓雾。没有在花园做任何事。

14只蛋。

1939年6月23日

天很阴沉，下着小雨，不过不那么冷了。没有在花园做任何事。6月19日种下的壁花（在窗台上）开始发芽了，在此一天前种下的康乃馨也开始发芽了。感谢雨水，之前地里空缺处的几株胡萝卜开始发芽了。英尼斯的干草都收进屋堆好了。牡丹开了。B太太花园里的毛蕊花开了。

13只蛋。

[6月24日奥威尔去了索思沃尔德陪他的父亲，他当时病得厉害。理查德·布莱尔于6月28日死于直肠癌。奥威尔一直守在他床边。他于6月30日返回沃林顿。6月24—30日的日记都是艾琳的笔迹。]

1939年6月24日

天很阴沉，整个上午都在下阵雨。不过随后雨过天晴，气温也不那么低了。本周头一次给山羊放了一整天风。灌木篱墙里开出几朵非常漂亮的轮峰菊，不过野花比一两周前要少了。艾伯丁玫瑰[6]有颜色了，但还没开；还有布什玫瑰也是，这两种花都含苞起码两周了。我开始给土豆培土。作物间没有空缺，但生长得参差不齐。

14只蛋。本周共计96只。

---

6 艾伯丁玫瑰：这种玫瑰是奥威尔从伍尔沃斯商店花了6便士买的。他在1944年1月21日的第八期《如我所愿》专栏中写到此事（CW, XVI, pp.78及79页注3）。50年后这片玫瑰依然绽放。

1939 年 6 月 25 日

整个白天天气晴朗，很温暖，直到夜间。美洲石竹、两朵红玫瑰和一朵艾伯丁玫瑰盛开了。一株鼠尾草和一株金盏花含苞待放。几朵景天盛开了。景天的开花事件似乎很不固定，一丛已经开了两到三周了，而其他几丛(都是同时种下的)还在含苞待放。

15 只蛋。

1939 年 6 月 26 日

上午温暖晴朗。下午有雷电暴雨的迹象，但没有打雷，只下了点小雨。我给土豆培好了土。又用窗台上盒子里种的多余的荷兰豆幼苗补齐了地里的空缺。我当时发现地里种子的发芽情况很糟糕，所以决定这样做——好像是在地里播种后的 10 天左右。两者的发育情况几乎没有差别。墨蚊已经在四分之一的蚕豆植株上滋生开来了，尽管数量还不多，但它们在啃植物的生长点。大风和大雨把红花菜豆的攀缘拉绳给缠在了一起。我给洋葱除了草，它们现在长到三四英寸高了，但地里有很多缺位。菜豆和豌豆也长得飞快，有些红花菜豆的卷须比上周六长了两英寸。

12 只蛋。

1939 年 6 月 27 日

天很热，阳光充足。我给胡萝卜做了间苗，又给豌豆除了草。我移植了 48 株燕草，除去了几株生长不好的美洲石竹。显然美洲石竹有时会连续几年猛蹿个子，但这种情况可遇不可求。

15 只蛋 + 窝里的 8 只。

1939 年 6 月 28 日

天亮多了，偶尔下阵雨。哈切特先生今天割好了干草，并把它们收进屋。我播了芜菁种子，并从苗床里移植了一排各种绿色蔬菜到田里。两只看护小鸡的抱窝母鸡今天都下蛋了，还有一只(最小的一只)在鸡舍后面藏了三只蛋。

14 只蛋 +3 只鸡舍里的。

1939 年 6 月 29 日

白天大多时间都很热，阳光充足。今天上午一只小鸭破壳而出。我随后把母鸡移到了新鸡舍，把未孵化的蛋留给另一只抱窝母鸡。到了晚上孵出了 7 只小鸭；第八只蛋没有孵化的迹象，不过我还是把它留给母鸡孵一晚上。头批小鸭的绒毛都长齐了，但还不能走路。显然小鸭比小鸡走路要慢多了，因为它们“腿脚弱”（R 太太[7]的话）。我用可调节的帆布做了个遮棚，并在鸡舍里放了一扁盆的水。

我又给洋葱除了遍草，它们总算长起来了。西葫芦也在生长，其中一株长势很好。白玫瑰开花了。

15 只蛋。

---

7 R 太太：也许是里德利太太，一名邻居。

1939 年 6 月 30 日

小鸭今天上午还躲在母鸡身下，不过到了下午总算出来进食了（晒干的牛奶黑面包屑加一点点鸡食）。

今天有雷电暴风雨。

14 只蛋。

1939 年 7 月 1 日

上午大多时间天很好，下午有猛烈的阵雨。花园里的作物大多生长良好。一些草莓熟了，几株蚕豆可以摘了，洋葱的状况有所好转，红花菜豆刚刚开始攀缘拉绳。我割了干草，把它们堆成小捆，每堆 6 × 5 英寸般大小，但我不确定这样是否能够保存。M 的产奶量大幅下降。小鸭都很健康活泼，小鸡的生长状况良好。红醋栗快熟了。

金盏花(几朵)开放了。野轮峰菊也出现了。

10 只蛋(+14 =24)。

本周卖了 72 只蛋，每 20 只卖 2 先令 2 便士。本周总计 120 只蛋。

1939 年 7 月 2 日

白天大多时间天很阴沉，下午下了场猛烈的阵雨，气温很低，不得不生火。

看护小鸡的两只母鸡都开始下蛋了，其中那只较年轻的有时会顾自走开。艾琳因此把它和其他母鸡放在了一起，把小鸡都留给剩下的那只老母鸡照料。今天早上两只最小的雏鸡被严重啄伤了，尤其是那只不知为何毛色发白的。这两只现在已经被隔离了，我们会马上让其他小鸡脱离母鸡的照料。三只较大的已经自己蹲在高处了。

今天采了 1 磅半的草莓和一些蚕豆(包括没熟透的和一些已经被啄空的豆荚)。这些就是花园的第一批农产品了。几株罗甘莓红了。苹果长到高尔夫球般大小了。山字草刚刚开花。

11 只蛋。

6 月 8 日换的那罐液化气今天空了。

6 月 6 日开始用的那担 Full-o-Pep 饲料明显少了。应该还可以维持到 7 月 12 日。事实上它本应能维持到 8 号或者 10 号的，但之前我时不时地拿它喂过小母鸡。

战前事件日记

1939 年 7 月 2 日—1939 年 9 月 3 日

这本《战前事件日记》大体上是一份从 1939 年 7 月 2 日到 9 月 1 日（德国入侵波兰的同一天）的报纸摘要手写清单，结束于 9 月 3 日，当日英国在德国拒绝撤出波兰后对德宣战。这本日记涵盖的时间段中有 10 天没有记录。不过在当天有些没有特别记录的事件会出现在之后的日记中。8 月 25 日到 27 日空缺三天后，28 日有一则总结性日记。手稿共 55 页，每页横向划分成两块，上半部分记录事件，下半部分记录消息来源；每页内容分为五栏，标题分别是“国际与一般事务”、“社会类”、“党派政治”、“杂项”与“评论”。除了 8 月 24 日（当日日记占用了两页），其余每天一页。字体通常又小又挤。本书复制了这些信息的标题与编排，其中有些是武断随意的，但它们的确是遵照奥威尔的原稿。奥威尔在给出信息来源与日期时，他通常会在方括号中注明来源，但除非日期不同于日记标题日期，否则他不会单独注明。奥威尔本人的评论放在对应日记条目的后面，并标为［奥威尔原注］。一些微不足道的笔误在这里就直接更改了。如果两本日记在同一天都有条目，“家庭生活日记”会放在“战前事件日记”的前面。

奥威尔总共从 41 个消息来源中引用了 297 条讯息。其中 138 条（占 46.5%）来自《每日电讯报》。奥威尔在 8 月 24 日住到 L · H · 迈尔斯在灵伍德的家中后，其对《泰晤士报》和《新闻纪事》（该报经常与自由党的观点一致）的引用频率有明显上升，同时对《每日电讯报》的引用同比下降。奥威尔显然在这几个月里将《每日电讯报》作为真实信息的来源。在所有这些资料中，《社会主义通讯》和《革命无产阶级》值得注意。前者由左翼独立工党内的“右翼反对派”控制，其成员是尼古拉·布哈林的追随者(布哈林在1938年的虚假审判后被处决)，其中就有W·W·索耶，一名曼彻斯特大学的数学家，曾写过一本企鹅畅销书《数学家的喜悦》。《社会主义通讯》是一份八开页的刊物，其中有几页空着，写着“版面出租”。这份刊物自称是“马克思主义理论的机关报”。《革命无产阶级》于1925年1月1日创刊，1939年8月25日在发行第301期后停刊；第302期在1947年4月再次发行。该刊的立场是反斯大林主义。在1937年9月的第255期中，该刊发表了对奥威尔的《目击巴塞罗那》一文的法语翻译；这篇文章记录了在巴塞罗那POUM(马克思主义统一工人党)遭镇压的经过，《新政治家》拒绝发表，但被独立工党的会刊《争论》所收录(见CW，XI，pp.54-60)。关于更多细节，见CW，XI，pp.362-363。

1939年7月2日

国际与一般事务

1. 波兰宣布如果但泽参议院宣布拥护第三帝国，但泽[1]将被占领。[星期日泰晤士报]

2. 工党N. L. C.[2]的德语广播基本和9月危机时的口径相仿。[观察家报]

党派政治

辛克莱，[3]拉姆齐·缪尔，[4]埃默里，[5]伊登，[6]克里普斯[7]还有伯金[8]对于抵制德国入侵发表了几乎相同的声明。[星期日泰晤士报]

---

1 但泽(现为波兰格但斯克市)，对该地最早的记录出现在1 000年前左右，将其视作波兰的一部分，从那时起在不同时期分属波兰和德国(包括普鲁士)。凡尔赛条约(1919)规定其为自由市，但一直是德国和波兰的争论焦点，尤其是在纳粹崛起后。这也是1939年德国入侵波兰的借口，入侵直接点燃了第二次世界大战。

2 也许是笔误，应为NCL(工党全国委员会)；见事件，1939年7月15日，党派政治，2。这里的含义很不明朗，但也许是指NCL以“为什么彼此屠杀”为标题的一份对德国人民的呼吁。1939年7月1日周六晚，BBC用德语广播了对该呼吁的总结。NCL还通过大陆的秘密电台向德国工人广播，并通过地下组织散发这份呼吁的印刷稿。

3 阿奇博尔德·辛克莱(1890—1970；瑟索子爵一世，1952)，1922—1945年担任自由党议员，他是温斯顿·丘吉尔的密友，当后者于1921—1923年担任殖民地事务大臣时他担任丘吉尔的私人政治秘书。1931—1932年他担任苏格兰外交大臣，但随后因强烈反对张伯伦的政策而加入丘吉尔与伊登的阵营。他于1939年7月猛烈攻击张伯伦的政策；这随后演变为一场激烈的争论，其聚焦事件为《泰晤士报》拒绝刊登辛克莱的答辩；见事件，1939年7月12日，社会类。辛克莱后来在丘吉尔的战时联合政府内担任空军大臣。

4 约翰·拉姆齐·缪尔(1872—1941)曾是曼彻斯特大学的一名现代历史学教授(1913—1921)。他同时也是一名政治家，起初加入自由党，随后自1931年起，随着自由党的分裂，加入了国家自由党的阵营。他于1931—1936年先后担任国家自由党联盟主席与总裁。

5 利奥波德·查尔斯·莫里斯·埃默里(1873—1955)，保守党议员，在1935年的阿比西尼亚危机中反对解除武装，支持霍尔-拉瓦勒提案。1940年5月，在挪威被德军占领后，他引用克伦威尔对长期议会的演讲，矛头直指张伯伦：“与你们发挥的作用相比，你们已经在这里坐了太久——以上帝的名义，离开！”他的《我的政治生涯》描述了30年代的政治事件。

6 安东尼·伊登(1893—1977；1961年受封阿翁伯爵)，保守党议员，1935—1938年任外交大臣。他后来因反对张伯伦的绥靖政策而辞职。1940年他就任陆军大臣，随后在1940—1945年的战时内阁中担任外交大臣。1955—1957年他成为首相，但随后因英国灾难性地卷入占领苏伊士运河一事而再度辞职。

7 斯坦福·克里普斯爵士(1889—1952)，律师(1927年成为史上最年轻的皇家律师)，工党政治家，1931年进入议会，但随后在1939—1945年间曾被开除出工党。1940—1942年他担任驻苏联大使；1942—1945年任飞机生产大臣，1947—1950年在工党政府中担任财政大臣。关于他就任大使一事，见奥威尔的“战时日记”1940年6月8日。另见1941年6月14日，注184及1942年3月14日，注1。

8 莱斯利·伯金博士(1887—1945)，律师，1930年起任自由党(后为国家自由党)议员，1937—1939年任运输大臣，1939—1940年任供应大臣。哈罗德·威尔森曾于1940年在供应部中短暂工作过，他后来在《首相中的首相》(1977)一书中有如下评论：“伯金领导下的部门组织甚至不够经营一家炸薯条店。”(p. 233)

1939年7月3日

天转暖了，白天大多时间阳光充沛。

我移植了南瓜(有些迟了，而且移植的位置光照太少)。给北侧的土豆做了培土。田里没有出现空缺，但有些植株发育很不成熟。

一株早栽土豆枯死了——相信不是因为疾病。芜菁(6 月 28 日播的种)冒芽了。一只小母鸡瘸了。

15 只蛋。

1939 年 7 月 4 日

炎热晴朗。一些木莓红了。草夹竹桃含苞待放，还有香柠檬也是。山羊今早逃出圈了，啃了许多果树嫩芽、玫瑰芽还有草夹竹桃顶枝。那只小母鸡还是一瘸一拐的，恐怕是某种瘫痪症状，不过除此以外它的状况似乎还好。我给鸭圈装上了门，把小鸭放出了笼子。今天开始用新的一担 Full-o-Pep 饲料搭配一担谷物。小母鸡也开始吃谷物了，但还不能吃蛋鸡饲料糊。今天还卖了 4 只老母鸡。因此现在饲料糊要喂 24 只母鸡，谷物要喂 32 只。这样料糊应该能维持 35 天，谷物也差不多(每只鸡每天 1 盎司半)。我打算把这批饲料用完，尝试下效果，然后再订购新饲料。这批饲料应该能维持到 8 月 8 日，那是个星期二。今天开始给母鸡喂食卡斯伍德饲料添加剂。

10 只蛋。

1939 年 7 月 4 日

国际与一般事务

1. 据报道满洲国[1]—蒙古边境发生战事。[每日电讯报]

社会类

1. 失业人数现在降到了 1 350 000。[每日电讯报]

2. 英国和威尔士 1937 年的鸡蛋产量约为 325 亿。[小农，1939 年 6 月 24 日]

---

1 满洲国是日占期间的一个傀儡满洲王国(1932—1945)。1945 年它被归还给中国。

1939 年 7 月 5 日

天很热。晚上下了一小会儿阵雨。香柠檬含苞待放。那只小白鸡看上去情况很糟，那只瘸腿的母鸡也没有好转。一些罗甘莓熟了，可以摘了。我开始给鸡舍刷木榴油。我还种了萝卜、莴苣和西芹。艾琳种了荷兰豆。

10 只蛋。卖了 40 只，共得 2 先令 6 便士。

1939 年 7 月 5 日

国际与一般事务

1. 据报道满洲国边境发生进一步的战事。［每日电讯报］

党派政治

1. 保守党议员请愿要求把丘吉尔[1]召进内阁。紧随着 DT[2] 的这篇文章，许多读者来信也都表达了同样的意愿。［每日电讯报］

---

1 温斯顿·丘吉尔爵士(1874—1965)，政治家，军人，记者，作家，在近半个世纪的时间里先后在自由党和保守党政府中担任要职，但在三十年代由于他激烈反对向独裁者采取绥靖政策而被排挤出政府；他被称作是战争贩子。1940 年挪威在德军入侵中沦陷后，他成为首相的自然人选。尽管他是一名成功的战时领袖，但他没能在 1945 年连任。不过 1951—1955 年他依然成为和平时期的首相。

2 每日电讯报。

1939 年 7 月 6 日

风很大，白天大多时间都在下小雨。天太潮，没法做太多户外工作。旱金莲开花了。玫瑰的长势非常好。今天又采了 2 磅的草莓。(到目前为止共采了 3 磅半——我会记录数量，以便将来统计那块土地能出产多少分量的水果。)

11 只蛋。

1939年7月6日

国际与一般事务

1. 大不列颠向波兰、土耳其和罗马尼亚提供合计1亿英镑的武器援助。[每日电讯报]

2. 据说波兰、土耳其和中国政府相信斯大林真诚渴望和平条约。[每日电讯报]

党派政治

1. 麦戈文[1]再次攻击议会内的LP[2]议员。[每日电讯报]

---

1 约翰·麦戈文(1997—1968),1930—1947年担任独立工党议员;1947—1959年任工党议员。1934年他领导了一场从格拉斯哥到伦敦的反饥饿游行。

2 工党。

1939年7月7日

上午下了点雨,下午很热。我以最快的速度把洋葱移植到了田里,但地里依然有空缺。今天开始用一罐新液化气。

9只蛋。卖了8只,得1先令半便士。

1939年7月7日

国际与一般事务

1. 这次俄国方面报道了满洲国边境的交火(塔斯社)。[每日电讯报]

党派政治

1. 在IFTU[1]慕尼黑大会上,英国工会领导人现在支持吸收俄国工会。[曼彻斯特卫报周刊]

---

1 国际工会联盟,始创于1901年,后在一战期间瓦解,1919年重建。它随

后与苏联资助的红色工会国际发生冲突。共产主义与非共产主义的工会直到“二战”后也无法弥合分歧。英国、苏联和美国的工会曾短暂地联合组成过一个国际工会联盟，但1949年各非共产主义工会再次分离出去，组建了国际自由工会联盟。日记中记录的这条新闻见证了两者间长达数十年之久的根本性分歧。

1939年7月8日

白天大多时间都在下雨，傍晚放晴过一段时间。风很大。我又摘了些罗甘莓。一株蜀葵刚刚开花。几株红花菜豆吐出了花苞。土豆开花了，几株西葫芦也是。一两株金鱼草刚刚开花。小母鸡显然食喂多了，有些饲料糊没吃掉。那只瘸腿的小母鸡没有好转，但除此以外健康状况似乎还不错，所以我打算把它隔离到明天。今天拔起了几株自播种的土豆，它们长得只有弹珠般大小。今天开始喂小鸭饲料糊。

10只蛋。卖了10只，卖2先令6便士。本周总数：76只。

1939年7月8日

国际与一般事务

1. 邮局今天发行了公共信息传单第一期（民防）。今晚将在英格兰东南部地区举行大规模的ARP[1]演习。［无引用出处］

党派政治

1. IFTU显然将拒绝接纳俄国工会。法国、墨西哥、挪威和大不列颠工会投票赞成，美国和大多数欧洲国家工会投票反对。［每日电讯报］

2. 对朱利恩·贝司塔亚罗[2]的审判今天在马德里举行（他曾参加卡萨多[3]的议会）。［每日电讯报］

杂项

1. 大不列颠的老鼠数量估计在四百万到五百万之间。［小

农，1939 年 7 月 7 日]

1 防空预警。
2 朱利恩·贝司塔亚罗（应为朱利安）(1870—1940)，担任 UGT（西班牙社会主义工会）领袖直至 1931 年，同年成为西班牙议会议长及临时总统。1940 年他在服刑期间死于狱中，佛朗哥政权之前宣判他 30 年监禁（奥威尔后面对此星号标记有相同的注脚）。
3 西格西·蒙多·卡萨多·洛佩兹上校（1893—1968），共和国军中路军指挥官。他组织策划了反对共和国政府总理内格林的行动，并在内战末期试图与佛朗哥谈判取得更好的停火条件。他在努力失败后逃亡英国避难，不过后来又返回了西班牙。

1939 年 7 月 9 日

温暖，无雨。那棵小苹果树（士兵果）都给苹果压弯了，我们不得不找东西撑住树枝。凯特不太好，今晚不吃东西，看来生病了，还把反刍的食物吐了出来。穆里尔也胃口不好。我猜这是由于它们在没有遮蔽的情况下被拴在烈日下的缘故。

发现了几株野风铃草。斑鸠还在孵蛋。今年那棵大树上没有结山楂，尽管花园里的苹果长得都不错。我好像没有看到野樱桃。鸟把我们花园里的几颗红茶藨子都给啄了。晚上捉了几条蝾螈蝌蚪带回家，发育程度各不相同。它们是先长前肢*（蛤蟆是先长后肢——不确定青蛙是怎样的），每只爪子有四根指头。它们比蛤蟆蝌蚪要灵活多了，遇到追捕者会钻进土里。据伊迪·W[9] 所说，如果把成年蝾螈和蝌蚪放进一个水缸，它们会吞食蝌蚪。我找到一只大田螺，壳有我食指的前两节那么长；以前从来没看到过接近这么大个的田螺。

种了一株蔓性种蔷薇†，但现在的时令可能太早。又摘了些罗

* 我不确定这是不是真的。它们只有半英寸到四分之三英寸长时，似乎四肢就都长齐了。[奥威尔原注]
† 它开始长得还可以，但死于 1940 年 1 月的霜冻。[奥威尔原注]

甘莓。

12 只蛋。

---

9 伊迪·W：伊迪是里德利太太的女儿。这里的“W”代表她丈夫斯坦利的姓。

1939 年 7 月 9 日

国际与一般事务

1. 塔布依夫人[1]认为，目前俄-法-英签订全面同盟条约的可能性很小，并且暗示俄国希望恢复沙俄帝国的巴尔干行省版图。［星期日电讯报］

社会类

1. 苏格兰人口现在超过了 500 万。［星期日泰晤士报］

党派政治

1. IFTU 否决了邀请俄国加入的动议。不过没有达到绝对多数否决[§]。［星期日泰晤士报］

---

1 吉纳维夫·塔布依（巴黎，1892—1985）是一名外交与国际事务记者，1932 年起任《作品》国际新闻编辑与《星期日电讯报》通讯员。1940 年 6 月 23 日，该报刊登了她描述自己在巴黎沦陷后经波尔多逃离法国的经历。该文以一句据称是希特勒的原话作为开场白：“我今天要发表的演讲，她昨天就知道了。”1941—1945 年她在纽约主编一份周刊《为了胜利》，因其对政治事件走向结果的超乎寻常的准确预测能力而闻名。

---

§ 提案被多数否决据说完全是因为美国工会联盟主席格林握有大量选票。［奥威尔原注］威廉·格林时任美国工会联盟主席，该组织创立于 1886 年，1935 年分裂，其中一派于 1938 年支持并建立了产业工会，后发展成为美国产业工会联合会。这两派于 1955 年重新联合成为 AFL－CIO（美国劳联-产联）。

1939 年 7 月 10 日

天很阴沉，温暖，无风。几朵蜀葵开花了。白百合花和香柠檬也开了。除了锄草，今天没做其他花园里的工作。K 的胃口好点了，但今天的产奶量还是下降得厉害(只有 1 品脱又四分之一)。艾琳昨天摘了 1 磅半的草莓。

10 只蛋。

1939 年 7 月 10 日

国际与一般事务

1. 德国据说要求得到罗马尼亚全年的小麦收成，及其 1938 年收成的部分剩余。[每日电讯报]

2. 周六晚上的大规模灯火管制[1]演习据说取得了部分成功。[每日电讯报]

社会类

1. 当朋友们结伴报名参加民兵时，他们会被[2]拆散。这种现象已经非常明显了，WO[3]已被公众要求作出解释。

党派政治

1. 7 月 3 日再次呼吁将丘吉尔召进内阁的媒体有：每日电讯报，约克郡邮报，新闻纪事，曼彻斯特卫报和每日镜报。据说共产党在连续数月要求将丘召入内阁后，现在当这件事已成为可能时，突然对此又保持警惕了。[社会主义通讯，1939 年 7 月 8 日]

2. 再次有报道称贝拉 · 库恩[4]在莫斯科被处决。[无产阶级革命]

---

1 作为防范空袭的一部分，建筑物的窗户被要求完全遮蔽，达到从街上看不到室内灯光的效果。街灯也全部熄灭，必要的灯光(如车灯和交通信号

灯)也要上罩。马尔科姆·马格里奇对于灯火管制的心理效果有一段简短但有说服力的描述，详见《三十年代》，p. 305。他写道，在开战两个月后，灯火管制造成的伤亡几乎是三军伤亡总数的两倍。见事件，1939 年 8 月 10 日，社会，4。

2 奥威尔原先写的是“已经被”。

3 陆军部。拆散一同参军的朋友(尤其是老乡)的做法是为了保证当某一部队遭受重大伤亡时，不会被某一城镇的民众集中承受。这一政策源于索姆河战役中可怕的伤亡人数(1916 年 7—10 月)，当时由来自同一地区的士兵(如艾克斯特男孩)组成的一些部队一同训练，一同参战，结果在很短的时间里几乎全部战死。这激化了国内民众承受的悲痛。1942 年 11 月 13 日，当美国军舰朱拉号被击沉时舰上的沙利文五兄弟同时遇难，这件事带来的影响可以为此说提供一个二战的实例。

4 贝拉·库恩(1886—1939？)，匈牙利共产主义革命领导人，曾于 1919 年短暂担任过外交人民委员，是政府的主导人物。逃离匈牙利后，他作为第三国际的成员曾尝试过在德国和奥地利煽动革命。后来失宠，在斯大林的大清洗中被杀。关于其处决的后续报道，见事件，1939 年 8 月 7 日，党派政治，2。

1939 年 7 月 11 日

天很暖和，但阳光并不强烈。摘了 90 朵壁花(火红色)。T[10] 认为那只瘸腿小母鸡“染病了”(也许是球虫病)，那样的话最好还是杀了它。这种病的确诊症状是黄色粪便，但通常其初始症状是左腿残疾。

我开始给山羊喂食棉籽饼，看看它们愿不愿意吃。K 的产奶量恢复正常了(2 品脱半)。采了 2 磅草莓。苏塞克斯母鸡开始换羽了。

12 只蛋。

---

10 T：也许是蒂特利先生。

1939 年 7 月 11 日

国际与一般事务

1. 关于满洲国边境的交火有了更多报道，足以认定交火(也许是非决定性的)确实发生了。［每日电讯报］

2. 张伯伦[1]的演讲重申了我们在但泽发生事变的情况下将支持波兰，但似乎是要波兰人迈出第一步。［每日电讯报］

3. 德国报道称，俄军潜艇部队的规模比预计的更庞大。战舰首次使用斯大林运河[2]。［每日电讯报］

党派政治

1. 《每日电讯报》刊登了更多来信，要求将丘吉尔召入内阁。但这些来信似乎没有强烈谴责张伯伦。《每日电讯报》也刊登了一些反对意见。《泰晤士报》据说不会刊登任何支持这一要求的来信。［每日电讯报］

杂项

1. 哈夫洛克·埃利斯[3]的死讯，时年 80 岁。《每日电讯报》的首页有小字讣告。［每日电讯报］

---

1 内维尔·张伯伦首相总是同三十年代对希特勒和墨索里尼的绥靖政策联系在一起。事实上他的立场也许同当时大多数的英国民众是一致的，包括那些事后抨击他的人。J·L·加文(1868—1947)，《观察家报》的一名右翼编辑(1908—1942)，曾在 1939 年的新年当天争辩道："张伯伦先生在慕尼黑会议上拯救世界和平的举动是 1 000 倍的正确，即便被索取了这样的代价。"（由奥威尔的一名友人罗伯特基引述，摘自《我们身后的战争》，1984，p. 8。）艾琳·布莱尔在 1938 年 9 月 27 的一封信中如此评论道："认为张伯伦是我们唯一的希望是非常奇怪的，但我相信他的确此刻不希望战争，而且他是一个有勇气的人。"（CW，XI，p. 206）

2 即白海—波罗的海运河，连接阿尔汉格尔斯克与列宁格勒。这条运河于 1931—1933 年间由奴工修建，全长 140 英里左右，缩短了 2 500 英里的海运距离。这条运河是由 25 万名囚犯修建的，其中近 20 万人死于施工或被处决。

3 亨利·哈夫洛克·埃利斯(1859—1939)，心理学家，编辑，作家，因其研究性与社会间关系的著作而闻名。奥威尔于 1940 年 5 月评论了他的作品《我的一生》(1939)。（CW，XII，pp. 154 - 156）

1939 年 7 月 12 日

天很热。白百合花开了。

蓬子菜、锦葵和矢车菊开花了。石南得了针褥瘿。山羊不是每次都肯吃棉籽饼，所以我打算一周喂一次。

12 只蛋。卖了 30 只，卖 2 先令 8 便士。

1939 年 7 月 12 日

国际与一般事务

1. 意大利蒂罗尔省驱逐外国人，但不包括美国人[1]。有流言称此举目的在于掩护德军进入意大利。《旗帜晚报》通讯员宣称，此说并不属实。[每日电讯报；伦敦旗帜晚报]

2. 世界大多国家显然都很重视张伯伦的演讲。[每日哈罗德报]

社会类

1. J · A · 斯潘德在《泰晤士报》发表来信，攻击 A · 辛克莱爵士。辛克莱的回复拒绝发表。今天好几个知名的自由党人向《每日电讯报》发去了一封联名信，披露此事，这封信被《每日电讯报》发表[2]。[每日电讯报]

2. 工党提出对农业发展法案的修正案，要求将农业工人的最低工资提高到 2 英镑(目前的平均工资为 35 先令)。提案以四票之差被否决。[每日哈罗德报]

党派政治

1. 以《宇宙》为代表的天主教媒体目前采取坚定的反纳粹立场，但并不那么反意大利，同时在西班牙的问题上依然坚定反共。[宇宙，1939 年 7 月 7 日]

---

1 意大利政府在边境省份博尔扎诺驱逐外国人。据意大利外交事务副部长朱塞佩 · 巴斯蒂尼亚尼所说，政府敕令针对的是所有国籍的外国人，该

举是“政治与军事性质的”。受影响最深的是200—300名瑞士人，他们中有许多是旅店老板。这些人被迫卖掉旅店，而且出售所得的意大利里拉不得携带出境。

2 约翰·阿尔弗莱德·斯潘德(1862—1942)，一名“受人尊重的老自由党人”(如联名信中所描述的那样)，攻击自由党领袖阿奇博尔德·辛克莱，称他“以无法形状的言语攻击首相内维尔·张伯伦，还给他冠以无能、缺乏意志的恶名”。这封联名信由维奥莱特·博纳姆·卡特夫人(见事件，1939年7月14日，注1)首先签名，另有八人跟随签名。信中写道，辛克莱的言辞并没有斯潘德所解读的意思。不过，这封信继续写道，许多人的确怀疑(不仅仅是工党和自由党人士)相关人士是否采取了充分的举措“以使外界相信我们万众一心，我们的政府心无旁骛”。

1939年7月13日

天很热。我隔离了那只瘸腿母鸡，继续观察病情发展。

14只蛋。香柠檬正在开花。

1939年7月13日

社会类

1. J·A·斯潘德继续攻击辛克莱。《泰晤士报》刊登了其他口径相似的来信。没有辩驳的文章[1]。[泰晤士报]

党派政治

1. 工党某种程度上拒绝了与ILP[2]的有条件联合。ILP显然就差没有接受无条件联合了。[泰晤士报；新领袖，1939年7月14日]

---

1 《泰晤士报》在第二篇社论中为其行为辩护，称“当下流行的呼声……要求立刻将丘吉尔先生召入内阁”，对于这种呼声“《泰晤士报》冷静地与之保持距离”。该报“强烈地”感觉到“政府也许的确需要丘吉尔先生”，但是“他的朋友们已经给他造成了无法估量的损伤”。奥威尔记录到7月13日的《泰晤士报》上没有刊登任何“辩驳”的来信，他是对的。不过其他日期的《泰晤士报》倒是刊登了几篇。

2 独立工党，1893年由吉尔·哈代创建(见事件，1939年8月17日，注3)，比工党的创立时间更早。工党是由独立工党和工会于1900年共同创立的。奥威尔也是独立工党的一名成员；见他的文章《我为什么加入独立工党》，刊登于 1938 年 6 月 24 日的《新领袖》。详见 CW，XI，pp.167－169。当时，独立工党与工党已分裂，并在下院中分立。关于对独立工党政治人物的描述，见克里克，p.255；以及事件，1939 年 8 月 10 日，党派政治，2。关于独立工党内部的派别，见 CW，XI，pp.362－363。

1939 年 7 月 14 日

天很暖和，但有降雨。我把草莓上的网拿走了，并开始锄草。但由于田旋花泛滥成灾，这几乎无法完成了。

草夹竹桃（多年生）开花了。

12 只蛋。

1939 年 7 月 14 日

国际与一般事务

1. 公众信息传单第二期（遮住窗户之类的要求）今天发行。
2. 德国访客称德国还没有分发防毒面具。［无出处］

社会

1. 《曼彻斯特卫报周刊》刊登了关于斯潘德公开信的事实，以及博纳姆·卡特[1]的回应信。［曼彻斯特卫报周刊］

党派政治

1. 《曼彻斯特卫报周刊》认为保守党内的挺丘吉尔运动已经被挫败了。［曼彻斯特卫报周刊］
2. 共产党反对征兵的宣传册在传发三周后被撤回了。［左翼论坛，1939 年 7 月］

---

1 维奥莱特·博纳姆·卡特夫人（1897—1969），H·H·阿斯圭斯的女儿，其父于 1908—1916 年担任自由党首相。她是自由党内的一股强大的力量，并在 1936—1939 年参与了丘吉尔组织的团体“全力保卫自由和平”。

1939 年 7 月 15 日

天很暖和，晚上下了会儿短暂的小阵雨。我给草莓地除了草，只能说尽力而为，并摘了些成熟的草莓。它们还在结更多的果实，但现在没有了网，我怀疑这些草莓可能收不上来了*。昨天我发现一只画眉的巢，里面有只蛋(成鸟坐在上面)。一只白母鸡不见了——也许它正坐在哪个窝上，但我担心它走丢了，因为我从昨天起就没见到过它。

14 只蛋。卖了 40 只，卖 2 先令 8 便士。本周总计：86 只蛋。†

布彻说现在母鸡的产蛋量又上去了，所以鸡蛋价格又要下降了。

1939 年 7 月 15 日

国际与一般事务

1. 东京英国大使馆前发生了大规模示威。[每日电讯报]

2. 攻占巴士底狱 150 周年的庆典上有 30 000 名军人参与了阅兵式，其中有英国军人。[每日电讯报]

3. 香港开始征召所有年龄在 18—55 岁的人入伍。但征兵令的措辞肯定会主要针对中国人，免除大多数白人的义务。[每日电讯报]

社会类

1. 史蒂芬 · 金-霍尔海军中校[1]的德国传阅函据说已经在德国被 50 000 人传阅了，通过使用不同大小的信封和不同的折叠方式躲过盖世太保。[每日电讯报]

---

* 在拿掉网之前，我一共收到了 7 磅半的草莓，每磅卖了 6 便士，共得 3 先令 9 便士。[奥威尔原注]

† 比上周多 10 只蛋。母鸡从 7 月 4 日开始就一直喂食卡斯伍德饲料添加剂。[奥威尔原注]

2. 法国开始大规模揭发间谍的行动(参照美国的做法)。

党派政治

1. 经济协会指责PPU[2]是纳粹宣传的载体。[每日电讯报]

2. NCL[3]的个人会员据说已达4 500人。相关机构有:281个妇女合作社,30个同业公会和工会分支,37个工党/妇女组织分部,10个合作党派,53个PPU分支机构,以及其他各类团体。共产党报纸职责NCL是个法西斯团体。[反征兵,1939年7—8月;工人日报,1939年6月13日]

杂项

1. 伊顿—哈罗大赛[4]的观众据估计在10 000人左右,据说是这些年来人气最旺的一次。[无出处]

---

1 史蒂芬·金-霍尔海军中校(1893—1966)于1929年从海军退役。1939年他作为独立参选人进入议会。1936年他创办了《K-H新闻通讯报》(1941年起更名为《国家新闻通讯报》)。作为一名敢于直言的右翼人士,他因对于各种事件的个人解读而成为一位受人尊重的政治评论员。

2 和平请愿联盟,《和平新闻》的出版者,创建于1934年。麦克斯·普罗曼(1883—1941)是该组织一名热情的支持者,并于1937—1938年担任其秘书长。奥威尔曾给《和平新闻》写过一篇评论,详见CW, XI, pp. 322-324。普罗曼曾在一战中服役,并出版了一本回忆录:《索姆河中尉》。他还写过《布莱克研究导论》与《和平主义的信念》。他的妻子多萝西是奥威尔一生的挚友。

3 反征兵联盟。

4 两所公学间的年度板球比赛,每年6月初在伦敦罗斯板球场举行。奥威尔在1920年曾是该赛事的特刊《大学时代》的一名合作编辑;详见CW, X, pp. 53-54。关于这场比赛的结果,见事件,1939年7月16日,杂项。罗斯板球场能够容纳25 000人,只有在某些特殊场合才会有如此多的观众。

1939年7月16日

早上下了场急促的阵雨。其他时间都很温暖。那只白母鸡出现了，一定是在外面什么地方过的夜。我注意到英尼斯在他的割草机链条和螺栓上包了层铜皮，就像我之前在钉子上尝试的那样。这样看来我的想法还不算太不切实际。但我之前包铜皮的地方把螺栓的螺纹给盖住了，结果拧不动了。

树林里的小水塘都干了。我注意到其中一片水塘边一只水鸡筑了个巢，水塘干涸后不得不弃巢而走。

风铃草结籽了。石南正在结果。

12 只蛋。

[迎面页上，奥威尔的笔迹]

在玻璃上钻孔(来自《小农》)：使用小螺旋钻。用玻璃刀标好位置，然后用钻钻一两下。然后抹上油脂，喷上金刚砂或碳化硅，再轻轻地钻，不要下压。

1939 年 7 月 16 日

国际与一般事务

1. 7 月 31 日 12 000 名海军预备役成员被征召，为期 7 周。[星期日泰晤士报]

2. 人们普遍认为，英俄签订盟约的努力将失败。[星期日泰晤士报；星期日快报]

3. 星期日快报声称，让丘吉尔入阁的真实目的在于排除张伯伦。[星期日快报]

社会类

1. 没有人提到昨天征召的 3 000 名民兵中的异议者。[无出处]

2. 利德尔 · 哈特[1] 在《星期日快报》上的文章(关于潜艇战的威胁)多少有些扰乱人心。[星期日快报]

党派政治

1. 自由党保住了北康沃尔的议席，略微扩大了之前的微弱多数地位。两名候选人的民调结果都大幅上升。[每日电讯报，1939年7月15日]

2. 比弗布鲁克的媒体[2]指责PPU亲纳粹，不确切地引用了一些文章。[和平新闻，1939年7月14日]

杂项

1. 伊顿—哈罗的比赛以斗殴告终，是1919年来的头一次？[3][星期日快报]

---

1 巴兹尔·亨利·利德尔·哈特海军上校(1895—1970)，一生写过三十多本书，包括《第二次世界大战史》(1970)。他在1925—1935年间担任《每日电讯报》通讯员，后于1935—1939年担任《泰晤士报》通讯员，并曾担任1929年第14版《大英百科全书》的军事编辑。1937年他以个人顾问的身份效力于陆军部。他随后写了步兵训练手册并编写了《下一次战争》，六卷本(1938)。奥威尔曾如此写到过他："知识界最喜欢的两位军事评论家就是利德尔·哈特海军上校和富勒少将。前一位教导说防御要比进攻强，而后一位则说进攻要比防御强。两人观点的矛盾并没有妨碍其中任何一位被相同一批公众当做权威。他们在左翼圈子中大红大紫的秘密在于，两人都与陆军部不和。"见《对民族主义注解》，1945年10月，CW，XVII，pp.141-157。

2 比弗布鲁克勋爵所有的右翼报纸，包括《每日快报》、《星期日快报》和《旗帜晚报》。见奥威尔1941年4月15日的《伦敦来信》，CW，XII，pp.470-479。

3 在伊顿与哈罗的这场年度板球比赛中，后者大胜，赢得8球。《星期日快报》的头版显著位置刊登了相关报道，标题是：《近年来最严重的斗殴事件/我们的"绅士们"干得真开心》。文章说："礼帽被撕成了碎片，雨伞断成几节——就连裤子也被扯掉。"文章的结尾说："自从1919年的比赛起，这样的场面从来没有出现过(1919年奥威尔正在伊顿公学)，当局给出了警告，如果斗殴再次发生，将来比赛将被取消。"

1939年7月17日

上午很暖和。下午大多时间都在下雷暴雨。

今天摘了早季豌豆，有1磅左右。我给芜菁间了苗，它们长得很好，没有被虫子啃过。我开始翻地准备种绿叶菜，但是地太潮了，做不了太多工作。

在外面筑巢的母鸡即便外面下着瓢泼大雨也要继续坐在巢上。很小的蝾螈蝌蚪放进水缸好像就会消失。我担心那些较大的蝌蚪把它们给吃了，但如果真是这样那它们肯定只在晚上下口。我发现田螺有办法自己爬到水面高度，然后浮在上面——或者它们也许原本就能浮在水上，只是靠吸盘才吸附在水底的。

11只蛋(一只双黄蛋——这么长时间头一次碰到)。

1939年7月17日

国际与一般事务

1. 英国派出巡洋舰，阻止在青岛[1]威胁举行的反英示威。东京对话显然没有结果。[每日电讯报]

2. 《每日电讯报》只是在头版边角位置提及英俄盟约的情况。[每日电讯报]

社会

1. 《每日电讯报》非常肯定地宣称星期六的民兵征召行动(34 000人)没有出现一个缺勤者(疾病等特殊情况不算)。[每日电讯报]

党派政治

1. 印度国大党左翼(按《国大社会党》的判断标准)比以前更加积极地反战。他们以托派的观点发表对CP[2]的猛烈攻击，但另一篇文章又要求组建民主同盟。[国大社会党；无日期]

2. 独立工党内对于和平主义与革命的争论意见分歧严重，独立工党成员(伦敦组)在《社会主义通讯》上发表了长篇声明，并借

机攻击麦戈文。［社会主义通讯］

---

1 青岛，中国北方港口，1930 年代建港以同天津港相抗衡。1938—1945 年为日本占领。见事件，1939 年 7 月 24 日，注 1。

2 共产党。

1939 年 7 月 18 日

整个白天都在下雨。太潮湿了，没法做太多户外工作。第一株西葫芦上长出了雌花。

11 只蛋。

1939 年 7 月 19 日

有阵雨，但大多时间天晴。现在所有作物都生长得很快。豌豆结了许多。一些土豆长到了弹珠大小。一两只西葫芦有花生般大小。

我不确定是否有一只小母鸡过早地开始下蛋，还是那只在小母鸡圈里看护它们的老母鸡下了个蛋，但不管怎样今天我在那里发现一只蛋。

种下了风铃草(也许太迟了，不过把它们作为三年生草培育的话，它们能长得很好)。

13 只蛋(其中 2 只非常小)。卖了 35 只，共得 4 先令 3 便士(2 先令 6 便士/20 只——本应该卖 4 先令 4 便士半的)。

1939 年 7 月 19 日

国际与一般事务

1. 政府建议所有家庭储备不易腐败的食品。讨论这个问题的传单将很快发行。［每日电讯报］

2. 《每日电讯报》用了 2 页多的篇幅编排整支英国海军战斗舰

队的图片。[每日电讯报]

3. 据说德国赴莫斯科的经济代表团相比英俄缔约谈判也没有取得更多的进展，这暗示着一场三角谈判依然在继续。[无出处]

党派政治

1. 海斯的补缺选举中第一次出现了人民党。[每日电讯报]

2. 利德尔·哈特的新书《保卫不列颠》[1]似乎助了霍尔-贝利沙一臂之力。[每日电讯报，1939 年 7 月 18 日]

杂项

1. 今年的粮食总体预计将丰收，而不单单(像去年那样)是小麦。[无出处]

1 B·H·利德尔·哈特的《保卫不列颠》于 1939 年出版。莱斯利·霍尔-贝利沙(1893—1957)，政治家，律师，记者(主要为比弗布鲁克旗下的报纸工作)，1923—1945 年任自由党议员。1931 年他在组织国家自由党以支持斯坦利·博德温(保守党)与拉姆齐·麦克唐纳(工党)领导的“国家政府”的过程中发挥了重要作用。1834—1937 年间他先后担任英国贸易部大臣与运输大臣。1937 年，张伯伦任命他为陆军大臣，赋予他使武装部队现代化的职责；他任职直至 1940 年。见事件，1939 年 7 月 29 日，杂项，注 3。

1939 年 7 月 20 日

上午有阳光，白天其他时间几乎不停地在下雨。根本没法做户外工作。我注意到母鸡在这个季节吃得少了。因为盖了几块帆布，干草的顶部依然是干的，尽管外面一直在下雨。山羊因为吃了湿草，表现出轻微的腹泻症状。《每日电讯报》的一封读者来信声称，如果一个人在方方面面使用电力生活的话，那么不算偶尔生炭火取暖，他一年最少要消耗 1 800—2 000 单位的电力。

12 只蛋(一只蛋非常小——这是那只老母鸡在下蛋)。

1939 年 7 月 20 日

国际与一般事务

1. 公众信息宣传册第三期(关于疏散[1])今天发行。晚上我看到的本村内的探照灯从来没有少于四盏。 [无出处]

2. 但泽传来的消息似乎显示所有在当地的人都认为但泽会在近期落入德国手中。 [每日电讯报]

3. 法国据说在英俄条约谈判中支持俄国的条款。俄方没有更改关于巴尔干各国的条款。 [每日电讯报]

社会类

1. 巴黎警方在排查间谍的行动中询问了《人道》[2]的一名编辑。但报道没有说明他究竟是以顾问身份接受询问还是有同谋嫌疑。 [每日电讯报]

2. 最近 WO 规定禁止陆军军官辞去军职,并似乎在采取措施阻止军士长买断服役期(目前的价格为 35 英镑)[3]。 [每日电讯报]

---

1 大批儿童被从城市疏散到乡村地区,以躲避空袭。许多儿童因此在整个战争期间都住在寄宿家庭。另见事件,1939 年 8 月 29 日,国际与一般事务,3;1939 年 8 月 31 日,国际与一般事务;1939 年 9 月 1 日,国际与一般事务,2。

2 最主要的法国共产党日报。

3 服役人员在得到批准的情况下可以花钱缩短他先前接受的服役时间,换取提早退役。这种做法延续至今。

1939 年 7 月 21 日

白天部分时间天气晴朗,但上午阴沉潮湿,下午下过一阵雷暴雨。小麦黄了。我把韭葱移植到了田里(一排 38 株)。野草到处滋生成灾。今天上午一株西葫芦上的一朵雌花开了;晚上花又闭了,大概是受过粉了。山羊的产奶量下降了,因为昨天腹泻的缘故。醋栗快熟了。

13 只蛋。

1939 年 7 月 21 日

国际与一般事务

1. 波兰官员在但泽边境被刺杀，“局势紧张”[1]随之而来。［每日电讯报］

社会类

1. 《泰晤士报》发表社论，解释斯潘德公开信事件（但并不令人信服）。［泰晤士报，1939 年 7 月 20 日］

2. 《曼彻斯特卫报周刊》发表了一封鼓吹阿比西尼亚的意大利政权的长信，以及另一封对其作出回复的信。［曼彻斯特卫报周刊］

党派政治

1. 保守党保住了海斯的议席，但多数地位受到削弱。只有百分之三十七的选民投票。人民党的候选人获得了五六百张选票。［每日电讯报］

2. 伦敦独立工党内部的争斗依然不明朗，但显然已降级为 EC[2]（希望吸收和平主义者入党）和伦敦分部委员会（某种程度上是托派）之间的争吵。有希望能够让后者出局。［新领袖］

3. 议会就巴勒斯坦、非法移民等问题举行辩论，辩论过程中的争吵没有预期的那么激烈。［每日电讯报］

---

1 维托尔·德布齐·凯维茨，一名波兰海关人员，在遭到由两名纳粹分子伴随的但泽海关人员的盘查后不久被射杀。当时，无人知晓是谁首先开的枪。这只是一连串事件的其中之一，目的在于制造地区的紧张局势，

为希特勒的军事干涉提供借口。

2 执行委员会；关于独立工党的内部组织，见事件的前注。

1939 年 7 月 22 日

天很阴沉压抑。晚上的一个小时内有集中降雨。艾琳培育了三株早季土豆（离播种只有 3 个月）。土豆很少，只有一磅，但更多的小土豆正在生长。

12 只蛋。卖了 30 只，得 2 先令 6 便士。本周总计：84 只。

1939 年 7 月 22 日

国际与一般事务

1. 有传言说英美即将与德国达成协议，据说与沃尔塔特的来访有关，但还没有得到内阁的批准。[1]条件是 10 亿英镑的贷款，对原材料的获取权，以换取（德国）在国际监督下解除军备。［每日电讯报］

2. 俄国舰队举行演习，显然意在震慑巴尔干各国。［每日电讯报］

社会类

1. 《每日电讯报》的随笔栏说，将近 100 名保守党议员是地方自卫队军官和皇家空军资源预备役。［每日电讯报］

党派政治

1. 凯波·德·拉诺[2]被解除职务。［每日电讯报］

2. 《工人日报》[3]居然对我的小说做了正面评论。［工人日报，1939 年 7 月 19 日］

---

1 赫尔穆·沃尔塔特博士，赫尔曼·戈林的经济顾问，当时正访问英国参

加一个关于捕鲸业的会议。他毫无疑问同外贸部的R·S·赫德森进行了讨论。我们现在得知，当时两人只是自发碰面，但这一举动在当时引起了外界怀疑。张伯伦首相于7月24日面对下院断然否认两人的对话有任何内容超出了对双方共同感兴趣的话题进行非正式讨论的范畴，并向下院保证没有做出给予贷款的提议。

2 冈萨洛·凯波·德·拉诺·瓦塞拉将军(1875—1951)曾指挥佛朗哥的南方军。尽管是名共和主义者，但他还是在1947年接受了侯爵的头衔。关于他被解除缉私队总长职务的原因，另见事件，1939年7月23日，党派政治，1。

3 奥威尔指的是《上来透口气》。他的惊讶来自《工人日报》在1937年对他进行攻击的方式；见他在1937年8月20日写给维克多·格兰茨的信，CW，XI，pp. 72－74。

1939年7月23日

晚上下了点雨，其他时间都很干燥。但天很阴沉，不太暖和。蓝铃花开了许多。我发现了第一只成熟的悬钩子。一些田里的燕麦差不多熟了，小麦还是奶白色的。周围还出现了海鸥——你不太能在这个地方见到它们。里德利家的一朵大丽菊开了。

12只蛋。

1939年7月23日

国际与一般事务

1. 从今天的报纸来看，昨天的专栏中提到的那个提议似乎的确被双方讨论过，尽管只是非正式的。内阁否认对此知情，但显然他们是知道的。我的推测是，他们故意泄露消息，以查看公众的反应。提议的条款包括：对德贷款(数额不详)，允许德国获取原材料资源，可能与德共管某些非洲殖民地；以此换取德国部分解除武装，并从捷克斯洛伐克撤军。［星期日泰晤士报；星期日快报］

2. 与俄缔约的努力显然要失败了。［星期日快报］

3. 征召地方自卫军与海军预备役的举动暗示，危险将在8月的第一周降临。［星期日泰晤士报］

党派政治

1. 凯波·德·拉诺遭解职据说是因为他抗议将西班牙同轴心国捆绑在一起，威胁宣布安达卢西亚独立[1]。［星期日快报］

2. 国家自由党人打算分流政府候选人在布雷肯补缺选举中的得票[2]。［星期日快报］

3. 《飞机》杂志的亲法西斯编辑（格雷）[3]因不明原因辞职[4]。［星期日快报］

4. 比弗布鲁克旗下的媒体现在公开反对与俄缔约，比起过去的几个月更加支持孤立主义。［无出处］

---

1 凯波在1937年是西班牙全国理事会的成员，但1938年被排除出佛朗哥的内阁。见托马斯，pp. 750，752－754，以及p. 948，注2。

2 国家自由党是博德温和张伯伦政府中保守党人的亲密盟友。他们与保守党候选人竞选可以分化亲政府选民的选票。见事件，1939年8月4日，党派政治，1。

3 查尔斯·格雷（1875—？），一名对航空有特殊兴趣的记者，他于1911年创办了《飞机》杂志并任编辑直至1939年。他后来为几家报纸做过航空通讯员。他写过几本关于飞机的书，并编写了《世界飞机，1916—1941》。

4 克劳德·科伯恩在他的亲共杂志《星期》中，将《飞机》描述为“全心全意地亲纳粹”。见事件，1939年8月4日，注1。

1939年7月24日

早上天气很好。下午阴冷。现在盛开的野花有：仙鹤草，圣约翰草，紫野芝麻，野木犀草，夏枯草，蜀羊草，刺耳。我在教堂墓地的草丛里发现一窝野蜂。飞蛾的巢看上去和睡鼠的很像。大丽菊含苞待放。今天摘了头一根我们种的莴苣，昨天摘了第一颗成熟的醋栗。豌豆结了许多。

14只蛋（一只很小）。晚上下了点雨。

1939年7月24日

国际与一般事务

1. 与沃尔塔特的对话由R·S·赫德森主持（国际贸易部），他随后在第二天将情况汇报给了首相。显然这件事是在得到授意的情况下被蓄意泄露的。意大利媒体的报道暗示，这一(与德对话)举动意在敲打苏联。英俄缔约的新闻再次回到了头版，报道并且暗示斯大林的确非常希望缔约。德苏贸易对话依然在继续，此举也许意在威胁英国。[每日电讯报]

2. 蒙古边境的交火显然是真的。[每日电讯报]

3. 日本媒体预测日方将就天津问题[1]提交英方的条款，这些条款显然不会被接受。[每日电讯报]

---

1 天津是中国北方港口，英国和法国通过1858年的对华条约在该地保有租界。该条约后延伸至德国与日本。1937—1945年，天津为日本占领。但游击队与“恐怖”抵抗依然在持续。在一起事件中，日方主办的“联邦储备银行”的中国经理被杀，日本人随后搜捕4名被怀疑对此事件负责的中国人，这四人躲进英国租界避难。在英方拒绝将其移交给日方后，日本人便从1939年6月14日起封锁了英国与法国租界。供给物资只有在接受严格搜查后才被允许进入租界。《泰晤士报》1939年7月15日的报道说，牛奶最后终于被允许入境了。见事件，1939年8月1日，国际与一般事务，3，及1939年8月18日，社会类，1。

1939年7月25日

天很好，有点热。我努力把干草堆好。12只蛋(1只小的)。

1939年7月26日左右，奥威尔给“科学养禽协会”写了封信，询问该协会为会员提供的饲料采购计划。奥威尔的信没有保存下来，但一封由该协会总经理兼协会供应公司秘书S·R·哈维的回信详细说明了会员享有的饲料采购折扣及其他会员信息。

1939年7月25日

国际与一般事务

1. 英日协议措辞很模糊，但事实就是英国妥协，相当于承诺

不再帮助中国人。张伯伦否认英国政策有任何改变。［每日电讯报］

2. 英俄缔约一事再次回到头版，而且似乎可能性变大了。［每日电讯报］

社会类

1. 应对爱尔兰共和军的议案将授权禁止外国人入境、驱逐外国人，以及外国人强制登记。另外警长将获得在紧急情况下无证进门搜查的权利。法案有效期据说只有两年。法案通过时没有遇到太大的阻力(218 票对 17 票通过)。［每日电讯报］

1939 年 7 月 26 日

晴朗温暖。我尽可能地用茅草盖了屋顶，尽管做得不太好。不过这也算是为将来有更多茅草时做练习。茅草堆有 8 × 6 英寸大小，最高处有 5 英寸。我还给卷心菜和芜菁除了草，效果很好。

11 只蛋(1 只小蛋)。卖了 35 只，每 20 只卖 2 先令 6 便士(共得 4 先令 3 便士——应该卖 4 先令 4 便士半)。

1939 年 7 月 26 日

国际与一般事务

1. 国际媒体普遍认为大不列颠在东京协议中让了步。［每日电讯报］

2. 再次有 240 架战机在法国上空做示威飞行。法—英战机产量现在据说与德国持平。［每日电讯报］

社会类

1. 将 NUJ[1] 与 YUC[2] 合并的提案以微弱差距被否决(表决结果显示事实上多数赞同，但没有达到三分之二多数)。［每日电讯报］

党派政治

1. 佛朗哥显然遵守了他对轴心国的承诺，似乎将因为他在6月对德·拉诺、雅戈[3]和其他人的清洗而得到回报。［每日电讯报］

2. 李维诺夫[4]显然受到了羞辱。［每日电讯报］

---

1 全国记者联盟。

2 英国职工大会。创立于1868年，代表所有选择加入的工会。

3 布兰科·德·雅戈上校（1891—1952）是一名成功的国民军指挥官。托马斯报道称，在1938年4月19日举行的一场长枪党宴会上，他赞扬了共和军的战斗素质，并将国民军的盟友——德军与意军形容为“猎食的野兽”（p. 819）。

4 马克西姆·李维诺夫（1876—1951）自1917年起（当时他是未获承认的驻英大使）至1941—1943年（此时担任驻美大使），一直在许多方面对外代表苏联政府。作为一名犹太人以及知名的反纳粹人士，他一直建议采取共同行动对抗希特勒。1939年5月3日他被解除在外交事务人民委员中的职务。

1939年7月27日

天很热。晚上下了几滴毛毛雨。

鸡舍里红蜘蛛滋生得厉害。无疑这部分是因为有过一两天的酷热天气。我用沸水和硫黄对付它们，希望这样做有效果。注：管子工的焊枪是最好的工具。母鸡的胃口因为天热的缘故也变差了。我移植了几株莴苣，再除了些草，除此以外没有其他事了。南瓜现在生根了，但植株依然很小。那只田螺下了些卵。不清楚这些生物是不是双性的。

注：关于储罐的仓储能力，20加仑*的空间可以容纳大约1担的饲料，或者是略多一些的谷物（约一又四分之一担）。

14只蛋（2只小蛋——我相信有一只小母鸡在下蛋）。

---

* 注：显然20加仑相当于3立方英尺。［奥威尔原注］

1939年7月27日

国际与一般事务

1. 满洲国边境的交火依然在继续。日本人据说正在考虑封锁库页岛的俄属部分。[每日电讯报]

2. 法-英-俄参谋级对话正在安排中。巴尔干各国的问题显然还没有解决。[每日电讯报]

3. 公众信息传单第四期(关于食品储藏)今天发行。[无出处]

党派政治

1. 保守党保住了蒙默思郡议席,但是多数优势减少。两个候选人的得票数都下降了。[每日电讯报]

2. 凯波·德·拉诺被任命为驻阿根廷大使。[1] [每日电讯报]

3. 1939年7月27日的《新英国周刊》第20期有对各个反战组织活动的总结。[新英国周刊,20期,1939年7月27日]

4. 投票反对爱尔兰共和军议案的议员(19人)有:加拉赫,普利特[2],克里普斯。[新领袖,1939年7月28日]

---

1 另见事件,1939年8月1日,党派政治,1。

2 威廉·加拉赫(1881—1965),共产党议员,1935—1950。丹尼斯·诺埃尔·普利特(1887—1972),律师,作家,1935—1940年为工党议员。后因政见不同被开除出党,此后作为一名独立社会主义者担任议员直至1950年。他是一名左翼道路和苏联的热情拥护者,1954年被授予列宁和平奖。奥威尔对于普利特很不屑;详见他于1940年4月11日写给汉弗莱·豪斯的信,CW,XII,pp.139-142与卷XX,p.253。

1939年7月28日

昨晚下了些雨。天很热。除了锄草、割蓟,没有做其他工作。

9只蛋。

1939年7月28日

国际与一般事务

1. 美国人显然决定将废除对日贸易条约。[每日电讯报]

社会类

1. 政府显然正在考虑提高养老金，这无疑是为了大选。[每日电讯报]

2. 据说加拿大大奴湖边发现了富金矿。[每日电讯报]

3. 小佃农与小农场主显然受到了征兵令的影响。MT[1]法案下的第一特别法庭已有20名拒绝服役者需要处理，没有一人是出于政治理由。[小农；每日电讯报]

党派政治

1. 莫斯科发生了新一轮的清洗，遭清洗者包括苏联驻外蒙公使塔廖夫。[每日电讯报]

2. 法国向佛朗哥移交价值800万英镑的西班牙沉船黄金。[每日电讯报]

3. PPU、NCL与和解之友协会在MT法案下的第一特别法庭中获得了代表权。[每日电讯报]

---

1 “军事训练法案”允许征召军事服役人员，同时允许以道义理由拒服兵役。

1939年7月29日

昨晚显然下了一点雨。今天很热。锄了荨麻。只有6只蛋！(可能与天气炎热有关。)卖了25只，每20只卖2先令6便士。本周总计：78只。

1939 年 7 月 29 日

国际与一般事务

1. 法国大选依照法令推迟两年举行(即推迟至 1942 年)。 [每日电讯报]

2. 显然西班牙国内的轴心国支持者(苏涅尔[1])与传统派(尤其是将领们，如雅戈)之间正在进行一场激烈的斗争。佛朗哥有可能在发生战争的情况下保持中立。 [曼彻斯特卫报周刊；每日电讯报]

社会类

1. 《人道》的编辑因发表多篇被指控为涉嫌德国在法间谍行为的文章而作为判例案件受审并被宣判无罪。法庭对另一名发表反犹文章的记者签发了逮捕令 *。 [每日电讯报]

党派政治

1. 工党保住了科恩瓦利选举，并且夸大了多数地位。(工党得票数上升了约 1 000 张，而自由党及其他反对派各降了 2 000 到 3 000 张。) [每日电讯报]

2. 据《曼彻斯特卫报》发布的数据，加泰罗尼亚地区从 5 月起每周有 3—300 人(共和派)被枪杀。[2] [曼彻斯特卫报周刊]

杂项

1. 昨天皇家卫队头一次以三列队形[3]进行了军旗敬礼分列式。 [每日电讯报]

---

1 拉蒙·塞拉诺·苏涅尔(1901—2003)，佛朗哥的妹夫，内务部长，在 1942 年被解职前是仅次于佛朗哥的 2 号人物。他曾被共和派俘虏的经历

---

* 宣判监禁。 [奥威尔原注]

纠缠了他一生。如托马斯所说，这件事“使他毫无怜悯之心”（p. 924，另见 pp. 633 - 634）。

2 加莱阿佐·查诺伯爵(1903—1944)，意大利外交大臣，曾于1939年7月访问西班牙，并如此汇报(援引托马斯，p. 924)：“每天都有审判，在我看来几乎是草率的……枪决依然很多。仅马德里一地，一天就有200到250人被枪决，巴塞罗那150人，塞维利亚80人。”托马斯评论道：“塞维利亚在整个内战期间一直控制在西班牙国民军手中：怎么可能需要以这样的速度处决这么多犯人？”1944年据报道称共有193 000人被处决，但托马斯认为这是死刑判决的数量，其中有些人被减刑；或者这个数字包括了那些在战争中被处决的人(p. 925)。

3 1937年之前，步兵一直按四列式列队训练。1937年陆军大臣霍尔-贝利沙(见事件，1939年7月19日，党派政治，注1)发起了改革，其中就包括革新陆军操练方法，以简化当时复杂的操练动作，加速训练过程。奥威尔提到的这一变化在于按三列式列队这一做法延续至今。霍尔-贝利沙的改革还包括引进战斗装以及废除绑腿。

1939年7月30日

昨晚下了点雨。今天很热。风铃草的种子发芽了。今天拔了第一批胡萝卜。剪刀虫非常烦人。

10只蛋(2只小蛋)。

1939年7月30日

国际与一般事务

1. 现在看来议会似乎确定要照例休会至10月了，在此之前不会开会。[1] [星期日泰晤士报]

2. 但泽现在驻有60 000名德军(包括警察与纳粹冲锋队)。[星期日泰晤士报]

3. 《星期日泰晤士报》上出现了一篇貌似权威的文章，声称如果开战南斯拉夫一定会中立，但在对俄缔约成功且按克罗地亚人的要求给予其自治的情况下，更有可能亲同盟国。南斯拉夫人口1 400万，包括500万塞族，500万克族，50万匈牙利人，50万德国人，其余为斯洛文尼亚人。大斯拉夫情结在下层民众中很强烈。[星期日泰晤士报]

社会类

1. 达拉第[2]的一条律令要求建立由首相控制的单独的宣传部门。行政部门的工作时间从40小时提高到45小时。

法国的黄金储备据说现在仅次于美国。法兰西银行的黄金持有量据说价值5.6亿英镑。［星期日泰晤士报］

2. 爱尔兰共和军嫌疑人已被大量驱除出境（目前为止有20人）。［星期日泰晤士报；每日电讯报，1939年7月29日］

---

1 关于议会休会，详见事件，1939年8月30日，社会类，1。
2 爱德华·达拉第（1884—1970），法国社会党首相（1938—1940）；见摩洛哥日记，注13。

1939年7月31日

白天大多时间都很阴沉，中午有猛烈的雷阵雨。给洋葱除了草。移植了35株康乃馨幼苗。7月11日种下的壁花长到3到4英寸高了。一朵刚刚开花的蜀葵是白色的。最初的黑花种子可以长出四种颜色（深红，浅红，浅桃红，白色）。豌豆长得很好，多得我们吃不掉。今天上午用完了最后一担谷物。这担是7月4日开始用的。按计算本应维持到8月10日的，但我在过去的三周里用它喂了那八只小母鸡，有时还喂那六只小鸡。和谷物同时买来的Full-o-Pep饲料已经用了三分之二了。

11只蛋（3只小母鸡？显然至少有1只小母鸡在下蛋）。

1939年8月1日

天很暖和。下了几滴雨。移植了壁花（黄色）和美洲石竹幼苗。我大致计算出每排豌豆（约12码长）可以产出15—20磅。今天开始给鸡喂新的一担小麦和粗玉米粉。这些饲料要喂23只成年家禽和8只小母鸡（几乎要长成了）。按每只鸡每天1盎司半计算，这些饲料可以维持到9月8日左右。

10只蛋(3只小蛋——3只小母鸡在下蛋)。

1939年8月1日

国际与一般事务

1. 军事代表团本周启程赴莫斯科。领队(普伦基特-厄恩利-埃勒-达洛克斯[1])在大战前曾参加过访问沙俄的使团。[每日电讯报]

2. 波兰政府开始对但泽实行经济制裁,即停止进口其某些工厂的产品。[每日电讯报]

3. 显然英国当局将同意把四名躲藏在天津租界内的据称是恐怖分子的中国人移交给日方[2]。[每日电讯报]

社会类

1. 7月的失业人数为125万左右,比1938年同期下降了50万*。有保险的雇员人数接近1 300万,比去年同期增加了50万。[每日电讯报]

2. 在34 000名被第一批征召的民兵中,只有58人无故缺勤。[每日电讯报]

3. 孟买管辖区[3]开始实施禁令。[每日电讯报]

党派政治

1. 凯波·德·拉诺被任命为西班牙派驻意大利军事代表团领队。[每日电讯报]

2. 《社会主义通讯》声称,投票反对爱尔兰共和军议案的工党议员受到工党议会党团的处分威胁。[社会主义通讯,1939年7

---

* 比上个月预计的少了100 000。[奥威尔原注]

月29日]

3. POUM[4]青年团设法分发了一些传单。[社会主义通讯，1939年7月29日]

杂项

1. 除欧洲蕨的新方法：先割草，再喷洒氯酸钠，可以在每英亩只消耗20磅氯酸钠的情况下成功消灭欧洲蕨。[每日电讯报；农场主与畜产业者]

2. 今年的欧洲小麦产量，不算苏联，估计在4 400万吨左右，比平均水平略高，但比去年的产量少了14%。[每日电讯报]

---

1 雷金纳德·艾尔默·普伦基特-厄恩利-埃勒-达洛克斯海军上将爵士(1880—1967)，1939—1941年任诺尔总司令；当时他在一名陆军代表和一名皇家空军代表的陪同下出使莫斯科。尽管他是个有才能的人，但由于此次出使没能事先得到足够的信息，在莫斯科遭到奚落，伏罗希洛夫尖刻地称他是一名“巴斯”爵士。他在签名时只写“达洛克斯”(威廉·威尔森)。他是《太阳能加热手册》一书的作者(J·卢克，普尔，1965；共三版)。

2 见事件，1939年7月24日，国际与一般事务，3，以及1939年8月18日，社会类，1。

3 东印度公司统治印度时的三个管辖区之一；另外两个是孟加拉管辖区和马德拉斯管辖区。东印度公司被取代后这些名字依然延续了下来。

4 Patrido Obrero de Unification Marxista——西班牙共产主义革命党——是反斯大林的。奥威尔在西班牙曾与他们一同战斗。见《向加泰罗尼亚致敬》，CW，VI，尤其是附件2，其中讲述了共产党试图铲除POUM的经过。

1939年8月2日

白天大多时间都很阴沉，很冷。今天只做了锄草工作。12只蛋(2只小母鸡？)，卖了30只蛋，每20只卖2先令6便士。

1939年8月2日

国际与一般事务

1. 今天政府宣布配给卡已经印刷完毕，准备就绪了。[每日

电讯报]

2. 张伯伦的演讲在苏联广播播放[1]。[每日电讯报]

3. 一些乌克兰领导人在波兰被逮捕。[每日电讯报]

社会类

1. 工党议员在议会抗议民兵的待遇条件，其中提到民兵要8个人睡一顶帐篷。[每日电讯报]

2. 德国犹太难民似乎正在伦敦部分地区(如高特·格林)大量定居，买下房产；对此他们似乎有充足的资金。[个人消息(C. W.)[2]]

党派政治

1. 有传言称巴黎的西班牙流亡人员中，其高层因为金钱问题以及奈格令和普列托[3]之间的分歧而发生争吵。[个人消息(R. R.)[4]]

2. 韦奇伍德上校[5]的纽卡斯尔安德莱姆选区的天主教徒选民(人数达到5 000人，主要是工人阶级)举行了请愿活动，声称将投票反对韦奇伍德。[个人消息(C. W.)]

---

1 这篇于7月31日发表于下院的演讲宣布将派遣一个代表团前往莫斯科，与苏联当局商讨若干军事问题。演讲重申了英国政府的目标，正如《泰晤士报》8月1日的总结，是“正义的和平；达到目标的方法是……组成‘和平阵线’”。

2 C. W.：也许是西里尔·赖特。他和他的女友米克尔·史密斯是奥威尔的朋友，两人经常从其居住地贝德福德驱车前往沃林顿与奥威尔讨论书籍。1937—1939年赖特作为一名销售员，为他的父亲——一名糖果生产商工作。他后来成为一家商店百叶窗生产商迪安公司的一名销售员。奥威尔有可能从赖特以及约翰·斯基茨那里获得了有关销售员生活的一些知识，这对他创作《上来透口气》很有帮助。赖特不是独立工党成员，曾经为工党做过游说工作。

3 胡安·奈格令博士(1889—1956)于1936年9月至1938年3月担任西班牙共和国社会党首相。他后来流亡至法国并死在了那里。达勒西奥·普列托(1883—1962)，奈格令内阁中的社会党国防部长，流亡中死在了墨西哥。

4 奥威尔的朋友理查德·里斯或雷金纳德·雷诺兹(1905—1958)，后者是记者，作家，贵格教徒，和平主义者，在西班牙内战中支持非共产主义的共和派，是独立工党的一名出色的发言人。

5 乔赛亚·克莱门特·韦奇伍德(1872—1943；1942 年封男爵)，纽卡斯尔安德莱姆选区议员，1906—1942，起初是自由党人，后来加入工党；1921—1924 年担任工党副主席。

1939 年 8 月 3 日

从清晨一直到晚上 8 点，雨水一直没停过。一两朵大丽菊开花了。昨天观察了一条大个黑鼻涕虫，它们在每年的这个时候很常见(伸展开时约 4 英寸长)。我注意到它们脑袋后面一点的位置有一个奇怪的小洞，似乎有节奏的一会儿开一会儿闭，而且里面有西米布丁一样的白色组织。这也许是它的呼吸孔？

今天割了些燕麦，差不多成熟了，看上去很不错，小麦都还没熟。云兰开花了。野李子树只结了一两颗李子。

今天给穆里尔喂了打虫药。给它喂药很费事，只能先饿了它一整天。

12 只蛋(1 只小蛋——现在一只小母鸡下的蛋变大了。)

1939 年 8 月 4 日

白天大多时间在下雨，阳光偶尔露露脸。风很大。地面非常潮湿，所有植物都在快速生长。今天摘了些早季土豆(大约长了有 3 个半月)。每颗根茎上的土豆都不多。今天早上又看到那只走失的母鸡。安德森太太说她好几天早上都看到了它，觉得它应该藏在田西头的密灌木丛里。它偶尔出来觅食，通常是在凌晨。问题是在它孵完蛋前也许就被狐狸或狗给吃了。

13 只蛋(3 只小蛋)。

1939 年 8 月 4 日

国际与一般事务

1. 法英军事代表团明天坐慢班轮启程，要花一个星期才能到列宁格勒。《星期》[1]暗示，这并不是一次认真的努力。从对芬兰报纸和瑞典外交大臣讲话的引述来看，巴尔干各国的确非常紧张。［每日电讯报；曼彻斯特卫报周刊；星期，1939 年 8 月 2 日］

2. 德国据说正在考虑将斯洛伐克移交给匈牙利，以便将后者与波兰分离。[2]据说他们还在系统性地耗尽斯洛伐克的木料、食物和机械。［曼彻斯特卫报周刊］

社会类

1. 曼德议员（自由党）[3]宣称英-德协会[4]是一个亲德组织，并询问国土安全部门是否能将其取缔。霍尔[5]的答复是不可以，除非某个组织破坏了法律。［每日电讯报］

党派政治

1. 工党以 2 500 票的优势[6]赢得了布雷肯与拉德诺选区。工党得票数上升了 750 张，政府得票数下降了约 4 000 张，总投票数有所下降。［每日电讯报］

杂项

1. 安排出版我最近一本书的信天翁出版社[7]要求删除某些（尽管不是全部）对希特勒不友好的言论。他们说这也是不得已，因为他们的书主要在德国发行。另外他们还要求删去一个将近一页的段落，该段落暗示战争已临近。［F. [8]个人信息］

---

1 《星期》是一份私人发行，表面独立但事实亲共的简报，由克劳德·科伯恩编辑（弗兰克·皮特克恩；1904—1981），此人是一名共产党记者。

1938 年 3 月他帮助编纂了一条新闻，谎称摩洛哥北部的得土安发生了反对佛朗哥的军事叛乱。这条共产党宣传的目的在于给人以佛朗哥依然可能被击败的假象，从而劝说法国人开放边界；见托马斯，p. 805，注 3。此人一心一意地反对 POUM，而奥威尔曾在西班牙与该组织并肩战斗。在他死后的 1984 年才播出的一次电视采访中，他说道："只要我能给他们造成任何伤害，我都会去做。这是毫无疑问的。我对此无可掩饰。这就像你拿枪杀人一样。不过呢——就我来说，打字机比步枪更有力。"见他的《记者在西班牙》，1936，以及《穿越火线》，1956（其中提到了那次得土安欺诈事件，pp. 27 - 28）。《星期》自 1933 年 3 月 29 日发行至 1941 年 1 月 15 日，后被政府勒令取缔。1942 年 10 月后政府允许其重新发行，直至 1946 年 12 月。参见他的《"星期"的这些年》（1968），pp. 262 - 264。

2 这条含义模糊的总结指的是慕尼黑协定的附带事件。按照丘吉尔的总结，慕尼黑之后"德国在 11 月初做出了正式的分赃决定。波兰将继续不受干扰地占领泰申 [一块被波兰借机占领的西里西亚地区] 。斯洛伐克人曾被德国人当做棋子，因此得到了暂时性的自治地位。匈牙利得到了斯洛伐克的一部分"。（《第二次世界大战》，第一卷，p. 298）。

3 杰弗里·曼德（1882—1962；1945 年封爵）是一名自由党议员（1929—1945）。

4 即"纽带"组织。详见事件，1939 年 7 月 23 日，党派政治，2 及注 2。

5 萨缪尔·霍尔爵士（1880—1959；1944 年封坦普尔伍德子爵），保守党，1935 年 6 月曾被任命为外交大臣，但在 12 月因其解决阿比西尼亚危机的方案遭到反对而辞职。1936 年 6 月他成为英国海军部部长，后任内政大臣。作为慕尼黑协议的支持者，他在 1940 年 5 月支持张伯伦。随后他以驻西班牙大使的身份谈判取得了使 30 000 名盟军战俘和难民从西班牙监狱获释的成果。

6 见事件，1939 年 7 月 23 日，党派政治，2 及注 2。

7 信天翁大陆图书馆是一家德国出版社，在欧洲大陆发行英语平装书。尽管信天翁是一家德国出版社，但奥威尔的《上来透口气》的出版合同却是在巴黎拟定的。合同规定，该书将在 1940 年 8 月发行。见战时日记，1940 年 6 月 15 日。

8 不明。

1939 年 8 月 5 日

雨一直不停地下到晚上 6 点半。白天有些时候雨非常大。鲍多克大街据说被淹。西葫芦正迅速地膨大。荷兰豆和红花菜豆有三四英寸长。苹果长得很快。

7 月 7 日换的那桶液化气昨天用完了（27 天）。今天开始换用新桶。

9 只蛋(2 只小蛋)。卖了 30 只，每 20 只卖 2 先令 6 便士。本周总计：77 只，其中 15 只小蛋。

1939 年 8 月 6 日

今天没有下雨，很暖和。巷里的那棵山楂树没有结果，但我看到有其他树结果。黑莓还是只开花。榛子里面还是硬的。英尼斯家的母牛快生牛犊了。水鸡的幼鸟还是很小。看到许多小兔子。我在巷子里看到只死猫。我发现母鸡会吃大黑鼻涕虫。我忘了提到我在周四看到一只估计是蜡嘴鸟的东西。鸡圈里时常能看到绿黄科鸣鸟，但金翅鸟在这里不常见。

11 只蛋(3 只小蛋)。

1939 年 8 月 6 日

国际与一般事务

1. 对苏台德区[1]领导人的清洗正在发生，显然是由于捷克的压力。这一定是后续温和措施的前奏。[星期日泰晤士报]

2. 显然波兰政府将允许俄国使用波兰空军基地。[星期日泰晤士报]

3. 《星期日快报》认为佛朗哥无疑已决定支持轴心国，但暗示法国和瑞士银行(此前已向他贷款 500 万英镑)正以暂缓发放后续贷款向他施加压力。[无出处，但显然是星期日快报]

社会类

1. 显然民兵的粮草出了问题。头批应征入伍者中声称自己是因道德原因拒服兵役的人占了 2%。[星期日泰晤士报]

2. 彼得 · 霍华德[2]估算了几个政治家一生中凭内阁任职获得的收入：朗西曼 7 100 英镑，洛依德 · 乔治 9 400 英镑，博德温 7 000 英镑，霍尔 7 900 英镑，西蒙 7 800 英镑，丘吉尔 9 200 英镑。[3]

[星期日快报]

党派政治

1. 彼得 · 霍华德认为 A · 威尔逊爵士[4]由于其亲德倾向*，在希钦地区正失去支持。[星期日快报]

2. 莫斯利[5]的阿尔斯库尔体育场集会据说有25 000 人参加。莫斯利据说失去了部分东伦敦工人阶级的支持，但在小业主中获得了一些支持者。[左翼论坛，8 月刊]

3. "纽带"[6]据说积极地进行亲纳粹活动，并得到 PPU 的赞许。[左翼论坛，8 月刊]

4. 显然法国间谍丑闻某种程度上正被官方低调处理。拉洛克[7]要求达拉第发布律令，将所有出于非商业目的接受国外资金的行为定为犯罪行为。[观察家报]

5. 《星期日快报》发表了对日态度友好的文章(闲话栏)。[星期日快报]

---

1 苏台德区——按照凡尔赛条约并入捷克斯洛伐克的摩拉维亚和波希米亚部分——在康拉德 · 亨莱因(1898—1945，自杀身亡)为首的苏台日耳曼人党的领导下寻求与德国统一。这项运动受到了希特勒的唆使与援助。1938 年 9 月 30 日的慕尼黑协定要求捷克斯洛伐克在 1938 年 10 月 10 日之前将苏台德区割让给德国。

2 彼得 · 霍华德(1908—1965)，作家，记者，戏剧家，农场主，1933—1941 年任《快报》(属比弗布鲁克集团)的政治专栏作家。

3 沃尔特 · 朗西曼(1870—1949；1937 年受封子爵)，1899—1931 年任自由党议员，后为国家自由党议员，先后担任多个要职，其中包括贸易大臣一职(1914—1916；1931—1937)。1938 年他领队出访捷克斯洛伐克。大卫 · 洛依德 · 乔治(1863—1945；1944 年受封德韦弗的洛依德 · 乔治伯爵)，1890 年当选卡那封选区议员；1908—1915 年任财政大臣；1915 年任军需大臣；1916 年任陆军大臣；1916—1922 年任首相。他同贝当一样，在一战期间作为一名得力的首相而被尊为英雄领袖。他负责说服了

---

* 赫特福德画报(1939 年 8 月 15 日)复述了这条消息但没有评论。[奥威尔原注]

皇家海军采用护航制度保护大西洋上的船只免遭德国U型潜艇的猎杀。战后他寻求对德签订和解性的条约，但处于少数派地位。就任财政大臣期间，他引入了养老金与国民保险制度，这些都是福利国家的先声。两次大战中间的那段时期许多退休人员会说“去领洛依德·乔治”——也就是他们的养老金。斯坦利·博德温(1867—1947；1937年受封博德温伯爵)曾三次出任保守党首相，分别是1923—1924年，1924—1949年与1935—1937年。他成功地谈判解决了爱德华八世的退位危机，但当时英国未能为迫在眉睫的战争做好充分战备，人们普遍指责其应为此负责。关于塞缪尔·霍尔，见事件，1939年8月4日，注5。约翰·西蒙爵士(1873—1954；1940年受封子爵)于1906年以自由党议员的身份进入下院。他在1931年国家自由党的创建中发挥了重要作用。1931—1935年他担任外交大臣，1935—1937在内务部任职，1937—1940年任财务大臣，1940—1945年任大法官。他曾希望避免涉足欧洲大陆的事务。关于温斯顿·丘吉尔，见事件，1939年7月5日，注1。

4 阿诺德·威尔逊爵士(1884—1940)，1933—1940年任希钦选区保守党议员，1936—1938年任内政部建筑物预警防空委员会主席。

5 奥斯瓦尔德·莫斯利当时是英国法西斯主义同盟的领导人；另见威根码头日记，注34。

6 “纽带”自称是一个英-德文化友好协会。见事件，1939年8月4日，社会类；1939年8月7日，党派政治。

7 弗朗西斯·德·拉·罗克圭上校；见摩洛哥日记，注26。

8 爱德华·达拉第；见摩洛哥日记，注12。

1939年8月7日

天转好了。上午很冷，下了点小雨，下午阴沉温暖。我翻好了种冬季绿叶菜的地。我抓了些鼻涕虫放进事先准备好的盒子里，打算测试它们最爱吃哪种食物。昨天在路上看到一只死蝾螈，这么说它们现在开始离开水塘了。四处有不少今年出生的青蛙，大概有红花菜豆那么大。

9只蛋(1只小蛋)。

1939年8月7日

社会类

1. 《社会主义通讯》重复了关于民兵军营里的军粮问题，并且暗示有士兵遭到某种程度上的蓄意粗暴对待。[社会主义通讯]

2. 57人因与近期发生在马德里的政治谋杀事件(遭谋杀的似乎

有3人)有关而被枪决。

党派政治

1. PSOP[1]的成员因与反战活动有关联而在法国被捕。共产党指责此事与纳粹机构有关。[社会主义通讯；星期，1939年8月2日]

2. 再次有报道称贝拉·库恩[2]被枪决(这次是维也纳的消息来源)。[每日电讯报]

3. "纽带"的主席，海军上将巴里·达姆维尔爵士[3]称霍尔与曼德的言论是谎言[4]，希望他们能在议会之外重复这些言论。[5] [每日电讯报] [6]

---

1 社会主义农工党，是从社会党(SFIO，工人国际法国支部)分离出来的一个左翼组织。另见事件，1939年8月11日，注3。

2 见事件，1939年7月10日，注4。

3 海军上将巴里·爱德华·达姆维尔爵士(1878—1971)于1936年从海军退役。

4 见事件，1939年8月4日，社会类。

5 在下院发表的言论享有特权，不受诽谤或中伤罪起诉。

6 比弗布鲁克勋爵旗下的一份报纸《每日快报》在8月7日用大字标题大胆宣称："今年不会有战争。"

1939年8月8日

下了点雷雨，但白天大多时候还算天晴，也不太热。山羊的产奶量下降得厉害，两只羊都只有不到1夸脱。这无疑只因为过去的几天里都不能出去吃草的缘故。天现在黑得明显早了。

12只蛋(3只小蛋)。

1939年8月8日

国际与一般事务

1. 中国元现在贬值到了4便士以下。[每日电讯报]

2. 但泽参议院似乎在涉及波兰海关官员的争端中让步了。[每日电讯报]

3. 再次有报道称大批阿斯图里亚战士依然在山区中坚持战斗。[1] [每日电讯报]

社会类

1. 《每日电讯报》花了整篇专栏报道"纽带"，而且头版还有额外报道。"纽带"的组织者声称他们不是宣传代理人。文章说劳里教授因《为德国申辩》一书从德国出版社获取了150英镑，而英国出版社拒绝出版"亲德"书籍。文章还说"纽带"的利兹分部因其组织者认为其德国的终端机构受到了纳粹控制而自动解散了。[每日电讯报]

2. 《每日电讯报》用一篇专栏(在新闻版面)总结了《德国开战的可能性》[2]一书。格兰茨出版社的这本书是从匈牙利语翻译过来的，该作者因出版此书而在匈牙利受到起诉。[每日电讯报]

杂项

1. 伦纳德·梅里克[3]的死讯上了《每日电讯报》的头版(边角位置)。[每日电讯报]

---

1 西班牙北部的阿斯图里亚矿工在1934年发动了革命(见托马斯，pp. 136ff)。西班牙内战中该地的一个特殊遭遇就是在1937年9、10月间遭到了德国不顾及地面平民的"地毯式轰炸"。尽管佛朗哥的军队后来成功地为国民军取得了该地的煤炭资源，但游击队依然继续战斗，直到1948年(托马斯，pp. 728－33)。

2 该书的全名是《德国开战的可能性：按照德国官方文献的描绘》，作者为伊凡·路易，由格兰茨出版社于1939年8月出版。

3 伦纳德·梅里克(1864—1939)，原名米勒，小说家；当今世界已几乎将他遗忘，但1918年他曾出版过一本小说合集，其中每一部小说都由一位著名作家作序。詹姆斯·巴里曾称他为"小说家中的小说家"，威廉·迪恩·豪厄尔斯也曾将他放在仅次于简·奥斯丁的位置。其《佩吉·哈珀的位置》(1911)一书曾计划在"世纪图书"系列中再版，奥威尔为其作过序。序言的校样保存至今，上面的日期是1948年，但奥威尔的序可能是在1945年写的；详见CW，XVIII，pp.216－219。此书后来再也没有再版。见克里克，p.500。

1939年8月9日

晚上下了点雨，其他时间都很暖和。但天很阴沉。我移植了60株花椰菜。这个时令有些晚了，而且这些幼苗看上去也太细长，不怎么健壮，但我还是希望它们能生根。我弄不到海白菜，当然现在种这个也太晚了。

10只蛋(2只小蛋)。卖了30只，每20只卖2先令6便士。

1939年8月10日

白天大多时间都在下雨。我剪去了土豆的旁枝(这件事本应该早就做好的)，开始翻地准备再种一片绿叶菜。我给鸭子又搭了个圈，因为现在7只鸭几乎挤不进一个圈了。我注意到新鲜的山羊粪成堆后能产生一定的热量，尽管似乎不如马粪那样强。

10只蛋(2只小蛋)。

1939年8月10日

国际与一般事务

1. 佛朗哥基本上取得了全部的独裁权力。[每日电讯报]

2. 国王检阅后备舰队的133条战舰。[每日电讯报]

社会类

1. 丹佛民兵军营的投诉(不太严重)暴露出大量的预备役军人作为教官被征召。[每日电讯报]

2. 14名CO(因道德原因拒绝服役者)被特别法庭审判，对他们的处置并不严厉，但法庭坚持他们应做对国家有意义的工作以代替兵役。法庭提的问题和上次大战中的大体相似。没有报道称有 CO 给出了任何非宗教道德原因的理由。南威尔士矿工协会秘书到庭。[每日电讯报]

3.《蛋》[1]上出现了反希特勒的笑话、[蛋，1939 年 8 月 8 日]

4. 伦敦公交车上的车内灯具现在配备了可卸的蓝色灯罩，以备空袭中遮盖用。[每日电讯报，1939 年 8 月 9 日]

党派政治

1. 在经历了六周的无政府状态后，荷兰全国政府由数个党派联合组成，其中包括两个社会民主党。[每日电讯报]

2. 有报道称独立工党全国委员会将在9 月的大会支持无条件与工党合并。[2] [每日电讯报]

---

1 《蛋》是“科学养禽协会”的官方刊物，1919 年以周刊的形式创建。奥威尔在 1939 年 7 月 26—27 日曾与该协会通信，询问母鸡饲料的事宜。

2 关于工党拒绝与其有条件联合一事，见事件，1939 年 7 月 13 日，党派政治。

1939 年 8 月 11 日

温暖晴朗。我在水库边看到一只水鸡带着一只很小的雏鸡。它就在水库边上一动不动，我戳戳它，又用毒芹秆把它翻过来，它还是没有动静，于是我以为它死了，就在这时它突然一头扎进水里，在水底呆了好几分钟。

蜗牛卵好像孵化了，小东西爬得到处都是，不过它们还是软乎乎的像果冻一样，似乎处于某种胚胎状态，不是像我先前想的那样是在孵化前发育完全的。

今天割了第一株西葫芦。豆子现在长了不少。

11 只蛋(3 只小蛋)。

1939年8月11日

国际与一般事务

1. 中国元现在贬值到了3便士半。[每日电讯报]

2. 莫斯科接待了20名比利时议员。[每日电讯报]

3. 英法军事代表团抵达列宁格勒。[每日电讯报]

社会类

1. 法国报道称特别法庭对拒服兵役者的审判没有发现一例因政治立场而拒服兵役的(通常都是基督弟兄会等教会信众)。[每日电讯报]

2. 《岁月》对“纽带”进行了攻击，暗示这个组织应该被取缔。[每日电讯报]

3. 当局再次否认批发商联合会取缔《时代》有任何政治动机，但显然这不是事实。[每日电讯报]

党派政治

1. 独立工党全国委员会再次提出与工党无条件合并，但其针对工党的一些意图提议的举措却与工党当前在解除军备等问题上的立场完全抵触，因此不太可能会被接受。[新领袖]

2. 出席下院为梅纳·舒克特[1](他此行代表犹太-阿拉伯联合会)举行的招待会的人物有：H·W·内文森，查莫斯·米切尔，法林登勋爵，威尔逊(塞西尔)，兰斯伯里，A·麦克拉伦以及一些议员。[2] [新领袖]

3. 法国逮捕了多名与反战反帝活动有关联的人物，包括卢西恩·韦茨[3]和R·劳森[4](18个月)。[新领袖]

---

1 梅纳·舒克特曾是沙俄时期的一位革命先驱，遭受过监禁与流放。她于1905年逃离俄国，前往巴勒斯坦，并在当地积极参加各种工人运动。她坚持犹太与阿拉伯工人应当团结，并积极拥护阿拉伯农民的事业。独立

工党曾提出促成犹太与阿拉伯群众联合反对英国帝国主义，希望建立一个与周边阿拉伯国家结成联邦的工人国家。独立工党还认为在欧洲受迫害的犹太工人不但有权利进入巴勒斯坦，而且有权利进入所有国家，包括英国及其他英联邦国家，并为之奋斗。

2 亨利·伍德·内文森(1856—1941)，一名多产作家，记者，国际通讯员，1939年时任捍卫公民自由委员会主席。彼得·查莫斯·米切尔爵士(1864—1945；1929年封爵)，一位杰出的动物学家，曾负责重建伦敦动物园大部以及在惠普斯奈德建立"开放式"动物园。退休后他前往马拉加，但西班牙内战迫使他返回英国。奥威尔曾在1941年6月28日的《岁月》(见CW，XII，pp. 518—519)以及1941年9月刊的《地平线》(见CW，XIII，pp. 33－35)中为他的译作《锻炉》(亚瑟·巴里亚著)写过评论。二战期间，米切尔担任对苏援助联合委员会财务主管。亚历山大·加文·亨德森，法林登男爵二世(1902—1977)，奥威尔在伊顿公学的校友，1936年时任对西班牙非干涉政策调查委员会财务主管，1940—1945年担任公民自由全国委员会财务主管。塞西尔·亨利·威尔逊(1862—1945)于1922—1931年及1934—1944年担任工党议员。乔治·兰斯伯里(1859—1940)，1931—1935年担任工党领袖，作为一名和平主义者因为信仰辞去党首职务。安德鲁·麦克拉伦(1883—1975)曾于1922—1923年，1924—1931年及1935—1945年担任独立工党议员。

3 卢西恩·韦茨，《独立新闻》编辑，并与《国际反法西斯同盟》杂志有关联，奥威尔曾为该杂志供稿。韦茨和其余几名同该杂志以及独立工党在法姊妹团体"社会主义农工党"(见事件，1939年8月7日，注1)及其刊物《六月36》有关联的人士，因为发表文章揭露将法国汽车生产商秘密出售给德国的内幕以及发布反军国主义的小册子而遭监禁。

4 罗伯特·劳森与卢西恩·韦茨及其他几人一同被监禁。《新领袖》提到的遭逮捕的九人中，奥威尔单单提到了这两个名字，也许是因为他知道这两个人和他们的作品：韦茨的《独立新闻》，劳森的《无产阶级革命》以及他的书作《资本主义经济》。

1939年8月12日

温暖晴朗。几朵康乃馨在盛开。

10只蛋(2只小蛋)。卖了25只，每20只卖2先令6便士；10只(小蛋)，按每20只2先令2便士卖。

本周总计：73只(16只小蛋)。

1939年8月12日

国际与一般事务

1. 《曼彻斯特卫报》通讯员报道称，德国的战争动员到8月中旬将全面实行，并将采取某种措施恐吓波兰。战争据称非常有可能发生(昨天的《岁月》也如是说)。令人惊讶的是，所有报纸在说这些话的时候都带着一种敷衍的口吻，仿佛他们内心依然确信战争最终不会发生。[曼彻斯特卫报周刊，1939 年 8 月 11 日；奥威尔将日期错误地写成了 1939 年 8 月 12 日]

2. 满洲边境由于张鼓峰事件[1]引发的交火相当激烈，但没有决定性结果。[曼彻斯特卫报周刊，1939 年 8 月 11 日；日期被错误地标为 1939 年 8 月 12 日；无产阶级革命，未标日期]

社会类

1. 伦敦的难民问题据说正变得越来越严重，尤其是在东伦敦。但莫斯利据说没能大量扩充他的追随者。[个人消息]

2. 邮政当局目前似乎能够在不拆信件的情况下读到信，至少足以判断其内容性质。[个人消息]

杂项

1. 今天上午我所有由方尖碑出版社出版[2]的个人书籍都被警察没收了，并收到公诉人的警告，称如果再次进口该类书籍，我将可能被起诉。显然他们在希钦拆开了我寄给方尖碑出版社[3]的信。我不知道这究竟是因为信封上这个出版社的地址还是因为我本人的邮件已被监视。[无出处]

2. 据说苏联已成功杂交土豆和西红柿。[小农]

---

1 1939 年 7 月 29 日，3 000 名苏军士兵在 100 辆坦克的支援下攻击以张鼓峰为中心的一段 4 英里长的边境线，距符拉迪沃斯托克西南约 100 英里。苏军随后被击退，损失约 400 人，日军损失约 120 人。8 月 6 日德国和意大利驻东京大使出面干涉，要求日本保持克制，以和平解决争端，使“反共产国际三角同盟”不被卷入与俄冲突中。(泰晤士报，1939 年 8 月 9 日)。

2 巴黎方尖碑出版社，在欧洲大陆出版英文书籍，其中一些英国当局认为是淫秽书籍，将其进口带入英国会受到法律诉讼。见杰克·卡亨的《一个书贩的回忆录》(1939)以及尼尔·皮尔逊的《方尖碑：杰克·卡亨和方尖碑出版社的历史》，2007。

3 当局并没有追踪这个邮寄地址。见谢尔登，pp.345－47；鲍克，p.255。

1939年8月13日

温暖晴朗。

10只蛋(2只小蛋)。

1939年8月14日

温暖晴朗。大马士革李差不多熟了。我为种绿叶菜翻好了地。终于找到了那只走失的母鸡，它正在孵13只蛋。它已经走失整整一个月了。现在一共有6只抱窝母鸡(总共23只母鸡)。我今天下午把它们放进了艾琳的笼子里。昨天我们费了好大劲秤了一只鸭子。如果我们没弄错的话，那鸭子重三又四分之三磅(6周半大)。我们明天打算把那两只最大的拿到市场上去，看看能卖多少。

10只蛋(3只小蛋)。

那担Full-o-Pep饲料今天用完了。这担是7月4日开始喂的——吃了大概40天。按计划应该是喂35天的，也许我喂的量少了一点。不过因为天气温暖的缘故，它们也经常吃不掉喂给它们的量。

今天上午看到一只布谷鸟。它们已经有段时间没有发出叫声了，也许快要离开了。今天在路上看到一只死去的锡金小鼠。不知道为什么，每年到了这个时候总能看到这种死老鼠。

1939年8月14日

国际与一般事务

1. 德—意的对波兰“妥协”方案据说已成型，但显然是以某种绝不会被波兰接受的形式。[每日电讯报]

2. 莫斯科的会谈已经开始了。[每日电讯报]

社会类

1. 昨天的《星期日快报》有一篇有关犹太非法移民进入巴勒斯坦的耸人听闻的文章，事实上就是篇反犹宣传。[星期日快报，1939 年 8 月 13 日]

2. 目前当局拆看与左翼党派有关联人员的信件似乎是非常普遍的做法，以至于都激不起任何评论了。[E. H.[1]]

3. G. K.[2]宣称共产党在法国警界和其他公务系统中根系很深，政府不敢对他们怎么样。[S. P. 文档 i]

党派政治

1. 据 G. K. 所说，PSOP 的会员现在只有 4 000 人。[S. P. 文档 i]

2. 据 E. H. 所说，柏蒙西反战大会未能达成任何成果，因为几个托洛茨基分子不能容忍和平主义者，而且用非常激烈的言辞激怒了后者。[E. H.]

3. 据 E. H. 所说，独立工党的老成员现在总体上反对合并，而新成员赞成，但唯一坚决反对的党内领导人物是 C · A · 史密斯[3] [E. H.]

---

1 不明；可能是独立工党内的某个人物。

2 也许是乔治 · 科普，奥威尔在西班牙的指挥官。

3 C · A · 史密斯是《争论》的编辑，后任《左翼论坛》（后改名为《左翼》）的编辑。该杂志是一份致力于实现无阶级社会的月刊。史密斯同奥威尔及其他一些人在 1946 年敦促应就鲁道夫 · 赫斯据称曾与托洛茨基会面一事，将赫斯送交纽伦堡审讯。见《前进》，1946 年 2 月 25 日刊。

1939 年 8 月 15 日

天很热。我炖了些大马士革李（很酸）。地面干得很快。几朵燕草开花了，玫瑰快第二次开花了(大多数玫瑰长得并不好，因为今年染上了某种枯萎病)。南瓜最长的新枝现在有1码长，并开了一朵雌花。我不确定它们是否能及时完成生长，后面还有6—8周时间。我又看到一只死去的锡金小鼠。大黄蜂现在是个大麻烦。那只新蜗牛产了许多卵。现在我那只白母鸡离开了它之前抱的窝，不知什么动物找到了那些蛋，把它们给吃了。我怀疑是猫，但也有可能是老鼠、寒鸦或其他母鸡。

4磅半重，7周大的小鸭每只只卖了2先令11便士(扣去佣金只有2先令8便士)。这样算的话每只就只有几便士的利润，不过我们当时买的是每磅1½便士的饲料糊。如果按Full-o-Pep饲料的价格(每磅1⅒便士)算的话，利润还能多一些。

11只蛋(2只小蛋)。

1939年8月16日

天很热。地面再度变得十分干燥。我给苗床里的洋葱和花除了草，给南瓜和西红柿浇了水，还割了些蚕豆。那些蚕豆现在已经长得很大了，不值得把它们继续留在地里等着熟透。几棵芜菁也可以拔了。我割了第二株西葫芦。艾琳剪过的草现在长得很好。

10只蛋(3只小蛋)。卖了25只，每20只卖2先令6便士。

熟李子现在只卖2便士1磅。

1939年8月17日

天很热。一些黑莓正在变红。我找到几只蘑菇。现在大多庄稼都已经收了，所有人都在抓紧天好的时候把剩下的庄稼收上来。山鹑群现在主要是成鸟(8—12只)，但幼鸟看上去还很小。我看到一只叫不出名字的鸟。它的颜色、体型和飞行的样子像水鸡，但显然不是，因为它的飞行技术太好，太喜欢飞了，而且看到它的位置离水塘也不近。它是和一只雌野鸡一同起飞的，但肯定不是野鸡。当马克斯惊起一群山鹑时，妈妈耍了个众所周知的花招（尽管有时人们否认鸟儿真会这样做），她一边咯咯叫着一边慢慢地飞，把马克斯引开，而幼鸟朝另外一个方向逃走。我看到一处估计是田间集市的活动，不过这个时候好像太早了。雄金翅雀发出求偶的叫声，听上去像是“起——哇”（不如绿黄科鸣鸟那么像“起司”）。

8 只蛋(3 只小蛋)。

1939 年 8 月 17 日

国际与一般事务

1. 当局宣布实行全国登记的全面计划已经就绪。[1] [每日电讯报]

党派政治

1. 独立工党同 PPU 亲“纽带”的态度划清界限。[新领袖，1939 年 8 月 18 日]

2. 更多证据显示奈格令与普列托[2]之间有争斗，参见 1939 年 8 月 2 日。[S. P. 文档 i]

3. 将在吉尔·哈代[3]纪念会上发言的人物有：马克斯顿，达拉斯(LPEC)[4]，埃比·爱德华(TUC)，詹姆斯·巴里议员，邓肯·格雷厄姆议员 [新领袖，1939 年 8 月 18 日]

---

1 这涉及制作身份证(大多数人的身份证没有照片)，需要个人随时携带。直到 1990 年代人们依然出于某些政府目的使用个人身份证号，尽管身份证早已消失。

2 关于奈格令和普列托，见事件，1939 年 8 月 2 日，注 3。

3 詹姆斯·吉尔·哈代(1856—1915)是第一位当选议员的社会党人(1892)。他于 1906—1915 年在下院领导工党。

4 工党执行委员会。

1939年8月18日

天很热。我整修了鸡舍的门。

10只蛋(3只小蛋)

1939年8月18日

国际与一般事务

1. 《曼彻斯特卫报》外交通讯员认为，如果开战，西班牙几乎肯定会保持中立。新内阁中军人和长枪党人差不多势均力敌。[曼彻斯特卫报周刊]

社会类

1. 现在看来那四名据称是恐怖分子的中国人肯定要被移交给日本人了，尽管在伦敦有人请愿要求发出人身保护令。[1] [曼彻斯特卫报周刊]

2. 全国登记的细节现在出炉了，不过政府宣布实际登记要到战争爆发或1941年人口统计时才会实行。[曼彻斯特卫报周刊]

3. 西班牙向墨西哥的移民据说实行得很成功。[S. P. 文档 i]

---

1 见事件，1939年7月24日，注1。8月12日据报道称，政府已决定将四名中国人移交由日方控制的法庭审判。英国政府已被日方在东京出示的新证据说服；日方此前拒绝在天津提供这些证据。

1939年8月19日

天很热。我往地里移植了抱子甘蓝、皱叶甘蓝和紫花椰菜各20株。每20株花了我3便士。这些幼苗质量不太好，非常干，不过根长得很好，所以应该能生根。我怀疑其中一株有根肿病，被我扔掉了。一些白芜菁(6月28日种下的)可以收了。

《小农》上说可以通过喷洒萘唑啉和新鲜熟石灰的混合物来杀

灭胡萝卜地里的线虫，每平方码喷洒2盎司。

9只蛋(3只小蛋)。卖了20只，每20只卖2先令6便士；10只小蛋每20只卖2先令。

本周总计：68只(19只小蛋)。

1939年8月19日

国际与一般事务

1. 德国正在大批量采购铜和橡胶，立即交付，橡胶的价格因此迅速攀升。［每日电讯报］

2. 有迹象显示莫斯科谈判中出现了某种分歧(塔斯社声称分歧与远东无关)。［每日电讯报］

3. 马德里以某种官方方式表明西班牙将保持中立。［无出处］

社会类

1. “联盟”[1]在美国的活动正在接受询问，就像“纽带”在这里的境遇类似。显然：① 所有这些协会都被用作了纳粹宣传；② 当局将逐步采取措施切断德国与民主国家的文化联系。［每日电讯报］

2. 警方开始逐渐了解权宜婚姻的真相(德国女人以此取得英国国籍)，将来在这种情况下将建议遣返出境。［每日电讯报］

3. 到目前为止被驱逐出境的爱尔兰共和军嫌疑人的人数为90人左右。［每日电讯报］

4. 据说许多民兵被发现完全是文盲。［新闻纪事］

杂项

1. 农业部在1939年上半年的数据显示了以下的发展趋势：用作粮食和牧草生产的土地总数为2 475万英亩，减少了约80 000英亩，但耕地增加了约 50 000 英亩，永久草场减少了约 130 000 英亩。（变化据说在政府的耕地补贴生效前就发生了。）

种植小麦的耕地减少了 150 000 英亩，土豆减少了 20 000 英亩，豌豆和卷心菜种植面积同样减少了，蚕豆面积增加，燕麦和大麦分别增加了 56 000 和 25 000 英亩。

大部分牲畜种类的数量都有所增加，猪和驿马除外，分别减少了 50 000 头和 14 000 匹。禽类增加了 200 000 只。［小农］

---

1 "德-美联盟"是一个纳粹阵线组织。其领导人弗里茨·库恩因盗用组织资金而在纽约被判有罪，并于同年晚些时候被监禁。

1939 年 8 月 20 日

上午很热。然后有雷电暴雨。晚上雨也下得很大。山羊被雷声吓坏了，穆里尔挣断了绳子。

我掐掉了南瓜的生长点。最后给南瓜间了次苗。头茬豌豆差不多好了。燕草正在开花。西红柿的旁枝长得太快，根本没法跟上它们。

8 只蛋(4 只小蛋——显然还有一只小母鸡也在下蛋。)

1939 年 8 月 20 日

国际与一般事务

1. 洛依德·乔治预测但泽危机将很快达到高潮。他还暗示（《星期日快报》将这句话用双空行突出）如果波兰人有意退让，我们将没有义务采取行动。［星期日快报］

2. 东京对话由于大不列颠宣布需要就中国货币问题咨询其他国家而终止。［星期日泰晤士报］

社会类

1. 关于斯潘德文章的争吵依然在《星期日泰晤士报》上继

续。［星期日泰晤士报］

党派政治

1. 彼得·霍华德[1]用某种确定的口吻谈论大选，并且预测养老金将是政府的一系列贿赂政策之一。［星期日快报］

2. 如果大选在今年秋季举行，议会将通过一部法案，在选举期间[2]维持现任政府以应对危机。［星期日泰晤士报］

1 见事件，1939 年 8 月 6 日，注 2。
2 奥威尔原稿将"期间"写成了"危机"。

1939 年 8 月 21 日

傍晚之前天一直很热，然后就是雷电暴雨。我剪掉了西红柿的旁枝，在它们的根系周围挖坑埋了些灶灰进去。我还清理并焚烧了头茬矮豌豆的残枝，开始重翻这片地，打算种韭葱。我移植了些霍林斯沃斯太太给我的黄花(有点像夏菊)，但我不确定能不能生根，因为有几株已经开花了。我给部分燕草施了粪肥。周围长了不少自播种的金鱼草。

我称了剩下的 5 只鸭，明天拿到市场上去卖。这 5 只总共只有 24 磅重，最重的有 5¼磅。它们刚刚七周半大。

8 只蛋(2 只小蛋)。

1939 年 8 月 21 日

国际与一般事务

1. 美国 IPO 组织[1]的最新调查显示，相信美国会卷入世界大战的人数大幅增加(达到约 75%)。认为美国应该向欧洲派遣军队的只有 25%。［每日电讯报］

2. 日本人正在准备封锁香港，显然是为了白银和货币问题向

伦敦施压。[每日电讯报]

3. 德苏签订为期两年，价值1 000万英镑的贸易条约，用德国工业品换取俄国原材料。[每日电讯报]

4. 从但泽通往东普鲁士的战略桥梁已经完成。[每日电讯报]

社会类

1. 下周或下下周可能爆发为争取50先令[2]最低工资的铁路罢工。[每日电讯报]

2. 当局声称如果开战英国的光学玻璃将能够自给。[每日电讯报]

---

1 美国民意调查协会，组织被大多数人称为“盖洛普测试”的民意调查，该测试以其创始人，数据学家乔治·盖洛普(1901—1984)于1935年命名。

2 50先令——2英镑10先令；在当前的购买力水平下大约相当于2009年的每周100英镑的收入。

1939年8月22日

早上下了小雨，白天的其他时间都温暖炎热。清晨的雾现在非常重。我翻了更多的地准备种韭葱，并给燕草施了液态粪肥。艾琳又移植了些高代花到地里。5只总重24磅的小鸭只卖了11先令。我在蛋簿中已有完整记录，但值得在这里说明的是，撇开第一周喂给它们的牛奶面包不算，它们一共吃了91磅饲料糊(其实可能更多——估计在95磅——因为它们有时还要吃其他家禽的饲料)，产出了32磅肉，或者相当于(算上全部饲料)每3.25磅饲料产出1磅肉。

一只蝾螈发育成熟了。它的鳃已经消失了，现在大多时间都趴在水面上，把头伸在空中。昨天那只田螺正在吸食一片我们投给蝾螈的生肉。

我发现马克斯生了很多虱子，耳朵上全是虱子幼虫。这无疑是因为天太热的缘故。艾琳用消毒肥皂、灭虱粉和醋给它洗澡。醋能让虱子幼虫松开爪子，好用梳子梳掉。

11 只蛋(4 只小蛋)。今天开始喂一担新的谷料。

1939 年 8 月 22 日

国际与一般事务

1. 柏林官方宣布里宾特洛普[1]明天将飞往莫斯科与苏联签订互不侵犯条约。莫斯科塔斯社随后证实了这条消息，其口径似乎表明条约一定会通过。报纸上的评论都很少，他们显然刚刚在凌晨收到这条消息，而俄方的确认刚刚赶得及插进最后消息里。报道称华盛顿方面暗示这可能是俄方的策略(迫使英法屈服)，但似乎其他各方都认为事实就是事实。股市总体下挫。德国人依然在大量购买橡胶。莫斯科的军方对话昨天依然在进行。［每日电讯报；每日邮报；新闻纪事；每日镜报］

社会类

1. 某家与德国自由运动广播电台[2]立场相似的非法电台正在广播反征兵宣传。PPU 秘书(朗姆里？)*否认对此知情，但并没有与这些广播撇清关系。邮政局的工程师声称已经将电台的位置锁定在了几栋房子的范围内，很快将水落石出。据说定位一个非法电台至少需要几天时间。［每日电讯报］

党派政治

1. 《莱奇沃思公民》[3]重新刊登了 A · 威尔逊爵士[4]发表在《星期

---

* 帕默。［奥威尔原注］

日画报》上的长文，并明显赞同其观点。［莱奇沃思公民，无日期］

2.《社会主义通讯》发表了“共产主义抵抗运动”[5]关于战争问题的长篇声明，声明提出的支援反法西斯战争的方案复杂得毫无实行可能，同时试图打消工人阶级的幻想。不过声明提出（也许这一点是事实，因为塔尔海姆[6]和其他人对俄国的情况应该是了解的，至少是几年前的情况），尽管俄国军队现在和其他任何一支军队都别无二致了，但他们的预备队多少还受到了一支革命军队应有的训练。声明还猛烈攻击独立工党，并以三组首字母签名，其中一个是奥德丽·布罗克韦[7]，呼吁创立第四国际。[8]［社会主义通讯］

---

1 乔吉姆·冯·里宾特洛普（1893—1946）于1938—1945年担任德国外交部长。他于1938年与莫洛托夫谈判签署了苏德互不侵犯条约（见事件，1939年8月28日，注4）。他后来被纽伦堡国际军事法庭宣判有罪并被处以绞刑。

2 见事件，1939年7月2日，注2。在该注所述事件发生后的三个月，有报道称“德国自由运动电台”还在继续广播，呼吁德国人将自己从希特勒政权中解放出来。

3《莱奇沃思公民》是奥威尔所在沃林顿的地区报纸。

4 见事件，1939年8月6日，注4。

5 国际共产主义抵抗运动（ICO），总部设在巴黎。ICO的衰落是《社会主义通讯》7月增刊的讨论题目。

6 奥古斯特·塔尔海姆（1884—1948）是国际共产主义抵抗运动的领导人之一，《新领袖》1937年8月20日刊将他描述为“在那些为共产国际的创建提供了理论基础的作者中，他就是其中之一。多年以来他一直是德国共产党的领导人，但由于反对共产国际创建红色工会从而割裂了工会运动的灾难性政策，他被共产国际的执行人罢黜”。《新领袖》对有机会发表他的观点表示欢迎，“因为这证明了国际社会主义革命者团结会下属的各党派与共产主义国际抵抗运动是有密切合作空间的”。

7 奥德丽·布罗克韦（1916—1974）是独立工党青年团秘书，与独立工党内部的一名托洛茨基团体成员吉姆伍德结婚。

8 1938年托洛茨基的追随者创立了第四国际。他们希望迫在眉睫的战争能够为世界革命创造有利条件。有报道称当托洛茨基于1940年被刺杀在墨西哥城街头时，他临死前说：“我相信第四国际必将胜利。前进！”

1939年8月23日

天非常热。我又翻了些韭葱地，把小公鸡（5只）移进了小鸡圈，给鸡舍做了除虱。杀灭红蜘蛛非常困难，它们在这个季节繁殖得太快了。我只能把它们烧死，但即便如此要想根除依然很难。我需要的是管子工的焊枪。当鸡舍里红蜘蛛肆虐成灾时，母鸡就不愿意进去了。今天我找到一窝 14 只蛋，显然不是新下的，所以不打算卖掉或者计入账簿，但我尝了一只，还不坏。

8 只蛋(4 只小蛋)。卖了 20 只，2 先令 6 便士，还卖了 10 只小蛋，每 20 只 1 先令。

1939 年 8 月 23 日

国际与一般事务

1. 议会明天开会。“紧急权力法”将被通过。某些阶层的预备役人员将被征召。国王将返回伦敦。法国和德国正在征召预备役军人。议会将紧急通过立法阻止德国继续购买镍、铜等物资。几乎所有股价都遭下挫，无疑是由于预测到这一法案的缘故。《每日电讯报》援引的各国媒体的评论都非常不明确，但轴心国显然对于俄国的新方针非常满意。［每日电讯报］

社会类

1. 铁路罢工安排在几天内举行。［每日电讯报］

党派政治

1. 共产党党员人数据称达到 17 000 人*，比去年增加了 2 000 人。共产党再次申请加入 LP[1]。［每日电讯报］

---

1 工党。

---

* 其中 40% 在伦敦，工业领域的党员人数可以忽略(来自共产党宣传册)。［奥威尔原注］

1939年8月24日

天很热。今天移植了两排韭葱(共75株左右)。燕草开的花有五种颜色。

9只蛋(4只小蛋)。

1939年8月24日

国际与一般事务

1. 苏德条约签署。柏林公布的条款(见战争文档)[1]表明这是个封闭条约，没有“例外”条款。今晚的新闻广播说莫斯科方面证实了相同的条款。莫斯科的官方声明说“两国的敌人”正在试图驱使苏德对抗。英国大使会见了希特勒，但被告知我方的任何行动都将无法影响德国的决定。日本显然被德国事实上抛弃反共产国际公约的举动激怒了。西班牙(佛朗哥)的态度显然也受到了类似的影响。罗马尼亚据说宣布中立。张伯伦的广播演讲据报道非常强硬，似乎在援助波兰的问题上不留余地。

艾琳今天访问WO[2]时，感到战争近乎是不可避免的。警察今天早上到了，开始为士兵安排营房。有些人(外国人)下午来寻找住宿的房间——这是三天来的第二批了。尽管我听得仔细，但根本没法在酒馆里听到有人自发评论当前局势，甚至没有听到任何表示关注的话，虽然现在几乎所有人在被问到时都相信会有战争。[泰晤士报；每日电讯报；新闻纪事；曼彻斯特卫报；每日快报；每日先驱报；每日邮报；伦敦晚新闻报]

社会类

1. 紧急权力法通过了，没有遇到什么困难。法案中的条款允许当局实施预防性逮捕、无证搜查以及秘密审讯。不过没有包含工业征用条款。[下午6点的广播][3]

2. 莫斯科机场装点着万字旗，迎接里宾特洛甫的来访。《曼

彻斯特卫报》还说，苏联当局把现场围了起来，不让其他莫斯科人从外面看到。［曼彻斯特卫报］

党派政治

1. 共产党表现出欢迎苏德条约的姿态，声称这是和平的举动。他们还是一如既往地要求签订英苏条约。《工人日报》没有刊登条约条款，但是重登了之前苏波条约的部分内容，其中含有一个“例外”条款，以此给读者造成苏德条约一定也含有例外条款的印象。［工人日报］

2. 在今天的辩论中辛克莱和格林伍德[4]强烈支持政府。曼德[5]则要求“强化内阁”。马克斯顿[6]宣称独立工党不会支持政府开战。［下午6点的广播］

---

1 也许是奥威尔保存的一份与此问题相关的文档。也许和他之前提到的“S. P. 文档 i”有关。

2 艾琳当时在陆军部审查部门工作。

3 BBC 在下午 6 点广播全国新闻。

4 阿奇博尔德·辛克莱；见事件，1939 年 7 月 2 日，注 3。亚瑟·格林伍德(1880—1954)是一名工党议员，1922—1931，1920—1945；1935 年任工党副主席；1920—1943 年任工党研究部书记。他反对极权政权的态度促使希特勒在 1938 年将他单独挑出来进行攻击。

5 杰弗里·曼德；见事件，1939 年 8 月 4 日，注 3。

6 詹姆斯·马克斯顿(1885—1946)，独立工党议员，1922—1946；1926—1931 及 1934—1939 年担任独立工党主席。另见摩洛哥日记，1939 年 3 月 12 日，注 37。

1939 年 8 月 28 日

［无抬头］

过去的几天里一直在外出[1]，所以没法像往常那样记录日记。

主要的事件发展如下：

希特勒又提出了某个计划方案，由 N·亨德森[2]带过海峡，并已在数场内阁会议上进行了讨论，包括昨天(周日)下午的一场。但政府还没有就希特勒的提案性质发表任何声明。亨今天将带着英国政府的答复飞回柏林，但即便如此我们无法肯定H[3]的提案或者政府的答复是否将被公之于众。几家报纸刊登了据称是官方的声明，但政府宣布所有这些声明都是没有官方根据的。

目前还无法确切得知苏德条约的意义。左倾报纸继续暗示条约没有太大意义，但似乎人们普遍认为俄国将向德国提供原材料，甚至于双方也许进行了一场大规模的交易，相当于将欧洲划给德国，将亚洲划给俄国。莫洛托夫[4]即将发表声明。显然，俄方在解释中首先肯定要怪英国两面三刀，并不真诚地渴望英—法—俄条约。苏联国内的民意据说对于转换阵营有些惊讶，西方的左派也是。左翼报纸继续指责张伯伦，同时试图为斯大林开脱，但显然很沮丧。在法国出现了一股反对共产党的浪潮，据说已由此造成大批共产党员退党(《每日电讯报》援引路透社)。《人道》已暂时停刊。英法军事代表团已经回国。

德国和波兰已基本完成总动员。法国又征召了几个等级的预备役士兵，据说已经动员了4 000 000名武装人员。英国还没有征召更多的预备役。海军部已控制所有船只。出售外资股份正受到政府控制。伦敦的主要建筑正垒上沙袋。今天在疏散区域进行了儿童疏散演习。伦敦几乎没有出现骚动。在过去的一两天里，我能在街头听到人们谈论局势，但他们都只是说："真的要打仗吗？"昨天下午的内阁会议期间，唐宁街外聚集了约1 000人，但大多只是围观者，没有出现标语旗帜之类的东西。海德公园也没有示威活动。那里唯一的一个政治演说者是个托洛茨基分子[5]，周围还围了不少听众(大约有200人)。*火车站没有出现大批人员外流，但有大量的行李等待被运走，看起来像是属于相对富裕阶层的。

L. M.[6]认为，如果我们不主动把意大利卷入战争，她将暂时维

---

* 见事件，1939年8月31日，党派政治。[奥威尔原注]

持现状，等到我们处境艰难而且其他欧洲小国也远离我们的时候再出手帮助德国。他还认为几乎整个富裕阶层都是彻底的叛徒，他们将很乐意同德国人做交易，到时候要么是不开战，要么是进行一场短暂的装模作样的战争，好将其装点为荣耀的和平，而且他们将允许法西斯制度被强加给英格兰[†]。西班牙目前宣布中立，而土耳其依然宣布将支持英法。

金价已上升到历史高位（约155先令每盎司）。[7]小麦价格依然很低（批发市场最近的报价不到4先令1担）。

PPU显然完全沉寂了，而且不打算采取任何行动。独立工党发表官方声明，宣称不会支持政府的战争行为。

紧急权力法以400多票对4票获得通过。投反对票的议员是马克斯顿（其他两名独立工党议员是计票员），兰斯伯里，塞西尔·威尔逊和一名无党派人士。[8]加拉赫[9]投弃权票。一些极端分子，如艾伦·威尔金森[10]还有A·贝文[11]投了赞成票。［每日电讯报；新闻纪事；每日镜报；每日快报；新政治家；星期日泰晤士报；观察家报；雷诺新闻报；帝国新闻；无日期］

---

1 8月24日奥威尔前往汉普郡的灵伍德，住在小说家L·H·迈尔斯（1891—1944）家中。关于迈尔斯，另见事件，1939年8月29日，注2。奥威尔在灵伍德至少住到了8月31日。9月3日，他到了格林尼治，欧肖尼斯夫妇就住在当地。我们无法确认他在9月1日和2日的行踪。

2 内维尔·亨德森爵士（1882—1942）于1937—1939年任英国驻柏林大使。见他的书作《失败的使命》（1940）。

3 希特勒。

4 维亚切斯拉夫·莫洛托夫（1890—1986）于1930—1941年担任苏联人民委员会主席，1939—1949年及1953—1956年任外交人民委员。他于1939年8月与里宾特洛普谈判签署了苏德互不侵犯条约。他后来成为苏联驻联合国大会代表。

5 奥威尔最初写的是“共产党”。

---

† 注意：L. M. 说他从一个叫杰弗里·派克的共产党那里听到了这种看法。［奥威尔原注；迈尔斯对意大利意图的判断是准确的。］

6 这一定就是L·H·迈尔斯，奥威尔就住在他家中。迈尔斯是名共产党，这同样也是他的信息来源。见G·H·本顿所写的《L·H·迈尔斯》，p.152。

7 1939年1月的金价为150先令5便士(合7.52英镑)。到了6月金价跌为148先令6便士。1940年1月涨为168先令(合8.40英镑)。1945年1月起实行官方定价(172先令3便士)，直到1954年3月自由市场重新开放为止；当时的金价为248先令(合12.40英镑)。见R·L·比德维尔所著《货币兑换率表》(1970)。1939年1月是4.63美元兑1英镑；1940年1月至1949年9月为4.03美元。英镑此后贬值，至1967年相当于2.80美元。

8 詹姆斯·马克斯顿；见摩洛哥日记，1939年3月12日，注38；乔治·兰斯伯里与塞西尔·威尔逊，见事件，1939年8月11日，注2。

9 威廉·加拉赫，见事件，1939年7月27日，注2。

10 埃伦·威尔金森(1891—1947)，1920年成为英国共产党的创始会员；1924—1931年当选工党议员。1933年重新选举成为贾罗议员，1936年组织了失业工人从贾罗到伦敦的游行。她同克莱门特·艾德礼一同目击了西班牙内战中德军对瓦伦西亚的轰炸。另见托马斯，p.792，注2。她后来在战时联合政府中任职，1945年被任命为工党政府教育大臣。她写过两本小说，其中《被谋杀的小镇》就是对贾罗·马奇镇的描述。她还以一头火红的头发闻名。

11 安奈林·(奈)·贝文(1897—1960)，特里迪加的一名矿工，后从1927年起直至去世，他一直担任工党议员，代表南威尔士郡的埃布谷选民。作为一名充满激情的演说家，他是许多左派的偶像，并为许多保守派厌恶甚至畏惧。1945—1950年他担任卫生大臣期间，负责建立了国民医疗服务制度。1951年由于在裁军问题上意见不一，他战后从第二工党政府中辞职，并在1955年的工党领袖选举中败北。在奥威尔为《保民官》供稿期间，他是该杂志的一名主管，并给予奥威尔充分自由，允许他发表反对当前政党方针的言论。他的《代替恐惧》(1952)一书阐述了他的哲学。另见战时日记第二卷，1942年3月27日，注13。

1939年8月29日

国际与一般事务

1. N·亨德森带着英国政府的答复返回了柏林。议会今天下午开会，届时此事也许将得到澄清。

2. EP法案[1]即将生效。海军部不但控制了所有船只，而且命令所有英国船只离开地中海和巴尔干海。

3. 学童疏散演习据说很成功。孩子们将在学校待命，尽管现在不是开学时间。

4. 日本内阁由于苏德签订条约一事辞职。显然日本政策现在将转向亲英。

[1，2，3，4 项都打有括号，旁边写着泰晤士报，新闻纪事——日期都是 1939 年 8 月 29 日——以及伯恩茅斯回声报[2]，1939 年 9 月 28 日；另：每日电讯报，1939 年 8 月 29 日；以及每日电讯报，无日期]

社会类

1. 私人汽车主在过去的几天里买进了大量的汽油。［无出处］

党派政治

1. 工党依然宣布拒绝就职。工党说，在战争情况下一名工党代表只有在该党提出的条件得到满足的情况下才会就职，而这些条件十分苛刻，不太可能被全国政府所接受。［新闻纪事］

杂项

1. 据可靠私人消息称，O · 莫斯利爵士在个人性生活方面是个极端的性受虐狂。［个人］

---

1 紧急权力法；见 1939 年 8 月 28 日，最后一个段落。

2 灵伍德的当地报纸。奥威尔至少从 8 月 24 日至 31 日一直住在 L · H · 迈尔斯家。根据他的日记，他直到 9 月 5 日之前才回到沃林顿。那是在英国于德国 9 月 1 日入侵波兰后对德宣战的两天后。9 月 1 日与 2 日他也许去了格林尼治，9 月 3 日肯定在那里。见事件，1939 年 8 月 28 日，注 1。是迈尔斯为奥威尔夫妇提供了一笔贷款（他的原意是赠送），使他们能够在法属摩洛哥度过 1938—1939 年的冬季。奥威尔直到 1946 年迈尔斯去世两年后才知道他的馈赠人是谁，当时他为偿还这笔他所认为的债务付了第一笔分期付款。他把这钱交给了作为中介的多萝西 · 普罗曼；见他于 1946 年 2 月 19 日写给后者的信（CW，XVIII，pp. 115－116）。

1939 年 8 月 30 日

国际与一般事务

几乎没有消息。通讯来来回回，但内阁不肯透露任何消息。议会休会一周。比利时国王提议调停，波兰接受，而德国表示支持，但部队调动和边界冲突依然在继续。罗马尼亚据说加强了与俄国的边界，一支 20 万—30 万人的俄国部队据说在向西部边界移动。

苏联议会要到周末才会批准苏德条约，显然是为了根据那时的时局赋予条约不同的意义。他们依然可以选择拒绝批准条约，以显示苏联的民主。

哈罗德 · 尼科尔森[1]宣称苏联不会在战争中向德国供应原油。经证券交易所传来的第三方信息显示，内阁在三天前确信希特勒不会行动。另一方面，L. M. 说几周前温斯顿 · 丘吉尔根据他与德国将领的对话向自己表达过非常悲观的看法。［泰晤士报；新闻纪事；每日镜报；广播新闻，无日期；个人消息］

社会类

1. 议会休会一周的提议没有异议地通过了。［泰晤士报］

---

1 哈罗德 · 尼科尔森（1886—1968；1953 年封爵），外交家（至 1929 年），传记作家，小说家，1935—1945 年任议员。他的《日记与信件》（由其子奈杰尔 · 尼科尔森编订，三卷本，1966—1968）向人们展示了 30 年代的政治生活。在他的《英国历史 1914—1945》一书中，A · J · P · 泰勒记载了 1938 年 9 月 28 日当张伯伦在下院宣布希特勒同意参加慕尼黑四大国会议时的疯狂场景：“议员们立起身来，欢呼着，啜泣着。艾德礼［工党领袖］、自由党领袖辛克莱和独立工党领袖马克斯顿为张伯伦的出使祝福。只有共产党人加拉赫对此严厉斥责。”他在一条脚注中问道：“有谁没有站起身来？”当然有加拉赫，还有——他援引 R · W · 西顿-沃森的话说——丘吉尔、伊登和埃姆里。另一个描述人 J · W · 惠勒-班尼特据说这样描述：“尽管遭到周围其他人的威胁，哈罗德 · 尼科尔森依然坐着。”泰勒说尼科尔森只记得第二天因为没有起立一事遭到一名保守党议员的指责。尼科尔森于 1931 年加入了莫斯利的“新党”，第二年当英国法西斯主义者同盟成立时便离开了。他是政府中的一名国家工党成员。（佩里肯修订版，1970，p. 525）

1939年8月31日

灵伍德(汉普郡)。1939年8月24日到29日。天很热，昨天和今天有大雨。当地的黑莓快熟了。科鸣雀开始成群飞走了。清晨有浓雾。

1939年8月31日

国际与一般事务

1. 没有确切的消息。波兰已征召更多的预备役军人，但这还不是全面总动员。德国对斯洛伐克的占领还在继续，据说波兰边境的战略要点上已驻有300 000兵力。希特勒已建立6人的核心内阁，里宾特洛普不在其中。

16 000名儿童已从巴黎疏散。伦敦儿童的疏散据估计也为期不远了。对于苏德条约的批准没有任何说法。这样稀少的信息暗示条约将获批准。德国对犹太人的迫害据说略有缓和，苏联厅内的反德电影已从纽约世界博览会上撤去。有报道称伏罗希洛夫[1]宣布苏联将向波兰提供武器。[每日电讯报；新闻纪事；每日镜报]

社会类

1. J·安德森爵士[2]要求公众不要抢购多余的食品或囤积已有的食品，并且声称不会发生食品短缺。[每日电讯报]

2. AEU[3]现在同意以非熟练工代替熟练工。[每日电讯报]

党派政治

1. 艾琳对海德公园演讲的描述表明，共产党正在采取更多的左翼路线，但并不急于讨论苏德条约的问题。其发言人(泰德·布拉姆利)声称投票反对紧急权力法的议员是加拉赫，威尔金森、A·贝文和另外一个人[4]。(事实上是马克斯顿、兰斯伯里、C·威

尔逊和另外一个人）。［个人消息］

1 克里门特·伏罗希洛夫(1881—1969)，苏联元帅，1925—1940 年任国防人民委员，1953—1960 年任苏联最高苏维埃主席团主席。他是 1941 年 9 月至 1944 年 1 月列宁格勒 900 天围城中组织列宁格勒防御的数人之一。

2 约翰·安德森(1882—1958；1952 年受封子爵)于 1938—1950 年任议员，代表苏格兰各大学(当时部分议员是由大学直接选举产生的)。1938 年 11 月他被张伯伦任命为掌玺大臣，专门负责人力与民防。他负责修建了那些后来被称为“安德森”的防空掩体。这些掩体都建在后花园内。战争爆发时，他被任命为内务大臣和国土安全大臣；后来先后担任枢密院大臣(1940—1943)与财政大臣(1943—1945)。在《狮子与独角兽》中，奥威尔评论道，我们需要“东区数万民众的无故遭殃［指在安德森防空洞中受煎熬］才能换取约翰·安德森爵士的离职，或部分离职”(CW, XII, p. 416)。这些防空掩体非常令人难受，而且容易被水淹。1940 年 9 月 3 日，丘吉尔给安德森写信称：“帮助人们排出安德森防空洞里的积水要花好大的力气，而这给您的名字增添了许多光彩……”(《第二次世界大战》，第一卷，p. 313)

3 工程师联合工会。

4 见事件，1939 年 8 月 28 日，最后一段。

1939 年 9 月 1 日

入侵波兰的行动今天上午开始了。华沙遭到轰炸。英国宣布总动员令，法国也是，而且开始实行戒严令。［广播］

国际与一般事务

1. 希特勒的对波条件可以归纳为：归还但泽且在走廊地区[1]举行全民公决，公决于一年后举行，且基于 1918 年的人口统计。希特勒在提出条件的时间上耍了伎俩，要求在 1939 年 8 月 30 日晚上之前得到答复，因此 H[2] 宣称他的条件已经被拒绝。［每日电讯报］

2. 海军预备役，剩余的陆军预备役和皇家空军预备役今天都被征召。对儿童的疏散今天开始执行，涉及 300 万人，预计要花 3 天时间。［广播；无日期］

3. 苏德条约获得批准。苏联武装部队将继续扩充。伏罗希洛夫的发言被理解为俄国不考虑俄德同盟。[每日电讯报]

4. 柏林报道称俄国军事代表团将于近期抵达。[每日电讯报]

---

1 波兰走廊，在1919—1939年间给予波兰一条通往巴尔干海的出口；它将东普鲁士与德国本土分离开，与但泽一同构成了战争爆发的冲突来源与表面原因。

2 希特勒。

1939年9月3日（格林尼治）

我再次外出。今天将结束这卷日记，它将作为一本对通往战争的事件的记录。

我们从上午11点起已经处于战争状态。今天上午。我们没有收到德国政府就撤出波兰领土的要求做出的任何答复。意大利政府在最后一分钟呼吁召开国际会议，和平解决争端，这让今天的一些晨报略微有些怀疑战争是否真的会爆发。达拉第以感激的口吻提到了意大利"高尚的努力"，这可能会被理解为意大利的中立地位将得到尊重。

没有确切的消息显示究竟发生了何种军事行动。德军已占领但泽，并从南北四个点攻击波兰走廊。除此以外就只有那些习以为常的空袭指责与反指责，击落的飞机数量等等。从《星期日快报》和其他各处的报道来看似乎第一次空袭显然没能攻击到华沙市本身。有谣言称已有一支英军抵达法国。一群群全副武装的士兵不时地从滑铁卢车站登车离去，不过任一时刻的数量都不大。今天上午宣布战争状态后立刻进行了防空演习。演习似乎很令人满意，许多人以为遇到了真正的空袭。现在已有大量的公共防空掩体，尽管大多数都只用了一两天就完工了。防毒面具正在免费分发，公众似乎很把它们当回事。志愿消防队都表现积极，看上去很有效率。警察从现在起佩戴钢盔。公众没有恐慌，但另一方面也没有热情，事实上都没表现出什么兴趣。阻塞气球[1]现在完全覆盖了伦敦上空，显然将令低空飞行无法实施。夜间灯火管制已全面实行，但当局对于违反管制的处罚非常严厉。疏散行动涉及300万人（单伦敦一地就有超过100万人），正在迅速执行。列车服务因此有些紊乱。

丘吉尔和伊顿将进入内阁。工党暂时拒绝就职。工党议员发表激烈的效忠国家的声明，但左派媒体的语调非常别扭，因为他们显然意识到现在的风向已不再眷顾他们的风帆。对于苏德条约的争论依然在持续。《雷诺报》[2]上发表的所有来信都赞扬苏德条约，但重点已从赞扬这是项“和平的举动”转移到认可这是苏联的自我保护。9月2日的《行动》依然煽动人们反战。目前还没有看到有关战争暴行的报道或是激烈的宣传海报。MT 法案[3]延伸到所有18到41岁的男子。不过他们显然还不需要大量的人力，通过这个法案只是为了选择性地挑出他们需要的人，或是为了日后实行工业征兵。

---

1 阻塞气球是防空系统的一部分。这些无人气球漂浮的高度能够阻止敌机低空俯冲投弹，因为气球下方的固定钢缆能够切断机翼。

2 《雷诺新闻报》创建于1850年5月5日。这是一份受欢迎的社会主义倾向的周日报纸。1944年它与《星期日公民报》合并并沿用后者的名字；《公民报》于1967年6月18日停办。

3 军事训练法案。

奥威尔的战前事件日记到此结束。

以下是家庭日记。

家庭日记第二卷（续）

1939 年 9 月 5 日—1940 年 4 月 29 日

脚注编号延续本卷日记开始时(1939 年 5 月 27 日)的编号。

1939 年 9 月 5 日

由于之前一直外出往返以及战争造成的混乱，没能跟上这卷日记。天气大体上炎热无风。9 月 2 日晚下了一场雷暴雨，几乎持续了整夜。

我在离开 10 天后回到了沃林顿，发现杂草滋生得厉害。芜菁长得很好，一些胡萝卜的个头也很大了。红花菜豆也长得不错。最后一片豌豆没有多少产出。还有几颗西葫芦。一只南瓜长到了台球大小。苹果差不多熟了。李子和布拉斯李熟了。所有的冬季蔬菜都生根了。早季土豆的情况很不好，每棵植株只有五到六个土豆，但后面种的看上去会有较好的产出。洋葱还可以。莴苣都结子了。苗床里的花朵(两种壁花，还有美洲石竹和康乃馨)都长得不错。蜀葵和金盏花快谢了。玫瑰(不是蔷薇)再次开花了。燕草长得很好。香柠檬花谢了，草夹竹桃也快了。大丽菊正在盛开。一些紫菀开花了。10 天里草坪长高了许多。

从 8 月 24 日到现在(12 天)母鸡好像只下了 85 只蛋，多是大个蛋。所有的老母鸡都在换羽。山羊在过去的一周里只有草吃，因为克拉克上周没能送来谷料，不过它们的状况很好，产奶量还可以。

1939 年 9 月 6 日

天很热。今天我拔了头茬的荷兰豆，把那片地翻了一遍，打算种春季卷心菜。我剪去了土豆的旁枝。这些土豆的状况很不理想，全都长了叶子和茎，植株部分长得太大，根本没法让它们直立起来，而土豆又小又少(其中一两个快熟了)。也许是因为施了太多粪肥又缺乏光照的缘故吧。10 只蛋。

1939 年 9 月 7 日

天很热。我给头茬花椰菜除了草又在中间翻了土。我把苹果树下的荨麻割了一遍又施了一磅的氯酸钠。苹果结了不少，但长得不好也不大。还有不少被风吹落到了地上。我用掉落的苹果做了两三磅的苹果酱。

8 只蛋(1 只小蛋)。

我忘了提到，在灵伍德我几次看到大群的金翅雀，有一次看到一群 30 多只。

本周前几天平均每天有 7 只鸡蛋，和我们离开的 12 天里一样，那段时间它们总共下了 85 只蛋。

1939 年 9 月 8 日

天很热。黑莓还没熟。我拔出了早季土豆的剩余部分，收成非常糟糕，每株只有 5 个土豆左右。

8 只蛋。

[剪报：《鞣山羊皮》；[12]《如何采摘够不到的水果》]

---

12 《鞣山羊皮》：奥威尔对于这个话题有非常特殊的兴趣，参见他在《在缅甸的日子里》(CW，II，pp. 226 – 227)描述杰弗里如何试图为伊丽莎白·拉克斯廷鞣一张豹皮，结果惨遭失败的故事。奥威尔后来在朱拉岛上成功地鞣了皮。

1939 年 9 月 9 日

天很热。我挖起了第三茬豌豆，并把那片地翻了一遍。红蜘蛛再次泛滥成灾。大多数的来亨鸡都开始换羽了，但许多罗得岛鸡还没有。我注意到鸡的胃口在这个季节总会下降，还有山羊，尽管它们水喝得不多。

11 只蛋。卖了 35 只，每 20 只卖 3 先令。本周总计：58 只。

[剪报：《自给自足，丰衣足食》]

1939 年 9 月 10 日

天很暖和，但很阴沉。我挖起了 2 排“爱德华王”土豆（其实它们大多不是爱德华王品种的，而是另一种个头更大的品种，也许是“大苏格兰”）。这些土豆长得也很糟糕，尽管比之前的好。最好的一棵根部长了 16 只个头不错的土豆，但平均只有 8 只。我还不得不扔掉许多软绵绵的。当地的所有人都在抱怨这个问题，显然我们这里的土豆染了某种疾病。第一株西葫芦结了许多果实。我们之前已经摘了两三个了，现在它又结了四个大的，还有更多的正在生长。南瓜终于生根了，正在迅速膨大，应该能有时间在天冷前长到大个。

8 只蛋。

穆里尔在 8 号和 9 号显露出发情的迹象。估计将在 30 号左右再度发情。

1939 年 9 月 11 日

气温有些下降，天很阴沉，天快黑时下了几滴雨。昨晚的雨水一点都没有浸湿土壤。我给洋葱除了草。这些两三周后可以收了，不过长得不好。我给胡桃树周围的荨麻施了遍氯酸钠。我摘了一磅的西洋李子和 3¼磅的布拉斯李。西洋李子做了将近 2 磅的果酱，布拉斯李应该能做五六磅。那两排“爱德华王”土豆产出了三小袋，估计 50 到 60 磅的样子。如果“红国王”土豆的收成也这样糟糕，那我们最多就只能再收 300 磅，这收成可就差远了。

我挑出了两只炖汤老母鸡(那只苏塞克斯老母鸡和那只照看了第二窝小鸡的老母鸡),明天拿到菜场上去卖。

燕子开始在电线上聚集了。

9 只蛋。

1939 年 9 月 12 日

天很冷(不得不生火),阴沉,风很大。晚上下了点小雨。我开始收那片土豆,并且割倒秆茎,准备翻地。不过我本来也可以把秆茎在地里留两个星期的,等到草皮干了再割。蒂特利的春季卷心菜幼苗太小了,还不能移到地里去,不过再过两周应该可以了。那应该是9 月 25 日[13]左右。地里应该能种下六七排,100—150 株的样子。布拉斯李只做了 4 磅果酱。

我把那两只炖汤老母鸡给卖了,一共得了 6 先令 6 便士,毛价是 7 先令 6 便士,但扣去佣金后就只有这些。

今天上午我很肯定看到了一群山鹬。它们也许正结群迁徙。八点半左右一群 20 只左右的鸟从天上飞过,凭它们的长喙和大致体型判断,我开始以为是杓鹬,我在这个地方还从没有看到过这种鸟。但它们的体型对于杓鹬来说太小了,而且它们飞得太快。就在它们飞离我一小段距离的时候做出了那个标志性的侧身下滑的动作。于是我意识到了它们是山鹬。有一件事我依然有些不确定的:不是有 20 只这种鸟在一起,而是它们出现得太早。我见到过其他的山鹬在 10 月份来到萨福克海岸过冬。

我在收土豆时留了些种(约 28 磅)。

9 只蛋。(不再单独列那些小母鸡的蛋了,因为它们下的蛋现在大些了,卖的价也一样。蒂特利说他从莫斯家买的蛋 20 只要 3/4 先令。)

---

13 这里的下划线也许是为了提醒自己。奥威尔在记下 9 月 28 日日记的前十天里又外出了,28 日当天他记录到移植了 60 株春季卷心菜。

1939年9月13日

上午天很阴沉。下午有一段时间出太阳，然后又是小雨。我收完了所有土豆地，开始给紧挨西红柿的那片地翻土。一两只小公鸡可以拿到市场上去卖了。

7只蛋。卖了30只，每20只卖3先令。

1939年9月14日

天很阴沉，下了点小雨，但很暖和。我翻好了西红柿旁边的那块地。我收了第一排的“红国王”土豆，因为那片地大都需要施石灰，简单的做法就是马上收土豆。收成很糟糕，不过比“爱德华王”要好一些，只有一两个烂掉的。我打算把西红柿处理掉，因为它们不会有什么收成。我计划卖掉所有的鸡，因为我们以后只有周末才能来这儿了，没法继续料理它们。我也许会把两只山羊送给N先生[14]作为礼物。

8只蛋。

---

14 N先生：也许是尼古拉斯先生，他就是那只“年老体衰的老公羊”的主人。奥威尔曾在之前的日记中提到过他，见家庭日记第二卷，注1。

1939年9月15日

今天有雨，一天中有些时段晴朗，有风。

我收完了剩下的“红国王”。收成非常糟糕。据我估计，最多只有300磅的样子(10排，200株)。我把西红柿处理掉了。我大刀阔斧地给靠里排的木莓剪了枝，它们也许还值得保留。我之后会给它们多施粪肥，因为我认为这一排还有可能产出果实。另一排我也许会处理掉。我开始翻紧挨木莓的那一片地。我用从霍林斯沃斯太太那里花6便士买来的2磅黑莓做了2磅果酱。我前面忘了说，我还摘了那棵小果树(我估计树龄是5年)上的苹果，一共22个，重7

磅半。那棵大树上的苹果大多烂了，不过有些还是好的。

8 只蛋。

1939 年 9 月 16 日

上午寒冷多雾。不过白天晴朗温暖。下午下了场阵雨。

我收了最后一茬豌豆，并烧掉了残留的秆茎，再把地翻了一遍。我打算卖掉那 8 只 3 月份买来的小母鸡，每只卖 5 先令 6 便士（买来时花了 4 先令 6 便士）。

11 只蛋。卖了 20 只，得 3 先令。本周总计：60 只蛋。

1939 年 9 月 17 日

今天有风。我把土豆装好麻袋，约 300 磅左右。我给正在发芽的花椰菜施了点木灰。

我已做好了处理掉两只山羊的安排。今天摘了 2 磅黑莓。

6 只蛋。

1939 年 9 月 28 日

我的日记没能跟上，因为前几天又外出了。[15]不过鸡蛋数目记在了蛋簿中，尽管有一些好像没有记录。

现在是典型的秋季气候。只是最近早上没有雾。夜晚非常晴朗，月亮刚刚过满月，非常明亮。一些树叶泛黄了。

今天移植了 60 株春季卷心菜到地里。每 20 株幼苗花了 2 便士。我继续清理前面的花圃。最大的困难是贴着围栏的那些罗甘莓，它们也许长得太大没法移植了。一些茎干已经长到了 15 到 20 英尺高。紫菀开花了，菊花还没开。南瓜现在有足球大小了，不过我担心它长到这个尺寸就要熟了，因为叶子已经有点变了。但多数花椰菜幼苗都长得不错。艾琳上周给它们施了磷酸肥。我又做了 3 磅半的苹果酱。

我最后决定还是不要处理掉那几只老母鸡。我打算把小鸡的鸡圈改小，等到春天用多出来的空间建一个孵化圈(给来亨鸡和罗得岛母鸡)，如果到时候我们来这里的话。另一块空地可以翻地种土豆。如果到了春天我们真来了，我们还打算养兔子和蜜蜂。兔子不受配给限制。屠户说现在人们大多不吃家养的兔子，不过等到肉类短缺的时候他们的观念是会改变的。蒂特利说上场战争结束的时候他靠养兔赚了许多钱。

4只蛋！(今天为止本周共计36只，包括今天。)

菲尔德和其他人还在收进干草。草是刚割的，他们说草里还有些营养价值。

---

15 “我又外出了”：我们不知道奥威尔去了哪里，也不知道他做了什么。不过，他在1939年10月6日写给伦纳德·摩尔的信中说，艾琳找到了一份政府部门的工作(怀特霍尔的审查局)，但“我还没有”(见CW, XI, p.411)。9月9日他表示愿意为战争出力，因此他也许正在寻找此类工作(见CW, XI, p.410)。

1939年9月29日

多云，但天并不冷。晚上和凌晨还算暖和。我清理完了主花圃还有厨房前面的那一块。《小农》建议现在种蚕豆和青葱，如果有时间的话我会听从建议。

6只蛋。

我拿苹果泡苹果醋。

1939年9月30日

天很好，没有风，很暖和。我继续清理花圃，几乎到了格架的位置。我注意到白蔷薇有几处自压条。我给所有的花椰菜施了硝酸钾。又摘了些苹果。树上还有10到15磅的样子。但我不知道有多少会留在枝头。我只想保住大个的。

5只蛋。卖了15只，每20只卖3先令。(周三也卖了15只。)

本周共计：47 只。这一定是今年的最低纪录。

1939 年 10 月 1 日

天很好，但很冷。我又做了 2 磅苹果酱。我摘了些黑莓，但没有时间去摘那些最好位置的。我又摘了些苹果。剩下的大苹果不太多了。我在架子上放了 10 到 15 磅的苹果，拿一个麻袋遮住阳光，希望能至少保存一到两个月。

5 只蛋。

1939 年 10 月 2 日

天气晴朗，但很冷。山毛榉坚果熟了。昨天看到许多小野鸡，已经长得很大了。

我挑了两只小公鸡明天拿到市场上去卖。两只总共 10 磅重。

我继续清理花圃，已经清到遮棚了。明天可以完工了。接着我就要施上粪肥，等上几天，然后再翻地。

4 只蛋。

我做了一两磅黑莓果酱，不过似乎太稠了。

1939 年 10 月 3 日

天气晴朗寒冷。下午下了几滴雨。我清理完了花园，移走了几小株挡道的作物。明天施粪肥。

5 只蛋。两只小公鸡卖了 6 先令 6 便士(7 先令扣去佣金)，差不多是每磅肉卖 8 便士。

[剪报：《如何做煤饼》[16]]

---

16 战争期间——甚至在战后的很长一段时间里，煤的供应时常短缺。奥威尔试图自制煤饼——见日记，1939 年 10 月 6 日。买一个模具有助于煤

饼的制作。但是煤饼尽管烧起来很红，看着很舒服，提供的热量却远远小于配给到的哪怕是质量最差的煤块。

1939年10月4日

天很冷，风很大。今天摘了第一只成熟的胡桃。不过熟的很少。我施了粪肥，给韭葱除了草。由于干旱，春季卷心菜生根生得不好。我收了洋葱，收成很糟糕。

6只蛋。卖了14只，每20只卖3先令。

我做了3磅左右的苹果生姜。姜恐怕放多了。

1939年10月5日

晚上下了点雨，白天很阴沉，闷热潮湿。下午下了一两场小阵雨。地面下几英尺的土层还是很干燥。我把花圃全翻了一遍，除了小苗圃。土壤固定后就可以种新花了。

6只蛋。

1939年10月6日

昨晚和今早又下了些雨。太阳偶尔露露脸，天不太冷。

我翻好了花园。种了两排卷心菜(36株)。我清了块地，打算种醋栗(现在种还太早)。我尝试着用煤粉和泥土做了几块煤饼。如果成功的话，我打算做个模具和筛子，以后大批量地做。显然只用细煤粉是非常重要的，另外还得弄个金属容器来混合原料。

今晚看到一只有荧光的蠕虫或者是千足虫，以前从来没有看到或者听说过这种东西。我出门走到草坪的时候注意到某种荧光，然后注意到这荧光是一长条，而且一直在变粗。我想这一定是只萤火虫，但我从没见过会在身后留下荧光的萤火虫。我用手电筒四处寻找，最后发现一条细细长长、蠕虫一样的东西，身体两侧长了许多细脚，头上还有两只触角一样的东西。它的完整体长在1.25英寸左右。我抓住了它，用试管装了起来，但它的荧光很快消失了。

5只蛋。

日记迎面页上：

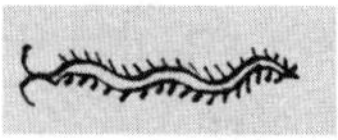

淡黄色，扭来扭去的（腿比我画的要细。）

1939年10月7日

多雾，无风。下了很少的几滴雨。山毛榉坚果现在熟了。我剥了一只大西葫芦的皮（有18英寸长），挖出它的瓤，发现只剩下2磅半的肉了。今天买了爱多克堆肥养分剂，7磅花了2先令3便士，据说足够做7担的堆肥。不过好像不能在垃圾里放任何木质材料，也不能放太大的根。我开始挖堆肥用的浅坑。煤饼和煤一起混用时燃烧效果还不错，我打算再多做些。方法是将黏土与水混合，直到黏土变稀，然后加进细煤粉，黏土的量只要够把煤粉粘在一起，形成稠糊状就行。模具必须非常牢固，因为煤糊必须用力捣实。

7只蛋。卖了15只，每20只得3先令。本周共计38只。（今天开始换用一罐新的液化气。）

1939年10月8日

摘了2磅半左右的草莓。我挖好了准备填垃圾堆肥的坑，并在头两层堆肥上喷洒了爱多克养分剂。雾很大，没有风，很冷。

6只蛋。

1939年10月9日

持续不断的大雨一直下到下午4点左右。风很大，把一些灌木玫瑰的根吹松了，还把几株花椰菜几乎连根拔了出来。我给后者做了绑桩固定，除此以外没有做其他的户外工作，因为天太潮湿了。

5只蛋。

1939年10月10日

风很小，温暖，有阳光。傍晚下了几滴雨。地面湿透了，许多菊花的根被风吹松了。我为蚕豆挖好了沟渠，但地里还不能播种。那片地里（走过红花菜豆）全都是一块块的细黏土块。我去掉了一些最大的，又往地里埋进些沙子和木灰。我把粪肥装进一个更大的容器里，因为我需要现在这个容器做叶霉土。我把鸡舍挪了位置；收进了洋葱，挂在外面晾干。收成很差，只有10串，其中只有三四串能保存下来。我捡了些胡桃，但今年的很少。

昨天做了2磅的黑莓酱。我注意到2磅半的黑莓 = 2品脱果汁 = 2磅果酱（事实上要略多一点）。

5只蛋。

1939年10月11日

无风，晴朗，相对温暖。地干了不少。我移栽了10株风铃草到地里去，还有20株左右的美洲石竹，20株康乃馨，25株壁花（火红色）。明天不下雨的话还要继续。我又添了些堆肥；给一些菊花绑了固定桩。蒂特利还没有买到木桩，所以没法完成鸡圈。昨天弄断了铁锹的手柄，不过好像可以换一根手柄，不需要买把新铁锹。我尝试着做了一点苹果酱，但好像不是很成功。我总共已经做了25磅左右的果酱了。

8只蛋。卖了25只，每20只卖3先令。

1939年10月12日

晴朗的秋日，像昨天一样。我又移栽了25株壁花，几株蜀葵苗，20 株买来的郁金香球(2 株黑的)和 15 株我们自己的；外加 30 株左右的水仙花(一些买的，一些自己的)。我剪掉了西葫芦上的叶子，让它们成熟。每株上我都留了一片叶子，其中有片叶子很大。

8 只蛋。

1939 年 10 月 13 日

有雾但不太冷。周围还能看到几只燕子，飞得很高。我剪了草坪，没能剪掉多少，因为草又长高了。但这也许是今年最后一次修剪了。现在除了格架旁边的那一小块地还要料理，草坪边缘需要修剪以及园间小道需要铺设以外，花园里现在没有什么其他工作需要做了。但我只有等铁锹修好后才能开始干活儿。我清理了那片大黄地，为翻地做准备。我给所有的花椰菜施了过磷酸肥。这是最后一次施肥了。一些皱叶甘蓝可以收割了，一些抱子甘蓝也快熟了，但所有的这些头茬作物都长得很差。我移栽了 2 打雪莲花球；把鸡粪放在遮棚里晾干；试了试装在纸袋里的煤灰和茶叶混合物的燃烧效果——差不多能烧，所以我打算以后保留白糖的包装纸盒，专门作这个用途。

5 只蛋(1 只双黄蛋)。

1939 年 10 月 14 日

昨夜整晚下着暴雨，直下到今天早上。下午天晴了一些。我开始翻地准备种大黄，除此以外没有做太多室外工作。

5 只蛋。卖了 15 只，每 20 只得 3 先令。本周共计 42 只。

1939 年 10 月 15 日

整天都在不停地下大雨。没法做任何户外工作。

8 只蛋。

1939 年 10 月 16 日

阳光明媚，无风，很暖和。昨晚应该下过一点点霜。昨晚又看到了那只白猫头鹰。我给那块空地最靠近木莓地的部分施了石灰。我不打算给这块地施肥，准备在这里种根茎作物。我又翻了一些靠近木莓的地。这里的土壤酸性很大，必须边翻边施石灰。我割下了红花菜豆的植株，给堆肥堆又添了一层。我又修了一段花园小道。

卖了 4 只小公鸡，得了 9 先令——这个价很低，不过它们也确实很小。

3 只蛋!

1939 年 10 月 17 日

无风，晴朗，不太冷。我去鲍多克那里买了鹤嘴锄，花了 6 先令，还买了一点萘球，据说掺在等量的石灰里能很好地杀灭杂草。我清理了那块打算种黑莓的地。榆树叶都开始泛黄了。山毛榉还没有。

7 只蛋。卖了 20 只，得 3 先令。

1939 年 10 月 19 日

雨几乎一刻不停地下到深夜。根本做不了什么户外工作。我翻了一丁点大黄地，清理了花园小道剩下的一小段。不过在我弄到更多煤渣前没法给它重新铺上石子(已经有 10 天没有人来送煤了)。我实验性地尝试了石灰和萘的混合物*，还碾了些石盐，这两样东西据说都能很好地杀灭杂草。屋子周围现在到处可见山雀。地里的榆树上有种鸟整夜都在叫。不知道是不是猫头鹰。

可能的话 11 月底前需要完成以下几件事：[17]

---

* 蒂特利认为这东西长远来看反倒会催生杂草。不过这种混合物据说还能有效地驱赶金针虫。［奥威尔原注］

把母鸡圈的铁丝网移位。

清理掉新地块以及靠近老花园的那小块地里的所有杂草。

把草皮堆起来让它们发酵。

把新地块粗翻一遍。

把所有浆果灌木都移植到地里去。

把浆果灌木现在占用的地块清理好并且翻一遍。

给那块休耕地、大黄地里的空地还有现在种着浆果灌木的地块都施上石灰。

清理掉树篱下的那块剩余地块，准备种攀缘蔷薇。

在菊花枯萎后把它们中的大部分都拔掉。

拔出并保存大丽菊的根茎。

种上青葱。

种上蚕豆。

种上草夹竹桃和紫菀。把牡丹苗移植到地里。

把苹果树苗移植到地里。

取得黑莓苗并移植到地里去。

收集几袋枯叶。

清理草莓地。

也许还有以下两件事：[18]

在厨房花园里也铺上小道。

开垦门边的地块。

5只蛋。

---

17 “11月底前”：下文清单中的所有条目都打上了钩，除了“把浆果灌木现在占用的地块清理好并且翻一遍”和“种上蚕豆”两条标的是十字，“还有现在种着浆果灌木的地块”和“种上草夹竹桃……”这两条没有标记。

18 “也许还有……：”下面列举的这两条没有打钩或十字标记。

1939 年 10 月 20 日

天气晴朗，无风，但不太暖和。我翻好了大黄地，为盛枯叶准备了一个框架，又铺了一小段路，挖出了最后一茬荷兰豆植株。蒂特利弄不到木桩，所以我只能买些铁杆。

5 只蛋。

1939 年 10 月 21 日

天很好，天空晴朗，无风的秋日，有一点点雾。早晚都很冷。艾琳，莉迪亚[19]和我摘了 4 磅半的黑莓。坚果似乎已经成熟，都已掉落。橡树叶也大多黄了，山楂树和白蜡树都落叶了。

7 只蛋。卖了 15 只，每 20 只卖 3 先令。本周共计：41 只。

---

19 莉迪亚·杰克逊(原名 née Jiburtovitch，1899—1983)在列宁格勒大学接受教育，后在莫斯科公益会工作，1925 年来到英国。她原本不打算在英国永久居留，但在 1929 年嫁给了剑桥大学的法学讲师梅雷迪思·杰克逊；两人于 1935 年离婚。她后来在伦敦大学学院开始学习心理学(她在那里遇见了艾琳并同她成为朋友)，并于 1942 年毕业，1949 年获得牛津大学哲学博士学位。她随后成为心理学讲师，并用“伊丽莎·维塔芬”的笔名翻译契科夫的戏剧(1951—1954)，译文在 1959 年的一本企鹅图书单卷本中出版。见她所著的《一个俄国人的英格兰》(1976)，其中对艾琳、沃林顿以及艾琳与奥威尔的关系有详细描述。艾琳当时在伦敦工作，周末来到沃林顿，有时显然与莉迪亚一起。10 月 21 日正是周六。

1939 年 10 月 22 日

雾很大，不太冷，下午出了一小会儿太阳。没有风。我出门检查了几袋土豆，我发现一些“爱德华王”烂了，不过“红国王”没烂，或者烂的很少。我把坏的扔掉，换了干净的袋子，并在土豆堆上撒了点石灰。希望这能阻止更大的损失。我移植了几丛南霆雾。摘了那只快熟的南瓜。只有大概 10 磅重。蒂特利在卖上等的烹食苹果(当地人叫 Meetrop——以前从没见过这种苹果)，1 磅卖 1 便士，还有生食苹果(布伦海姆)，1 便士半 1 磅。今天收了第一颗皱叶甘蓝。我打算把鸡蛋卖给送奶人，他肯出每20只3先令6便士的价钱，而屠夫一直出的是3先令的价。蒂特利说你在市场上能卖到3先令8便士。不过那样的话得付佣金。

6只蛋。

1939年10月23日

天不冷，还算晴朗，晚上下了几滴小雨。我清理了假山和格架间的那片地，弄了个苗圃，在上面种了20株勿忘我，并另准备了一片苗圃打算种攀缘蔷薇。花园里现在基本无事可做了，除了把长好的花苗(草夹竹桃等)移植到地里去，铺上小道以及反复锄草。昨天做了2磅苹果酱。我发现一些蠕虫或是蜗牛的卵，火柴头般大小，颜色发白，半透明。

6只蛋。

1939年10月24日

昨晚显然下了不少雨。今天天很阴沉，不冷，下午下了几滴雨。树叶现在落得快了。

今天去了鲍多克。买了个小筛子(2先令)。弄不到用来做铁丝网的铁杆子。木料也几乎买不到。我弄到2根质量很糟糕的木桩，6英尺长，用来做鸡圈的门柱。今晚把它们竖了起来，明天不下雨的话就上铁丝。我试图割草坪，但割草机现在的状态根本就割不动。我只能等到来年春天再用镰刀割了。K先生[20]用那把断叉的柄修好了铁锹。他修得挺好，但这样铁锹就短了。付了他1先令。没法种蚕豆，因为土壤不够细。克拉克[21]今天送来了青葱苗，等我有时间的时候会实验性地把它们种上。2磅青葱 = 约60棵球茎(2排左右)。现在有2只仓枭住在那棵粗矮的榆树上。显然晚上发出叫声的就是它们。我想这就是过去被称作长耳的鸟，而通常的褐色猫头鹰发出的是“突——呼”的叫声。

6只蛋。今天开始喂母鸡卡斯伍德饲料。还给它们喂了更多的贝壳粉。

---

20 K先生：一名身份不明的邻居。
21 克拉克：种子商，家禽饲料生产商。

1939年10月25日

天很好，阳光明媚，有冷风。我开始清理老花园和新地之间的那块空地。烧了点垃圾。我给另一垄地还有大黄地施了石灰，但还没有把石灰施到这里来。我收集了一袋枯叶（山毛榉叶）。我发现一只棕毛母鸡已经在鸡圈外的某个地方伏了两天了。今晚找到了它的窝：里面有10只蛋，1只破了。我拿走了蛋，它们没有受精，看上去还没坏。今晚那只母鸡返回了空巢。我把它放进鸡舍里，希望几天后它能恢复正常。今天上午我给鸡圈缠上了铁丝。用作门柱的桩子不够长，不过我可以在上面再加一块材料，只要我能弄到点木料。昨天我在给桩子打洞的时候发现白垩层离地表只有6英寸，不过也许整片地并不都是这样的。

4只蛋。卖了20只，得3先令6便士（卖给了送奶工）。

1939年10月26日

昨晚下了重白霜。这是今年的第一场重霜。天很阴沉，阳光短暂地露了几回脸。气温很低。早上母鸡的饮水盆都冻住了。我把冰打碎，到了晚上还有一点冰。大丽菊很快就发黑枯死了，那几只我留着等待熟透的西葫芦恐怕也完蛋了，它们的颜色看上去很奇怪。我把它们收进来，把秆茎放进了堆肥堆。肥堆现在差不多完成了，除了那些稻草现在还在花园里。我清理完了那片荒地，把草皮堆成一堆，标记好了田间小道的走向位置。这样就又腾出了1码宽的土地。我开始翻这片地，可以在这里种青葱。我又收集了一袋枯叶，在里面喷洒了一点硝石(按《小农》的建议)。我会试着记录下我收集到了多少袋枯叶，将来看看它们能生成多少肥土。老哈切特今年早些时候堆的泥炭已经发酵成了细软的肥土，不过我之前已经用氯酸钠杀死了土上面的草，所以我堆的肥可能不会这么迅速彻底地发酵了。我在那片打算种蚕豆的地上撒了些木灰。如果我不能把这片地弄好，那我就只能试试别处了，比如给那片黏土地多施点石灰。那只抱窝母鸡还是每晚都去抱它的巢。昨晚要不是我碰巧找到它的话，它一定会被活活冻死的。今天在花园里看到很多金翅雀。

7 只蛋。

1939 年 10 月 27 日

我想昨晚一定又下了场轻霜。今天中午时分有隆隆的声响，要么是雷声，要么是炮声。之后很快下起了雨夹雪，下得很大。下午又下了些阵雨。地面再度被浸透。因为下雨我没法做太多室外工作。我在那片打算种青葱的地上翻了一点土。

6 只蛋。

1939 年 10 月 28 日

昨晚又下霜了(不像以前下得那么重)。今天整天几乎不停地在下雨。没法做户外工作。今天有一只双黄蛋。

今天 6 只蛋，本周共计 41 只。

1939 年 11 月 3 日

我从上周日起(28 日)[22]就一直出门在外，今晚才回来。所有东西都被浸透了。我又种了几株番红花，挖出了大丽菊根——这些根也许还值得保存。在此期间母鸡似乎只下了 28 只蛋，每天不到 5 只。之前忘了记录，周日我动身离开前卖了 20 只鸡蛋，得了4先令。

---

22 周日(28日)：事实上周日是29日。

1939年11月4日

天很潮湿，不过没有下大雨。我翻好了那片青葱地(依然很潮湿，需要等上几个晴日把地晒干)，给大黄施了粪肥，并且开始清理那片新地上的蓟草。我在白天看到了那只白猫头鹰。地里现在开出了非常漂亮的伞菌，淡蓝绿色，细细的菌柄也是同样的颜色，菌褶淡紫色，整个菌体都覆盖着一层黏糊糊的东西。我又在枯叶堆上添了半袋枯叶。

5只蛋。本周共计33只(安德森太太显然没把它们喂饱)。

1939年11月5日

上午有一点风。随后就是阳光灿烂的好天气。地面干了一点。晚上刮了大风，下了几滴雨。大风刮掉了小鸡舍的顶棚。大群的八哥，几万只地同时飞过，从头顶飞过时的声音就像下大雨一样。树叶大多都落了。老数叶刚刚开始落。按照我的记忆，今年的榆树叶落得比往年大多时候都要早得多。

我把醋栗苗移植到地里去了。我相信自己没有弄伤它们。其中一两株还有绿叶，其他的在地里埋得太深，我在把它们挖出来时不得不破坏了它们的根部。那边的土壤(花园的这头)在地表下1米就全是黏土了。我挖出了部分黏土，又用沙子和草皮发酵的肥土尽可能地改良土质。然后我给灌木丛之间的地施了石灰，把土翻了一遍，并且稍稍修剪了一下灌木的树枝。希望这阵风不要把它们再吹乱了。我又添了一袋树叶。

9只蛋(其中有些也许是昨天下的)。卖了30只，每20只得4先令。

[迎面页记录的树叶总量为：3 袋半]

1939 年 11 月 6 日

昨晚显然又下大雨了。今天风有些大，下过一点阵雨，但大多时间都有太阳。我把牡丹苗移植到地里去了。据说牡丹不太经得起移植，但是它们的茎叶已经枯萎了，我移植的时候在每棵植株的根部都留了一大团土。我还种了一根小蔷薇插枝，之前培育在花盆里的。这根插枝已经生根了，不过还非常小。我挖了一道渠，施上粪肥，打算在里面种上头茬茶藨子。但我想等地稍稍干一些再种。我又给一小块地施了石灰。前面忘了说了，我昨天移植的一丛醋栗自己压条了。显然它们有时会自发压条。

5 只蛋。

1939 年 11 月 7 日

天很潮湿，做不了太多的户外工作；晚上下了大雨。我种了头茬的茶藨子(6 红 5 黑)。我今天开始用谷壳代替稻草铺鸡窝巢箱。不知道这样会不会更费钱，不过谷壳应该更容易清理，也更容易发酵生肥。

6 只蛋。

一丛茶藨子的根部有一窝田鼠，就在我把那丛灌木撬起来的时候这一窝五只老鼠全都跑了出来。它们比家鼠肥，毛色更浅，长着根长尾巴(我以前一直以为田鼠是短尾巴)，跑得挺慢，有点蹦蹦跳跳的感觉，不过它们最后全都从我这里逃走了。

1939 年 11 月 8 日

天气干燥，有风，晴朗，不太冷。四周出现了不少金翅雀。我把那片新地上的所有(或者大多数)剩余的荨麻都清理掉了。我又竖了两根桩子打算种黑莓。又用石灰施了一块地。添了一袋枯叶。

[迎面页共计：4 袋半]

6 只蛋。卖了 20 只，得 4 先令 4 便士。

1939 年 11 月 9 日

晴朗无风。所有东西都好像湿漉漉的，但昨晚显然并没有下雨。我又铺了一段小路。但是因为独轮车快坏了，我没能做太多工作；今天一直在努力修车。

5 只蛋。

1939 年 11 月 10 日

天很好，有阳光，无风。我在那片新地上挖了第一道渠，种上了青葱(还不够 2 排)，移植了 3 株蔓性种蔷薇插枝、1 株艾伯丁玫瑰、1 株黄白玫瑰还有一株叫不出名字的玫瑰到地里。我把小道一直修到了格架那里。蒂特利说保存大丽菊球茎时最重要的是把它们根茎朝下倒悬一段时间，因为它们之所以会烂掉就是由于潮气顺着茎里的孔隙一直流进了根里。我又买了些苹果(布伦海姆)，还是 1 个半便士 1 磅。蒂特利说他的蛋卖到了 4 先令 6 便士每 20 只。

9 只蛋。

1939 年 11 月 11 日

天非常好，就像昨天一样。所有的鸟都在歌唱，就像在春天一样。我注意到地里一些母马和马驹的粪便非常暗，几乎都发黑了，也许是因为被放在野外吃草，但没有谷料的缘故。我又添了一袋树叶。[迎面页共计：6 袋]

5 只蛋。卖了 20 只，得 4 先令 4 便士。本周共计：45 只。

1939 年 11 月 12 日

无风，有雾，太阳在云层中依稀可见。有些冷。树林里有许多真菌，其中有一种在某个生长阶段时会生出白色绒毛状的霉菌来，闻上去像是烂肉。我看到大量的斑鸠和大群八哥。我路过一片地，看上去里面满是杂草，但我想那也可能是荞麦，当地人有时种这些东西来养山鹑。它们的种子很小，黑色，三角形，像是缩小的山毛榉坚果。我把一块苔藓拿回家，贴在假山上，希望能成活。今天下午三点我把一块肥肉挂在外面喂山雀，五点前被它们找到了。

5 只蛋。

1939 年 11 月 13 日

晴朗无风的好天气。昨晚一点儿也不冷。青葱冒出了地面，但我不确定这究竟是它们自己长出来的，还是被鸽子啄出来的。有时它们距离当时种下的位置有 1 英寸。我在新地上又开挖了两排种坑，把堆肥翻了一下，给另一块地施了石灰，并且又加了一袋枯叶。［迎面页共计：7 袋］ 一只母鸡开始抱窝了。

6 只蛋。

1939 年 11 月 14 日

风很大，正午时看上去像是下雨了，但其实没下。我在新地块上又挖了两道沟渠。我的进度快不起来，因为地块正当中有一条白垩土质的多石地带，很难挖开。我给剩下的黑醋栗挖好了沟渠。

6 只蛋。

1939 年 11 月 15 日

昨晚下了一点雨，今天放晴了，无风，温暖。我又挖了两道沟渠。割了一些草本植物。有些草夹竹桃需要劈开。今天又有一只双黄蛋。看起来目前为止我收到的所有双黄蛋都是同一只鸡下的。不过当地人总是说双黄蛋标志着一窝蛋的开始和结束。

9 只蛋。卖了 20 只，得 4 先令 4 便士。

1939 年 11 月 16 日

昨晚下了点雨，今天几乎不停地在下小雨。无法做太多室外工作。我给又一垄地施了石灰(石灰现在快没了)，移植了几株茶藨子。数木现在大多光秃秃的。榆树上还有几片叶子。落叶树中似乎白蜡树是最后落叶的。

4 只蛋。

1939 年 11 月 17 日

无风，天很阴沉，但只下了几滴雨。我把剩下的茶藨子都移植到地里去了，只留下两株，这两株的叶子还很绿。其中一株自己压条了。我把压条剪下来，尝试着把它种下。我给又一垄地施了石灰。剩下的石灰只够撒完那片空地了，但灌木地就不够撒了。要撒完整片花园需要 1 英担甚至更多。我又收集了一袋枯叶。［迎面页共计：8 袋］我往堆肥堆里加了一点枯叶。

7 只蛋(其实有 8 只，但其中一只破了)。

1939 年 11 月 18 日

多雨。我去了鲍多克那里，但没有买到玫瑰植株。我买了一株牡丹，也许可以种在角落里原本打算种玫瑰的地方。克拉克的店员说，谷物的短缺或者是配送的困难远比报纸描述的要严重得多。看到一只鸟，我觉得一定是只金海鸥，但据我所知它们并不出现在这里。它比鹬略大(但肯定不是鹬)，飞起来像红脚鹬，但它的背是褐色的。因为离得远，我没看清它的喙。唯一让我拿不准的是它的肚子几乎是白色的。

9 只蛋。卖了 20 只，得 4 先令 4 便士。(据克拉克的店员说政府正在管制鸡蛋价格，管制价是 4 先令。)本周共计：46 只。

1939 年 11 月 19 日

昨晚下了点雨。今天无风，晴朗。今天开始恢复格林尼治时间

（因为战争的缘故推迟了两个月），所以只好下午三点就给母鸡喂了晚食。我又挖了一道沟渠，移植了那株小玫瑰（就是那株长势被薰衣草压倒的玫瑰），种下了牡丹（6 便士一株）。这些通常都不会在来年开花。我担心自己把三株牡丹种得太近了。

5 只蛋（我注意到雨天过后母鸡的产蛋数总会受影响，比如昨天就下雨）。

1939 年 11 月 20 日

晴朗，无风，还算暖和。我种了六株羽扇豆（花了 9 便士买的），据说是不同颜色的。蒂特利说种羽扇豆前要把根铺开，而且不能插得太深。我给最后一垄空地施了石灰，并且开始翻地。这垄地需要更多的石灰，因为土质非常酸，而且杂草丛生。我割下了最后的几株草夹竹桃，把几株之前被风吹倒的菊花固定住。因为恢复了格林尼治时间，现在下午做不了太多事了。菊花正在盛开，大多是暗红褐色的，有几株是丑陋的紫色或白色，这几株我不会保留。玫瑰依然在试图开花，除此以外花园里现在没有花了。紫菀已经谢了，我割下了其中几株。第二茬的抱子甘蓝（8 月 19 日种下的幼苗）抽芽了，同时种下的几株皱叶甘蓝也挺拔一些了。那片地里的植株都很小。花椰菜都还没有长出头球来，尽管植株的长势很好。蒂特利说橡树叶用来做叶霉土是最好的，其次是山毛榉叶。

8 只蛋。卖了 8 只，每只 2 便士（我算错价格了）。

1939 年 11 月 21 日

无风，阴沉，非常冷。没有做户外工作。今天开始用新的一担 Full-o-Pep 饲料。克拉克的店员说紧缺的谷料是玉米和印度小米（小麦渣）[23]。前者来自阿根廷，后者通常进口后直接送去磨面。但目前英国磨坊的速度跟不上，尽管小麦并不匮乏。

8 只蛋。

---

23 “小麦渣”是奥威尔自己造的词，是指小麦磨面后剩下的残余物；这个词源自 1931 年。

1939 年 11 月 22 日

天气和昨天类似。我又在那块施过石灰的空地上翻了会儿地，把剩下的黑醋栗移植到了田里去。今天又有一只双黄蛋，还有一只蛋按《小农》上的描述是粉刺蛋。汤姆 · 里德利说他昨天看到一只老鼠从我们的花园里跑出来。

9 只蛋。

1939 年 11 月 23 日

昨晚下雨了。今天整个白天都在下小雨。很冷。做不了太多的室外工作。我在那片施过石灰的空地上又翻了会儿地。

8 只蛋。

1939 年 11 月 24 日

晴朗，无风，很冷。我翻完了那片施过石灰的空地。移植了一棵苹果树。我把它连根拔起时遇到了很大的困难，我担心它的根被我伤得不轻。我割掉了剩下的紫菀，移植了其中一丛。我找到一窝 11 只蛋，没有母鸡孵蛋，看上去没坏，应该可以拿去卖。不过我不打算把它们计入蛋簿。

4 只蛋。

1939 年 11 月 25 日

昨晚下了重霜，下午四点开始的。今早十点左右才化的。整个白天都又冷又阴沉。从母鸡的饮水盆里拣出的冰团直到晚上依然冻着。我生了篝火，往堆肥堆里加了点腐烂的稻草。这样就用完了全部的爱多克堆肥剂。厂家说这些量能做 7 担肥，但这根本不够。但也许是我用得太大手大脚了。

7 只蛋。卖了 20 只，得 4 先令 4 便士。本周总计：49 只 +11 只 =60 只。

1939 年 11 月 26 日

天很冷，风大，白天下了点雨。我尝试着把一株野石南种在了地里，但不确定是否能成活，因为它没有多少根。以后还会再种一些，因为我想在明年尝试芽接法。

10 只蛋。卖了 4 只，每只 2 先令；又卖了 5 只，得 1 先令。

1939 年 11 月 27 日

昨晚和今早下了大雨。下午天晴了些，没有风。所有东西都被浸湿了。我又挖了一道沟渠。我在这块新地上几乎完成了计划的沟渠数。我又插了两株野石南。我打算种 6 株不同高度的石南，看看它们的情况会怎样。我又收集了一袋枯叶。这点量(大约 10 袋左右)终于把筐给填满了。我在上面盖上细土，打算到来年再去动它。

7 只蛋。

1939 年 11 月 28 日

还是不太暖和。晚上下了点霜。我翻好了那片新地。这片地够种 5 到 6 排土豆。我让蒂特利看了我种的石南。他解释道必须把旁梢剪下来，接芽到春天长出的新枝上。

7 只蛋。

1939 年 11 月 29 日

昨晚有雨，今天天气很好，比较暖和。我开始翻那片种植灌木作物的地。地里的情况很糟，需要花上很长时间，另外土质还很差，有很多白垩土，需要大量施肥。我开始在鸡圈里修小道，因为那里非常泥泞。

6 只蛋。卖了 20 只，得 4 先令 4 便士。

1939 年 11 月 30 日

天很暖和，无风。下了几滴毛毛雨。看到蝙蝠出没（前两天我还看到了蠓，尽管最近很冷）。我又翻了一点那片杂草滋生的地。我修好了小道的前半段。我给白蔷薇剪了枝，希望我没有剪错。我已经有段时间没有看到或者听到猫头鹰的动静了。

8 只蛋。

1939 年 12 月 1 日

今天比昨天风大些，也更冷些。我又除了些草，把堆肥堆翻了一下，又种了一株石南，这次这株要大得多。

9 只蛋。

1939 年 12 月 2 日

晴朗无风，不太暖和。

9 只蛋。卖了 20 只，得 4 先令 4 便士。本周共计：56 只。

1939 年 12 月 3 日

昨晚有霜冻。今天晴朗，有风，寒冷。那条公共小路的部分地段被水淹到了膝盖深。

我又种了一株石南。我注意到，在我 10 月 18 日打的木桩上，真菌已经长到了 1 英寸宽（是那种水平生长质地较硬的类型，看上去像耳朵），显然这些东西长得飞快。

7 只蛋。

1939 年 12 月 4 日

昨晚前半夜下了大雨，然后有霜冻。今早下了一点雨。风大，寒冷。

10 只蛋。卖了 20 只，得 4 先令 4 便士。

1939 年 12 月 5 日

风大，阴沉，非常冷。灌木上还有几个黑刺李。鸫鸟蹲在地上叫着。

10 只蛋。

1939 年 12 月 6 日

昨晚很冷，但没有霜。今天晴朗寒冷。

5 只蛋。卖了 20 只，得 4 先令 2 便士。

1939 年 12 月 7 日

昨晚下了重霜。霜直到今天下午才化。晚上有浓雾。里德利先生把冻土翻了个个儿，把霜冻埋在下面，他说这样能杀死线虫。

9 只蛋。

1939 年 12 月 8 日

整个白天都在下雨。

10 只蛋。

1939 年 12 月 9 日

晴朗，很冷。晚上下了点雨。

8 只蛋。本周共计：59 只。

1939年12月10日

早上有阳光，下午阴云密布，不太冷。我又移植了一株野玫瑰。我把四只小母鸡移到了主鸡舍里。

8只蛋。

1939年12月11日

寒冷，刺骨，白天大多时间都有浓雾。

7只蛋。

1939年12月12日

（在伦敦）寒冷阴沉。

1939年12月13日

寒冷，阴沉，但风不大。

1939年12月28日

我回到了沃林顿。非常冷，但没有风。在伦敦时下过一点霜，圣诞节前后还下过非常大的雾，交通几乎停顿。沃林顿这里从昨天起就非常冷，今天整天都在下雪。所有东西上都附着一层极薄的干雪，甚至连铁丝网上都是。落雪后最美的植物就是薰衣草了。甚至连波纹铁皮在盖了一层雪后都变漂亮了。白色的来亨鸡在雪中看上去像是暗黄色的。

我们离开的这些天里（从12月12日算起）好像产了101只蛋——产量有所下降，但不像我预料的那么严重。我只能靠猜测来填每周的数字了，不过总数能弄对。在我离开的这段时间里房间里的老鼠非常猖獗，把报纸都撕碎了。我必须尝试用老鼠药。

4只蛋（无疑和严寒有关）。

[关于产蛋数：算上我们离开前的两天（未记录）里还有今天的

产量，总的产蛋数是120只。我把前两周的产蛋数登记为每周各45只，这样本周的数目为周五和周六的产蛋数再加30。这样总数就对了，尽管每周的数字可能不准确。][24]

---

24 奥威尔原稿中就有方括号。

1939年12月29日

整个白天都天寒地冻的，但没有下雪。早上水管冻住了。我看到一只兔子跑过冰冻的湖面。农田里人们正在把燕麦堆起来打谷。

4只蛋。

1939年12月30日

冰雪未化。飘了几片小雪。

5只蛋。本周共计（见上）：39。昨天卖了5只蛋，得1先令。

1939年12月31日

天暖和多了，下午开始解冻了。不过今晚似乎又冻上了。

5只蛋。

1940

1940年1月1日

昨晚又结冰了。今天有阳光照射的地方开始解冻，但阳光被遮住的地方依然结着冰。几个孩子在一片结冰的湖面上滑冰。农人们在田里的几处地方犁地，那里的土还不算太硬，用机引犁可以翻开。把冰翻进土里据说对土壤有好处，但雪却是有害的（也许对黏层土有害）。犁一英亩草场的政府补贴是2英镑，据说这足够补偿犁地的成本，包括劳力成本。拖拉机每耕一英亩地据说要消耗10

加仑的石蜡油。

3 只蛋！

1940 年 1 月 2 日

没有解冻。掉落的白蜡树枝都被兔子剥光树皮啃过了。白天放在外面的一锅水到了晚上都结起了厚厚的冰。

6 只蛋。

1940 年 1 月 9 日

在伦敦呆了近一周后又回到家了。地上的冰解冻了，但天依然很冷，潮湿多雾，湖面上还剩下不少冰。厕所里的冰终于化了，但水槽里还有余冰。菊花已经枯了，我打算把它们连株割下来，丢掉那些颜色不好看的。其他的花也应该在春天移走或隔开，但恐怕会没有时间。

在过去的 7 天里母鸡好像只下了 25 只蛋。这个数量比之前要差了许多，显然安德森太太又没把它们喂饱。安德森太太替我卖了 20 只，得 3 先令 4 便士。

[迎面页上：]

把账目做平：到周末为止，27 只蛋。

到今天为止（包括今天），新的一周：12 只。

（这包括那些在我离开前下的蛋 +25 只）。

1940 年 1 月 10 日

再度天寒地冻。放在外面的水只过一两个小时就结冰了。教堂边的水塘结的冰可以承受我的体重了，但是那片叫沃伦的田野里的水塘还不行。这个水塘根本没结冰。我在田里惊出了两只兔子。它们在那儿打了个洞，但我不确定它们是不是用它。我在教堂的墙上发现了一只松鸦和一只灰松鼠，也许是被人射杀后扔在那儿的。我先前不知道这个地方有灰松鼠，也不知道它们会在这个季节从冬眠中醒来。我割下了菊花。我几次试图生一堆篝火，但大冷天的柴火不像看上去那么干燥。一两株青葱(1939 年 11 月 10 日种下的)开始冒芽了。一只小母鸡(5 月孵的)开始下蛋了。

7 只蛋。

1940 年 1 月 11 日

没有解冻。可以在教堂边的水塘上溜冰了，不走运的是我没有溜冰鞋。其他的湖还不能承受体重。可以看到水甲虫(就是那种腿长像桨的虫子)在冰面下游动。我在浅水区的湖底看到一块砖，透过上面的冰面那砖块呈现出奇异的大小和形状，这也许是由于砖块被投入湖水时，其温度比水温高的缘故。我在公共小道边惊起一只鸟鹬。今天田里没看到兔子。鸟儿都很胆大，是饿极了。我在菜地里看到几只秃鼻乌鸦，它们并不常来这儿。一两支报春花和多花蔷薇顶着严寒发芽了。一棵榆树好像流出了褐色的体液，可能是树汁，像冰柱一样大团悬吊着，看上去就像太妃糖。冻住的牛奶看上去一片片的，就像千层饼一样。

7 只蛋。

1940 年 1 月 12 日

下午好像解冻了一小时左右。其他时间都没有解冻。无风，有阳光。禽粪冻得硬邦邦的，很容易就能打碎，于是我用这些粪肥撒了一片地，日后再翻一遍。这片地(靠近悬钩子地里侧那片没施肥的地)将来可以种洋葱。

9 只蛋。

1940 年 1 月 13 日

下午有阳光的地方解冻了一会儿，然后又冻上了。4 只蛋。卖了20只(3先令4便士)。本周共计：39只。

1940年1月14日

没有解冻。有浓雾。无风，看不到阳光，但并不太冷。

1940年1月15日

今天出了点太阳，下午照得到太阳的地方解冻了一小会儿，其他地方都冻得生硬。前两夜的气温显然更低，屋内的水管又冻住了。厨房水池里的几盆水现在又差不多冻结实了。这大概是1916—1917年以来最严重的寒流了。当时我们经历了和现在类似的天气(大概是1917年2月末的时候)。

9只蛋。

到处都结了白霜，像雪一样。今天一只蛋从一处鸡舍里滚了出来，结果被冻住了。我把蛋打破后发现蛋白变成了一种像带气泡的果冻一样的物质，而蛋黄的黏稠度就像稠油灰一样。

1940年1月16日

没有解冻。下午有猛烈刺骨的寒风，落了点雪。6只蛋。

1940年1月17日

没有解冻。晚上下了点小雪，大概有1英尺厚。昨晚好像是最冷的一夜，就连村里的水泵都被冻住了。雪很干，踩上去咯吱作响。鸡舍里的鸡粪冻得很硬，我于是把它们打碎撒在另一垄地里，将来可以种菜豆或豌豆。

5只蛋。卖了25只，每20只得3先令6便士。

1940年1月18日

没有解冻。我没法让水管里的冰化开。今天看到一只小猫头鹰——之前没有在这一带看到这种鸟。

11 只蛋。

1940 年 1 月 19 日

没有解冻。昨晚又下了一点雪。我没法让厨房水龙头解冻，不过，总算让下水道化开来了(先往下水道里倒沸水，又在水管弯头处挂了一瓶热水)。我试图挖一个坑来埋垃圾，但我发现就算用镐也挖不开土。甚至在 6 英寸深的地方土都冻得像石头一样硬。

9 只蛋。

1940 年 1 月 20 日

没有解冻。有人在沃伦的那片湖面上溜冰了。从遮棚里收进来的土豆完全冻住了，表皮下一层厚厚的冰壳。这些土豆之前没有盖东西。我还没有检查那些盖着东西的土豆。

7 只蛋。本周总计：57 只。卖了 20 只，得 3 先令 6 便士。

1940 年 1 月 21 日

天更冷了，风也大了，下了点潮湿的小雪。

汤姆 · 里德利说让水管化开的最好办法就是用焊枪把水管喷一遍。

12 只蛋。(这几个月来的最好记录)

据说昨天是 21 级严寒[25]。

25 21 级严寒：大约相当于 11 华氏度或零下 12 摄氏度。泰晤士河自 1888 年来首次结冰。

1940 年 1 月 22 日

昨晚又下了一点雪，大约有 4 英寸厚。今天也下了一点。今天还没有解冻，但肯定没那么冷了。我把煤油炉拿进厨房，然后水管就解冻了，结果发现一根管子破了。等到我发现是怎么回事的时候，厨房和小房间已经被水淹了1英寸深了。

斑鸠在厨房花园里走来走去地飞不起来，也许是因为饥饿或寒冷。我懒得去赶它，虽然我看到它在啄食卷心菜。

8只蛋。卖了20只，得3先令6便士。

1940年1月23日

晚上显然又下过一点雪。天气暖和些了，但还没有解冻。

6只蛋。我没有数那只下在小母鸡的鸡舍地上被摔碎的蛋。那儿有3只小母鸡，所以肯定有2只在下蛋了。

[剪报："怎样做羊肉火腿"，及如何熏制羊肉代替培根；当时培根短缺。]

1940年1月24日

没有解冻。风很大。

6只蛋(没有数那只摔碎的蛋)。卖了20只，得3先令6便士。

1940年1月25日

没有解冻。无风，不太冷。

11只蛋(3只小母鸡肯定都在下蛋了)。

1940年1月26日

没有解冻。下午有大风，下了些温度极低的雨水，一落到地上立刻就冻住了，到处都是一层薄薄的冰皮。接着下起了松软的大雪。

4只蛋。

1940 年 1 月 27 日

没有解冻。昨晚明显暖和了些，接着下起了湿软的大雪。今晚又结起了厚冰。鸟儿都饿坏了。今天看到一只画眉鸟在遮棚边游荡，看起来饿得发虚。

9 只蛋。本周共计：56 只。卖了 20 只，得 3 先令 6 便士。

1940 年 1 月 28 日

非常冷。昨晚下了大雪，有 1 英尺深。今天白天大多时间都在下小雪。

8 只蛋。

1940 年 1 月 29 日

迄今为止最冷的一天。昨晚下了大雪，到处都是白茫茫的，有些地方雪积了 4 到 6 英尺深。道路都几乎无法通行了，因此全天都没有任何交通来往。风很大。尽管如此，村里的水泵龙头却没有冻住，虽然今早它几乎完全被雪埋住了。几天前人们在给它解冻后用帆布把它层层裹住了，从那以后水泵就再也没有冻住过。

5 只蛋。

日记出现了一段空白，直到 1940 年 3 月 13 日。

1940 年 3 月 11 日维克多 · 格兰茨出版了《鲸鱼肚里及其他短文》。此书只印了 1 000 册，还有部分在轰炸中被毁。奥威尔收到了 20 英镑的稿费。

1940 年 3 月 13 日

由于染了流感的缘故，我在长时间的停顿后重新打开这本日记。

就在我们离开的那天(1 月 30 日)，道路完全被雪覆盖了，在通往鲍多克的那3英里半的路上，我们只能沿公路前行1英里半。剩下的路程我们不得不穿过田野，那里的雪冻硬了，积雪也不太厚。而在公路上有些地方的积雪至少有6英尺深。有时根本看不清路到底在哪儿，因为雪把道路两侧的路堤都给盖住了。一群群的野兔，有时有20只之多，在田野中游荡。

因为严寒的缘故，所有的卷心菜(除了几株抱子甘蓝)都给毁了。春季卷心菜不但死了，而且完全消失了，肯定是被鸟儿吃掉了。韭葱幸存了下来，尽管状态很糟糕。大多数壁花都活了下来。那些我保留下来的花龄有两年的全死了。生长时间较长的康乃馨也死了，不过那些较年轻的都还可以。所有的玫瑰插枝除了一枝都成活了。雪莲花谢了，几株黄番红花和多花蔷薇正准备开花，郁金香和水仙花露出了花苞，大黄刚刚抽芽，牡丹也是，黑醋栗正在发芽，红醋栗还没有，醋栗也发芽了。我用爱多克养分剂制的堆肥还没有完全发酵。到处都是深褐色的草，看上去病恹恹的。土质由于严寒的缘故变得又细又脆。

我现在已经记不清鸡蛋的数目了，不得不关闭账目。但不管怎样这账目准确记录了7个月的鸡蛋数目，将来可以用作参考。根据送奶工的描述，从1月29日起母鸡一共下了270只蛋(约6周时间)。昨天是10只。现在由于鸡蛋供过于求，销售变得困难了，所以我打算用水玻璃保存一些。过去的几天里阳光明媚，好像春日。今天气温低了些，下午下起了大雨。

我翻了一会儿地。给韭葱地锄了草。

14只蛋。

1940年3月14日

晚上和白天大多时间都在下大雪。湿泞的雪在地上积不起来，但把所有东西都弄得湿乎乎的。做不了什么户外工作。

我开始尝试性地用水玻璃保存一些鸡蛋。这种方法似乎只应用在5—12个小时的鸡蛋上，因为如果蛋已经下了一到两天的话，保存的时间就会缩短好几个月。我把20到30个时间较长的蛋(下了6天左右)放在一个玻璃瓶里，这些以后先吃。我打算用一个大搪瓷盘放新下的蛋，以后不会再放超过24小时的蛋。

16只蛋。

1940年3月15日

晚上有霜冻，今早路面非常滑。今天晴朗温暖。冰雪迅速地融化，不过大部分草地还盖着雪。几朵蓝番红花开了。

16只蛋。

1940年3月16日

天还不错。积雪差不多化尽了。

19只蛋。本周共计(5天)：75只。

1940年3月17日

白天大多时间都在下雨。所有东西都被浸透了。玫瑰花蕾长得很好。阿尔弗雷德·哈切特说现在种黑莓纤匍枝还不晚，不过它们今年长得不会太好。

16只蛋。

1940年3月18日

天干燥些了。下了几滴雨。我把那片打算种洋葱的地给耙了一遍，并施了过磷酸盐。几枝壁花吐出了花苞。但很少有哪株没有被严寒冻伤。

15只蛋。

1940 年 3 月 19 日

风很大。小雨时下时停。

我翻好了一排地准备种蚕豆，另一排地留给花椰菜。但我现在还没法把表土碾细。

16 只蛋。

1940 年 3 月 20 日

天干燥些了，但还是下了些阵雨。我又翻了些地，给黑莓留好了位置。

9 只蛋。

1940 年 3 月 21 日

湿度在减小，尽管非常缓慢。又下了点阵雨。我把土豆做了分拣，其中至少三分之一由于严寒烂掉了。不过只要剩下的不烂，按照目前的消耗速度这些土豆还够我吃几个月。我又翻了点地。一支小南蕓霁开花了，还有几朵绵枣儿。多年生的花草都在迅速地吐露花苞。

我用水玻璃保存了约 100 只蛋。

16 只蛋。

1940 年 3 月 22 日

天干燥些了，但下过几滴雨。我种了 3 株黑莓(纤匍枝)和两株大黄。我开始清理那片草莓地。蓝色和白色的番红花现在都开了。

13 只蛋。

1940 年 3 月 23 日

今天大概是今年头一个明媚的春日，只是下午下过一两场阵雨。布拉斯李树含苞欲放。

13 只蛋。本周共计：98 只。

1940 年 3 月 24 日

白天大多时间都是明媚的春光。黑刺李刚刚吐露花苞。山楂树上开出了葇荑花和雌花。我看到几只青蛙在求偶。它们已经在有些地方产了卵，其中一些卵已经开始孵化了。我拿了一些回家。花园里的一朵报春花开了（还有多花蔷薇），但我在树林里却看不到。不过我们碰到了[26]尼克尔斯太太，她说在树林里看到过很少的几朵。紫罗兰也开了。银莲花还没开。

18 只蛋。

---

26 我们碰到了：也许艾琳那天过来同奥威尔一起过周末——24 号正是周日。

1940 年 3 月 25 日

白天大多时间天都很好，到了晚上湿度变大了。我清理了一小部分草莓圃。

15 只蛋（卖了 30 只，得 2 先令）。

1940 年 3 月 26 日

整天都在不停地下雨，非常冷。我拿回家的蝌蚪已经有些成形了，正在努力挣脱卵膜。

15 只蛋。

1940 年 3 月 27 日

天好些了。但依然不能播种。我又翻了些地，给计划中的洋葱地施了木灰。蝌蚪现在完全成形了，开始扭动尾巴。

16 只蛋。卖了 20 只，得 2 先令 10 便士。

1940 年 3 月 28 日

晚上有冻霜，不过似乎没有造成任何损害。今天天好些了，但还是很冷。我又清理了部分草莓圃，又料理了洋葱圃，明天可以播种了。几只蝌蚪开始四处游动了。田里的第一朵水仙花开了。花园里的还都没有开，不过其他人家的花园里的有的已经开了。我种下的 6 株石南砧木中有 5 株吐出了花蕾。

20 只蛋。

1940 年 3 月 29 日

我播下了洋葱种(3 排 James Long Keeping)。2 盎司的种子本应该播 200 英尺的位置，但只播了 100 英尺，这无疑是因为我撒种撒得太密了。今天很冷，阴云密布，风也很大，下午下了点雨。

17 只蛋。

1940 年 3 月 30 日

明媚的春日。我播了一排胡萝卜种。我给草莓地除好了草，并施了点粪肥。预留给蚕豆的地现在可以播种了。

花园里开了一两朵水仙花。感谢政府补助，现在除了在洛奇那头的英尼斯草甸外，从沃林顿到鲍多克一路上的地都被开垦过了。

19 只蛋。本周共计：120 只(25 只母鸡——这大概创了我们的新纪录)。

1940 年 3 月 31 日

天很冷。整个白天风都很大。一些报春花开了，还有白色和蓝色的紫罗兰以及白屈菜花。没有看到其他的野花。我看到一只羊领着两只新生的小羊羔，这是我今年头回看到小羊。我注意到池塘里的蛙卵和一周前的状态相比没有变化，而我当时取回家的那一些业已孵化，蝌蚪都已经四处游动了。这无疑是由于水温的差异。

18只蛋。

1940年4月1日

风很大，差不多把土壤给吹干了。不过上午是明媚的春光。傍晚时阴云密布，但没有下雨。随处可见大片紫罗兰在开花。云雀在歌唱，这是我今年头回听到，而往年通常早就应该听到它们的声音了。山鹑在求偶，秃鼻乌鸦和海鸥还没有。几株芜菁的头冠开始发育了。筷子芥已盛开。我发现我留在地里的那些胡萝卜没有被严寒冻坏，尽管其中大多数都被冻得软乎乎的。

我播下了蚕豆种，并在盒子里也种了一些将来填补空缺。我清理了一片地将来种豌豆和防风草。我又翻了些地。

17只蛋。

1940年4月2日

白天大多时间天都很好。不过晚上下了半个小时左右的强阵雨，中午也下过一阵小雨。几株麝香兰的头冠开始发育了。几朵壁花快开花了。我看到一只蝙蝠，这是我今年头回看到。果树正在迅速地吐出花苞。

我清理好了一片地准备种洋蓟。明天天好的话我就播下种子。我给大花圃除了草。

15只蛋。卖了60只，每20只卖2先令7便士（扣去佣金得7先令）。

1940年4月3日

昨晚好像下了挺大的雨。今天整个上午都在飘毛毛雨。下午大多时间天空晴朗。我在那片新地上种下了洋蓟。这片地多石，不过用来种这个应该还不错。我播了7磅种子，还剩7磅。我给布拉斯李树下的那片草地除了草，将来可以种西葫芦。鸽子在咕咕叫。

16只蛋。卖了20只，得2先令6便士。

1940年4月4日

今天清晨下了点毛毛雨，然后就出了太阳并且起风。正午时又下了2小时左右的雨，然后又出了太阳，并且起风。我又翻了些地。土壤再次被浸透了。我给韭葱和剩下的青葱施了硝酸钾。胡桃树上冒出了像小松球一样的东西，那也许是雄花。我种了几株多年生向日葵，那是哈切特先生给我的。

15只蛋。卖了20只，得2先令6便士(送奶工)。

1940年4月5日

天很阴沉，但没有下雨。我又翻了些地，给草莓地锄了草，又种了几株向日葵。

15只蛋。

1940年4月6日

昨晚有霜冻。今天白天晴好无风，晚上再度降温。我又翻了些地。低温大大改善了土质，我给醋栗和草莓中间的那片地锄了草，并施了石灰(我给了蒂特利6便士，买了7—10磅的石灰)。等我把这些石灰翻进地里去后，这片地就可以休耕到6月了，到那时可以种冬季绿叶菜。我在花盆里种了西葫芦和南瓜种子。西葫芦是种在最靠近公路的那些花盆里的。

19只蛋。1只双黄蛋。卖了40只，每20只得2先令(价又跌了)。本周共计：115只。

1940年4月2日

天很好，白天大多时间都很温暖。地面干多了。苹果树正在迅速地吐出花蕾。我翻好了土豆地和那片打算种豌豆的地。现在无地可翻了，除了那片施过石灰的地。我在地里捡到一团猫头鹰的粪粒，挺大的。也许谷仓上的猫头鹰又回来了。筷子芥谢了。

13 只蛋。

1940 年 4 月 8 日

天很冷，阴云密布，下了一点毛毛雨。地还没有干透，所以还不能种豌豆。我翻了那片石灰地，地表现在坑坑洼洼的。就让它这样等两个月。现在没有地需要翻了。土壤里有许多旋花草根茎，但都还没有破土而出。它们似乎比大多数多年生草木都要晚冒芽。我给勿忘我除了草。

17 只蛋。

1940 年 4 月 9 日

晴朗，但很冷。野兔在配偶。我看到雀鹰在空中求偶。我播下了胡萝卜（“短角”种）和防风草种，各种一排。明天打算播豌豆种。

16 只蛋。

1940 年 4 月 10 日

昨晚下了几滴小雨。今天寒冷多风。我播下了豌豆种（打算 25 号左右再种下一茬）。

17 只蛋。卖了头 20 只，得 2 先令；另卖了 20 只，得 2 先令 6 便士（？送奶工）。

1940 年 4 月 11 日

昨晚有霜冻。今天晴朗，无风，阳光明媚，但不太暖和。地面现在很干了。我尽可能地割去杂草。还给遮棚边的花圃除了草。给蜀葵施了粪肥作护根。种了 3 株矮紫菀（每株花了 2 便士）。

17 只蛋。我把蛋掉在了地上，全都给摔碎了。本以为它们不至于一只不剩全都摔碎的，但事实就是如此。

我前天忘了说了，彼得 · 霍林斯沃斯找到一只喜鹊窝，里面有三只蛋，另有一个农夫找到一只知更鸟巢，里面也有蛋。喜鹊蛋看上去就像乌鸫蛋，只是更黑，像秃鼻乌鸦蛋；个头并不比乌鸫蛋大，但是两头很尖。

1940 年 4 月 12 日

昨晚肯定下过一点雨，但是到了下午就干了。我给矮紫菀收集了木棍。我清理好一片地准备种金莲花（大概 10 天以后种），焚烧了一些垃圾，给壁花施了液态粪肥，并粗粗地犁过一遍土豆地。这片地的状况依然很差，但也许足以播种了。这片地的面积好像可以种 250—300 棵植株。我之前只订购了 2 英石的种子，所以最好再订一石[27]。

我看见乌鸫在抱窝。斑鸠好像也建巢了。现在除了报春花，紫罗兰和白屈菜外，还是没有别的野花。嫩芽的长势很好。有些花园里的圆叶风铃草开花了。

15 只蛋。卖了 20 只，得 2 先令。

27 一英石 =14 磅。

1940 年 4 月 13 日

无风，不太暖和，天空阴沉但无雨。我播下了羽衣甘蓝、皱叶甘蓝、抱子甘蓝、莴苣（科斯种）和小萝卜种子。（没有种花椰菜，因为我手头的种子是晚季品种，要到五六月的时候再种。）还种了韭葱，10 周大的涩荠苗和毛地黄。我还种了 20 株科斯莴苣苗。（花了 4 便士买的。）我不知道它们能不能成活——如果有霜冻的话估计就成活不了了。我在植株上面搭了一个帆布遮棚。给草地施了一点化肥(沃尔沃思，花6便士买的)。地里现在需要一点雨水。

19只蛋。本周共计：114只(其中17只被打碎了)。

[迎面页上：苗圃里的作物顺序(从玫瑰剪枝处开始)：羽衣甘蓝，涩荠，抱子甘蓝，莴苣，皱叶甘蓝，韭葱，毛地黄，小萝卜，山字草。]

1940年4月14日

晴朗，干燥，不太暖和。我耙了草坪上那片裸露的空地，在上面撒了些草种。我给黑莓树围了铁丝网。种了些山字草种(在苗圃里)。除了些草。

17只蛋。卖了44只，每20只卖2先令6便士。

1940年4月15日

昨晚好像下了一点雨。今天天气非常多变。白天大多时间风很大，出了点太阳，但不太暖和。中间下过几滴雨。然后到了下午下了一阵雨夹雪，之后晚上六点左右下了一阵急促的冰雹。我碾平了草地，给含苞欲放的郁金香施了液态粪肥，挖好了三片西葫芦圃。

17只蛋。

1940年4月16日

昨晚又有霜冻。白天大多时间有阳光，但不暖和。下午又下了点雪或是雨夹雪。幸存的几株麋香兰盛开了。几株青葱正在分枝。我种下了28磅土豆(马杰斯蒂克种)。种了12排，约225株。剩下的地还够再种4排，所以我打算再买10磅种子。我不得不把许多土豆切成两半，这我本不乐意做的，这些土豆也没有发芽。其中有几个坏掉的。土壤不太肥，所以这些因素累加起来也许要等上很长一段时间才会发芽。我腾好了地方准备种南瓜(够种3排的)。

18只蛋。

1940年4月17日

昨晚有霜冻。今天无风，阳光明媚，相当温暖。我割了草，拔掉了一些滋生最猖獗的蒲公英，播了一些金莲花种子，备好了准备种山字草的地。我发现烟草灰似乎不能很有效地防止麻雀接近种子。一只头顶上有块白斑的画眉鸟总是在花园里飞进飞出。一旦你能够凭借某种方式辨认某一只鸟，你就会发现每只鸟都有它的地盘，同一个个体总是出现在同样的地点。

16只蛋。卖了50只，每20只得3先令。

1940年4月18日

风很大，白天大多时间都冷得可怕。下午下了一小时左右的大雨，雨后气温有所回升，风也小了些。水仙花开始逐渐谢了。我种下了香豌豆、山字草、草夹竹桃和向日葵(矮种)，都种在它们将来开花的位置。我给一些玫瑰重新竖了爬杆，并为风铃草竖了爬杆。天气太冷太潮湿了，做不了太多的户外工作。

17只蛋。

1940年4月19日

昨晚显然下过大雨。今天上午天空阴沉，下午无风，阳光明媚，相当温暖。今晚又下雨了，不过比起之前的那场雨，更像是四月的阵雨。今天下午看到了第一只燕子(有两只鸟。靠近我的那只是燕子，不是雨燕。我通常都是先看到雨燕)。这比往年要晚一些，不过也就晚了不到一周。我又播了些向日葵种。碾平了草地。

19只蛋。

1940 年 4 月 20 日

天很阴沉，但不是很冷。有人今早听到了布谷鸟的叫声，但我没有。正午时分下了点雨。灌木还是光秃秃的。冬麦大都看上去长势不错。一些花园里的芜菁开花了。黑醋栗正含苞欲放。我种了三株羽扇豆（说不定能生根，但今年肯定开不了花）。我又买了 10 磅土豆种子（爱德华王品种，2 先令 3 便士 1 石）。今天上午九点钟过后的某个时刻听到一声爆炸声。今天的晚报报道说伦敦的一家军火工厂爆炸了，差不多就是在那个时间，这一定就是那声巨响的原因。爆炸点距这里有 45 英里的路程，直线距离也短不了多少。

14 只蛋。本周共计：118 只。

洋葱（1940 年 3 月 29 日种下的）冒芽了，长得密密麻麻的，一些胡萝卜（3 月 30 日种的）也发芽了。

1940 年 4 月 21 日

阳光明媚，天气温暖。这是今年第一个真正的春日。黄花九轮草正在生长。长春花开花了。勿忘我含苞欲放。我还是没看到布谷鸟。艾琳种下了高代花和矢车菊。[28]一两株豌豆（4 月 10 日种下的）冒芽了，但蚕豆都还没有发芽。

18 只蛋。卖了 68 只，每 20 只卖 3 先令 3 便士。（事实是，其中 50 只卖的是这个价，还有 18 只卖了 2 先令 9 便士。）

---

28 4 月 21 日是星期日，所以艾琳能到乡下来一起过周末。

1940 年 4 月 22 日

晴朗温暖，但风很大。这样的天气里我得以观察郁金香开花的过程；每过几个小时就能看到显著的变化。我种下了芜菁（两排，白色），豌豆（“英国奇迹”品种——比其他品种种下的要早，但因为这些种子之前没有泡过，所以发芽会推迟一两天），还有剩下的土豆（爱德华王品种）。这些种子种了16排，每排20—25株，共350株左右。如果生长状况良好，它们应该能出产5英担左右的土豆。

有些地方的黑刺李快开花了。野李树上开了几朵花。

18只蛋。

1940年4月23日

无风，阴沉，温暖。下午下了几滴雨。郁金香、勿忘我和壁花正在开花。红醋栗和醋栗树上正在结果。李子花和梨花盛开了（花开得非常的迟——比往年晚了3周左右）。秃鼻乌鸦正在抱窝。蚕豆苗长得老高了。我种下了20株花椰菜（我想是小个品种的）。

13只蛋（下午三点钟收的）。

1940年4月24日

从昨天黄昏到今天晚上几乎不间断地下着蒙蒙细雨。10号到15号播下的各类种子都在冒芽。一星期前刚种下的山字草也冒芽了。

20只蛋（有些也许是昨天下的）。

1940年4月25日

明媚的春日。我听到了布谷鸟的叫声（是今年头一次）。我看到许多摇蚊。布拉斯李花盛开了。我割了草，挖了一道渠打算种第三排豌豆，还给草莓施了一点粪肥。这片地里现在看不到野草了。等到旋花草和一年生杂草出现的时候，我再给它们好好除一遍草，然后就可以给它们铺草上网了。几株蚕豆冒芽了。

16只蛋。卖了20只，得3先令3便士（？送奶工）。

1940年4月26日

又是一个好天气。一粒南瓜种冒芽了(4月6日种下的)。4月9日种下的胡萝卜也冒芽了，但防风草还没有。我拔出了所有的韭葱，只留下一排，反正它们长得也不太好。我挖了一道渠打算种红花菜豆。给草莓锄了草。醋栗树上的果实似乎非常少，也许是因为移植过的缘故。红醋栗的状况要好一些。

14只蛋。

1940年4月27日

昨晚下了雨。今早晴朗温暖。晚上下了点阵雨。野李树上开了许多花。我看到一大群鸟，100只左右，好像是斑鸠，站在电话线上。也许是刚刚抵达的候鸟。我移植了40株金鱼草苗(深红色和火红色的)和20株紫罗兰(各种颜色)到地里去。每20株花了我8便士——非常贵，但这是早苗。氯酸钠的价格现在涨到了10个半便士(战前是8便士)。

18只蛋。卖了10只，得2先令6便士。本周共计：117只。

蒲公英正在开花。野芝麻也是。

1940年4月28日

昨晚下了点雨。今天晴朗温暖且无风。一两株旱金莲花冒芽了(是自播种的)。4月22日种下的芜菁刚刚发芽。飞虫已经叮上它们了，还有甘蓝幼苗。几株防风草(4月9日种下的)刚刚发芽。一两株洋蓟(4月3日种下的)也刚发芽。我给胡桃树边的荒地施了氯酸钠。我开始给豆类作物搭爬绳，但没来得及完成。我移植了20株很小的莴苣苗到地里，上面盖上帆布作保护。我试图给山字草剪枝，但它太小了，没法操作。

17只蛋。

1940 年 4 月 29 日

我想昨晚下过一点雨。今天整个白天都很阴沉，时而飘起细细的雾气，几乎就像雨一样。但气温并不太低。我修了栅栏，但没法完工，因为桩子不够。我把从蒂特利那儿买来的一打大莴苣苗种到了地里去(2 便士一打)。我把小莴苣苗上面的帆布拿走了。我把蝌蚪放生了，因为我不知道自己会离开多久。粗粗地割了一遍草。当地人相信，满月时总会下霜(5 月份)，人们根据这个播种红花菜豆。

15 只蛋。

家庭日记第二卷到此结束。

战时日记

1940年5月28日—1941年8月28日

9月1日德国入侵波兰后，英国于3日对德宣战。9月9日，奥威尔请求为战事效力。他的这封信已经消失了，但我们通过一封流传下来的劳工与兵役部的回信得知确有此事。这封回信中说，已经将他登记在了一本专门针对作家文人的中央登记册上。不过政府似乎从来没有征召过他。艾琳（颇为讽刺的是）在怀特霍尔的审查部工作，工作时住在她哥哥位于格林尼治的家中，周末与奥威尔在沃林顿团聚。奥威尔一直住在沃林顿，处理分派给他的任务，写书评，写短文——这些文章后来被收集汇编成一本叫做《鲸鱼肚里》的文集，由格兰茨在1940年3月11日出版。文集中包括《查尔斯·狄更斯》、《男孩们的周刊》，以及作为书名的《鲸鱼肚里》（见CW，XII，pp.20－115）。他还曾想过要写一部长篇小说，分成三部分出版。从1940年1月30日起，他在格林尼治住了6周，其间患了流感。此后他继续写书评，但越来越沮丧地感到自己没有参与任何有价值的战事活动。1940年5月1日他和艾琳搬到了摄政王公园附近的多赛特花园18号。5月10日，德国入侵荷兰、比利时和卢森堡，最后导致了法国沦陷和敦刻尔克大撤退。

两本战时日记最初都是手写的，但后来好像都是艾琳打字成稿的（1942年9月）。打字的过程中做了删减，这些都用四到六个省略号表示——这是奥威尔的习惯。第一卷战时日记的手写本没有保存下来。奥威尔和伊内兹·霍尔登（1906—1974；作家，记者）曾计划联合出版两人的战时日记作为对那些年的记录。但计划后来不了了之，因为伊内兹想要改动奥威尔日记中她不赞同或她认为不准确的内容。她自己的日记在 1943 年出版，书名是《那时不一样》。她回忆道，格兰茨拒绝出版奥威尔的战时日记，因为他担心这样会触怒某些人。伊内兹 · 霍尔登提供的注解使《全集》得以确认某些人名信息，从而也为本书做出了澄清。日记的标题——“战时日记”——是奥威尔所写。

奥威尔在开始短期从事剧作与电影评论的前一周开始这卷日记，当时敦刻尔克大撤退已进行了两天，在那次行动中共有338 226名英军与盟军士兵从敦刻尔克海岸上撤离。行动于 1940 年 6 月 4 日结束。德国军队于 6 月 14 日进入巴黎，6 月 22 日接受法国投降。

注释都在对应日记的末尾。里面提到的许多内容与“战前事件日记”的注释互为参照。这些都以“事件”及其对应的日期作为标示。

1940 年 5 月 28 日

今天是报纸海报真正停止使用的第一天……《星报》[1]的半个头版集中报道了比利时投降，而另半边的新闻却全都在暗示比利时还在抵抗，并取得了国王的支持。这也许是因为纸张短缺。可即便如此，《星报》的 8 页中有 6 页在报道赛马。

在过去的几天里几乎没有什么真实的消息能够借此推断究竟发生了什么。现在似乎有以下几种可能性：1. 法国人真的即将从南方发起反攻；2. 他们希望反攻，但德国轰炸机使他们无法集中军队；3. 北方的法军有信心能够坚持住，因此指挥部决定最好暂不发动反攻，而是等待德国攻势衰竭；4. 北方的战局已不可收拾，那里的部队只有向南突围、投降、被全数歼灭或者冒着遭受巨大损失的风险从海上撤离这四种选择。现在好像只有第四种选择走得通。法国的官方声明声称已稳定住了沿索姆河与艾纳河的战线，就好像北方的军队不存在一样。尽管这很残忍，但我宁可 BEF[2] 被摧毁也不愿他们投降。

人们对战争的讨论稍许多了一点，但只是一点点。同过去一样，我还是没法在酒吧里听到任何有关战争的评论。昨晚艾琳和我去酒吧收听九点钟新闻。如果不是我们要求的话，酒吧女招待甚至不打算打开收音机，而且看上去也根本没有人在听。[3]

---

1 当时伦敦有三份晚报：《星报》、《晚间新闻报》与《旗帜晚报》；只有《旗帜晚报》延续至今，直到今天还在发行。

2 英国远征军，法国沦陷时的驻法英军部队。

3 在 1941 年 4 月 15 日的日记中，奥威尔也说到他和艾琳去酒吧收听九点钟新闻——所以他们显然没有收音机。他们到的时候晚了几分钟，便问女招待之前有什么新闻。她不知道，回答说他们从不开收音机，因为没有人听。

1940 年 5 月 29 日

我们现在只能靠暗示和猜测来收集重大信息。昨晚我印象最深的是在九点钟新闻之前达夫 · 库珀[4]做了个打气性质的发言，来给苦药抹上糖衣；之后丘吉尔在讲话中说他会在下周初的某个时间再报告局势，还说下院必须准备好接受“黑暗沉重的消息”。这也许意味着他们即将撤退，但“黑暗的消息”究竟是指巨大的伤亡，部分远征军投降还是什么别的坏消息，没有人知道。我在火炬剧院的某个高雅剧目[5]幕间休息的时候听到了这个新闻。这里的观众听新闻时比酒吧里的那些人专注多了。

艾琳说审查局的人把所有的“左派”报纸统统划作一类，在他们眼里《保民官》[6]和《工人日报》[7]没有差别。最近《工人日报》和《行动》[8]都被禁止出口了，她的一个同事问她：“你知道这份叫《工人与行动日报》的报纸吗？”

当下的传言：比弗布鲁克[9]自任职起通过突破生产瓶颈，已经多生产了两千飞机上天了。对伦敦的空袭可能在两天内展开。希特勒入侵英国的计划是用上千艘能穿越雷区的快艇。步枪奇缺(这条消息是从好几个人口中听到的)。普通的德军步兵的士气极其低迷。还有挪威战役期间，战争部的信息极端匮乏，他们甚至不知道挪威的夜晚此时很短暂，还以为在光天化日之下登陆的士兵会有夜色掩护。

---

4 阿尔弗雷德·达夫·库珀(1890—1954；1952年受封诺维奇子爵)是名保守党政治家，外交官，作家。他因与张伯伦就慕尼黑事件意见不同而辞去第一海军大臣之职，之后成为爱国右翼阵营的领军人物。丘吉尔于1940年5月任命他为情报大臣。关于他晚年的生涯，见战时日记第二卷，1942年3月22日，注7。

5 奥威尔于6月8日在《时光与潮汐》上评论了奥德丽·卢卡斯的《海伦的肖像》。他在评论中写道："这部戏有些好台词，但舞台管理实在是太糟了。"

6 一份社会主义周刊，当时由雷蒙·珀斯盖特主编，奥威尔为其供过多篇评论与短文。

7 英国共产党的日报。

8 英国法西斯联盟的会刊。

9 5月，马克斯·埃肯——比弗布鲁克男爵一世，加拿大传媒业主——被丘吉尔任命为飞机生产主管大臣。他很有效率，尽管惹人争议。随后他又被任命为战时生产大臣。1918年他曾担任情报大臣。

1940年5月30日

英国远征军正朝敦刻尔克撤退。没法估算出多少人能撤离，就连现在有多少人也不知道。昨晚一个刚从比利时撤回的上校在广播里做访谈——很不幸我没能听到，但据艾琳描述，播音员在访谈中插话，告诉公众是法国人和军事当局辜负了英国远征军(法国人没有反击德军，而当局提供的装备太差)。其他任何地方的媒体都找不到对法国人这样的指责，而达夫·库珀两天前的广播还特别驳斥了这种说法……今天的态势图显示，比利时的法军分部似乎正在牺牲自己，换取英国远征军的撤离。

伯克努[10]说，英国必定正处在革命的第一阶段。康诺利[11]在评论这句话时说了一件事——最近一艘搭载着难民和几名乘客的船只驶离了法国北部，难民大多是孩子，在经历了机枪扫射的恐怖后都惊惧万分。乘客中有位--------夫人[12]，据说她曾试图插到队伍前端直接上船，当被勒令回去排队时愤怒地说：“你知道我是谁吗？”乘务员答道：“我不管你是谁，你这死婆娘，给我回去排队！”如果事情是真的，那可就有意思了。

关于战事依然没有任何确凿证据。但补缺选举以及公众对参军呼吁的反应都揭示了人们此刻的感受。他们似乎无法意识到自己已身处险境，尽管我们完全有理由相信对英国的入侵行动可能在数天内就会发生，而且所有的报纸都在说这件事。这些人直到炸弹落下前都意识不到这一点。康诺利说到了那时他们就会慌成一片，但我不赞同。

---

10 弗兰茨·伯克努博士(1900—1957)，奥地利社会学家，政治作家，出生于维也纳，1921—1929 年为德国共产党员。他的《法西斯主义的社会学分析》一书于 1933 年在图宾根出版，同年由于纳粹掌权他离开了德国。他还为《现代社会学家丛书》贡献了《帕累托》一书(1936)。奥威尔为他的《西班牙斗鸡场》(见 CW，XI，pp. 51－52)、《共产国际》(CW，XI，202－204)以及《极权主义敌人》(CW，XII，pp. 158－160)写过书评。伯克努最后死于慕尼黑。关于他和奥威尔在敦刻尔克撤退时期的对话，见下文 1940 年 6 月 6 日。

11 塞瑞尔·康诺利(1903—1974)曾与奥威尔小学和伊顿公学同窗。1935 年两人再度相逢，此前康诺利已为奥威尔的《缅甸岁月》写过书评，并在文学圈建立起了诸多关系，尤其是他任编辑的《地平线》杂志，奥威尔也为该杂志供稿。奥威尔的第二任妻子索尼娅·布劳内尔曾为《地平线》工作，两人通过康诺利介绍相识。《追忆奥威尔》中收录了他的《希望的敌人》一书中与奥威尔有关的一些摘录(pp. 32－34)。

12 不明。连字符的数量可能并不代表原名的字母数；这里如实照搬了日记中使用的连字符数。

1940 年 5 月 31 日

昨晚去看了丹尼斯·奥登的剧作《平静的旅店》。可怕的胡言乱语。有趣的是，尽管剧作的背景是 1940 年，可全剧没有任何一处直接或间接的提及战争。[13]

令人惊讶的是，即便战争进行到现在这个时候，被动员起来的士兵依然这样的少。同往常一样，在街头四处望去，根本看不到一个穿制服的人……许多战略位置已经布置起了铁丝网，比如特拉法加广场上的查理一世雕像旁……我从许多方面听到了步枪短缺的传言，所以这大概是真的了。

---

13 随奥威尔对《海伦的肖像》的评论一起出版，见 CW，XII，p. 180。奥威尔发现没法认真地看待剧中人物面临的那些问题。

1940 年 6 月 1 日

昨晚去了滑铁卢和维多利亚，想打探到［艾瑞克］[14]的消息。当然，这几乎不可能。撤回国的军人们都接到命令，不准与平民说话，而且总是以最快的速度被安排撤离火车站。事实上我很少看到英国远征军之类的英国士兵，倒是看到了大量的比利时和法国难民，几个比利时和法国士兵和一些水手，包括几名海军。难民似乎大多是店主，职员一类的中产阶级，穿戴齐整，带了不少个人物品。一家人家带了一只大笼子，里面装着只鹦鹉。一个女难民在哭泣，或者快要哭了，但主要似乎是被眼前的人群和完全陌生的面孔弄糊涂了。维多利亚那里聚着一大群人，警察不得不把人群拦住，好让难民和其他人走上街。人群默默地注视着难民，但热情地为所有的水手欢呼。一名制服上浸着水渍的海军军官穿戴着装备匆匆赶向公共汽车，一路微笑着左右触着钢盔向人群致意；女人们朝着他欢呼，拍着他的肩膀。

看到一队海军陆战队列队经过火车站，准备登上开往凯瑟姆的列车。很诧异于他们强健的体格和雄壮的军姿，军靴步伐齐整，军官气宇轩昂，这一切都把我带回了 1914 年，那时所有的战士在我眼中似乎都是巨人。

今早的各家报纸声称从五分之四到四分之三不等的远征军已成

功撤离。照片上士兵们军容齐整，装备完好，不过照片有可能是假的或是特意筛选的。

---

14 艾瑞克是艾琳·布莱尔最喜爱的哥哥劳伦斯·弗里德里克·欧肖尼斯，“艾瑞克”是他中名的缩写，大家都这么叫他。奥威尔在日记中并没有打出他的名字，而是用了四个连字符。艾瑞克是一名优秀的胸腔与心脏外科医生，曾在达雷姆与柏林学医并取得了四次奖学金。1933—1935 年他成为皇家外科学院的“亨特教授”。1937 年他凭借在胸部外科手术方面的相关研究工作获得三年一度的“亨特奖章”；第二年又凭借一篇关于心脏手术的论文获得奖金以及荣誉证书。他改编了索布鲁赫的《胸部手术》(1937)，1939 年与另外两名学者一起完成了一本关于肺结核的著作。战争爆发时他参加皇家陆军医疗队，在救治敦刻尔克海滩上的伤兵时遇难。当时他已是少校，死时年仅 36 岁(见 1940 年 6 月 8 日《泰晤士报》上的讣告)。他的妻子格温也是一名医生。哥哥的死对艾琳的创伤很深；见托斯科·法伊弗尔，《乔治·奥威尔：一部个人回忆录》，pp. 105 – 106，136。

1940 年 6 月 2 日

没法估计究竟有多少远征军真的成功撤离了，但各家报纸的报道显示数字应该在 150 000 左右，而原先进驻比利时的部队人数在 300 000 左右。至于撤回的部队当中有多少法国士兵就不得而知了。有几家报纸暗示，最初的计划是固守敦刻尔克而非全军撤离。但除非在那个区域部署大量的飞机，不然这是绝无可能办到的。如果撤离的人数果真达到了 150 000，那么撤离更大数量的部队也是有可能的了。6 月 4 日之后，意大利参战似乎是指日可待了，也许在参战前他们会先提出些和谈条件作为借口……

人们普遍认为德国会试图入侵英格兰，哪怕只是作为德国和意大利彻底制服法国的掩护……显然许多人相信德国可能会在爱尔兰登陆，其中包括瓦勒拉[15]。直到几天前这一预测才开始有人提及，尽管从一开始这种可能性就已非常明显。

星期天的人群依然像平常一样往来如流，到处是婴儿车、自行车、遛狗人，还有一帮帮的年轻人在街角游荡；不论是从人们的脸上还是街头的私语中，你都发现不了半点迹象能证明这些人意识到了数周之内可能降临的外敌入侵，尽管所有的周日报纸都在告诉他们这同一件事。当局对于转移伦敦城内儿童的再三请求也非常冷淡。显然他们的理由是："空袭上一次没有发生，所以这次也不会发生。"不过当需要时，这些人依然会表现得足够勇敢，只要有人告诉他们该怎么做。

以下是对今天的《人民报》[16]上所登广告的大致分析——

报纸有12页[17]——84栏。其中有26栏半(超过四分之一)是广告，划分如下：

食品和饮料：五又四分之三栏

专利药：九又三分之一栏

烟草：一栏

赌彩：二又三分之一栏

衣服：一栏半

杂项：六又四分之三栏

9则食品饮料的广告中，6则是奢侈品的。29则医药广告中，19则是欺诈性的(包治秃头)或有害的(克鲁什盐，胆汁豆之类的)，要不就是讹诈型的("你孩子的胃需要氧化镁")。有几种药物广告可能值得考虑。14则杂项广告中4则汤，1则化妆品，1则度假村还有2则政府的广告，包括1则呼吁全民节约的大版广告。所有类别中只有3则广告是在发战争财。

---

15 艾蒙·德·瓦勒拉(1882—1975)，爱尔兰政治领袖，时任爱尔兰自由州首相。1959年他成为总统。

16 一份广受欢迎的周日报。

17 7月1日该报的页数被削减为6页；见1940年7月1日日记。

1940年6月3日

以下摘自牛津夫人[18]写给《每日电讯报》的信，是关于战争经济的：

“伦敦的大多住宅都被遗弃了，因此几乎没有娱乐活动……无论如何，大多数人都不得不离开他们的厨子，住进旅馆。”

显然不管发生什么事，这些人都无法认识到还有其他百分之九十九的人存在。

---

18 玛戈特·阿斯圭思(1864—1943)是牛津和阿斯圭思伯爵、1906—1916年任首相的赫伯特·亨利·阿斯圭斯的遗孀。

1940年6月6日

伯克努和我都认为希特勒接下来可能进攻法国而非英国。事实证明我们的判断是正确的。伯克努认为敦刻尔克的战事决定性地证明了飞机无法击败战舰，如果战舰也有自己的空中支援。官方给出的数据说，在撤离将近33万人的行动中共损失了6艘驱逐舰和25艘其他各类舰船。[19]撤离的人数可能是准确的，但损失的舰船数即便翻番，对于这样大的一次行动来说也不算什么，因为当时的情形对于德国飞机来说实在是再有利不过了。

伯克努认为希特勒的下一步计划是将法国彻底击倒并要求其移交整支法军舰队作为和约的条件之一。之后由海上登陆入侵英国就容易多了。

一辆公车侧面写着一面大幅广告：“战时急救，给你健康力量和坚韧。里格利口香糖。”

---

19 这些数字是准确的。尽管丢失了大部分装备，但有19.8万名英军和14万主要由法军和比利时士兵组成的部队成功撤离。共有41艘海军舰艇参加了行动，其中6艘被击沉，19艘被击伤。除此以外还有22万名军人从诺曼底和布列塔尼港口撤离。

1940年6月7日

尽管报纸海报现在被禁止，[20]你还是能经常看到卖报的举着一张海报。似乎他们在回收利用旧的海报，而像“皇家空军空袭德国”还有“德国损失惨重”之类的大字标题几乎总能用得上。

20 “禁止”有暗指新闻审查的意味；但其实这些海报（指的是卖报人举着的广告）被禁止完全是为了节省原材料，从而经济利用进口产品，节省运输空间。

1940 年 6 月 8 日

身处一场可怕的战争中，每天都有成千上万的人死于战火，我感觉新闻反倒消失了。晚报和早报一样，早报又和昨晚的晚报一样，广播重复着报纸里的话。至于新闻的真实性，估计管制多于彻头彻尾的撒谎。伯克努认为广播的出现让战争变得相对真实了，而迄今为止唯一的大规模谎言就是德国声称击沉的英军战舰数量。这些数字无疑是天方夜谭。最近一份晚报提到了德国的宣传，指出德国人声称在 10 天里击沉了 25 艘主力舰，比我们迄今拥有的全部主力舰还多出 10 艘。

史蒂芬 · 斯潘德最近对我说过：“你有没有觉得，在过去的 10 年里你对每一件事情的预测都强过那些内阁成员？”对此我不得不深表赞同。这部分是因为我们可以不被阶级利益所迷惑——任何没有经济瓜葛的人都可以一眼看穿放手让德国和意大利主宰西班牙的危险性，而许多右翼分子，甚至是职业军人，都不能领悟这一明显的事实。尽管我觉得像我们这样的人能够比所谓的专家更好地认清形势，但我们并没有能力预测某个具体的事件，只是能认清我们置身其中的是个怎样的世界。不管从哪个角度看（我从 1931 年起就已经知道），未来必将是灾难性的（斯潘德说他从 1929 年起就已经知道了）。我没法精确预测将会发生哪些战争和革命，但当它们降临时我不会惊讶。从 1934 年起我就已经认清德国和英国间的战争正在临近，到了 1936 年我就意识到了战争是不可避免的。[21] 我凭直觉就能感觉到这些，不管是和平主义者的窃窃私语还是人民阵线假装对英国准备进攻俄国的担忧都没能欺骗我。同样，苏联的大清洗也没有令我惊讶，因为我一直觉得——不是对事件细节的精确预测，而是对这类事情的大致预感——这种行径是隐隐包含在布尔什维克的统治中的。我能从他们的文学作品中感知到这些。

……七年前谁会相信温斯顿·丘吉尔还能有任何政治前途呢？一年前克里普斯[22]还是工党的坏孩子，那时工党将他开除，甚至拒绝听他自我辩护。而另一方面，保守党又认为他是个危险的赤色分子。可现在他成了驻莫斯科大使，比弗布鲁克出版社带头呼吁任命他。不过现在还不好说他适不适合这一职位。如果俄国人愿意加入我们的阵营，那他也许是合适的人选；但如果他们依然敌视我们，那也许应该派一个不那么欣赏俄国政权的人。

---

21 见《不论左右，我的祖国》，CW，XII，pp. 269 – 272。这篇文章的标题套用了史蒂芬·迪凯特1816年的文章《不论对错，我的祖国》。

22 斯坦福·克里普斯爵士；详见事件，1939年7月2日，注7。

1940年6月10日

刚刚听说意大利宣战了，但报纸上还没有登新闻……盟军正从挪威撤军，理由是这些部队可以用在别处，而纳尔维克港在被占领后已经被破坏得无法为德国人所用了。而事实上德国人在冬季之前反正也用不上纳尔维克港；挪威既然已经不再是中立国，这个港口对他们也就没有什么用处了。我本不该以为盟军在挪威有足够的兵力来挽回局势。撤军的真正原因也许是为了保存战舰。

今天下午我生动地回忆起1936年我在巴黎同一个出租车司机的故事，本打算把它写在日记里的。但我现在感到非常悲哀，没有心境去写了。一切都在土崩瓦解。在这样一个时刻写书评真让我痛苦不堪，甚至令我愤怒：这样浪费时间的事情现在居然还能被允许。

我在陆军部的面试也许会有结果，只要我能想办法骗过医生。一旦我参了军，根据西班牙战争的经验，我知道我将不再关心公共事务了。现在我感觉就像1936年法西斯军队逼近马德里时一样，只是更糟。不过以后我会写下那个出租车司机的故事的。[23]

---

23 奥威尔在1944年9月15日第42期的“如我所愿”专栏中写下了那个巴黎出租车司机的故事。长话短说，他的车程实在是太短了，那个司机非常愤怒：他被“从队列中叫了出来，结果车费只相当于英国币值的3便士”——之后更是抱怨个不停，因为奥威尔没有零钱。他们“恶吵了一架”，这“让我当时极度愤怒，过后又感到悲伤和厌恶”。“‘为什么人们要这样行事呢？’我想。”全文请见CW, XVI, pp. 402-403。

1940年6月12日

艾琳和我昨晚步行穿过索霍区，去查看意大利店铺遭到的破坏是不是像报道的那样。报纸的描述似乎夸大了，但我想我们确实看到了三家店铺的橱窗被砸烂了。大多商铺匆匆挂上“英国”的招牌。格纳里，那家意大利杂货店到处贴满了印出来的布告“本店完全英国货”。另一家专营意大利食品的意大利面馆也改名为“英国食品店”。另一家店宣称自己是瑞士的，甚至一家法国饭店也把自己标为英国货。有趣的是这些招牌显然是事先就印好备妥的。尽管这些对无辜的意大利店主的攻击令人厌恶，但却是个有趣的现象，因为英国人尽管有时会抢劫店铺，但总体来说对外国政治没有自发的兴趣。我不记得在埃塞俄比亚战争中有过类似的事情，而西班牙战争根本没有触动大多数民众。而且民众在之前也没有过针对德国居民的敌对举动，直到近两个月。墨索里尼在此时此刻宣战的下作与冷血一定对那些平时不怎么读报纸的人都产生了触动。

1940年6月13日

昨天去罗斯板球赛场的会议厅参加了一场本土防御志愿者[24]的

集体会议。我上次去罗斯一定是在1921年了，当时是去看伊顿公学对哈罗公学的比赛。当时我觉得非MCC[25]成员进入球员休息室就像是在圣坛上撒尿一样。若干年后我大概知道了这是一种违法行为，可能会被起诉。

我注意到一张宣传海报是关于招募先锋队的。画面上一只脚踩着纳粹万字饰，旁边写着“踩它”。这是从西班牙战争中的共和国宣传画那里抄袭来的，抄袭的是概念。当然这幅宣传画被庸俗化、喜剧化了，但至少说明政府开始愿意学习了。

共产党在鲍区[26]的候选人在地方选举中获得了500张选票。这是个新的最低纪录，不过黑衫军的选票更少(有一次只有150张)。不平常的是，鲍区是兰斯伯里的大本营，应该有不少的和平主义者。不过总体的投票率也很低。

---

24 本土防御志愿者，即后来的地方防卫军。奥威尔于6月12日加入后来的伦敦旅第五郡C连，并很快被提拔为中士，指挥10人。他非常认真地履行自己的职责。见克里克，pp.396－401。

25 马里波恩板球俱乐部，当时负责全英国和全球板球运动的团体。

26 一个位于伦敦东端的工人阶级选区。

27 乔治·兰斯伯里，一个狂热的和平主义者；见事件，1939年8月11日，注2。

1940年6月14日

德国人一定进巴黎了，比计划还提前了一天。可以肯定希特勒一定会去凡尔赛宫。他们为什么不在里面埋上炸药，等他一进去就把他炸上天？西班牙军队占领了丹吉尔，显然是打算送给意大利人作基地。在当前的形势下以法属摩洛哥为跳板占领西属摩洛哥应该是件轻而易举的事，还可以如法炮制占领其他西班牙殖民地以一个另类政府的姿态扶持奈格令[28]或其同类，这将是对佛朗哥的沉重一击。可当前的英国政府根本不会考虑这样做。你几乎已无法想象盟国政府能采取任何主动。

当我穿过地铁站时，一如既往地对那些广告感到恶心透顶：那些傻乎乎的瞪着眼珠的傻脸，那些刺眼的色彩，[29]都在疯狂地诱惑人们消费那些无用的奢侈品和有害的药物，白白浪费劳动力和资源。只要我们能熬过夏天，这场战争该能扫除多少垃圾啊！战争是与文明生活背道而驰，它的座右铭就是“邪恶，你就是我的美德”[30]；而现代生活的许多美德事实上就是邪恶，因此折算下来战争究竟是否弊大于利还真不好说。

---

28 胡安·奈格令，西班牙前首相。见事件，1939年8月2日，注3。

29 奥威尔对这种画面人物痴痴呆呆，面红如火腿，咧开大嘴傻笑的广告画的厌恶，见出版于4年前的《让一叶兰飞》，如CW，IV，pp. 14－16。

30 弥尔顿，《失乐园》，IV，110。

1940年6月15日

我刚刚开始思考，巴黎的陷落是否意味着信天翁图书馆[31]的终结，我猜答案是肯定的。若果真如此，那我就亏了30英镑。到了这种时候，人们依然如此看重长期合同、股票债券、保险单之类的东西，这真是件不可思议的事。当下明智的做法是左右借钱，抢购实物。不久前艾琳询问了纺织机的租售条款，发现他们居然有延续长达两年半的协议。

P. W. [32]说尤尼塔·米特福德[33]在德国先是试图举枪自杀，现在快要生孩子了。一听到这消息一个满脸褶皱的小个子男人（名字我忘了）立刻大叫起来：“元首可不会做这样的事！”

---

31 信天翁图书馆：信天翁大陆图书馆原先承诺在大陆出版《上来透口气》，见事件，1939年8月4日，注7。合同规定，此书将在1940年8月前发行。德国于6月14日占领巴黎后颁布了一条禁令，禁止出售1870年后出版的英国书籍，该书的出版计划遂告终结。

32 P.W.：维克多·威廉（彼得）·华生（1908—1956），一个富有的年轻人，在多方游历后于1939年决定献身艺术，于是和他的朋友塞瑞尔·康诺利一起创办了《地平线》杂志，他本人为杂志提供资金及艺术栏目的所有素材。1948年他参与创建了“当代艺术协会”。他一直欣赏奥威尔的写作。详见迈克尔·谢尔登所著《崭露头角的朋友们：塞瑞尔·康诺利和〈地平线〉的世界》(1989)。

33 尤尼塔·米特福德小姐阁下(1914—1948)：莱德斯代尔二世勋爵的四女儿，自从1934年第一次见到希特勒起就一直是他的仰慕者。1940年1月，由于头部在一起未遂自杀中受枪伤，她被从德国带回英国。之后她一直在疗养中度日。她事实上没有怀孕。

1940年6月16日

今早的报纸基本明确了一点：美国在下一次总统选举到来之前什么也不会做——他们不会宣战，而宣战是最关键的。如果美国没有介入战争，他们就不会对资本和劳工实施有效的控制以加速军火生产。在上场战争中，美国即便在参战后也没有做到这一点。

如果德国征服了英国，我还没有决定该怎么做。我绝不会做的事就是逃跑。无论如何不会逃到比爱尔兰更远的地方，假设我能跑那么远的话。如果舰队还能保持完好，那么战争似乎还能以美国和海外领地为基地坚持下去。那我就得坚持活下去，甚至是在集中营里。如果美国也被征服了，那我就只能拼死一战了。但我必须战死，并且先杀一个垫背的。

昨天和M[34]谈了会儿；他是我所在的本土防御志愿者班的一名犹太队员。我说一旦危机过去，保守党阵营里一定会掀起一场对丘吉尔的反叛，企图再度压低工资。他说一定会发生革命，“或者希望会发生”。M是个工厂主，我想他经济状况良好。

34 也许是迈克尔，即奥威尔在1940年9月3日日记中提到的那名小服装厂老板。

1940年6月17日

法国人投降了。这从昨晚的广播中就可以预见了，事实上当他们没能守住巴黎时投降就已经不可避免了——巴黎本来是有可能阻挡住德军坦克的。战略上来说法国海军现在是最重要的筹码了，但关于它们现在还没有消息……

今天法国投降的消息引起了巨大的震动。人们到处都在谈论这件事。说的最多的话就是“感谢上帝，我们有海军”。一名佩戴着上次战争勋章的苏格兰大兵在地铁里半醉着做爱国演讲，其他乘客似乎都很爱听。晚报被哄抢，我买了四次才买到一张。

我现在写书评的时候，就坐在打字机前面直接打出来（不打草稿）。直到最近，大概半年前，我还绝不会这样做的，那时我一定会说我不能这样。那时几乎所有的东西我都要至少写两遍，而书更是要写三遍——个别段落甚至要写五遍甚至十遍。这可不是因为我现在的能力提高了，而只是因为我已经不在乎了，只要我写的东西能通过审查，换来点钱就行。这样的蜕变完全是因为战争。

G[35]在考虑把她的孩子送往加拿大；我去加拿大领馆问询时发现那里聚集了一大群人。除了母亲以外，他们不让任何16岁到60岁的人离开，显然是担心因恐慌引起大逃亡。

35 G：格温·欧肖尼斯，艾琳的嫂子。在战争的初始阶段，政府曾经资助将儿童撤往加拿大和美国。格温的儿子劳伦斯在1940年6月时刚好19个月大，在疏散船只“贝拿勒斯城”号在大西洋上被德军击沉前，刚好搭乘最后一批船只转移至加拿大。见下文1940年7月25日。

1940年6月20日

今天去了《新政治家》周刊办公室，看看他们在谈论些什么关于本土防御的观点。C[36]现在成了那里的大人物，他非常反对“武装人民”的立场，说这样做的危险超过它可能带来的收益。如果德国侵略军发现民众有武装，那可能会诱使它犯下极其残酷的暴行，反倒会把人民吓破胆，这样一来反倒人人都迫不及待地投降了。他说指望普通民众英勇顽强是非常危险的，还举了格拉斯哥的暴乱作例证。在那起事件中当一辆坦克出现在镇子周围巡弋时，人人都开始以最怯懦的姿态四散奔逃。但在我看来，此一时彼一时。当时人们手无寸铁，而且在国内动乱中人人都知道暴力争斗会把自己送上绞刑架。C 说，他认为丘吉尔尽管某种程度上是个好人，但他没有能力做必须做的事，把这变成一场革命性的战争，因而庇护着张伯伦及其党羽，不愿把整个国家动员起来战斗。我当然也同意丘吉尔对战争的看法和我们不一样，但我认为他会毫不犹豫地采取任何在他看来必要的措施来赢得战争（比如平均收入，允许印度独立）。当然今天的秘密会议可能就会一劳永逸地把张伯伦及其党羽赶出议会。我问 C 这样的可能性有多大，他说绝不可能。但我记得英军撤离纳姆索斯[37]的那天我问过贝文[38]和斯特劳斯把张伯伦赶下台这件事的可能性有多大，他们也说绝无可能。结果一星期后新政府就成立了。[39]

当下人们普遍相信政府高层存在赤裸裸的叛国行为。我个人觉得有意识的背叛行为仅仅存在于亲法西斯的贵族阶层和军队指挥层中。当然那些无意的破坏和蠢举就是另外一回事了——比如在处理意大利和西班牙时的愚蠢做法。RH[40]说，和他交谈过的从敦刻尔克撤下来的士兵全都抱怨上级军官的行径，说军官坐着汽车逃跑，把他们丢在了一锅海水汤里。每次打了败仗，总有人说这类事情。如果阵亡名单在未来公布了的话，我们可以通过比对名单来验证这些说法是否属实。但不管怎样现在谈论这件事情也未必全无好处——只要不至于产生恐慌——因为军队绝对需要重构新的阶级成分。在新军队中，绝大多数的军官都是由中产阶级担任的，甚至在（共和国军的）西班牙民兵队伍中也是这样的。这是个去顽固[41]保守派的问题。本土防御志愿者队伍中也存在相同问题。在紧急形势下只要有时间我们当然能完成去保守化，但时间本来就是一切问题所在。

昨天我突然有了一个想法：英国的军队规模是全世界最小的，可为什么却有那么多的退役上校？

我注意到，我遇见的所有“左派”知识分子都认定希特勒一到英国就会把我们这样的人抓起来枪毙，而且他一定会有一张长长的黑名单。C[42]说当局正忙着销毁我们在苏格兰场的警方记录(毫无疑问那里有我们所有人的纪录)。[43]总算还有点希望！警察这种人只要认定了希特勒会赢，肯定会去投靠希特勒的。哎，只要我们能坚持几个月，一年之内我们就会看到红色民兵驻扎在里兹大饭店里了，[44]而且到时候领导他们的就算是丘吉尔或者是洛依德 · 乔治，我也不会过于惊讶。

一直在想我的赫布里底小岛[45]。那座岛我大概永远无法拥有也无法看见了。坎普顿 · 麦肯兹说群岛上的大多岛屿都无人居住(群岛有500个岛屿，其中只有百分之十平常有人居住)，但大多都有可耕种的土地和淡水，岛上还有山羊。据RH说，一个女人租下了一个赫布里底小岛，为的是躲避空袭，结果恰恰成了空袭的第一个遇难者——皇家空军在那儿误投了一个炸弹。好故事，如果是真的话。

前天晚上的空袭是第一场对大不列颠造成了打击的空袭。14人死亡，7架德国飞机被击落。报纸上登出了3架被击毁的德国飞机的残骸，所以这数字可能是真的。

---

36 这里说的可能是理查德 · 克劳斯曼(1907—1974)，学者，知识分子，记者，左翼政治家，1938—1955年间担任《新政治家》杂志的助理编辑，1970—1972年间任编辑。1945—1970年间他曾担任工党议员，1964—1966年间任住房与地方政府部长，1964—1970年间任健康与社会保障部长。

37 英国第146步兵旅于1940年4月16日至17日在挪威纳姆索斯登陆，该地位于距奥斯陆以北约300英里处的海岸线上。

38 关于工党议员安奈林 · 贝文，见事件，1939年8月28日，注11。1949年奥威尔对一个朋友说："如果我能成为奈的秘密代理人，我们很快就能让这个国家振作起来。" G · R · 斯特劳斯(1901—1993，受封终身贵族——1979)是一名工党议员，《保民官》杂志副总监。

39 张伯伦政府于1940年5月垮台，同时温斯顿 · 丘吉尔领导的联合政府成立。丘吉尔宽宏大量地将张伯伦选入内阁。

40 RH：雷诺 · 汉普斯图(1911—1981)，小说家，批评家，犯罪历史学家，BBC广播监制人。他将奥威尔的《动物农场》改编成了广播剧，并委托制作了他的广播剧《鹰的旅程》(播放于1946年3月29日，见CW，XVIII，pp.179-201)。他和奥威尔曾在1935年同租一套公寓(其间两人并不愉快)，却成为终生的朋友。他的回忆录《四个缺席者》里有对奥威尔的回忆。

41 "顽固"是奥威尔的一个常用词，如战时日记，1940年8月23日；《地方军与你》，CW，XII，pp.309-312；《别让古董上校毁了地方军》，CW，XII，pp.362-412；对《地方军走向胜利！》的评论，CW，XII，pp.387-389。

42 不确定所指。可能还是理查德·克劳斯曼(见注37)或塞瑞尔·康诺利。

43 见《伦敦来信》，CW，XII，p.355。

44 见《不论左右，我的祖国》，CW，XII，pp.269-272。

45 这是奥威尔第一次在日记中提到在赫布里底群岛上住下的梦想。1945年他实现了这一梦想，租下了朱拉岛上的巴恩山。这可以同《一九八四》中文斯顿·史密斯对金色乡村的梦想相比拟；亦可参阅奥威尔对《牧师岛》的评论，见CW，XII，pp.190-191。

1940年6月21日

没有真正意义上的新闻。我从昨天的报纸上读到齐亚比[46]当选巴黎市政局主席的消息，这也许是迫于德国人的压力。那些说希特勒是工人阶级的朋友、财阀集团的敌人的人可以到此为止了。

昨天是我们这个排的地方志愿者的第一次操练。这些人真的很棒，只有三四个人不是老兵(总共约60人)。一些在场的军官(也许是来给士兵训话的)也很出色。

---

46 让·齐亚比(1878—1940)，科西嘉裔，1927—1934年任巴黎警察局长。他是亲法西斯分子，对一些严厉镇压左翼势力的措施负有责任。艾略特·保罗在谈到他于1934年2月被解职一事时将他描述为"贝当的卡古拉德党头目，密谋建立法西斯独裁的蒙面党徒"(见《一条窄巷》，1942，24章)。关于奥威尔对齐亚比之死的评论，见战时日记，1940年12月1日。

1940年6月22日

没有什么关于德国对法和约条款的新闻。它们据说"极其复杂"，需要漫长的讨论。我想真实的情况是，德国人和贝当[47]及其党羽正试图从两方面联手炮制出一套方案，诱使殖民地的法军指挥官和法国海军投降。事实上希特勒对这些军队没有控制能力，除非通过法国政府。我想我们都过于匆忙地推断希特勒会入侵英国。事实上这样的预测已到了尽人皆知的地步，你几乎可以据此判定希特勒反倒不会这样。

如果我是希特勒，那我一定会横穿西班牙，夺取直布罗陀海峡，然后横扫北非和埃及。如果英国有一支 25 万人左右的机动兵力，那么正确的举措是把这支部队转移到法属摩洛哥，以此为基地夺取西属摩洛哥，打出共和国的旗号。这样一来其他西班牙殖民地就能不费吹灰之力地平定了。哎，但这样的事是绝无可能发生的。

共产党人又开始回到反法西斯的立场了。今天早上见到一份谴责贝当及其党羽“背叛”法国的传单；可就在一两个星期前这些个共产党人还显然是亲德的。

---

47 贝当（1856—1951），1916 年瓦尔登的出色保卫者，从此一跃成为国家英雄。1940 年他成为总理，对法国的战败和德国对法国的肢解负有责任，并于此后领导占领区的维希政府，直到战争结束。战后他因与纳粹合作被判死刑。戴高乐总统将其减刑为终身监禁。

1940 年 6 月 24 日

德国的停火条件正如所料……有趣的是这整件事情恰好亦步亦趋地印证着传统的忠诚与荣誉感分崩离析到了何种程度。讽刺的是，贝当恰好就是“绝不让他们通过一步”这句话的缔造者，而到目前为止这正是一句反法西斯口号。20 年前任何一个签署这样一份停火协议的法国人要么是极左翼，要么是极端和平主义者，可即便如此他们签字时也不会没有顾虑。而当下在战争进行的当口改换门庭的人却恰恰是那些职业爱国者。对于贝当，拉瓦勒[48]，弗朗丁[49]之徒来说，当下的这场战争似乎是一场疯狂的自相残杀，而真正的敌人却在一旁等待时机抽你屁股……因此，可以肯定的是，英国高层也一定有人在准备着一场相似的交易，而且很难说他们的阴谋就一定不会成功，即便德国不入侵英国。这件事的唯一好处是，“希特勒是穷人之友”这张幌子被敲掉了底座。愿意和他做交易的人事实上都是些银行家、将军、主教、国王、工业大亨等等等等。希特勒是资产阶级大反攻的领军人物，他们正在融合成为一个巨大的企业，这样做虽然丧失了部分特权，但依然保有凌驾于工人阶级的权利。在抵抗这样一个联合体的进攻时，任何资产阶级的成员要么当叛徒，要么当半个叛徒，他们宁可忍受最可怕的耻辱也不愿选择真正的战斗。

不管你怎么看待这件事，不管是宏观的战略层面还是局部的防御细节，你都会发现真正的战斗意味着革命。丘吉尔显然既看不到也不愿承认这一点，所以他必须下台。但他的离去是否能将英国从被占领的命运中拯救出来，这取决于大众能多快弄清问题的本质。我担心的是，等他们开始行动时已经太晚了。

战略上说，一切都取决于支撑过今年冬季……到了那时，遍布各处数量庞大的占领军，不可避免的食物短缺还有强迫占领区的人民劳动所带来的重重苦难，这一切都会让希特勒陷入困境。我很想知道到时候他会不会把已遭镇压的法国共产党重新抬出来，试图用它来瓦解法国北部的工人阶级，正如他用贝当来瓦解保守右翼一样。

如果入侵行动失败了，那谢天谢地。我们一定会产生一个左翼政府，采取自觉的行动来反对统治阶级。不过，那些认为俄国会因为我们产生了革命政府就对我们采取友好态度的人错了。西班牙内战之后，我不能不感觉到，斯大林俄国对任何发生真正革命的国家是采取敌视态度的。这两者是背道而驰的。革命的爆发不可避免地会伴随着自由平等理念的广泛传播。但随之而来的是一个寡权阶层的生长壮大，它对于保有维护阶级特权的兴趣同任何一个统治阶级都别无二致。今早的《新闻纪事》报道说，苏联红军中恢复了对上级的敬礼。一支革命军队一开始总是废除敬礼的，而这件小事也就对整个形式具有了象征意义。当然这不是说敬礼之类的仪式就全无必要。

地方志愿者接到命令，所有的左轮枪都必须上交给警察，因为军队需要。在德国人都装备了冲锋枪的时候还紧抓着这种过时的武器不放，这就是典型的英国军队。但我相信真正的原因是防止武器落入“不法分子”之手。

艾琳和 G[50] 都坚持让我去加拿大——如果最坏的情况发生的话——这样可以活下去，坚持宣传活动。如果到时候我还有用的话我会去加拿大的，比如在政府迁往加拿大的情况下，那我也会有工作，而非难民，更不是那种远远躲开，尖声叫唤的流亡记者。已经有太多这种流亡“反法西斯人士”了。我宁可去死，如果事到如此的话。也许一个人的死能比侨居国外，靠着他人的施舍过活取得更好的宣传效果。并不是说我想死；我有那么多值得为之活着的事，尽管我身体不好，又没孩子。

今早又捡到一份政府传单，是关于空袭伤亡数字的。传单的语气和用语现在已经有了很大长进，广播讲话也有进步，尤其是达夫·库珀的；事实上他说的话是完全针对每周收入低于 5 英镑的穷人阶层的。但他们依然没有使用口语，没法打动相对贫穷的工人阶级，甚至都没法让他们完全听明白。大多数受过教育的人就是意识不到抽象词对普通人产生不了效果。当阿肯兰把他那篇愚蠢的《普通人宣言》四处传阅时（由他自己杜撰并找来他自己选定的“普通人”在签名处签字），他告诉我自己曾把初稿交给《大众观察报》审核，报纸方面于是找来普通工人试阅，结果出现了最荒谬的误解……英国开始发生改变的第一个标志应该是让那些空洞的、甜腻腻的声音从收音机里消失。我在酒吧里观察时发现，工人们只有当听到点通俗用语时才会注意广播。但是艾琳声称，没受过教育的人在听到一篇严肃庄重的演讲时，即便他们不能理解内容，但只要感受到了震撼，依然会被打动——我觉得她说的也有点道理。例如，

A 太太[51]就被丘吉尔的演讲所打动，尽管她并不能一个字一个字地理解内容。

48 皮埃尔·拉瓦勒(1883—1945)曾在不同时期担任法国公共工程部长，司法部长，劳动部长，殖民地部长和外交事务部长，还曾于 1931—1932 年及 1935—1936 年间担任总理。他于 1920 年退出社会党，此后逐渐转向为极端右翼。1935 年 1 月 7 日，他同墨索里尼签署了一份协议，支持意大利对阿比西尼亚(埃塞俄比亚)的领土要求，以换取意大利反对德国干涉奥地利。意大利于 1935 年 10 月 3 日入侵阿比西尼亚；英国外交秘书萨缪尔·霍尔爵士曾与拉瓦勒一同签署协议安抚墨索里尼，12 月 18 日在此事遭揭露后萨缪尔被迫辞职。法国沦陷后，拉瓦勒成为叛国通敌的代表。他甚至为德国工业提供法国人力。他于 1945 年受审，自杀未遂后被处决。关于霍尔，见“事件”，1939 年 7 月 2 日，注 5 和 1939 年 8 月 4 日，注 5。是时他正担任英国驻西班牙大使。

49 皮埃尔·弗朗丁(1889—1958)曾在法国政府中先后担任多个职位。1934—1935 年任首相，1940 年在贝当政府中担任外交部长，但曾试图抵制德国的要求，后被拉瓦勒所取代。战后他被禁止参与公共生活。

50 艾琳·布莱尔同其嫂子格温·欧肖尼斯：后者是艾琳的兄弟艾瑞克·欧肖尼斯的妻子，艾瑞克在敦刻尔克阵亡(见战时日记，1940 年 6 月 1 日，注 14)。

51 可能是指安德森太太，是奥威尔一家在沃林顿时的清洁工。尽管奥威尔在写这篇日记时已在伦敦住了五六周，但他依然时常回沃林顿。他在那儿的住所直到 1947 年才完全放弃。

1940 年 6 月 25 日

昨晚凌晨一点钟响起了防空警报。对伦敦来说这是虚假警报，但显然别处确有险情。我们起床穿衣，但没去掩体。几乎每个人都是这样——起床，然后站在那儿谈天，看上去很傻。当你听到警报声后，起床似乎很自然的，但没有枪炮声，也没有其他险情，你又不好意思躲进防空洞。

我从昨天的报纸上得知，美国正在分发防毒面具，但人们必须付钱。防毒面具对于英国的平民来说大概没什么用，对美国人来说就更是如此了。分发防毒面具不过是全国团结的象征，是通往分发制服的第一步。战争一打响，有没有防毒面具就具有了社会和政治意义。几天之内像我这样拒绝戴防毒面具的人就会遭人侧目，之后人们就会认为这些人是“左翼”。之后这种习惯又逐渐消蚀，人们转而认为戴面具的是那种极端谨慎的人，就像郊区纳税人之类的。后来坏消息传来，这习惯又死灰复燃，我估计现在有百分之二十的人戴面具。不过一个人如果戴着面具又不穿制服，依然会被人多看两眼。直到大规模空袭来临，人们才开始意识到德国人事实上不用毒气；而防毒面具的佩戴率可能是战时新闻对公众影响程度的一个准确指标。

今天下午去了趟征兵办公室，在国民军的征兵册上写下了名字。星期五还得去做体检，不过这是针对30—50岁人群的，所以估计标准会很低。为我写下名字的人还是那种常见的白痴，一个佩戴着上场战争勋章的老兵，几乎不会写字。他写大写字母时不止一次地把字母写倒。

1940年6月27日

看起来前天晚上许多伦敦人都被解除警报的信号吵醒了，把那误当成了空袭警报，结果跑到防空洞里，还等着警报信号解除，一直躲到早上。这已经是开战后的第十个月了，空袭预警信号也不知道向这些人解释过多少遍了。

政府直到此刻依然没有进行征兵动员，这对于宣传产生了非常消极的效果。令人震惊的是，人们看不到任何一般形式的反法西斯宣传画。只要有人愿意向信息部[52]展示西班牙内战中的宣传画，哪怕是佛朗哥的宣传画，那该有多好啊。但这些人自己主观上就是亲法西斯的，支持墨索里尼直到意大利参战的那一刻，他们怎么可能把整个国家动员起来反对法西斯呢？巴特勒[53]在回答西班牙占领丹吉尔一事时说，HM政府“已经接受了”西班牙政府对此事的解释，即此举的目的仅在于维护丹吉尔的中立——而这是在佛朗哥在马德里举行游行庆祝对丹吉尔的“征服”之后！今天的晨报刊登了一则辟谣，否认霍尔曾在马德里询问停火。那么换句话说，这件事就是真的。唯一的问题是：我们能在未来的几周内摆脱这些人吗，在一切还来得及的时候？

在这场本质上是一场阶级的战争中，英国统治阶级的无意识背叛是如此明显，几乎无须明说。难的是要判断这种背叛究竟多大程度上是故意的。LM[54]认识所有这些人，或者至少见过他们；他说整个英国贵族阶层除了丘吉尔等极个别人都已腐化，缺乏最起码的爱国精神；他们清楚地认识到，他们的利益同其他地方的富人是紧密相连的。他说，墨索里尼倒台的可能性对他们一直是个噩梦。直到目前LM对于战争的预测都非常准确。他说整个冬天什么都不会发生；说意大利会被以礼相待，但突然间就对我们宣战；说德国的目标是在英国建立傀儡政府，希特勒可以借此通知英国，而普罗大众甚至都没意识到发生了什么……LM唯一判断错误的一点是同我一样认为俄国会继续同德国合作；现在看来这不太可能了。当然，俄国人大概也没想到法国会这么快就垮了。如果贝当及其党羽能成功的话，他们也会阴谋出卖俄国，就像俄国先前阴谋出卖英国一样。有趣的是，在俄国与德国签署协议时，几乎所有人都认为协议对俄国有力，斯大林设法“阻止”了希特勒。可你只要看看地图，就知道事实并非如此。在西欧，共产主义和极端左翼现在几乎完全沦为了自慰者。那些对事件发展无能为力的人假装自己正以某种方式控制事件，以此慰藉自己。从共产党的角度来看，只要俄国占上风，其他一切都不重要。而现在看来，似乎很难说俄国从条约中捞到了多少好处，除了得到了一点喘息空间。当然，他们比我们在慕尼黑做得要好。也许英国和俄国最后还是会被迫结成联盟，这将是实际利益压倒炙热的意识形态仇恨的一个有趣例证。

《新领袖》[55]现在正斥责贝当及其党羽的“背叛”以及反对希特勒的“工人斗争”。这样说来，也许他们会在希特勒入侵英国时支持“工人”抵抗。工人们该用什么来战斗呢？当然是武器。可独立工党同时又呼吁破坏武器工厂。这些人几乎完全生活在自慰高潮的幻境中，而事实却是他们所说或所做的一切都对事件的发展没有丝毫影响，甚至产生不了一粒子弹。

---

52 信息部，负责战时宣传，在伦敦大学仪式大厅设有办公室。它是战争期间全市最高的新建建筑，是奥威尔在《一九八四》中创造的“真理部”的灵感来源。

53 R·A·巴特勒(1902—1984；1965 年受封终生贵族)，于 1938—1941 年间担任外交事务副大臣，后来又于 1951—1964 年间在保守党政府中担任外交大臣。

54 L·H·迈尔斯是名小说家，也是奥威尔的好友。他是奥威尔和艾琳在摩洛哥停留期间的资助人(奥威尔对此并不知晓)。

55 独立工党的周报。奥威尔曾于 1938 年加入该党，并在西班牙内战中与独立工党纵队并肩战斗。他在二战爆发时由于独立工党坚持和平主义立场而退出了该党。

1940 年 6 月 28 日

事情的走向让我非常抑郁。今早去做征兵体检，结果被拒绝入伍。我的健康等级是 C，军队目前不接收像我这种健康状况的人……令人愕然的是这种征兵系统是如此彻头彻尾的缺乏想象力，居然无法让一个健康状况不及常人但至少不是残废的人发挥用处。一支军队需要数量庞大的文职人员，但这些工作目前大多是由身强体壮却是半个文盲的人来做的。如果政府正在尝试将全国的人力资源从奢侈品产业转移到生产业上的话，那么你能原谅政府没雇用知识分子的错误，因为他们总体上来说在政治上是不可靠的——但事实上你在大街上根本看不到这样的转变。

俄国人今天进入了比萨拉比亚。这几乎没引起任何注意，我能听到的对此为数不多的评论都对此表示温和的赞同，至少没有敌意，无法与公众对其入侵芬兰时的强烈愤慨相比拟。我想这差异并不是因为俄国对芬兰和罗马尼亚的提议条款有所不同。这可能是因为我们当前正濒临绝境，而俄国这样的举动可能会令希特勒难堪——我相信这是一定的——尽管这显然征得了他的同意。

1940 年 6 月 29 日

英国政府已经承认了戴高乐政府[56]，但显然有些含糊其辞，因为它并没有否认贝当政府。

媒体站在我们这边，这点很能给人希望。但事情的另外一面就是，媒体的“自由”意味着它们不得不(通过广告)依赖既得利益集团，很大程度上就是奢侈品贸易。报纸可以抵制明目张胆的背叛，却很难在控制奢侈品的问题上采取强硬立场，因为他们的生存依赖于巧克力和丝袜广告。

---

56 查尔斯·德·戴高乐(1890—1970)当时是自由法国运动的领导人，在法国沦陷后继续激励着法国抵抗运动。他的民族自豪感，他对法国沦陷的耻辱感以及解放祖国的决心有时使得盟国很难与他合作。战后他在 1945—1946 年担任过渡总统。1958 年的阿尔及利亚危机使得他得以重返权力舞台。作为第五共和国的设计者和总统，他在 1959—1969 年这 10 年间维护了法国的军事和战略独立性。

1940 年 6 月 30 日

今天下午全“军区”的本土防御志愿者在摄政王公园[57]举行了一次阅兵，共有 12 个排，理论上每排 60 人(实际上目前人数略有不足)。其中大多是老兵。穿着便装总归会使军容大打折扣，考虑到这一点，这些人看上去还不赖。其中约有 25% 的人来自工人阶级。如果摄政王公园这片区域都有这样的比例，那其他地方工人阶级的比例一定还要高得多。我不清楚的是，当局是否会避免在贫民区招募本土防御志愿者，因为那里的整片区域都在工人阶级手中。目前整个组织都还处于混乱无序的状态，存在着多种可能性。现在人们已经开始自发组织自卫团体了，民间甚至在土制手榴弹。高层无疑会被这些事态的发展吓坏的……阅兵的将军是那种常见的老白痴，完全是个老朽，他的演讲是我听到过的最缺乏激励效果的。不过士兵们却很乐意被激励。当人们听到步枪终于发到的消息时，爆发出一阵欢呼声。

昨天我和 C[58] 还有 M 夫妇[59] 走在街上的时候，在宣传海报上看到了巴尔博[60] 的死讯。C 和我都高兴极了。C 说巴尔博和他的同伙曾经把萨努西教团的长老从飞机上扔了下去；我想甚至连 M 夫妇（他们和彻底的和平主义者只有一线之隔）都没有不悦。艾琳也很高兴。晚上（我在克鲁姆斯 · 希尔[61] 过的夜）我们发现一只老鼠溜进了水槽结果爬不出去了。我们费尽了力气用肥皂盒搭了个楼梯让它爬了下来，但这时它已经吓坏了，一头钻进下水槽边的铅条下面怎么也不肯出来了；我们让它自己呆了半个小时，它依然一动不动。最后艾琳只能轻轻地用手指把它弄出来，再把它放走。这种事情无足轻重……但当我想起西第斯[62] 的灾难曾如此令我难过，甚至到了令我茶饭不思的程度时，我不由得觉得战争的确可怕，它让一个人听到敌方潜艇葬身海底的消息时竟然兴高采烈。

---

57 奥威尔当时住在查格福德街多塞特花园 18 号，该处距摄政王公园的东南界约 150 码。

58 塞瑞尔 · 康诺利。

59 不明。可能是指 L · H · 迈尔斯和他妻子。对于他们，“和彻底的和平主义者只有一线之隔”这一描述并不属实。

60 伊塔洛 · 巴尔博（1896—1940），意大利空军司令，对 1935—1936 年间轰炸埃塞俄比亚负有责任。

61 格温 · 欧肖尼斯在格林尼治的家。

62 1939 年 6 月英国潜水艇西第斯未能在试航中浮出水面。由于逃生装置的缺陷，总共 103 名船员中只有 6 人获救。许多人通过收音机上见证了救援过程的极端缓慢和失败。潜艇后来被回收，并于 1940 年 11 月重新以“HMS 雷电”的艇名服役。所有的新船员都被告知了这艘潜艇的过去，并被告知有权拒绝在该艇上服役。此后该艇战绩卓著，但在 1943 年 3 月被深水炸弹击中，舰艇及全体船员一同殉难。

1940 年 7 月 1 日

现在报纸只有 6 页 3 张了。[63] 印刷字体也变小了。大致估算了一下今天的《新闻纪事》：6 页共 48 栏，其中（除去小广告和头版的标题)15栏将近四分之一是广告。这当中有1.5个专栏是关于空缺职位的，但更多的广告是关于无用的消费品的。财经专栏也同广告，一些关于董事会的报道等等重叠，也许是那些公司自己出钱的。

今天的《每日快报》有6页42栏，其中12栏是广告。

今天所有报纸上的传言都在说巴尔博是被自己人谋杀的，就像弗里希将军[64]一样。现在每当有要人阵亡时，这样的怀疑总会浮出水面。西班牙战争中的例子有杜瑞塔和莫拉将军[65]。关于巴尔博的传言是基于皇家空军的声明，即他们对据信导致巴尔博阵亡的那场空战一无所知。如果这是谎言——事实很可能如此——那这将是英国宣传部门的一步妙招。

---

63 见战时日记，1940年6月2日，当时《人民报》有12页。

64 维那·冯·弗里希，一名德国陆军总参谋部的保守派将领；他从不掩饰对希特勒的鄙视。他于1939年阵亡，人们一直认为这事实上是由“元首”一手策划的。

65 布韦那文图拉·杜瑞塔，原先是共和国的一名枪炮工人，后来成为将军和广受爱戴的领袖。他在保卫马德里的战斗中阵亡，也许是死于共产党人之手。他的葬礼在马德里引发了一场广泛的抗议示威。莫拉将军(1887—1937)是佛朗哥的平级，在内战初期被杀，这样就没有机会和佛朗哥争座次了。

1940年7月3日

所有有思考能力的人都有一种接近绝望的感觉，因为政府始终没有行动，而且指挥层依然冥顽不化，并且亲法西斯。人们越来越认识到，唯一能扭转局势的就是一场不成功的入侵行动；但随之而来还有另一种担忧：希特勒根本不会实施入侵，而是会攫取非洲和近东。

1940年7月5日

在击沉奥兰的法军战舰的行动中英军几乎完全没有伤亡，[66]这说明法军水兵拒绝开炮，或至少没有什么热情……尽管报纸上嚷嚷着“法国舰队已失去战斗力”，但从被击沉的舰只清单上看至少半数的法国海军逃过了打击，而完好的潜艇无疑也超过半数。但究竟有多少舰只落入了德国和意大利之手，多少依然在海上游弋，报纸上并未说明……德国广播中爆发出滔天的怒火（如果报道准确的话，他们甚至呼吁英国人民行动起来把丘吉尔绞死在特拉法加广场），这恰恰证明了这一行动非常正确。

---

66 6月3日，皇家海军在副元帅约翰·索姆维利爵士的指挥下攻击了停泊在奥兰港和阿尔及利亚的梅斯·埃尔-克比港的法军战船。被击沉的舰艇中包括战列舰“普罗旺斯号”和“布列塔尼号”，以及快速战列巡洋舰“敦刻尔克号”；1 300名法军水兵阵亡。包括战列巡洋舰“斯特拉斯堡”以及航空母舰“终极司令号”的其他几艘舰艇逃往了土伦港。法军停靠在朴茨茅斯港和普利茅斯港的舰船也被英军夺取，其中包括2艘战列舰，2艘巡洋舰，8艘驱逐舰，约200艘小型舰艇以及一定数量的潜水艇。船员可以选择加入盟军或被遣返回国。

1940年7月10日

他们重创了停靠在达喀尔港的法国战列舰“黎塞留河号”[67]。但迄今还没有夺取法属西非港口的举动，那里无疑也不会有重兵把守。根据凡农·巴勒特[68]的说法，德国人会正如我先前预料的那样提出合约条款，如英国退出欧洲大陆但依然保有英帝国，丘吉尔政府下台，换上一个希特勒更能接受的新政府。人们普遍认为，英国存在一个迫切希望接受这一条款的派系势力，而且他们无疑正在组织影子内阁。根本无法想象一般民众会容忍这样一份合约，除非战争已经进行到了僵局……温莎公爵[69]被任命为巴哈马群岛总督，业已被打发上船离国。这几乎就是份流放判决。格兰茨出版的新书《有罪之人》还是对慕尼黑会议的惯常“控告”，卖得像热烧饼一样飞快。据《时代》杂志所说，美国共产党正与当地的纳粹组织秘密合作，组织美国军火运抵英国。你没法确定不同的共产党组织各自在当地的活动自由。直到最近它们似乎还没有任何自由。不过从近期来看它们似乎在不同的国家执行着彼此矛盾的政策。也有可能他们有时获准放弃“原则”，因为恪守教条就意味着灭亡。

---

67 1940 年 6 月 8 日，皇家海军鱼雷艇攻击并重创了达喀尔港的法国战列舰“黎塞留河号”和卡萨布兰卡的“让巴特号”。

68 凡农·巴勒特(1894—1983)：多本政治书籍的作者，当时是一名自由派政治记者的领军人物。此时他为《新闻纪事》(倾向于自由党的立场)工作，报道世界危机，尤其是与希特勒、墨索里尼和远东地区相关的事件。1938 年他以反对慕尼黑协议的独立议员身份赢得了一场轰动一时的补缺选举。

69 爱德华，温莎公爵(1894—1972)；当他还是威尔士王子时曾广受人民爱戴，对失业人员和萧条地区的民众表达过同情。1936 年 1 月 20 日他登上王位，加冕为爱德华八世，但他与一名曾两次离婚的女人结合的决定引发了一场危机，最终导致他于同年 12 月 10 日退位。除了战争期间担任巴拿马总督外，他与辛普森夫人婚后一直住在法国。围绕着“退位危机”以及他与纳粹德国的瓜葛的敌意与争议直到现在都没有完全消散。

1940 年 7 月 16 日

好几天没有真正的新闻了——除了英国政府对日本的半投降，即同意在声明的时期内停止经由缅甸小道向中国输送战略物资。当然这个声明并非铁板钉钉，依然可以被下一任政府宣布作废。F[70] 认为这是英国政府试图安抚日本的最后一次努力(试图保护其在香港的投资)，从此以后他们将不得不被迫坚定地支持中国。也许确实如此。但这是怎样一种糟糕的行事方式啊——只有被踹上一脚时才不得不去做正确的事，而整个世界此刻都已不再相信你行为动机的真诚了。

W[71] 说伦敦的“左翼”知识阶层此刻都已成了失败主义者，认为局势已然无望，就差没有盼望投降了。早该料到这些人的德行了，从他们在《人民阵线》上的哀号我就知道真正的表演一开始他们就要崩溃。

---

70 不明；可能是托斯克·菲威尔(1907—1985)。他是犹太人，父母从维也

纳移居到当时的巴勒斯坦，在那里他同犹太复国主义运动产生了关联，此后与戈尔德·梅厄一起合作。奥威尔与他还有弗里德里克·沃伯格等人于1940年1月相遇。这系列会面催生了“寻光”丛书，其中奥威尔的《狮子与独角兽》是第一本。另见托斯克·菲威尔所著的《乔治·奥威尔：个人回忆》(1982)，pp.91—102。

71 不明，可能是弗里德里克·沃伯格。

1940年7月22日

过去几天里没有真正的新闻。当前的一个重大事件是刚刚开幕的泛美洲大会，以及俄国兼并巴尔干各国，矛头直指德国。克里普的太太和女儿要去莫斯科了，显然他会在那儿呆上很长一段时间。西班牙据说正在进口大量的原油，显然是供给德国的，而我们并没有阻止这一行径。今早的《新闻周刊》说了一大堆佛朗哥想要保持中立的胡话，还说他想要抵制德国的影响，等等等等。事情的发展肯定会像我说的那样：佛朗哥会继续玩着他“亲英”的把戏，这样英国政府就有理由温柔地对待西班牙了，允许他们不受限制地进口物资，而最终佛朗哥还是会加入德国一方。

1940年7月25日

真的没有新闻……许多把孩子送往加拿大的人已经开始后悔了。[72]空袭造成的死亡人数上月给出的是340人。如果这是真的，那这要比同期交通事故造成的死亡人数少多了……地方志愿者现在据说超过130万人，业已停止招募，更名为地方志愿军。有传言称所有的军士都将被正规军派来的人取代。这似乎表明当局开始把地方志愿者当作一支战斗力量认真对待了，或者是因为他们对这支队伍感到不放心。

现在有传言说洛依德·乔治[73]可能是英国的贝当……意大利媒体也有相同的说法，还说洛依德的沉默表明这是真的。当然，我们完全可以想象洛依德是由于坐了冷板凳，出于纯粹的怨恨和嫉妒而采取这样的行为；但我不太能够想象他会同托利党小团伙共谋，尽管后者事实上会赞同这样做。

我走在街上时，会不停地抬头看着窗户，心里想着哪扇窗适合做机枪掩体。D[74]说他也一样。[75]

---

72 关于将儿童转移至加拿大一事，见战时日记，1940 年 6 月 17 日。

73 大卫·洛依德·乔治：和贝当一样，一战期间他也是名英勇的战时领袖，在担任首相期间功绩卓著。战后他试图与德国缔结一份和解性的条约，但处于少数派地位。更多关于洛依德·乔治的内容，见事件，1939 年 8 月 6 日，注 3。

74 不明。

75 1940 年 7 月 16 日，希特勒在他的第 16 号训令中说："我已决定准备一次针对英国的登陆行动，如果必要的话就实行计划。目标是……消灭英国人的家园……并在必要的情况下将其彻底占领。"（《希特勒的战争训令 1939—1945》，休·特雷弗-洛普编辑，1964）

1940 年 7 月 28 日

今天晚上我看到一只鹭飞过贝克街。但这没有我一两周前看到的一件事那样不可思议——一只茶隼在罗斯板球场正中央杀死了一只麻雀。我想是战争让这种事成为可能：交通的减少增加了伦敦市中心的鸟类活动。

那个我忘了名字的小个子男人曾经认识乔伊斯[76]。乔伊斯属于法西斯党的一个分支，人们通常叫他"哈哈勋爵"。他说乔伊斯嫉妒憎恨莫斯利[77]，曾用最下作的语言辱骂他。莫斯利是希特勒在英国的主要支持者，有趣的是希特勒居然任用了乔伊斯而不是莫斯利的人。这印证了伯克努的话：希特勒不希望英国有一个过于强大的法西斯党。[78]显然他的动机永远是分裂，甚至分裂分裂者。德国媒体正在攻击贝当政府，动机不明，一些受德国控制的法国媒体也加入了这一行列。杜利奥特[79]当然走在这些人的前列。令我震惊的是《星期日泰晤士报》也声称巴黎的德国人正在利用伯格里[80]。我知道右翼和正统左翼在涉及左派异议小党的问题上都习惯性地撒谎，但我依然谨慎地接受这一说法。

---

76 威廉·乔伊斯(1908—1946)：人称“哈哈勋爵”，也许是缘于他说话的方式。他原是美国公民，从未取得英国国籍，尽管他一生大多时间都呆在英国，且是名狂热的国家主义者。他后来成为一名法西斯分子，而奥斯瓦尔德·莫斯利的主张对他来说过于温和。1939 年 8 月他前往德国，1940 年入德国籍。战争前期他一直在做对英广播宣传。1946 年 1 月 3 日他被英国人绞死。

77 奥斯瓦尔德·莫斯利，英国法西斯主义者联盟头目。另见威根码头日记，1936 年 3 月 16 日，注 34。

78 奥威尔的“伦敦来信”，CW，XII，pp. 353 - 354。

79 亚克斯·杜利奥特(1898—1945)：共产党人，后来转投法西斯主义，是德国资助的“法国人民党”的领导人。1943 年 3 月 25 日，他在写给希特勒的信中说：“德国军队及其盟友不仅仅是为德国而战，也是在为欧洲而战，为法国而战。”他策划组建了“法国反布尔什维克志愿者军团”(LVF)，这是德占期间通往与德军事合作的第一步。大约有 10 000 名志愿者加入德国国防军在东线战场上作战。

80 加斯顿·伯格里，法国议员，知识分子，从极端右翼转变为极端左翼，法国沦陷后与德国合作。

1940 年 8 月 8 日

意大利对埃及，或者说是对英属索马里兰的进攻开始了。迄今为止没有真正意义上的新闻。但报纸都推测以我们现有的部队没法守住索马里兰。丕林岛是进攻的战略要点，一旦失守将封闭红海。

H·G·威尔斯很了解丘吉尔，他说丘吉尔是个好人，不是雇佣兵，也不是野心家。[81]他一直生活得“像个苏联政委”，用汽车都“提申请”，而且从不关心钱。但 HG 还说丘吉尔会拒绝面对事实，还有一个弱点是不愿让密友失望，这使得他不愿撤换许多不合格的人。威尔斯还对起诉政治难民一事大为不满。他相信这一破坏行径的根源就是战争部。他相信关押反法西斯难民是完全蓄意的破坏之举，原因是这些人中有些与欧洲地下运动有关联，因此可能在某一时刻发动“布尔什维克”革命；而这从统治阶级的角度看比战败还要可怕。他说斯文顿勋爵[82]要对此负最大的责任。我问他是否肯定这是斯文顿勋爵的蓄意行为——这永远是最难判定的。他说他相信斯文顿完全清楚自己在做什么。

今晚听了一名参加过敦刻尔克战役的军官所作的幻灯片讲座。非常糟糕。他说比利时人战斗得很英勇，没有不发警报就投降了（他们事实上提前三天发出了警报）；但他对法国人的评价很糟糕。他展示了一张朱阿夫军团抢劫民宅后全速逃跑的照片，一个士兵醉卧在人行道上一动不动。

---

81 “野心家”这个词应该是奥威尔说的，而非威尔斯。这是奥威尔对那些他不认同的人所做出的最批判性的描述之一。

82 菲利普·坎利夫-利斯特，斯文顿子爵（1884—1972；1955 年封爵），1918 年以联邦党员身份（与保守党紧密结盟）进入议会；1931—1935 年担任殖民地事务大臣；1935—1938 年任空军大臣；1940—1942 年任大不列颠商务委员会主席；1942—1944 年任内阁常驻西非公使；1944—1945 年任民用航空大臣。

1940 年 8 月 9 日

钱的问题变得完全无法忍受了……我给管理收入税的官员写了封长信[83]，指出战争事实上断了我的生计，而与此同时政府又拒绝给我任何工作。身陷这样一场噩梦中想要写书是不可能的——这一事实对于作家的地位来说息息相关，对于官方来说却无足轻重。我对政府没有任何心有不安，只要能逃税我绝逃不误。但我会心甘情愿地为英格兰献出生命，只要我觉得有必要。但在交税方面没有人会当爱国者。

已经几天都没有真实的消息了。只有关于空战的新闻，如果报道属实的话，那英军总是大获全胜。我希望能和某个皇家空军的军官谈谈，看看这些报道是否属实。[84]

---

83 奥威尔被催缴个人所得税——这件事很有意思，因为他在 30 岁时几乎是踩着贫困线的。1939 年只有 20% 的人口交个人所得税（见迪尔登·法

罗国际会计公司，1985 年 2 月 19 日）。奥威尔的困境是由于他前一年较高的收入（如《通往威根码头之路》的版税），另外还有艾琳的收入也被计入他的收入进行征税。

84 当时英国和德国空军宣称击落的对方战机数量都比实际的要多。8 月 14 日英国皇家空军宣称击落了 144 架德军飞机，而战后在得到德方记录进行比对的情况下，这个数字被修正为 71 架。同一天皇家空军损失了 16 架飞机，但有 8 名飞行员得救。9 月 15 日英军又宣称击落 185 架德军飞机；后来事实证明只有 56 架。同一天有 26 架皇家空军战机被击落，但有半数飞行员获救。这是整个不列颠空战中宣称击落飞机最多的一天。从 7 月到 10 月底，英军宣称击落了 2 698 架德军战机；而事实上准确的数字是 1 733 架。德国宣称击落了 3 058 架英军飞机，而英国实际的损失是 915 架飞机。这究竟在多大程度上是刻意的宣传，多大程度上是飞行员过于兴奋的报告就很难考证了。

1940 年 8 月 16 日

索马里兰的局势很糟糕。这显然是德国对埃及发动的侧翼攻势。英吉利海峡上空空战的规模空前，如果报道和事实哪怕只是有一点点相近，那么德国的损失巨大。昨天据报道就有 145 架德军飞机被击落……现在正需要一场真正的空袭来教会伦敦市区的人该如何应对。现在所有的人表现都愚蠢至极，除了交通其他所有事情都停了下来，但没人采取防空措施。在最初的 15 秒里警报声大作，哨声和喊叫声让孩子躲进屋子，然后人群就在街道上聚集起来瞪大了眼睛望着天空。白天人们显然不好意思躲进防空洞，直到听到炸弹的爆炸声。

周二和周三，我在沃林顿度过了美好的两天。没有报纸，没有战争。他们在那儿砍橡树，我们带着马克斯帮忙追野兔，马克斯跑得真快，让我吃了一惊。这让我想起来我自己的童年，也许这是我最后一次享受这样的生活。

1940 年 8 月 19 日

空袭造成的一个结果是，所有人都很愿意轻信关于其他地方遭受巨大破坏的传言。乔治 · M[85] 刚从纽卡斯尔过来，人们大都相信那里被炸得一塌糊涂，但乔治说那里遭受的破坏不值一提。另一方面他刚来的时候也以为伦敦被破坏得千疮百孔，结果他的第一个问题就是“我们是不是受袭很严重”。现在就很容易理解为什么远在美国的人会相信伦敦成了一片火海，英国正在挨饿，诸如此类的传言。与此同时这不由让我怀疑我们对德国的空袭造成的破坏远不如报道的那样。

---

85 也许是乔治·梅森，一名健康顾问，是劳伦斯·欧肖尼斯的密友。艾琳在1945年初曾向他咨询健康问题，并在一封信中提到他和她的兄弟都推荐一名叫哈维·伊维斯的外科大夫。此人在1945年3月29日为艾琳实施了手术。（见克里克，p.478）

1940年8月20日

报纸尽可能地粉饰从索马里兰的撤退行动。但这无疑是场严重的失败，是几个世纪来英国首次丧失领土……很遗憾，报纸都坚决声称撤退是件好事（至少《新闻纪事》是这样说的，我今天只读了这份报纸）。也许这会引发另一场风暴，把更多的废物赶出政府。

空袭现在越来越频繁了，地方军中开始抱怨他们没有钢盔。麦克纳马拉将军的解释是正规军依然缺30万顶钢盔——而战争已经开始将近一年了。

1940年8月22日

与其他报纸相比，比弗布鲁克出版社似乎更倾向于低调处理托洛茨基[86]是被GPU暗杀的这种假设。事实上今天的《旗帜晚报》只是报道了和托洛茨基相关的一些信息，根本没有提这种说法。毫无疑问，他们依然在看着俄国，希望能不惜代价地安抚俄国，尽管有大卫·洛[87]的讽刺漫画在先。制定《旗帜晚报》的亲俄路线的人一定精明地认识到了，与俄国结盟的方法不是采取“人民阵线”的路子。但同时他们也清楚，英国左翼的主流观点依然理所当然地认为，与俄国靠拢的方法是采取全面反法西斯的政策。因此吹捧俄国的目的就在于将大众推向左倾。很奇怪，我总是将别人的动机理解得很狡诈，而我自己一丁点也不狡诈，很难采取非直接的手段，即便有时我意识到了这样做的必要性。

今天在波特曼广场看到了一辆四轮马车，装饰华丽，拉车的是匹高头大马，那马车夫的装扮就像是1914年前的式样。

---

86 里昂·托洛茨基(1879—1940)，1917年俄国革命的领导人之一，1917—1924年担任主管外交和战争的人民委员。他在红军的建立中发挥了重要作用。1924年列宁死后，他在权力斗争中输给了斯大林，遭到流放。后来他在墨西哥遇刺，因为他和他的追随者坚持反对斯大林。他的死被认为是苏联秘密警察(OGPU)所为。

87 大卫·洛(1891—1963)是一名成功的左翼政治漫画家，先后任职于《旗帜晚报》和《曼彻斯特卫报》。

1940年8月23日

今天凌晨三点钟来了一次空袭。我起床看了看时间，立刻觉得有气无力，马上又回到床上睡着了。他们在说要重新布置警报系统。如果他们不想让每次警报造成几千英镑的时间损失外加睡眠损失的话，那么这是必须的。事实是，目前的警报系统是在一大片区域拉响，而德国飞机仅仅袭击其中的一小片区域。这就意味着人们被毫无必要地惊醒或打断工作，与此同时又散布了防空警报总是虚惊一场的观念，而这无疑是很危险的。

领到了我的地方志愿军制服——在等了整整两个半月后。

昨晚去听了——将军[88]的讲座，他目前下辖25万人的部队。他说他在军队里呆了41年了。他曾参加过佛兰德斯战役，无疑因其无能而未获提拔。[89]他说了一通地方志愿军是一支静态防御力量的大话，语气轻蔑且露骨地表示他觉得我们操练寻找掩护，“贴着肚子匍匐”没什么用。他说这话显然是在抨击奥斯特里公园训练学校[90]。我们的职责，他说，就是战死在岗位上。他还很看重刺刀操练，暗示说常规军的军阶、敬礼等很快都将引入地方志愿军……这些可怜的老顽固，愚蠢透顶，老眼昏花，除了莽勇之外一切都已退化殆尽，真是可怜透顶。要不是因为他们像磨石一样挂在我们脖子上的话，我真的会替他们感到难过。普通士兵对待这种乏力的动员是竭力地想要表现出热情，听到笑话时时刻准备着捧腹大笑，可与此同时又冥冥地觉得有什么地方不对劲——真是太可怜了。现在是时候有人跳上讲台，告诉他们，自己的生命被人浪费了，战争又是为什么失利，是谁的责任，然后他们就会起来把那些老顽固扫进垃圾堆。当我看着他们在听这些愚蠢的讲话时，我总是想起萨缪尔·巴特勒的《笔记》中曾经提到，他看到过一头小牛在吃大便[91]。它没法判断自己究竟喜不喜欢大便的味道，这时它需要的是一头有经验的母牛用角顶它一下，好让它一辈子记得大便是吃不得的。

我昨天忽然在想，现在没有了托洛茨基，俄国该怎么办呢？① 世界各地的其他共产党人该怎么办呢？也许他们将不得不创造一个替代品。

---

88 不详。汤姆·霍普金斯——位于奥斯特里的非官方地方军训练学校的创始人之一——曾讲述过1940年秋，一名叫怀特黑德的旅长如何试图关闭他的学校，因为他没有许可证；见《这就是我们的时代》（1982），p. 180。奥威尔说的不可能是T·R·伊斯特伍德爵士中将，他1940年秋在指挥地方军，当时还不到50岁。

89 没有提拔。

90 奥斯特里公园训练学校当时由汤姆·温特林厄姆和休·斯莱特经营。他们根据自己在西班牙内战中在国际纵队的作战经验，教授游击战术和巷战技巧。奥威尔为地方军写的授课笔记现在还在。这些笔记详细地讨论了巷战、野战工事，还有烟雾迫击炮的使用。
温特林厄姆在一战中曾参加皇家空军团，1934—1936年担任《左翼评论》的编辑。1937年他指挥马德里附近的国际纵队英国营。他是大不列颠共产党的创始人员之一，但在西班牙战争的17年后退党。他还是《战争新方式》的作者，此书是一本企鹅特刊。
斯莱特是一名画家和作家。他曾一度是一名共产党员，并在30年代早

---

① 奥威尔是指俄国政权这下没有了攻击的标靶了。——译注

期参加了柏林的反纳粹运动。他在西班牙战争中为共和国作战(1936—1938),并成为国际纵队的行动总长。奥威尔曾评论过他的手册《地方军走向胜利》、《论战略》,以及《战术与训练》(CW, XII, pp. 387 - 389, pp. 439 - 441)。他还在1941年出版了《欧洲的战争:纵深攻击》。

91 《了解快乐因何而来的艺术》,选自《萨缪尔·巴特勒的笔记摘要》,A·T·巴塞罗缪编(1934),pp. 165 - 166。奥威尔在1934年评论过此书,见CW, X, pp. 339 - 340。

1940年8月26日

(格林尼治)。对我来说,24日的空袭是第一次针对伦敦的真正空袭,也是我头一次听见炸弹声。我们在前门看到东印度码头被击中了。星期天的报纸上没有提到码头遭到袭击,显然一旦重要目标遭到攻击他们就要设法隐瞒……爆炸声很响,但算不上惊天动地,没有给人地动山摇的感觉。显然德国人没有扔重磅炸弹。我记得我躺在蒙夫洛里特的医院里时他们在韦斯卡附近扔了两个重磅炸弹,第一个距离4公里远,但爆炸的咆哮声把房屋都震得发颤,我们都吓得从床上跳了起来。那也许是个2 000磅的炸弹,[92]而昨晚的只有500磅。

当局必须尽快把空袭警报系统地方化。现在只要有一架飞机出现在伦敦上空的任何区域,几百万人就会被吵醒或是离开工作岗位。

---

92 在这次空袭中首次有炸弹落在伦敦的中心城区:圣吉尔教堂和克利浦门都被击中。尽管皇家空军在战争后期使用过11吨级的重磅炸弹,但在战争的这一阶段还没有2 000磅级的炸弹。在1940年9月7日对伍尔维奇军火库和伦敦码头的空袭中,大约300架德军飞机投下了337吨的炸弹——平均每架飞机投下了2 500磅。奥威尔此时也许想到的是降落伞水雷或其效果。丘吉尔在1940年9月19日写给伊斯梅将军的一份备忘录里提到了德军投下了36枚降落伞水雷。他希望英军能做出适当的回应——如果没有降落伞水雷,那就以1 000磅炸弹回击。降落伞水雷是一种散播恐怖的武器,但它的劣势在于,当从5 000英尺的高空投放后,它会受制于气流影响,无法攻击特定的目标。(见温斯顿·丘吉尔:《第二次世界大战》,pp. 321 - 322)

1940年8月29日

过去的三个夜晚，防空警报总共持续了16到18个小时。很清楚，这些夜间空袭的目的在于骚扰，只要人们依然理所当然地认为只要一听到警报声就要钻进防空洞，那希特勒大可以每次只派6架飞机过来，无休止地干扰生产，剥夺人们的睡眠。但这种计策的效果已经开始减弱了。在过去的20年里，我头一次听到公交车售票员发脾气，对乘客粗鲁。比如昨天晚上，我就在黑暗中听到一个声音："到底谁是售票员，女士，你还是我？"这马上让我想起上次大战末期时的情景。

艾琳和我尽可能地不去注意这些空袭。我真的觉得自己一点也不担心，除了对空袭引起的混乱感到不安。[93]但是今天早上，当我从地方军的岗位上回到家，像往常一样睡上几个钟头的时候，却做了一个非常令人不安的梦：我梦见一枚炸弹就落在了我身旁，把我吓得屁滚尿流。这很像我在西班牙战争末期做过的一个梦：我趴在岸边的一片草地上，四周没有掩护，而迫击炮弹就在我周围爆炸。

93 见奥威尔的《伦敦来信》，CW，XII，pp. 356－357。

1940年8月31日

空袭警报现在每24小时就要响上六七次，真是烦死人了。越来越多的人觉得平时可以根本不理会这些警报，除非当你知道在你所在的区域将要有大规模空袭的时候。对于那些在摄政王公园散步的人来说，我觉得起码有一半人根本不在意空袭警报。昨晚就在我们要上床的时候，传来一声巨大的爆炸声。后半夜我们又被一声巨响惊醒，据说有颗炸弹落在了马德谷[94]。艾琳和我只是咕哝了一声这声可真响，然后就又睡着了。睡着睡着，迷迷糊糊地觉得有防空炮开火的声音。我的意识似乎又回到了西班牙战争中的某个夜晚——干脚睡在干草铺上，眼前还有几小时的休息时间，这时远处的炮声就像催眠曲一样——如果它们足够远的话。

94 伦敦的一个郊区，横跨 NW8 和 W9，离奥威尔居住的查格福德街只有 1 英里远。

1940 年 9 月 1 日

最近买了一顶军便帽。超过 7 号的军便帽似乎难得一见。显然他们觉得士兵都应该是小脑袋瓜。这倒印证了某个大人物在巴黎对 R. R.[95]说过的话：“天啊，你们觉得我们不需要聪明人上前线，对不对？”所有的地方军制服的颈口都只有 20 英寸宽……各处的商店都在靠地方军制服、卡其布衬衫之类的东西发财。就像当年在巴塞罗那一样，战争刚开始的时候加入民兵是件时髦的事。

95 R. R.：理查德·里斯爵士(1900—1970)，是奥威尔的一名老友和赞助人，尤其是在奥威尔努力起步的阶段。《让一叶兰飞》中的拉维·斯通就有他的某些慷慨品质。他是一名画家，并于 1930—1937 年担任《阿德尔菲》的编辑。他是奥威尔的朱拉岛农庄的合伙人，并且(同索尼娅·奥威尔一起)担任他的共同遗嘱执行人。见他所著的《乔治·奥威尔：胜利者阵营的逃亡者》(1961)以及《追忆奥威尔》中对此书的摘录；还有一次 BBC 访谈的部分内容(pp. 115－126)。另见 CW，X，pp. 181－182。

1940 年 9 月 3 日

昨天和 C 太太[96]谈了一会儿；她最近刚从卡迪夫回来。那儿的空袭几乎就没有断过，最后当局决定码头的运作不能中断，不管有没有空袭。几乎就在决定做出的当口，一架德国飞机扔下一颗炸弹，径直投进了一间船舱；据 C 太太说 7 个现场工人的尸骸“只能用提桶捞上来”。当时码头就发生了罢工，随后码头方面只能按惯例做防空措施。这类事情是不会上报纸的。现在各方都普遍认为，最近的空袭伤亡人数都被官方最小化了，这大大激怒了受害的当地人，他们可不喜欢在报上读到“损失可忽略不计”之类的话，可事实上却有100人被炸死。很想看看本月(8月)的伤亡数字。我估计只要伤亡不超过2 000，他们就会说实话；要是超过了这个数目，他们就会设法掩盖。[97]

迈克尔估计，就他的服装厂说，空袭造成的损失大约每周50英镑。

---

96 不明。

97 9月的空袭死亡数字为6 954人；10 615人受重伤。全英国在随后的冬季各月份的伤亡数字如下：

	死亡	受伤
1940年10月	6 334	8 695
11月	4 588	6 202
12月	3 793	5 244
1941年1月	1 500	2 012
2月	789	1 068
3月	4 259	5 557

在11月16日对考文垂市的毁灭性轰炸中(德军称其代号为“月光奏鸣曲”)，25万人口中有554人死亡，只有一架德国飞机被击落。在整个战争过程中，共有60 595名平民死于敌对行动。与之相比较，海军陆战队的阵亡人数为30 248人，皇家海军为50 578人，皇家空军为69 606人，陆军为144 079人。到1941年底共有约36 500名平民死于空袭，其中伦敦死亡20 000多人，利物浦4 000多人，伯明翰2 000多人，格拉斯哥近2 000人。

1940年9月7日

空袭警报现在变得空前频繁，而且持续时间也很长，长得人们都习惯性地忘记了警报是否还在，还是“警报解除”信号已经响过了。人们已经把炸弹声和枪炮声当作睡觉和交谈的背景配音了，只要不是离得太近(这通常意味着2英里以内)。我到目前为止还没有听到哪颗炸弹爆炸的响声大得让我觉得自己性命堪忧。

在丘吉尔的演讲中，8月空袭的死亡人数为1 075人。即便这是真的，那也是极大的缩水，因为它只统计了平民伤亡。官方对空袭情况的保密工作真做到了极致。今天的报纸报道了一颗炸弹落在了“伦敦中心”的一个街区，但字里行间根本找不到那是哪个街区，尽管一定有上千人知道。

1940 年 9 月 10 日

我没法记述过去几天里的种种疯狂。空袭本身倒并没有这么让人提心吊胆，但最令人不安的是由其引发的交通混乱，电话频繁受阻，店铺关门，等等；忍受着这些痛苦，却还要继续正常地工作，这真的让人精疲力竭，生活变成了争分夺秒地抢回失去的时间。下面记几条关于炸弹的笔记：

我还没有看到过超过 12 英尺深的弹坑。一个正对着格林尼治房子的弹坑，大小只和我在西班牙见到的 15 厘米口径炮弹坑相仿。总的来说爆炸声很吓人，但不至于让人魂飞魄丧，不像我在韦斯卡见过的大炸弹。不算那些“尖叫”炸弹，我经常能听见炸弹的呼啸声——这意味着我距离炸弹落点不到 1 英里——但即便这样，爆炸声依然不是很响。总的来说我认为他们用的是小炸弹。那些投在老肯特路，造成大部分毁坏的炸弹，其爆炸范围都小得奇怪。经常是一栋小房子被炸成了废墟，而紧挨着的另一栋房子却只是有些擦伤。燃烧弹的效果也一样，有时一栋房子的内部完全被烧毁了，而外表却几乎完好。

延迟炸弹非常令人头疼，不过当局似乎成功地发现了其中的大多数，并且赶在爆炸前把它们从居民区转移了出来。整个南伦敦，随处可见一小群一小群神情沮丧的人，拿着手提箱和行李卷；他们要么是房子被毁无家可归的人，要么是因为未爆炸的炸弹而被当局转移出来的，后一种情况更多。

关于空袭造成损失的重要信息：1940 年 9 月 7 日和 8 日，码头燃起了冲天大火，9 日齐普赛街也有大火。英格兰银行被削去了一块（炸弹坑离银行的墙只有 15 英尺）。格林尼治的海军大学也被炸弹削去一块。大部分毁坏发生在霍尔本。炸弹还落进了马里波恩的物资堆场。[98]杜莎夫人街上的电影院被毁。此外还有另外几处大火，许多煤气总管和电线被炸断，交通受到很大干扰，伦敦桥和威斯敏斯特桥已经封闭了好几天，铁路线也受到了不小的破坏，铁路运输因此中断了一两天。据说伍尔维奇[99]受到了严重的破坏。另外，根据燃起的火焰和烟柱的粗细判断，泰晤士河三角洲上的一处或几处大型储油罐在9月7日被击中了。牛奶和信件投递也受到了一定程度的影响，报纸大多晚出了几个小时，所有的剧院（除了位于地下的标准剧院[100]）都在9月10日关门了，我想电影院也一样。

昨晚大多时间都呆在公共防空洞里，一刻钟内反复出现的炸弹呼啸声和爆炸声把我赶到了那里。防空洞里太拥挤了，感觉很不舒服，不过那里的设施很好，有电灯电扇。那里的民众大多是年迈的工人阶级，不停地抱怨座椅太硬，长夜漫漫，不过没有听到失败主义的论调……现在可以看到民众每天黄昏时分都带着被褥在防空洞门前排队。那些先进来的人赶紧在地上抢好位置，这样也许还能睡个相对不错的觉。白天的空袭不算，晚上的空袭时间相对很规律：晚上8点到凌晨4点半，即黄昏到破晓。

我认为像前四个晚上这种强度的空袭如果持续上3个月，那一定会摧毁所有人的士气。但我很怀疑有谁能把这种规模的攻击持续上3个月，尤其是当他自己也遭受着对等的损失时。

---

98 霍尔本位于伦敦市区；马里波恩火车站是伦敦的铁路枢纽，离奥威尔居住的查格福德街有两三百码远。

99 伍尔维奇位于格林尼治以东2到3英里，欧肖尼斯夫妇就住在那里。那里有一个皇家炮兵的军需库，还是皇家军事学院和皇家军火库的所在地。

100 标准剧院位于皮卡迪利广场。位于皮卡迪利广场东北方向不远的风车剧院也骄傲地宣布“从不关门”。

1940年9月12日

自从空袭的强度开始加大的那天起，人们变得更愿意同街上的陌生人交谈了。今天早上遇到了一个20岁左右的年轻人，外套脏兮兮的，像是个汽车修理工。对于战争非常悲观，对南伦敦所遭受的毁灭感到恐惧。他说丘吉尔视察了象区[101]附近遭受轰炸的区域，其中一处22栋房屋中有20栋被炸毁。他这时说了句“情况还不算太糟”。那年轻人说：“如果他敢对我这么说，我一定拧断他那该死的脖子。”对于战争他很悲观，认为希特勒一定会赢，然后会像摧毁华沙一样把伦敦变成一片废墟。他痛苦地说起南伦敦那些无家可归的人，当我提出西区的空房子应该用来安置这些难民时，他热情地表示赞同。他还认为所有的战争都是为富人的利益，但当我指出这场战争可能会以革命告终时他表示同意。尽管如此，但他依然很爱国。他的牢骚部分是因为在过去的半年里他已经四次报名参加空军了，可每次都被拒绝。

今晚和昨晚他们一直在尝试一种新的防空机制，不间断地发射防空炮火，显然是盲射或是仅凭声音射击，但我猜也许他们有某种声音探测装置，能够估算出炮弹应当爆炸的高度。

炮声震耳欲聋，几乎没有停歇，不过我一点也不介意，因为感觉这是我们的大炮。昨晚在S[102]那里呆了一晚上，广场上的一门高射炮整晚都在开火，只有一些短暂的间歇。我晚上在炮声中睡得很好，没有听到德国炸弹的声音。

伦敦东区和南区遭受的毁坏毫无疑问是可怕的。丘吉尔昨晚的演讲非常认真地提到了英国遭受入侵的迫在眉睫的危险。如果入侵行动是真实的，不是佯攻，那么德国人的意图就是要摧毁我们南岸沿线的空军基地，随后密集轰炸我们的地面防御设施，与此同时扰乱伦敦和英国南部地区之间的通讯；或者是尽可能地把我们的防御部队诱往南部，随后在苏格兰或者是爱尔兰实施登陆进攻。

我们所在的地方军排在等待了3个半月之后，终于等到了六人一支的步枪，还有一些燃烧弹，除此之外没有其他武器了。制服大概是每四个人分到一套。而且他们还反对让地方军成员把步枪各自带回家。[103]这些装备都集中存放在一个地方，一枚炸弹就有可能让它们一夜间全部报销。

---

101 “大象和城堡”是一家酒吧，其所在的区域就因它得名。那里是一个主要的工人住宅区、购物中心和道路枢纽。

102 史蒂芬·斯潘德的公寓，以及《地平线》的办公室所在地，位于兰斯唐排楼，WC1。奥威尔开始写的是“S. S 那里”，但后来划去了第一个 S。

103 1940 年 9 月 22 日，丘吉尔在给罗斯福总统的信中写道，英国“急需”250 000 支步枪，“因为我现在有 250 000 名受过训练的穿军装的人(地方军)，这些步枪急需发到他们手中”。这样，“我们就能把 250 000 支点 303 口径的步枪从地方军手中转移给正规军士兵，转而用 800 000 支美国步枪武装地方军”。(《第二次世界大战》，第二卷，p. 596)

1940 年 9 月 14 日

弹幕覆盖射击[104]的第一个晚上据说是火力最强的，他们说我们一晚上就打掉了 50 万发炮弹。按每发炮弹 5 英镑计算，那一个月就是 250 万英镑的花销。但这是非常值得的，因为提振了士气。

---

104 德国首次轰炸伦敦时，当时伦敦市区似乎还没有地面防空设施。有时一架孤零零的敌机在上空盘旋，人们却毫无办法，只能不安地等待着它投下炸弹，有时似乎要等上很久。另些时候德军会集中投下燃烧弹或高爆弹，或同时使用两个弹种。毕竟所有能够使用的防空炮都被集结在了伦敦周围的地区，9 月 10 日当天夜晚它们出其不意地全部开火。奥威尔对于提振士气的判断是非常准确的。

1940 年 9 月 15 日

今天上午，我头一次看到有架飞机被击落。它缓慢地跌出云层，头朝前，就像是只飞过头顶时被射中的鹞。围观的人群爆发出震天响的欢呼声，但时不时地有人打岔问：“你确定那是架德国飞机吗？”上级给的指示非常的含混，飞机的型号又是如此之多，以至于没人分得清究竟哪些是德国飞机，哪些是我们的。我唯一肯定的是，如果在伦敦上空发现轰炸机，那一定是德国人的，而战斗机更有可能是我们的。

1940 年 9 月 17 日

昨晚针对本区的密集轰炸一直持续到晚上十一点……我在这栋房子的门厅里和两个小伙子还有一个同他们在一起姑娘说话。他们毫不掩饰自己的恐惧，并且不觉得害羞，说此刻他们的膝盖都在打颤，但与此同时他们又显得很兴奋，一有轰炸的间歇就会冲出门去张望，捡些炸弹碎片回来。后来我在楼下 C 太太那间加固的小房间里同她本人、她的女儿、女仆还有三个也租住在这里的姑娘呆在一起。每当有炸弹呼啸而过时，所有的女人都齐声尖叫，双手紧抓着彼此，低头埋住脸——除了女仆。不过在爆炸的间隙，她们似乎都情绪正常，还很开心，生动的聊天一刻不停。狗看上去也被吓住了，它也意识到了有什么地方不对劲。马克斯在空袭期间也是这个样子——怔怔的，心神不宁。不过有些狗遇到空袭却会发狂，不得不开枪把它们打死。他们说现在公园里的所有狗一听到防空警报都会跑回家(艾琳说格林尼治的狗也是这样)。

昨天在市里剪了头发，我问理发师有没有遇到空袭。他说有。如果他当时正好在给人理发呢？我问。哦，那他就照常理发呗。总有一天一枚炸弹的落点会近得让他跳起来，到了那时他就会把某人的半张脸都割下来。

后来又有一个男人在我等车的时候找我攀谈，我觉得像是个旅行推销员，一张苦瓜脸。他开始喋喋不休地说起自己怎样和妻子一起逃出伦敦，自己神经衰弱，还有胃痛，诸如此类的东西。我不知道这样的事情现在有多少。当然现在有很多人逃离东区，每晚都有大量的人流涌向其他有充足防空掩体的地方。越来越多的人会花上 2 便士买张地铁票，然后在皮卡迪利等地铁站里过夜。和我谈过的每个人都认为西区的那些装修过的空房子应该用来安置无家可归者；但我猜那群富有的猪有足够的能量阻止这件事发生。前两天50个东区人在某些区议员的带领下闯入沙威饭店，要求使用那里的防空掩体。管理层没能将他们驱逐出门，直到空袭结束他们自行离去。当你看到富人的行为方式一切照旧，而局势正明显地发展成为革命战争时，你会想到1916年的圣彼得堡。

（晚上）几乎没法在这片地狱般的咆哮声中写东西。（电灯灭了。幸好我还有些蜡烛。）因为发现了未爆炸的炸弹，本区的许多街道都被隔离了。从区区300码远的贝克街回家就像是闯迷宫一样。

1940年9月21日

有好些日子买不到笔记本续写这卷日记了，因为邻近社区的三四家文具店，除了一家，其余的全因为未爆炸的炸弹被隔离了。

此时此刻的街头常景：堆得整整齐齐的碎玻璃堆，一堆堆的碎石和燧石碎片，弥漫着挥发性气体的味道，警戒线外站着一簇簇的围观者。

昨天，在附近一条街道的入口处，一小群人站在那里，中间有一个戴着黑钢盔的ARP。那里刚刚传出一声震耳欲聋的爆炸声，还有冲天的烟柱。那个戴黑钢盔的人跑向ARP总部，随后跟出来一个戴白盔的人，还嚼着满嘴的面包黄油。

黑盔："多赛特广场，长官。"

白盔："知道了。"（在笔记本上画了个勾。）

经常看到一些普通人在街头游荡，他们都是因为延时炸弹被从家里疏散出来的。昨天两个女孩在街上拦住我问道："先生，快请告诉我们这是在哪里？"她们的衣着很讲究，只是脸上脏得要命。

但与此同时，伦敦的许多地区看上去和平时别无二致，白天时所有人都照样开开心心，似乎根本不想即将来临的夜晚，就像无法预见未来的动物，当下只要有东西吃，有太阳晒，就心满意足了。

1940 年 9 月 24 日

昨天整条牛津街从牛津广场到大理石拱门一辆车都没有，只有少数几个行人。临近黄昏的斜阳映在空荡荡的路面上，数不清的玻璃碎片在阳光下一闪一闪的。约翰 · 路易斯店[105]外放着一堆石膏模特，肤色粉红，非常真实，看上去就像是一堆尸体，从远处看真有可能被弄错。这和巴塞罗那街头的景象一模一样，只是那里堆放的是圣徒的石膏，从被亵渎的教堂里扔了出来。

关于你是否能听到径直飞向你的炸弹的尖叫声，我们讨论了很久。这个问题最终归结为，炸弹是否能超音速飞行……我想出来的一个结论是，你离炸弹的落点越远，你听到的尖叫声就越长。因此，短促的飕飕声意味着你应该马上寻找掩护。我想这本来就是人们在战场上躲避炮弹的方法，不过那时这么做凭的完全是本能。

德国飞机每隔几分钟就会飞回来。这就像是在某个东方国家，你一直觉得自己刚刚打死了家里的最后一只蚊子，可每次你一关灯，那嗡嗡声又出现了。

---

105 一家一流的百货公司，采用员工合伙人制，直到今天依然生意兴隆。

1940 年 9 月 27 日

今天的《新闻纪事》明显地充满了失败主义色彩，考虑到昨天有关达喀尔的新闻这也是不难理解的。[106]但我感觉《新闻纪事》不论局势如何注定是要倒向失败主义的，一旦有可信的议和条款浮出水面，他们肯定会最先跳出来报道。这些人没有清晰的策略，没有责任感，有的只是对英国统治阶级的一种传统的厌恶，而这完全基于不愿同流合污者的良知。他们只是些噪音制造者，就像《新政治家》一样。一旦战争形势恶化得令人无法容忍，这些人一定会统统崩溃的。

昨晚又投了许多炸弹，但我想没有一颗落在离这栋房子不到半英里的范围内。仅仅是炸弹滑过空气的声音就令人震惊。整栋房子都在摇晃，足以晃动桌上的物件。现在德国人显然开始扔大炸弹了。那个落在摄政王公园的哑弹据说“有邮筒那么大”。电灯几乎每晚都要灭至少一次，但不是突然漆黑一片，就像断电时那样，而是逐渐变暗，通常会在5分钟内恢复。至于为什么炸弹呼啸而过时电灯会渐渐灭掉，这就不得而知了。

---

106 1940年9月一支英国远征军在自由法国军队的配合下试图从维希政府手中夺取西非港口达喀尔，但行动以失败告终。

1940年10月15日

在沃林顿写下这篇日记。手臂发炎已经有两个星期了。没有太多新闻——只是些国际时事，但对我个人没有什么影响。

沃林顿现在已经有11名转移儿童了(来了12个，但其中一个逃跑了，只能把他送回家)。他们都来自东区。有一个来自斯提普尼的小女孩说她的祖父家已经挨了7次轰炸了。他们看上去都是好孩子，很快都安定了下来。但居民中间依然有对他们的怨言。比如——太太这样抱怨那个住在她家的7岁小男孩：“那个脏兮兮的小鬼，真是的。又尿床，又脏了裤子的。我要是能管得了他一定拿裤衩擦他的鼻子。那个脏兮兮的小鬼。”

听到些关于鲍多克的犹太人数量的传言。——[107]说呆在地铁站里躲避轰炸的人中绝大多数是犹太人。我必须尝试验证这种说法。

今年的土豆收成很好，尽管天气干旱。

---

107 两个名字都无法确认。

1940年10月19日

每天早上用一年前的报纸引火，蓦然瞥见那些如此乐观的新闻标题化作一缕青烟时，心情真是抑郁之至。

1940 年 10 月 21 日

说起地铁站里“做个男人”之类的广告(呼吁身强体壮的男人把防空洞的空间让给妇女儿童)，D[108]说现在伦敦城里正流传着一个笑话：用英语写这些标语是个错误。

普里斯特利[109]的星期天夜间广播被认为是社会主义宣传，因而被停播了。这显然是保守党的提议……看起来似乎马杰森[110]的人马就快要回来了。

---

108 不明。

109 J · B · 普里斯特利：多产的通俗小说家，剧作家，文化人。1940 年至 1941 年间他做了一系列的每周广播谈话节目，呼吁全国团结起来坚定地反对希特勒，希望借此推进国家的民主与平等。

110 大卫 · R · 马杰森(1994—1965；1942 年受封子爵)，1924—1942 年间任拉格比区保守党议员；1931—1940 年任政府首席纪律委员。他对每位首相都忠心耿耿。他在丘吉尔的手下继续担任联合政府纪律委员，6 个月后成为陆军大臣。

1940 年 10 月 25 日

前两天晚上我观察了在档案馆街、牛津广场和贝克街地铁站里躲避空袭的人群。他们不全是犹太人，不过我觉得犹太人的比例比你在同等规模的人群中看到的要大。犹太人最糟糕的地方在于他们不但看上去非常显眼，而且还格外张扬。我看到一个可怕的犹太女人从牛津广场站下车，一路挤过人群，对所有挡住她道的人挥拳相向，那样子就和连环画里的犹太人一模一样。这让我想起过去在巴黎地铁里的那些日子。

很惊讶地发现 D 也认同当下流行的那种反犹太情绪，尽管他的政治观点明显左倾。他说生意界的犹太人现在正转向支持希特勒，或很快就要这样做了。这听上去几乎不可思议，但据 D 说犹太人总是崇拜任何迫害他们的人。但我的确认为任何一个犹太人（欧洲犹太人）都会认为希特勒的社会制度比我们的好，如果希特勒不是正好在迫害他们的话。这也同样适用于中欧人，我是指那些难民。他们把英国当做避难所，但他们又忍不住对这个国家投以刻骨铭心的鄙视。你可以从他们的眼睛里看到这一点，即便他们没有公然这样表达。事实是，岛国观和大陆观是完全无法相容的。

据F[111]说，空袭中外国人比英国人吓得更惨。这不是他们的战争，所以他们没有什么能支撑自己的信念。我想这也是另一个事实背后的缘由——我很肯定这是事实，但你不能把它说出来——工人阶级比中产阶级更害怕。

我对于即将在法国、非洲、叙利亚还有西班牙发生的事件感到同样绝望——对那种能够预知即将发生的事，却无力阻止，同时确凿无疑地感到英国政府无法以任何一种方式取得先手。过去的几天里，空袭的强度降低了。

111 也许是托斯克·菲威尔，奥威尔当时正与他合作；详见前文的注70。“D”所指不详。

1940年11月16日

我从没想到我会对炮火声感到厌倦，但现在我确实如此。

1940年11月23日

前天和H. P.一起吃了午饭，他是——[112]的编辑。H. P.对战争非常悲观。他认为我们没法应对德国人的“新秩序”[113]，即这个政府拿不出任何回应，英国人和美国人都会被这个理念轻而易举地俘虏。我问他，难道人民看不出来任何以此为条件的议和提议都是圈套？H. P.说：“见鬼去吧，我可以把它添油加醋地做成我们有史以来最伟大的胜利，而且我还能让他们开开心心地吃下去。”他的话当然不假。但一切都取决于它以何种形式被呈现给人民。只要我们的报纸不使些肮脏的伎俩，那人民就会对来自欧洲的议和提议无动于衷。但 H. P. 肯定——[114] 和 Co. 正在策划出卖行动。尽管——[115]不需要接受审查，但所有的报纸都接到警告，不得报道政府对西班牙的政策。几周前达夫·库珀开了个新闻发布会，“用个人名誉”向他们保证“对西关系进展很顺利”。你最多只能说达夫·库珀的个人名誉比霍尔的强一点。

H. P. 说法国崩溃时，政府召集了一次内阁会议，决定是继续战争，还是议和。投票结果是 50 对 50，除了一张决定票，而且据 H. P. 说那张票是张伯伦投的。如果这是真的，那我很想知道这件事会不会有被公之于众的那一天。你可以说，这是可怜的老张伯伦的最后一项法案，可怜的老头。

冬季标准的战争之音：雨水打在钢盔上，就像是音符。

---

112 这名编辑和这份杂志的名称不可考。

113 希特勒的欧洲新秩序——纳粹主义。

114 也许是奥威尔对萨缪尔·霍尔爵士的敌意（见本段的最后一句）促使他转述了 H. P. 的观点。在《第二次世界大战》中，丘吉尔在讨论他在 1940 年 5 月组建战时内阁时，为霍尔、哈利法克斯和西蒙辩护，否认他们应对战争前夕的军需短缺负责（第二卷，p. 10）。尽管他的内阁中有这两位勋爵的职位，但他还是在 5 月 17 日派霍尔爵士担任驻西班牙大使。他后来评论道：“没有人能更好地担当这项艰巨敏感、至关重要、历时 5 年的任务了。”（第二卷，p. 459）关于霍尔，见事件，1939 年 8 月 4 日，注 5。

115 不明；这里连字符也许是笔误，可能是对应前文代表 H. P. 所在杂志的连字符。

1940 年 11 月 28 日

昨天和 C[116]一起吃的午饭，他是《法国……》的编辑。让我惊讶的是，他的情绪很高昂，一点也不沮丧。我本以为一个法国难民肯定会不停抱怨衣食。不过话说回来，C 对英国很了解，以前也在这里住过。

他说不管是在占领区还是未占领区，法国的抵抗活动都比人们意识到的要多得多。媒体把这些抵抗贬低了，毫无疑问是因为我们同维希政府依然维系着的关系。他说法国崩溃时没有一个欧洲人可以想象英国独自坚持抵抗，美国人大体上也这么想。他显然是名亲英者，认为王室的延续是英国的一大优势。据他说这是阻止英国倒向法西斯主义的最重要因素。他认为爱德华八世的退位是因为 S 夫人[117]同纳粹的联系……事实上，英国反法西斯的民意总体上说也是亲爱德华的，但 C 显然是在重复当前欧洲大陆的流行看法。

C 在拉瓦勒[118]政府时期担任新闻部首脑。拉瓦勒在 1935 年对他说，英国此时“只是表面强大”，真正强大的国家是意大利，因此法国必须同英国断绝关系，同意大利结盟。他在与俄国签订法俄条约后返回时又说，斯大林是全欧洲最有权势的人。总的来说拉瓦勒的预言都错了，尽管他是个聪明人。

目击者对考文垂[119]遭受的破坏给出了彼此完全抵触的描述。似乎你根本没法远距离了解有关轰炸的真实情形。当我们这里的夜晚相对平静时，我发现许多人都惴惴不安，因为他们隐隐感觉到工业城镇此刻正遭受劫难。每个人此刻潜意识里的想法是，我们已经历经考验了，而别处的士气就不那么好说了。

---

116 皮埃尔·康莫，法国记者，前外交官，法国沦陷后前往英国避难。

117 沃利斯·辛普森夫人，此时已与温莎公爵成婚；见战时日记，1940 年 7 月 10 日，注 69。

118 关于皮埃尔·拉瓦勒，见战时日记，1940 年 6 月 24 日，注 48。

119 考文垂市于 1940 年 11 月 14 日晚上遭到攻击。11 月 16 日的《每日先驱报》这样报道：“一个中部城市现在看起来像个被炮火蹂躏的法国小镇。”“考文垂的无家可归者今天早晨只能睡在路边。”“这不是致命的一击，工作会重新开始。”据报道德军出动了 500 架飞机，德国人声称在这场从黄昏持续到凌晨的空袭中投下了 3 万颗燃烧弹，国土防卫部声称伤亡人数上千。《战争的 2194 天》声称 449 架德国飞机对考文垂市中心进行了“地毯式轰炸”，摧毁了许多历史建筑，包括建于14世纪的大教堂。550多人死亡，受伤人数更是多出许多；21家工厂被摧毁，但城市的生产能力并未受到严重影响。

1940年12月1日

那个混蛋齐亚比[120]现在成了一块臭肉。每个人都欢欣鼓舞，就像巴尔博[121]翘辫子时一样。这场战争至少解决掉了几个法西斯分子。

---

120 见战时日记，1940年6月21日，注46。
121 见战时日记，1940年6月30日，注60。

1940年12月8日

前天晚上的广播[122]……见到一个刚刚通过地下途径逃离波兰的波兰人，逃跑的细节他不愿透露……他说在围攻波兰的战斗中百分之九十五的房屋都遭到损坏，百分之二十五的建筑被彻底摧毁。所有的市政服务和水电全部瘫痪，到了战争末期人们对空袭——更糟糕的是炮火——没有任何防御能力。他描述道，有人冲出屋外割下一片被炮弹炸死的马匹身上的肉，很快又被炮火赶回屋内，接着又冲出来。在华沙成为一座孤城之际，支撑人们的是英国即将伸出援手的信念，一直有传言说一支英军出现在了但泽……

一星期前四处流传的一个传言声称之前关于阿尔巴尼亚的意大利军指挥官开枪自杀的报道是印刷错误。

在轰炸最密集的日子里，每个人都半疯半醒的，与其说是因为轰炸本身，不如说是因为支离破碎的睡眠，被切断的电话，通讯的困难，等等这一切。我发现一些胡言乱语的诗句碎片不停地浮现出我的脑海。它们最多只有一两句，而且当轰炸开始停歇下来的时候，它们也就消失了。以下是一些例子：

一个罗马尼亚老农

住在莫宁顿街上
还有
那把钥匙不对，铃也不响，
但我们都热烈拥护上帝保佑国王[123]
还有
当行政区勘测员靠在他的杆子、柱子、杖子上时

122 这是一个同德斯蒙德·霍金斯一同主持的讨论节目，主题是"无产阶级作家"。在 CW，XII，pp. 244-249 有转载。

123 《我的祖国，不论左右》中曾提到，人们对于嘲弄王室都略感惊诧。见 CW，XII，p. 272。

1940 年 12 月 29 日

一份报纸对于空袭如此描述（不是讽刺）："炸弹像吗哪①一样从天而降。"

1941

1941 年 1 月 2 日

右翼势力现在正全面回潮。麦格森进入内阁无疑是在兑现韦弗尔在埃及的胜利果实。滑稽的是，几个月前，就在西迪·巴拉尼的消息传来之时，我在《地平线》上就韦弗尔为艾伦比所作的传记发表了一篇评论。我在文中写道，因为韦弗尔承担着如此重要的指挥权，这本传记的主要功能就是为人们了解其作者的智力水平提供了一条线索，言下之意就是说我不太看好这位作者的智力。所以，现在该被嘲笑的人就是我了——当然，苍天作证，我很高兴是我错了。[124]

现在到处都在用"闪电战"这个词来形容任何一场进攻，正如

① 《圣经》中所说古以色列人经过旷野时获得的神赐食物。——译注

“扫射”在上场战争中铺天盖地一样。“闪电战”目前还没被当作动词来用，但我估计快了。[125]

---

124 奥威尔在1940年12月发表了这篇评论，见CW，XII，pp. 292－293。韦弗尔将军的部队于1940年12月9日在西迪·巴拉尼突破了由格拉兹尼将军指挥的意大利军队的防线。在《地平线》杂志的3月刊中，主笔社论以这样一段话结尾：“《旁观者》以及《地平线》的许多读者反对奥威尔为韦弗尔的《艾伦比》一书所作的评论；对于他们，编辑想要指出的是，这篇评论写于初夏，当时在经历了法国的溃败后，‘将军’这个头衔并不太能给人信心，而奥威尔也根本没有想到艾伦比的传记作者会比艾伦比本人更伟大。这之间经历了几个月时间，奥威尔先生现在宣布他错看了韦弗尔将军，而且很高兴自己错了。对于这个错误他感到抱歉。”

125 奥威尔后来记录了这个词被用作动词的例子，见1941年1月22日。

1941年1月22日

——[126]确信(也许他是对的)，“人民集会”[127]闹剧的危险性不应当被低估，人们必须反击而不是忽视它。他说成千的无脑民众被“人民集会”的请愿所吸引，却没有意识到这是一种失败主义的策略，目的是帮助希特勒。他引用了坎特伯雷大主教[128]的一封信，信中说“我希望你们理解，我全心全意地支持赢得战争，我相信温斯顿·丘吉尔是唯一的领袖，直到战争终结的那天”，但他依然支持人民集会。看起来像他这样的人有几千个。

就——所说的这件事来讲，“人民集会”无疑从某个地方筹集到了大笔的资金。他们的海报到处都是，《工人日报》上还有许多新海报。他们没有为海报占用的空间付钱，但即便如此，印刷和其他的工作也是一笔不小的开销。昨天我扯下了几份传单，这是我头一回这样做，就像我在夏天用粉笔写下“解雇张伯伦”的标语，还有在经历了POUM被镇压的巴塞罗那写下“万岁POUM”[129]一样。在平时，我是本能地反感在墙上涂写，或是干涉他人的言论的。

洋葱短缺已经让所有人对洋葱的味道极度敏感了。在炖菜里切上四分之一个洋葱，那味道似乎特别的冲。前两天当我亲吻艾琳时，她立刻就发现了我在6小时前吃过洋葱。

所有价格没有受到管控的商品很快就会缺货，闹钟的价格就是这种敲诈勒索的实例。现在最便宜的也要15先令——这还是那种劣质的德国货，以前只要3先令6便士。那种小罐头似的法国闹钟过去卖5先令，现在要18先令6便士，其他闹钟也都以这样的幅度在涨价。

《每日电讯报》把“闪电战”用作动词了。[130]

今天早上的新闻——托布鲁克的防线被突破，[131]《工人日报》遭查禁。[132]对于后者我持谨慎的支持态度。

---

126 不明。

127 “人民集会”是共产党人在1941年1月组织的，表面上是在为公众权利、提高工资、改善防空措施而斗争以及对苏亲善而斗争，但有些历史学家说它的真实目的是扰乱战备。1941年7月，在俄国参战后，“人民集会”又立刻呼吁开辟第二战线。到了1942年它的主要活动业已停止。

128 这位正是休利特·约翰逊大人(1874—1966)，1931—1963年任坎特伯雷大主教，后来因为亲俄立场而被称为“红色主教”。他的书作包括《社会主义国度，世界的六分之一》，《苏维埃的力量》，以及《基督徒与共产主义》。

129 见《向加泰罗尼亚致敬》，CW，VI，p.181。

130 见注128。

131 托布鲁克在1941年1月22日被英军攻克。1942年6月22日，埃尔文·隆美尔将军统帅的德军重新夺回了托布鲁克。隆美尔是名出色的统帅，1941—1943年指挥北非军团，1944年盟军登陆期间在法国北部地区指挥德军。

132 查禁从1941年1月22日持续到1942年9月6日。

1941年1月26日

本周的《新政治家》如此排版：

托布鲁克的陷落(以及20 000名战犯)——2行

对《工人日报》和《本周要闻》[133]的查禁——108行。

……所有有头脑的人都对战争的缓和感到担忧，确信一个新的阴谋正在策划之中。但民众的乐观主义情绪似乎再次上升，空袭即便只暂停几天，其危险性也是不可忽视的。前两天打电话的时候听到了别人的谈话[134]，这种事现在因为错线的缘故很常见。我听到两个女人在说“战争不会持续很长时间了”。第二天早上，走进J太太的店铺时，我碰巧说起战争还会持续大概3年。J太太非常惊讶。“噢，你不会真这么想吧！不可能的！我们已经把他们打跑了呀！我们夺下了巴蒂亚，从那儿就可以进军意大利了，然后攻进德国，不是吗？”J太太在我看来是个聪明绝顶、头脑冷静的女人。但即便是她也没有意识到非洲在地中海的另一端……

---

133 《工人日报》是一份共产党简讯，由克劳德·科伯恩(化名弗兰克·皮特克恩，1904—1981)编辑，专为私人订阅者发行。《本周要闻》也是一份专为私人订阅者提供的简讯，他在1933—1946年间任该刊编辑。

134 这段对话一定是在1941年1月5日后不久发生的，当日巴蒂亚被英军攻占。那位身份不明的J太太后来提到的也正是此事。托布鲁克直到1月22日才完全被英军控制，当日意大利驻军全部投降。英军俘获了30 000名左右的战俘(而在巴蒂亚俘获了40 000到45 000名战俘)，英军和盟军的损失只有1 000人左右的伤亡。因此，J太太的信心不能说是完全没有依据的，尽管后来事态的发展让人觉得她显然错了。《新政治家》只用了两行报道托布鲁克的陷落，部分是因为这是最新快报，是仓促发布的。

1941年2月7日

人们的意见分歧越来越大了——问题在一开始就显而易见了，但人们直到最近才意识到它：我们究竟是在与纳粹战斗，还是在同德国人战斗。这同另一个问题息息相关：英格兰究竟是否应当阐明她的战争目标，或是她是否有任何战争目标。

唯一被人们认为体面的回答就是拒绝赋予战争任何意义(我们的任务就是打败德国佬——这是唯一值得讨论的战争目标)。这种想法看来注定要成为官方政策了。范西塔特的“憎恨德国”小册子[135]卖得火热，就像刚出炉的烧饼。

法国那边还没有确切的消息。显然，贝当即将妥协，接受拉瓦勒进入内阁。接着，德国人又要开始提出新一轮的要求，允许德军通过法国的未占领区，使用法国的非洲军事基地等等，而贝当在采取“坚定立场”后又将让步。当然，一切都取决于时间，即德国人是否能在意大利军队彻底崩溃前在北非取得立足点。也许下一步德国人的炮口又将转向西班牙，到时候当局又会告诉我们佛朗哥正对德国采取“坚定立场”，以证明我们之前对西班牙的安抚姿态是多么正确——直到佛朗哥突然妥协，挥军进攻直布罗陀海峡为止，或是允许德军通过西班牙领土。但也许拉瓦勒当政后，会在短时间内拒绝德国人最过分的要求，这样他就会从恶棍摇身一变成为“立场坚定”的爱国者，就像此时的贝当一样。英国的保守派就是没法理解，右翼根本没有自身的政治力量，他们的存在就是为了被推倒。

135 罗伯特·范西塔特（1881—1957；1929 年受封爵士；1941 年成为德纳姆的范西塔特男爵），外交家，作家，1930—1938 年任常任外交副大臣，1938—1941 年任外交大臣的首席外交顾问，因其对德国和德国人的直言批判而在战前和战争初期广为人知。此处提到的小册子是他的作品《黑色记录：德国人的过去和现在》（1941）。奥威尔的朋友，小说家彼得·范西塔特（1920—2008），是这位罗伯特的远房亲戚。

1941 年 2 月 12 日

亚瑟·凯斯特勒[136]本周被征召入伍，即将编入先锋军团[137]。作为一个德国人，他不被允许进入其他部队。多么骇人的愚蠢，他们得到了这样一位富有才华的年轻人，会说这么多种语言，而且了解欧洲大陆，尤其是大陆政治动向，可他们却没法利用这一身本事，只会让他去砌砖头。

今天圣保罗教堂周围的喧嚣令我感到惊恐，我以前从没看到过这样的情景。圣保罗教堂在空袭中几乎完好无损，像岩石一样屹立着。我头一次意识到教堂穹顶上的十字架过于繁华，真是可惜了。它本该采用简朴的样式，像一把剑柄一样直指天空。

艾因赛那个老傻瓜居然得到了“阿尔汉格尔的艾因赛勋爵”[138]这样的头衔，奇怪的是人们居然对此没有任何反响。这样的封爵真的是令人发指的厚颜无耻，不论你对俄国政权的评价如何都应该抗议这样的行径。

---

136 亚瑟·凯斯特勒（1905—1983），小说家，散文家，生于布达佩斯，1931年加入共产党（30年代后期退党），并在苏联度过了一年。他在西班牙战争期间是战地记者，后被逮捕并判死刑；后因交换战俘而逃过一劫。1940年他在法国被拘押，并被英国作为外国人囚禁。《西班牙见证录》（1937）描述了他在西班牙的经历，《地球的渣滓》（1941；他的第一部英文书）描述了他后来的经历。奥威尔在1941年为他的《正午的黑暗》写了书评，之后他们成为了密友。见奥威尔的《亚瑟·凯斯特勒》（写于1944年）一文，在《评论文章》一书（1946）中有收录。《广场上的陌生人》，由亚瑟和辛西娅·凯斯特勒合写，哈罗德·哈里斯编（1984）；《与凯斯特勒生活——麦曼娜·凯斯特勒的信件，1941—1951》，西利亚·古德曼编（1985）。

137 先锋军团相当于美国海军陆战队的工兵营，其中部分是从当局认为政治不可靠的人群中征召的——尽管他们大多是从德国及其他德占区逃离的犹太人，因而有着最坚定的反纳粹立场。后来部分先锋军团士兵转入了更加危险，政治上更为敏感的部队，在那里，他们特殊的才智可以运用到更有用、更危险的部门。

138 威廉·埃德蒙德·艾因赛，阿尔汉格尔的艾因赛勋爵一世（1880—1959），1918年曾担任协约国指挥官，受命于阿尔汉格尔一地与布尔什维克军队交战。他后来在1939—1940年间担任过帝国总参谋部参谋长，在1940年5月—7月间担任地方军司令。他于1940年退休时被提升为陆军元帅。

1941年3月1日

B一家几星期前刚刚来到伦敦，没有见识过闪电战的过程。在他们看来，伦敦人变了许多，每个人都歇斯底里的，说话的声调大了许多，等等等等。如果这是真的，那变化一定是渐次发生的，置身其中的人是感觉不到的，这就像孩子的生长过程一样。自从空袭开始以来我唯一注意到的变化就是人们更愿意同街上的陌生人说话了。地铁站里一点儿臭味也没有，[139]新型的金属床铺的确不错，在那里避难的民众似乎床铺整洁，看上去在各个方面都很满意，很平静——但这恰恰让我不安。这些人夜以继日的地下生活已经持续了几个月了，其中有三个星期根本没有战机飞临伦敦——这样的日子他们是怎样过下来的？看着那些孩子依然呆在地铁站里，把这一切视作理所当然，还一圈一圈地坐着内环地铁兜风，我感到十分震惊。不久前 D. J.[140]从切尔滕纳姆来到伦敦，火车上一个年轻的女人带着她的两个刚刚接回的孩子，之前她曾把他们送往西区某处躲避空袭。火车开近伦敦时，空袭又开始了，那女人在之后的行程中一直在哭泣。她之所以决定把孩子接回来是因为此前伦敦已经有一周多的时间没有遭受空袭了，她因此断定“现在没事了”。对于这些人的想法你能说什么呢？

---

139 政府在地铁里安放了金属床铺，这样避难的民众可以在地铁站里（躲避空袭时）相对安全舒适地过夜。关于这些避难所的效果图，见亨利·穆尔的素描：它们比照片更清晰。穆尔暗示在那里过夜的民众看上去“全无希望，痛苦不堪”，“他们的‘焦虑’令人深感不安”（丹尼斯·鲁德语，埃瑞克·牛顿在《艺术家眼中的战争》（1945，p. 9）一书的前言中引用了他的话。穆尔在 pp. 62，63，65 页中有所提及）。

140 登齐尔·雅各布，当时刚完成了切尔滕纳姆的一项审计工作返回伦敦（见他本人于 1997 年 5 月 23 日给本书编者的一封信）。他同叔父及监护人维克多·雅各布（一名钢琴制造商）于 1940 年 6 月 12 日在洛兹板球场一起加入了地方军（当时叫做本土防御志愿者）。他恰好在奥威尔所率的那个排中服役，直到他在 1941 年成为皇家空军的一名领航员。雅各布先生在 1996 年向编者描述了那个排的构成，里面的人员形形色色：从富裕的批发杂货店主到维克多·格兰茨（曾以中尉身份参加 1917 年的帕斯尚尔战役），到一名为牛津街上的塞尔弗里奇公司工作的货车司机。在安静的时候那些富人会打扑克。奥威尔有次也参加了，但输了 10 先令（相当于公币制的 50 便士，大约相当于今天的 20 英镑）后发现筹码太高，就不来了。他说，奥威尔是位优秀的小队领导，尤其擅长巷战。他还自制了一大堆（非常危险的）汽油弹，储藏在一处废弃的棚户里。前面提到的这两人后来数次去大学学院医院探望奥威尔。在《消失的奥威尔》中，插图 18 描绘了奥威尔和他的小队中几名地方军成员在一起时的场景。

1941年3月3日

昨晚和G[141]去看了格林尼治教堂地里的防空掩体。还是那种常见的木头和帆布床铺，很脏(等到天热起来的时候肯定满是跳蚤)，缺乏照明，冒着臭气，不过昨晚不太拥挤。这地穴就是一系列狭窄的通道，连接着不同的墓穴，上面写着葬在其中的家族名字。最近的是在1800年……G和其他人坚持说我没看到这地方最糟糕的情形，因为有些晚上这里挤满人的时候(约有250人)那臭气据说让人无法忍受。但我坚持认为，让孩子们在塞满尸体的地穴里玩耍比让他们忍受活人的气味糟糕得多，尽管没有人同意我的看法。

141 格温·欧肖尼斯，艾琳的嫂子。

1941年3月4日

在沃林顿。番红花全开了，几朵爬山虎含苞欲放，雪花莲正在怒放。几对野兔坐在冬麦地里，彼此对望着。在这场战争中，每隔几个月当你把鼻子伸出水面片刻时，会发现地球依然在绕着太阳转。

1941年3月14日

过去的几天里传言到处飞，报上也有暗示，说巴尔干半岛“将有大行动”，即我们即将派遣一支远征军前往希腊。如果真是这样，那一定是调遣利比亚的驻军，或者是其骨干。[142]一个月前我就听说玛塔克斯[143]死前曾要求我们派遣10个师，而我们只愿意派4个，似乎让英吉利海峡以西的一支军队去冒险是件非常危险的事情。想要对这样的战略行动作出任何有价值的判断，必须首先弄清韦弗尔向利比亚派遣了多少人，又需要多少兵力守住那里，运输线路如何，从保加利亚到希腊的通讯如何，德国人能够让多少机械化部队横跨欧洲派往希腊，以及谁能有效地控制西西里和的黎波里间的海域。如果我们的主力被困在了萨洛尼卡，而德国人成功地从西西里跨过地中海，完全夺回意大利失去的北非领地，那将是场可怕的灾难。这件事真让人左右为难。在希腊部署军队的风险极大，而收益却很少，除了一点：一旦土耳其介入战争，我们的战舰可以立刻进入黑海；另一方面，如果我们置希腊于不顾，那我们就决定性地向世界表明了我们不能也不愿帮助任何一个欧洲国家保持独立。我最担心的事情是半心半意地介入，结果输得惨不忍睹，就像在挪威发生的一样。我更倾向于把所有鸡蛋都放进一只篮子，甘愿承受一场大败的风险，因为我觉得纯军事意义上的一场胜利或失败，其重要性比不上向世界表明决心：我们站在弱者一边抵抗强者。

问题是，欧洲大陆人现在变得越来越难以理解了，而他们似乎也无法理解我们。和我交谈过的德国人都认为我们在战争初期没有立即轰炸柏林，只是散发愚蠢的传单[144]是个令人错愕的失误。但我相信所有的英国民众都非常赞许这样的举动（就算我们当时知道这些传单上写的都是些怎样的胡言乱语，我们依然会赞同这样做），因为我们把这看作是一个宣言：我们与普通德国民众无冤无仇。而另一方面，哈夫纳[145]在他刚刚出版的那本书中写道，我们任凭爱尔兰人掌握那些重要的军事基地是个愚蠢的举动，应该不用废话直接占领它们。他说，允许爱尔兰这样一个伪独立的国家继续同我们对抗只会让全欧洲笑话我们。看，这就是欧洲人的观点，他们无法理解英语民族。事实上，如果我们不事先开展长期的宣传，直接凭借武力夺取爱尔兰的军事基地的话，那不要说美国，就是在英格兰，这样的举动对于民意的影响也将是灾难性的。

我不喜欢官方关于阿比西尼亚问题声明的语调。他们说在皇帝复位后将派驻一名英国“常驻人员”，就像在印度王公们的宫廷里一样。如果别国攻击我们是为了自身利益进军阿比西尼亚，而我们还为其提供口实的话，那结果将是骇人的。如果意军能被迅速逐出的话，[146]那我们就有机会作出一个最为慷慨的表示，无可辩驳地证明我们并不是仅仅为了自身而战。这件事定将在全世界回响。但他们有没有这个胆量和道德感去这样做呢？我不确定。我可以预见到那些认为我们应该自己占领阿比西尼亚的貌似有理实则大谬的观点，还有那些关于奴隶制的胡说八道。

前几晚有许多架德国飞机被击落，也许是因为夜空晴朗，对战斗机有利，但有人疯传说是因为我们投入了“秘密武器”。当下流行的传言声称，“秘密武器”是一种铁丝网，能射到空中把飞机缠住。[147]

---

142 12月12日，丘吉尔在同一封电报中祝贺韦弗尔将军占领了本哈兹，同时命令他以一支尽可能小的守备军守住昔兰尼加，将尽可能多的部队派往希腊。这一结果恰恰应验了奥威尔最大的担忧。

143 爱奥尼斯·玛塔克斯将军(1871—1941)，自1935年起担任希腊首相。尽管他是王室的坚定支持者，但仍然建立起了某种形式的个人独裁。1940年意大利入侵时他成功地组织了抵抗，但拒绝了英国提供的坦克与炮兵援助，因为他料到丘吉尔能够提供的帮助有限，接受英国的援助只会引来德国的入侵。1月29日，在他死后，丘吉尔再次伸出援手，这次希腊接受了。3月7日一支英国远征军在比雷埃夫斯登陆，紧接着德国于4月6日入侵希腊，并于28日征服希腊全境。

144 战争初期，皇家空军受命在德国上空投放传单而不是炸弹，徒劳地希望以此劝说德国人民认清其领导人的愚蠢。这一行为在当时并不为普通民众所赞许。纳维尔·舒特的流行小说《着陆》相当准确地把握了人们对于这种做法的态度：1940年1月，受命执行这项任务的飞行员对于“他们不得不做的这件事感到既好笑又鄙视。‘希特勒对这些东西根本不在乎’是人们的普遍看法……人们还说，元首欢迎英国向他提供草纸”。(第5章)

145 塞巴斯蒂安·哈夫纳(1907—1999)于1938年从德国抵达英国。他不是犹太人，但他的妻子是，他本人也坚决反对纳粹。尽管塞克与沃伯格出版社在巴黎沦陷的当日(1940年6月14日)出版了他的“杰作：《杰基尔与海德》，一本对于纳粹德国的精彩析作”(法伊弗尔，p. 99)，但英国当局还是拘禁了他，沃伯格费尽口舌才使他获释。他后来成为《观察家报》的一名德国问题通讯员，为法伊弗尔和奥威尔的“探照灯”系列丛书贡献了一本《向德国进攻》。奥威尔此处援引的正是此书。这本书是1941年2月末3月初的时候出版的，书中努力区分“德国”和“纳粹”。哈夫纳于1954年返回德国工作。他的真名是莱蒙德·普利茨；他的化名取自一首莫扎特的交响乐。见弗里德里克·沃伯格，《一切作家皆平等》，pp. 6－8。

146 厄立特里亚和阿比西尼亚（埃塞俄比亚的旧称）从意大利占领下的解放行动执行得迅速而高效。流亡的埃塞俄比亚皇帝海尔·拉西于1941年1月20日在护送下返回埃塞俄比亚，并于5月5日在奥德·温盖特将军的陪同下回到首都。意大利驻埃塞俄比亚总督奥斯塔公爵于5月19日投降。随着他的投降，韦弗尔将军麾下的英军在北非和东非俘虏了23万意军。收尾行动持续到了10月；在此之前英军司令艾伦·坎宁安已离开北非前去指挥第8军了。尽管奥威尔有疑虑，但英国的确在1942年1月31日承认了埃塞俄比亚独立。

147 战争时期谣言满天飞，这条传言格外离奇。不过，它有可能指的是雷达的使用（当时在英国叫做电波定位）。1941年1月17日，皇家空军宣布雷达在击败德国空军的行动中立下了汗马功劳。但也有可能是指IFF——敌友分辨系统——法国沦陷后所有的战斗机长的机上都安装了这一系统的改进版。这里也有可能是在说“电子网”（皇家空军博物馆提供的信息）。

1941年3月20日

昨晚的空袭很严重，只有一架飞机被击落。毫无疑问那些有关“秘密武器”的传言都是胡说。

多枚炸弹落在了格林尼治，其中一枚正好在我和艾琳通电话时爆炸。谈话戛然而止，这时我听见一阵丁零当啷的声音。

我：“那是什么声音？”

艾：“窗玻璃掉下来了，没事。”[148]

落在公园里的炸弹刚好对着艾琳的房子，炸断了拦截气球的缆绳，炸伤了一个操作员和一个地方军。格林尼治教堂也中弹起火，躲在地窖里的人群依然一动不动，任凭头顶上水火相交，直到守园人让他们快走。

德国在丹吉尔派驻领事（自1914年以来这是头一次）。看起来为了尊重美国人的意见，我们正允许更多的食物运进法国。即便他们设立某个中立机构监督此事，这还是不会对法国人有什么好处。德国人只不过会让他们保留我们运进去的这部分小麦等食品，然后在别的地方克扣相应的食品数量。就在我们做好准备让运送食品的船只开进法国的同时，没有迹象表明我们的政府从法国人那里勒索到了任何条件——比如驱逐北非的德国间谍。正确的做法应该是等法国滑向饥荒的边缘，贝当政府摇摇欲坠时运送过去一大批食物，同时作为交换条件要求他们做出实质性让步，如交出法国舰队中的某些重要舰只。当然此类政策在当下根本无法想象。我真想弄明白——，——还有他们所有的同类究竟真的是叛徒还是仅仅是傻瓜。

回首本卷日记，我发现我最近写日记的间隔拉长了，而且比起一开始，对公共事件的关注也低多了。绝望感在每个人的内心中滋生。你会觉得，只有当再度发生灾难时公众意见才会发生必要的逆转，而我们已经经不起又一场灾难了，也绝不敢想。最坏的情况是，即将到来的危机将是一场饥荒，对此英国民众根本没有实际经验。如果最艰难的时刻是在夏天到来的话，那可就老天开眼了，但如果民众看不到战争有任何目的，而富人还是像以前那样醉生梦死的话(他们本性如此，除非使用强力否则他们绝不改变)，那么想让人民面对饥荒将是极度困难的。如果我们是在反抗侵略的话，那么没有战争目标也就无所谓了，因为从普通人的视角来看，把外族人赶出英国本身就是充分的作战目标。但你怎么能要求他们让自己的孩子挨饿，好让我们能生产坦克在北非打仗，而现在公众被告知的所有信息中没有一条能够阐明北非或欧洲的战斗与保卫英国有任何关系呢?

在南伦敦的一堵墙上某个共产党或黑衫军用粉笔写着“要奶酪，不要丘吉尔”。多么蠢的口号啊。这集中反映了这些人对公众心理的无知：有些人宁可为丘吉尔死，但没有人愿意为奶酪死。

---

148 这种简洁的幽默是艾琳的典型风格。

1941年3月23日

昨天参加了地方军在教堂的多少带点强迫性质的阅兵，还有全国祈祷日的祈祷。参加集会的还有 AFS[149]、空军军校生、WAFF[150]等等组织。整个活动中的沙文主义和自以为是的情绪令我诧异。和许多人不同，我对于教会宽容战争一点儿也不惊讶——我发现这类人自己往往都不是信徒。如果你接受政府，那你就得接受战争；如果你接受战争，那你在大多情况下都会希望一方或另一方取胜。对于主教祝福战旗之类的做法，我从来没法在心底唤起一丝厌恶。一切的反战情感都是建立在一种情绪化的想法上的，即认为选择战斗同爱你的敌人相矛盾。但事实上，只有当你愿意在某些情况下杀死敌人时，你才可能去爱你的敌人。但这种祝福仪式真正令人恶心的地方在于它们缺乏任何形式的自我审视。上帝理所当然应该助我们一臂之力，理由是我们就是比德国人好。人们请求上帝“令我们的敌人回心转意，帮助我们宽恕他们；令他们对自己的罪行心生悔意，愿意从此洗心革面”，却只字不提要让敌人宽恕我们。在我看来，基督教的精神是我们并不比敌人好，因为我们都是可怜的罪人。但如果胜利者是我们，世界将会更美好，因此这样祈求上帝也算是正当的请求吧……我想当局一定认为，如果人民意识到敌人也有敌人的道理就会影响士气，但我认为这从心理学角度来讲并无道理。但也许他们考虑的并不是参加仪式的人群的士气，只是希望能从这场全国范围的祈祷活动中获取更为直接的结果，把这看作是射向天使的方形弹幕……

---

149 后备消防员。
150 妇女空军后备军。

1941 年 3 月 24 日

有关德军重型巡洋舰出现在北冰洋的消息看起来是个虚假的传言，[151]目的是将英军主力舰诱开。这也许是入侵的前奏。对于入侵行动的预期现在已经退潮了，人们普遍认为希特勒无法将足以征服英国的兵力投放过海峡，除非他能先削弱英国的海军和空军力量。我想这种看法大体上是准确的，希特勒在其他战场大获全胜之前也许不会策划入侵行动了，因为入侵本身相形之下会显得是个失败，需要其他的胜利来弥补。但我认为，哪怕入侵行动失败了，但只要在英国造成了10万到50万的人员损失，那希特勒的目的也就达到了，因为这会彻底让英国的工业和国内食品供应瘫痪。只要他能成功登陆几千人的部队，并且坚持哪怕是3个星期，就能够造成比几千次空袭还要严重的破坏；但其效果不是立竿见影的，所以希特勒只有在局面一片大好的情况下才会尝试这样做。

地方军的装备(武器)显然严重短缺。另一方面，我们在北非缴获的武器弹药据说数量如此庞大，军方不得不派遣专家专门负责将它们造册入库。然后我们会依据缴获的武器绘制图纸，按其标准批量生产，而这些战利品本身足以作为一整批新军火的核心了。

---

151 这不是传言。微型战列舰希尔号和战列巡洋舰西恩霍斯特号及格耐森诺号在这一时期共击沉或俘获了17艘船只(远程轰炸机击沉了41艘，U型潜艇击沉了41艘)。3月22日，两艘战列巡洋舰抵达了布雷斯特港，但随后在英国空军对该港的空袭中被击伤并失去行动力。

1941年4月7日

昨天贝尔格莱德遭到了轰炸。今天早上官方首次宣布一支英国军队已抵达希腊——据称有150 000人。如此说来，关于驻利比亚英军的去向之谜现在有了答案，尽管这一点在英军撤离班加西时就已经再清楚不过了。目前还不清楚南斯拉夫和苏联之间的友好条约是否会起任何作用。但我们很难相信这样的行为不会导致苏德关系的恶化。我们可以从俄国对待阿比西尼亚皇帝复位一事的态度中窥见苏德关系的冷热——即俄国是否承认这位皇帝，是否向其派遣大使。

劳动力短缺越来越明显了，纺织品和家具的价格都在狂飙。二手家具行业在经历了多年的沉寂后突然兴隆了起来……显然当局正在有意识地用征兵的手段来封杀异议分子。记者的服预备役的年龄上限提高到了41岁——这样做最多只能多招几百个兵，但可以在需要时随时用来针对个人。10个月前军方以健康理由拒绝接受我入伍。如果哪天他们突然发现我的身体康复得足以成为一名先锋军团[152]的下士了，那将是非常滑稽的一幕。

我一直在想我们在希腊的军队，担心他们会被德国人赶进大海。你能想象出利德尔·哈特[153]这样的战略家是怎样绞尽脑汁规划出这样一次大胆的行动的。但如果你将眼光着眼于未来两三年的话，这次行动从政治上来讲是正确的。就行动本身你最多能说，从狭义的战略角度看它至少有成功的可能性，否则那些参与指挥的将领肯定会拒绝执行的。希特勒对进攻时机的选择显然晚了1个月左右。阿比西尼亚丢了，意大利海军遭受的灾难性失败[154]他也肯定没有料到。还有，如果巴尔干的战事持续哪怕3个月，到了秋天德国的食物供应也将十分紧张。

---

152 先锋军团；见战时日记，1941年2月12日，注137。

153 利德尔·哈特；见事件，1939年7月16日，注1。奥威尔曾在1942年11月21日的《新政治家与国家》中评论了他所著的《英国的战争方式》，见CW，XIV，pp. 188－190。尽管持批评态度，但奥威尔还是说："在我们的时代没有哪个军事作家在启迪公众方面做得比他更多。"

154 意大利海军在马塔潘角海战中惨败。英军击沉了意大利巡洋舰扎拉号、付姆号和普拉号，以及驱逐舰阿尔菲耶里号和卡尔杜齐号，英军无一损失。战列舰维托里奥·万尼托号被重伤。

1941年4月8日

刚刚读了《不列颠之战》，M. O. I. 的畅销书（这本书的销路是如此之好，一时之间居然一书难求）。据说这本书是惊悚小说家弗朗西斯·贝丁编纂的。我想这本书还不算太糟，但当我发现它正被翻译成多国语言，无疑将在全球被广为传诵时，我觉得作者在写作时没有觉悟到应该完全避免宣传笔调，这真的是个莫大的遗憾，因为这本书以任何标准来看都是对于有史以来首次大规模空战的首篇英文官方记述。

这本小书充满了“英雄主义”、“光辉的胜利”之类的话，而说起德国人则多少语气轻蔑。为什么他们就不能对事实作一番冷静准确的描述呢，事实本身已经足以为我们宣传了。就为了用这本小册子在国内鼓舞士气，他们丢掉了一个在世界范围内建立一个标准权威的事实叙述，驳斥德军谎言的机会。

不过我在边读《不列颠之战》，边拿这本日记的对应条目核对时，最让我印象深刻的一点是那些“史诗性”的事件在当时都显得不那么重要。事实上我对德国人突破防线，轰炸码头(那一定是9月7日)有着许多清晰的回忆，但它们大多都是些无关紧要的小事。先是我乘公交车去康诺利家喝茶[155]，再就是我前排的两个女人坚持认为在天空中开花的防空炮弹是伞兵，我好不容易控制住自己没有插话去纠正她们。还有就是我躲在皮卡迪利大街上的一条门道里躲避弹片，就像平时躲雨一样。接着一长排的德军飞机飞过天空，一些非常年轻的皇家空军和海军军官从一家旅馆里跑了出来，穿过街道两边的两堆玻璃碎片。接着我坐在康诺利的顶层公寓里，看着圣保罗教堂那边燃起的熊熊大火，还有河岸上某处油罐被击中燃起的冲天烟柱，休斯·莱特坐在窗台上说：“这就像当年在马德里一样——真是怀旧啊。”唯一让我肃然起敬的人是康诺利，他把我们领上屋顶，对这冲天火光凝视了好一会儿后说：“这是资本主义的末日。这是对我们的审判。”我可不这么想，但我确实被大火的气势和美所震撼。那天晚上我被爆炸声惊醒，走上街看看大火是否还在燃烧，结果惊讶地发现火光亮如白昼，甚至西北城区都是这样——但我当时并不觉得所发生的这一切有任何历史意义。后来，当德国人放弃了凭借空袭征服英国的努力后，我对法伊弗尔说：“这是我们的特拉法加。接下来该是奥斯特里茨了。”[156]但我在当时并没有想到这个类比。

《新闻纪实》又是失败主义的论调，对弃守贝尔格莱德大加责难，言下之意是说我们应该在北非战事顺利的时候直取的黎波里，而不是将部队撤往希腊。[157]而同样是这些人，假使我们真的挥军夺取意大利的殖民帝国，任凭希腊自生自灭的话，他们照样会发出最响亮的尖叫声。

---

155 塞瑞尔·康诺利当时在皮卡迪利大街上的“雅典娜神殿旅馆”顶层有一间全装修公寓，《地平线》的赞助人彼得·沃森为他支付部分房租。关于1940年9月7日在顶楼观看空袭的一幕，见迈克尔·谢尔登所著的《有前途的朋友》，p. 62。关于休·斯莱特，见战时日记，1940年8月23日，注90。

156 纳尔逊海军上将在特拉法加海战中击败了法国舰队，但拿破仑依然在同年的晚些时候取得了奥斯特里茨大捷，击败了俄奥联军，并迫使奥地利退出战争。奥威尔的意思是说，希特勒也许失去了伦敦之战，但他依然可能会在别处获得胜利。

157 见战时日记，1941年3月14日，注142与143。

1941年4月9日

预算案几乎把巴尔干战役赶出了热点新闻之列。我到处听见人们在对前者议论纷纷，而不是后者。[158]

今晚报纸上的消息似乎非常糟糕。希腊指挥部宣称塞尔维亚军队已经撤退，将他的左翼暴露给了德国人。这件事情的严重性在于，高层一般不会通过官方渠道公布这类事情，即塞尔维亚人把希腊人背叛了——除非他们觉得形势已经糟透了。

地方军现在有汤米冲锋枪了，每个连配两支。这和我们过去的期望真是相差甚远，当时说我们会配发霰弹枪——只是当时根本没有霰弹枪——而当我问道会不会给我们配机枪时，我的问题被当做一个荒唐的笑话。

---

158 预算将收入税的基准税率提高到每英镑10先令(50%)。

1941 年 4 月 11 日

昨天的报纸报道说，英国打算向西班牙贷款 250 万英镑——我想，这大概就是对西班牙夺取丹吉尔的奖励。这是个非常糟糕的症状。在整个战争的进程中，每当我们身处险境时，就开始向那些小独裁政权妥协。

1941 年 4 月 12 日

大家现在都认为，德国军队一定是全部或部分通过法国舰只从法属非洲领地抵达利比亚的。但报纸上根本就没有提到这一可能性。也许他们收到了密令，不得对维希法国发表批评。

前天在一家鱼铺看到了淡水鱼（鲈鱼）。一年前英国人，尤其是城里人，根本不会碰这样的东西。

1941 年 4 月 13 日

没有关于希腊或利比亚的消息……今天我能弄到的两份报纸中，《星期天画报》是彻头彻尾的失败主义，而《星期天快报》也好不了多少。昨天的《旗帜晚报》有一篇由“我们的军事通讯员”写的文章，语调更加悲观。这一切都暗示着媒体也许已经收到了他们不允许公布的坏消息。天知道情况是怎样的一团糟。唯一令人振奋的消息是，所有的军事专家都宣称我们对希腊的干预是灾难性的，而军事专家永远是错的。

等到近东的战役尘埃落定后，我就会停止这卷日记。它涵盖了希特勒从 1940 年春季战役到 1941 年这段时间的战事。就在一两个月内我们将会迎来一个新的军事或政治阶段。这卷日记的头 6 个月记录了紧随着法国的灾难性失败的半革命性阶段。现在我们显然又将经历另一个灾难性阶段，但其性质与之前不同，对于一般人来说不那么明显，而且不一定会产生相应的政治改良。回首这卷日记的前半部分，我发现我的很多政治预测都落空了，但我预料的革命性变化正在发生，尽管是以慢动作进行的。我看到自己曾经写到过所有的私人广告都会在一年以内从墙上消失。当然，它们没有消失——那恶心的费莫咳嗽糖浆广告依然贴得到处都是，沃辛顿的“他一个顶俩”的广告还有“谁的妈咪没用宝莹”的广告也是的，不过明显少多了，而政府的宣传海报却多了起来。康诺利曾经说过，知识分子能看对事件的走向，却看不准事态发展的节奏。他说的真是对极了。[159]

周六到38组报道，惊讶地发现那些人身材是这么矮。当你看到这样一群完全按照生日挑选出来的人时，你会惊诧于工人阶级的老化速率。不过，他们的寿命并不比中产阶级短，或者只短几年。但他们的中年期出奇地长，从30岁一直延伸到60岁。

---

159 康诺利不但说过，而且写过类似的话：“知识分子判断的弱点在于，他们能够准确预测事件的走向，却对其发展的节奏把握不准。”（评论，《地平线》，1940年9月，p. 83）

1941年4月14日

今天的新闻令人震惊。德国人已经攻到了埃及边境，托布鲁克的一支英军似乎被切断了退路，尽管开罗对此予以否认。[160]至于德军是否已在利比亚具有压倒性的力量——或者是否德军的数量并不多，但我们当下在那里却没有一兵一卒，因为大部分士兵和战车在占领班加西后都已撤往其他前线了——人们意见不一。我的看法是，后一种可能性较大，也有可能我们派往希腊的都是欧裔士兵，而驻扎在埃及的主要是印度和黑人士兵。D根据他对南非的了解认为军队在占领班加西后大部分并不是被调往希腊，而是被调往了阿比西尼亚战线去完成那里的扫尾工作，而其背后的动机也纯粹是政治性的，就是为了给南非人一次胜利，以此来安抚他们，因为他们多少对我们有些敌意。如果我们能坚守住埃及，打通红海，从而打开美国商船的航路，这场战事就还算是有价值。但要达到这一目的，法属西非港口是不可或缺的，而我们本该在一年前不费一兵一卒就把它们夺下的。

俄国和日本签订了互不侵犯条约。公布的条款非常含糊。但也许这当中包含有俄国承诺放弃中国的秘密条款，方式无疑是逐步的，秘而不宣的，就像当年在西班牙一样。否则很难看出这样的条约有任何意义。

希腊那边没有任何真实的消息。那个英国巡逻装甲车吓坏了一整队德军的傻故事已经被重复了3天了。

---

160 隆美尔将军的部队于4月12日包围了托布鲁克。英军很快就被赶出了昔兰尼亚（由于抽调了一支部队前往希腊，他们的兵力被极大削弱了）。不过托布鲁克一直坚守到了在1941年12月4日被解围的那一天。

1941年4月15日

昨晚去酒吧听了九点钟新闻，但我晚到了几分钟，于是问女老板有什么新闻。“哦，我们根本没开收音机。没人听这个，你知道的。再说另一家酒吧在弹钢琴，他们不愿意就为了新闻把钢琴停下。”而就在此刻，苏伊士运河面临着致命的威胁——这就像是在敦刻尔克战役最黑暗的日子里，酒吧女招待直到我要求才把收音机调到新闻频道……[161]这还让我想起1936年，德国重新占领莱茵区的那个时期。我当时正在巴恩斯利，走进一家酒吧时刚刚得知这一消息，随口说了一句：“德国军队已经跨过了莱茵河。”有人模模糊糊地想起了些什么，哼了一句“Parley-voo”[162]。除此再也没有其他反应了。从1931年直到现在，每一个危机关头人们反应总是这样。你一直感觉就像在踢一面无法穿透的用愚钝砌成的墙。不过有些时候，他们的愚钝反倒还帮了他们的大忙。其他任何一个欧洲国家身处我们的境地，早就尖声乞降了。

---

161 见战时日记，1940 年 5 月 28 日及 1940 年 6 月 24 日。
162 一战时期的歌曲《阿尔芒蒂耶尔来的少女》中的副歌。

1941 年 4 月 17 日

昨晚的空袭很严重，也许是这几个月来最严重的一次，至少就伦敦市来说。炸弹落在了伦敦板球场（学生们今早同往常一样在球网前运动，离弹坑只有几码远）还有圣约翰之木教堂的墓地里。幸运的是，这个炸弹没有落在墓群中，我一直害怕会发生这样的事……今早经过汉普斯特德的一条小巷，那里的一栋房屋被炸弹完全炸成了一堆瓦砾——这样的场景现在太常见了，人们几乎都视而不见了。那条街当然被封锁了，救援小组正在工作，一排救护车在一边待命。在那一大堆碎砖下一定埋着些残肢断体，也许还有些幸存者。

防空炮几乎整夜都在咆哮。今天我发现没有人承认自己晚上睡着过。艾琳也一样。大家都在说："我一刻都没有合过眼。"但我觉得这纯属胡说。这样的噪声当然让人很难入睡，但艾琳和我一定睡了大半夜。

1941 年 4 月 22 日

我在沃林顿呆了两三天。周六晚上那里也能听到远在 45 英里外的空袭。

我在沃林顿的时候，种下了 40—50 磅的土豆。这些种子能产出 200 到 600 磅的土豆，具体数量取决于天气等因素。如果等到秋天的时候，这些土豆比起我今年整年写的文章、做的广播来说成果都要突出，那可就好笑了——我希望不至于如此，但看来这是很有可能的。

英-希防线似乎南移了，紧靠约阿尼纳，距雅典以北不远。如果报纸上的报道属实的话，那他们已经在损失不大的情况下穿过了塞萨利平原。一件让所有人都深感不安，而且已然在澳大利亚掀起风波的事情就是真实消息的匮乏。丘吉尔在演讲中说甚至连政府也很难获得希腊方面的消息。最让我感到不安的是，政府反复声称我们对德国人造成了沉重的打击，德国人密密麻麻地冲上来，被我们一片一片地扫倒……[163]这就跟他们在法国战役中说的一模一样。西班牙无疑即将对直布罗陀发动攻击，或者采取其他的敌对行动。丘吉尔的话听起来越来越像张伯伦了，总是在回避问题。

英国士兵几天前进入了伊拉克。但目前为止还没有消息说他们正在做该做的事情，比如消灭德国间谍。各方人士都在说："希特勒就算攻到了摩苏尔也没什么用。英国人可以早早地把那里的水井炸了。"他们会吗？他们本来完全有机会把罗马尼亚的水井炸掉，可他们炸了吗？这场战争最令人气短的地方不在于我们现阶段注定要承受的这些灾难，而是在于我们正在被懦夫领导……这就好比是你的生命正取决于一场棋局的胜负，而你却只能眼睁睁地坐着，看着棋手下出一步接一步最愚蠢的臭棋，而你却无力阻止这一切。

---

163 奥威尔怀疑德军并没有被"一片一片地扫倒"，他的怀疑是很有根据的。关于战争损失，请见战时日记，1941 年 5 月 3 日。

1941 年 4 月 23 日

希腊人似乎准备撤了。这无疑会在澳大利亚掀起轩然大波。[164]只要这件事能最终引发一场对希腊战事的调查，引发一场广泛的争论，从而重新定义澳大利亚在帝国内部的地位，说不定还能引发对战争的指挥进行某种程度的民主化，那这一切都还算是有意义。

---

164 澳大利亚人和新西兰人担心他们的部队在战争中被无谓地牺牲了，这也许就是为什么丘吉尔在他的《第二次世界大战》中以比例的形式给

出了各国的战争伤亡总数：联合王国军队占55.8%，澳大利亚占25.1%，新西兰占19.1%（《第二次世界大战》，第三卷，p.206）。希腊遭受攻击期间各部队的损失比例为（这些数字不是丘吉尔计算的）：联合王国34%，澳大利亚17.33%，新西兰13.55%。克里特岛的军队由一名新西兰将领伯纳德·弗莱布指挥。

1941年4月24日

没有关于希腊的确切消息。大家只知道一支希腊军队，或是部分希腊军队，或是整支希腊军队都已经投降了。不知道我们在那儿有多少人，处在什么样的位置，能否坚持住，等等。《每日快报》提供的线索显示我们在希腊没有战机。意大利起草的停火协议显然目的在于将希腊战俘当作人质，企图胁迫英国放弃克里特岛和其他岛屿。

俄国的态度目前还没有线索。德国人现在逼近达达尼尔海峡了，进攻土耳其显然迫在眉睫。到那时候俄国人就非得决定是否要和德国对抗了——究竟是向土耳其施压，命令他们不得抵抗，从而取得伊朗作为回报，还是坐观整个黑海南岸都落入德国之手。在我看来他们会选择后者，甚至会作出第三种选择，但不管怎样他们都一定会大肆鼓吹标榜自己的仁义道德。

1941年4月25日

C是我所在的地方军小队里的一名成员，他的职业是家禽贩子，但现在经手各种肉类。他昨天从动物园里买了20匹斑马。这些应该只用作狗粮，不是给人吃的。[165]这似乎很浪费……据说全英国有2 000匹赛马，每匹每天都要消耗10到15磅的谷物——这群畜生每天都要吃掉一个师的面包配给。

---

165 伦敦动物园卖掉了许多动物，因为食物短缺，无法喂养这些动物。

1941年4月28日

丘吉尔昨晚的演讲仅从语言的角度来看是篇很成功的演讲。但没法从中挖掘出任何信息。我能从中提取的唯一准确事实就是，韦弗尔将军在利比亚采取攻势的时候，从来没能集结超过2个师3万人的兵力。我在地方军的岗哨亭听的演讲。在场的士兵都很受感染，甚至都被感动了。但我想那当中只有两个人是收入不到每周5英镑的。丘吉尔的口才真的很棒，很老式，但我不喜欢他的风格。真可惜他要么是不能，要么是不想，或者是不允许说任何确凿的信息！

1941年5月2日

一个从——来[166]的人昨天早上为我们的扶手椅剪了个椅套。那人是个普通的布店老板模样，个小小的，很整洁，有点女人气，身上满是一套套的别针。他告诉我这是他今天唯一的一笔个人业务。他现在几乎所有的时间都用来给大炮缝伪装布，它们缝起来似乎和椅套差不多。他说，——现在大部分是靠这些生意在维持运作。

166 不明。

1941年5月3日

从希腊撤出的部队人数估计在41 000—43 000人之间。但当局声称我们原先在那里的部队比估计的要少，也许在55 000人左右。伤亡估计在3 000人，另有七八千人被俘。这与德国人给出的数字吻合。[167]据说有8 000辆战车被毁，这大概包括各种车辆。没有人提到损失的舰只，尽管损失是肯定的。一名叫斯彭德[168]的澳大利亚部长公开宣称“步枪对坦克就像弓箭一样无用”。这不管怎么说都是长进。

显然伊拉克也进入了事实上的战争状态。就算在最乐观的情况下，这也会是场灾难……我们很可能不会同那支所谓的伊拉克军队交手，尽管我们完全可以在几小时内就把他们轰成渣。我们要么会和伊拉克签订协议，放弃所有在伊利益，在其他地方已然上演的一幕会在伊拉克再度演绎；要么你就会听到政府宣布，伊拉克政府将控制油井，但这没有关系，因为他们同意向我们提供一切必要设施，等等诸如此类的话，接着突然我们就会听说德国专家已经坐飞机或是经土耳其抵达了伊拉克；要么就是我们的军队会无所作为，采取守势，直到德国人空运了一支军队过来，而我们不得不在劣势下作战。无论何时你考量英国政府的政策，你都感觉像是在猛踩油门，可偏偏汽车却坏了一个油缸——这是一种致命的虚弱感。你预先无法得知他们究竟会做什么，但你知道他们没有成功的可能，甚至不会行动，直到一切都太晚了……当你仅仅考虑“战斗”的问题时，你还能感到某种程度的信心；但当你考虑战略或外交时，心中却是那样的无助。你能够未卜先知：一个保守党的英国政府必然失败，因为它根本就没有成功所需的意志。他们对于攻击中立国瞻前顾后——而这正是这场战争中我们和德国的主要战略分歧——暗示着他们潜意识里就渴望失败。当人们在为信仰而战时，他们是无所顾忌的。

---

167 据利德尔·哈特说，“3 月 7 日……第一支 5 万人的英军先遣部队在希腊登陆……他们险些就遭受灭顶之灾……撤退中他们丢下了所有的坦克、大部分装备以及 12 000 名战俘，这些都落入了德军之手”（《第二次世界大战史》，1970，p. 125）。丘吉尔给出的“损失”数据如下：大不列颠 6 606 人（也许包括部分波兰士兵），澳大利亚 2 960 人，新西兰 2 266 人，总计在德军进攻中损失 11 840 人（希腊远征军总兵力为 53 051 人）。幸存者中，18 850 人转移至克里特岛，7 000 人经克里特岛转移至埃及，另有 15 361 人（包括伤员）直接前往埃及，另外还有 9 451 人（非军人）也被一同转移——总计 50 662 人（《第二次世界大战史》，第三卷，pp. 205 - 206）。《战争的 2194 天》声称远征军总共损失 12 712 人，其中 9 000 人被俘虏；意大利军队在 6 个月的战役中共阵亡 13 755 人，50 000 人受伤，12 368 人被严重冻伤，25 067 人失踪；德军

在希腊和南斯拉夫的损失为 1 684 人阵亡，3 752 人受伤，548 人失踪（根本谈不上被“一片一片地扫倒”；见上文 1941 年 4 月 22 日）；希腊军队共损失 15 700 人（阵亡或失踪）。撤离行动很成功，主要由皇家海军执行，但也有其他盟军船只的协助。（《战争的 2194 天》，p. 120）。

168 珀西·斯彭德爵士（1897—1985），律师，政治家，此刻担任澳大利亚战争内阁的陆军部长。在 1950 年的英联邦国务会议上，他提出了南亚和东南亚的经济发展计划，被称为“科伦坡计划”。他还在 1958—1964 年担任海牙国际法庭的法官，1964—1967 年担任庭长。

1941 年 5 月 6 日

土耳其人提议调解伊拉克事务，这是个坏兆头。伊朗开始战争动员。美国政府停止向苏联输送战争物资，这本身是件好事，却又是个坏兆头。

地铁站里深夜的景象令人震惊。最让人感到震动的是每个人脸上都整洁，平静，正常的表情。尤其是那些新婚夫妇，看上去就像是去建房互助会买新房的那种朴素持家的类型，现在都一对对裹在粉红色的床单下。还有随处可见的一大家子，父母带着几个孩子，全都一字排开躺在地上，就像案板上的一排兔子。他们都在刺眼的灯光下平静地睡着了。那些孩子仰面躺着，粉红的小脸蛋就像小蜡人一样，全都睡得很熟。

1941 年 5 月 11 日

过去的几天里最重要的新闻被夹在了报纸的末页——俄国宣布他们不再承认挪威和比利时政府。根据昨天的报纸，他们对南斯拉夫也作了同样的表态。这是自斯大林登上总理宝座以来的首个外交动作，等同于宣布俄国默认了德国的所有侵略行径。这一定是在德国压力下做出的反应，而莫洛托夫[169]的离职也明确预示着俄国政策正在转向德国，而这需要斯大林的个人权威才能得以实现。很快他们就会对伊朗或土耳其采取敌对行动了。

昨晚的空袭很猛烈。一枚炸弹对我所在的房屋造成了轻微损坏，这还是我头一次碰到自己住的房子被炸到。凌晨两点左右，在一如既往的防空炮火声和远处的炸弹爆炸声中，忽然一声震耳欲聋的爆炸声把我们惊醒，不过窗户没有震碎，房间也没有明显震动。艾琳爬起来跑到窗台边，听到有人叫：这栋房子被击中了。不一会儿我们全都跑出房门来到走道上，闻到了浓烟还有橡胶烧焦的味道。我们爬上房顶，视线范围内到处都是冲天的火光，一处在西边几英里远，巨大的火舌不停地翻滚着，那一定是间装满了易燃物的库房。浓烟飘过了我们的屋顶，但我们最后认定炸弹击中的不是我们所在的街区。等到我们再次下楼时，忽然又有人告诉我们被击中的就是我们这个街区，但要所有人都呆在自己的公寓里。此时浓烟已经很重了，看不清走廊对面的情况了。这时我们听见有人在喊："对！对！111 号还有人！"[173]看门人大喊着让我们赶快出去。我们赶快披上点衣物，抓上几件东西就冲了出去，一边想着这栋房子一定着大火了，出去了可能就回不来了。我后来发现自己拿的不是打字机或文稿，而是我的枪和一个装着食物等必需品的帆布袋，这个袋子我一直备好放在身边的。事实上只是有颗炸弹点燃了车库，把所有停在里面的汽车都付之一炬了。我们出门后去了 D 家，他们给我们拿来茶水，我们吃了一条省了几个月的巧克力。后来我告诉艾琳她的脸全熏黑了，她回答道："你觉得你自己的脸是什么样的？"我一照镜子，发现自己的脸也是乌黑一片。在此之前我根本没想到自己的脸也会这样。

---

169 莫洛托夫自 1930 年起一直担任人民委员会（后来称为理事会）主席，但 1941 年 5 月被取代。他此后依然担任副主席。

170 111 号是奥威尔在 NW8 艾比路兰福德大楼的公寓所在。它不是奥威尔在后文所说的一栋房子，而是一排公寓。

1941 年 5 月 13 日

对于海斯[171]叛逃英国的原因我一点线索都没有。这完全是个秘密。我唯一知道的是如果这件事有任何宣传机会，英国政府一定会设法利用的。

171 鲁道夫·海斯(1894—1987)，纳粹副元首，希特勒的密友，1941 年 5 月他驾驶一架梅赛施米特 110 轰炸机飞抵苏格兰。他被地方军俘虏，自称阿尔弗莱德·豪恩，求见汉密尔顿公爵；他希望能通过自己与英国达成停战合约。丘吉尔不希望在战事如此狼狈的情况下谈及停火，因此对此事严格保密；但德国人却于 5 月 13 日透露了这条消息，并且声称海斯疯了。海斯于 1946 年在纽伦堡战争法庭上被宣判终身监禁，此后一直被囚禁于斯潘多监狱，直至死亡。此事一直存有争议。有人声称飞往英国后死在斯潘多监狱的不是他本人，而是一个冒名顶替者。

1941 年 5 月 18 日

伊拉克，叙利亚，摩洛哥，西班牙，达兰[172]，斯大林，拉希德·阿里[173]，佛朗哥——这种感觉真是彻底的无助。[174] 只要有犯错误的可能，英国政府就一定会犯那个错误。我已经认定了这是条自然法则。

昨天或是前天的报摊海报上写着，“纳粹使用叙利亚空军基地”，报上的报道说当这一消息在议会宣布时议员们大叫“耻辱”。显然当德法停火协议被打破，法国殖民地被纳粹使用时，还有人对此感到震惊。但哪怕是我这样的旁观者在法国退出战争的那一天就已经能够预见到这种事情了。

显然以任何体面的方式赢得这场战争的所有希望都已丧失殆尽。丘吉尔和 Co. 的计划看来就是先放弃一切，再靠美国飞机和血流成河的代价将其夺回。他们当然不可能成功。整个世界都将逆他们的意愿而行，可能也包括美国。两年之内我们要么已经被征服，要么就变成了一个社会主义共和国，为生存而战，国内靠一支秘密警察部队维持秩序，半数的人口在饥饿中挣扎。那些在还有机会的时候没有出走达喀尔、加纳利群岛、丹吉尔和叙利亚的英国统治阶级将自寻死路。

---

172 弗朗西斯科·达兰将军(1881—1942)自1939年起担任法国海军总司令；后任维希政府副总理和外交部长(1941年2月—1942年4月)；1942年12月24日被暗杀。见战时日记第二卷，1942年5月30日。

173 拉希德·阿里·阿尔加拉尼(1892—1965)，亲纳粹的伊拉克首相，1941年4月19日他以1930年的条约为由拒绝英军通过伊领土。经过一番短暂的战斗，两国签署了停火协议，亲英政府成立，拉希德·阿里于1941年5月30日逃亡伊朗。

174 奥威尔似乎通过列举那些敌视英国的纳粹与共产主义领导人以及那些英国本可以轻易夺取用以包围德意的领地来表达他“彻底的无助感”。不过，此时英国的兵力、舰船和战机数量都严重不足，想要夺取达喀尔、加纳利群岛、丹吉尔、叙利亚、摩洛哥或伊拉克是不切实际的。不过，4月24日，英国加强了在伊拉克的驻军，并于6月1日占领巴格达，6月5日任命成立了一个亲英内阁。6月8日，英国和自由法国军队进入叙利亚，忠于维希政府的法国军队于6月11日接受停火。考虑到这些军事行动，以及北非的战事，德国对英展开的春季空袭，英军在希腊的灾难还有接踵而至的克里特岛的溃败，此刻盟军根本没法指望能顺手摘下达喀尔这颗桃子并接管那里的维希政府海军。1940年9月24—25日英军曾对达喀尔发动过一次试探性的进攻，但当他们发现那里的防御非常有效，抵抗也很坚决时，便停止了进攻。

1941年5月21日

所有的目光都落在了克里特岛上。每个人都在说相同的事情：这将以某种方式揭示登陆英国的可能性。也许吧，但首先我们得知道相关的情况——我们在岛上有多少部队，装备如何。如果我们只有1万到2万人，[175]那德国人即便无法使用登陆坦克，也完全可以凭借数量优势压倒他们。总的来说，德国人在克里特岛的形势远远好于他们登陆英国将面临的形势。如果说对克里特岛的进攻是一次尝试，那它更有可能是为进攻直布罗陀所作的尝试。

---

175 当时盟军在克里特岛有42 500名士兵：英军17 960人，希腊军队10 300人，新西兰士兵7 700人，澳大利亚士兵6 540人。这些士兵刚刚从希腊撤出，组织混乱，缺乏空中掩护，在纵横160英里的岛屿上只有68门防空炮。德国空军于5月20日清晨发动了猛烈的空袭，取得了很好的效果，随后动用滑翔机和运输机空投伞兵。英军指挥官弗莱布

将军在5日对丘吉尔说，他“一点也不担心空降进攻……能够凭借我麾下的士兵充分应对情况”。(《第二次世界大战》，第三卷，p. 246) 尽管德军的空投行动取得了成功，但希特勒此后拒绝再次尝试使用空降部队组织进攻。

1941年5月24日

克里特岛传来的消息表面看起来似乎不错，但表象之下却处处透露出一股悲观情绪。伊拉克和叙利亚那边一点消息都没有，这是最糟糕的征兆。达兰宣称他不会(向德国)移交法国舰队。看来德国人还得再给他几拳才能击破这个明显的谎言。

1941年5月25日

我私下听说我们已经在克里特岛的行动中损失了三艘巡洋舰。[176]报纸上满是缺乏空中掩护的借口。[177]没有人解释为什么我们没有破坏克里特岛上的登陆点，致使德国人能够顺利地用运输舰运送部队，也没有解释为什么我们没有武装克里特岛上的居民，直到一切都太迟。

176 参加行动的50多艘舰船中，3艘巡洋舰和8艘驱逐舰被击沉，其中好几艘都是在试图保护士兵免遭空袭的过程中被毁的；另有3艘战列舰、1艘航空母舰、7艘巡洋舰、9艘驱逐舰以及其他小型舰艇被击伤；海军损失2 261人(《战事报》，第15期；利德尔·哈特给出的数据略有不同)。

177 这不是空洞的借口。英国中东指挥部在希腊损失了200架战机。皇家空军只有21架飓风式战机保卫利比亚，14架保卫苏伊士运河和亚历山大港。因此防空的重任就落在了皇家海军的肩头，正如那首残酷的海军小曲儿所唱：“派出尼尔森，派出罗德里，派出胡德号，/因为那该死的空军屁用没有。”但这里的胡德号仅仅是为了押韵；它已于1941年5月24日被俾斯麦号击沉，就在此篇日记的前一天(《战时报》，第15期)。

1941年5月31日

我依然对阿比西尼亚的战事结果不太满意。今天在新闻片里看到南非部队开进了亚的斯亚贝巴。他们在皇宫前首先升起的是米字旗，然后才是阿比西尼亚国旗。

1941 年 6 月 1 日

我们正在撤出克里特岛。当局说当前正在撤退的部队有 13 000 人，[178]但没有提及总人数。如果我们撤出英国军队，把希腊人独自丢下，那就会给世人留下极其可怕的印象——尽管从纯军事角度来说这样做可能是正确的。

英军进入了巴格达。要是能听到他们开进大马士革的消息那就更好了。可以预见的是，我们不会向伊拉克人开出过分苛刻的条款，比如说我们不会把占领伊拉克油井作为停火的条件。赫斯在过去的几天里从新闻中完全消失了。当局对他在议会现身的问题含糊其辞，否认汉密尔顿公爵收到了一封赫斯的信，声称新闻部发布这条消息是因为收到了虚假信息，但整个下议院都没人问及究竟是谁提供了这条假消息，又是为什么——所有这些事是如此的可耻，我甚至都想到议会议事录里翻出那场辩论记录来，看看报上的报道是不是都被审查过了。

刚刚响起了防空警报。已经连续 3 个星期没有一场空袭了。

---

178 克里特岛上的 42 500 名军人中有 16 500 人获救，其中有 2 000 名希腊士兵(利德尔 · 哈特，p. 14)。

1941 年 6 月 3 日

克里特岛的撤离行动业已完成，据说共有 2 万人撤离。显然，行动早在媒体承认之前就已经开始了，而被击沉的舰只也一定是在撤离行动中损失的。总损失估计包括 1 万名士兵，7 艘战舰(3 艘巡洋舰，4 艘驱逐舰)，[179]也许还有一些商船，许多防空炮，坦克和飞机若干；而这一切现在全都打了水漂。报纸上的批评声比以往任何时候都要勇敢。一份澳大利亚报纸公开宣称，除非我们对叙利亚采取行动，不然保卫塞浦路斯是没有意义的。显然，目前还没有这种预兆。今早的新闻报道说，德国人已经在拉塔基亚[180]空降装甲部队了。与之相伴的是英军“可能”入侵叙利亚的暗示。但如果这几天内我们不采取行动，那一切也许就太迟了。

---

179 巡洋舰卡尔库塔号、斐济号和格劳斯特号被击沉，同时被击沉的还有驱逐舰灰犬号、贺沃德号、帝国号和朱拉号。2 011 名水兵殉国，还有其他若干舰只被击伤但所幸没有沉没。盟军损失 16 583 人（其中英军 8 200 人，澳大利亚士兵 3 376 人，新西兰士兵 2 996 人）。德军有 3 714 人阵亡或失踪，2 500 人左右受伤（《战争的2194 天》，1941 年 6 月 2 日）。

180 拉塔基亚位于叙利亚境内。英军猜测德军在占领克里特岛后将“猛攻塞浦路斯、叙利亚、苏伊士运河或马耳他”。战后，据德军空降部队总司令 K · 斯图登特将军透露，希特勒开始很不愿意冒险进攻克里特岛。在攻占克里特岛的行动中遭受重大损失后（尽管盟军的损失要大得多），他拒绝“从塞浦路斯再次跳跃进攻并夺取苏伊士运河”（利德尔 · 哈特，pp. 144 – 145）。

1941 年 6 月 8 日

英军今天上午进入了叙利亚。

1941 年 6 月 14 日

围绕俄德两国间的关系，没人知道确切的消息，这真是一个彻底的谜团。我还没能联系上哪个人见到过刚刚回国的克里普斯。[181]在我看来，这两国的关系走向将服从于以下两个事实：1. 只要有任何方法能避免战争——除了自杀——斯大林不会和德国开战；2. 在当前阶段让斯大林丢脸对希特勒不利，因为他一直在利用斯大林对付全世界的工人阶级。同直接进攻俄国，或是迫使俄国签订明显对其不利的条约相比，德国更有可能以结盟作为幌子迫使俄国做出让步，也许会以进攻伊朗或土耳其作为掩护。然后你就会听说两国间正在“交换技术人员”，等等等等，接着突然间巴尔干半岛就会出现许多德国工程师。但我们同时也应该警惕，整个明显的动作也许只是虚张声势，为的是掩盖别处的某个即将展开的行动，比如入侵英国。

---

181 斯坦福·克里普斯(1889—1952)，时任英国驻莫斯科大使，于6月11日返回伦敦。6月3日，德国驻莫斯科大使弗里德里西·冯·舒伦伯格伯爵向德国外交部发出电报：“……甚至在英国大使克里普斯返回伦敦前，在英国和其他外国媒体中就出现了一个流传甚广的谣言——苏联和德国之间即将爆发战争。这个谣言在他返回伦敦后愈演愈烈。”他说这些谣言无疑是荒唐的，但同时认为应当在莫斯科负责任的圈子中“声明这些谣言只是拙劣的宣传策略”（丘吉尔，《第二次世界大战》，pp. 326 - 337）。见事件，1939年7月2日，注7。

1941年6月19日

德国和土耳其签订互不侵犯条约。这就是我们没有迅速平定叙利亚的奖赏。从今天起土耳其的媒体将转向反对我们了，这将对阿拉伯人产生深远影响。

德比马赛昨天在纽马克特举行了，显然观看者众多。甚至连《每日快报》都对此大加指责。《旗帜晚报》宣称希特勒将在几日内入侵英国，并且暗示德国在东欧的动作可能只是烟幕弹——但我认为这只是想恐吓人民更加努力地工作。

英国政府停止了向佩萨莫港发放准运证，[182]还截住了3艘芬兰船只，理由是芬兰现在已经是敌占领土了。这是迄今为止最明确的暗示：德国和苏联之间的确发生了什么。

---

182 领事馆官员会向中立国的船只(如芬兰)发放证明，允许船只及其货物自由通行，不受登船搜查。

1941年6月20日

过去的几天里我们热得都快融化了。我忽然想到，这场战争带来的一个小小的好处是，它打破了报纸的一个愚蠢的习惯，总是拿昨天的天气做今天的新闻标题。

1941 年 6 月 22 日

德国人今天早上入侵了苏联。

每个人都很兴奋。大家普遍推测，这一局势发展对我们有利。但只有当俄国人决心反击并且能组织起像样的抵抗时，这种推测才能成立。就算他们不能挡住德国人，至少也要消耗他们的空军和海军。显然，德国的直接目标既不是领土也不是石油，而是要摧毁俄国空军，拔除背脊上的一根芒刺，从而能够最终腾出手对付英国。目前无法猜测俄国人会有怎样的表现。最坏的征兆是，德国人如果没有得手的把握（而且是迅速得手），他们可能是不会冒这个险的。

1941 年 6 月 23 日

丘吉尔的演说在我看来非常棒。它没有取悦左翼，但他们忘记了他正在向整个世界演讲，包括中西部的美国人、空军和海军军官，不满的店主和农场主，俄国人自己，当然还有各左翼政党。他对共产主义流露出的敌意是完全正确的，反倒突出了他援助提议的真诚。你能够想象《新政治家》的记者们一定会揪住这点不放。但假如哪天斯大林站起来宣布"我一直是资本主义的支持者"，他们又该作何感想呢？

没法猜测希特勒的这一举动会给美国怎样的想法。有人认为这一举动会在英国催生一个强大的亲纳粹政党，这种想法是大错特错的。毫无疑问，富人们会希望看到希特勒摧毁苏维埃政权，但他们只是极少数人。天主教徒一定也有这种想法，但他们也许会精明地等到俄国抵抗开始崩溃时才亮出底牌。我和地方军里的一些人谈起这件事，其中包括老顽固和相当富有的生意人。我发现所有人都完全支持俄国，尽管他们对于俄国人的抵抗能力意见分歧很大。据我回忆，最典型的对话是这样的：

禽肉批发商：“我希望俄国人狠狠揍他们一顿。”

服装厂老板（犹太人）：“不会的。他们会溃不成军的，就像上次大战中一样。你等着瞧吧。”

医生（有点外国口音，也许是难民）：“你肯定错了。所有人都低估了俄国的实力。他们会把纳粹头朝下拿来拖地板的。”

禽肉批发商：“就是，他们可有两亿人哪！”

服装厂老板：“是的，可是他们一盘散沙……”

所有人都很无知，但这些话说明了人心所向。3 年前当大多数人的年收入超过 1 000 英镑，或者甚至是每周 6 英镑时，他们一定会站在德国一边反对俄国。但到了此时，对德国的仇恨使他们忘了一切。

一切都取决于俄英两国是否真的愿意合作，不玩三心二意，不互相推诿。毫无疑问俄国存在一个强大的亲纳粹团体，而且我敢说斯大林就是头目。假如俄国再次转换阵营，斯大林扮演贝当的角色，我敢肯定英国的共产党也会跟着他走，再次转向亲纳粹立场。假如苏联政权被消灭，斯大林被杀或被俘，我认为许多共产党人肯定会转而向希特勒效忠。英国共产党现在散发了一份宣言，呼吁建立“人民政府”。一旦莫斯科传来新指令，他们立马就会改弦更张的。如果俄国人真的要决意抵抗，那么削弱英国政府或从事颠覆性的活动对他们就没有好处了。毫无疑问，共产党人会在 10 天之内成为超级爱国者——他们大概会喊出“一切权力归丘吉尔”的口号来——然后被人彻底无视。但如果这两个国家间的结盟是真诚的，存在着一定的相互支援，那么这一联盟对双方的国内政治产生的影响也一定是正面的。在西班牙内战的特定环境下，俄国军援反倒在西班牙国内产生了负面的影响，这一情形不会在英国重现。

所有人都在预测，“自由俄国”该是多么的乏味。他们也许就和白俄一个样。大家想象着斯大林在普特尼开了间小杂货铺，卖俄国茶壶，跳高加索舞……

1941 年 6 月 30 日

关于俄德战争没有真实的消息。整整一星期，双方都在夸大其词，吹嘘摧毁了对方多少辆坦克云云。你唯一能够相信的是有多少城镇易手，而德国人的收获似乎并不多。他们占领了利沃夫，似乎还有立陶宛，还声称绕过了明斯克，而俄国人声称德军的攻势已经被阻止了。所有人似乎都过分乐观了。“德国人这回要吃不了兜着走了。希特勒要是下周还突破不了防线的话他就完蛋了。”很少有人想到，德国人是优秀的军人，绝不会在事先没有充分权衡利弊的情况下贸然开战。更冷静的人会这样预测：“如果到了 10 月俄军还存在有生抵抗力量的话，希特勒这个冬天也许就完蛋了。”没法判断俄国政府收缴所有私人收音机的行动究竟意味着什么。这件事可能有几种解释。

目前还无法确切判断我们和苏联的结盟究竟是何性质。昨晚在电台播放了所有盟国[183]的国歌后，所有人都咧着嘴等着听是否有国际歌。不过，当时阿比西尼亚国歌也是等了很久才加入其他盟国国歌的。他们最终肯定会选择一首曲子来代表苏联，但这将是个非常微妙的选择。

---

183 每周日晚上播放所有的盟国国歌是 BBC 电台的传统。

1941 年 7 月 3 日

斯大林的讲话是对人民阵线的直接回应，并为民主阵线作了辩护，事实上这些话同他和他的追随者在过去两年里所说的一切都相抵触。但这是篇出色的演说，同丘吉尔的讲话遥相呼应，明确无误地表明决不妥协的立场——至少当前是这样的。不过演讲的字里行间似乎暗示着苏联正在考虑撤退。他用友好的语调提到英国和美国，多多少少把他们看做盟友，[184]但显然目前还没有正式的结盟关系。里宾特洛甫及其党羽被称作“食人魔”，而《真理报》也是这样称呼他们的。这些措辞之所以听上去奇怪，是因为俄语中有极其庞大的辱骂性词汇，而英语却没有与之对应的单词。

现在我们所有人居然都成了亲斯大林分子——再没有什么能比这一事实更能揭示我们这个时代道德与情感的浅薄了。这个令人作呕的谋杀犯暂时站在了我们这边，因此大清洗等等罪行都一夜之间被人遗忘了。假如佛朗哥、墨索里尼之流最终也倒向了我们，他们也会得到同样的宽容对待。你能给予斯大林的最好评价就是，他本人至少还有可能是真诚的，而他的追随者连这点都谈不上，因为斯大林无数次的转换阵营至少是他本人的决定。这就像是“爸爸翻身，我们都翻身”，[185]而爸爸翻身大概是因为神灵附体吧。

---

184 此时双方都刻意回避用“联盟”这个词，此事意义重大。7 月 12 日，斯坦福爵士和莫洛托夫在莫斯科签订了英俄协定。协定声明双方都将支持另一方“当前反对希特勒德国的战争”，不会单独求和。结盟和“共同参战方”的区别在新闻报道中说得很清楚。因此，《新闻纪事》的政治通讯员弗农·巴利特在7 月 14 日(协议宣布的当天)的一篇题为《莫斯科还不是盟友，但却是“共同参战方”》的文章中写道：“有人昨天问苏联现在究竟应该被视作盟友还是参战国。这个问题……是愚蠢的。”在评论“希特勒德国”这一用语时，他说这暗示“俄国依然希望能够分化德国国内的民意”。

185 也许更普遍的说法是“床上睡着十个人，小鬼叫声‘翻过身’”（当时一首流行歌曲的歌词）。

1941 年 7 月 6 日

好几份报纸都对于我们没有帮助苏联感到不安。我不知道政府现在是否正在考虑任何空袭以外的行动，但如果我们什么也不做，那这不但会产生负面的政治军事后果，而且会是一个令人不安的信号。德国人的 150 个师正深陷俄国战场；如果我们现在都没法采取地面进攻的话，那天知道究竟什么时候我们能反攻？我没有听到任何关于部队调动的传言，显然英国还没有组织任何远征部队。[186]唯一的新进展是比弗布鲁克在大抓坦克生产，就像他去年大抓飞机生产一样。但这些努力要几个月后才能见成效，至于这些坦克将被用在何处我也是一点线索都没有。我不相信它们是用来防备德军登陆入侵的。如果让德国人取得了足以大批登陆装甲部队的战略态势——也就是说他们完全取得了制海权和制空权，那我们就已经输掉这场战争了。

没有人说我们将和俄国正式结盟，关于两国间的关系也没有任何澄清，尽管双方都有些多少友善的表示。当然，在俄国与我们缔结牢固的盟约之前我们不敢冒险行事，即使俄国打退了德军入侵，我们依然会继续战斗。

前线方面没有任何可靠的消息。德国人跨过了普鲁特河，但对于他们是否跨过了别列津纳河人们意见不一。双方宣称的歼敌数字显然都不可信。俄国人声称德军伤亡已达70万，相当于希特勒总兵力的十分之一左右。

我看了几份天主教报纸，还有几份《真相》[187]，想看看他们对于我们同苏联的半结盟状态有什么看法。天主教报纸并没有亲纳粹，也许以后也不会。他们的立场显然是，俄国人客观上在我们这边，因此我们必须支持他们，但双方目前还没有明确的同盟关系。《真相》憎恶丘吉尔，但也采取了基本相同的立场，但似乎略微有些反俄。几份爱尔兰的天主教报纸现在开始旗帜鲜明地反纳粹了。如果我的判断属实，那美国那边的反应也应该与英国类似。现在俄国也参战了，我很想看看强加在爱尔兰媒体头上的“中立”立场(禁止他们针对任何一个参战方发表评论)是不是也将适用于有关俄国的报道。

人民阵线投票全力支持政府，要求“有力地进行战事”——而就在两周前他们还在要求“人民的和平”。坊间流传着这样一个故事，说是希特勒入侵俄国的消息传到了纽约的一家咖啡馆，几个共产党正在那里开会，其中一人出门上了趟厕所，等到他回来时发现就在他离开的这会儿工夫里“党的立场”已经大转弯了。

186 从苏联加入英国一方参战的那刻起，就一直有人鼓动开辟第二战线。鼓动者很多是共产党和共产党的同情者。
187 一份极右杂志。

1941 年 8 月 28 日

我现在已经是 BBC 的一名正式员工了。

东部战场的战线（如果这能看做是一条战线的话）大致经过塔林、高美尔、斯摩棱斯克、基辅、第聂伯罗彼得罗夫斯克和赫尔松一线。德国人占领了一块比德国本土还要大的区域，但没能摧毁俄国军队。英国和俄国 3 天前入侵了伊朗，伊朗人已经落荒而逃了。听不到任何有关该国境内部队调动情况的小道消息。他们现在只有一个月的时间可以用来准备在欧洲大陆上开展行动，而我认为他们不太可能有此打算。透过丘吉尔和罗斯福的联合声明，你可以感觉到由于德国入侵苏联的缘故，美国的反希特勒情绪已经有所冷却了。而另一方面英国国内似乎并没有显露出因为德国人侵苏联而愿意承受更多牺牲的迹象。民众中有人抗议我们没有为援助苏联做出足够的努力，但总的来说他们的声音还很小。我认为在俄国战场上，希特勒无法在这个冬季突破至高加索和中东地区，这一结果已成定局。但德军也不会溃败，而且他们给俄国造成的打击要超过他们自身承受的打击。目前来看谁也无法在短期内获胜。我们陷入了一场长期乏味、令人精疲力竭的战争，所有人的资源都在一点点地耗尽。我先前预测的战争新阶段已经开始了，自敦刻尔克大撤退开始的半革命阶段业已完成。因此我的本卷日记按计划到此结束。

这是奥威尔在 1942 年 3 月 14 日前的最后一篇战时日记。

第二本战时日记

1942 年 3 月 14 日—1942 年 11 月 15 日

1941 年 8 月 8 日，奥威尔成为 BBC 海外节目的一名助理播音员，年薪 640 英镑——大约相当于今天的 22 000 英镑。他在位于摄政王公园的伦敦大学贝福德学院参加了为期两周的训练课程，每周 5 天半课时。诗人学者威廉·安普生讥讽地将它称为“撒谎学校”。事实上，现存的课程与讲座计划表明(这些保留了下来)，在当时有限的时间里，这是一套虽然基础但却合理的广播入门课。(见 CW，XIII，pp. 3 - 21 与 82 - 92)。奥威尔随后加入了海外东方部，负责对印度、马拉西亚与印度尼西亚广播，直至他于 1943 年 11 月 24 日担任《保民官》文学编辑为止。奥威尔的工作地点起初在波特兰街 55 号，即《一九八四》中“101 房”的来源。这是一个会议室，奥威尔在这里忍受了东方分部委员会的多场会议。尽管《一九八四》中的 101 房是个对肉体施加折磨的地方，但我们需要记住，欧布莱恩说过 101 房因人而异：“这也许是活埋，也许是溺毙，也许是刺穿身体，或者其他五十种死刑方式。有时它也会是某种很琐碎的东西，甚至不一定致命。”对奥威尔来说，它就是死一般乏味的回忆；对温斯顿·史密斯来说它就是老鼠——当然，老鼠有时也给奥威尔带来了麻烦，最大的麻烦就是在西班牙前线。1942 年 6 月初东方部迁往牛津街 200 号。已故的艾瑞克·罗伯逊曾在那里工作，与奥威尔相识。他曾对我说，大家通常不管那里叫 200 号，而是叫 ZOO(动物园)——他认为这和《动物农场》有联系。奥威尔制作撰写了大量的节目。例如，他用英语写了 104 还是 105 份通讯稿，以及115还是116份用来译成方言的通讯稿。有50份对印广播的文稿保留至今。奥威尔的宣传理念主要往文学和文化方向倾斜。有组重要的系列节目叫做《让我们演出来》，节目的参与者学习一些戏剧技巧，在返回印度的旅途中将其引入戏剧创作中。他还发起了今天被称作“开放大学”的课程，内容涵盖文学、科学和心理学。他为这些课程聘请到了杰出的作家和学者，如T·S·艾略特、赫伯特·里德、E·M·福斯特、约瑟夫·尼达姆以及C·D·达林顿。奥威尔以他惯有的自我贬低方式声称他在BBC的经历是“荒废的两年”。当然这些广播的听众很少，但这不是因为他的节目质量不好，也反映不出他可敬的良苦用心；而是因为收音机数量少，信号差，节目时间变动频繁，以及多种语言的缘故。奥威尔在BBC的完整记录请见《全集》，卷XIII，XIV及XV。

在这本日记涵盖的大部分时间里奥威尔一直是地方军的一名活跃成员。他是一名中士，指挥一个班，其中一个还是他的出版人弗里德里克·沃伯格(曾以中尉身份参加过帕斯尚尔战役)；[①]另见战时日记，1941年2月12日，[②]注140。即便如此他还是抽出时间写了一些文章，其中最著名的是他为美国杂志《党派评论》所写的《伦敦来信》。

这本日记有两个版本：手稿(无标题)与奥威尔亲手完成的打字稿，标题为“战时日记(续)”。打字稿中省去了手稿中的一些字词段落(有删减的地方本书都加了注)。奥威尔也许是想拿这个删减版本同伊内兹·霍尔登的日记共同出版(见战时日记［1940年5月28日—1941年8月28日］的前言)，但日记在奥威尔在世时没有发表。本书中，仅仅出现在手稿中的内容用方框中的斜

① 1941年3月1日战时日记注140中所提到的这位出版人是维克多·格兰茨。——译注

② 应为1941年3月1日，见译注①。——译注

体表示；后面的是打字稿版本。如果打字稿中的某个人名只有首字母，但手稿中有全名的，本书将用罗马字体给出全名。只有少数几个较重要的手稿与打字稿间的用词差别添加了注释。详细信息见《全集》。

脚注从 1 开始编号。

1942 年 3 月 14 日

我在半年之后重启了这卷日记；战争再次发展到了一个新阶段。

克里普斯动身前往印度的具体日期不详，但也许此刻他已经离开了。[1]一般公众似乎为他的离去很难过。最常见的说法就是："他们一定是要手腕把他支走的。"（这也正是德国无线电台给出的一个理由。）这种说法很愚蠢，恰恰反映了英国人的狭隘心态，认识不到印度的重要性。消息灵通的人情绪悲观，因为政府不愿公布对印条款，这就意味着那不可能是好条款。没法知道克里普斯会有什么权力。那些了解内情的人什么都不愿透露，只能通过间接渠道探得点风声。比如，我在接到要给克里普斯制造声势的指示后，就打算在简讯[2]中把克里普斯写成一个政治极端分子。

各种谣言四处飞扬。许多人怀疑俄国和德国今年会单独议和。通过研究德国和俄国广播，我早已认识到俄国宣称的胜利大多都是虚假的，但战争也没有按照德国人的计划发展。［我认为俄国人的胜利就类似于我们在不列颠空战中取得的成果——就是暂时避免了失败，但没有取得任何决定性的胜利。］除非俄国被彻底击垮，不然我不相信他们会单独议和，因为我认为俄德两国都不可能同意放弃乌克兰。［另一方面，有些人认为（我从一个叫阿布拉姆斯的波罗的俄国人那里听到了这种说法，他是个坚定的斯大林支持者，但本人未必是苏共），只要俄国人能把德军赶出其领土，他们就会秘而不宣地停战，以后只会象征性地放防空炮。］

关于比弗布鲁克离开内阁的一些传言：[3]

a. 克里普斯坚持以此作为他进入政府的前提条件。

b. 比弗布鲁克被罢免是因为有人获知他与戈林有过接触，企图妥协求和。

c. 陆军坚持罢免比弗布鲁克，因为他把所有新生产的飞机都运往了俄国，而不是利比亚和远东。

我已经在BBC工作了6个月了。如果我预测的政治变化在未来有所实现，那我就会继续在这里干下去，不然的话我很可能会离开。这里的氛围一半像女校，一半像精神病院。我们目前所做的一切都是无用功，或者比无用功还要略糟一些。我们的广播策略比我们的军事策略更加没有希望。不过在这儿你会迅速地培养出宣传意识来，而且获取一种你先前所没有的敏锐感。比如说，我就经常在我的通讯稿中宣称日本即将进攻俄国。我不相信事件的走向会是这样，但我有我的盘算：

a. 如果日本真的进攻了俄国，我们可以说“我早告诉过你的”。

b. 如果俄国人首先发起进攻，我们在已经建立了日本阴谋进攻俄国的先入之见的情况下，可以假装说是日本人挑起的冲突。

c. 如果战争没有爆发，我们可以说是因为日本人害怕俄国。

所有的宣传都是谎言，即便当你在叙述事实的时候。我认为这一点也不重要，只要你清楚自己在做什么，又是为什么。

［当下的段子：

一个地方自卫队[4]的女子拦住了一个地方军：“对不起，先生，你的前门开了。”

地方军：“哦，你有没有碰巧看到一名高大强壮的哨兵在把门？”

女子：“没有，我只看到一个老地方军，趴在一堆沙袋上。”

3月11日我编造了啤酒即将配给的传言，把它讲给了三个人听。我将拭目以待，看看这个谣言什么时候传回我这里。］5月30日：谣言再也没有传回来。这没能解释谣言究竟是以何种方式产生的。

前两天和威廉·希基[5]谈了一会儿；他刚从美国回来。他说那里的士气非常糟糕。生产没有搞上去，反英情绪非常猖獗，还有天主教徒掀起的反俄情绪。

---

1 斯坦福·克里普斯爵士（见事件，1939年7月2日，注7和1941年6月14日，注181）于3月22日飞往印度与鼓吹印度独立的印度国大党试图达成妥协。他希望能够取得印度在战争中的合作并在战后逐步给与其独立地位。但尼赫鲁和印度国大党坚持要求彻底独立，谈判于4月10日破裂。

2 奥威尔的职责之一就是撰写通讯稿。他总共为印度地区写了55到56篇通讯稿，为马来半岛写了30篇，为印度尼西亚写了19篇。他还写了115到116篇新闻稿，后被翻译成吉吉拉塔语、马拉地语、孟加拉语、泰米尔语和印度斯坦语。详见1942年3月19日的马拉地语新闻稿第三期（CW，XIII，pp.234－235）以及奥威尔在1942年3月21的第15期《英语每周新闻评论》（CW，XIII，pp.236－239）。

3 比弗布鲁克勋爵（见战时日记，1940年5月29日，注9），1940—1941年在丘吉尔内阁担任飞机生产主管大臣，并于1941—1942年间担任战时生产大臣。对于他的贡献人们争议很大，但他取之不尽的精力确实鼓舞了民众的信心，从而提高了飞机产量。

4 后成为女子皇家陆军团。

5 以“威廉·希基”为笔名的社会纪实型专栏在《每日快报》上开设了超过50年；先后有多位记者执笔。当时的专栏编辑是其创始人汤姆·德莱伯格（1905—1976），他还是一名左翼政治家，后来成为一名工党议员。奥威尔在日记打字稿上加了一行手写的注释，表明“威廉·希基”正是汤姆·德莱伯格。尽管他后来成为工党主席（1957—1958），但德莱伯格早先曾为克格勃效力。他的代号是“Lepage”（见克里斯托弗·安德鲁与瓦西里·米楚柯西金合著的《米楚柯西金档案》，1999，pp.522－526）。奥威尔怀疑他涉嫌叛国，在其《秘密共产党员与同路人名单》中提到过他（见XW，XX，pp.242与246）。

1942年3月15日

今天上午十一点半左右听到一声短暂的空袭警报。没有炸弹声和防空炮火声。这是10个月来我头次再度听到防空警报。内心非常惶恐，所有人都一样，但都尽力做出不以为然的样子，谁都不提防空警报的事，直到响起警报解除的信号。

1942 年 3 月 22 日

安普生告诉我外事办公室将严格禁止任何对日本即将攻击苏联的暗示。因此这个话题在远东广播中被竭力避开，但在对印广播中却被反复提及。他们还不知道我们正在谈论这个话题，因为我们还没有正式接到警告，而且正尽可能利用这一点。相同的混乱发生在宣传战线的各个方面。[比如说，《地平线》差一丁点就无法获取额外的纸张来刊印海外发行版了，那上面有我的一篇评论吉卜林的文章（最后一刻峰回路转，因为哈罗德·尼科尔森[6]和达夫·库珀[7]干预了），与此同时 BBC 却要求我写一篇基于那篇文章的“特辑”。]

而德国人的宣传则是一种截然不同的反复无常。他们是蓄意而为，而且毫无顾忌地向所有人许诺一切——向印度许诺自由，向西班牙许诺一个殖民帝国，向卡菲人许诺解放，向布尔人许诺更严格的种族法律……我认为这一切从宣传角度来说都非常合理，因为大部分民众政治上都十分无知，对于自己那一亩三分地之外的事情全无兴趣，也丝毫不在意宣传内容的前后不一致。几星期前 NBBS[8] 甚至在攻击“工人的挑战”电台[9]，警告人们不要听信，因为它是“由莫斯科资助的”。

墨西哥的共产党人依然在追击维克多·萨格[10]和其他经由法国到达那里的托洛茨基逃亡分子，呼吁将他们驱逐出境。西班牙也在发生同样的事。我很惊诧于这些古老的阴谋此刻再度浮出水面：与其说是因为它们道德败坏，不如说是因为我由此产生的思考：在过去的 20 年里共产国际一直在用这些伎俩，而他们在所有时候和所有地方都被法西斯打败了；而我们现在正以某种联盟的形式与他们休戚与共，他们的失败将是我们的失败。

目前对于俄国将同德国单独求和的怀疑非常普遍。要俄国放弃乌克兰，不管是从地理还是从心理角度看都相对容易些；但他们不太可能不放一枪一弹就放弃高加索油田。事件可能的发展方向是，希特勒和斯大林达成密约，希特勒将控制他目前占有的全部或部分俄国领土，但此后将不再攻击俄国，转而进攻伊朗和伊拉克的油田；俄德两国将仅仅在名义上交战。在我看来如果我们今年在欧陆采取登陆进攻的话，那俄德单独媾和的机会陡然增大——因为如果我们成功地使德国难堪，并且吸引了大部德军的话，俄国马上就能借机收复被占领土，然后开始谈判。但我依然认为，只要我们的舰船有这个能力，我们依然应该登陆欧洲大陆。如果我们想终止这种肮脏的互相猜忌，那我们就应该做出与俄国结成牢固同盟的姿态来，详细公布我们的作战目标。但只要本届政府依然掌权，这就是不可能的——也许一同挡路的还有斯大林［我们至少需要成立一个新型的政府，然后寻求某种途径越过斯大林直接同俄国人民对话］。

现在的感觉和法国战役时一样——没有消息。这种感觉主要来自没完没了地读报纸。［因为写新闻稿的缘故，我现在每天除了追踪报告，还要读四到五份早报，外加几个版本的晚报。］你在每份出版物中得到的新闻量是如此的小，你总体上的感觉就是什么也没发生。另外，当局势糟糕的时候你能预见所有事情。在过去的几周里唯一出乎我意料的就是克里普斯出使印度的使命。

---

6 关于哈罗德·尼科尔森(1886—1968；1953 年封爵)(评论家，传记作者，议员)，见事件，1939 年 8 月 30 日，注 1。他的传记对象包括坦尼森、拜伦、斯温伯恩、柯曾勋爵、乔治王五世，以及贝夫。

7 关于阿尔弗雷德·达夫·库珀(1890—1954；1952 年受封诺维奇子爵)，外交家，塔里兰德与黑格伯爵的传记作者；见战时日记，1940 年 5 月 29 日，注 4。他曾短暂地担任过战时内阁驻新加坡代表，新加坡沦陷的责任也曾部分归咎于他的头上，但这是有失公允的。他还担任过英国派驻法国民族解放委员会(戴高乐任主席)北非处代表，1944 年 9 月起任英国驻法国巴黎大使，任期 3 年。他的自传名为《老人健忘》(1953)。

8 新英国广播电台是德国的英语宣传广播。关于奥威尔对其策略的描述，见他的《伦敦来信》，1942年1月1日，CW，XIII，pp.110－111。W·J·韦斯特在他的《背叛真相》一书中用了整整一个章节描述新英国广播电台。他还讨论了另外两家德国对英宣传广播："工人的挑战"广播电台和基督教和平运动［电台］；他在附录中附上了他们的三篇广播稿。

9 这是另外一家德国的英语宣传广播电台。

10 维克多·萨格(Kilbat'cliche；1890—1947)，作家，记者，出生于布鲁塞尔的流亡俄国知识分子家庭，后被法国人收养。他同巴黎的无政府运动有关联。俄国革命后，他将活动转移到了莫斯科、列宁格勒和柏林(他在当地经营一份《国际共产主义者》报)。他同托洛茨基的紧密关系导致其于1933年被流放到西伯利亚。获释后，他在西班牙内战期间担任POUM驻巴黎通讯员。1941年他在墨西哥定居并在该国去世，死时一文不名。他的作品中有《从列宁到斯大林》(1937，由法语原文翻译)、《托洛茨基的生与死》(巴黎，1951)以及《一个革命家的回忆，1901—1941》(巴黎，1951，英文译名《一个革命家的回忆录》，1963)。他还为华金·莫林所著的《西班牙的革命与反革命》一书写过序，华金是POUM(1937)的共同创建人之一。

1942年3月27日

明天克里普斯带往印度的谈判条款即将出炉。此刻只有传言，听上去都还可信，但彼此完全矛盾。最有根据的说法是，给印度的条款内容将类似于之前给埃及的那份。K·S·S[11]，我们满腔怒火的敌人，认为如果印度能设立国防部、财务部与内政部的话，那这样的条款还是可以接受的。这里的印度人在经历了一两个星期的沮丧后现在乐观多了，他们似乎发现了条款内容终究还不算太坏(也许是在看够了印度办公室里那一张张拉长的脸孔之后)。

[下院对《每日镜报》事件[12]进行了非常激烈的辩论。A·贝文[13]读了许多莫里森[14]自战争爆发起在《镜报》的文章摘录，这让那些尽管反《镜报》但乐得看见两个社会主义者打架的保守党议员非常开心。卡桑德拉[15]宣布他将辞职参军。人们预言他将在3个月内重返新闻界。但问题是，3个月后我们自己又在哪里呢？]

政府推举的候选人在格兰瑟姆的选举中惜败。我想这是战争爆发以来的头一次。

一两个星期前我们连的地方军被突击征召。整队和分发弹药就花了整整4个半小时。如果要让他们进入战斗部署，那还得花上半个小时。瓶颈主要在于上头拒绝把弹药发给个人，而是要每个人亲自到总部来领。我就此事给汤姆·琼斯博士[16]发了份备忘录，他随即将其转给了詹姆斯·格里格爵士[17]。在我自己的部队里我甚至不能把备忘录发到连指挥官那里——或者至少没法让他本人看到。

番红花正在盛开。你似乎能透过战争迷雾隐隐瞥见它们。

[收到H·G·威尔斯寄来的侮辱信，信里把我叫做“你这坨屎”，还有其他一些难听的词。[18]

梵蒂冈和东京交换了外交代表。梵蒂冈现在和所有的轴心国都建立了外交关系——但和所有的盟国都没有关系。这是个坏征兆，但某种意义上说又是个好征兆——这意味着教廷现在认定了轴心国比我们更反动。]

---

11 克利须那·S·谢尔文卡博士（1906—1996），印度作家，记者。二战期间他是一名派驻英国的通讯员。他的《印度的问题》（1940）一书在印度被查禁。奥威尔在BBC的上级Z·A·伯克哈利在给东方广播主任的信中写道，他强烈反对允许谢尔文卡做广播：“叫我顽固派好了，但我认为现在还不是我们向那位刁蛮的小妞——‘民族主义小姐’示爱的时候。”（CW，XIII，p.242）尽管奥威尔把谢尔文卡称作“我们满腔怒火的敌人”，但他却是在奥威尔的保护下做对印广播的。巴基斯坦独立时，伯克哈利被任命为巴基斯坦电台台长。

12 《每日镜报》是一份流行的左翼日报，当时正因其采取丘吉尔口中的“失败主义立场”（即批评政府对战事处置不当）而受到他的追查。在经历了下院的辩论后此事不了了之。

13 安奈令·（奈）·贝文（见事件，1939年8月28日，注11），工党议员，他在1939年的大半年时间里一直同本党政见相左，后来因支持斯坦福·克里普斯的“人民阵线”运动而遭驱逐出党，尽管他的品行一直没有受到怀疑。他在1942—1945年担任《保民官》的编辑（对于一个像他这样13岁就辍学的人来说，这是件了不起的成就），并在与奥威尔意见不合的情况下依然支持他。他最大的成就是在一系列早期提案的基础上创立了国民医疗服务制度。他的《代替恐惧》（1952）一书阐明了他的哲学。

14 赫伯特·莫里森（1888—1965；朗伯斯的莫里森男爵），1923年起任工党议员，1933—1940年任伦敦郡议会议长；1940—1945年任国土安全秘书兼大臣。他在克莱门特·艾德礼的两届政府中（1945—1951）担任下院议长兼副首相。在奥威尔描述的这场辩论中，他在一战期间的那些颠覆性的文字也被人引用；当时他是一名拒服兵役者（见休·卡德利普所著的“*Publish and be damned*”，pp. 195－196）。

15 这是威廉·康纳的化名（1900—1967；1966年受封爵士），一名广为人知的激进记者。正是他在《镜报》上写了这篇个人专栏。他的《战争中的英国人》一书（1941年4月）是T·R·法伊弗尔和奥威尔编辑的《探照灯》丛书中最受欢迎的一本，曾三次再版。

16 汤姆·琼斯博士（1870—1955），洛依德·乔治的内阁秘书。1939年他对CEMA（音乐艺术促进委员会）的创立起到了重要作用——CEMA后来成为大不列颠艺术委员会。

17 詹姆斯·格里格爵士（1890—1964；高级巴斯勋爵士），1939—1942年任常任陆军副大臣，1942—1945年任常任陆军大臣。他曾在印度总督议会中担任财务议员，当丘吉尔于1942年2月5日设立印度委员会时他就印度事务提供建议。丘吉尔希望他接受贵族封号，但他拒绝了。他的妻子格里格夫人参与了BBC东方节目的广播连续剧“*Women Generally Speaking*”，她令奥威尔时常如芒在背。

18 这最初的起因是奥威尔的文章《威尔斯、希特勒和世界政府》，发表于1941年8月的《地平线》（CW，XII，pp. 536－542）；奥威尔后来又做了一个题为《重新发现欧洲》的广播节目，给这件事火上浇油。威尔斯曾就此节目给《听众》杂志写过文章。伊内兹·霍尔登在威尔斯与奥威尔就《地平线》上的这篇文章“大吵特吵”的时候也在场。奥威尔认为威尔斯觉得德国人很快就会被打败的看法是对公众的误导；而威尔斯则指责奥威尔是失败主义者，尽管他后来收回了这句话。这场冲突本来已经以相对友好的方式过去了，但后来当奥威尔的广播节目在《听众》上发表时又再度爆发，最终催生了日记中提到的这封侮辱信。霍尔登在1967年5月21日给伊恩·安格斯的信中写道，奥威尔非常后悔在《地平线》上发表那篇文章，对于激怒威尔斯一事非常抱歉，他一直很欣赏威尔斯。见克里克，pp. 427－431。

1942年4月1日

我对克里普斯的失败感到非常失望。大多数的印度人似乎也都是这样。我想即便是那些憎恨英国的人也希望找到解决方案。［但我认为，尽管我们的政府一开始采取了一种“接受或者走开”的态度，但他们最后在压力的逼迫下或许会修改条款。］有些人认为克里普斯的方案背后站着俄国人，这也就是为什么他敢于如此自信地拿出这样令人厌恶的条款来。因为俄国并没有同日本交战，因此他们不能对印度事务发表任何官方立场。但苏俄也许向追随者发布了某种指令，再通过他们传递给其他亲俄分子。但另一方面，持坚定亲俄立场的印度人也不太多。英国共产党那边还没有任何动作。他们的行为也许能透露俄国人的态度。我们只能靠这样的猜谜游戏来决定如何编排我们的宣传，目前还没有任何来自上级的清晰指令。

康纳利昨天想在他的广播中引用一段《向加泰罗尼亚致敬》中的段落。我打开书，看到以下这几句话：

“战争最可怕的一个特征就是，所有的那些叫喊、谎言和仇恨都无一例外地来自那些不在前线战斗的人……所有的战争都是如此；士兵们去战斗，而记者们只管鼓噪，没有哪个货真价实的爱国者真正靠近过前线的战壕，除了极其短暂的前线采访。有时候当我想到飞机改变了战争的格局时，甚至感到一种安慰。也许当下一场大战爆发时我们会看到史无前例的景象：某个沙文主义者身上穿了个弹孔。”[19]

此刻我正身在BBC，距离我写下这段文字还不到5年。我想我们迟早都会为自己写下墓志铭。

---

19 《向加泰罗尼亚致敬》，CW，VI，附录1，pp. 208－209。

1942年4月3日

克里普斯决定在印度再呆一个星期，人们普遍认为这是个好兆头。除此以外没有太多可以期盼的事情了。甘地正在处心积虑地制造麻烦，［先是在看到鲍斯[20]死亡的报道后向他的家人发去唁电，接着在得知报道不实后又发去贺电。他还敦促印度人，如果印度遭到入侵不要采取焦土策略。］无法确定他到底在玩什么把戏。那些反对甘地的人声称支持他的是印度最邪恶的资本主义利益集团，而事实上他的确总是呆在某个百万富翁的豪宅里［但也许事情并非如此。这一事实同他所谓的圣徒光环并不一定矛盾。但他的和平主义信念也许是真诚的。在1940年局势最坏的时候，他同样也敦促英国在遭受入侵时不要抵抗］。我不知道究竟是甘地还是布克曼[21]更像是我们这个时代的拉斯普廷。

阿南德[22]说流亡印度人的士气非常低落。他们依然愿意相信日本对印度并无恶意，全都在讨论如何同日本单独和谈。这就是他们所谓的对俄国和中国的忠诚。我对阿南德说，一个基本的事实是几乎所有的印度知识分子都并不真的期盼独立；他们无法想象独立，也并不真心渴望。他们只想做永远的反对派，当不用牺牲的烈士，还愚蠢地以为他们能和德国或者日本玩同样的小孩子游戏，就像他们和英国玩的一样。有些出乎我意料的是，阿南德居然同意我说的话。他说这种“反对派情结”在印度知识分子中非常普遍，尤其是在共产主义者中间；克利须那·梅农[23]一直“期盼着谈判破裂的时刻”。与此同时，就在他们冷静地谈论着出卖中国，单独求和的时候，却又在叫嚷着缅甸的中国军队没有得到充分的空中支持。我评论道，他们非常的幼稚。阿说：“你永远无法低估他们的幼稚，乔治。他们幼稚得无法评估。”［问题是，在英国的印度人究竟在多大程度上反映了印度知识分子的观点。他们更加远离危险，而且就像我们其他人一样，在过去的10个月里一直受到和平氛围的感染。但另一方面，几乎所有留在英国的印度人都早已染上了西方社会主义者的色彩，因此正宗的印度知识分子也许还要糟糕得多。阿南德本人没有这些缺陷。他真诚地反法西斯，违背自己的感情，不顾个人声誉地支持英国，因为他认识到英国客观上是站在反法西斯阵营的。］

---

20 苏巴斯·钱德拉·鲍斯（1897—1945），印度民族主义领袖，印度国大党的一名左翼成员。他激烈反英，组织了一支印度国民军支援日军。他领导这支部队同英军作战，但并不成功。他相信当他的印度国民军遇到由英国军官率领的印度军队时，对方不但不会抵抗，而且还会投入他的麾下。“但事实上，这位革命者重操了他的雇佣兵老本行。印度国民军士兵则大肆劫掠当地的部族。”（米哈尔·鲍斯，《失落的英雄》［1982］，p. 236）长久以来他的追随者一直相信他还活着（尽管印度政府对此进行过两次调查），但现在看来他确实死于1945年8月19日的一

场空难(《失落的英雄》，pp. 251－252)。陆军部于1993年11月公布的文件显示，二战中有相当数量的印度士兵倒向了意大利军队，1942年8月第一批3 000人抵达了意大利。一份英国情报声称："我们的对印政策催生了一个新的军官阶层：他们忠诚于印度，也许忠诚于国大党，但就是对我们不忠诚。"(《每日电讯报》，1993年12月5日)

21 弗兰克·内森·丹尼尔·布克曼(1878—1961)，福音派传教士，宣传家；他于1921年创立了"道德再武装"运动，该运动也因其创始地被称为"牛津社团运动"，有时也被称作"布克曼主义"。

22 马尔克·拉贾·阿南德(1905—2004)，小说家，杂文家，批评家。他出生在印度，参加过西班牙内战(并在那儿遇见了奥威尔)，后来在伦敦郡议会成人教育班上教授文学和哲学。他在1939—1945年间为BBC撰稿。战后他回到印度，先后在好几家大学里授过课，并在1963年成为旁遮普大学高雅艺术教授。奥威尔曾评论过他的《地平线上的剑与镰刀》(1942年7月)(CW, XIII, pp. 379－381)。在1983年9月29日的一封信中，阿南德是这样描写奥威尔的："在他的一生中，他一直压低着嗓音，说话总是用细细的耳语。他时常会用幽默的讥讽挥去丑陋的现实。我很少看到他的脸上显露愤怒的表情，尽管他双颊上的两道深纹和满是皱纹的额头暗示着挥之不去的绝望。喝下午茶时他经常微笑，在酒吧里他也是个好酒友。但他挖苦人时总是柔声细语，这一点非常的英国式，正是伦敦佬的幽默感。"见艾卜哈·夏尔马·罗得里格斯，《乔治·奥威尔，BBC及印度：分析研究》(爱丁堡大学，PhD，1994)。

23 V·K·克利须那·梅农(1897—1974)，印度政治家，律师，作家和记者，当时住在英国。他在英国左翼政坛中非常活跃，并在独立运动中担任印度国大党发言人。1947年印度独立时，他成为印度高级专员，并于1952—1961年担任印度驻联合国代表。1943年1月31日，他是伦敦大剧场"印度示威"的六名发言人之一(《保民官》，1943年1月29日，p. 20)。

1942年4月6日

[昨天我观察了一段在建的从阿克斯布里奇到德纳姆的支线公路。工程的浩大令我十分震惊。阿克斯布里奇以西是科尔恩谷，公路就建在一座横跨山谷的高架桥上，桥墩是砖块混凝土结构。高架桥的长度我看有四分之一英里。之后公路建在抬高的路堤上。每座桥墩都有20英尺高，15×10英尺厚，每隔15码就有一座。我估计每座桥墩不算地基，也不算桥墩上方的混凝土建筑，都要消耗40 000块砖块，这样每码公路都要消耗数吨的钢筋混凝土。公路旁堆放着大量的钢材(用作加固)，还有大块的花岗岩。建一条这样的支线公路，其劳动量相当于造一艘大型战舰。而事实上这条支路直

到战争结束都不太可能派上什么用场，就算它能在此之前竣工的话。而与此同时，全国到处都是劳力短缺。显然这些砖商是无所不能的。（与之类似的还有那些无用的地面防空掩体，甚至当它们还在建的时候，就已被所有稍具建筑常识的人宣判为全无用处；还有修缮那些遍及伦敦的无人居住的私人住宅。）显然当一个丑闻超出了一定规模时，就反倒不可见了。]

我在德纳姆看到一个人驾着一辆狗拉车，还打扮得漂漂亮亮的。

1942年4月10日

英国海军在过去的三四天里的损失：两艘巡洋舰、一艘航空母舰被击沉，一艘驱逐舰被击毁。[24]轴心国的损失：一艘巡洋舰被击沉。

尼赫鲁今天的演讲："如果印度生，谁愿为之死？"左翼分子们该有多欣赏这句话啊——而当他们听到"如果英国生，谁愿为之死"时又该怎样地窃笑啊。[25]

---

24 4月5日，重型巡洋舰多斯特郡号和康威尔号，驱逐舰特纳得斯号以及武装商船赫克特号被从印度洋海域的航母上起飞的日军飞机击沉。4月9日（64 000名菲律宾士兵以及12 000名美军士兵在巴丹半岛投降的当天），航空母舰赫尔姆斯号和驱逐舰吸血鬼号也被日军在印度洋击沉，一同损失的还有13 500吨的商船和运兵船。

25 "如果英国生，谁愿为之死"来自吉卜林的诗"*For All We Have and Are*"（1914），奥威尔在1940年3月30日和4月6日的"旅途笔记"中引用了这句话（CW，XII，126）。诗中还有这样的句子："匈人就在门外！"尽管在19世纪时"匈人"一直被用作对德国人的贬称，它在20世纪的使用却是由德国皇帝威廉二世在一篇被广为报道的演说中开创的。那次讲话是在1900年7月27日，当时威廉二世向即将出发前往中国的士兵们致辞。

1942年4月11日

它[26]终于失败了。但我并不认为这是结束。

我收听了克里普斯在德里发表的演讲，我们随后在英国将其重新播出。这些偶尔收听到的从德里发出的广播就是我们判断自己的广播在印度的收听效果的唯一线索。音质总是很差，背景噪音很大，没法从录音中除去。［演讲的前半部分很好，也很平白，这肯定会得罪很多人。后半部分则落入了轻松乐观的俗套。］有趣的是，在那些高调的演讲段落中，克里普斯的某些词尾变音听起来就像丘吉尔。这个细节也许指向了事实的真相——这也解释了为什么他在只能向印度人开出如此苛刻条件的情况下依然接受了这个任务——他此刻在很大程度上受到了丘吉尔的个人影响。

26 指克里普斯爵士出使印度的任务。

1942 年 4 月 18 日

毫无疑问，克里普斯的演讲得罪了很多人，特别是在印度。我怀疑除印度之外，没有多少人会谴责英国政府应为谈判的破裂负责。当下的一个问题是，多年来美国人一直在不得体地鼓吹着“印度自由”，谴责英国的帝国主义，现在突然睁眼看清了事实：印度知识分子不想要独立，即责任。尼赫鲁一直在发表挑衅性的言论，意思是说所有的英国人都一样，不管他属于哪个党派；还说真正的战斗靠的是美国人，试图在英美之间制造麻烦。与此同时，他在发表这些言论的间歇却又反复强调他一点也不亲日，还说国大党会保卫印度到最后一刻。BBC 因此单独挑出了这些言论，而略去了那些反英的段落。尼赫鲁对此表示抗议（他当然有理由抗议），说他的话被曲解了。［我们最近收到的一份指示又说，当尼赫鲁的某次讲话同时包含了反日和反英的言论时，我们最好把它们全部视而不见。真是一团糟。但我认为总的来说克里普斯出使印度还是带来了些好处，因为它澄清了现实，而且没有使他信誉扫地（这本来是极可能发生的）。不管官方说了些什么，全世界将通过这件事认识到英国统治阶级没有弃权的打算，而印度也并不真的想要独立，因此也不会独立，不论战争的结局如何。

我和温特林厄姆[27]讨论了俄国可能会对克里普斯与印度谈判所持的态度（当然，俄国没有同日本宣战，因此不可能对此有官方表态）。我说，如果将来向印度派遣军事顾问时，尽可能地多派俄国人，那事情将会简单许多。一个可能的结局是，印度最终被苏联接管。尽管我不相信俄国人在印度的表现会比我们好，但也许他们会因为经济体制的不同而采取不同的策略。温特林厄姆说，俄国人甚至当年在西班牙时都把西班牙人当“土著”对待，他们到了印度肯定还是这德行。想要他们不这样做是很难的，因为事实上大多数印度人的确比欧洲人差劲，你只要在那里呆上一段时间就很难不产生这样的感觉，并表现出来。]

美国人的立场很快又将发生逆转，开始把印度局势的所有问题一股脑怪在英国人头上，就像以前发生过的一样。从美国报纸中，你可以明显感觉到反英情绪甚嚣尘上，所有的孤立主义者在沉寂片刻后又全都冒了出来，打出的口号还和以前一样。［不过科格林神父的报纸[28]却被从邮件中剔除了。］美国的反英情绪一直令我诧异的一点就是其惊人的无知。英国的反美情绪也是一样。

---

27 托马斯·亨利·（汤姆）·温特林厄姆：作家，战士，曾在西班牙内战中指挥国际纵队英国营。他后来创建了地方军奥斯特里公园训练中心。他的书包括《战争新方式》，《胜利的政治》，《人民战争》。见战时日记，1940 年 8 月 23 日，注 91 和大卫·费恩巴赫的《汤姆·温特林厄姆和社会主义防御策略》，刊登于《历史研讨》第 14 期（1982），63—91。

28 查尔斯·E·科格林神父（1891—1979），在加拿大出生并接受教育，后来成为一名罗马天主教教士，并在 30 年代的美国通过广播节目成名。早在 1934 年，在他创建“社会正义全国联盟”的时候，他就宣称美国正在被英国拖入一场新的欧洲大战中；“我要提高嗓音”，他说，“敦促美国远离战争”。奥威尔在此处指的是他的杂志《社会正义》，科格林在其中表达了近乎法西斯主义的观点。该杂志在美国被禁止通过邮件发行，因为它违反了间谍法。1942年杂志停刊，该年科格林被他的教会上级禁言。

1942年4月19日

昨天东京遭到了轰炸，或者说传言遭到了轰炸。[29]迄今为止只有日本和德国的媒体报道了这件事。现在我们都理所当然地认为所有人都在撒谎，因此这类报道只有在获得交战双方的确认后才有人相信。但即使敌人承认了他自己的首都遭到了轰炸，这也有可能是出于这样或那样原因的谎言。

[艾琳说阿南德昨天对她说英国今年会单独求和，好像这是件理所当然的事一样；当她表达异议时他还非常吃惊。印度人当然必须这么说，而且他们自从1940年开始就一直在这么说，因为这在必要时能给他们提供另一个反战的理由，而且他们不能允许自己对英国存有任何一点好感，不然它们的精神体系就要崩溃了。法伊弗尔告诉我，1940年当张伯伦还在内阁中时，他参加了一场会议，普利特和许多印度人也都在席。会上印度人用他们那种伪马克思主义的方式说“丘吉尔-张伯伦政府当然准备妥协求和”；普利特马上告诉他们，丘吉尔绝不会求和，而张伯伦和丘吉尔间的分歧就是当前英国唯一存在的分歧。]

越来越多的媒体在谈论登陆欧洲——这种说法实在是太多了，多得不能不让人怀疑这件事或许有点眉目，不然报纸不会铺天盖地地报道，以免将来产生失望情绪。几乎所有人都觉得“感激”也是权力政治中的一个因素。左翼媒体喜欢习惯性地做两个假设：a. 开辟第二战线是阻止俄国人单独求和的一种方式，b. 我们承担的战斗越多，我们在最后设定战后布局时的话语权就越大。很少有人想到，如果登陆欧洲的行动真的成功地将德军从俄国引开了，那斯大林就反倒没有什么强烈的动机要继续战斗了［而且在这种情况下出卖盟国反倒符合苏德条约以及苏日间显然存在的某种协定］。至于

第二条假设，许多人在谈论战争胜利是决定战后政策的权利时，把这当做是对英勇作战的一种奖励。但事实上那些有能力主宰战后政策的人当然是拥有最强军事实力的人，就像上次大战后的美国。

目前有两步棋可以改变局势：a. 与苏联签订明确的盟约，并共同（且详细地）宣布战争目标；b. 入侵西班牙。但这步棋在当前政府之下政治上是不可能的。

---

29 1942年4月18日，16架B－25轰炸机在詹姆斯·H·多利特上校的率领下从大黄蜂号航母起飞，轰炸东京。轰炸效果主要是心理上而非军事意义上的。由于飞机没有返航的燃料，他们不得不飞往中国。恶劣的天气迫使其中几架飞机迫降；其中一架在符拉迪沃斯托克迫降，飞行员被俄方拘留；另两架飞机在日军控制区内迫降，一些飞行员随后在1942年10月15日被处决。80名飞行员中有71人幸存。

1942年4月25日

一些在俄方领土迫降的美军飞行员在参与轰炸东京的行动后被俄方监禁。据日本广播的说法，俄国人正在协助日本特工从瑞典（也就是从德国）通过俄国返回日本。［如果这是真的话，这是个新的事态发展，因为这条线路在德国进攻苏联时被中断了。］

苏巴斯·钱德拉·鲍斯的去向依然成谜。［以下是几点主要的事实：

i. 鲍斯消失时，英国政府宣布他去了柏林。

ii. 一个被认定为是鲍斯的声音在自由印度电台（德国）做广播。

iii. 意大利电台至少一次声称鲍斯在日本境内。

iv. 在英国的印度人似乎大体上都认为他在日本。

v. 逃往日本境内似乎要比从其他方向逃亡要更容易些，尽管后者也并非绝对不可能。

vi. 维希法国报道说他死于曼谷至东京的一场空难中，尽管这肯定是错的了。这似乎暗示维希方面理所当然地认为他在日本。

vii. 工程人员认为，把他的声音从东京加密发往柏林再解密后重新广播出来，这从技术上来说是可能的。

其他的说法和谣言不胜枚举。] 最难以回答的两个问题是：如果鲍斯真在日本境内，那为什么要这么煞费苦心地伪装出他在柏林的假象呢？他在柏林的作用反倒是乏力的。如果鲍斯在德国境内，他又是怎么逃过去的呢？当然他完全有可能是在俄国人的纵容下逃往德国的。那接下来的问题就是，如果俄国人过去曾经放了鲍斯一马，那他们后来在加入我们一方的战线时有没有就此事给我们捎过信？如果能知道这个问题的答案，那我们就能获得一条有价值的线索，了解他们对我们的真实态度。当然你没法在英国获得关于这些问题的信息。你只能在黑暗中做宣传，并且当上级的指令超出一般的愚蠢时小心地设法绕开。[30]

通过对德国广播的解读，我判断他们相信盟军将在法国或挪威登陆。现在入侵西班牙真是个绝好的时机啊！不过德国人还给出了一个具体的登陆时间(5 月 1 日)，因此他们也许仅仅是在考虑这种可能性，并且在登陆没有发生的情况下趁机嘲笑盟军一把。英国国内没有准备登陆行动的迹象——没有士兵舰船集结的传闻，或是重新安排铁路运输计划。最积极的信号是比弗布鲁克在美国发表的支持登陆的演讲。

[今天几乎没有任何新闻。几个月来报纸上从没有像今天这么空荡荡。]

美国士兵时不时地出现在街道上，我对他们平庸的体格和总的来说糟糕的军容感到震惊。不过军官比士兵看上去要强。

30 1940—1941 年冬季，鲍斯在德国人的帮助下经阿富汗逃出了印度。当他抵达莫斯科时，俄国人“非常友好，但打定主意在是否帮助他的问题上闪烁其词。在柏林，德国人则表现得更接受他”（米哈尔·鲍斯，《失落的英雄》，p.162）。他在德国一直呆到1943年2月8日。是日他乘一艘U型潜艇从基尔离开德国（p.205）。

1942年4月27日

[关于希特勒昨天的演讲产生了许多推测。总的来说他流露出一种悲观的情绪。比弗布鲁克的"入侵"演讲就字面上来看可以解读为对美国人的鼓舞，对俄国人的安抚：我们不会把他们撇下不管；也可以解读为对丘吉尔攻击的开始（丘吉尔可能将被迫反对登陆行动）。现如今，不管有人说了什么，做了什么，大家都立刻开始挖掘他的隐藏动机，并且认定他是话中有话。]

意大利广播是这样描述伦敦的生活的：

"5先令昨天只能买一个鸡蛋，1英镑只能买1公斤土豆。大米已经消失了，甚至黑市上都买不到；豌豆成了百万富翁的特权。市场上也没有糖，但如果肯出天价的话还能弄到一点点。"

你不得不说这样的宣传是愚蠢的，因为如果真的出现这种情形的话，英国一定会在几周内停战的。但如果英国没有停战，那听众一定知道自己被骗了。但事实上这样撒谎也没有引起反弹。你可以一直这样撒谎撒下去，哪怕是最显而易见的谎言，而听众就算不信也不会产生什么强烈的反感。

我们都正淹死在泥潭中。每当我和人谈话或是阅读某个有所企图的人写的文字时，我都感到智慧、诚实和公正的判断已经从地球上消失了。所有人的思维都是论战式的，所有人都在力图证明某个观点，并刻意压制对手的观点；更糟的是，所有人都完全无视他人的痛苦，除了对他自己和他的亲友。印度民族主义者深陷在自怜和仇英的泥潭中，完全无视中国正遭受的苦难；英国的和平主义者为马恩岛上的集中营而近乎癫狂，却忘记了德国人的集中营。人们在那些观点与自己不同的人身上最容易发现这一点，比如说法西斯分子和和平主义者，但事实上所有人都一样，至少所有人都有成见。

每个人都不诚实，每个人都对自身利益圈之外的人无情无义。最让人吃惊的是，同情心就像水龙头一样，可以一会儿打开一会儿关上。［所有的左派，或者至少是他们中的大多数，都在战前对纳粹的暴行义愤填膺，奔走呼号，可一旦战争开始让他们感到厌倦了，他们就忽然忘记了所有那些暴行，显然也顺带失去了对犹太人的同情。那些在1941年6月22日之前仇恨俄国就像仇恨毒药一样的人也是同样的德行。一旦俄国参战，他们就突然忘记了大清洗、GPU等好事。我说的不是出于政治目的的刻意撒谎，而是主观情感的真实改变。］那到底还有没有既立场坚定，又不失偏颇的人呢？事实上这样的人有很多，但他们没有权力。所有的权力都掌握在偏执狂的手中。

1942年4月29日

昨天去下议院旁听了关于印度政策的辩论。议员们的表现很糟糕，除了克里普斯。他们现在坐了上议院的位子。[31] 在克里普斯的发言中人们感觉议院似乎坐满了，但我清点人数后发现只有200—250名议员，这些人数足够填满大部分坐席了。会场里的所有东西看上去都很陈旧。坐席上放着红色的仿皮垫——我敢打赌它们曾经是红长绒棉的。领座员的衬衫正面很脏。当我看着这场乏味的闹剧没完没了时，当我读到描述国际联盟最后的时日或是印度政治家们哗众取宠的文字时，看着他们永无停歇地改变立场、阵营、“方针”、谴责、抗议、作秀时，我总是想到在罗马帝国的末期元老院依然存在。［我眼前的就是议会民主制的黄昏。］这些可怜虫只是些躲在角落里胡言乱语的鬼魂，而真正的事件却是在别处发生着。

---

31 下议院在1941年5月10日的空袭中严重受损。议员们后来坐进了上议院议厅（上议院只是轻微受损），上议员们则坐在更衣室里。

1942年5月6日

人们似乎对于马达加斯加[32]的战事结果并不像当时对叙利亚[33]的胜利那么高兴。这也许是因为人们不太了解马达加斯加的战略重要性，但我认为这更多的是因为缺乏前期的宣传积累。[在叙利亚的事件中危险的迫切性，对于德军渗透的持续报道，以及政府是否会有所作为的长期不确定性都使人们觉得，是公众意见最终迫使政府采取决定的。就我所知某种程度上说事实也许真是这样。而马达加斯加的战事则没有这些铺垫。] 当新加坡岌岌可危的处境变得明朗时，我立刻就指出，我们将不得不攻占马达加斯加，我们的印度新闻通讯应该立刻开始为此做宣传铺垫。过了几周我们收到了一份上级指令，我当时就被噎住了，指令上说不能提马达加斯加。给出的理由是(在英军已经登陆之后！)"以免泄露行动机密"。结果是，攻占马达加斯加会在整个亚洲被解读为帝国主义掠夺。

今天看到两个女人驾着辆老式的"女教师"马车。一两周前我还看到两个男人驾着辆双驾马车，其中一人戴着顶圆顶硬礼帽。

对于《保民官》上那些激烈攻击丘吉尔，署名"托马斯·莱恩伯罗"[34]的文章的作者，人们有很多猜测。有些人认为是弗兰克·欧文[35]，但我不相信。

---

32 盟军于5月5日在马达加斯加岛的迭戈-苏亚雷斯登陆，并于9月占领全岛。在海军遭受了印度洋上的一系列损失之后，这座岛的战略意义就显得格外重要了。马达加斯加岛之前一直支持贝当领导下的维希政府。

33 据谣传，1941年6月德国将从克里特岛东移。盟军因而从维希法国部队手中夺取并占领了叙利亚。

34 托马斯·莱恩伯罗是英国内战期间一名为共和国而战的共和党人。他在1643年指挥战舰燕子号，两年后指挥新模范军的一个团。1646年他当选议员，并成为议会中共和派的领袖，但最终与克伦威尔和解。1648年他在战斗中受致命伤。《保民官》中的这些文章采用这个笔名，是为了彰显其极端激进的平等主义观点。使用这个笔名的的确是弗兰克·欧文。

35 弗兰克·欧文(1905—1979；曾获OBE勋章)，记者，作家，广播家，1929—1931年间担任自由党议员；1931—1937年主编《每日快报》，

1938—1941 年主编《旗帜晚报》（两份报纸都是比弗布鲁克的右翼报纸）。

1942 年 5 月 8 日

据 W[36] 所说，英俄即将签订一份正式的盟约，俄国代表已经抵达伦敦。我不相信。

土耳其广播（在过去的一段时间里我一直认为这是最可靠的信息源）声称德俄两国都准备在未来的战斗中使用毒气。

[珊瑚岛海域发生了大规模的海战。[37] 双方声称击沉的舰只数量是如此巨大，你简直不知道该相信什么。不过日本电台似乎很愿意谈论这场战斗（他们已经将它命名为珊瑚岛海战），从这点推测日本人应该认为达到了作战目标。

我猜"托马斯·莱恩伯罗"的真实身份是：汤姆·温特林厄姆。

（1942 年 5 月 30 日，温特林厄姆否认自己是作者，但我依然认为是他写的。）] [38]

36 弗里德里克·沃伯格（1898—1980），塞克和沃伯格公司常务董事，也是奥威尔的出版人。

37 珊瑚岛海战，从 5 月 4 日持续到 5 月 8 日，这是历史上第一次完全由舰载机进行的海战，交战双方的舰只都没有进入彼此的视距。美军损失了航空母舰列克星敦号以及 1 艘油轮、1 艘驱逐舰、74 架飞机和 543 名士兵；日本人损失了轻型航空母舰翔凤号，1 艘驱逐舰，80 余架飞机以及 1 000 多名士兵（利德尔·哈特，《第二次世界大战史》，pp. 361 - 363）。

38 括弧中的这段话日期标注为 5 月 30 日，奥威尔仅仅在手稿中加入了这句话。

1942 年 5 月 11 日

昨晚（丘吉尔的演讲中）再次对毒气战发出警报。我估计要不了多久我们就要用上毒气了。

以下内容摘自一段日本广播："为了充分尊重朝鲜人民的爱国精神，日本政府决定在朝鲜实施义务兵役制。"

传言德军即将入侵英国的日期：5 月 25 日。

1942 年 5 月 15 日

周三我见到了克里普斯，这是我头一次和他本人说话。我对他印象很好。他比我想象的更平易近人，也很乐意回答问题。尽管已经 53 岁了，可他的有些动作还是像男孩一样。不过他长了个大红鼻子。[我是在上议院的一间接待室里见到他的，我不知道他们把这些房间叫做什么。墙上挂着些有趣的旧版画，座椅上和烟灰缸上装饰着宝冠，但房间里的一切都隐隐透出破败的气息，就像如今所有的议会机构一样。一串平凡无奇的人在房间里排队等着要见克里普斯。当我在里面等着和他的秘书说话时，一个短语跃入了我的脑海——"在前厅里发抖"。每次在这种场合我都会想起这个词。在 18 世纪的传记中你经常能读到有人等着见他们的赞助人时"在前厅里发抖"。这就像"千方百计"一样是个陈词滥调，但每当你靠近政治时，甚至是索价更为高昂的新闻业时，它描述得是多么真实啊。]

克里普斯认为鲍斯一定在德国境内。他说我们知道他是通过阿富汗逃出去的。我问克里普斯他对这个曾经熟识的人怎么看，他说鲍斯是个"彻头彻尾的大坏蛋"。我说他毫无疑问主观上亲法西斯。克里普斯说："他亲他自己。他真正关心的只有他自己。只要能达到他自己的目标，他什么都愿意做。"

就鲍斯所做的广播判断，我觉得他可能并不像克里普斯所说的那样。我说，在我看来很少有印度人坚定地反法西斯。克里普斯不同意，认为年青一代不是这样。他说，那些年轻的共产党人和左翼社会主义者真心实意地反法西斯，他们对于社会主义和国际主义有着西式的理念。但愿如此吧。

1942年5月19日

我觉得阿特利活像一条刚死的鱼，就差没发僵了。

1942年5月21日

莫洛托夫据说在伦敦。我不相信。

1942年5月22日

据说莫洛托夫不但来伦敦了，还签订了一份新的英俄条约。[39]但这消息是从沃伯格那里传出的，他总是在过于悲观和过于乐观间摇摆，总是相信戏剧性的巨变就在眼前。但如果这消息是真的话，那我的新闻通讯稿可就有救了。现在要找到新闻内容越来越难了，除了俄国战场没有任何其他事件，而从那里传来的消息，不管是出自俄国还是德国的渠道，都越来越虚假。我真希望能花一周时间来整理一下他们在过去一年里的宣传，把所有的宣传数字都累加起来；我敢说根据他们各自的宣传，德国人应该已经打死了1 000万的俄国士兵，而俄国人应该已经挺进到大西洋了。

---

39 1942年5月26日俄英两国签署了一份为期20年的合作条约。

1942年5月27日

以下摘自1942年5月26日的《每日快报》：

开罗，星期一——奥金莱克将军[40]写了一封信，发给“该军区所有军官和指挥部”，以反对那些妨碍战事的官僚规程：——

“以下摘自威灵顿公爵于1810年从西班牙前线写给陆军大臣布拉福德勋爵的一封信：

“‘大人，如果我试图一封封回复身边这一大堆无用的信件的话，那我就没有时间处理真正的战事了。

“‘只要我能保持独立的权职一天，我就将确保我手下的军官不会为处理大人您办公室的这些无用公文而妨碍他们首要的职责——训练麾下的士兵。’”

奥金莱克将军继续写道：“我知道这说的并不是您；但请您确保这种情况绝不会发生在您或是您的任何一位手下身上。”——A. P.

这封信登在了报上，甚至出现在了广播中；但事实上，如今毕竟再没有人愿意或者说有胆量用威灵顿公爵这样的语气和陆军部说话了。

我听到了更多的传言，说莫洛托夫就在伦敦。报上还出现了几段奇怪的文字，暗示这可能是真的（当然没有提到名字）。

---

40 克劳德·奥金莱克将军（后升为陆军元帅）（1884—1981），一战期间曾参加美索不达米亚战役。二战中他参加了1940年的挪威战役，该战役后以失败告终。1941年7月他从韦弗尔元帅手中接过了北非战场第8军的指挥权。尽管他取得了部分成功，但失去了温斯顿·丘吉尔的信任，后被调任印度。随后他在印度为缅甸战役的实施成功地组织训练了军队，并负责战略物资的供应。

1942年5月30日

几乎每天我都在上摄政王大街的街区里看到一个矮小、苍老、皮肤蜡黄的日本人，脸长得就像只痛苦的猴子，慢吞吞地跟在一个大块头警察的身边。有时他们会严肃地交谈。我想他大概是一名外交人员。但那个警察究竟是在那里防止他从事间谍活动还是在保护他免遭愤怒人群的伤害，这就没有人知道了。

关于莫洛托夫的传言似乎逐渐消失了。沃伯格之前毫无异议地接受了这个传言，如今似乎完全忘了这码事，转而全神贯注地谈论加文[41]被《观察家报》解雇的内部消息。他说这是因为加文拒绝攻击丘吉尔。埃斯特家族已打定主意要除掉丘吉尔，因为他亲俄；而转变《观察家报》的立场正是他们下的一步棋。《观察家报》将主导对丘吉尔的攻击，与此同时将那些可能赋予战争革命意义的有才华的年轻记者引开，让他们把精力浪费在无用的事情上，然后再处理他们。这些猜测都是有可能的。但另一方面我并不相信大卫·埃斯特[42]真的在自觉地参与这些阴谋，他只是一个大大的假目标。*不然的话，那就是说不单是比弗布鲁克旗下的报纸（他们现在对俄国人是“比国王更保王的保王党”），就连 T. U.[43]的周报《工人北方之声》也突然发现了加文，这个声名远扬的反法西斯分子是因为他偏激的观点而遭解雇的。一件令我诧异的事情是，如今所有人的记忆都这么短暂。德斯蒙德·霍金斯[44]最近告诉我，他有次买了条鱼干，外面裹着一张 1940 年的报纸。报纸一面的文章在试图论证红军不是好东西，另一面在介绍那位勇敢的水手，公认的亲英人士海军上将达兰[45]。

日记中贴了一首尼古拉斯·摩尔[46]的诗《怪兽人》（见 CW，XIII，p. 341）。奥威尔在后面写了一句话：

参见《地平线》上亚历山大·康福特[47]的信。

---

41 J·L·加文，右翼记者，1908 年至 1942 年 2 月 28 日担任《观察者报》编辑。战争伊始，他与报纸所有人埃斯特子爵意见不合；后者对于丘吉尔身兼首相与国防大臣两职有质疑。

---

* 我对汤姆·哈里森提及此事，他有机会比我做出更准确的判断。他认为这是有可能的。他说埃斯特家族——尤其是埃斯特夫人——是非常聪明的，虽然是以他们自己的方式。他们可能意识到了如果两国不能达成妥协议和的话，他们将失去一切珍视的东西。他们当然是反俄的，因此也一定是反斯大林的。他们曾一度策划让特伦查德成为首相。一个能够完美地实现他们目的人就是洛依德·乔治，“只要他肯从命”。我同意这些观点，但对于哈里森说出这些话感到有些吃惊——我本以为他是那种支持洛依德·乔治的人。他还说他认为比弗布鲁克完全有可能在资助共产党。［奥威尔原注，现添加到打字稿版本中］

42 大卫·埃斯特(1912—2001)，1940—1945 年曾在皇家海军陆战队服役(1944 年获英勇十字勋章)，后加入《观察者报》，1946—1948 年任国际新闻编辑，1948—1975 年任编辑，1976—1981 年任主管。他将《观察者报》变成一份有思想的报纸，1946 年其发行量赶超了《星期日泰晤士报》。他相信清晰的散文语言的力量，后来将奥威尔的《政治与英语》(CW，XVII，pp. 421 - 432)分发给新员工作为达到清晰思维与精确写作的指南。埃斯特和奥威尔成为好朋友，他曾告诉编辑，每当他需要放松的时候就会和奥威尔在酒吧见面，享受他的幽默感。埃斯特遵照奥威尔的遗愿安排了他的葬礼，按照英国国教仪式将他安葬。见《追忆奥威尔》，pp. 218 - 220。

43 工会。

44 德斯蒙德·霍金斯(1908—1999；1963 年荣获英帝国勋章)，小说家，文学评论家，广播员。战争期间他为 BBC 做了不少自由记者的工作。他在奥威尔之前为《党派评论》写了一封"伦敦来信"，并推荐了奥威尔接替自己。

45 弗朗西斯·达兰海军上将(1881—1942)，法国海军总司令，1941 年 2 月至 1942 年 4 月担任维希政府副总理兼外交部长。当盟军于 1942 年 11 月入侵摩洛哥和突尼斯(当时皆为法国领土)时，与他达成了一项协议，以减少在攻占这两个国家过程中的伤亡，而达兰也由此成为高级外交特派员兼海军总司令。这件事在美英两国广受谴责。达兰于 1942 年 12 月 24 日遇刺身亡，刺客名叫博尼埃·德·拉夏佩尔。这名 20 岁的男性刺客被军事法庭判罪，并于 2 天后被处决。正如丘吉尔所说，这件事"解除了盟军与达兰合作的尴尬"(《第二次世界大战》，第四卷，pp. 577 - 578)。丘吉尔送给达兰一段宽容的批判性讣文："很少有人比达兰上将为判断失误和品格缺陷付出过更沉重的代价了……他毕生致力于重建法国海军，并成功地将其提升至法国自王朝时代后就未曾企及的高度。愿他安息，也愿我们所有人感谢自己不必面对那些他未能通过的试炼。"(IV，pp. 579 - 580)。

46 尼古拉斯·摩尔(1918—1986)于 1938—1940 年担任《怒气》杂志的编辑(这也是他 1973 年的一本诗集的名字)，并在 40 年代担任坦比木图(Tambimuttu)的助理，协助管理《诗歌》(伦敦)。到了 1949 年，他已创作了九卷诗集；此后是《怒气》与三卷死后出版的诗集。关于他在写给《党派评论》的信件中对奥威尔 1941 年 4 月 15 日"伦敦来信"的评论，见 CW，XII，pp. 470 - 479。

47 亚历山大·康福特(1920—2000)，诗人，小说家，医药生物学家。他的《性的快乐》(1972)一书发行超过 1 000 万册。《地平线》刊登了他论述战争诗歌的匮乏及其原因的长信。康福特在信中写道，反对者们正在发动三场针对诗人的战役。奥威尔在他为《和平主义与战争：一对矛盾》的供稿中引述了几行康福特刊登在《地平线》上的长信。

1942 年 6 月 4 日

天非常热。一切似乎都还按部就班，这令我很吃惊：人们不慌不忙，街上看不到什么制服，人群慢吞吞地在街上走着，有人推着婴儿车，有人逗留在广场上看着山楂树，总的来说看不出什么战时状态。不过街上的汽车明显少了许多。时不时地能看到一辆背后装有燃料转换器的汽车，看上去有那么点像老式的送奶车。显然黑市汽油毕竟也不是那么容易弄到的。

1942 年 6 月 6 日

关于莫洛托夫的传言依然在持续。据说他是来签条约的，签完又走了。但报纸上没有关于此事的任何线索。

据说《新政治家》内部就第二战线[48]的问题意见分歧很大。金斯利 · 马丁[49]在叫嚷了整整一年“必须立刻开辟第二战线”后，现在突然犹豫了。他说，有人现在讲军队已经无法信任了，士兵们会在军官背后打黑枪——之前的整个战争进程中一直有人努力挑拨士兵对军官的不信任。但我认为，第二战线现在一定在策划中，至少在能够征集到足够船只的情况下。

---

48 此时此刻人们几乎每天都在期盼开辟第二战线。当《每日快报》报道德怀特 · D · 艾森豪威尔于 1942 年 6 月 26 日抵达英国时，他的照片旁配着这样的大字标题：“美军第二战线指挥官抵英”。但是，尽管盟军方面考虑过在 1942 年 8 月到 9 月间实施跨海峡登陆，作为对斯大林要求开辟第二战线的回应，但事实上直到 1942 年 11 月盟军才真正开辟了新战线（很多人认为这不是第二战线），接着又在北非开辟了新战场。

49 金斯利 · 马丁（1897—1969），左翼记者，《新政治家》编辑（1931—1960），他的言辞和对费用的纠缠给 BBC 印度分部带来了不小的麻烦。BBC 认为他不可靠，不能遵守审查要求，而且因为他在 1941 年 12 月在一个名为“为你解答”的对北美广播节目中的言辞而遭内政部和信息部的封杀。

1942 年 6 月 7 日

《星期天邮报》对于开辟第二战场也开始冷淡了。目前官方的立场似乎是我们的空袭就算是第二战场了。显然政府给了报纸某种暗示，叫他们对这个话题低调。（如果政府仅仅是希望他们停止散播误导性的传言，那问题是他们为什么没有早点这样做？）很可能登陆行动已经确定了，政府这时命令报纸采取表面上反对的态度，为的是迷惑敌人。在这座谎言编织的迷宫里，那个最显而易见的解释却是最令人难以置信的。［参见大卫·埃斯特的那个“两个犹太人在火车上”的故事：

第一个犹太人：你去哪儿了？

第二个犹太人：柏林。

第一个：骗子！你故意这么说来骗我。你知道如果你说你去了柏林，我会以为你其实去了莱比锡，而事实上，你这个龌龊的骗子，你真的是去了柏林！］

上周二［1942年6月2日］我和克里普斯长谈了一个晚上（他之前说过想见些文人），在座的还有恩普森、杰克·康芒、大卫·欧文、诺曼·卡梅隆、盖·伯吉斯[50]和另外一个我不知名的男人（一名官员）。我们谈了两个半小时，什么喝的也没有。讨论同往常一样，没有得出结论。不过克里普斯很善解人意也乐于聆听。他的反对者中辩驳最有力的是杰克·康芒。克里普斯说的有几件事令我诧异，甚至有一点恐惧。一件事是，许多说话有分量的人物都认为战争将在10月前结束——在此之前德国将被拖垮。当我说我会将此视为一个不折不扣的灾难时（因为如果战争真的这么轻易取胜的话，那国内将不会真正经历一场天翻地覆，那些美国的百万富翁依然将保持现状），他似乎不能理解。他说战争一旦取胜，剩余的大国力量将以整体方式治理全世界，他似乎不觉得这些大国究竟是社会主义还是资本主义会有什么差别*。［大卫·欧文和那个我不知道姓名的男人都支持他。］我意识到我反对的是官方意识，他们将

* 这很有趣，但也许很难让克里普斯在个人采访中说出这样的看法。［奥威尔在打字稿上的手写原注］

一切问题都视为治理问题，意识不到在某种情况下——即利益集团的经济利益受到威胁时——公德心就停摆了。[这些人的基本假设是，所有人都希望世界能合理地运作，因此将尽力维持事态正常运转。他们看不到大部分有这个能力的人根本不在乎世界，只一心一意地给自己的小窝铺羽毛。] 我抑制不住地觉得，克里普斯已经被驯服了；但这靠的不是贿赂，或者其他类似的手段，甚至不是奉承或权力欲——这些他可能真的不在乎——而是责任感。责任感自然而然地使人变得胆怯。而且，一旦你掌握权力，你的视线就会缩短。也许鸟的视野是和虫子的视野一样失真的。

[温特林厄姆否认自己是"托马斯·莱恩伯罗"，我想也许他说的是实话。如果不是温特林厄姆的话，那他也许就是温斯特勋爵(弗莱彻海军中校)。[51]]

---

50 威廉·恩普森(1906—1984；1979 年封爵)，诗人，评论家，战前先后在东京和北平担任过英语教授。同奥威尔一样，他也为 BBC 远东分部服务，但负责对华广播。1953—1971 年他担任斯坦福大学英国文学教授。在此之前他已经通过《歧义的七种类型》(1930)和《田园诗的某些形式》(1935)两部作品获得了学术界的认可。他的后期作品是《复杂词的结构》(1951)。他逝世后《泰晤士报》登出的讣告写道，他是"他那个时代最深奥的人，他彻底改变了我们读诗的方式"。

杰克·康芒(1903—1968)，《阿德尔菲》雇用的一名泰恩塞德工人，1930 年 6 月起先是担任发行推广，自 1932 年起担任助理编辑。他和奥威尔后来成为朋友，两人在马拉喀什时他住在奥威尔夫妇的小房子里。他因《街道的自由》一书而获得成功，奥威尔在 1938 年 6 月 16 日为其写过书评(CW, X, pp. 162 - 163)。见《追忆奥威尔》，pp. 139 - 143。

亚瑟·大卫·肯普·欧文(1904—1970)在 1942 年 2 月 19 日到 11 月 21 日担任斯坦福·克里普斯爵士的个人助理。

诺曼·卡梅隆(1905—1953)是罗伯特·格雷夫斯的朋友和弟子，与罗伯特和艾伦霍奇一起担任《密切合作》的编辑(1942)。他的作品《冬宅》以及《其他的诗》在 1935 年发表。他还翻译德文与法文图书。

盖·伯吉斯(1911—1963)，先后在伊顿公学和剑桥大学三一学院接受教育。他很健谈，天赋极高，而这些才能都被他用来传播共产主义。他先后在英国安全部门和 BBC 工作(国内广播谈话节目制作人)，后又进入外交部。他的亲苏行为直到 1951 年 5 月才引起怀疑，他随即突然同唐纳德·麦克莱恩一起逃亡莫斯科，并留在那里直到去世。

51 温斯特勋爵(海军中校 R·T·H·弗莱彻，1885—1961)，1923—1924 年

任自由党议员；1935—1942 年任工党议员；1940 年 5 月—1941 年 12 月担任海军部长的政务次官。“莱恩伯罗”当时是弗兰克·欧文的笔名。

1942 年 6 月 10 日

你唯一能听见人们在谈论 BBC 的时候是在清晨，六点到八点之间。这正是女清洁工们的工作时间。只见一大群女工同时到达（办公楼），坐在接待厅里等着发扫帚，吵闹得就像是鹦鹉店里一样。然后她们边扫走道边一起唱歌，发出整齐的合唱声。这地方此刻的氛围和一天中晚些时候的截然不同。

1942 年 6 月 11 日

[德国人通过无线电宣布一个叫拉迪斯的捷克村庄(约有 1 200 个村民)窝藏了刺杀海德里希的刺客，因此他们枪毙了村里所有的男人，把所有的女人送进了集中营，所有的儿童送去“再教育”，并把整个村庄夷为平地，另改地名。我保留一份这个出现在 BBC 追踪报告上的通告。]

以下摘自 BBC 追踪报告：——

布拉格(捷克本站)对保护国德语广播。1942 年 6 月 10 日

为海德里希复仇：村庄被夷平；所有男子被枪决；通告

官方通告：对杀害党卫军副总指挥海德里希[52]之凶手的搜索调查已确凿无疑地表明，克拉德诺附近的利迪泽一地的居民支持并协助了此案的凶手集团。尽管当地的居民接受了审问，但相关证据是在未取得其协助的情况下获取的。当地居民的顽固态度由此可见；同样令人愤慨的还有他们对第三帝国的其他敌视行为，包括搜查出的含有敌视第三帝国内容的印刷品，窝藏的武器弹药，非法无线电发射器，大量的管制物资，以及当地村民正在为外国敌人服务的事实。鉴于该村居民的自身行径及其对谋杀党卫军副总指挥海德里希之凶手的支持已严重违反了现行法律，该村的所有男性已被枪决，女性被送往集中营，儿童被移交相关的教育机构。当地的房屋全部被夷为平地，村落的名字也被抹去。

（注意：这是对 19:00 布拉格发出的一份捷克语声明的德文翻译，但当时的接收信号非常差。）

这些人干出这样的事来倒并不特别让我惊讶，甚至连他们将之公之于众这一点也没有什么可惊讶的。但真正令我为之一震的是其他人对于这些事件的反应完全由当时的政治风向决定。因此，战前中左派相信每一桩据说在德国和中国发生的暴行。现在中左派不再相信对德国和日本的暴行指控了，他们自动将所有的暴行传言都归为“宣传”。用不了多久，只要你暗示利迪泽的传言是真的，你得到的就只有嘲笑了。可事实就摆在那里，是德国人自己宣布的，而且记录在了唱片上，肯定还能找出来。参见：1914 年起的罪行清单［德国在比利时的罪行，布尔什维克的罪行，土耳其的罪行，英国在印度的罪行，美国在尼加拉瓜的罪行，纳粹罪行，意大利在阿比西尼亚和昔兰尼加的罪行，西班牙左派的和反动的罪行，日本在中国的罪行[53]——］对于每一件事，人们都根据自己的政治倾向采取相信或怀疑态度，对事实本身却根本不在乎；而一旦政治方向转变，他们的观点也可以毫无顾忌地跟着改变。

罪行（1918 年后）

日期	右派相信的罪行	左派相信的罪行
1920	土耳其的罪行（士麦那）	土耳其的罪行（士麦那）
1920	新芬党的罪行	爱尔兰王室警吏团的罪行
	（约同期）布尔什维克的罪行	英国在印度的罪行（阿姆利泽）

1923		法国的罪行(鲁尔)
1928		美国的罪行(尼加拉瓜)
1933	布尔什维克的罪行(白海运河等)	
1934—1939		德国的罪行
1935		意大利的罪行(阿比西尼亚)
1936—1939	西班牙红色政权的罪行	西班牙法西斯的罪行
1937	布尔什维克的罪行(大清洗)	日本的罪行[53]
1939及以下	德国的罪行	英国的罪行(马恩岛等)[54]
1941年及以下	日军罪行	

52 莱因哈德·海德里希(1904—1942),德国安全部(盖世太保,刑事警察与党卫队安全部门)头目,海因里希·希莱姆的副手,纳粹"最终解决方案"的主要策划者。1941年9月被任命为"波希米亚与摩拉维亚摄政"。1942年5月27日,他被几名在英国接受训练的捷克爱国者击伤,并于6月4日死亡。作为报复,整个利迪泽村庄被"夷平"。当地人口约2 000人;极少数人幸存。亨弗里·詹宁斯为这个惨案拍摄过一部感人的电影,影片中将惨案搬到了一个叫Ystradgynlais的威尔士村庄(《静静的村庄》,1943),作为英国政府号召击败纳粹的宣传策略之一。奥威尔收集的宣传册中也有一本这部电影的宣传册,现存大英图书馆。奥威尔的所有手稿中都将该村庄的名字拼作Ladice(拉迪斯),准确的拼法是Lidice(利迪泽)。

53 奥威尔在1942年1月14日给萧乾的信中邀请他做一次访谈,讨论"一般公认的"日军侵华"所犯的罪行"。这次访谈于1942年2月26日被播出。

54 手稿与打字稿的版本略有不同。在手稿中,除了白海运河,奥威尔还列出了乌克兰大饥荒;"阿比西尼亚"下面还有昔兰尼加;南京大屠杀作为日本的罪行被特别列出。在英国的罪行中他还列出了SS Dunera号事件。

根据英国政府第18B号令,由于过分担心在涌入英国的难民中——尤其是来自纳粹德国的难民中——混杂有间谍与破坏分子,数千名无辜民众被拘禁在了马恩岛上。尽管这是个辛辣的讽刺，但这一事件远远无法同纳粹的可怕暴行相提并论。因为相同理由将犹太人赶上 SS Dunera 号遣送到澳大利亚的做法也同样考虑不周，并导致了对这些犹太人愚蠢且残酷的对待。

1942 年 6 月 13 日

关于莫洛托夫的来访，最不可思议的一件事是德国人对此一无所知。伦敦的电台里没有对莫洛托夫的到来提一个字，直到官方正式宣布条约签订，而德国广播则一直在叫嚣英国的布尔什维克化。如果他们知道这件事的话，一定会把它曝光的。这件事，再加上之前发生的其他几件事(比如去年德国空投了两名非常业余的间谍，身上带着无线电发射器，手提箱里甚至还有几根德国香肠)都表明德国在英国的间谍系统成不了什么大气候。

四份剪报按次序贴在了日记手稿中的这个位置。

详见全集，XIII，pp. 362 - 363：

1. 摘自 1942 年 6 月 12 日《保民官》的一则社论，关于威廉·麦勒的死讯[55]。反映了他们对"有力的写作风格"的概念。

2. 摘自 1942 年 6 月 21 日《雷诺新闻报》[56]上引用的希特勒的演讲。

3. 1942 年 6 月 12 日的《保民官》(威尔弗雷德·麦卡特尼的文章)。参见战前该报对轴心国审查制度、广播催眠等的报道；另见德国官方对科隆空袭的声明。

4. 《我们如何在 1942 年生活》，《旗帜晚报》的剪报：画着五个女人，标题是《俄国的冲锋枪女郎准备战斗》。

---

55 威廉·麦勒(1888—1942)，左翼记者，作家，1903 年进入《每日先驱报》工作，1926—1930 年间担任该报编辑。他随后担任奥当斯出版社的

副总编辑，直到1937年1月1日成为《保民官》编辑。他的作品有《直接行动》（1920）及与G·D·H·科尔合写的《产业自由的意义》（1918）。他还是社会主义联盟全国委员会的成员。

56 《雷诺新闻报》是一份亲工党的星期日报；见战前日记，1939年9月3日，注2。

1942年6月15日

毫无疑问，开辟第二战线的决定已经做出了。所有的报纸都将此视为必然，莫斯科也在广泛地宣传此事。当然，它究竟是否可行还有待观察。

以下从BBC追踪报告中摘录的剪报。典型的德国声明。

贴在日记边上的是BBC关于利迪泽遭清洗一事的追踪报告，以及奥威尔自己手打的报告。两份报告的词句完全一样。（见CW，XIII，p. 364）

1942年6月21日

BBC最让人触目惊心的一点是——显然这也适用于其他部门——并不是其行为的道德污点，也不是我们所做的工作完全没有用处，而是一种挫折感，即我们根本做不了任何事情，甚至想要成功地做件坏事都做不了。我们的政策如此定义不明，组织如此紊乱［计划不断改变］，对于情报部门的恐惧和憎恶是如此普遍，以至于你根本无法制定一个广播宣传战计划。［当你开始策划一系列访谈节目，试图传达一些明确的宣传信息时，你一开始会得到许可，然后就会以“不明智”或“时机不成熟”等理由被半途掐断，接着又被告知可以继续，但是要掺水，并且删除字里行间的所有直白的表述；然后又叫你以几乎更改其原意的方式“修改”这个系列；到了最后一刻整个计划又因某个上头下发的神秘指令被突然取消，又叫你临时策划一个完全不同的系列，而你对此根本没有兴趣，背后也根本没有任何确定的意义。］你只能不停地广播一些垃圾，因为听上去过于睿智的访谈总是在最后一刻被取消。而且，这个机构的人员过于臃肿，许多人根本没有事情做。但即便你最后终于成功地播放了一个好节目，你还是会有一种失望感，因为你知道几乎没有人在听。除了欧洲，其他海外地区几乎没有人听BBC，这个事实所有关注海外广播的人都知道。［他们在美国做过一些听众调查，我们知道整个美国只有约30万人收听BBC。印度和澳大利亚则远远达不到这个数字。］我们最近得知（在帝国广播开始两年之后）许多有短波收音机的印度人甚至不知道BBC有对印度广播。

另外一项我唯一参与的公共事务也是同样的情形，那就是地方军。他们在成立两年后没有任何像样的训练，没有制定专门的战术，没有确定阵地位置，没有筑造工事——这一切都因为计划在不停改变，而且对于我们的目标完全没有定义。部队的组织细节和阵地位置等频繁变更，以至于几乎没有人在任何时候能够确定当前的安排究竟是怎样的。这里只需要一个例子：在一年多的时间里我们连队一直试图在摄政王公园周围构建一套战壕体系，以防敌军伞兵袭击。尽管这些战壕不停地挖了又挖，但它们从来没有完工过，因为每次挖到一半总是计划有变，然后新的命令又下来了。其他的事情也都是这样。不过你做什么，你事先就知道命令总会突然有变，然后改变计划，如此反复无穷无尽。因此什么事情都做不了，只有不断地变来变去，最后方方面面的人都逐渐产生了幻灭感。我们能够期盼的最好结果就是，另一边我们的敌人那里也在发生着相同的故事。

1942年6月24日

昨晚听了“哈哈勋爵”的广播——我说的不是乔伊斯[57]，他已经有段时间没做广播了——听口音像是个南非人，接替他的人则带点伦敦腔。说了许多关于在曼谷的自由印度运动国会的事情。我很诧异地发现，所有的印度人名字都被读错了，而且错得离谱——比如拉丝·巴哈利·鲍斯[58]被读成了拉什·伯力·鲍斯；而所有那些在德国做对印广播的印度人原本都可以在这些事情上予以纠正的。他们说不定每天和“哈哈勋爵”一起进进出出相同的大楼。我很高兴能看到这样的疏忽同样发生在战场的另一边。

---

57 威廉·乔伊斯，战争期间在柏林做广播宣传，人称“哈哈勋爵”，见战时日记，1940年7月28日，注76。

58 拉丝·巴哈利·鲍斯(1880？—1945)同苏巴斯·钱德拉·鲍斯没有亲缘关系。他从1911年起加入印度独立运动。在克里普斯出使印度的谈判失败后，他被日本人要求让位给苏巴斯，他同意了。1942年4月17日日本内阁决定用苏巴斯来“阐明政策”（米哈尔·鲍斯，《失落的英雄》，pp. 191，197－198）。

1942年6月26日

利比亚的战事[59]后所有人都充满了失败主义情绪。一些报纸对开辟第二战线又失去了热情。汤姆·迪利博格(威廉·赫克利)赢得了马尔登的补选，得票率是保守党候选人的两倍。这样政府在6场选举中已经输掉了4场。

---

59 1942年6月21日托布鲁克突然被隆美尔的军队攻陷，而在1941年该城曾坚持了8个月之久，直到同年12月被解围。这一损失是对英国士气的一记重击，仅次于新加坡的沦陷。25 000名士兵被俘。利德尔·哈特的《第二次世界大战史》第287页简要叙述了第8军如何分兵，绝望地试图保卫托布鲁克，以及丘吉尔在此事中发挥的作用；第287—303页描述了英军随后撤兵阿拉曼，距亚历山大港仅55英里。许多人指责克劳德·奥金莱克将军(另见1942年5月27日，注40)，他随后在8月4日丘吉尔视察开罗后被解职。而隆美尔却对他抱有很高的敬意，认为他的指挥能力非常娴熟(利德尔·哈特，pp. 301－302)。战后他被委任以在刚刚独立的印度和巴基斯坦两国间拆分原先的印度军队这一吃力不讨好的工作。他的工作极其出色，结果新成立的两国政府都同时任命他为各自军队的指挥官。

1942年7月1日

我在卡洛·恩德，伍斯特郡(住在一座农场里)。[60]没有噪声，除了飞机飞过的声音，鸟叫声还有割草机剪草坪的声音。没人提战争，除了有人偶尔说到在附近一些农场上劳动的意大利战俘。人们似乎觉得他们是好劳工，宁可让他们摘水果，不要伍斯特的短工，说他们“滑头”。尽管饲料短缺，但这一带还是养了不少的猪、禽、鹅和火鸡。这里每顿饭都有奶油。[61]

[整个白天都有大型轰炸机飞过。还有飞机在做各种奇特的动作，比如用钢丝绳吊着另一架飞机(也许是滑翔机？)或者是在机背上背着另一架飞机。]

---

60 这是奥威尔在BBC工作期间的唯一一次休假。从6月28日星期日到7月11日星期六，他一直住在伍斯特郡的卡洛·恩德，大部分时间都在钓鱼。他对钓鱼非常热衷，尽管这时鱼和啤酒都供应短缺。他在这本战时日记的倒数第2页上列出了自己的收获。总共有18条鲦鱼(其中一条可能是斜齿鳊)、2条鳗鱼和1条鲈鱼。有5天一无所获。

61 尽管制作少量奶油限于本地销售还是允许的，但通常产量的奶油生产和全面销售已被禁止，以节约资源。

1942年7月3日

不信任案被否决了，475票对25票。这一数字表明很少有弃权票。还是那一套老把戏——辩论最后又扭曲为对丘吉尔个人的信任投票，而人们也不得不信任他，因为没有人能够取代丘吉尔的位置。政府的处境因为其主要攻击者如霍尔-贝利沙[62]等人明显的负面动机而反倒好转了。我不知道这场闹剧还能持续多久，但恐怕不会太长了。

丘吉尔的言辞中没有提到开辟第二战场。

日本人显然计划在近期进攻俄国。他们好像在阿留申群岛外围囤积了大量兵力，这样做的意图只有一个，就是切断俄国和美国的联系。

当下左翼的恐慌已达到了自敦刻尔克以来的顶点。《新政治家》的社论标题是《面对幽灵》。他们认为丢掉埃及已成定局。天知道这是否真的会发生，但这些人之前已经无数次地预言埃及将陷落了，这次又老调重弹不能不让人觉得这反倒不会发生。奇怪的是，他们的言行总是和德国人的期望一致——比如说前一阵子，他们要求我们停止对德国的空袭，把轰炸机派往埃及，后来又要我们把轰炸机派往印度。每一次他们的要求都和德国“自由电台”的要求一样。还有一件让人气结的事情是，这些左派总是用那种不屑一顾的鄙视口吻谈论我们对德国的空袭——说这些空袭几乎没有造成什么影响。而同样是这些人在德国对伦敦的空袭中叫得最响。

---

62 莱斯利·霍尔-贝利沙在1937—1940年担任陆军大臣；1942—1945年担任无党派议员。张伯伦在1937年任命他为陆军大臣，但在1940年将他解职。丘吉尔没有在自己的政府给他职位，他因而在整个战争期间一直在野。关于他的早期生涯，见事件，1939年7月19日，注1。

1942年7月4日

所有人都被沃德洛·米尔恩[63]的提议惊呆了，他居然［在推动不信任案的演讲中］要求任命格洛斯特公爵为总司令。可能性最大的解释是，他打算让格洛斯特作某人的傀儡［（也许是蒙巴顿？）］即便如此我还是难以想象有谁比这个痴肥的傻子更不适合当傀儡了。

这个村庄里的酒吧因为啤酒短缺，很多时候都关门歇业。但也有可能仅仅是因为最近天气热的缘故。这里是啤酒花产区，农民们被要求不要削减啤酒花的种植面积，事实上有些甚至增加了。所有的啤酒花都用来酿啤酒，至少是所有的优质酒花。

---

63 约翰·沃德洛·米尔恩爵士（1879—1967），1922—1945年任工会议员；曾担任下议院国家经费特别委员会主席，还曾写过一些关于财政问题的

宣传册。他激烈反对丘吉尔，是他推动了这次不信任投票，并在演讲中抛出了这个提议。但正如丘吉尔所说："这反倒给他自己帮了倒忙。"关于这次辩论，尤其是沃德洛·米尔恩的提议，见《第二次世界大战》，第四卷，pp. 356－366。

1942年7月10日

一两天前几辆属于海军的卡车停在了这里，下来一群WREN[64]和水兵，花了几个小时帮忙给菲利普斯先生[65]的芜菁地除草。村里所有的女人都为这群穿着蓝裤子和白衬衣的水兵的出现而欣喜异常。"他们看上去真叫那个清爽！我喜欢水手。他们看上去总是那么干净。"［水手和WREN好像也很享受这次郊游，何况事后还能在酒馆里喝酒。他们好像属于某个志愿者组织，该组织会按需派遣劳工。］菲利普斯太太解释道："他们是从马尔文[66]来的志愿者。有时他们会派AT[67]来，有时派水兵。我们当然喜欢他们来。这让你不那么依赖这儿的当地劳工，要知道。这些工人，他们现在可真是糟透了。只肯做这些活儿，多一点都不行。［他们晓得你离不了他们，知道吧。而且现在也雇不到女佣做家务了。女孩儿们不愿呆在这里，村子里没有电影院。我倒是雇到过一个姑娘，可她什么也不肯干。］要是有了那些个志愿劳工，倒是能帮上点忙。让你更加独立自主一些。"

这些话可真是对极了。［农业生产当然不应该被忽视，而且城里人的的确确应该和土地有一点接触。］可另一方面，这些志愿者组织，这些帮忙收干草的水兵，还有这些意大利战俘，他们通通在用免费的劳动损害劳工的利益。

政府赢得了希普威尔、索尔兹伯里的选举；选举中的独立竞选人是《起床号》的编辑[68]。每次只要这个骗子参选，政府总是自动取胜。他们心里该有多感激他啊——如果这人不是政府花钱请的托儿的话。

"蓝铃铛"因为啤酒短缺再次关门。这周有四五天时间人们开怀畅饮，然后就没酒了。［不过，有时酒馆关门的时候有人看到军官们在一间密室里单独喝酒，而普通士兵和工人则被拒之门外。邻村的“红狮子”酒馆的运作方式却不一样。店主这样向我解释：“我可不愿意把酒都卖给夏季观光客。如果啤酒短缺，我说那就让本地人先喝。很多日子里我都关着门，但本地人知道，会从后门进来。下地的庄稼汉需要喝啤酒，尤其是他们现在吃的东西又是这样的(差)。不过我会给他们定量。我对他们说：‘我说，你想要每天都有酒喝，对不对？那你愿不愿意每天吃晚饭的时候来上1品脱呢，这是不是好过今天4品脱，明天3品脱呢？’我对士兵也一样。我不喜欢不卖酒给士兵，但我只让他们第一杯喝上1品脱。第一杯过后，‘伙计们，就只有半品脱了’。这样可以把酒匀给更多人。”]

---

64 女子皇家海军。
65 也许是奥威尔所住农场的农场主。无从得知艾琳是否和丈夫一起离开的。
66 马尔文，一个偏远的岛屿，这里好像不太可能有海军设施，但岛上的确有一个雷达研发基地，还有一个初级训练部队。
67 辅助地方自卫队，即女子陆军队，现在叫WRAC，女子皇家陆军团。
68 W·R·海普韦尔。

1942年7月22日

以下摘自艾哈迈德·阿里[69]最近从印度寄来的一封信：

“这是我在老德里的一点见闻，希望你有兴趣。

“一个报童在闹市上用乌尔都语叫着：‘潘迪特·加瓦哈拉[70]倒念玫瑰经。’他的意思其实是说，此人对政府的态度转变了。当被问起时他这样回答：‘你永远没法确信他的态度。他今天说支持政府，协助抗战，明天就会颠倒过来。’他转身离开我，又开始叫卖，还加了一句：‘加瓦哈拉挑战政府。’可我在报纸上找不到这个‘挑战’究竟在哪里。

“其他卖乌尔都语报纸的报童这样叫道：‘德国的第一轮进攻就粉碎了苏联！’不用说，我第二天早上在英国报纸上读到了截然相反的消息。显然这些乌尔都语报纸就是在重复柏林的宣传。没人能阻止这些报童随心所欲的叫卖。

"一天我坐在马车上的时候，车夫对着畏缩的马儿叫道：'你怎么像我们的萨卡尔一样后退！要像希特勒一样勇往直前！'接着大声咒骂。"

["去集市上听听人们的大声闲聊是件很有意思的事——当然，前提是天没有热得无法忍受。我会时不时地告诉你更多的趣闻，如果你有兴趣的话。"]

---

69 艾哈迈德·阿里(1910—1994)，巴基斯坦作家，孟加拉国英语教授。1942—1945 年曾任 BBC 新德里听众调查主任。1949—1960 年为巴基斯坦政府工作。他还曾担任《印度文学》(伦敦，1940—1945)与《明日孟买》(印度，1942—1944)的共同编辑。他曾出版过乌尔都语与英语作品，后者包括《德里的黄昏》(1940)与《夜的海洋》(1964)，反映了印度的穆斯林传统。他的另一本评论作品《艾略特先生的小小梦世界》于 1941 年出版。

70 潘迪特·加瓦哈拉·尼赫鲁(1889—1964)，印度国大党总书记，后任主席，在哈罗公学和剑桥大学接受教育。1919 年阿姆利泽大屠杀发生后，他加入了争取独立的斗争，尤其与甘地志同道合，尽管他们有时会反对彼此的政策。他经常被英国当局监禁，1947 年印度独立后成为印度的首任总理。

1942 年 7 月 23 日

我现在日记记得比以前少多了，因为我几乎没有时间。可另一方面我所做的全都是无用功，能够拿出来证明我没有浪费时间的东西也越来越少了。好像每个人都是这样的——这是怎样的一种可怕的挫折感，每天浑浑噩噩做着些愚蠢的事情，说愚蠢不是因为他们置身于一场战争之中，而战争本质上就是愚蠢；而是因为这些事情事实上根本影响不了战争进程，但却被那个裹挟着我们所有人的庞大的官僚机器认为是必要的。BBC 制作的许多节目都被发射到了平流层外，没有人去听，而那些负责制作的人也知道自己的节目没有人听。而为了制作这些无用的东西，几百个技术工人被组织起来

［每年花费国家成千上万英镑］，而在他们上头又有几千个手头没有任何实际工作的员工，仅仅是坐在那个安静的小角落里假装是在工作。这种情况到处都是，尤其是在政府部门里。

［不过，有时候你投进水里的面包会漂到你预料不到的地方。我们曾经做过一组关于现代英国文学的访谈，共六期，非常阳春白雪，在印度根本没有人听。但是一个叫萧乾的中国学者在《听众》上读了这个访谈节目，深以为然，立刻开始着手写一本关于现代西方文学的中文作品，大量引用我们的访谈稿。因此，以印度为目标的宣传没有打动印度，却意外地打动了中国。也许影响印度的最好办法是对中国广播。］

印度共产党及其党刊又被合法化了。我说这样的话他们还得给《工人日报》解禁，否则政府的立场就太荒唐了。

这让我想起大卫·欧文*曾经和我说过的一件事，我想我还没有把它写进日记里过。克里普斯一到印度就要求总督释放监狱里的共产党。总督同意了（我想其中大部分人后来的确都被释放了），但在最后一刻又畏缩了，紧张兮兮地问："但你怎么能肯定他们的确是共产党呢？"

我们将要增加20%的土豆消耗量，据说是这样。这部分是为了节约面包，部分是为了消耗掉今年大丰收的土豆[71]。

71 粮食部（艾琳就在那里工作）推出了一个卡通人物"土豆皮特"，试图宣传动员人们每天吃1磅土豆。

1942年7月26日

昨天和今天参加了地方军演习，路过树林里的许多小军营、雷达站等设施。这些士兵的样貌令人印象颇深——他们一个个身体健

* 时任斯坦福·克里普斯的秘书。［奥威尔写在打字稿上的原注］

硕，但脸上的表情冷酷残忍。他们都很年轻，四肢圆滚滚的，脸蛋红扑扑的，肤色干净漂亮，但表情阴沉冷酷——他们一点也不凶残或邪恶，但被无聊、孤独、不满和无尽的疲劳折磨得麻木了，剩下的只有健康的身体。

1942 年 7 月 27 日

今天和苏尔塔纳谈了一会儿，他是一名马耳他语广播员。他说他能够很好地接触到有关马耳他的讯息，那里的情况非常糟糕。“今天早上我刚收到一封那里寄来的信，它就像是——怎么说的来着？——像是一面筛子。被信件审查员筛得七零八落的，你知道的。但我还是从中得到了些东西。”他接着告诉我，现在 5 磅土豆的价格相当于 8 先令。[他认为最近那两支试图抵达马耳他的船队中，那支英国出发的成功了，上面装着弹药；埃及出发的那支失败了，上面装着食物。] 我说：“他们为什么不能用飞机运送脱水食物呢？”他耸了耸肩，好像是本能地觉得英国政府不会为了马耳他费这么多周折。不过马耳他看起来好像坚定地支持英国，这当然要感谢墨索里尼。

[德国人的广播说伏罗希洛夫[72]在伦敦；这不太可能，而且这里也没有类似传言。也许是因为他们最近在莫洛托夫[73]来访一事上的失败而乱蒙一枪吧，揣摩着此时俄国有可能派遣一个高级别的军事代表团来这里。如果这件事是真的话，我就得修正我对德国对英情报系统的看法了。]

关于特拉法加广场上呼吁开辟第二战场的集会人数，右翼报纸估计在 4 万人左右，左翼估计在 6 万人左右。也许实际是 5 万人。我的线人报告说，尽管最近共产党的口号是“一切权力归丘吉尔”，但共产党演讲者事实上在猛烈攻击政府。

---

72 关于克里门特·伏罗希洛夫将军，见事件，1939 年 8 月 31 日，注 1。丘吉尔将在 1942 年 8 月 12 日与他会面，但却是在莫斯科。（见温斯顿·丘

吉尔，《第二次世界大战》，第四卷，p. 429）

73 关于维亚切斯拉夫·莫洛托夫，见事件，1939年8月28日，注4。丘吉尔在《第二次世界大战》中描述了与他的这次私人会谈（第四卷，pp. 436 -437）。一个重要议题就是开辟第二战场。

1942年7月28日

我现在读报比以前要少了，但我读到的这些报纸都对第二战场开始降温了，《新闻纪事》除外。［《晚间新闻》发表了一篇反对开辟第二战场的文章（作者是布朗里格将军[74]）。］我同赫伯特·里德[75]说起此事，他沮丧地说："政府命令他们对此事闭嘴。"［当然，如果他们真的打算开始做这件事的话，表面上他们一定似乎是在否认。］里德说，他认为俄国的局势千钧一发，好像对此忧心忡忡，而他在过去一向比我更反斯大林。我对他说："现在俄国人遇到麻烦了，你是不是对他们的态度起变化了？"他表示赞同。事实上，当我发现英国有麻烦的时候，我对英国的态度也起了变化。回想起来，我发现那些年里（1933—1941）当俄国在军事政治上似乎非常强大的时候，我是反俄的（确切地说是反斯大林）。而在此之前或在此之后，我却是亲俄的。这可以从几个方面去解释。

昨晚伦敦郊区遭受了一次小空袭。我们部署了新式的火箭防空炮，其中一些［目前］是由地方军操控的[76]［据说还击落了一些飞机（总共8架）］。

这是第一次地方军正式参加战斗，距其成立已经超过两年了。

德国人从不承认军事设施受到了损失，但他们承认在我们的大规模空袭中遭受了平民伤亡。据他们描述两天前对汉堡的夜袭中平民伤亡惨重。英国报纸报道此事时颇为自豪。就在两年前我们对于杀戮平民还表示惊骇呢。我记得曾在空袭中对某人说过——当时皇家空军正在竭尽全力反击——"一年以内你就会看到《每日电讯报》上出现这样的大字标题：《成功空袭柏林孤儿院；婴儿陷入火海》。”我们还没到那一步，但那正是我们的方向。

---

74 W·道格拉斯·S·布朗里格少将(1886—1946)于1949—1940年担任英国远征军副指挥官。他于1940年退役，但于1941年被任命为地方自卫军区域指挥官。

75 赫伯特·里德(1893—1968；1953年封爵)，诗人，评论家，教育家与现代艺术解说人。曾参加一战(杰出服务勋章，医疗队)，在三四十年代的时候尤其具有影响力。他曾任维多利亚与阿尔伯特博物馆副馆长，1931—1932年在爱丁堡大学任教，1933—1939年任《柏灵顿杂志》编辑。他的《通过艺术的教育》一书在战后影响很大。一战后他是一名极具影响力的无政府主义支持者——至少在他封爵前如此。

76 弗里德里克·派尔爵士将军(1884—1976)指挥下的地方自卫军防空部装备有火箭发射器。这些武器能够发射两枚1英担重的火箭弹，每个炮组集中的发射器有64具之多。不是所有的火箭都需要同时发射的。火箭弹的精度不怎么好，但它们能够制造一个由弹片构成的巨大弹幕，可以损伤甚至击落飞机。根据我(编者)在驻艾弗的101火箭炮组的服役经历，它们并不用来针对建筑区的低空飞机，因为需要避开周围房屋的屋顶。奥威尔在这里可能漏掉了“目前”二字，因为这些防空炮尽管偶尔由全职军人操控，但它们同超口径弹迫击炮一样，主要是地方军的武器。

1942年8月1日

如果数据准确的话，那么德国人在上一场空袭中损失了10%的战机。据彼得·梅斯菲尔德[77]说，这和新式防空炮没有关系，而是要全部归功于夜视战斗机。他还告诉我，新式的FW190战斗机比我们现役的所有战机都要优秀。[那名叫鲍耶的飞机制造师和他一起做节目，也同意他的看法。]奥利弗·斯图尔特认为，最近的德军空袭只是侦察空袭，他们打算很快再度发动一场大规模空袭，只要他们能从俄国战场上腾出手来。[77]

这个周末银行休假，没有太多可做的。[78]我最近一有零散的空余时间就忙着搭鸡舍。这类活计现在需要极大的创造才能，因为木料极度短缺。我在做这类事的时候没有任何浪费时间的愧疚感——相反，我隐隐觉得任何正当的业余活动都是有用的，或者至少是合理的。

---

77 彼得·梅斯菲尔德(1914—2006；1972年封爵)于1939—1943年担任驻

皇家空军与美国空军第8军的战地通讯员，1949—1952年成为英国欧洲航空公司总裁。他原计划于1942年7月31日在奥威尔的对印广播节目中与奥利弗·斯图尔特(1895—1976，1939—1962年担任《航空学》编辑)讨论航空问题，但后来因故退出，奥威尔随即请了英国飞机制造协会的一名工作人员E·C·鲍耶来顶替他。

78 这个周末奥威尔是在沃林顿的家里度过的。

1942年8月3日

大卫·埃斯特说丘吉尔在莫斯科。[79]他还说不会开辟第二战场了。不过，如果政府真的打算开辟第二战场，那他们一定会事先尽一切可能地制造相反的舆论。[而大卫·埃斯特有可能正是其中一个负责散播谣言的人。他说每当突击队在德国空降后，德国人从不反抗，总是迅速撤离。毫无疑问他们是按命令行事。但这件事从来没有被公布过——也许是为了防止公众盲目自信。]

埃斯特还说，克里普斯的确打算辞职，[80]而且准备好了备选方案。当然，他不能公开这么说，但私下里的确透露过这一点。不过，我从麦克默里[81]那里听说，他和克里普斯在一起的时候没法从他口中套出任何个人的政治意图。

---

79 丘吉尔当日抵达开罗，然后经德黑兰于8月12日抵达莫斯科。他和斯大林的确讨论了开辟第二战场的问题(见《第二次世界大战》，第四卷，pp.411，430-433)。

80 克里普斯险些辞职，但直到1942年11月22日才离开战时内阁——当日他被任命为飞机生产大臣，这一职位他一直担任到欧洲战争结束为止。

81 约翰·麦克默里(1891—1976)是伦敦大学思想与逻辑哲学教授。

1942年8月4日

土耳其电台(以及其他电台)也说丘吉尔到了莫斯科。

1942年8月5日

人们对于印度政府鲁莽公布警方在突袭国大党总部的行动中收

缴的文件普遍感到沮丧。[82] [同过去一样，关键的文件可以有不止一种解释，而随之而来的争吵只会将国大党内态度摇摆的成员推向更加反英的立场。] 这些文件的公布在美国(也许还有俄国与中国)掀起的反印情绪从长远来看对我们并没有好处。俄国政府宣称揭露了一场沙皇复辟阴谋，还是老一套。我不能不隐隐感到，这件事与同时被揭露的甘地与日本人合谋一事有关联。

---

82 克里普斯出使印度的使命失败后，国大党变得愈发强硬。8 月初甘地发起了一场非暴力不合作运动。为了维护秩序，印度政府突袭了国大党总部，缴获了一份提交给国大党执行委员会的“印度独立决议”原稿，随即将其公之于众。

1942 年 8 月 7 日

[休·斯莱特对于战争非常沮丧。他说以俄国人目前撤退的速度，铁木辛哥的军队不可能如报道的那样完好无损地撤离。他还说莫斯科报纸和广播的语调都显示，俄国的士气非常糟糕。] 同我认识的所有人一样(沃伯格除外)，休·斯莱特也认为不会开辟第二战场了。所有人都从丘吉尔对莫斯科的访问中得出这个结论。[83] 人们说：“为什么他需要特地飞往莫斯科告诉俄国人我们要[84]开辟第二战场呢？他一定是去说我们做不到的。”所有人都同意我的看法：如果丘吉尔的船像基奇纳[85]一样在回来的路上被击沉，那会是一件好事。[当然丘吉尔不在莫斯科的可能性还是存在的。]

昨晚我第一次拆卸了一支斯特恩冲锋枪[86]。枪的结构几乎没有什么好研究的。[没有可替换备件。如果枪出了严重故障，你只能把它扔了，再换一支。] 不带弹匣，枪身自重 5 磅半—— [汤普森冲锋枪重 12—15 磅。一支枪的价格不是我原先估计的 50 先令，而是 18 先令。] 我可以想象把 100 万到 200 万支这种枪用小降落伞撒遍整个欧洲，每支枪配上 500 发子弹和 1 本说明书。如果政府真有胆量敢这样做，那他们可真就破釜沉舟了。

---

83 后面有一段话在手稿中被划去了：“各方都在问一个问题：‘如果真要开辟第二战场的话，丘吉尔去莫斯科究竟做什么？他一定是去告诉他们我们办不到的。’”

84 手稿中原来写着“我们不能”但被划去了，并改成了打印稿中的“我们要”。

85 霍雷肖·基奇纳陆军元帅(1850—1916，基奇纳伯爵一世)，曾经重新征服苏丹(1896—1898)，并在南非战争中(1900—1902)成功对抗了布尔人，被英国民众视为英雄。一战爆发时他被任命为陆军大臣。他在出使俄国的途中，其座舰HMS汉普郡号触雷沉没，他本人也不幸溺亡。他比大多数人都更早地预见到扩军的重要性，并迅速地将那支被人们称为“基奇纳军”的部队从20个师扩充到了70个师。但他发现要取得同僚的配合非常困难，他在内阁同僚中的受欢迎程度远不及他在公众中的声望。奥威尔发表的第二篇作品(当时他还在上小学)就是一首以失去基奇纳为主题的诗；见CW，X，p. 24。

86 1940年英国军队装备的唯一一种冲锋枪就是美制汤普森冲锋枪，但是至少有100万支汤普森损失在了从美国到英国的航程中，因此英国急需一种本土制造的廉价自动武器。斯特恩冲锋枪以其设计者R·弗农·谢泼德与哈罗德·J·特平以及制造地恩菲尔德的首字母命名，每支造价仅2英镑10先令，不使用机加工部件，也没有木制枪托。这种枪的弹夹基于德国的9毫米MP40冲锋枪，容易卡壳或意外地单发射击。但这种枪最终大获成功，尤其被抵抗运动的战士所青睐。

1942年8月9日

今天头一回试射斯特恩冲锋枪。没有后坐力，没有震动，声音很小，精度也不错。我一共试射了2 500发，卡壳2次，有一次是因为哑弹——处理方法就是手动拉枪栓。

1942年8月10日

尼赫鲁，甘地，阿扎德[87]还有其他许多人被捕入狱。印度大部分地区发生骚动，多人死亡，逮捕人数不计其数。埃默里[88]发表了可怕的言论，称尼赫鲁和国大党是“邪恶的人”、“破坏分子”等等。这当然通过帝国电台进行了广播，并由AIR[89]重播。最可笑的是，德国人居然竭尽全力干扰这些广播，不幸的是他们没有成功。

印度人以及所有同情印度的人都感到极度沮丧。［甚至连伯克哈利——一名穆斯林联盟[90]成员——也几乎落下了眼泪，声称要从BBC辞职。］这种感觉很奇怪，但我的确觉得英国政府目前的行事方式比一场军事失利更让我焦虑。

---

87 阿卜杜勒·卡拉姆·阿扎德(1888—1958)，印度民族主义穆斯林领袖，在1945年的独立谈判中是印度国大党发言人。他的《印度赢得独立》于1959年出版。

88 利奥·埃默里，保守党议员，1940—1945年任印度事务大臣；见事件，1939年7月2日，注5。

89 全印度广播。

90 穆斯林联盟创立之初是一个保护英属印度的穆斯林利益的组织。1935年之前它支持印度国大党，但那一年印度教派主导了国大党，该协会于是演变成为一个政治团体，由默罕默德·阿里·真纳领导，要求印度分治。1947年巴基斯坦建国，该协会即取得了对首届选民大会的控制。

1942年8月12日

今天早上对印度的事件感到非常震惊。骚乱是无足轻重的——形势都在控制之中——毕竟死亡数字并不高。至于暴动中有学生参与，这可以用“年轻人毕竟是年轻人”来解释。“我们都知道全世界的学生都喜欢闹事”……几乎所有人都对这件事极度反感。一些印度人听到这件事时脸色煞白，非常奇怪。

大多数媒体都采取了强硬的姿态。罗斯梅尔报尤其如此。哪怕对印度的镇压措施暂时似乎还有成效，但这些行为对这个国家的长远效果肯定是非常负面的。一切迹象都表明反动势力似乎要回潮了，看起来目前的策略之一就是让俄国自生自灭。［今天下午看到了大卫·欧文·埃默里建立在多曼-史密斯[91]报告基础上的关于对缅甸战后政策的绝密声明。声明预计先重新建立5—7年的直接统治，缅甸的重建由英国出资，那里的英国大财团会按以前的模式重建。上帝啊，这样的文件千万别落到敌方手里。不过我从欧文处还有绝密文件上得到了一条有用的信息——焦土政策正被彻底贯彻。]

91 雷格纳尔德·休·多曼-史密斯爵士在1941年和1942年英国撤退时担任缅甸总督。

1942年8月14日

哈拉宾今天做了广播演讲，同往常一样我们向听众介绍道，他曾为威尔的《历史总览》和尼赫鲁的《世界历史一瞥》[92]绘制地图。这些之前都曾被广泛地追踪报道。哈拉宾同尼赫鲁的关系自然对印度有吸引力。今天对尼赫鲁的介绍被从广播中剪去了——尼正在监狱中，因此成了“坏人”。

92 全称是《世界历史一瞥：给女儿的信，写于监狱，同时写给年轻人看的对历史的胡乱叙述》；其修改稿于1939年由林赛·德拉蒙德出版，配有J·F·哈拉宾的50张地图。据伊内兹·霍尔登说，奥威尔曾在一次私人交流中说过他想过让德拉蒙德出版他们两人的战时日记。

1942年8月18日

乔治·克普从马赛的来信上的选段(在啰啰嗦嗦说了一通他正从事的工程工作之后)：“……我正准备开始以工业规模生产。但我不确定我是否该这样做，因为我和我的公司签有明确的合同，我们之间最近发展出的关系极大地限制了其独立性，也许另一家公司最终会从我的工作中获利，这是我所不愿见到的，因为我和这家公司没有任何协议，暂时也不准备签订任何协议。如果我被迫停工，我真不知道接下来该怎么做；我希望那些频繁收到我信件的挚友能不那么迟缓被动。如果在这个领域没有前途，我想要利用我的另一项与造桥相关的工艺技能。［你一定记得我曾经成功地在战前参与了圣马特奥大桥的修建。］”

解密后的信息：“法国恐怕将和德国完全结盟。如果第二战线不能尽快开辟的话，我将尽可能逃离，返回英国。”

93 乔治·克普(1902—1951)，他曾以多种虚构的身份伪装自己，但无疑他就是奥威尔在西班牙的指挥官，一个勇敢的人，先后为法国秘密警察和MI5服务。讽刺的是，参与将他招募进MI5的人中就有叛徒安东尼·布伦特(1907—1983)。奥威尔和他是朋友，尽管奥威尔的洞察力能够看透诸如彼得·斯莫利特之类的人，但他一直相信克普为自己编造的故事。安特卫普的伯特·格沃茨发现了许多关于克普的生平和伪装：见《消失的奥威尔》，pp. 83－91。

1942年8月19日

今天对迪耶普进行了大规模的突袭。直到傍晚突袭还在继续。也许这就是入侵行动的第一步，但我不确定。如果是的话，那么对法国人广播“这只是一次突袭，他们无需参与”就是烟幕弹了。

1942年8月22日

大卫·埃斯特对迪耶普突袭[94]行动非常沮丧，他多多少少近距离观察到了这一行动。他说行动几乎是彻底的失败，除了一点，即严重损毁了德军的战斗机群，但这本不在计划之中。他说这件事被媒体误报了，现在又在报告中被误报给首相。事实是：行动投入了5 000多人，其中至少2 000人战死或被俘。原先计划的登陆时间比实际发生的要短(原计划下午4点就撤)，但摧毁迪耶普全部防御的目标和执行过程是彻底的失败。事实上行动只造成了相对轻微的损害，如摧毁了几座炮台。三个分队中只有一个完成了目标。其余两个都没有多少进展，许多人在海滩上就被炮火屠杀了。德军的防御令人畏惧，即便有炮火支援都很难对付，因为他们的大炮是藏在悬崖的崖面里和巨大的混凝土掩体下的。被击沉的坦克登陆艇比上岸的还多。大约有20—30辆坦克上岸，但没有一辆返回的。报纸上显示坦克被运回英国的照片显然是误导。人们普遍的看法是，德国人预先知道了突袭行动。[95]几乎在行动刚开始的一刻，德军就让一个人在海滩上某处广播虚假的“目击”战况，同时让另一个人用英语广播假命令。另一方面德国人显然对我们空袭支援的力度感到惊讶。尽管他们通常让战斗机在地面待命以保存实力，但当他们听说有坦克登陆时，立刻让战斗机升空，结果损失了多架飞机，具体数字说法不一，据一些皇家空军军官说有 270 架之多。由于英军的空中实力强大，驱逐舰群全天都停泊在迪普耶港外，其中一艘被击沉，不过那是因为岸炮。一旦接到攻击岸上目标的命令，驱逐舰就排成横列，冲向岸边，向目标发射火炮，战斗机群则提供空中支援。

大卫·埃斯特认为这无疑证明了入侵欧洲是不可行的。［当然，想想他父母的身份，我们无法肯定他是不是故意这么说，释放假信号的。］我忍不住感觉，能够在这样一处防卫严密的地点登陆，而且没有轰炸机和重炮支援，只有驱逐舰舰炮（估计是 4.9 厘米口径的）和空降兵，这已经很了不起了。

---

94 迪耶普突袭至少从短期效果来看是一场悲剧性的损失，除了一点，即向军队高层指明了在未来登陆行动中应该吸取的教训。有超过 6 000 人投入行动，主要是加拿大士兵，其中超过半数战死、受伤或被俘。丘吉尔声称 5 000 名加拿大士兵中 18% 阵亡，近 2 000 人被俘（见《第二次世界大战》，第四卷，p. 459）。登陆的 27 辆坦克几乎即刻被摧毁；皇家空军损失了 70 架战机，海军有 34 艘舰艇被击沉。德军承认的伤亡人数是 297 人阵亡，294 人受伤或被俘，损失 48 架战机。当时的报纸头条报道：“德国佬损失惨重”（《每日镜报》，1942 年 8 月 20 日版），但就像第 22 期《战事报》（1977）说的那样，“他们应该加上一句，‘盟军的损失更大’。”大卫·埃斯特于 1940—1945 年间曾在皇家海军陆战队服役，并被授予法国十字勋章。

95 据说德国人破译了英军密码，因而预见到了这次突袭，但最先发出预警的似乎是德国拖网渔船，他们看到了逼近岸边的盟军舰队。突袭失败被公众归咎于“口风不严”，甚至归咎于一个肥皂片广告，广告上显示一个修剪树枝的女人穿的衣服上印有“迪耶普海滨衫”的字样。奥威尔对这则广告的剪报（出现在 1942 年 8 月 15 日的《每日电讯报》中）注释到：“广告，公众相信就是它向德国人泄露了突袭行动。”1942 年的电影《近亲》就是为了申明口风不严可能会危及此类行动的道理，它最早是军队训练用的短片。丘吉尔后来说：“战后对德军记录的检查显示，德军没有通过任何泄露的消息得到关于袭击行动的特别预警。”（《第

二次世界大战》，第四卷，p.458）

1942年8月25日

在印度人中流传的一个传言是，尼赫鲁、甘地和其他人都将被驱逐出境，流放到南非。这就是新闻审查和压制媒体的结果。

1942年8月27日

对《工人日报》的禁令取消了。[96] [9月7日将重新发行（也是丘吉尔将向议会发表演讲的同一天）。

德国广播再次宣称S·C·鲍斯在槟城。但他们暗示这是RB鲍斯说漏了嘴。]

---

96 《工人日报》曾在1941年1月22日被查封。

1942年8月29日

酒吧里的一则广告，推销提神药片——非那西汀或类似的东西——

闪电战

医料行业全力推荐

“闪电”般的奇妙发现

数百万人服用

治疗

宿醉

战争焦虑症

流感

头疼

牙疼
神经痛
失眠
风湿
抑郁症等
不含阿司匹林

另一条在印度人中流传的关于尼赫鲁的谣言——这次他逃跑了。

1942年9月7日

叙利亚显然有麻烦了。今早的消息说——与HM政府的意愿不幸相反——戴高乐将军坚称叙利亚依然是法国的托管国，因此叙利亚不能像伊拉克一样签订条约。戴高乐将军的态度是令人遗憾的，但他毕竟是自由法国运动的公认领导人，这件事的司法问题完全是笔糊涂账(此事应当由国际联盟裁定，但不幸的是国际联盟已经不复存在了)，因此HM政府无法订约。换句话说，叙利亚没法签订条约，这件事要怪我们的傀儡戴高乐，如果可能的话我们可以把叙利亚占为己有。今早当我听到罗斯伯格·威廉姆斯[97]空洞的胡言乱语时，我不知道为什么想起了哈代的《列国》中描写拿破仑在罗马加冕的诗句：

Do not the prelate's accents falter thin,
His lips with inheld laughter grow deformed,
In belssing one whose aim is but to win
The golden seat that other bums have warmed? [98]

《工人日报》今天重新出现了——非常温和，但他们呼吁(a)开辟第二战线；(b)以军援等形式尽力帮助俄国；(c)鼓动在全国各地提高工资，但这本身就与前两点相悖。

97 劳伦斯·弗里德里克·罗斯伯格·威廉姆斯(1890—1978；1923年封爵)于1914—1919年间担任阿拉哈巴德大学的现代印度历史学教授。1941—1944年1月间他还曾担任BBC东方分社主任。随后他加入了《时代》杂志(1955)。他对印度的态度很开明，其观点在他的《印度》(牛津世界事务手册，1940)中表达得很清晰。他还在1962年和1972年分别写下《巴基斯坦国》和《东巴基斯坦的悲剧》两本书。

98 在《列国》中，拿破仑是在米兰大教堂将皇冠戴在自己头上的，不是在罗马(全本，1910，35；第一部，第一幕，第六场)。奥威尔在1942年9月18日的《保民官》中讨论了《列国》(CW，XIV，pp.42－45)。

1942年9月10日

昨晚在兰贝斯的莫莱学院作了演讲。到场的有100人左右，都是工人知识分子(同左翼图书俱乐部[99]成员同类的听众)。在随后的提问中，至少有6个人问道“演讲者难道不认为取消对《工人日报》的查禁是个错误吗”——理由是，《工人日报》的忠诚度值得怀疑，而且是浪费纸张。［只有一个女人支持工人日报，显然是个共产党人，对她有一两个人表现出不耐烦：“噢，她总是在说这些！”］而在过去的一年里人们不断地要求对其解禁。如果你只听到那些大嗓门的少数派，却忽略了剩下的百分之九十九的人，那你的计算一定总是谬之千里。比如说慕尼黑事件，其实大多数人肯定是支持张伯伦的政策的，但如果你只读《新政治家》之类的报纸，你根本不会有这种感觉。

99 左翼图书俱乐部，由维克多·格兰茨在1936年创立，每月都出版一本关于反法西斯或社会主义议题的图书。1942年年中，俱乐部的本地小组讨论会重新活跃起来，此后形成了约50个支部。《通往威根码头之路》就是在它的赞助下出版的。

1942年9月15日

我对印度的局势痛感无力。丘吉尔的演讲，保守派企图再次尝试他们眼中的强硬举措，报纸大肆歪曲整件事情，因为他们知道公众永远对事实不甚了了，或没有兴趣去验证事实。最后一点是最坏的征兆——尽管印度知识分子对欧洲反法西斯战争的缺乏兴趣同我们自己对印度的漠视一样糟糕。

1942 年 9 月 21 日

昨天第一次见到了利德尔·哈特。他非常的悲观，甚至在我看来主观上亲德。［他对轰炸吕贝克的野蛮行径非常不安，还认为在近几个世纪的战争中，英国在战争罪行和毁坏方面的记录是最糟糕的。］尽管他强烈反对开辟第二战线，却又急切地希望我们停止轰炸。他认为这样做毫无意义，因为轰炸没有好处，无法削弱德国。话说回来，我们一开始就根本不应该展开轰炸行动（他坚持说是我们最先开始轰炸的），因为这样做只会招来严厉的报复。

奥斯伯特·西特韦尔[100]也在场。［他一度同莫斯利的运动有关联，但也许不像利德尔那么亲德。］两人都声称对我们夺取维希政府殖民地的做法感到不齿。西特韦尔说我们的座右铭是“事情不妙了，就夺回马达加斯加”。他说在康沃尔地方志愿军有命令，一旦遇到入侵就枪毙所有的艺术家。我说在康沃尔这样做也许是最好的。西特韦尔说：“有些人的本能会让他们去杀好人。”

---

100 奥斯伯特·西特韦尔爵士（1892—1969）在伊顿公学接受教育，并于1912—1919 年间在近卫军中服役。1916 年他的诗同其姊妹埃德斯的诗一起合编为《二十世纪的滑稽表演》出版。他还写过短篇小说（《三重赋格》，1924；《开门》，1941），几本长篇小说，包括《轰炸》（1926），《丢失自我的男人》（1929），《就是那些日子》（1938），《一个自己的地方》（1941），许多散文，一些文学评论研究（主要是关于狄更斯的）。他还选编了威廉·沃尔顿的《香槟酒瓶宴》（1931）。奥威尔认为他的《左手，右手！》、《血红的书》还有《伟大的早晨！》（作于 1944—1947 年间）是“我们这个时代最优秀的自传”，见 CW，XIX，pp. 385 - 388。

1942年9月22日

我们的斯特恩冲锋枪的弹药大多是用意大利人的，或者说是德国制造供给意大利的。我想这一定是英国军队中第一种以毫米而非英寸测量口径的武器了。他们当时正打算生产一种廉价的自动武器，正好在阿比西尼亚缴获了大量的弹药，因此干脆就让武器的口径匹配弹药，而不是让弹药匹配武器。这样做的好处是，这枪几乎能用所有的大陆制冲锋枪弹药。我很想看看德国人和日本人会不会生产一种点303口径的武器来匹配缴获的英军弹药。

1942年9月28日

昨天在摄政王公园举行了露天教会游行。这场面本该多感人啊——排成空心方阵的队列，冷溪禁卫团的军乐队，脱帽肃立的人群（美丽的秋日，微微下着薄雾，没有一片树叶在动，几条狗在旁边小跑）一丝不苟地唱着圣歌。不幸的是布道通篇都是沙文主义的污秽，这在这种场合是很常见的，我越听越觉得自己想亲德。还有特别的祈祷："为了斯大林格勒的人们"——真是犹大之吻。[这种场合一个让我不舒服的细节是教士的白法袍，在清一色军装的背景中显得很不对劲。军乐队的职业素质让我惊叹，尤其是乐队指挥（一位戴着黑色近卫军尖顶帽的军官）。每段祷告接近尾声时，军乐队一阵动作，将长号从皮箱中取出，指挥的指挥棒扬起，所有人做好准备，在牧师说出"通过我们的主耶稣基督"时喊出"阿门"。]

1942年10月5日

很快就要任命新任印度总督了。没人知道会是谁。有人说是奥金莱克将军——据说他和印度左翼相处得很好。

和布兰德长谈了一番，他刚从为期6个月的印度之行中回来。[101]他的结论是如此令人沮丧，我简直没法把它们写下来。简而言之——印度的形势比这里任何人能够意识到的都要糟，事实上局势现在还有挽回的余地，但政府已经打定主意不做让步，因此也就无可挽回了。等到日军入侵时——如果日军入侵的话——局面将不可收拾。我们的广播完全没有用处，因为没有人去听。不过布兰德说，印度人还听BBC新闻，因为他们觉得BBC比东京和柏林的广播要更可信些。他认为我们应该只播放新闻和音乐，别的什么都不播。这正是我在过去的一段时间里一直在说的。

---

101 劳伦斯·布兰德(1903—？）作家，战前在印度担任了12年的英国文学讲师，后于1941—1944年间被BBC聘为东方分社情报官员。1954年他的《乔治·奥威尔》出版。其中8—9页对奥威尔在BBC的工作作了简洁的描述：

“所有人都喜欢他，尊重他，是他为专门针对印度学生的‘第三套节目’提供了灵感。他很快意识到这个节目的听众不像高层想的那样庞大，在我于1942年动身前往印度调查之前，他花了很多时间和我讨论问题所在。我发现在我们节目播出的时间段里，没有人听广播，而且他们几乎没法正常收听，因为信号太弱。很少有学生能接触到无线电设备……

我们在BBC共事的时间里，我一直感谢奥威尔。他对于各种胡言乱语总是哈哈大笑，这使得在那里的工作变得多少好受些。但这并不妨碍他的责任感，因为他知道安排得当的新闻宣传有多重要。对于自己的广播节目他总是很努力，他的节目也一向出色精彩。但他的嗓音是个障碍，又细又平，在短波节目中听起来很不好。”［由于奥威尔在西班牙内战中喉部曾被射穿，他的嗓音受到了极大影响。］

布兰德接着提到了将没有被收听的优秀广播印刷出版的提议。是他建议让布莱尔以奥威尔的名义作广播（见CW，XIV，pp. 89，pp. 100－102）。战后，他担任了英国文化协会的出版主任。

1942年10月10日

今天为庆祝中国革命的周年纪念日，广播室挂上了中国国旗。不幸的是他们挂倒了。

［据大卫·埃斯特说，克里普斯很快就要辞职了——战时内阁只是个幌子，丘吉尔才是内阁里的唯一掌权人。］

1942年10月11日

加拿大当局把许多德国战俘用铁链拴了起来，数量同被德国用铁链拴住的英军战俘相同。我们这是在做什么呀？[102]

102 德国人用铁链拴住了约 2 500 名在迪耶普俘虏的盟军战俘(主要是加拿大士兵)，因为他们声称英国突击队用铁链拴了德军战俘。英国战争部予以否认。加拿大随后给 1 376 名德军战俘戴上了手铐。10 月 5 日，瑞士红十字会出面调解。详见奥威尔于 1942 年 10 月 12 日写给《时代》杂志的信，信中他认为这样的报复行为是我们“堕落到了和敌人同样的水平”(CW, XIV, pp. 97 – 98)。10 月 18 日，希特勒命令德军士兵把俘获的盟军突击队员“全数枪毙，一个不留”。

1942 年 10 月 15 日

部分印度人移居到了英国。有几个星期我们的马拉蒂语简讯是由一个叫科萨里的小个子男人翻译广播的。他的身体完全是圆的，不过人很聪明，而且据我所知真诚地反法西斯。突然有一天某个控制 BBC 招募工作的神秘机构(这次我猜是军情五局)[103]得到消息称，科萨里是或曾经是共产党员，曾是学生运动的积极分子，还蹲过监狱，因此 BBC 接到命令开掉了他。另一个在东印度大楼工作、政治可靠的年轻人接替了他的位置，名叫加萨。这门语言的翻译不太好找，以它为母语的印度人到了英国似乎很容易忘记它。数星期后我的助手奇塔莱小姐神秘兮兮地找到我说，简讯其实还是由科萨里翻译的。加萨尽管还能读，但他已经不能很好地写了，科萨里一直影随着他。毫无疑问他们俩在对分报酬。我们找不到另一个合格的翻译了，因此只能让科萨里继续下去，而从官方角度来说我们装作不知道这件事。不管印度人到了那里，总少不了这种事情。

103 这也许就是奥威尔时不时提到的那个神秘又未解的“学院”。

1942 年 10 月 17 日

昨晚在演员剧院的舞台上听到了一个“犹太笑话”——一个由

犹太人讲述的委婉的笑话，但依然略微有些反犹倾向。[104]关于第二战线有更多的传闻。这次传说的日期是10月20日，星期二，因此不太可能。不过有一点很明显，就是西非或西北非将有动作。

104 奥威尔将讲述“犹太笑话”看作是反犹太主义的例证。

1942年11月15日

今早响起了教堂的钟声——这是庆祝埃及的胜利。[105]这是我在两年多的时间里头一次听到教堂钟声。

105 1942年10月23日，紧随着在阿拉曼发动的攻势，第8军于1942年11月前扫清了埃及；11月12日夺回利比亚的托布鲁克。盟军随后于11月8日在摩洛哥和阿尔及利亚登陆，12日逼近突尼斯西部边界。然而，北非的最终胜利直到1943年5月中旬才来临。

奥威尔的战时日记到此为止。

朱拉岛日记

家庭日记第三卷

1946年5月7日—1947年1月5日

1943年11月23日奥威尔离开了BBC，同时以健康为由从地方志愿军中退伍。地方军在1943年和1944年的主要任务就是操纵防空炮台（尤其是“Z”型及火箭增程炮，很不适合奥威尔）。1943年12月3日他为《保民官》写下了80篇个人专栏中的第一篇：《如我所愿》。同月晚些时候，他开始为《曼彻斯特晚新闻报》写评论。1943年至1944年冬季他写下了《动物农场》。到了1944年5月末他已经完成了《英国人民》，但该书直到1947年8月才会出版。1944年6月，奥威尔收养了一个儿子理查德。7月28日，他们的公寓被炸弹击中，奥威尔的许多书籍被毁，而他的《动物农场》手稿留了下来，正如他对T·S·艾略特所说，只是“微微有些发皱”。艾略特拒绝接受《动物农场》（因为他代费伯接受了《流浪在巴黎和伦敦》一书）。奥威尔的朋友伊内兹·霍尔登写道，尽管公寓已经没法住了，但奥威尔“还是每天去瓦砾中搜索，从中找回尽可能多的书，用独轮车运走”。那个夏天奥威尔第一次去了朱拉，10月他和艾琳搬进了伊斯灵顿区坎能贝里广场的一间公寓。这是他在伦敦的最后一处居所。

1945年2月5日到5月24日，奥威尔作为一名战事通讯员在德国、法国和奥地利为《曼彻斯特晚新闻报》还有《观察家报》供稿。艾琳多年来一直断断续续地生病，1945年3月医生决定她需要手术。不幸的是29日艾琳在麻醉中去世。两人这段时间的通信尤为感人；艾琳的最后一封信没有写完，因为她当时正好被推进手术室进行手术。在为幼子做好安顿后，奥威尔完成了战事通讯员的任务。

尽管奥威尔对弗里德里克·沃伯格说，他最早在1943年有了《一九八四》的构思，但我们现在知道奥威尔是在1944年8月22日到26日的世界笔会上听到约翰·贝克谈论苏联歪曲科学时才动笔写这部小说的。写作的进展很慢。1945年6月25日，弗里德里克·沃伯格说奥威尔的"新小说写了头12页"（《一九八四》），到了1946年9月26日(本卷日记的中部)，奥威尔给汉弗里·斯拉特写信说，"我终于开始了这本关于未来的小说，但我只写了50页"。小说于1948年12月完成。与此同时，在经历了多次退稿后《动物农场》终于在1945年8月17日由塞克和沃伯格出版社出版。1946年该书在美国出版，成为美国当月图书俱乐部精选书。1946年2月14日他的《评论文章》卷也由塞克和沃伯格出版。

1945年9月，奥威尔住在朱拉的一间钓鱼人小屋中，游历了小岛北部的巴恩尔，决定租下它，租期从5月23日到1946年10月13日。

奥威尔把他的第三本家庭日记称作"第三卷"，写在一本百来页、8×7英寸大小的练习簿上。这本日记几乎完全是写在右页的(从第1页到182页，由编者分页)。日记后面附有花园布局图和比喻、俗语等列表。这些此处没有列出，但可以在CW，XVII，pp. 432-438页中找到。日记从1946年5月7日写到10月8日。10月9日奥威尔离开朱拉前往伦敦。1947年1月早些时候他重返朱拉，并又写下了1月4日和5日两则日记。日记只有手稿，由奥威尔亲笔书写，他没有像对待早先的日记那样将它们打出来。安维尔·邓恩为辨认日记中提到的某些人物提供了帮助。

朱拉是内赫布里底群岛中的一个小岛，大体与爱丁堡和格拉斯哥平行。岛长约26英里，宽度从8英里到3英里（如距离岛的最北端3英里的巴恩尔处）不等。岛上的人口在1947年是250人左右，但在随后的30年里增加到了400人左右。朱拉海峡将岛屿同大陆分开，在巴恩尔处宽约4英里；穿越海峡可能会受到大西洋海浪的影响，越往南端花费的时间越长。从大陆的塔伯特（事实上是西塔伯特）到岛上的克雷格豪斯约30英里，穿越海峡需要两个小时到两个半小时。克雷格豪斯是奥威尔领取配给的地方，那里有岛上唯一的商店和医生，还有唯一的电话。此处距巴恩尔直线距离23英里，但算上坡面则有27英里。岛上的道路常常只是小径，路面糟糕，颠簸得厉害。而且路途往往比地图上指示的直线距离要长得多。奥威尔住在巴恩尔期间，一艘船每周从大陆驶来停靠朱拉三次。从巴恩尔到阿德卢萨约7英里。他估算从基努亚德拉赫到巴恩尔以北有1英里半，不过直线距离更短些。一条临时公路A846从岛的最南端绕过，然后向北经过克雷格豪斯和塔伯特，距阿德卢萨南部不远，后面就只有小路了。陆军测量局陆地测量地图61号“朱拉和科伦赛”1987年版标出了巴恩尔。

1946年5月7日

伦敦：我开始为以后比较爱丁堡和朱拉做笔记。

过去的两天里在纽瓦克的社区度过，[1]然后开车经诺丁汉-阿默舍姆返回。

诺丁汉的植被比伦敦地区的复苏得早。大多树木的叶子都已经长全了。橡树长了一半，橡树叶是黄的，像秋天一样。山毛榉的叶子此时比枝叶最繁盛时白得多。栗子树开花了。苹果花也全开了，或者快了。几棵树甚至都落花了。山楂树也开花了——一些树枝几乎盖满了花。风铃草完全开花了。“诚实花”（紫红色的长草）也是。郁金香正盛开，爬山虎、南庭芥、筷子芥也一样。丁香也开花了。景天还没开。乡间景观总体来看非常的郁郁葱葱，尽管前几天

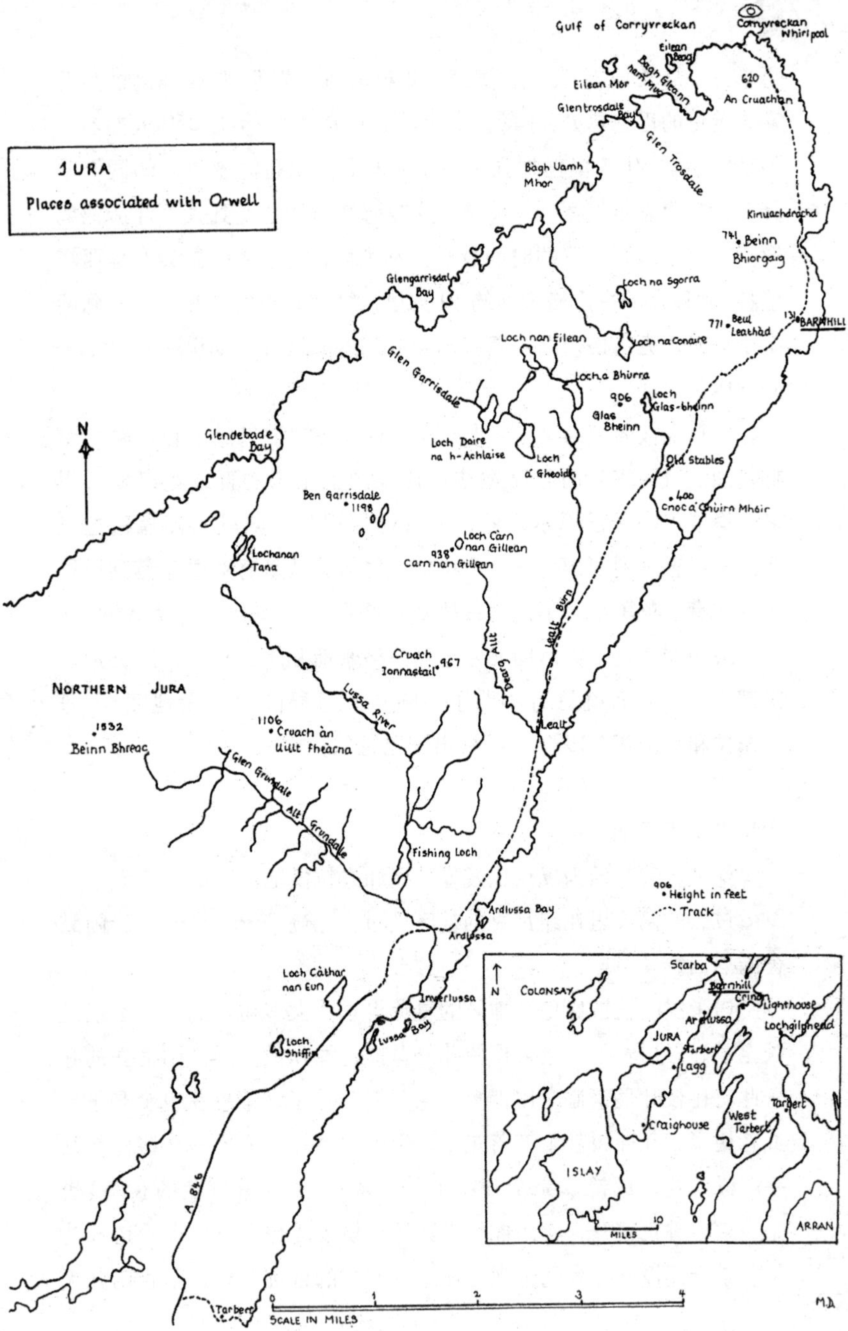
JURA
Places associated with Orwell
Gulf of Corryvreckan
Corryvreckan Whirlpool
Eilean Beag
Eilean Mòr
Bagh Gleann nam Muc
Glentrosdale Bay
620
An Cruachan
Glen Trosdale
Bàgh Uamh Mhor
Kinuachdrachd
741 Beinn Bhiorgaig
Glengarrisdale Bay
Loch na Sgorra
771 Beul Leathàd
131 BARNHILL
Loch nan Eilean
Loch na Conaire
Glen Garrisdale
Loch a Bhùrra
906 Glas Bheinn
Loch Glas-bheinn
N
Glendebade Bay
Loch Doire na h-Achlaise
Loch á Gheoidh
Old Stables
400 Cnoc a' Chùirn Mhóir
Ben Garrisdale 1198
Loch Càrn nan Gillean
938 Carn nan Gillean
Lochanan Tana
Lealt Burn
Allt Dearg
Cruach Ionnastail 967
NORTHERN JURA
Lussa River
Lealt
1532 Beinn Bhreac
1106 Cruach àn Uillt Fheàrna
Glen Grundale
Allt Grundale
Fishing Loch
906 Height in feet
Track
Ardlussa Bay
Ardlussa
Loch Càthar nan Eun
Inverlussa
Lussa Bay
Loch Shiffin
A 846
Tarbert
0 1 2 3 4
SCALE IN MILES
M.D.
Scarba
N
COLONSAY
Barnhill
Crinan
Lighthouse
Ardlussa
Lochgilphead
JURA
Tarbert
Lagg
Tarbert
Craighouse
West Tarbert
ISLAY
10
MILES
ARRAN

冷得要死。没看到燕子或听到布谷鸟叫。

白垩土层上的草比黏土层上的苍白。

---

1 奥威尔参加了姐姐玛乔丽——汉弗莱·戴金之妻的葬礼。葬礼也许是在1946年5月6日。见奥威尔于1946年5月8日写给戴金的信，CW，XVII，p. 309。

1946年5月14日

北爱丁堡：树木的叶子都长出来了。但开花要晚于诺丁汉和伦敦地区。花开得最盛的要数郁金香、虎耳草、南霆霁、风铃草和野勿忘我。丁香发芽了，但还没有颜色。牡丹发了绿芽。苹果几乎还没开花，除了大棚下的。金雀花开得茂盛。这里的兔子很多，和战争开始后的英国南部地区形成对比。黑鹅这里似乎很常见。求偶的麻鹬发出柔和的颤声，和它们冬天的叫声很不同。这里的旱情比英国南部要严重，湖水很浅，很清。在这片区域里[2]“谷物”指的是燕麦。平均每亩的产量估计是12英担。

---

2 “这片区域”指的是比格，距爱丁堡西南30英里左右，距格拉斯哥东南35英里左右。乔治和多琳·克普在那儿有一片农场，奥威尔在他们家住了一周。(多琳是格温·欧肖尼斯的异父(母)姊妹；关于乔治·克普，见第二本战时日记，1942年8月18日，注93)奥威尔在比格时没有带上理查德。

1946年5月16日

昨天打到一只黑兔子(小兔)。[3]很黑，腹部是灰的。这种兔子这里很常见。

前两天里耕了燕麦地（一又四分之三英亩），用圆盘耙犁过，播了种。那是一片草地，耕过之后土质依然很硬，接着又除过两遍草。播种的方式是撒种，这种方式在这里很常见，因为都是小块的土地。播种人带着件叫做“撒种板”的东西，就是一个肾状的篮子，装在一个木制框架上。这东西顶着播种人的肚子，用带子拴在肩膀上。播种人沿着田地来回走，两只手交替将种子撒向两边。种子撒得很均匀，谷粒的间隔通常在3英寸左右。一个短短的下午他就能给一又四分之三英亩地播种。不过播种至少还需要一个帮手，提着桶跟着播种人，给他种子。另外还需要一个人拿着猎枪赶走乌鸦。供应的种子有三大袋，（我估计）有12蒲式耳，但田地只需要两袋半。今天把地碾过了一遍。播种后需要用圆盘耙再犁一遍，这样能把种子很好地盖住。

三天前产下小羊的山羊出了很多奶水，它的两只小羊吃得太多，得了腹泻。对它一定要勤挤奶——除了小羊吃的还要每天挤3品脱。

注意到了山羊进食习惯的变化。这两只在小围场里，吃不到叶子。它们平静地吃着草，也不想出去，尽管围栏也不高。今天下午附近的山上（2 700英尺高）[4]落雪了。

3 奥威尔不止一次说自己“枪法很臭”。但那只是他一贯的自我贬损。

4 这座“附近的山”可能是指2 737英尺的布劳德山或2 681英尺高的多拉尔山，两山都在比格东南几英里远处。比格周边的山高度都在1 200英尺到1 400英尺间。

1946年5月22日

山楂花大多地方都只开了一半。

周六（18号）做了个稻草人。乌鸦一开始还很害怕，但到了周一晚上已经敢在它20码远的地方觅食了。

艾琳坟[5]上的多花蔷薇都生根了。我种了南庭芥、小夹竹桃、虎耳草、矮金雀花、一种长生草还有一株小石竹。植株长得不太好，不过那是因为前面是雨季，以后应该会长得好。

天气更潮湿了，但雨并不大。今天天很好，但不太暖和。

穿过了格拉什—克雷格豪斯一线。

上午九点半离开了格拉什(八点钟离开了格拉斯哥)。

十点左右到了多农。

十点三十五分到了罗斯赛。

十一点十分到了科林泰唔。

十一点半到泰纳布鲁赫。

十二点半到东塔伯特(比计划迟)。

东塔伯特——距西塔伯特5英里路。

下午一点四十分离开西塔伯特(比计划迟50分钟)。

---

5 奥威尔去了艾琳在圣安德鲁斯和杰斯蒙德公墓的墓地，距泰恩河畔纽卡斯尔以北两三英里，位于比格。沿路返回的旅程超过200英里。

1946年5月23日

朱拉：还是非常干燥炎热。由于干旱的时间很长，往年水流湍急的溪流都干涸了。只要有遮棚，不但浆果就连苹果在这里都能长得很好。杜鹃花几乎长成了草，倒挂金钟长成了巨大的灌木丛，也许是长野了。这里有许多树，但瘤节很多，长得也不大。鹿很驯服。兔子很多，但成年兔子很胆小。我忙着安顿房子，没太多时间去户外。不过在花园里打到一只兔子(小兔)。除了扁豆我没有其他蔬菜。我要试试拿它和腌洋葱一起炖。

风铃草随处可见。报春花还在盛开，还有海石竹(石头上和海里都能长)。野鸢尾花刚刚开花了。它们长在距离高潮位几码的地方。尽管干旱，但没有被灯芯草淹没的地方草却很绿。灯芯草是这里最糟糕的杂草，比欧洲蕨还泛滥。整个夏天这里都能看到羽冠[6]乌鸦，不像在东英格兰只有冬天能看到。挖蚝人随处可见。

今年这里的海洋捕鱼业一直不景气。据说是因为干旱和东风的影响。

6 奥威尔将“羽冠”拼作 hoodie(应为 hooded)。

1946 年 5 月 24 日

开始挖花园，翻草皮。很累人的工作。土壤不但硬得像骨头而且石头很多。不过昨晚下雨了。一等我清理出一块像样的地，我就要开始种色拉蔬菜。可能的话今年秋天我要种上灌木、大黄和果树。不过我需要竖起一道又高又结实的藩篱，好把鹿挡在外面。黄昏时射到一只兔子，不过没找到。我一直在花园尽头看到一只毛色很浅的小兔，浅黄褐色的毛在某些光照条件下看上去就像是白的。以前从没见过这种毛色的兔子。同往常一样，当你看到一只这样奇特的动物时，你才意识到过去看到的动物总是如此雷同。

在近海处看到一只海豹。它缓缓地随波沉浮，鼻子几乎是竖直的，就像潜望镜一样。

唐纳德·达洛克[7]上月告诉我，两只小母牛死于欧洲蕨中毒——这是兽医的诊断。我觉得如果欧洲蕨对母牛有毒的话，它们本应该有这个常识不去碰它们的，不然就没有牛群能在这个地方生存了。

7 唐纳德·达洛克和他的姊妹凯蒂在距巴恩尔 1 英里左右的地方有一片小农场。奥威尔每天都去那里取牛奶，直到他自己买了一头母牛。唐纳德和奥威尔的东家罗宾·弗莱彻是合伙人，奥威尔和唐纳德一直很友好。奥威尔经常把他称作“D. D.”或“K. D.”。

1946 年 5 月 26 日

前两天天空中的云量更大了，但依然很热很干燥。我在翻花园的地时打着赤膊更舒服。播下了莴苣、萝卜、小洋葱还有水芹种子。在下雨前我不打算再做什么了。土壤直到表层下 8 英寸的地方都干得像骨头。

今天看到一只吸饱了血的壁虱，估计刚从一头母牛的身上落下来。它比豌豆稍大，椭圆形的，就像一粒小干扁豆那么大。它的表皮泛灰发亮，很硬。我把它切开来，发现里面全是黑色黏稠的血。

1946 年 5 月 27 日

昨晚和今早下了些雨。不过雨水甚至都没有渗进土壤 1 英寸。今天全天风都很大，天很阴沉。风向一直在变。云层有时候很低，但没有下雨。

又翻了些地。花园中只有一小块地能直接翻，其余的都要先用氯化钠杀死灯芯草，然后再犁一遍。

看到一只像是鹰的鸟。但它离我有些距离，我也不太熟悉大型猛禽，因此那也许是只秃鹫。这里还有原鸽和木鸽。

1946 年 5 月 28 日

雨比昨天要大，今晚下了一个半小时。这次雨水渗进了部分土层。一下雨海面就平静了。

昨天做了一只伐木用的搁板桌。用在附近树林里砍来的木头做东西是件古怪的工作，因为这里的树长了很多瘤节，很难找到挺直的木料。今天用浮木和一些旧的企口板做了一个拖橇——独轮车的原始替代品。如果在平滑的路面上拖曳的话，你能用它来运不少东西。这里的人能用拖橇把东西拖上陡峭的山上，不过他们可能用的是另一种拖橇。我开始用石头来做焚烧炉。这工作很乏味，因为要找到平整的石头很难。我还发现些泥炭，如果明天天好的话还要试试去找更多。从 5 月间到 6 月的第一周，挖到泥炭是件很平常的事，因为在仲夏草长得很高，泥炭层不会干掉。通常可以把泥炭块排成几排，然后等表层干了后再把它们垒成小金字塔，进一步晾干，再把它们用推车运回家。在极度干燥的天气里晒干它们需要3周。如果一个普通家庭完全依靠泥炭作燃料，那么每年需要花一个月时间来做这件事情。

高原牛真的很小。我一开始看到这里的牛群时，误把它们当做半大的小母牛，但其实它们已经3岁了。它们的奶据说营养丰富，但产量不大。一些高原牛是黑色的。这是种返祖现象，过去被称作“黑牛”。

这里习惯撒播“谷物”。不过它们依然会长成一排一排的，因为土地即便耙过，但犁沟依然存在，因此种子常常会滚落到犁沟里。这和在摩洛哥的情形一样，在那儿种子不但撒播，而且地是不耙的，只是一遍一遍地犁。

1946年5月29日

昨天深夜明显冷多了。今天全天风都很大，而且云量很多。风向一直在变。黑背海鸥向内陆飞来，海峡中的部分海面时有上涨。不过还是没下雨。昨晚的雨多得一时间填满了沟渠，使得一部分雨水进入了水箱，不过今天水渠几乎又干了。

我翻完了窗户下的那块地，除去了一些荆棘，并搭好了架子。其他的事我没有做太多，因为我觉得很累，下午睡了两三个小时。

今晚没射中一只大兔子，而它就蹲在35码外！这部分是因为猎枪的枪机比我习惯的要紧。

1946年5月30日

全天都很热，很干燥，没有风。海面平静得像玻璃。后半晚只下了几滴雨，持续了5分钟左右。

看到三只浅黄色的兔子——个头不尽相同，出没的地点不一，因此这里一定有这样一个品种。

我开始翻篱笆边的那块地。这里的土层更厚，石头更少。挖出了大概100块泥炭，把它们成排摆开。这件事居然这么容易，让我很惊讶：挖出100块泥炭只花了我不到一个小时。我注意到泥炭不一定在很深的土层中。往下挖一锹深的地方就是纯泥炭了，再下面的东西颜色更浅，看起来像是沙壤，很湿。

我搭了更多的架子，包裹好了凳子。

山雀显然在铁门柱上搭了个巢，因为我时常看见它们从洞里飞出来。两天前一只山雀被卡在洞里了，当我走进走出时它发出恐惧的尖叫。

1946年5月31日

下午下了点阵雨。

我打到一只浅毛的兔子。兔皮的颜色很显眼，接近红色。我会试着鞣皮。

1946年6月1日

我根据另一则日记[8]中记述的方法处理了兔皮，但我不确定是否把脂肪除尽了。等到15号的时候我再来检验它。

天很阴沉，下了一丁点毛毛雨，但不冷。

在悬崖上看到一只乌鸦，一定刚刚睡醒，因为它没法在能够起飞前穿过欧洲蕨丛。

空中盘旋着一只鹰一样的猛禽——飞行的姿态有点像个大号的茶隼，不过翅膀拍动得更慢——它好像总是在房子后面飞。也许是只秃鹫。树林里出现一种中等体型的褐色鸟类，看起来很像山鹬。我想它们并不在这里过夏。黑色的野禽到处都是。当它们成对出现时，毛色总是一样的——尽管母的（叫灰母鸡）毛色较浅。

红叶的景天在这里的岩石上很常见，现在已经开花了。花是粉红或白色的。我试着嫁接了一根小枝，不过现在可能已经过了时令了。

---

8 奥威尔的一些日记没有保存下来，包括文中提到的这则。

1946 年 6 月 2 日

整个白天都又热又干燥，一直到晚上下了点小雨才好些。我从基努亚德拉赫穿到了格兰特鲁斯戴尔[9]——直线距离约 3 英里半，不过算上坡度有 5 英里，用时 2 小时，回程用时 1 小时 3 刻钟。

我打死一条蛇。棕色的，18 英寸长，背上有类似之字形的图案。我依然不确定这是否是蝰蛇，不过为了理查德的安全，我打算打死房子附近的所有蛇。我杀蛇的时候把它切成了两半，然后捡起我以为安全的一截来观察，结果那一截偏偏是头，蛇头立刻抬起来来想咬我。我之前也看到过一条蛇，不过它很快就不见了。

我还看到三只野山羊。它们在 400 码开外，在这个距离看上去完全是黑的。和鹿相比它们动作更剧烈些。

我想我还看到一只金冠鹪鹩。

---

9 格兰特鲁斯戴尔在朱拉的西岸，距基努亚德拉赫直线距离 2 英里左右。

1946 年 6 月 3 日

今早天很阴沉，下了点小雨，白天的其他时候都很干燥，但风很大。据说晚上也下了点雨。

我种下了水芹、萝卜、小洋葱和莴苣。5 月 26 日种下的水芹和另一种种子（我想是莴苣）现在都发芽了。

两只小布谷鸟，翅膀还没长硬，坐在篱笆上。燕子在牛棚上筑巢了。

1946年6月4日

整个白天雨都很大，一直下到下午五点半，然后天空放晴。傍晚的天气温和宜人，有点阳光。早上海面波涛汹涌，到了傍晚迅速平静了下来。

萝卜(5月26日种下的)发芽了。我在所有发芽的种子周围放上了煤灰。鼻涕虫多得要命。

1946年6月5日

整个白天风都很大。是西风。雨时下时停，不过风却一直在刮。海面浪头很大。

天太潮湿了，所以没有做太多户外工作。我收拾了下大谷仓，为煤腾出了空间。地上覆盖着一层干透的粪肥，上面有一层白色的沉积物，我想是硝酸钾。一共收集到了半车粪肥。

看到两只很大的鹰科鸟类，我想应该就是老鹰，在离房子很近的地方盘旋，离地面有时就20到30码。乌鸦朝它们大叫，有时甚至停在它们的背上。我出门走了走，只看到一只兔子。也许它们不敢在大风天出来。又看到一只山鹬。

1946年6月6日

整个白天天都很晴。只下过一两场很小的阵雨，持续了几分钟。海面很平静。

昨天迟暮时分又打到一只浅黄色毛的兔子。鞣了皮。打算到20号再来检查。这种兔子的比例挺高，10只里面也许就有1只这种毛色的。不过它们的生存几率一定不高，因为太显眼了。就是在完全黑暗的情况下我也能看到这种兔子，平常的兔子这时是看不到的。

十字镐来了，所以我开始动手清除后院的灯芯草。有了这件工具这活儿就相对简单了。

打了40加仑的煤油。如果我们一星期用2加仑的话(日后会测试这估算是否准确)，这些够我们用到 10 月底。

1946 年 6 月 7 日

白天一直很晴。步行前往格兰加里斯戴尔[10]，又走了回来。单程正好 3 小时，不过如果不是因为我选择了最好的路线的话，也许还要花更长时间。直线距离 10 英里左右，不过步行距离应该在 14 英里(算上全部路程)。看到了一群野山羊。它们比鹿还要胆小。大多山羊毛色很黑，不过有几只带有白斑。从远处看(约 300 码) 它们显得很大，会让人误把它们当做牛群。也许是因为它们蓬乱的毛皮吧。

在格兰加里斯戴尔的海滩上看到一个陈年骷髅和几根枯骨。据说是坎贝尔[11]犯下的麦肯里斯大屠杀中的幸存者，也许已经有 200 多年了。骷髅嘴里还有两颗牙。没怎么烂掉。

尽管这里的龙虾又多又好，但螃蟹却很少有大个的，人们认为不值得运出去卖。一篮子常常就能打到两只龙虾。目前的行情是 1 磅龙虾卖 2 先令 11 个半便士。昨天活煮了两只龙虾——这是唯一实用的宰杀龙虾的方法。把它们放进沸水里后，它们还能存活几秒钟(至少是在挣扎)。不过一进沸水它们的壳就变红了。

我用半加仑的煤油装满了阿拉伯油灯，标准油灯和一只壁灯也装得很满，另一只壁灯满了一半。这应该够用作两天的照明了。煤油炉一星期用半加仑油的话，每周的耗油量就在 2 个半加仑，或者 3 加仑，如果再用一个煤油炉专门烘干的话。这样的话 40 加仑煤油够用到 8 月末。

---

10 格兰加里斯戴尔港在朱拉的西岸，距岛的北端 4 英里半，距巴恩尔直线距离 3 英里半。

11 这是坎贝尔犯下的一起不那么为人所知的大屠杀，不像格伦科的麦克唐纳大屠杀。那起屠杀发生在 1692 年，距此处以北 50 英里。

1946年6月8日

白天天很好。温暖但阳光不大。海面平静。接骨木开花了(似乎是迟了?)。欧洲山梨盛开了好一阵了。6月3日种下的水芹开始发芽了。第一批种下的洋葱还没动静。鹡鸰在谷仓里安了巢，正忙着把一簇簇的苔藓搬来搬去。我注意到这里不太看到画眉鸟和黑鸟。鸣雀和麻雀也不太常见——事实上自从我来这里后我想我从没有看到过一只麻雀。八哥也是一样。百里鸟还能看到，不过也不多。田鼠很多。这栋房子里目前还没看到过家鼠或大老鼠。

6个月大的小鹅每只要卖25先令。按现在的标准来看这不算贵，因为它们生长的大多时候都主要吃草。

1946年6月9日

开始天还算好，云量很大，到了下午五点开始下雨。海面平静。鹿把我们晒在外面的许多泥炭都踩乱了。也许是因为我们没有把煤炭块铺在草地上而是直接铺在了煤炭层上，而鹿喜欢在那里跺脚。

安维尔[12]在大门边发现一只小死老鼠。直到现在这座房子周围还没发现过家鼠和大老鼠(除了田鼠)。

12 安维尔(有时称作A)是奥威尔的妹妹。奥威尔死后安维尔承担起了照料他的儿子理查德·布莱尔的责任。

1946年6月10日

整个上午都在下雨。下午天放晴了。下午有时刮起猛烈的西风，不太暖和。海面平静。

我又播下了莴苣种。第二批的种子(6月3日播下的)发芽了。5月26日播下的洋葱刚刚冒芽。我在发芽的种子边撒上煤灰。

外舷马达船(就是小划船的舷外挂了个马达)从阿德卢萨到格兰

加里斯戴尔(据说航程15英里，但我觉得不止)[13]要两三个小时，有时两小时就到了，耗油1个半加仑。那么1加仑能开8英里左右。舷外马达可以挂在任何船只上，甚至是平底船。

显然这里叫“软鱼”的东西其实是青鳕，不过这一叫法有时指一种“saythe”，我猜“saythe”又被叫做小菜鱼*。我好久没见过这两种鱼了，不过我认为它们不属于同一科。

13 15英里是准确的。

1946年6月15日

我在比格和格拉斯哥呆了几天。

今天很暖和，云量很大。下午下了点毛毛雨。

今天种下了胡萝卜、甜菜、菠菜、四季豆、南瓜、芜菁、甘蓝，还有水芹——每样都种了一点。6月10日种下的莴苣发芽了。萝卜的嫩芽被什么东西给吃了。估计是鼻涕虫，所以又撒了点煤灰。不过我很快就看到一只很小的兔子在色拉蔬菜田边觅食，就是花园里的这窝兔。所以应该是兔子干的。本以为它会先动莴苣的。我在田边疏疏拉拉地放了些铁丝网，希望这能把兔子挡住。

买了几只鹅回家。2个月大。羽毛已经长全了，每只重约8到10磅。也许是因为刚刚换家，不太熟悉的缘故，它们没有像我预料的那样到处走动，而是整天蜷缩在后门附近，也不太吃草。

今天三只茶隼一起坐在篱笆上。也许是刚刚会飞的幼隼。

在比格种下的谷物长势很好，分布很均匀。唯一有差异的地方就是四角，那儿的苗似乎长得更密，而那里也正是乌鸦最多的地方。所以也许乌鸦是益鸟，只吃害虫。

* 小菜鱼［奥威尔的注释］：软鱼是种黑色青背的鳕鱼科鱼类。也叫除青鱼或绿鳕。

1946 年 6 月 16 日

整个白天云量都很大，上午十一点半过后持续下雨。

步行前往了格兰特鲁斯戴尔附近的那些 W 形的海湾[14]。单程约 1 个半小时。看到一条蛇——也许是蝰蛇。没能打死它，因为手头没合适的棍子。一处海湾里有 12 只以上的海豹。6 只左右就坐在礁石上。一看到我们，它们就朝岸边游来，像是出于好奇。我还没有看到小海豹——就是看到了我也没意识到。据说小海豹是白色的。

昨晚看到的那只不知名的鸟可能是矶鹞[15]。它的喙很长，像鹬，身体粗壮，翅膀短小，叫声吱吱的。体型比画眉略大。

6 月 3 日种下的洋葱没有发芽。

茜草花现在开得到处都是。风铃草还没有过季。几株报春花依然零星地开着。毛地黄还在盛开。

---

14 格兰特鲁斯戴尔的南北海岸线呈锯齿状。奥威尔也许指的是该处以北的海湾巴·葛林·南·默克和以南的海湾巴·乌姆·莫豪。

15 一种涉水鸟，脚蹼像黑鸭。

1946 年 6 月 17 日

整个白天天气晴朗。种下了韭葱、羽扇豆、飞燕草、三色紫罗兰、南庭芥、景天、虎耳草还有曼丛石竹。

1946 年 6 月 18 日

天气晴朗温暖。种下了芜菁。

下午开始清理道路上的灯芯草。200 码的道路上灯芯草连绵不绝，清理它们花了约 2 个半小时。长柄大镰刀几乎砍不动它们，必须用单手镰刀。我发现那种短小沉重的镰刀没有刀背，正手反手都能使。

我把剩下的泥炭三块三块地叠起来。泥炭块底部还是很潮。一共有大约100到150块，另外100块左右被鹿给踩坏了。不过这些足够用作试验了。我发现泥炭块必须放在草地上晾干，不能放在泥炭地上；除了防止被鹿踩坏外，放在泥炭地上的泥炭块底部要潮湿得多。这儿的人说6月的第一周一过就不能去挖泥炭块了，因为在这之后草就长高了，泥炭块就晒不干了。

我又鞣了一张兔皮（普通毛色的）。7月初再来检查。

1946年6月19日

清晨下了几阵小雨。白天的其他时候都晴朗温暖。

上午步行前往阿德卢萨。用时正好2小时1刻钟，所以路程不可能像人们说的那样有9英里。从这儿到基努亚德拉赫也许有9英里，到巴恩尔大概只有7英里半。

谷仓里的小燕子孵出来了，因为我发现了一枚孵化了的蛋。

1946年6月20日

上午下了点雨。其他时候都很晴朗。风很大。

5月25日种下的莴苣马上就能移植了。两只鹅还是喜欢在后门附近晃悠，显然喜欢坐在石头上。只要谷仓的门开着它们也喜欢溜进谷仓。它们草吃得很多，但不愿意在野外多走，如果被硬赶进房子后面的空地，就会又惊又怕，只想回来。我没给它们喂太多东西，只是些剩饭，不过它们看起来肥硕健康。鹅喜欢呆在一个地方，这让我意识到它们的大便可真多。根据我们铲走放到粪肥堆上的鹅粪数量计算，六只鹅每天能产1磅到2磅大便。

昨晚看到一只不知名的猛禽在海岸上盘旋。它毛色是白的，飞行的姿态像猫头鹰，不过就我所见（它离我两三百码远）它的头部和颈部有黑白相间的毛色，我从没有在猫头鹰身上看到过这种颜色。

1946年6月21日

天气晴朗，不过直到晚上九点云量一直很大，之后起了重重的苏格兰霭，几乎能浸透你的皮肤。

移植了一打左右的莴苣。苗还很小，所以我在上面放了帆布加以保护。又鞣了一张兔皮(7月5日再打开看)。

1946年6月22日

中午之后晴朗温暖。与此同时浓雾从海上突然飘来。海面像玻璃一样。我种下了胡萝卜。又移植了一排莴苣。6月15日种下的芜菁发芽了，同一天种的甘蓝也刚刚冒芽了。

1946年6月23日

白天大多时候都在下毛毛雨。夜间天放晴了，不过浓雾一直飘来飘去，而且压得很低，连大陆的海岸线都看不到了，而许多英里外的岛屿上的高地却能看得很清楚。

天太潮湿了，做不了太多户外工作。我把莴苣上的帆布拿走了，看起来我只要能把兔子和鼻涕虫赶开，它们的长势就会不错。6月18日种下的芜菁发芽了。

这片地区常见的野玫瑰正在开花。这是一枝白花，花瓣边缘略有些粉色。花骨朵很大，很美，末端是亮粉红色的。叶子有股淡淡的野玫瑰香。显然这就是“苏格兰玫瑰”或者叫地榆玫瑰。有些花枝的刺很多，不过不尽相同。

鹅的胆子大些了。今天它们在享受雨水，在小水塘里洗澡，结果弄得脏兮兮的，毛都湿了，这可真让人想不到。

1946年6月24日

白天大多时候都晴朗温暖。6月15日种下的甜菜刚刚冒芽。

傍晚时花了两个小时试着把一头母牛拖出沼泽。它掉进了路边的一条窄沟，泥潭都没到脖子了。要不是因为那条沟窄的话她可能就整个陷进去了。是沟壁把它给撑住了。我和另一个男人一起努力想把它拖出来，又用长木板试着把它撬出来，不过那至少需要五六个男人才能行。最后一辆卡车把它给拖了出来。我听说那头母牛一点事儿也没有，尽管它已经被困至少 5 个小时了。

电围栏的目的是把各个牛群隔开，但现在看来它显然不起作用。牛不但能冲破围栏，还能跳过去，唐纳德 · 达洛克还说他看见一头高地牛拿背蹭铁丝网。

1946 年 6 月 25 日

直到傍晚天都很好，傍晚后开始下雨。今早我的船送到了，不过天太潮湿，海面波涛太大，不适合捕鱼。我给船体涂上清漆，又做了桨叶。这里很难找到挺直的木材。即便是做板凳腿，我都发现任何大小强度合适的树枝上都有一个瘤。

又一朵玫瑰花开了，这次是朵粉色的。我想这应该是犬蔷薇，但它看起来和英国的有点不一样——要矮小得多，而且花枝上的刺也更多，花朵和叶子上似乎都有一种淡淡玫瑰香。我想这不是野蔷薇，因为据我所知野蔷薇不开花。[16]

海边到处都是猫薄荷和薄荷。毛地黄正在盛开。今天发现了一只蘑菇——我想是“真”蘑菇。

我除去了些多余的萝卜和莴苣苗。所有的莴苣都长势喜人，只要我能把兔子和鼻涕虫赶开。我又把一些泥炭块三块三块地排开晒。我们挖到的总量应该不到 2 英担。

[以下内容写在对开页上]

修剪倒挂金钟：7 月到 8 月，算上旁枝能长到 4 英寸长。种在沙壤里。保持潮湿，避开正午的阳光，但不要全天候的遮蔽。

鼠刺：同上，但生长是在晚夏。

---

16 野蔷薇（或者叫多花蔷薇），学名爱南蔷薇，实际上开粉色的单花，刺硬，花香芬芳。

1946年6月26日

白天大多时候天气不错，但风很大。海面波涛汹涌，但港湾处很平静。晚上十点左右出海捕鱼，捕到条红海鳗。我本能抓到更多的，但不得不收网，因为船进水了。晚上十一点左右一大群鱼突然像鲮鱼一样跃出水面。

1946年6月27日

风很大，大雨一直下到晚上八点。海面波浪很大，不过到了傍晚平静了一些。天太潮湿了，不能做太多户外工作。风向东南。

胡萝卜(6月13日种的)正在冒芽。同天播下的菠菜也刚刚发芽。兔子又偷吃了莴苣苗。我又围了些铁丝网。

我订了一打红醋栗、黑醋栗、醋栗和大黄种，两打覆盆子种，四打草莓种，六打苹果树种；不过我可能拿到不到全部的种子。

今天打了两只兔子——头一次我在一天里打到两只，虽然它们数量很多。庄稼地里兔子经常光顾的地方都被啃得像被剪过的草地一样。

又看到一朵蘑菇。安维尔找到两只熟了的越橘（是不是早熟？）。

1946年6月28日

整个白天风都很大（西南风），不过下午两点后就没下太多的雨。海面依然波浪很大。路不像我想的那样泥泞。

又鞣了张兔皮（白色的）。打算到7月12日再拿出来看看。我开始翻新地块了。这块地要施粪肥，这样适合种草莓和覆盆子。用的是从谷仓地上铲下来的干粪（都已经放了几年了），混进一点鹅粪和灰尘。这里的土壤大概需要石灰。

又领了一桶汽油，40 加仑。这些要用到 10 月底了，除非我们能得到额外的配给（两辆机动车[17]的配给是每月 8 加仑半，但摩托车 6 月份的配给只有半加仑）。我会记下所有从油桶里的支出。今天取了 1 加仑。

四季豆发芽了。

M · 麦基奇尼[18]说防兔网必须有 4 英尺高。它们能跳过任何低于这个高度的障碍。

---

17 那两辆车可能是指一辆从科普那里买来的货车和另一辆摩托车。在他 7 月 7 日的日记中，奥威尔似乎提到了一辆小汽车——这里的文字不是很清楚——但他没有小汽车。当时燃料像其他许多物资一样是严格配给的。

18 马尔科姆 · 麦基奇尼是阿德卢萨的村长；他有十个孩子。

1946 年 6 月 29 日

今天有暴风雨，但白天的某些时段天气还好。海面浪依然很大。我又给小船重新涂上清漆，堵住了两道看上去很严重的裂缝。又种了一些莴苣。我把船桨各截短了 6 英寸。

1946 年 6 月 30 日

天不错但风很大。白天大多时候海上都有碎浪花。又种了芜菁。菠菜冒芽了，但长得不太好。围栏边的土层比房子边的要厚。我正在给它施粪肥，打算在第二块地的末端种草莓，只要有苗。那里的空间正好能种 4 打草莓、2 打覆盆子，还有一圃大黄可以种在贫土上。

要把兔子拦在作物区外需要 100 码长的铁丝网和 50 * 根桩子。

[对开页上写着]

* 应该是25根(其中6根粗桩)。

1946年7月7日

在伦敦呆了几天，直到前天才回来。[19]伦敦的天气热得让人无法容忍。(朱拉)这里前几天大部分时间都在下雨，直到昨天才雨过天晴，不过气温不太高。从格拉斯哥一路向南，地里几乎所有的干草都已收割，有些已经堆成堆。朱拉这里还没有收割。

我注意到八哥在克雷格豪斯[20]很常见，但在岛的这一头却从未见到过。昨天看到一只黑鹂——在这一带是罕见鸟类。

我又移栽了些萵苣苗。所有的种子都长起来了，除了菠菜——它们看起来没能发芽——也许种子是死的。昨天割了些水芹——这是菜园里出产的头批蔬果。我是在5月20日左右开始开垦这片草甸上的处女地的。

我外出钓了六次鱼，没有一次空手而归，尽管我们有一次(晚上八点左右出去的)只钓到一条。收获最多的两次加起来有15条，14条绿鳕和1条鳕鱼。昨天晚上安维尔钓到一条鲭鱼，可就在把它从鱼钩上取下来的时候它逃脱了。鲭鱼的捕捞季节从8月正式开始。鱼群好像总在黄昏时分上钩。有那么10分钟时间，有鱼不停地上钩，你拼命地把它们拉上岸来，然后突然就停止了。

汽油：取了3加仑(不到一点)，给摩托车加油

2加仑给汽车

阿德卢萨那边借了2加仑[21]

到目前为止共计8－2加仑(如果借出去的2加仑还回来的话，就是6加仑)

我确认已经订购了以下物资：

6棵苹果树，其中有2棵墙式果树

6棵其他各类果树，其中有2棵墙式酸樱桃树

12 丛黑醋栗

12 丛红醋栗

12 丛醋栗

24 丛木莓

48 丛草莓

12 株大黄

草莓9月送到。我现在开始备地；用谷仓地上的陈年粪肥把地好好施了一遍。其他的苗要到11月末才能送到，所以种植时会遇到困难。羽扇豆和三色紫罗兰都发芽了。

我正在申请100码防兔网的购买许可。[22]兔子最近还不算猖獗，这当然是因为我打死了这么多只的缘故。

---

19 奥威尔去伦敦接他的儿子理查德。

20 克雷格豪斯在巴恩尔以南23英里。

21 这是被弗莱彻一家借去的；见1946年8月20日日记。阿德卢萨在巴恩尔以南，直线距离七八英里。罗宾·弗莱彻继承了阿德卢萨庄园，他之前是伊顿公学的一名舍监。他和妻子玛格丽特随即着手恢复庄园，开垦土地。《追忆奥威尔》一书中收录了玛格丽特在1984年为BBC《竞技场》节目所做的访谈记录，见pp. 225 – 229。她生动地描述了对奥威尔的回忆："他看上去气色真差，实在是太差了——而且憔悴：他的脸好哀伤……我想他非常想念他的妻子……他对理查德宠爱有加。"

22 当时购买此类短缺物资需要许可证。

1946年7月8日

白天大多时候天气都还好，不过雾气很重。傍晚下了一点雨。昨晚抓到25条绿鳕和一条鳕鱼。

1946年7月9日

白天是大晴天，天很热。傍晚突然降温。看到几棵半大的榛树。安维尔又发现一两朵蘑菇。芜菁上有种跳蚤。我用肥皂水把它们冲走了。

只捕到 3 条绿鳕。

1946 年 7 月 10 日

又鞣了张兔皮(普通毛色的)。打算到 7 月 25 日再打开来看。

昨晚只捕到 4 条绿鳕。这些鱼的行动让人难以捉摸。不过它们也许是跟着成鱼群或幼鱼群一起行动的。我在它们胃里找到了类似小鳗鱼的东西，长约 1 英寸半。

1946 年 7 月 11 日

昨晚捕到 8 条鱼。水面上到处都有鱼跳出。

整个白天都很热。晚上又非常的凉。风向转为西风，但没有下雨。

我在追踪一只兔子时，看到一只白鼬在门边的大石头上玩耍。它就离我几英尺远，但似乎并不害怕，有时就坐在石头上看着我。我的感觉是它比英国本土的白鼬毛色更暗(更接近巧克力色)。我注意到这个科的动物尽管通常都很胆小，但有些时候却似乎忘记了对人类的所有恐惧。

捕兔网依然没有收效(我一共放了 12 个)。也许需要多试几次才能放对位置。一两个捕兔网已经被动过了，这说明兔子并不是总能躲开罗网的。唐纳德 · 达洛克说你必须每天一早就把网住的兔子收走，不然兔子就被海鸥吃掉了。

今天阴凉处开了几朵报春花。第二朵斑点兰花也快开了，这次是一朵暗紫色的。另一朵是淡紫色的，接近白色。安维尔说它们是同一个品种的，但肯定是不同的亚种。鸡蛋培根花还是随处可见。菜园里的草丛中开出了一朵叫做小米草的漂亮小花。夏枯草随处可见。

我 6 月 7 日播下的花种中，只有羽扇豆、三色紫罗兰和石竹发芽了。菠菜肯定没有发芽，我会拿那块地种点别的。

那只所谓的野猫其实并不怎么野性。我曾经好几次近距离看到过它。它看上去总像是以某种很不熟练的姿态在追踪猎物。不管怎样，这样一只毛色如此显眼的动物能够生存(亮龟甲色)，说明这一带的猎物确实很丰富。

1946 年 7 月 12 日

昨晚捕到 24 条绿鳕。它们都是在 20 分钟内钓到的，之后我们就收拾渔具走人了，因为不想白白浪费捕到的鱼。如果我们愿意的话，可以捕到 50 条。海水里鱼类资源丰富，鱼群在船的四周跃出水面。在称过一两条鱼后，我们发现最大的一条有 11 到 12 盎司重。不过这些鱼的大小都差不多，我想大多数的重量都不会低于 6 盎司。这些鱼非常美味。我想弄清楚当地人究竟是怎样把它们风干保存过冬的。

鹅开始脱毛了，也许是因为饲养不周的缘故。我不知道鹅还会在 8 月前脱毛。

1946 年 7 月 13 日

昨天又干又热。海面平静得像玻璃。马蝇多得不得了。

晚上下了几滴雨。早上很潮湿，雾气大，吹着西风。昨天收割了第一垄芜菁，又种了些韭葱。晚上大约十点半左右，在新马厩旁看到三只水獭在一起，从 30 码开外的草地上跑开。它们在半明半暗的光线中看起来就像是黑色的。

今早头一次在铁丝网中抓到一只兔子。我出门去把铁丝网收进来，还带上了枪，因为我估计可能会看到一两只兔子。我看到一只坐在 40 码开外，开枪射死了它，结果发现它已经被捕兔网逮住了(套在脖子上)。

我在剥兔皮时发现老兔子和小兔子的差别极大。小兔子的皮就像手套一样能轻易剥下来，而老兔子的皮却很难剥。还有，在鞣皮后，小兔子的皮要柔软得多。我现在已经鞣了六七张兔皮了。现在还看不出它们有腐坏的迹象，但需要保存几个月才能看出效果来。之后我得弄清楚怎样才能使皮革柔软(目前它们非常硬)。[23]

下午天晴了一些，到了晚上又开始下雨了。潮位依然非常低，事实上水位从来没有接近过高潮位的20码。不过A·麦基奇尼[24]说春潮很快就要开始了。

下午一根巨大的水柱突然在海湾外升起。安维尔说那是一头“长尾鲛”，或者是瑞氏海豚[25]。我对这些生物一无所知——甚至不确定它们是不是哺乳动物。

安维尔借来一只捕虾笼，被我们投放了下去。第二只下周送到。我想我把这只放得太靠近海岸了。我们手头吃的鱼已经够多了，所以我们出海只打算捕捞一条用做虾饵，但鱼钩一放下去鱼群就开始不停地上钩，结果我们在备好虾笼前不得不钓上来八九条。

煤快用完了(1吨，5月25日开始用的)。也就是说，1吨煤用了6周左右。更多的煤很快就会送到。比较而言，收集木头和劈柴的工作量相当于两人每天工作两小时，如果只用木头做燃料的话。

我用一棵花楸的树枝做了长柄锤的手柄。我很想试试它到底够不够结实。这里很难弄到一根既直又没有瑕疵的木材。我鞣了一张兔皮——等到7月末再打开看看。

---

23 也许奥威尔的脑海深处还记得《缅甸岁月》中弗洛里试图为伊丽莎白鞣一张豹皮时的灾难性结果(CW, II, pp. 224 - 247)。

24 安格斯·麦基奇尼，住在阿德卢萨。

25 瑞氏海豚：一种类似海豚的鲸目生物，但是没有海豚的喙状长吻。

1946年7月14日

昨晚下了点雨。今天上午风很大(西风)，晴雨不定。

我收获了头茬萝卜，5月25日播种的。收成还不错，但如果我当时种的是矮个儿品种的话，收成应该会更好。春季洋葱再过一周左右收，莴苣再过 10 天或 2 周左右。

我把捕虾笼收了上来。里面有只螃蟹(一般都能吃)，但它好像不够大，所以我把它扔回海里了。这里几乎所有的螃蟹个头都很小，除非同时抓到两三只，否则不值得保留。所以我们还得给做一个储箱。

1946 年 7 月 15 日

昨晚有雨，今天上午也持续不断地下着大雨，非常冷。

下午晴雨不定，不过风很大。风向一路转成了东南风。

我今天没有钓鱼，也没有检查捕虾笼。船牢牢地固定在船锚处，但潮位突然上涨，海水大量涌来，船被冲离了海岸好远，因此我们无法在高潮位的时候上船。我做了一个储鱼箱，但觉得它太大太笨重了，干脆用它放螃蟹了。

我给头茬瑞典芜菁做了间苗，还有胡萝卜和甜菜根。我还打算再播种一些莴苣，因为它们今年长得很快，如果现在播种的话，可以在 9 月底之前收获。我把苗圃上的铁丝网拿走了，因为我认为我已经暂时把兔子给吓跑了，而且摧毁了菜园里的那窝兔。

牡鹿现在长出了大角，但角还很软。一只母摇尾鸟停在篱笆上喂幼鸟。这窝鸟大概是三天前离巢的，因此它们显然会在幼鸟会飞之后继续喂养它们一段时间。

1946 年 7 月 19 日

我有几天没记日记了，因为之前找不到钢笔了。

大雨大风的天气一直持续到昨天。昨天傍晚云层散去，天空放晴。风向基本上是西风。海面平静。

捕鱼的收成下降了。昨晚只钓到 2 条鱼，绿鳕(我们一般还会抓到一两条鳕鱼的)，前天晚上是 7 条。现在看不到鱼跃出水面了。安维尔那里本来有一条鲭鱼上钩，但就在把它拖上船的时候又让它逃掉了。

捕虾笼丢了，只用了三个晚上。我想我把它放得太靠近海峡了，或者是压重压得不够，让它随波飘走了。

现在的潮位高多了。我们需要大幅调整船的锚位，以便在高潮时也能上船，不必再在低潮时把它拖行很长一段距离。

我又鞣了两张兔皮，打算在8月初时打开。

我在基努亚德拉赫周边看到许多白颈兔子。这种兔子从来没有在这一带出现过，虽然两地距离不过1英里多一点；这里常见的浅黄褐色毛的兔子，在那边也从没见到过。

我把泥炭收进了屋，已经开始用上了，尽管它们还是很潮。一共有150块左右。

昨天发现蓝莓熟了。基努亚德拉赫周边有大片的榛树，据说将在9月初成熟。黑醋栗现在也熟了，或者说差不多了。

D. D. 和他的妹妹[26]给他们的芜菁地间苗间得真漂亮——那片地大约有四分之一英亩。那些芜菁现在有8英寸高左右，间苗都是徒手的。D. D. 不用锄头，因为据他说非这样不足以挑出最强健的苗。其实你可以先用锄粗略地锄一遍，再徒手挑选每一丛苗。不过，当地人习惯不用锄。用这种方式给这样一片芜菁地间苗需要好几天的工作量。

D一家很快就要收土豆了，这对我们是好事，因为我们的土豆快吃完了。

26 唐纳德和凯蒂·达洛克。在《追忆奥威尔》中有一段凯蒂·达洛克的简短但传神的回忆。她说奥威尔“以他自己的方式表达着快乐与愉悦”——而且他爱极了自己做的烤饼！（pp. 174－175）。

1946年7月20日

白天没有下多少雨，但天很阴沉，风很大，非常冷。收了第二垄的芜菁。

防兔网到了，100码长，3英尺高。需要大概30根桩子才能竖起来，这很难弄到，因为这里没有直木。氯酸钠快运到了，大概有1英担，不过弗莱彻家想要借走一半。这些量应该能以足够的浓度覆盖这片区域了，但我想要施两遍。

拿出了半加仑的汽油。到目前为止一共拿出了8.5－2[27]汽油。

今天开始用第二吨煤。第一吨用了八星期左右，但这样的消耗速率是在我们还大量使用木柴和泥炭的情况下。因此对于我们家来说一年6吨[28]并不算多。

我播种了萝卜。

我打死一只白颈兔子。白色的斑迹只出现在脖颈和鼻子处。这种兔子的地域性很强，只出现在两处很狭小的区域。

现在捕鱼的收成的确不如之前了。昨晚只有3条绿鳕，前天晚上是2条。昨天晚上我突然在钓鱼的地方看到一只虾笼，马上认定那就是我们丢掉的那只。等到我们把它拉上来的时候才发现不是的，但也有可能就是I和A[29]答应留给我们的那只。虾笼里面有一只大螃蟹，被我收下了。把它弄出来费了我好大的力气，因为它死抓着网兜不放，我不得不冒着被夹的危险把它的钳子扒开。

F一家收了一片土豆地，因为他们家的土豆已经吃完了。

潮位现在高多了。水面下的海流很强，但海面很平静。

我又鞣了2张兔皮（等到8月3日再打开）。

---

27 8.5加仑后面减去的2加仑代表阿德卢萨农场借走的2加仑；见1946年7月7日日记及注21。奥威尔当然不是担心这2加仑还不回来，而是要准确估算这些配给量可以用到什么时候。

28 像许多其他物资一样，煤也是配给的。6吨煤是当时一年的配给量。

29 伊恩和安格斯·麦基奇尼。伊恩是一名阿德卢萨的农场工人，住在因弗卢萨；安格斯是一名捕虾人，同伊恩与马尔科姆·麦基奇尼不同，他不受阿斯特雇佣。

1946年7月21日

天气非常糟糕。雨不大，但整个白天就没有停过。天很冷，我每个房间都想生火。天太潮了，做不了太多户外工作。我投放了捕虾笼，加固了连接储箱的绳子，但没有捕鱼，因为海浪汹涌。

1946年7月22日

我今天去了克雷格豪斯。岛那端正下着暴雨，而这头的雨就没那么大。

我注意到那头的花鸡非常多——这边也有，但不那么常见。

我今天试图捕鱼，但把船靠上岸时费了好大力气。海面风浪大，海流也很强。我在5分钟里钓到了好几条鳕鱼，但接着它们就不上钩了。没有捕到绿鳕，除了一条很小的之外。捕虾笼里一无所获。

1946年7月23日

白天大部分时间都在下雨，到了傍晚雨势增大，成了瓢泼大雨。大雨只下了一两个小时，溪水就漫过了河堤，道路变成了河流。海面风浪太大，没法出海捕鱼，不过我收了捕虾笼(空的)，把船拖上岸时海水浸湿到了腰部。风向转成了南风。

我今天一枪打死了两只兔子，这可是非常稀罕。

1946年7月24日

晚上下了几场大雨，到了早上才停下来。打了些雷。

我下去看了看船，发现在它尽管牢牢地固定在泊位上，却被一阵大浪吞没过，护栏等部件都被冲到了甲板上。还好我找到了所有的东西。船艏开了一道很大的口子，把船放下水后发现进水进得厉害——尽管不至于无法出海，但每隔一刻钟就要将水戽出一次。我把船翻了过来，用黏土堵住裂口，填补了一两条船缝，并厚厚地涂上了清漆。我打算一等海面平静下来就开船下水，试试这样的防水措施是否奏效。不过船艏的确需要换一块新的船板了——其实是两块。

白天大部分时间吹的是南风。上午下了点雨，下午大部分时间晴朗温暖。

前面忘了说了，我在7月22日又取了1加仑汽油，总计9.5－2加仑。

在过去的一周里基努亚德拉赫港口处的那个小岛上燕鸥们忙个不停，唧唧喳喳的。它们不停地从空中向地面俯冲，就像在海上捕鱼的动作一样，也许是在哺育幼鸟吧（我觉得燕鸥下蛋的时节比较晚）。我注意到有些燕鸥冲向岛上生长着的唯一一棵树，因此它们或许不但在地面上而且在树杈上筑巢。

我现在几乎看不到浅黄褐色的兔子了，尽管它们不可能都被我打死了——确切地说我一共打死了8只，而这些兔子在五六月份的时候非常常见。现在我只能看到一只了，它总是在相同的地点出没。也许是因为毛色显眼的缘故，它们总是第一个沦为老鹰也许还有猫头鹰的猎物。它们肯定不是一个单独的物种，只是一个反复出现在相同地点的变种，就像黑毛兔一样。我很想知道明年它们会不会还是这样多。身上有白斑的兔子也是非常有地域性的。我只在三个地点看到过它们，其他地方从来没有见到过。当你看到这样容易识别的动物时，你会意识到原来兔子的活动范围如此狭小。

水獭看来不但抓海鱼，而且还吃龙虾。据说它们抓到的龙虾，个头比人类捕到的要大得多，因为它们大得钻不进捕虾笼。还有鲑鱼——据说这里发现了一条40磅重的鲑鱼，已经被水獭啃食了一部分，这个岛上还从未有人捕到过这么大的鲑鱼。

1946年7月25日

早上雨很大。下午天放晴了。海面浪头很大。我步行前往格兰加里斯戴尔，用了2小时3刻钟，回程用了2小时40分钟。所以我们现在走的这条道显然修缮过了(上次单程花了3小时)。大西洋一侧的海面比这里的要平静一些，这令我很吃惊。我发现一些新鲜的贻贝，尽管岩石上看不到贻贝。它们好像不在岛的这侧生长。

我看到一只几乎全白的母鹿——白色的斑块几乎覆盖了整个后背，但是肚皮是棕色的。整个一天没有看到一只牡鹿，却有几百只的母鹿。显然它们在每年的这个时节是分离的，不过奇怪的是牡鹿现在去哪儿了。

我看到一群花鸡，这么说它们在朱拉岛的这头比我原先认为的更常见。

我又看到一只鹰被一群羽冠乌鸦群殴。

1946年7月26日

天气温暖晴朗，海面平静，风向又转回了西风。捕虾笼里有一只大螃蟹，这次是用兔肉做诱饵的。我用红色底漆把整个船底都涂了一遍——接下来要涂白漆，内侧会涂成绿色。船现在进水不严重了。

1946年7月27日

整个白天天都很好，但不是特别热。捕虾笼里有一只龙虾(我们捉到的头一只)。我在船绳上装了滚子，这样就可以用一条连续的滚子链把船拖上岸了。明天等退潮的时候我会把这项工作完成。今天只钓到3条绿鳕——昨晚有12条。昨晚我们两度钓到一条鲭鱼，结果都在把它拉上船的时候让它跑了。这已经是第四次了。这是因为鲭鱼非常好斗，通常会做拼死一搏，结果不是撞在船上就是撞到另一根鱼竿。我真的需要弄一个袋网。

院子里又有兔子出没，毁坏了一些庄稼。最糟的是这好像是一窝非常年轻的兔子。昨天又看到一只白颈兔子。

伊恩·麦基奇尼说龙虾的“剪刀钳”并不总在同一边：好像有些龙虾在左钳，有些龙虾在右钳。

1946 年 7 月 28 日

整个白天雨下个不停。下午刮着南风，海面波涛汹涌，之后迅速平静了下来。

船绳上的滚子安装就位了，不过我可能没有压上足够的配重，不足以防止海潮把它们冲开。今天太潮湿了，没法捕鱼。

1946 年 7 月 29 日

今天下了些雨，但天晴了些。海潮把滚子冲得到处都是，我花了一个小时才把它们解开并归位。傍晚涨潮过后，它们错位得并不厉害。显然我需要沿着整根船绳给它们压上配重。不过一旦就位，它们可以替我省不少力气。

傍晚又钓到 6 条绿鳕和一条鳕鱼。虾笼里只有一只中等个头的螃蟹，我把它弄死留在了笼子里作为诱饵。如果笼子里捕到一只螃蟹而你又不想要的话，你应该把它弄死，不然的话它会把剩下的饵给吃了。而龙虾一旦发现自己被抓就不会吃饵了——至少据说是这样的。

我收了一些唐纳德·达洛克的土豆。收成很不好，尽管茎秆长得很粗壮。平均每株只有 5 到 6 只土豆。他们说这是因为地里没有施肥。

1946 年 7 月 30 日

持续不断的小雨一直下到晚上。下午五点左右开始放晴，风很大，时而有太阳。今天和昨天风向一直在西风和南风之间变化。海湾中的海面马上就能显示出这种变化。刮西风时海面相对还算平静。今天没有放虾笼。天气太潮湿，没有做任何户外工作。我开始动手修独轮车。

1946年7月31日

天气很好，阳光很灿烂。海湾很平静，不过海面有涌浪。海水蔚蓝清澈，浪很低。我找到了那个丢失的虾笼，正如AM所料，在海水最浅的地方。虾笼的绳子被我弄得缠成一团，我于是把它截短了6英尺。这一点以后在放虾笼的时候显然要注意。我把船漆成了绿色和白色。7月份的翻地计划刚好完成。我注意到被鹿啃过的醋栗丛，杂草都不见了。它们长势都不错，只要过冬时能做好防护看来还能结果。有几株醋栗自己分层了，形成了几棵小植株。我以后会把它们分别移植到其他地方的。

我今天放了一个虾笼。其他的虾笼没有饵。

今天拿出了1加仑半汽油(总共拿了11到12加仑)。

1946年8月1日

晚上十点前天都很好。十点钟开始下毛毛雨，随后又变成大雨。今年头一次抓到了一条鲭鱼。

1946年8月2日

下了点阵雨，不过白天大多时候天都不错。风向一直在西风和南风之间变化。海面浪很大。刮南风的时候驾船出海实在是太困难。

看到一群小野鸡，虽然还是8月，但它们中的6只还是8只却很有劲头，飞得很有力。

革了一张兔皮(淡黄色的)。等到8月中旬再拿出来看。

今天放了两只虾笼，用兔肉做饵。

1946年8月3日

整个白天天都不错，西风强劲。靠岸处的海面还算平静。

今天又做了一些篱笆杆。兔子又光顾花园了。奇怪的是它们似乎总是优先去啃萝卜。

绿黑莓正在结果，一些花楸浆果几乎熟了。山萝卜正在发芽。

1946 年 8 月 4 日

上午有暴风雨。下午天放晴了，但风依然很大。我敲开了一颗榛子，里面还只有海绵层果皮。显然榛子的收成会很好。

1946 年 8 月 5 日

风更小了。下了点阵雨，但总体来说天还不错。独轮车做好了（因为缺少合适的木头，所以很不结实）。第三垄菜地也划好地界了。我现在有足够的杆子来竖铁丝网了。海面还算平静，刚好能出海。滚子又被海浪冲得到处都是，看来每只滚子都得单独固定。逮到了 6 条绿鳕，还有相同数量的鱼上钩，但没有逮住。鱼笼里捕到一只没钳子的大螃蟹。看起来它们没钳子也能生存。我过去还没有发现，原来龙虾的大钳子后面的一条腿上还有一个小钳子。龙虾主要用它进食，而大钳子是武器。当你把一只离开海水有段时间的龙虾放进储箱的时候，得当心别把它淹死了。方式是在最后放入前先把它在水里浸几下。龙虾每 24 小时需要 1 立方英尺的新鲜海水，所以储箱必须通风良好。

1946 年 8 月 6 日

雨时下时停。我开辟了一片新地，备好了篱笆桩子。我给浆果丛剪了枝，它们现在看上去还不算完全没有希望。莴苣刚好可以收了(5 月 28 日播种的)。兔子又闯进了菜园，已经动过了苗圃。我在过去的两三天里没能打中一只兔子。它们好像要么极度胆怯，要么胆大包天。我在储箱里放了 2 只龙虾。它们都已经离水 6 个小时了，我们要看看在过了这么长时间以后它们会不会淹死。

虾笼里什么也没有，下次我们要把它投在海湾的另一边试试。我担心这片海湾已经被本土上过来的捕虾船给捞空了。

伊恩说如果捕虾笼里钻进一条海鳗，必须把它杀死在里面，不能把它放出来，不然它会惹出大麻烦。切断它的脊柱就能杀死它。

前面忘了说了，我前天又打死一条蛇（小蛇）。我还是不完全确定这是不是蝰蛇，但我不想在我家周围留下任何隐患。

在绑龙虾钳子的时候，你应该先绑那只“剪刀”钳。

我今天被一只胡蜂蜇了——此前我们还从未见到过。

船又被大浪淹过了，海面的风浪是因为上午的南风。如果把船艏和船尾牢牢固定住的话，船就不会偏离锚位，但你没法避免海浪吞没船体，所以必须把任何可能会被海浪冲走的东西移走，比如护栏。

1946 年 8 月 7 日

雨时断时续。今天开始开新地。给浆果丛剪了树枝。天气很好，白天风很大，到晚上才平静下来。下了点小雨。我围好了防兔网的四分之三，其中的大部分在土里埋了 2 英寸深——据说这样的深度足够了。

海面波涛汹涌，到了傍晚平静了一些。

1946 年 8 月 8 日

雨几乎一刻不停地下到傍晚，但并不大，只是一阵接一阵的小雨。风大多是南风，上午海面风浪挺大，到了傍晚平静了一些。今天太潮湿了，做不了太多的户外工作。我今天宰杀了第一只鹅，就是那只翅膀畸形的——不是最大个的，也不是最小的一只。放血后重 7 磅半，所以毛重应该在八九磅左右。这只鹅有 3 个半月到 4 个月大，我估计剩下的有几只宰杀的时候能长到 10 磅重甚至更重。鹅胃又大又硬，让我很是吃惊。

今天有人送我一块牡鹿肝，又大又黑，而且很硬。

1946 年 8 月 9 日

晚上下了暴雨。昨晚我试图出海捕鱼，但海面风浪太大，没法开船。锚绳断了，船只靠岸绳拉着，但所幸没有损伤。注意：锚绳上靠近锚的那几英寸要用铁链。

这里的土壤显然需要施石灰。靠墙的那块地还行（也许是因为从墙上脱落的灰泥里有石灰的缘故），但最靠近篱笆的那块地土质似乎非常酸，种子都发育得很不好。顺便说一句，我从卡特店[30]买来的花种半数都没能发芽。

今天一上午都在下雨，海面波涛汹涌。下午时天空突然放晴了，傍晚时分晴朗明媚，风平浪静，海面平滑得像面镜子，一弯明月美不胜收。整个下午我都忙着疏通一条堵塞的水管（只取得了部分成功）。我找回了船锚。今天钓到 8 条绿鳕，其中有些个头还挺大。海里有一群群的小鱼，每条只有 4 英寸左右长，它们追着鱼饵猛扑上去，时不时地你会不可避免地钓到这些小东西，你只好把它们完好无损地扔回海里去。我把虾笼投在了一个新地方。

30 一家业内领先的种子行（现在叫“卡特优质种子”）。

1946 年 8 月 10 日

今天天气非常好，只是下午下过一阵只持续了几分钟的小雨。我尝试着在荨麻上喷洒了少量的氯酸钠，浓度是 1 加仑 1 磅，每加仑溶液喷洒 10 平方码。如果这能杀死荨麻的话，我会用相同浓度喷洒灯芯草。

虾笼里有一只龙虾（中等个头）。我绑了它的钳子（希望我干得还不赖），但因为没有细绳，只能抽了一股缆绳。我先绑的剪刀钳，打了一个活结抽紧再绕了一圈；绑的时候用脚把它踩住。

今天看到一只蜥蜴（棕色）——这是我头一次在这里看到蜥蜴。我在翻地的时候意外地杀死了一只埋在土里几英寸深的蟾蜍。到了这个季节它居然还钻在土里，我想这只蟾蜍一定是春天的时候没能从冬眠中醒来。它们不太可能这么快就再度冬眠的。

白天大部分时间吹的是北风。

伊恩取了2加仑汽油（我想），共计13－2加仑。

1946年8月11日

晴朗无风的一天，只是下午下过一阵急促的雨，只持续了一刻钟，之后还下过一阵小雨。上午海面上有些风浪，下午平滑如镜，我们甚至能看见灯塔的倒影。

今天吃了鹅肉——味道很好，但不够肥（我们只喂它草）。

我开始给果树和篱笆做木桩。剑叶兰快谢了，这种花我在当地看到过一些。喷洒过氯酸钠溶液的荨麻开始枯萎了。我看到一只知更鸟，它们在这一带不怎么常见。我试了试驱虫剂，好像有效果，但必须经常补充。

1946年8月12日

昨天天不太好。下过几场阵雨，看上去今晚也会下雨。我用氯酸钠喷洒了部分灯芯草，浓度按1磅配1加仑水，每10平方码喷洒1加仑；而在另一片地上我尝试着直接播撒铝酸钠粉，指望雨水来冲刷、稀释粉末。

今天刮的是西风。

昨天看到一只浅黄褐色毛的兔子（兔仔）。我把那半打鞣好的兔皮放进了抽屉里，因为我觉得它们已经充分风干了。我还会在抽屉里放上樟脑丸，看看到了明年会是什么状态。我估计每张兔皮只能提供8英寸长，4到5英寸宽的长方形皮毛，所以你需要100张左右的兔皮才能做一条优质的床边地毯。不过做一双卧室拖鞋大概只要4到6张。

1946年8月18日

因为前几天出门在外，日记有几天没有更新了。

过去的五六天里天气都很好，晴朗多风，偶尔会下一阵阵雨，但有一两天完全没有雨水。路面在这段时间里几乎完全晒干了。今天又下起了暴雨，刮着南风，海面波涛汹涌。

我头一次登上了艾莱岛。我发现那里的寒鸦很多——而我在朱拉岛上却从未看到过。

昨天坐汽艇去了阿德卢萨。从巴恩尔到阿德卢萨花了差不多整整一小时。两地的陆地距离是7英里半左右，海上距离可能更短些。我们顺潮而行，可另一方面船上有4个人，还有72只龙虾，它们的重量也抵得上一个人了。

我又抓到了两只龙虾，还有一两只螃蟹。我现在已经能熟练地捆绑龙虾了。最难的步骤是把它们抓出虾笼，尤其是抓螃蟹，因为它们总是死抓着网兜不放。

氯酸钠溶液能杀死荨麻和杂草，但却对灯芯草无可奈何。我试着加大浓度，以2磅配1加仑半的水——但还是没有效果。不过这样的浓度能够杀死欧洲蕨。我现在先集中精力除掉所有的荨麻、欧洲蕨和刘寄奴。

我前几天播种了春季卷心菜；移栽了一些多年生卷心菜幼苗；移栽了一些石竹苗；还移栽了几丛野海石竹，看看能不能把它们驯化。如果可以的话，它们很适合栽在假山上，但现在这个季节可能不适合移栽植物。

捕鱼的收获波动很大。有一天晚上我们钓到了22条鱼，要不是我们忙着往船外戽水的话本还可以钓到更多；但还有一个晚上就只钓到一条鲭鱼。今年好像鲭鱼特别少，我们还从未用旋转诱饵钓到过鲭鱼。

腌制绿鳕的方法：剖腹去尽内脏，切掉鱼头，然后用粗盐把它们一层层叠起来——一层盐，一层鱼，以此类推。先腌制几天，然后选一个干燥晴朗的天气把它们晾出去，两两一对挂在绳子上晾干，绳子穿在鱼尾上。之后就可以挂在屋内保存数月了。

安维尔捞到一些可以食用的海草——是红皮藻，不是角叉菜。她正在把它们晾干。烹制的方法各式各样——不过据说用牛奶煮的话，可以做出类似牛奶冻的布丁。

1946 年 8 月 19 日

昨天整个一天天气都很糟糕。海峡中间的海面波涛汹涌。我把船拖上了岸，它之前又被大浪淹过了。天气过于潮湿，做不了太多户外工作。我又喷洒了一些氯酸钠，直接撒的干粉，让雨水去冲刷稀释它。之前喷洒的氯酸钠好像开始对灯芯草生效了，但比起荨麻要缓慢。

达洛克一家正在腌制风干绿鳕。要等它们干得像木板一样硬才好。吃之前要把它们在水里泡一下，把盐去掉一些。

今天整个白天都晴朗多风。风向是西风。海湾里的海面平静，但海峡里还是有些碎浪。

1946 年 8 月 20 日

昨天整个一天都晴朗明媚。下午我在收虾笼的时候看到一群小鱼跃出水面，也许是在躲避追猎的鲭鱼。我当即拿出钓竿，试遍了整片区域，但一无所获。不过今天傍晚我钓到了 8 条鲭鱼还有 8 条绿鳕，所以鲭鱼似乎开始出没了。虾笼里一无所获（这已经是第二次了，我下次要换个地方了）。

今天用上了一罐液化气，如果我们按计划只用它做早饭，偶尔烧壶水的话，应该能用 6 周，到 9 月底用光。我们手头有两罐。从写信订购液化气到送货上门需要 17 天时间。我应该随时留存一罐备用，到 9 月中旬要订购一罐新的。

前面忘了说了，弗莱彻家又借了 2 加仑汽油，这样总计 15 – 4 加仑(还剩约 25 加仑)。

1946 年 8 月 21 日

今天上午晴朗温暖。下午四点左右开始下阵雨，到了傍晚再度下起了暴雨，风向转成了南风，海面上升了一些。我开船出海放虾笼的时候颇费了些周折。

唐纳德 · 达洛克正在努力地收干草。现在岛上的许多干草都已经收了，至少堆成了干草堆，直到可以收进室内为止。D 家的干草又次又矮，这部分是因为雨水下的不是时候。D 说如果一片地连续几年不割草的话，就像这片地一样，再要割就难了，因为新草和老草都纠缠到一块儿去了。

施过氯酸钠的灯芯草变成了奇怪的黄色，都接近粉色了。

绿鳕需要用盐腌一天一夜。如果天气干燥的话可以在室内晾干。在用泥炭生火的日子里它们通常是在室内晾干的。

今天有几只渡鸦飞过头顶，它们在岛的这边不太常见。我在小路上看到一只死兔子，是刚被杀死的，后颈椎被扯了出来，脊柱也暴露在外。也许是被羽冠乌鸦杀死的。今天我又遇到了那只“野猫”，它直到我离它只有两三码的时候才开始逃跑。

注意：我要告诉弗莱彻家，我们从伊恩和安格斯那里弄到两只龙虾，合重 7 磅。

1946 年 8 月 22 日

晴朗多风。海面平静。我又宰杀了一只鹅(不是最大的)，放血后还是 7 磅半。

我又施了一些氯酸钠，在春季卷心菜(刚刚发芽)周围撒上煤灰，给第二茬的胡萝卜和萝卜间了苗。

只钓到5条绿鳕(正确的拼法好像是SAITHE)。可是在基努亚德拉赫，他们却捕到了200条——都是绿鳕，没有鲭鱼。

1946年8月23日

今天阴沉寒冷。雨从下午早些时候开始一直下个不停。海面大部分时间风浪很大。天太潮了，做不了太多户外工作。我给自行车涂了漆。

唐纳德·达洛克的芜菁好像是5月底播种的，现在已经长得比板球都大了。"鬼咬山萝卜"[31](之前错误地以为是山萝卜)正在盛开，颜色比山萝卜暗。一些欧洲蕨开始变色了。前几天晚上听见灰猫头鹰在鸣叫。早夏时节好像听不见它们叫。

---

31 学名 scabiosa succisa。

1946年8月24日

大雨一直下到下午四点。显然晚上下了很多雨，通往阿德卢萨的路成了一条奔腾的溪流。晚上天气很好，很静，海面平静得像玻璃。抓到了一条鱼——一条绿鳕。

我把羽扇豆苗从苗床里移到地里去了，共25株，如果都能生根的话应该够了。多年生卷心菜的插枝看上去像是生根了。

1946年8月25日

上午下了点雨，其他时间温暖明媚，海面静得像玻璃。海湾里有许多海鸥和鸬鹚，于是我下午出海放虾笼的时候试了试旋转鱼饵——没有鲭鱼，但钓到一条大绿鳕和几条小的。傍晚时又钓到5条鲭鱼和4条绿鳕。

我栽下了倒挂金钟插枝，不确定插得对不对。

鹅群闯进了院子，虽然只有几分钟，但吃掉了所有莴苣的地面部分。幸运的是其他的作物大多没有受损。

1946 年 8 月 26 日

下午下过几场阵雨，其他时间晴朗明媚。海面非常平静。唐纳德·达洛克努力地把干草收进来，但是当微风停止的时候摇蚊多得铺天盖地，让人没法在户外工作。我试图帮他一起干，但只干了半个小时就被蚊子赶出了田头。D. D. 也是。你呼吸的时候都会把它们吸进鼻孔，这简直能把人逼疯。前面忘了说了，我昨天被胡蜂蜇了——这大概是我今年头一次遇见胡蜂[32]。

鼻涕虫多得吓人——黑色的，个头硕大无比。昨天 A、I[33] 和我从基努亚德拉赫回来后，决定试试我们在不离开路面的条件下能踩死多少只鼻涕虫。从那口泉水到我们家，1 英里的路上我们踩死了总共 102 只。

昨晚钓到 27 条鱼，其中有 2 条鲭鱼和 5 条鳕鱼。安维尔尝试着腌制一些绿鳕。

昨天，有只虾笼里捕到一只很奇怪的螃蟹：身体是圆的，非常扁平，前面有锯齿状的边，钳子（它只有一只钳子）和腿的截面都扁得奇怪；它的身体是偏暗红色的，腿上有绿条；整个身体宽度只有 4 英寸。

---

32 奥威尔之前曾在 8 月 6 日记录道，自己被胡蜂蜇了——“此前我们还从未见到过”。

33 A 和 I：也许是安维尔和她的兄弟伊内兹·霍尔登。

1946 年 8 月 27 日

整个一天晴朗明媚。海面平静得可以看到灯塔的倒影。我放火焚烧那些应该已经被氯酸钠杀死的灯芯草。我会努力杀灭这一整块地上的杂草并且放火烧尽，这样秋季之前能把这块地腾出来。今天傍晚只钓到 4 条鱼，都是鲭鱼。我又丢了一只虾笼，投放下去后几分钟就不见了。也许明天退潮的时候能找到。

1946 年 8 月 28 日

今天上午又下雨了。下午出过一阵太阳，然后又是雷电暴雨。傍晚昏暗潮湿。下午海面平静了一些。我在那块打算清理干净的地块上又喷洒了一些氯酸钠。整个下午的剩余时间都用来给摩托车补胎了。我移栽了几株三色紫罗兰和石竹。

1946 年 8 月 29 日

天气晴朗明媚，只是下午一点左右下过一场很小的阵雨。我找到那只弄丢的虾笼了，里面还有一只大龙虾。显然投放虾笼的最佳时间是低潮时的平潮时分，因为绳子这时能够竖直。大概半小时之前安维尔驾船出海，看见虾笼的木栓在水下 6 英尺的位置，这时显然还捞不上来。可是当我赶到的时候，虾笼已经浮在水面上了。

唐纳德 · 达洛克正努力地收燕麦还有干草，因为燕麦正在被“放倒”。他总共有 5 英亩左右的燕麦。燕麦用镰刀砍倒后被聚拢起来，徒手扎捆，方法是把每 6 根麦秆一起绕成圈，然后把一头塞进去。这样每一捆都很细，细到可以用一根麦秆扎起来。每 8 捆燕麦堆成一堆。据 D. D. 说，苏格兰低地那里用 6 捆堆一堆。也许是因为在那里收割机和割捆机更常见一些，用机器打出来的麦捆更粗。

我编制了一份算到 9 月 15 日的潮汐表，以（a）昨天一点十五分低潮；（b）每天相差 1 个半小时为前提。再过一周我就可以测试这份表的准确性了。

今天钓到 5 条鲭鱼、6 条绿鳕和 1 条鳕鱼。

做镰刀的时候，应该使刀刃长度、手柄到底部夹口的长度以及手柄到刀尖的距离三者呈等边三角形。刀柄可以用一根围栏铁丝固定，铁丝应当在火中加热弯曲，避免用锤子敲击刀刃；然后再把铁环固定牢。

[迎面页上]

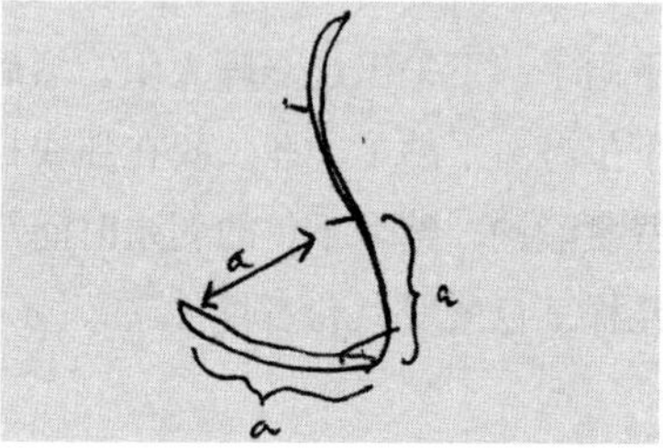

错误　见1946年9月12日日记

1946年8月30日

今天晴朗明媚，只是下过一两场小阵雨。我播种了来年的洋葱（艾尔萨·克雷格种）和莴苣。

傍晚钓到20条绿鳕。

1946年8月31日

昨晚显然下过些雨，但是今天白天晴朗明媚。通往阿德卢萨的路况非常糟糕。现在地里能看到许多庄稼都堆成谷堆了。虾笼里一无所获。今天钓到11条鲭鱼和4条绿鳕。我现在几乎可以肯定，用新鲜的苍蝇做饵能钓到更多的鱼。船进水进得厉害。

1946年9月5日

日记有几天没有更新了。

晴朗的天气一直持续到昨天，尽管白天几乎总会下一两场小阵雨。昨晚下了大雨，今天上午阴沉有雨。欧洲蕨肯定变色了。一些黑莓熟了，但还不够多，不值得特地去采摘。大量的还在成熟中。花楸树正在盛开。其中一些长着红色的叶子，看上去就像树枝上挂满了浆果一样。榛子好像还没熟。我拔出了第一批胡萝卜。几棵芜菁也快能收了。

我最近钓到的鲭鱼居多，绿鳕较少。大群的体型微小的绿鳕总给我添乱，它们总是扑咬鱼钩，用作鱼饵的苍蝇很快就被糟蹋了。我们现在每过三四天就换一只苍蝇做饵。昨天划船去给虾笼换饵的时候，一些大个的角鲨——差不多有 2 英尺长——紧跟在船尾，离水面 1 英尺左右。它们看上去像是浅红色的，但也许这只是透过水体的视觉误差。我们把用来钓鲭鱼的旋转鱼饵放在它们面前，可它们置之不理。要是我们能抓到一条的话(也许可以用一块鱼肉做饵)，那鱼饵的问题就解决了。最近没有捕到龙虾，但捉到一两只螃蟹。其中有些个头和商店里卖的一样大，但总的来说这里的螃蟹个头较小，也从来不会被拿去市场上卖。安维尔现在腌了 24 条绿鳕了。鲭鱼据说不适合腌制，不过我们打算拿一些烟熏，就像做熏鲱鱼一样。

把螃蟹从虾笼里拿出来的时候，应该用钩头篙。用这东西捅捅它，有时候它就会夹住钩头篙，然后就可以顺势把它拖出来了。没法准确地测试潮汐表。表上的时间好像不对，但差得也不离谱。

今天出过几阵阳光，但大部分时间都有雨水。我钓到 21 条鲭鱼，这是目前为止的最高纪录(就鲭鱼而言)。没有绿鳕，除了几条小的。一只虾笼里有只龙虾。另外一只虾笼我没有收，因为在深水里，要等退潮时再去收。

1946 年 9 月 6 日

今天天气很糟糕。通往阿德卢萨的道路成了一片泽国。大部分时间刮的是南风，海面波涛汹涌。我今天看到 5 只牡鹿在一起——

最近一直没有看到牡鹿，除了那只经常在麦田里转悠的以外。海面风浪太大，没法钓鱼。

1946 年 9 月 7 日

天气非常糟糕。海面平静了一些。一只虾笼里有一只大螃蟹。我把它放进储箱的时候，发现前两天放进去的一只螃蟹吃掉了一只龙虾，可螃蟹的钳子明明都绑起来了。不过那是一只很大的螃蟹和一只小个的龙虾。我要再做一个储箱，把螃蟹和龙虾分开放。我今天试着用一堆柴火熏了几条鲭鱼。据说用橡木最好，尽管区别似乎不大。

今天钓到 7 条鲭鱼，绿鳕一条都没有。

1946 年 9 月 8 日

今天天气好些了，风很大，但没下什么雨。我驾船去了 W 湾。像往常一样，礁石上有许多海豹，还有一些在离岸几码远的近海里潜水，好像是在嬉戏。当它们在礁石上时，你可以靠近它们不到 30 码远。它们在水里看上去是黑色的，但把身体晾干后你会发现它们其实毛色较浅，有斑点。它们好像有两种不同的颜色，一种是棕色的，另一种带些灰色。

1946 年 9 月 9 日

今天下过一两场小阵雨，但大部分时间晴朗多风。新马厩附近有大群的鹿——可能有 50 到 100 头之多，其中包括一两头牡鹿和一些小鹿。今天只钓到 3 条绿鳕。烟熏鲭鱼很好吃（先用盐腌了 36 小时，再用一堆柴火烟熏 20 小时）。

1946 年 9 月 10 日

今天天气很糟糕。雨下个不停。大部分时间是南风，海面波涛汹涌。我栽下了48丛草莓（“君权”品种）。苗种很好，状态似乎也不错，虽然它们在路上已经运了4天了。但土质不是很好——土壤结块，杂草丛生，而且好像也需要施石灰，因为只休耕了一两个月上面就长出苔藓了。今天太潮湿了，做不了太多户外工作。我做了一个龙虾储箱。

1946年9月11日

今天整个一天天都很好。下午阳光炽烈。傍晚天气转凉一些，但没有刮风下雨。海面非常平静，海水清澈，能见度达到20到30英尺水深。一轮满月美不胜收。昨天的大浪又把滚子给冲走了。

一只虾笼里有2只龙虾（小个）。今天钓到24条鲭鱼。其中一条咬断了鱼钩。新虾笼因为洞眼太多，在水里浮得太高了；它就相当于是个木框，而不像盒子，因此浮力很大。我得用石头给它配重，但要注意的是，得把石头固定住，不然它们会到处乱碰，弄伤龙虾。

烟草袋弄丢了。我用一张兔皮做了个临时替代品，里面用内胎做衬里。一张小兔皮足够做一个烟袋了。我用鹿骨做了个芥末勺。

老马厩附近还是有大群的鹿，大部分是母鹿，其中有几头牡鹿和幼鹿。最近时我距离两头牡鹿不到20码。难怪它们都跑到岛的这边来了，因为格兰加里斯戴尔那边正在猎鹿。

1946年9月12日

天气非常糟糕。上午海面平静，风不太大，但雨水很多。整个下午都下着暴雨，刮着猛烈的南风和西南风。海面波涛汹涌。我担心船会被浪打得东摇西晃，但即便天气允许，我也不太可能把它拖上岸来。今天上午收了虾笼，里面有一只个头中等的螃蟹。

天太潮了，做不了太多的户外工作。我根据唐纳德·达洛克的指点，重新改造了镰刀。要注意的是，我之前所说的方法是错误的。规则应该是镰刀刀身，长度等同于刀身长度的一截手柄，还有这截手柄的顶端到刀尖的距离，这三者之间应当呈等边三角形。刀身用一根粗铁丝(比如围栏铁丝)固定住，铁丝穿过刀刃下方的一个小孔，然后弯曲缠绕住刀背。在用锤子把铁丝敲定型的时候，必须把铁丝烧得炽热，不然有可能会把刀身敲断。

[迎面页上]

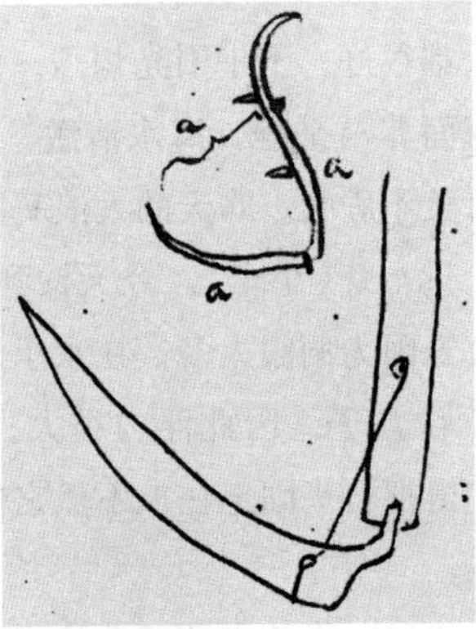

刀身在刀柄上的插槽为 A 点，刀尖为 B 点。测量 AB 的长度。接着从手柄底端开始算起，在手柄上标出一段长度等同于 AB 的长度 AC。然后调整刀身的角度，使得 BC 等同于 AB。

我用鹿骨做了把芥末勺，用鹿角做了把盐勺。骨头的更好。

D. D. 把镰刀的整个刀身都磨了一遍，而不是用所谓的“快磨”——即只磨刀刃。他以几乎与刀身平行的角度握住磨刀石(金刚砂)，以半英寸到 1 英寸的宽度沿着刀身向上磨。

1946 年 9 月 13 日

上午出过几阵太阳，但是整个下午都在下雨，风很大，主要是西风。海面平静一些了。船被严重损坏了——三块船板不见了。也许还能修好，但没法在这里修。显然船锚在暴风雨中移位了。一只虾笼被冲走了。另一只也许在退潮时能从岸上找回来。捕虾篮是找不回来了。今天雨大浪大，没法出海钓鱼。等到天气好转，风向转向海面时，我会试着在岸上钓鱼，用我的长鱼竿把苍蝇饵甩到海里。凯蒂·达洛克说她的父亲在岸上钓鱼时，会向水里扔一些煮过的土豆碎片以吸引鱼群。用帽贝更常见，而且通常也是用煮过的——理由是这样的贝肉更容易从壳里掉出来。

我试了试镰刀。经过改造后，我已经能用它割一点草了，日后经过练习也许还能长进。

这附近有许多渡鸦。麦田里有鸽子，但我没法接近到足以开枪射击的距离。

1946 年 9 月 14 日

今天总的来说天气很糟。上半夜天空晴朗了 20 分钟左右，其余大部分时间都在下雨。通往阿德卢萨的道路大部分路段都成了一条奔腾的溪流。靠近阿德卢萨码头的路面已经被水冲走了，有些地方已经被水流冲刷出了一道 2 英尺深的河床。我只能靠自行车把配给物资驮回家。巴恩尔到阿德卢萨（空车）费时 2 小时，回程用了 3 小时左右。不过，由于天太黑，最后的 2 英里路几乎没有骑车，所以如果天色更亮的话只需要 2 个半小时就可以了。D. D. 驮的东西更多，只用了 1 个半小时。

1946 年 9 月 15 日

今天天好些了。风非常大，但天色亮些了，只下过一两场阵雨。今天早上八点左右下过一场大冰雹。风还是南风，海面波涛汹涌。

我试吃了些榛子，还是没熟，但果壳饱满一些了。再过 10 天左右就该熟了。

我给春季卷心菜间了苗。6 月 15 日播种的芜菁刚好可以收了。

为来年播种的洋葱发芽了，莴苣也是。但是有些苗刚刚长出来就被花鸡吃了。

1946 年 9 月 16 日

昨晚刮了大风。今天上午风更大了，南风大作，海面的风浪是我见到过的最大的一次。天很阴沉，时不时地下着几滴雨。

中午左右从阿德卢萨开来的卡车到了，车上下来了十几二十来号人，希望能把唐纳德 · 达洛克的第二片燕麦地给收了，但希望渺茫。收割机刚刚在地里转了两圈就已经下了两场雨了，之后整个白天雨几乎就没有停过。风一直很大，但都是南风和西风，即便是在没雨的时候也不能起到吹干的效果。

我看着木匠在 D. D. 的家里装上一根新吊窗绳。注意：需要先把固定下半边窗的侧框拆掉，接着拆上半边窗的，但不需要拆顶框和底框。

1946 年 9 月 17 日

今天天好些了。风还是南风，非常大，但雨不大，中间出过几次太阳。我朝一只杓鹬开枪但没有打中。这是我头一次接近杓鹬到射程范围内。

我根据事先的约定从弗莱彻家买了一只宰杀好的鹿。我还不知道价格，但市场价格是每磅 10 便士，这头鹿净重（去除内脏但没有剥皮去角）有 150 磅甚至更多，因此价格估计在 6 英镑左右。这头鹿被放在了新马厩那儿（昨天打到的），D. D. 是今天上午买的。同往常一样，麻烦事又来了。那台留在这里等着收割麦田的拖拉机先前被倒进了马厩，后面挂着 D. D. 的板车；但是 D. D. 没法把它发动起来，所以就没法用它把车拖过去拉鹿了。他只好用一个匆匆赶制的雪橇把鹿拖回来，可雪橇在离家还有四分之一英里的地方坏了。今天下午我看着他将鹿剥皮。我们打算每人拿一块腰腿肉，剩下的放进浓盐水里腌着留作过冬用。重要的是把鹿只彻底清洗干净，沿着肚子剖开，摘去气管和肺，切掉肚子边缘的肉，因为这些部分在开膛的时候已经被弄脏了。剥皮后将它悬空吊起(没有滑轮的话需要四个人)，晾 24 小时再分解切块。鹿身上的肥肉比我想象的要多，我原本不知道野味身上也有这么多脂肪。我拿了半张鹿皮，估计我手头的制革材料也只够处理这么多了。我打算沿用鞣兔皮的方法来处理它。一整张皮可以做一条上乘的大炉边毯了。D. D. 割下了鹿耳，小心地把它们存放在狗够不到的地方。这和纳税有关——无论如何，每头猎到的鹿的耳朵都需要备好以便在检查时出示。

今天又下雨了，时断时续的。

1946 年 9 月 18 日

昨晚下了些雨。今天上午寒冷阴沉，但风小了。海面平静些了。

下午大体上晴朗明媚。中间下过几滴雨，六点左右有过一场急促的阵雨，夜间又下了点雨。

我试着站在那块大石头上钓鱼，但没有成功。尽管吹着北风，我可以把鱼钩甩出去 40 码远，正好甩到我们过去曾钓到过鱼的地方。当然如果你站在岸上不动的话，就得等着鱼群正好经过你的位置。

今天晚上或者明天要把那头鹿“分解”开，免得苍蝇先叮上它。我用鞣兔皮的方法鞣了那半张鹿皮，用光了我手头所有的鞣皮材料。注意：等到 10 月 3 日再把它打开。

D. D. 忙着收割他的第二片地，在 K. D. 的帮助下捆绑堆砌麦束。他急着要赶在阿德卢萨的那群收割工开着收割机回来前尽可能地多收割一些。他说他们三天前收割的那片地可真是一团糟：他们捆的麦束太粗了，而且都是捆在上面的，一旦受潮很难举起来；他们堆的大部分麦堆已经倒了。

1946 年 9 月 19 日

早饭前后下了点阵雨。

白天大部分时间风大寒冷，但出过相当一段时间的太阳，雨也不大。海面平静些了，但风向转而有些偏南了。D. D. 的那片地用收割机收完了，收割机接着又开过来收割巴恩尔的地，但是因为种种因素没有收完。首先是收割刀具被落在了基努亚德拉赫，然后拖拉机发动不起来，而且过不了地里最泥泞的一段路。最后在收割了四分之一的麦田后，他们决定明天再来，而且只割麦，不打捆也不堆麦堆，只是把割倒的麦子铺在地里，过一段时间再收进谷仓，就像处理干草一样。显然，如果你不打算打谷的话，这样做是可以的。麦子被雨淋得透湿，但在没有被兔子糟蹋的区域收成似乎并不坏。

我找回了捕虾篮和其中一个虾笼。另外一个被浪拍碎了。那个较大的笼子倒没被打碎，但被冲到别的地方去了，里面的龙虾从松掉的盖子里逃走了。捕虾篮里一无所获。把它们拽上来费了不少力气，因为它们被大团的海草缠住了。暴风雨过后海滩上留下了大片的海草。我又检查了一下船只。它其实还能修，但需要五块板，这当然没法在海滩上完成。不过，我们捕鱼的收入已经远远收回了最初买船的投资(10 英镑)，明年我们会保留在基努亚德拉赫买的任何一条船。

1946 年 9 月 20 日

今天上午晴朗明媚，但很冷。风很小，海面平静。

下午四点左右下了一场小阵雨，整个白天的其他时间都晴冷，有阳光。大群的海鸥在海峡上空熙熙攘攘，也许是在捕食鲭鱼群。

巴恩尔田里的庄稼已经收割完毕，平铺在地里。他们说这样收割的庄稼不用翻也能自行晒干。

弗莱彻家昨天买的那条海鳟肚子里全是鱼子——鱼子是大个的

球状物，红黄色。我以前不知道它们在这个季节还会产卵。

黑莓结了许多，但还没有长饱满。榛子肯定还没熟。

那桶液化气已经用了一个月了。等这桶用完，我还是不能确切判断每桶的存量，因为这桶有过漏气现象。前面忘了说了，我们在9月16日换上一桶新的5加仑装柴油。我们用它点双头灯，有时候用来烧瓦勒炉和比阿特丽斯炉[34]，点防风灯。也许只能用不到2周，但我会记下这桶用光的日期。

今天送到了一些煤，大概有3/4吨左右，应该能用到我们10月9日动身离开那天，而且还能为明年留下2¼吨（这样应该能用到明年6月）。我们家的配给量是每年6吨。从5月25日起到现在我们已经用掉了差不多整整3吨。我们还烧了许多木柴，除了厨房，其他地方也没有定时生火。上个月我们也用了一定量的液化气。因此如果全年呆在这里的话，每年需要差不多10吨煤。当然这些煤除了做饭外还用来热水，好把厨房作为起居室。

那头鹿已经分解好，除了腰腿肉外其余部分已经泡进了盐水。腰腿肉D家和我们都趁新鲜吃了。我为这头鹿付了8英镑8先令。它重约14石，其中脑袋和蹄子扣除2石，现在市场价是每磅1先令。剥皮后大概还剩下10石（140磅）肉，包括骨头。我们和达洛克家是对半分的，所以我们每家能分到70磅的肉，其中30磅用于腌制。这差不多相当于一人一年的肉食配给量。[35]

---

34 一种煤油炉的品牌。

35 战争结束时每周的食物配给包括4盎司培根；8盎司黄油、人造黄油和猪油；3盎司奶酪（这是1940年配给的3倍）；2盎司茶；还有价值1先令2便士（等于6个新便士；大致相当于今天的1.8英镑）的肉类，其中一部分一定是腌牛肉。奢侈食品如罐头水果、鱼和肉类按照一种打分系统进行配给，一名成年人一个月大约有3只鸡蛋。制作奶油是被禁止的。即使到了战后，人们依然买不到用来制作比最普通的面包高级一些的糕点的原料；教授糕饼课程的技校是个例外，这是为了使技艺不至于失传。衣服也是配给的，甚至是在战后的某些时期，面包和土豆也是配给的。当政府削减配给以将部分食物转运给面临饥荒的德国时，不满情绪随之而起。直到1954年肉类才取消配给。在某些地区(如朱拉岛)部分食物的获取相对自由些。

1946年9月21日

今天天气很糟糕。刮着猛烈的南风，下了大雨。晚上九点左右雨势更大了，整晚刮着大风。

我补好了靴子的后跟。这似乎很容易，但你需要一块磨石和鞋油才能最后完工。

牡鹿开始叫了。我想这是我今年头一次听见它们的叫声。看到大群的秃鼻乌鸦。我之前还不知道这里也有这种鸟，每当我看到一只乌鸦类的黑鸟时，如果不是羽冠乌鸦的话通常会把它当做渡鸦。但这些鸟几乎肯定是秃鼻乌鸦。问题是：它们在哪里筑巢，因为这里没有高树。[36]

36 在苏格兰，有些地方没有树木，秃鼻乌鸦和羽冠乌鸦就会在地面上筑巢，通常在石南丛间。

1946年9月22日

今天天好些了。夜间风渐渐停了，今天早上相对晴朗。下午雨时断时续。海面平静些了。到处都能听见牡鹿的叫声。

1946年9月23日

今天天气总体上好些了。白天大部分时间都很晴朗，风很大，气温低，但直到傍晚六点才开始下大雨，之后降雨持续了一个小时左右。晚上又下过些阵雨。刮着猛烈的南风和西南风，海面波涛汹涌。

那桶液化气用完了，总共用了一个月零三天——算作5周，而且当中还有过一些浪费。我又订购了几桶。今天换上的这桶新的用到我们10月份离开时应该绰绰有余了。

我生了一大堆篝火，焚烧了许多垃圾。我如此打算已经有好几周了，但直到今天天气才足够干燥。

1946年9月24日

今天天气好多了，吹着干爽的风，全天几乎没有下过一场雨。我放火焚烧了那块先前喷洒过氯酸钠的地。枯草烧得很快，几乎一根灯芯草也不剩了。但另外一大片地上的灯芯草暂时还无法处理，除非我能尽快把那桶新的氯酸钠从马厩搬回来。

D. D. 忙着堆麦堆。一堆已经完成了，但今天还没有来得及盖上茅草顶。他一共打算堆五堆，堆成小圆堆，上面堆成一个漂亮的小锥顶，顶上再盖上灯芯草。一堆差不多有6车的量，或者说相当于1英亩庄稼。麦子现在还是很潮湿，只能先把那几捆打算现在装车的先挑出来，剩下的还是堆成堆，让它们继续干燥。潮湿的麦捆倒并不一定非要放在上面。在堆出锥尖的过程中，D. D. 选用那些特别短小的麦捆，这些麦捆里面几乎没有麦秆，因为都被兔子吃了。他把这些放在一边，留到最后等麦堆开始变细的时候再摞上。他说圆形的麦堆比其他形状更能抗风。

今天第一次穿上了内衣。

1946年9月25日

晴朗大风的天气持续到下午四点，之后下了点雨：风还是南风，海面波涛汹涌。我开始清理窗台下的园圃，把多年生卷心菜苗（这些苗的根部似乎发育良好）和部分春季卷心菜苗移栽到了地里。后者长得很差，也许是因为它们刚刚做过间苗，还没有被移到苗圃里去过。这片地的土质和其他地块很不一样（颜色黑得多），而它们相距不过5码。5月末埋进地里的草皮现在差不多刚刚分解。因此从往地里埋进草皮到深翻必须预留4个月时间。

一只鹰今天飞过我们家上空。我们这边看到鹰好像总是在大风的日子里。唐纳德·达洛克的一条狗今天在山上咬死了一只野兔（山兔）。D. D. 说它们并不是那么罕见。他还很肯定地说，这种兔子到了冬天会换上白毛，白鼬也是(也许还有黄鼬)。而这一带不怎么下大雪，也许这部分解释了为什么这里的野兔那么少。

多比店[37]不卖灌木玫瑰，于是我订购了6株攀缘玫瑰和12株多花蔷薇。我不知道他们有没有这么多货。郁金香球还没有送到。

---

37 一家爱丁堡花圃店，以邮订方式售货。2009年时店名为托奇德文郡多比店。

1946年9月26日

昨晚下了暴雨。今天天气非常糟糕。上午虽然没有下雨，但阴云密布，一直持续到正午，之后大部分时间都在下雨，有时雨势还很大。海面波涛汹涌。

今天做不了太多的户外工作。我清理完了窗台下的园圃，腾出一块地方打算种下第一棵墙式果树。要把它们固定在这些墙面上会非常困难，因为没法把钉子敲进石墙里。

我打算记下这半头鹿可以吃几餐。到目前为止内脏部位(肝、心和舌头)我们已经吃了7餐(每餐2—6人)，还有一份趁新鲜吃的烤肉。另外还有1磅板油和一大碗烤油。

多比店没有石灰了。如果我不能从别的地方买到的话，那将会造成严重的后果。

1946年9月27日

今天天气好多了。昨晚暴风雨非常大。今天上午雨几乎下个不停，一直下到下午一点。然后天放晴了，变得非常温暖，风也停了，没再下雨。傍晚晴朗平静，有过一点点阳光。海面突然变得非常平静。风一停蚋蚊又都出来了。

我把墙角下的园圃一直拓展到门廊处，并且为种灌木玫瑰准备好了地方。我给草莓圃里的空地除了草并浅翻了一遍。土壤非常潮湿。门廊附近的土质不是很好，我打算在那里移栽一些野生毛地黄和报春花。我给剩下的浆果灌木剪了枝并施了肥。

今天上午看到一只大海鸥，根据毛色判断是今年孵化的。它一直在我们家周围出没，混在鹅群里进食。也许在暴风雨的天气里它们格外饥饿，因为不能捕鱼。

欧洲蕨现在差不多都枯黄了。树叶刚刚有泛黄的迹象。我采了些榛子。它们现在熟了，但其中半数都烂了，这肯定是因为今年潮湿的天气。黑莓现在也很多了，但今年都长得不好，大部分都有斑点。

1946 年 9 月 28 日

晴朗的一天。有一点点雾，非常暖和，一丝风都没有。海面静得像玻璃，呈现出美丽的淡蓝色。路面已经干了不少了。今天去阿德卢萨的路上花了 1 小时 55 分钟，返程扣除午饭时间用了 2 小时 25 分钟。不过这次驮的东西没有以往的重。

两只牡鹿站在一起，就在旧马厩旁边，离马路 100 码远，愤怒地低声咆哮，显然是冲着我的。它们不咆哮时温顺地肩并肩一起吃草。因此牡鹿并不一定见面就要打架，尽管现在应该是交配季节。

我种下了玛格丽特·弗莱彻送给我的那两大株植物(名字我忘记了)，并在土质较差的地方栽了一些野生毛地黄。我在一处照不到阳光的地方看到一株毛地黄依然在试图开花——5 月末我刚到这里的时候正是毛地黄的开花时节。

1946 年 9 月 29 日

今天天气晴朗。下午一开始有点热。但风比昨天大，海面波涛汹涌，不过有段时间吹的是北风。今夜狂风大作。

我挖好了坑准备堆堆肥，又焚烧了一部分灯芯草，收进来一些篱笆准备围在樱桃树周围。安维尔拿回家一些掉落在地上的榛子，也许是这两天的大风吹落的。它们好像熟了，但大部分都已经烂了。今年显然没有好的榛子。

1946 年 9 月 30 日

今天上午有雨，但下午天放晴了，风和日丽。海面平静。我走到岸边，没有看到新鲜的浮木。D. D. 昨天去 W 湾[38]，想捡些被大风吹上岸的浮木，但显然没有什么大收获。

我为果树切削了几根木桩；清理完了第三片地；用镰刀清理出一片地来准备种上果树，并把割下来的草填到堆肥坑里去；准备好了两棵树的树位。这块地长宽各 8 英尺左右，足够种矮树了。剩下的粪肥刚好可以施给这两棵树，没有多余的了。

我今天第一次看到那头经常在海岸边出没的鹿，就在防鹿栏外面。是头母鹿。它就在离我不到 5 码远的地方吃草，头埋在鸢尾花丛里，没有看到我或听到我的脚步，直到我故意发出声音打搅它。

上一桶 5 加仑装的汽油今晚用完了——还够点一天多的灯，至少够点两三盏的。这桶(好像是)9 月 16 日打开的，用了差不多两周。如果煤油炉使用频繁的话(我们用过，但不多)，每周的用量就还得再增加 3 加仑，或者是 3 加仑半。

---

38 也许是“格兰特鲁斯戴尔边上的 W 形海湾”。

在正对着 9 月 30 日到 10 月 3 日日记的三张连续的反页上，奥威尔画了三张图展示他对菜园的规划布局。看起来奥威尔是在 9 月 30 日开始画这些草图的。第四张布局图画在了一张单独的纸上，夹进了日记。我们在这里复制了这四张图供读者阅览。日记 1947 年 1

月4日中记录了奥威尔在1947年1月2日返回巴恩尔后对灌木作物的布局。这本日记的最后两页有两张清单，其中一份记录了奥威尔离开前打算完成的工作，标题的括号中写着“(10月)”，第二张清单是巴恩尔需要的物资。因为这两张清单差不多是在这个时间起草的，所以我们把它们插在这几张草图后面。布局图的尺寸比原图有缩小。

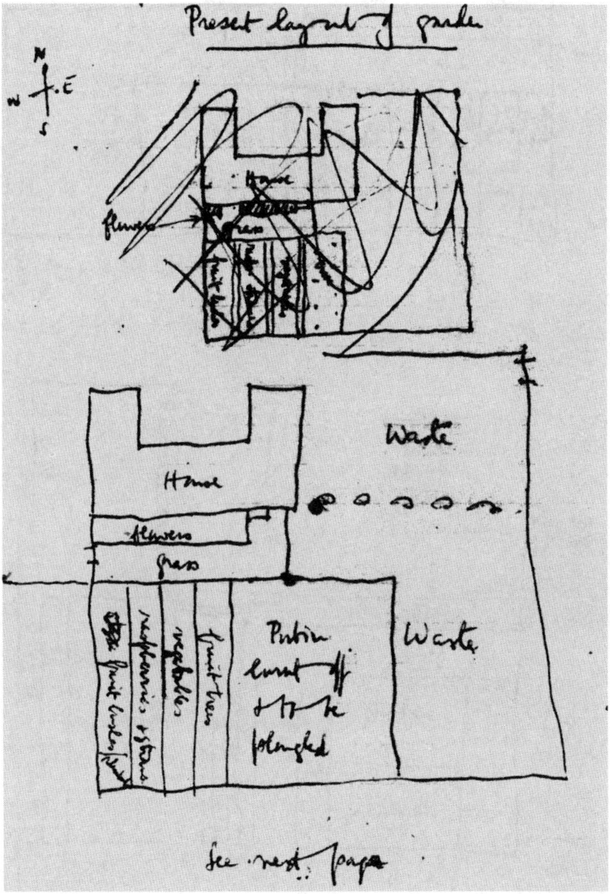

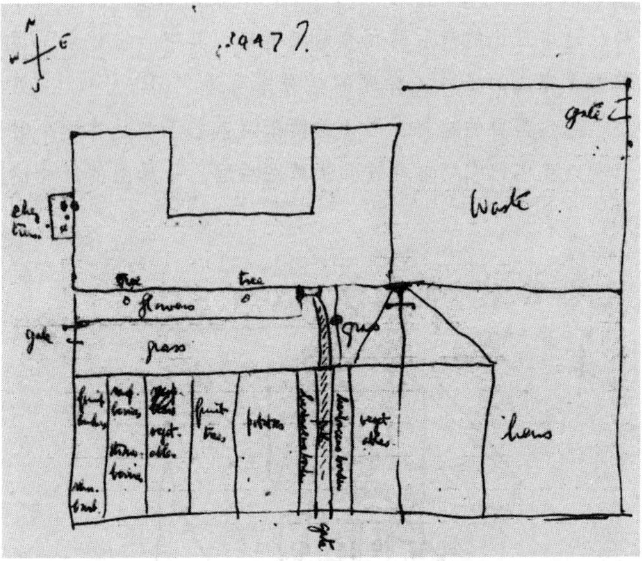
1947 ?
N
E
S
gate
Waste
tree
flowers
gate
grass
fruit trees
potatoes
hens
gate

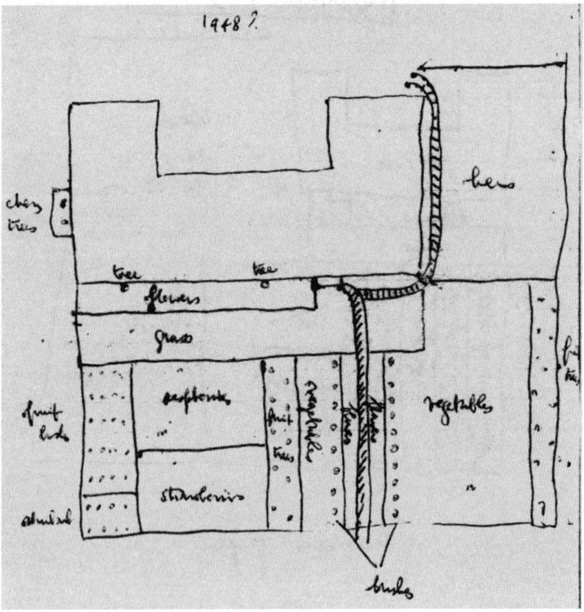
1948 ?
hens
tree
tree
flowers
grass
fruit bushes
raspberries
strawberries
fruit trees
vegetables
bushes

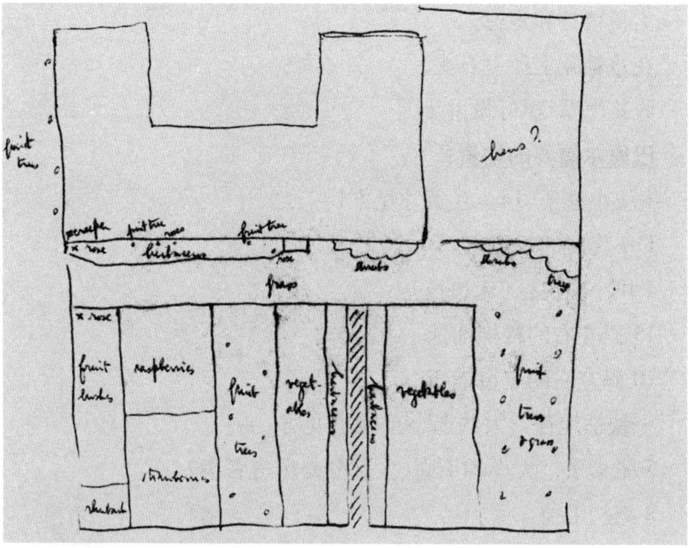

动身离开前(10 月)：[39]

检查防鹿栏。修好大门。

补上后院的缺口(2 根豆架[40]就够了)。

为果树和玫瑰丛准备好种植空间。

削好木桩(12 根给果树，6 到 8 根用来竖铁丝网，12 根小的给玫瑰丛)。

在房子附近的园圃周围放上铁丝网。

清理园圃。

修直边角。

种下卷心菜、羽扇豆、三色紫罗兰、石竹、报春花(？)和郁金香(？)。

给尽可能多的土地施石灰。

把船拖上岸。

给船做个遮棚(用波纹铁？)。

给工具上润滑油(并且收进屋)。(自行车)

丈量楼梯和走道。

在水箱盖上压上石头。

收集海草/树叶做酵土。

<u>**巴恩尔需要的物资**</u>：[41]

4 块小毯子(14 × 6 英寸见方)

1 块优质的炉边毯

4 块小炉边毯(床边毯)

15 码左右的楼梯铺毯

10 码左右的走道铺毯

一块油地毯，大约 12 × 6 英寸见方

5 张桌子，大小各不同(大部分是厨房餐桌)

2 把扶手椅

6 把直椅

几块壁炉挡板

枕套(1 打左右)

茶杯，餐盘，刀叉(包括切肉刀和叉子)

4 块餐桌布，格子图案的

绞肉机，熨斗，收音机，缝纫机?

<u>**工具**</u>。除草机，干草耙，大老虎钳，各式刨子，各式凿子，各式铁锤和木槌，油罐，油漆刷，油漆，沥青，水泥，粗绳，铁链，手动耕耘机，望远镜。

舷外马达(还有船)。

手推车。

---

39 除了“修直边角”和“给工具上油……自行车”两项外，其余各项都打了标记；“给尽可能多的土地施石灰”和“收集海草/树叶做酵土”两项上作了十字标记；“给船做个遮棚（波纹铁）”和“把船拖上岸”这两项被划去了。清单里所有的问号都是奥威尔的原稿。

40 推测为豆架(bean pole)。此页上的字母 m 奥威尔写得非常清晰，因此计

划准备的不太可能是横梁(beam)。
41 “收音机”和“除草机”这两项打了勾。所有的问号都是奥威尔的原稿。

1946年10月1日

天气晴朗温暖。有时多云，但大多时间阳光明媚，风也不大。今天晚上九点左右突然下了阵猛烈的骤雨，持续了5分钟左右，然后就变小了。

阿德卢萨人今天上午又一次试图把庄稼全收进来。他们把庄稼先耙平，再用耙子扬起来，本以为这样到下午的时候庄稼已经晒干，可以装上车了。但事实上许多庄稼还是潮的，所以农夫只好把庄稼堆成一个个5英尺高的谷堆，希望到了明天可以晾干装车(然后储存在我们的牛棚里)。但今晚的雨估计又会把它们淋湿。

我拓宽了围墙下的地块，给果树和几株攀缘蔷薇腾出了地方，又种了杜鹃花和一株玛格丽特·弗莱彻送我的天竺葵(我想是蓝色的)。傍晚时我带着弗的步枪去了基努亚德拉赫，试图射杀那只闯进唐纳德·达洛克家稻田的鹿。结果它没有出现。想要射到它很不容易，因为它只在晚上出来，而且到了八点钟以后天就太黑了，很难瞄准。

D. D.给一堆稻谷罩上了茅草遮棚，另一堆堆好了但没有遮茅草，还有一堆堆了一半——换句话说他只收了一半的庄稼。看起来当他需要粮食的时候，他就不把它们堆成堆了，而是把它们依次收进谷仓，然后在那里加工。这是双重劳动，都是因为谷仓没有足够的空间。

我打开了那张鞣好的鹿皮。看起来还不错(没有发臭)，但很潮湿，外面包着的纸都发霉了，黏在了皮上。我没有明矾和硝石了，只能再用盐把它擦一遍，然后挂在外面风干。

1946年10月2日

天很潮，整个白天都很阴沉，没有风，也没下雨。下午六点一刻前天就很暗了。

我砍了些篱笆桩，又挖了六个植树坑，(为种树)收集了些腐叶土，采了一打左右的报春花种下。这些花在这个时节不太容易找到，因为它们的叶子这时已经蔫了，会被草遮住。在我打算种果树的位置上，那里的土质非常不好——黏性很大，而且土层下还有一块岩石，非常靠近地表，都没法打牢木桩，只能再用额外的支撑。

没有看到鹿的踪影。我从 D 那里买土豆的时候，他们给我看了一只 D 称过重的，刚好 1 磅重。(是大苏格兰品种的，不算是上等的土豆，不过形状很好，因此容易剥皮，个头也够大。)

昨天开了一桶新汽油(40 加仑装)。我打算用铁路邮递 5 加仑去伦敦，因为那里很难弄到汽油。算上这 5 加仑，还有本周的消耗和 11 月一周的用量，[42]我们还有明年两个月的储备。煤也一样——还剩 2 吨多。至于液化气，一桶应该有两周的用量，两桶就能用 9 周。所以我们应该能撑过明年的头两个月。

---

42 奥威尔直到来年 1 月才回来(后面的日记会提到那个月)。

1946 年 10 月 3 日

全天都很冷，很阴沉。傍晚下了一两场小阵雨。海面相对平静。

今天种了南瓜(25 株)，三色紫罗兰(50 株左右)还有曼丛石竹——这些石竹长得不是很好，我怀疑这里缺少石灰的土壤可能不适合它们。我给花园外的两片树木围了围栏，留好了洞，还给花圃周围围上了铁丝网。它们并不能真的挡住兔子，但至少能吓吓它们。我开始收割第一片菜垄。没拔过的萝卜现在已经长到了 8 英寸长，1 英寸粗。6 月 15 日种下的一些甘蓝现在刚好可以吃了。

之前忘了提了，安维尔昨天在牛栏里看到一只老鼠。我之前也发现过些迹象，比如被啃烂的纸，但从没有在房间里看到过老鼠，也一直希望那只是些田鼠(它们是不是也用啃过的纸做窝？)。现在既然庄稼收进了牛栏，之前没有踪影的老鼠肯定会闻风而来的。

1946 年 10 月 4 日

天很潮，很阴沉，风很大，但不太冷。下了点小阵雨。D. D. 照旧又收了些稻谷，希望今天能堆好第三堆。我修好了防鹿的篱笆还有田头的大门。干得不算好，但至少比以前好。我又挖开了第一垄园圃。草皮刚好烂掉，土质比刚刚开挖时要肥不少。

1946 年 10 月 5 日

晚上下了点雨。今天很阴沉，风很大，但只下了一两场小阵雨。

割草机(“新不列颠”型——相当轻，制造成本估计很低)今天送到了。我用它除了草，所有能割到的地方都割了个遍。看起来还不坏，明年春天再除一遍就万事大吉了。种下了郁金香。郁金香种了两丛，一丛在苹果树前面，另一丛在水管前。一定不能在它们上面种玫瑰。今天买了 50 个灯泡，总共花了 16 先令 3 便士，每个 4 便士。

明天要完成的工作：

砍掉冬青树，重新铺上草皮。

上午掘好第一垄园圃。

竖好果树桩(一打左右)。

收集一些叶霉。

采一些野毛地黄。

再挖一块种蔷薇的地方，顺便给另一丛蔷薇围上铁丝网。

如果我能做完这些工作，花园里今年的任务就按计划完成了。

今天我尝试了用强氯酸钠溶液杀死单株的酸模草。我先用长钉钻个洞，再把溶液滴到它们的根上。

1946 年 10 月 6 日

格林尼治标准时间[43]的第一天。

天气很好。阳光明媚，天气晴朗。几乎没有风。海面平静，呈现出美丽的淡蓝色。不过天变冷了。太阳一下山，七点不到天就黑了。

今天砍掉了冬青树，开始重铺草皮。我在倒挂金钟丛附近清除了些灌木，剪掉些枯死的树枝。

---

43 钟表需要从夏令时的时间往后拨一个小时——所以七点不到就天黑了，而不是八点。

1946 年 10 月 7 日

又是晴朗的一天，但天更冷了，而且风比昨天大。广播说晚上有霜冻(我想不是在这里)。早上有些雾，几乎都看不到大陆了。风向不停地在变，海面波涛汹涌。

今天我采了些野毛地黄。其他没有什么好做的了，除了打果树桩，还有在可能的情况下收集一点粪肥，放在堆肥上，用来加速发酵。

D. D. 把所有的庄稼都收完了——虽然他昨天和前天都生着重感冒，喉咙酸痛。我下午到他家的时候，最后一批庄稼也已经收进来了，第五堆庄稼堆正堆到一半高。只有第一堆盖了茅草顶。

我路过时看到四只野鸡正在 D. D. 的田里啄麦穗。那只鹿再也没有在白天出现过了。

1946 年 10 月 8 日

天气晴朗干燥，但更冷了。风很大，主要是南风。海面浪更大了。我在树林附近看到一只黑色雄松鸡。它看上去非常大——绝对比野鸡大。我原先以为那是只雷鸟，但它的翅膀上有白毛，所以我想那是只黑松鸡。

整个白天都在做些收尾工作。我拿了几株海石竹，把它们种上，因为我以前带回来的一株被拿走了。我还竖好了果树桩，并在赤裸的土壤上铺好了草皮。花园现在大功告成了，一切按计划进行。

明天我们要动身了，我预计在11月中旬时返回，种上果树。

奥威尔此时返回伦敦，为《保民官》杂志供稿。他的一篇名为《穷人如何死去》的文章在11月发表。1947年1月2日奥威尔返回了巴恩尔。

1947年1月4日

我2号就回来了。本来两天前就要到的，但我错过了30号的船，只能在格拉斯哥呆了两天。从塔伯特坐船过来的旅程很颠簸，晕船晕得厉害。我直到感觉恶心时才吃的药——回程时我一定在上船前就吃药。船开了半个小时才停靠在克雷格豪斯码头，因为海面浪很大，船靠不上。船停泊后也只能在泊位上保持一两分钟，尽管有绳缆固定，乘客们刚刚来得及从舷梯上匆匆下船。

我抵达的那天是个阳光灿烂的好天气，就和4月时一样。昨天大多时间都在下雨，风大得让人都站不稳。今天天好些了——虽然阴冷，但风小些了。

我种下的所有小作物——三色紫罗兰、羽扇豆、石竹和卷心菜——都完全消失了，显然是兔子干的。就连还在土里的那几根芜菁都被兔子刨出来吃掉了，不过它们没有碰胡萝卜。更糟糕的是，它们还毁掉了大部分的草莓。有几株还没事，但大多数都消失了——不过，只要花冠还在，来年春天是会恢复的。花圃周围的铁丝网没有打桩钉住，这让兔子从下面钻了进来。我下次再离开前要设陷阱。菜圃周围的铁丝网下陷了几英寸，也没有迹象表明兔子曾经从下面钻进来过，因此它们一定是从上面爬进来的(铁丝网 3 英尺高)。据说它们有这个能力。

今天种下了一打左右的果树，一打红醋栗，一打黑醋栗，一打醋栗，一打大黄，一打玫瑰(其中 6 株攀缘玫瑰)。明天打算种木莓。

在 1947 年 1 月 4 日日记的反页上，奥威尔画了一张图，记录了果树的布局。房子的左边：2 棵莫利洛黑樱桃树。房子的下方又画了 10 棵树，分为两列，每列 5 棵。左列的第一棵树上打着个问号；下面 3 棵分别叫阿灵顿·皮平、李鲍斯通·皮平和达比勋爵；第 5 棵没有名字。右列的 5 棵分别叫金顶、埃里森的橘子、詹姆斯·格里夫和休德利女士，还有一棵无名。

1947 年 1 月 5 日

晚上有大风。今天上午风依然很大，海面波涛汹涌。阳光明媚，但气温很低。

我种下了木莓(2 打，苗不太好)。

我设了两个陷阱。

郁金香长得很高了。

我们返回时，清点库存如下：

约 30 加仑的煤油(可以用 8 周左右)。

2 桶液化气(可以用 9 周左右)。

2 吨燃煤(在阿德卢萨)(约 2 个月的用量)。

这就是奥威尔的家庭日记第三卷的全部内容。在笔记本的末尾有奥威尔为《政治与英语语言》一文所写的注释(CW, XIV,

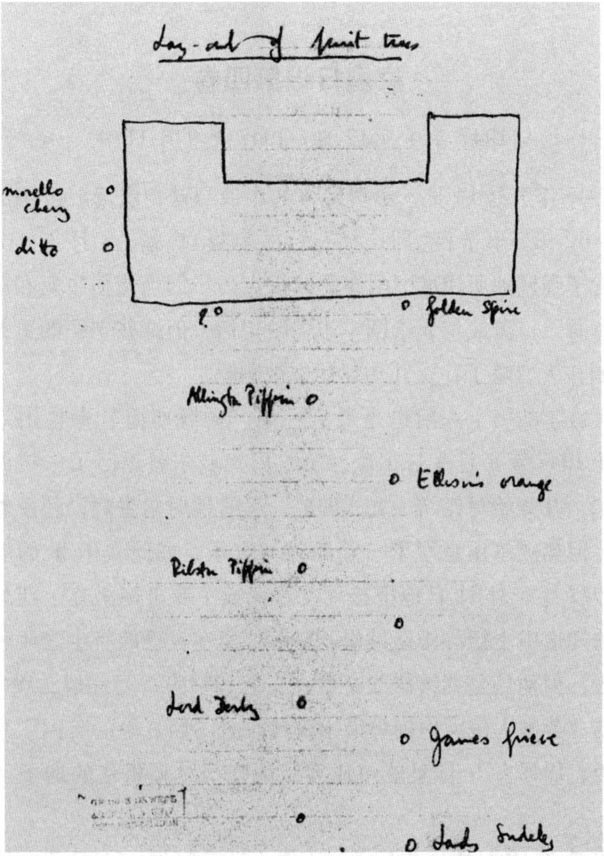

pp. 432 –438）。该文发表于 1946 年 4 月刊的《地平线》上。家庭日记第四卷始于 1947 年 4 月 12 日。

家庭日记第三卷到此结束。

家庭日记第四卷

1947 年 4 月 12 日—1947 年 9 月 11 日

1947 年 1 月 14 日，由奥威尔的小说《动物农场》改编的广播剧由 BBC 第三套节目（即广播三台的前身）广播。2 月 2 日节目重播。为了强调他所说的“故事的转折点……即当猪把牛奶和苹果占为己有时”，奥威尔还给剧本添了四句话。但这些句子的重要性被 BBC 制作人忽略了，这几句话后来被删除。

奥威尔的第十八期也是最后一期“如我所愿”专栏由《保民官》于 1947 年 4 月 4 日出版。第二周奥威尔就返回了朱拉岛上的巴恩尔，并开始写作《一九八四》。尽管他时常生病，还急着完成小说，但奥威尔还是写了一篇题为《欢乐，如此欢乐 》的散文初稿。1947 年 5 月 31 日他把这篇文章寄给了弗里德里克 · 沃伯格。尽管他知道由于担心诽谤诉讼，这篇文章在自己的有生之年可能无法发表，但他还是继续修改文章，并于 1948 年 5 月完成。1947 年 8 月他的《英国人民》由柯林斯出版社收入“照片中的英国”系列丛书出版。1947 年 9 月奥威尔放弃了他在沃林顿租住的房子“斯托斯宅”。

1947 年 10 月奥威尔病重，不得不卧床写作。11 月 7 日他完成了《一九八四》的初稿。

从当年 12 月 20 日到次年 7 月 28 日，奥威尔一直在海尔玛斯医院住院治疗。7 月 29 日他返回了巴恩尔，两天后开始写他的最后一卷日记。当年 11 月初他完成了《一九八四》的创作。他找不到愿意来巴恩尔帮他打出完整一卷小说的文员，因此奥威尔只能自己做这件辛苦的工作，时常卧床不起，不时地咳血。1948 年 12 月 4 日他终于完成了打字工作，几本样稿随即被寄给他的代理人伦纳德 · 摩尔和他的出版人弗里德里克 · 沃伯格。美国版的《一九八四》正是用这本打印本的一份复印件出版发行的。12 月，另一件重要的事是，奥威尔放弃了他在伊斯灵顿区坎能贝里广场的公寓；显然他知道自己再也不会在那里生活了。

奥威尔的第四卷家庭日记是在一本笔记本的 95 张迎面页和 6 张反页上写成的，纸张大小 7.5 × 6.5 英寸，每页 22 行。在第一篇日记前奥威尔写下了“第四卷”，下面写了“日记(接前一卷)”。第五卷从 9 月 12 日开始，写在了另一本笔记本上。奥威尔记下了用掉的汽油总量：当时汽油是配给的。他还在括号中写下了收到的鸡蛋总数。

1947 年 4 月 12 日

巴恩尔。昨天晚上到的。昨天和今天天气都很好，但很冷。万物的生长都很滞后。草还没发芽，灯芯草也是，树上几乎看不到鸟。水仙花刚刚开，雪花莲才刚开始谢——有几朵还开着。从格拉斯哥一路飞来时看到高地上还有许多片雪地。朱拉岛上下了 6 周的霜，之后又下雨，因此地很泥泞。冬季里损失了许多羔羊和小牛。得到的解释是牛羊没有足够的奶。

我种下的树和灌木似乎都成活了。贴着南墙的两棵壁篱树都抽芽了。但我种的洋葱虽然 1 月时还长势喜人，但似乎全都在霜冻中消失了。草莓似乎大多都存活了下来，但长得都很小。大黄的长势很好。郁金香也长得不错。

他们还没有捕到海鱼。今年的兔子据说很少。

整个白天天都很好，但下午五点左右非常冷。看到一株报春花在一处避风的位置盛开，但除此以外没有看到野花。景天刚开始抽芽，野鸢尾花和风铃草开花了。草地看上去完全和冬天时一样。看到了几只兔子。鸽子响亮地拍打着翅膀冲上天——我想这是它们的求偶姿势。海面很平静。没有看到海豹。

今天种了矮豌豆。打算到了 25 号再种下第二垄。剪了很多玫瑰枝。有几枝根本就没发芽，所以没法判断是否还活着。土质情况很糟糕，没法播小种子。我给大黄盖上了粪肥。D[1]按我的要求大致耕了一遍地。我还要把它再锄一遍，等我有土豆种子的时候再播上土豆。这地本来应该好好翻一遍的，但大田作物也就只能有这样的耕种条件了。

去年秋天放在坑里的堆肥还没有很好地发酵。

---

1 唐纳德·达洛克和他的姊妹凯蒂。文中经常称作 D. D. 和 K. D.。

1947 年 4 月 13 日

整个白天天都很好，但比昨天要冷。风挺大，刮的是西南风。海面的波涛更汹涌了。

我搭好了那间拼接式鸡舍。鸡舍做工很差，还需要做很多加强和固定工作才能把它固定就位。两只轮子送到时已经坏了。战前这些东西都很容易买到，但现在情况不同了。我种下了 4 打剑兰球茎（粉红色和黄色的）。刮过风后，土质好像有些改善，因此明天也许就可以播撒小种子了。

1947 年 4 月 14 日

晚上下了大雨。今天天放晴了，阳光挺充沛，但依然寒冷风大。海面平静了些。远处有渡鸦在跳舞，显然是在求偶。

我在鸡舍周围打下桩子用来架设铁丝网。播下了金盏花种。今天没能做太多户外工作，因为 R[2]今天上午跌跤了，额头破了一道很深的口子。希望明天能带他去看医生——今天办不到，因为没有车。

我开了一瓶白兰地。我们[3]每天只喝一点点，希望这瓶能喝上一星期。

DBST[4]昨天开始实行了。这个小岛上同时实行着三种时制。

2 R＝理查德，奥威尔两岁大的儿子。（通常写作“R”，但这有时也代表理查德·里斯）。朱拉岛上唯一的医生在克雷格豪斯，距奥威尔的住所以南25英里左右，而且路况很差。

3 奥威尔和他的妹妹安维尔（通常写作A）。

4 英国双重夏时制。为了帮助实行夏令时，晚春到早秋的季节里时钟朝前拨快一个小时；二战期间以及战后的那几年里，除了夏时制期间的那一个小时，时钟全年再拨快一个小时。农民们格外讨厌这项措施。至于日记中提到的“三种时制”，奥威尔也许是指DBST，夏时制（时钟拨快一小时）和用于管理农事和股票交易的“自然时间”。

1947年4月15日

整个白天几乎都在下雨。风很大，气温很低。我除了在花园里干了点事外，没做其他工作，因为要带R去看医生。给缝了两针。大约一周后拆线（不超过10天）。

1947年4月16日

天气寒冷，阴沉，风很大。到了傍晚天似乎好些了，海面也平静了些。

没法播种。我撒了些石灰（不太熟），给鸡舍顶铺上了毛毡。

今天傍晚看到一只白兔子（离我有点距离，但看上去像是只成年兔）。

1947年4月17日

今天天气好多了。有一点风，但阳光明媚，相对温暖。我开始翻那片犁过的地。土质不差——种土豆没问题。我播下了芜菁、胡萝卜、水芹、莴苣（下次播种将在27号）、山字草和高代花种。我还种了些原本买来食用的土豆，因为目前还买不到做种的土豆。这些土豆都长了眼，所以应该能发芽。

我今天试了试皇家空军的皮划艇。浮力很强，而且好像不会翻，但几乎没法操作。显然它只是用来把人员转移到另一艘船上去的。

我们这里的海湾边出现了一头死鹿。把它拖走可不是件轻松事，沉得很。

几朵报春花开了，还有一两株白屈菜。我带了一两株报春花回家。地里没有蕨类，这带来的变化真是太大了，走路时轻松多了。蚋蚊还没有出现。鸬鹚在海湾里四处游动，所以这附近或许有鱼。

1947 年 4 月 18 日

天气阴冷，风很大。下午出了一点太阳，接着又下起小雨来。海面相对平静。

我又翻了会儿那片犁过的地。给鸡圈的大门打好了门柱。

我在翻地时，挖出了一窝三只小野兔——估计只有 10 天左右大。一只好像已经死了，另外两只被我打死了。兔窝离地表只有几英寸。显然兔子是从花园外的某个洞打进来的，估计只有 10 码远。

我看到许多绿千鸟。我以前好像从没有见到过这些鸟。我用玻璃罐装了些青蛙卵拿回家。它们应该会在一周或者 10 天内孵化。

1947 年 4 月 19 日

今天天好些了。有阳光，风也不大，虽然气温并不高。傍晚时刮起了大风，而且很冷，还下了一点雨。海湾外的海面波涛汹涌。

我又翻了些地，给草莓除了草，施了石灰。草莓现在看上去长得不坏，空缺比我想象的少。不过今年不太可能结多少果。

只有一株玫瑰还没有吐苞（一株美国皮勒[5]）。大门边有一株玫瑰（艾伯丁 · 巴比尔[6]），我原本以为已经死了，但它在靠近根部的位置也吐出一个小花苞，于是我就把花苞顶端以上的部分都剪了。我浇铸了两块水泥墩，1 平方英尺见方，厚约 2 英寸（甚至不到），中间用铁丝网加强，可以作为道路的一部分。浇铸 2 平方英尺的水泥墩需要用五防火铲的沙子和一铲的水泥——如果厚度在 2 英寸以上的话，水泥的量还要增加。

---

5 美国皮勒是一种胭脂粉色的攀缘玫瑰，有白色的花芯和金色的雄蕊。
6 这是一种生命力旺盛的攀缘玫瑰，花朵呈奶白色，黄芯。这种玫瑰就是由其培育者文伯丁引进的，二战前奥威尔曾在沃林顿成功地培育过这种玫瑰。

1947 年 4 月 20 日

昨天整晚都在刮大风，还下了大雨。大风一直刮到今天下午五点左右，主要是南风，天气阴冷，大多时间都在下雨。海面波涛汹涌，刚好淹过了礁石尖。今天傍晚海面平静了些，间或有些阳光，但一点也不暖和。

今天做不了太多的户外工作。我射到一只兔子，是今年的头一次。我注意到当兔子有戒备时，你能射到的几乎都是怀孕的雌兔。我从没想过要去吃它们。我想这部分是因为怀孕的雌兔逃跑时动作不够快，但去年我射到的兔子中雌兔占了绝大多数，这不能不让我怀疑雌兔的数量的确是比雄兔多。

阿拉斯泰尔和达洛克兄妹[7]为了绵羊的事急得坐立不安。他们的羊群在身体十分虚弱的时候产了羊仔，但是没有奶水，有些羊甚至都拒绝接受自己的小羊。虽然现在牧草开始长出来了，但有些羊虚弱得都没有力气去吃草了。达洛克兄妹说海鸥和羽冠乌鸦会攻击虚弱的绵羊，昨天甚至把一只羊的眼珠都啄出来了。

---

7 阿拉斯泰尔·麦基奇尼以及达洛克兄妹唐纳德和凯蒂。

1947 年 4 月 21 日

天气非常糟糕。昨天整晚都在刮大风，今天上午风更大了，有时猛烈得让人都站不稳。鸡舍连基座被一起吹翻了——所幸没有损坏。我得用定绳把它给固定牢。白天大多时间都在下雨。下午四点左右放晴了，出了点太阳，但风并没有减弱。海面波涛汹涌。

那瓶白兰地让我和安维尔喝了一星期，每人每天都痛快地喝上了一口苏打水调白兰地(两杯不到)。

今天没做任何户外工作。

1947 年 4 月 22 日

今天天好些了。风还是很大，但没有下雨。间或有些阳光，气温也高些了。海面平静了些。

我还是感觉不太舒服，做不了太多户外工作。安维尔翻好了第一垄犁过的地，够种四排土豆(约 10 磅种子)。我打算用一些唐纳德·达洛克的种子——我想是大苏格兰品种的。

我把房子上的波形铁皮拆了下来，这东西应该足够覆盖鸡舍了。原先用来安装铁皮的框架可以给鸡圈做门。我只有等风停了才能完成这项工作。我还给矮豌豆削好了了爬杆。现在开始做菜豆的。地里一只落单的绵羊产仔了。它几乎不怎么在意自己的羊仔，甚至在羊仔吮奶时还在继续走。不过当我抱起羊仔打算把它放进屋里的时候，母羊表示抗议。羊仔挺健壮，不过我估计只有一两磅重。

因为院子里有谷糠，出现在我们家周围的鸟多多了。还是没有看到麻雀，但是有大群的花鸡，几乎和麻雀一样多。不知道它们会不会去吃豌豆和甜菜根。

种下的浆果灌木大多都发芽了。

D. D. 说往年这个时候早就该听到布谷鸟叫了。但燕子一般来说要到 5 月 12 日左右才会出现。

我们好像是一周用 4 加仑煤油，尽管我还不太肯定。如果是这样的话，那么现在这桶煤油用到 5 月末就要空了(库存里还有一桶）。消耗得这么快是因为天气寒冷，需要频繁使用煤油炉。一只炉子日夜不停地燃着，每天可以消耗掉半加仑煤油。

晚上七点过后下了点雨。

需要为来年订购以下物资（这次最好及早订货）：

3 棵烹食苹果树

4 棵李树

1 棵西洋李树

1 棵青梅树

1 棵温柏树

6 棵樱桃树（生食樱桃）

2 打灌木玫瑰

1 打牡丹（红色和粉色的）

200 株郁金香

草莓？［被划去了］ 三株罗甘莓［墨迹较浅］

［迎面页上写着］

还需要订购：

6 株玫瑰（2 株攀缘玫瑰，4 株灌木玫瑰）

6 丛醋栗

1947 年 4 月 23 日

坏天气一直持续到下午四点。风很大，雨下个不停，气温很低。4 点钟后天转好了些，大多时间依然在下雨，但间或出过几次太阳。傍晚时风停了，雨还在下。海面很快恢复了平静，快得令人诧异。

昨天出生的那只小羊今天早上死了。安维尔发现它时它已经奄奄一息了，于是把它抱进屋来。血从它的口鼻中渗出。据阿拉斯泰尔讲，它一定受到了海鸥或羽冠乌鸦的攻击。母羊看上去强壮健康，但它从一开始对小羊就有些爱理不理，所以它大概没有奶水。

理查德从昨晚开始因为着凉一直发烧，还在咳嗽，病得不轻。不过他的额头愈合得很好。医生今天把线拆了，伤口没有感染，好像不会留下疤痕。土豆种子昨天送到了(大苏格兰种)。等地稍干一些，我就可以把它们种下去了。

又有几朵报春花开了。金雀花在盛开。除了这些，还有为数不多的白屈菜花外，没有看到其他的野花。

今天的风很大，把几株大黄幼苗的爬杆都吹掉了。郁金香安然无恙，不过它们的遮棚也要好些。玫瑰都吐苞了，除了一株。

1947 年 4 月 24 日

上午天很好，风大寒冷。下午有大暴雨和阵雨，间或有阳光。下午五点半左右有冰雹。整个白天都很冷，风很大，直到傍晚。我用锄头和碎土机把那片新地块给刨细了。不过在我能种土豆之前，还得让土再干一些。我开始给菜豆削爬杆了。

理查德今天好些了，但到了晚上又烧起来了。

我订购了来年的树苗。

所有的苹果树都发芽了，除了詹姆斯 · 格里夫。它看上去像是死了。木莓也没有发芽。我想所有其他的浆果灌木都发芽了。看来詹姆斯 · 格里夫就是被我弄断根系的那棵苗。

1947 年 4 月 25 日

天气很糟糕。非常冷，雨几乎下个不停，从正午起一直在刮大风。地面比以往更泥泞了。我没有做任何户外工作。理查德的咳嗽还是很严重。白天大多时间气温都挺高。

我看到远处有一只鸟，好像是小燕。

傍晚时下起了猛烈的暴雨。

1947年4月26日

今天天好多了。阳光明媚，有风，气温不那么低了。土地干得很快，但还是不适合种土豆。我又翻了一点那片犁过的地，种下了春季洋葱（白里斯本种），开始给果树间的空地锄草。这样的小块地是可以用除草机的，但你首先得用镰刀或大剪刀把一团团的老草茎割掉。之后第二遍的锄草工作就可以用除草机了。

理查德似乎好些了——到了下午6点时烧几乎全退了。几个小时前遍布他全身大部分区域（包括腿部）的皮疹也都暂时消失了。

安维尔今天上午听到了布谷鸟叫。

他们现在犁完了房子前面的那片地，大约4英亩半，我估计他们昨天和今天总共在上面工作了8小时左右，包括拖拉机两次陷进泥里耽误的时间。

A看到一只山兔，毛几乎还全是白的！估计它们何时换毛是由气温决定的。

现在可以肯定理查德出了麻疹。他得在床上再休息一周，之后的一周也不能出门。

1947年4月27日

昨天整晚都在下大雨。今天上午地面上到处都是大片的水塘。

上午多雨阴冷。下午大多时间都有太阳，有风，间或有暴雨。整个白天的净效果应该是让地表略干了些。

今天没有做任何户外工作。我做好了鸡圈的门框。门框很沉，给它装门枢肯定会是项困难的工作，因为我不但没有这种尺寸的铰链，而且它吃力的部位也不平直。这门肯定得放在地上，那样的话最好的办法就是用绳子或铁丝做门枢。理想的做法是在门的底部装上轮子，但我想只要把地铲平，用滑板（桶底）也可以。

理查德好些了。我试图给他做个拼图玩具，但是我只能用直刃切割木板，因为我唯一的弓锯断了。

A 昨天看到些叫不出名字的鸟，外形像鸭子——也许是某种潜鸟。

我看到一只燕子(或者是小燕——只是一瞥)。

1947 年 4 月 28 日

晚上有雨(据凯蒂 · 达洛克说，还有冰雹)。今天大多时间都风大阴沉，阵雨和阳光交替出现。傍晚无风晴朗。整个白天都很冷。今天傍晚是这一两周来风头一回停。我想这段时间刮的一直是西风。

我把门架在滑板上了，效果还算令人满意。

我听到了布谷鸟叫(今天头一遭)。报春花现在相对多起来了。榛树上长出了厚厚一层花苞。野鸢尾花长至 6 英寸到 1 英尺高了。还没有欧洲蕨的迹象。

1947 年 4 月 29 日

昨晚好像没下雨。今天上午十点左右开始下雨，之后几乎没有停过(不太大)，直下到晚上八点。之后天空晴朗了些。

今天做不了任何户外工作。用水泥修补了食物储藏室墙壁上的裂缝。

我们的油消耗得很快，因为两只煤油炉整天都烧着。这种天气也没法去弄干柴火。甚至连不透水的谷仓里都一直是潮的。我注意到水泥要过好几天才能干。

1947 年 4 月 30 日

今天天好多了，但是很冷。没有下雨，整个白天阳光灿烂，刮起了猛烈的北风，吹走了不少潮气。

豌豆、莴苣和芜菁都刚刚发芽，但是所有的莴苣苗和许多芜菁苗都被花鸡给拔出来了。它们已经开始攻击豌豆苗了。我重新播下了莴苣种，上面盖上铁丝网。我一开始就应该采取这项措施的。有三株醋栗苗还是没有发芽。有几株木莓在靠近根部的位置长出了新芽——我当时在种下幼苗的时候就应该把茎给截短的。“詹姆斯·格里夫”还是没有长新芽的迹象。杂草开始冒芽了。

我又翻了些地，给果树间的空地除完了草，给豌豆竖好了爬杆。下次这片杂草就可以全部用除草机来处理了。灯芯草被连根拔出后留下的洞眼里可以填上土重新播种，或者铺上草皮。今天开始用新的一桶液化气(我得再订两桶)。应该能用到6月的第一周。煤油的存量比我预计的要少(恐怕只有一两周的存量)。不过我们手头还有一桶新的。

1947年5月1日

今天天很好。没有下雨，不过下午有半个小时的时间看上去像是要下的样子。整个白天其他时间里都阳光明媚。昨天风小些了，但还是很冷。

我种下了土豆(大苏格兰种)，种了5排，播了约15磅的种子，也可能更接近20磅的样子。我把那丛老醋栗连根拔起了。在尼尔·麦克阿瑟和迪基·克拉克[8]的帮助下，我把鸡舍固定在地基上了。在我能用螺栓把它完全钉死之前，相信下次刮大风的时候它不会被吹翻了。

我在食品储藏室里打死一只老鼠。安维尔跑出来告诉我说，里面有只老鼠胆子非常大。我进去后发现它正在吃地上的什么东西，全然不顾我们俩。我用木桶板一下把它打死了。很奇怪，这些动物的怕生程度每天都不一样。

那些老树上结出了醋栗和茶藨子——但数量很少，我想我自己的树上今年不会结果子了。

---

8 迪基·克拉克在埃斯特位于塔伯特的庄园里工作，尼尔·麦克阿瑟大概也是。

1947 年 5 月 2 日

整个白天天都很好。比昨天暖和些，风也很小。下午天阴了一小会儿，下了几滴毛毛雨。

我把波纹铁放在了鸡舍顶上，我想应该不会掉下来。不过我还是需要把鸡舍固定死。我没法用螺栓把它钉在地面上，因为我没有足够长的螺栓。我观察了一下唐纳德 · 达洛克的鸡舍，看看他是怎么弄的。我发现他在鸡舍两边放两块大石头，再用一根围栏铁丝在两块石头上都绕两圈。接着用第二根铁丝穿过缠在石头上的铁丝，并经过屋顶。最后把铁丝给拧紧。我想这是当地的常规做法。

我今年头一次看到两只小兔子。花鸡还在大群地飞往它们的栖息地，所以它们一定还没有筑巢。花鸡把所有的南瓜苗都毁了，所以我还得重新播种。

煤油桶里的煤油好像只能再维持几天了——一桶油只能用一个月，而不是我之前想的两个月。不过也有可能是我们去年离开时里面剩的油比我预料的要少。

理查德今天头一次下楼。头上的绷带也是今天拆的。疤痕愈合得非常漂亮，已经不太明显了。

1947 年 5 月 3 日

几乎整个白天都很阴冷。下午大多时候都在下小雨。傍晚时天好些了，但还是冷。海面波涛汹涌。

今天做不了太多户外工作。我翻了一点地，给苗圃铺上了铁丝网罩，重新播下了南瓜种。我发现即使铺上了铁丝网罩，花鸡还是会去吃种子。它们毫不顾忌地钻到铁丝网下面。

最后一朵玫瑰也长出了花苞，所以一朵没死。那些叶子发育相对齐全的新醋栗丛上结出了些果子，尽管不太多。

1947 年 5 月 4 日

整个白天天都很好，除了傍晚时下了几分钟的毛毛雨。虽然阳光不是很强烈，但比昨天暖和。上午时海面依然波涛汹涌，到了傍晚平静了下来。

我又翻了些地，给浆果丛间的空地除完了草，种下了山字草、金盏花、雪莉罂粟和屈曲花。

青蛙卵没有孵化，也许是因为我没有换水的缘故。我本以为在孵出蝌蚪之前不需要换水。

几株草莓开始吐露花苞。

虽然我盖了铁丝和棉花，但花鸡还在偷吃南瓜种子。我打死一只，把它的尸体放在苗床上。但这样做的效果也许只能持续一两天。

当我向下俯瞰，视线一直延伸到海边时，几乎看不到一片绿叶。

那桶煤油快用完了——比我估计的少用了 5 个星期。但也有可能一开始里面的煤油就比我想的要少。

我订购了 2 罐液化气。（送去了空罐子。）

1947 年 5 月 5 日

今天大多时间都很阴沉，间或有些阳光。起了些风。下过几场短促的阵雨。

我又翻了些地，削了几根菜豆爬杆，给樱桃树撑好了木桩——我做得很不专业，但也许能够抵挡住夏季风。

大多数报春花都开了。景天几乎在地面上都看不到，也没有开始生长。阿德卢萨那边还没有听见布谷鸟叫。

他们今天在我们家前面的那片地里播种耙地了。他们先把种子在粗略犁过的地里播下去(4 亩半的地播种只花了大约两小时)，然后再把地耙两遍。我以前不知道还有这样的做法，我本以为这会让种子在土里埋得深浅不一，而且多半是埋得太深，因为在生土被翻出来的地方犁沟能有 8 英寸深。这样做的好处是能让种子都滚进犁沟里，将来发芽的时候长成一排，但其实不管你用怎样的次序都能有这样的结果，因为即便是耙过的地里还是有犁沟的痕迹。

那桶柴油今天用完了。

D 放在牛栏里的陷阱杀死了一只大老鼠。

1947 年 5 月 6 日

上午下了点雨，下午阳光明媚，风很大。比昨天暖和些。

我翻了些地，给樱桃树和一棵墙式苹果树重新做了整枝。这棵苹果树吐出了大团的花苞，但真正能留下的不会太多。另外如果其他苹果树不开花的话，它的花也没法受粉。

欧洲蕨的叶子开始长出来了。

1947 年 5 月 7 日

整个白天都没有风，但大多时间都很阴沉。上午下了点毛毛雨。海面很平静。

我种下了豌豆(戴西种，第二早季，1.5 英尺高)和莴苣。头茬的莴苣中有几株好像没被松鸡吃掉。

几株大黄死了——原因可能是它们的苗太嫩了，我在上面盖了太多的牛粪。木莓大多都在根部周围吐出了花苞。三株醋栗还没有吐苞，我怀疑它们已经死了。

今天开始换下一桶柴油。应该能至少用到 7 月末，但我到 6 月的时候就要留意订购一桶新的。

我移植的报春花中有一两株开始开花了。

1947 年 5 月 8 日

上午无风阴沉。下午下了些雨。天很暖和。我开始在鸡圈周围围上铁丝网。

1947 年 5 月 9 日

今天天气晴好温暖，无风，一直持续到傍晚。这是我们回到岛上后第一次可以舒适地坐在户外。海面非常平静。

身体不太舒服，做不了太多户外工作。我给房子前面的那片地除了草(长了许多的刘寄奴，不过只要频繁修剪就能把它们控制住)，检查了那片泥炭地。泥炭现在干得可以切块了。我还做了一个叉子；生火焚烧了垃圾。

剑兰(4 月 13 日种下的)开始零星发芽了。

看到几朵盛开的紫罗兰(这是我今年头回看到，但安维尔早就看到过了)。

又看到一头死鹿，离那个倒塌的窝棚不远。他们说去年冬天里死了许多鹿。

看到一只燕子停在地上，这在我看来不太寻常。

傍晚晚些时候下了一两个小时的雨。

1947 年 5 月 12 日

过去三天一直呆在床上。5 月 10 日服了 8 片 M&B[9]。病得很重，直到今天上午才好点。今天下午起床活动了几个小时。现在身上还在发抖。

5 月 10 日傍晚下了一两个小时的雷暴雨。这几天的其他时间里都温暖无风。各种植物长得飞快。

野樱桃树上长满了花苞。一两朵郁金香开了。5 月 4 日种下的雪莉罂粟发芽了。许多剑兰也发芽了。

---

9 May and Baker，磺胺类药物如磺胺吡啶(用于治疗肺炎)的生产商。人们通常用该生产商的首字母来指代这种药物。

1947 年 5 月 13 日

今天好些了。外出了一小会儿，但什么活儿也没干。

天气很好。各种植物都在蹿个子。

他们今天在那片地里种了黑麦草。这种作物发芽比燕麦晚，因此也不太受燕麦收割的妨碍，到了来年可以把它们作为干草收割上来。但是这次他们打算把这草在地里至少留一年，当做头年的牧草。种子是用一种“旋转播种机”播撒的，能朝各个发向抛撒种子——种子很轻，所以很难用常规方法播撒。通过操作一根小杠杆，部分种子从种子袋里被取出，落在一个锡盘上，锡盘被分隔成几个部分，可以快速旋转。播种人在地里慢慢走着，用这种装置从脖颈的高度向四面八方撒种，边走边用一根弓弦前后运作，驱动锡盘旋转。一袋种子可以撒整片地(4.5 英亩)。

那艘装了舷外发动机的小艇运到阿德卢萨了。我下周等有车的时候就可以去把它取回来了。

我订购了母鸡——8 只 28 周大的老母鸡，最好是 RIR 和 WL 杂交的[10]。它们要从约克郡运过来，很长的路。

---

10 罗得岛红鸡和白来亨鸡的杂交种。

1947 年 5 月 14 日

上午风大阴沉，但挺暖和。下午下了很多雨。

今天我好些了。在鸡圈外又围了些铁丝网。还需要做很多固定工作。

我用铅给浴缸浇铸了一个塞子。这个过程中我肯定有什么地方做错了。尽管铅在坩埚里时很安稳，但一倒进模具就沸腾乱溅，你似乎没法铸出一件没有瑕疵的东西来。也许是因为两者的温差吧。这样的话，是不是应该先加热模具？

理查德今天三岁了。

那罐液化气今天用完了。只用了两周！那桶新液化气很难点燃，压力好像太大了。也许充的时候不太规范。

1947 年 5 月 15 日

上午风大寒冷。下午有点阵雨，之后放晴转暖。傍晚天气宜人，无风。海面平静。

我今天继续围铁丝网。差不多完成了，固定工作除外。我给剑兰削好了爬杆(第一床苗圃里的现在都长起来了)。

今天是我这 10 天来头一次去基努亚德拉赫。几朵圆叶风铃草开花了。一些黑刺李正在吐露花苞(我记得去年没有看到黑刺李子)。榛木刚开始长新叶。我今年头一回看到灰苍蝇，就是那种专叮牛粪的苍蝇。反吐丽蝇现在已经很多了。

凯蒂 · 达洛克说昨晚电台里宣布说现在禁止从英格兰向苏格兰运送禽类，以防止某种疾病的传播。肯定还有一道命令禁止从国外向英国进口禽类。也许那个我向他邮购母鸡的承销商会在下封信里告诉我更多消息。

1946 年 5 月 7 日种下的莴苣发芽了，但之前几天种的洋葱还没有。

1947 年 5 月 16 日

整个白天都阳光明媚，但有时风吹得很冷。

我把铁丝网都竖起来了(还需要固定)。

我清理了那片草莓地，砍倒了木莓树。野草现在长得到处都是。

洋葱发芽了。

1947 年 5 月 17 日

阴沉，但不太冷。整个下午和傍晚都在下雨。

我种下了三色紫罗兰，又给剑兰削了些爬杆(这下够了)。鼻涕虫的数量多起来了。我试着在莴苣周围撒了些烟草粉。

安维尔今天上午看到一头鲸在游过海湾。也许是头虎鲸[11]，就像去年那头。

今天看到几只白颈兔子，还在那个老地方。这是今天头一次看到。

景天终于开始在石头上生长了。野鸢尾花长到 1 英尺到 18 英寸高了。

---

11 这是一种外观像海豚的鲸类，但没有海豚那像鸟喙一样的尖鼻。学名叫瑞氏海豚，但也泛指各类不同的鲸鱼。

1947 年 5 月 18 日

昨晚显然下了很多雨。今天上午风大阴沉，下了些雨。下午有阳光，但全天都很冷。

我又翻了些地(还是翻不了太多)，清理出一块地方做西葫芦圃，用木钉固定了铁丝网(有一两个角还有点摇摇晃晃的)。

我们买来的郁金香说是有各种颜色，可几乎全是黄的。

1947 年 5 月 19 日

全天阳光明媚。海面很平静。

我把西葫芦种在了户外，上面罩着罐子，就是拿锡罐头的底部戳个孔。我要过一周再来看看它们有没有发芽。我给剑兰竖好了爬杆，给芜菁锄了草，开始给第二床苗圃间苗。我又给玫瑰剪了些枝，因为它们好像需要。

又有一两棵苹果树开始吐露花苞了。那棵墙式苹果树上的花现在都开了，也许等不及受粉了。樱桃树上也有一两朵花快开了。

1947 年 5 月 20 日

今天天气晴朗，炎热无风。

我清理了一块地准备种甜菜根。削好了菜豆爬杆。又有几株草莓开始结果了。许多苹果花开了。我们家前面那片地里的庄稼都长得老高了。附近的湿地里长出了大个的驴蹄草。随处可见报春花在开放。

今天岛上能看到灯塔的闪光，当地人说这预示要下雨了。

如果天好的话，我们打算星期天(25 号)把船运回家。

1947 年 5 月 21 日

今天无风，上午阴沉，下午阳光明媚。海面很平静，雾气很重。

我开始切割泥炭。切了 200 块，花了我们两个人 2 个小时，这包括在动手前剥去草皮的时间。我在泥炭块周围围了圈绳子，希望能把鹿和牛挡开。我们期望能切出至少 1 000 块泥炭来。

我在苹果树周围撒上了烟草灰，明天要把它清洗掉。草地上的那四棵树上有许多含苞欲放的花朵，不过也许赶不及和那棵树墙上的同时开花了。

海石竹开花了。

海湾里总是有那么多的鸬鹚，我怀疑附近有一片鸬鹚巢。因为每年的这个时候它们不可能总是从筑巢地长途跋涉来到这里。

1947 年 5 月 22 日

阴沉，但不太冷。风很小。下午大多时间都有小雨。海面很平静。

我种下了甜菜根和芜菁。

母鸡送到阿德卢萨了。大概周六会送到这里。

我还不清楚是什么品种的(我订购的时候说，如果可能的话就要杂交种，没有的话就要纯种的罗得岛红鸡）。

1947 年 5 月 23 日

天天气晴朗温暖，海面平静。

我在果圃周围围上了铁丝网，给房子前面的地除了草，开始给果树中间的空地锄草。我给灯芯草和荨麻喷洒了一些氯酸钠溶液。

苹果树的一些叶子看上去还是不太健康。

母牛昨晚陷进泥里去了。我们把它拖出来的时候，它虚弱得都站不起来了，只能喂给它吃安维尔做的稀粥。

1947 年 5 月 24 日

今天没有昨天暖和了。风也大了。风向一直在变。海面波涛汹涌。

我拿回家几株景天，打算在家里栽培。去年插的海石竹都活了。

母鸡送到了（罗得岛种）。从 21 号起它们就一直在阿德卢萨了，在此期间一共下了 6 个蛋。看上去它们差不多都能下蛋了。

弗莱彻家昨天弄到许多海鸥蛋，不过其中有许多都已经被孵过了，所以现在再孵已经晚了。它们一定是 15 号到 20 号左右下的。不过弗莱彻他们还是弄到了不少好蛋，给了我们 16 个。蛋的个头大得惊人，有鸡蛋般大小。也许是黑背海鸥或银鸥蛋吧。这些蛋没法充作千鸟蛋拿到集市上去卖；我记得以前曾经拿海鸥蛋当做千鸟蛋卖过。

鼻涕虫在吃金盏花。我尝试着撒了些烟草灰。

1947 年 5 月 25 日

天气晴朗，但比昨天风大。我今天去了阿德卢萨想要把船开回来，但是海面浪头太大了。

阿德卢萨的所有生物生长周期都比这里提前。

母鸡没有下蛋。

1947 年 5 月 26 日

晴朗风大。海面波涛汹涌，接近傍晚时平静了些。

我又切了些泥炭(150 块)，继续清理果树间的杂草。

一株土豆发芽了，是第二茬的。其余的(4 月 17 日种下的)还没有长起来，但也正在发芽。我扒开一两颗种子外面的土看到的。

晚上下了点阵雨。

没有蛋。

1947 年 5 月 27 日

无风，温暖。大多时间都很阴沉。海面相对平静。

我又切了些泥炭(130 块)，并把第一批分成 3 块一组。给山字草做了间苗(被鼻涕虫吃掉了一些)；往后院里的酸模上喷了些氯酸钠溶液。

有安维尔和我一起干，我们差不多一个小时可以稳定地切 100 块泥炭。再算上翻块、叠放和运输的工作量，把这个时间翻番，那么生产 1 吨煤炭大概需要 40 个小时(2 人)的工作量。有经验的老手当然能快很多，另外如果有三四个人的话也能加快速度，因为这样能节省工序之间的转换时间。

1947 年 5 月 28 日

天很好，大部分时间风都很大。海面波涛汹涌，直到傍晚才平静下来。

我今天没做任何户外工作，因为我一直在忙着做邮箱。

5 月 22 日种下的芜菁发芽了。

母鸡还是没有下蛋。珍妮特 · 麦基奇尼说，他们从英格兰买来的母鸡过了一周才下蛋。

1947 年 5 月 29 日

昨晚下了点雨。今天白天大多时间都有小雨和薄雾。

我种下了香雪球(一年生的)，给头茬的芜菁做了间苗。那棵詹姆斯 · 格里夫苹果树显然没死。这样看来，这 90 来株的植物里(不算草莓)死掉的有 3 株醋栗、1 株黑醋栗、3 株大黄和半打左右的木莓。考虑到种植的时间偏晚以及极其恶劣的天气，这样的结果还不算太坏。

2 只蛋(这是我们的第一次收获)。

头茬地里长出了不少土豆苗了。

1947 年 5 月 30 日

无风温暖。

伊恩[12]昨晚帮我们把船开回来了。他们正好要去格兰加里斯戴尔取冲头，于是顺便把它开到了基努亚德拉赫。马达启动时有些困难(点火塞不太好)。

今天下午我登上海港入口处的那个小岛，看看燕鸥有没有开始筑巢。它们还没有开始，但我找到一只海鸥蛋。

安维尔看到几只浅黄褐色的兔子。

圆叶风铃草正在盛开。

没有蛋。

---

12 伊恩 · 麦基奇尼。格兰加里斯戴尔湾在朱拉岛的西海岸，差不多正对着巴恩尔。

1947 年 5 月 31 日

昨晚显然下过大雨。今天温暖无风，大部分时间阳光不太强烈。海面平静。

我除完了果树间的杂草，给山字草和罂粟做了间苗。甜菜根(5月22日种下的)发芽了。一株西葫芦苗刚刚破土而出。

2只蛋。我开始给母鸡喂卡斯伍德。

1947年6月1日

昨晚有雷声，下了大雨。今天上午下过一阵急促的阵雨，其余大部分时间都晴朗温暖，但有雾。

我今天去了斯卡巴岛[13]。开船需半小时左右(3—4英里远)。我们返回时，引擎发动不了(也许是因为点火塞有问题)，只能划船。这活儿很累人，花了2个小时左右。斯卡巴岛比朱拉岛荒凉多了。岛上几乎没有树，草长得很茂盛。我在岛上打死一条很大的蛇。

今天种了莴苣。

1只蛋。

---

13 斯卡巴岛在朱拉岛以北；两岛间隔着克里福勒肯湾。

1947年6月2日

天气晴好温暖，无风，有薄雾。海面非常平静。

今天又切了些泥炭(200块)；往地里喷洒了些氯酸钠溶液。

2只蛋(第三只母鸡现在开始下蛋了)。

2株玫瑰长出了花苞。所有的苹果树，除了两棵，其余的都开花了。第二茬剑兰也发芽了，幼苗长得挺高(只有半数发芽)。

唐纳德·达洛克给了我一担粪肥。

布谷鸟的叫声现在随处可闻了。我不清楚它们到了6月份的时候会不会真的变换叫声，还是会在人们听惯了它们的叫声后惹人讨厌。

1947 年 6 月 3 日

无风，多云，温暖。今天没下雨，但有那么几个时候让人觉得像是要下的样子。海面非常平静。这种天气里牛奶酸得很快。

我清理完了一片地准备种菜豆。我给小艇的马达加了润滑油，听从伊恩 · 麦基奇尼的建议截掉了一段给油管，并且换了新的点火塞。这个塞子是从奥斯汀汽车店买来的，在我看来不比原先的那个好——不管怎样，我已经写信要求更换了。修过的引擎今天没法试，因为船不在跟前。只要引擎一能运转，我就开着那艘皇家空军橡皮艇去基努亚德拉赫。

安维尔和 B. D.[14] 昨晚去钓鱼了——还是一无所获。这附近好像只有小鱼。

树篱里的那棵老梨树开花了。不过我去年来的时候(去年所有东西的生长周期都比今年早几周)就觉得它已经开过花了，但没有结果。香雪球发芽了。山梨树快开花了。橡树叶都长齐了。

---

14 比尔 · 邓恩。威廉 · 邓恩(1921—1992)曾担任英国陆军军官，但在战争中失去了一条腿，因伤退伍。1947 年他来到朱拉岛务农。5 个月后他离开自己在巴恩尔以北的农场，同奥威尔及其妹妹安维尔住在了一起。他随后与理查德 · 里斯一起合伙经营巴恩尔的农场。1951 年他与安维尔结婚，一起抚养奥威尔的儿子理查德。详见《追忆奥威尔》中奈杰尔 · 威廉姆斯采访比尔 · 邓恩的笔录，pp. 182－185。2009 年 2 月到 3 月间，理查德 · 布莱尔为“艾瑞克和我们”网站写了一篇非常有趣的文章，并被复制到了“奥威尔奖”网站。该文已被存档。

1947 年 6 月 4 日

昨晚下了大雨。今天几乎整个白天都有雨，并有山霭。地面非常潮湿。

今天没法种菜豆。我开始给豌豆搭爬杆，修好了谷仓门上的螺栓，割了灯芯草。

我在花园里找到一株耧斗菜(那种老式紫色的)。它一定是从这房子上一次有人住时一直幸存到现在的。那大概是 12 年前了。其他幸存的花朵还有黄水仙、雪花莲(这两种花的数量都很多)、火把莲和乌头。

煤油的消耗量现在每天只有一两加仑了。

4 只蛋(我想有 5 只母鸡在下蛋了)(14)。

1947 年 6 月 5 日

阴沉寒冷，白天大多数时间都有小雨。傍晚时天放晴了些。海面平静。

今天种了菜豆(播种时我在地里戳出一个个小洞，因为土壤非常黏)，并且竖好了爬杆。我又试着发动引擎——但是没有效果。在新火花塞送到之前，我没法判断问题所在。但我怀疑是磁电机有问题，在这方面我一窍不通。

我和唐纳德 · 达洛克划船时，他登上了那个小岛。

燕鸥还没有下蛋，但它们好像在筑巢(在地上挖出了一个个凹洞)。D. D. 找到一个窝，里面有两只雏鸟，黑毛，有条纹，和一天大的小鸡一般大小。它们大概是捕食牡蛎的，因为有两只一直在这附近出没。

船里进了很多水——不过这些大概多半都是雨水。没有蛋。

1947 年 6 月 6 日

风很大，大多数时间天空晴朗，间或有雾和小雨。

我又除了些草。比尔 · 邓恩和唐纳德 · 达洛克昨晚抓到一条鱼(小绿鳕)。

4 只蛋(18)。

1947 年 6 月 7 日

风很大，大多数时间天空晴朗。上午有些冷。海面波涛汹涌。

昨晚在花园里射死一只小兔子。我把尸体扔进了壕沟里，到了早上就不见了——也许是被猫叼走了。我得尽快把剩下的铁丝网竖好。

我给马达换上了新的点火塞，并且按照伊恩的建议增加了油箱里的汽油比例。船现在不着水，我就把引擎挂在船尾试了试，螺旋桨腾空。它几乎立刻就发动起来了，而且停不下来，大概是油门控制线卡住了。马达就这样空转了5分钟，等到汽化器里的汽油烧光的时候，齿轮箱里的润滑油都烧得嗞嗞作响了。我想这应该没有造成什么损害。油桶的龙头好像在滴油。

今天取了1加仑汽油，到目前为止总计10加仑。

3只蛋(21只)。

今天从弗莱彻家取了1英担玉米。

1947年6月8日

风大，寒冷，整个白天雨一直时下时停。主要刮的是西风。海面波涛汹涌。

昨晚又在花园里看到一只兔子。我朝它开了一枪，但是没打中。

今天种了香豌豆(不多)和牛舌草；拔掉了郁金香和那3株死掉的醋栗。从根部的情况看，其中一株可能还没有死。

油桶好像每24小时滴1品脱油。如果其中十分之一蒸发掉的话，那么每两个半月才会损失1加仑。这在我看来还不算太多。

2只蛋(23)。

1947年6月9日

今天晴朗温暖。海面平静。有一点风。

我竖好了剩下的铁丝网(现在只剩大门还没有竖网了)，清理了木莓和大黄圃。又打死一只想要钻进花园的小兔子。

今天傍晚我用马达艇把皇家空军橡皮艇拖到了基努亚德拉赫。过程很不顺利，引擎半道停摆了（也许是润滑油加多了），我们不得不把橡皮艇留在了老基努亚德拉赫码头，以后再取，然后划船返回。

今天看到一只猫头鹰（今年头回看到）。我可以肯定它看上去是黑白相间[15]的。

3 只蛋（26）。

---

15 这是猫头鹰的夏季毛色。

1947 年 6 月 10 日

整个白天都很阴沉，大部分时间都在下雨。有小风。海面平静。

我给房子前面的那片地除了草；做了个母鸡的饮水槽。现在有 5 株玫瑰长出花苞了。攀缘蔷薇还没有吐苞。

4 只蛋（30）。

关于漏油的问题：我把滴漏的油盛在瓶子里，隔一段时间就把它们倒进汽车[16]。我得记录用这种方式消耗的油量。到目前为止是 3 品脱。

---

16 此处也许是“罐子”（can），而非汽车（car），但 1947 年 7 月 3 日日记中的肯定是“汽车”。

1947 年 6 月 11 日

今天晴朗无风，炎热。这也许是我们今年遇到的最好的天气。海面像玻璃一样。

今天给胡萝卜做了间苗。

我把橡皮艇拖到了基努亚德拉赫。没法用撑竿的方式正常行进，所以最好是用绳子把小艇拖过去。我试着在引擎的燃料混合物里多加了些汽油，引擎立刻就发动起来了。所以润滑油的确是加多了。

西芹(3 月 17 日种下的)刚刚发芽。

已经滴了 4 品脱汽油了。

4 只蛋(34)。

1947 年 6 月 12 日

今天晴朗无风，雾比昨天大。但是下午同样很热。海面非常平静。

今天又切了些泥炭(150 块)，把剩下的摞成 3 块一组。已经有鹿开始偷吃了，不过还不太严重。今天种了防风草。

羊胡子草长得到处都是。花楸正在盛开。它们的花闻上去和山楂树和接骨木一样，甚至更冲。野樱桃树上开始结果子了(还有那几棵小酸樱桃树，不过大部分果子大概都会掉落)。除了两三株，所有的土豆都熟了。

我看到一只秃鹰，利爪里抓着一只老鼠或其他大小相仿的猎物。这是我第一次看到这些猛禽捕猎。

我上两周在牛栏里抓到 5 只老鼠(2 只小老鼠，2 只大老鼠)。这些老鼠好像是轻易地自投罗网。捕鼠夹就设在牛圈里，没有诱饵也不加隐蔽。我处理它们的时候也没采取什么措施。我听说最近在阿德卢萨有两个孩子被老鼠给咬了(照例是咬在脸上)。

汽油滴了 5 品脱了。

5 只蛋(39)。

1947 年 6 月 13 日

昨晚显然下过大雨。整个白天天空都很阴沉，飘了很长时间的毛毛雨。风非常小。海面平静。雨水把一切都浸湿了。

毛地黄吐出了花苞(在花园里)。去年这个时候它们早就盛开了。

我怀疑母鸡身上生了跳蚤，给它们喷了滴滴涕。我在一个巢里发现一只蛋的蛋清，但没有蛋壳的踪迹。这也许是个意外，不是有什么东西在偷蛋吃。

汽油滴了 6 品脱。

5 只蛋(44)。

1947 年 6 月 14 日

晴朗无风，但不像前天那么暖和。海面浪头大了些。

我给土豆除了草，给芜菁做了间苗，给草莓施了液态粪肥。

今天傍晚有两只兔子不但钻进了院子，还躲在房子屋檐下面。我发现一棵苹果树后面有根排水管，之前唐纳德·达洛克警告过我它们冬天就是从这里钻进来的。麻烦的是，这根管子可能通往后院，这样它们就能绕过铁丝网了。也许吃掉山字草的是它们，不是鼻涕虫。我用一块石板把洞堵住，边上用石块卡住。我得赶快在大门那里拉上铁丝网。

安维尔和比尔·邓恩昨晚逮到了 16 条鱼(很小)。

汽油滴了 7 品脱了。往多里说就算 1 加仑，那么到现在为止已经接了 11 加仑了。

倒挂金钟快开花了(去年是 5 月底开花的)。

3 只蛋(47)。

1947 年 6 月 15 日

昨晚下了些雨。今天阳光明媚，风挺大，不太暖和。海面平静些了。没有碎浪。

我逮到了那两只躲在屋檐下那个洞里的兔子。我把陷阱推进洞里，然后打开。这两只都是小兔子。它们都试图从洞口处逃跑，这说明洞的另一端没有出口。D. D. 说这个洞只是个通风口。

我从岸上抛了根长绳系到锚浮标上；这样当我够不到摩托艇的时候，可以划橡皮艇过去。

今天取了 3 加仑汽油，总共 14 加仑。

滴了许多油，有 1 品脱半(开过龙头以后油滴得更厉害了)。

5 只蛋(52)。

那几株我以为已经死了的木莓吐苞了。

我给头茬土豆做了培土。

安维尔和比尔 · 邓恩昨晚抓到了 31 条鱼。

1947 年 6 月 16 日

昨晚可能下过小雨。今天白天大部分时间都很阴沉，风大寒冷。下午晚些时候刮起了强劲的南风，下起了小雨。海面波涛汹涌，码头外有大碎浪。基努亚德拉赫码头上风不是很大，因为是南风。

今天种了豌豆(末茬)。

我重新设好了屋檐下兔洞里的那个陷阱，结果抓到一只老鼠(小老鼠)。这样看来老鼠说不定能从这里钻到后院去，但兔子不行。

几朵野鸢尾花开了。D. D. 在播种芜菁，有 2 英亩面积。要徒手给这么大一片地间苗可真能把人累死。

汽油滴了 3 品脱。

6 只蛋(58)。

1947 年 6 月 17 日

昨晚晚些时候下了点毛毛雨，夜里也有雨。今天上午天空阴沉，然后晴了几小时。今天傍晚又下起了雨，还刮风。海面波涛汹涌。

船里面灌满了水，被我清空了；在大门处还有醋栗丛周围拉起了铁丝网，免得理查德去吃。

鸡蛋培根花[17]刚刚开放。有些草莓长到橡子般大小了。

安维尔今天开始用水玻璃保存鸡蛋。[18]

汽油滴了4品脱(现在滴得不那么快了)。

5只蛋(63)。

---

17 云兰花或金鱼草。

18 这样做是为了把鸡蛋存放到冬季。用水玻璃保存过的鸡蛋不能做煮蛋，必须烹制，需要时可以做炒蛋。

1947年6月18日

昨晚显然下过大雨。今天上午有浓雾，下午两点左右雾气散去。下午阳光明媚，相对温暖，风很小。

我给第二茬土豆做了培土；给甜菜根做了间苗；开始给果树间草地上的窟窿补草皮。安维尔用氯酸钠溶液喷洒了侧花园里的灯芯草。我还给西葫芦做了间苗。

一株攀缘玫瑰吐出了花苞。苹果树上总共结了不少果子，但是能留在枝头的肯定不会多。

汽油滴了不少(今天少些了)，3品脱半。

水玻璃里的鸡蛋现在有9只。

4只蛋(67)。

1947年6月19日

昨晚下了点雨，今天下过几场短暂的阵雨，其他大部分时间里都晴朗无风，相对温暖。海面平静。

我又试了试舷外的马达。开始运转得非常好，但停下之后就发动不起来了。我登上了一个小岛；找到3只燕鸥蛋(不值得去拿)。

发现一只死去的燕鸥。它那血红的喙和腿给我的印象很深。经常来岛上觅食的蛎鹬几乎完全以帽贝为食。岛上茂盛的草地和野花（海石竹和景天）给我留下了深刻的印象。草地的面积有 40 码长，5 到 10 码宽。岛上还有鹿。肯定是哪头鹿为逃脱追猎游上岛的。

我在附近的海湾里看到两只麻鸭。小米草开花了。打死一只绿胡蜂（安维尔前一阵子也打死过一只）。今天唐纳德 · 达洛克把屋子前的燕麦卷成了卷，每卷 6 英尺高。我想这应该是合适的高度。地上有一对鹡鸰在喂雏鸟。我怀疑有一只母鸡已经开始抱窝了。

5 只蛋（72）。

1947 年 6 月 20 日

（以下内容是 21 日补的）

白天大部分时间有浓雾，下过几阵小雨。直到傍晚都没有风。风是从晚上六点开始刮起来的，风向一直在变。海面很平静。今天开船去了阿德卢萨，汽车轮胎破了。从巴恩尔到阿德卢萨，单程费时 1¼小时，风向和海流对我们不利。我尽可能地靠岸航行。燃料混合比例正确的话，马达运转还算正常，但启动还是很难。

我看到一只鹰停在地上，随后展翅升空，就在海岸边老马厩和新马厩之间的半道上。

汽油滴了很多，有 5 品脱半（开过龙头后油就滴得厉害）。今天又取了 1 加仑，共计 15 加仑。

4 只蛋（76）。

液化气用光了。这桶是 5 月 15 日换上的，按计划用了 5 周。前面一桶肯定是有质量问题。

一些景天在岩石上开花了。海石竹的花开始谢了。

1947 年 6 月 21 日

今天干燥，天晴，有风，不太暖和。上午刮了北风，然后转为西风。近岸处的海面很平静。白天的部分时间里海峡处有碎浪。

今天又切了些泥炭(150 块)，摞完了最后一批。一些泥炭被母牛动过了，不过损失不太严重。这下我们完成了 1 000 块的计划。如果干燥的天气能持续的话，一周以后就可以把它们堆成小堆，再过两周把它们堆成一大堆。

我给一些幼苗锄了草，它们被干燥的大风吹得发蔫了。两株西葫芦苗中的一株被鼻涕虫给吃了——它也许还能恢复。

我射了一只海鸥，取了它的尾羽。羽毛不够大也不够硬。鹅翼上的羽毛肯定是最好的。

我在房子屋檐下面抓到一只老鼠(小老鼠)。

今天换了一桶新的液化气。应该能用到 7 月末。

汽油滴了许多，有 6 品脱。

5 只蛋(81)。

1947 年 6 月 22 日

干燥，温暖，无风。海面平静。

许多红花菜豆发芽了。一些香豌豆也发芽了。倒挂金钟快开了(去年是接近 5 月底的时候开的)，西葫芦已经开花了。一两株玫瑰上吐出了许多花蕾。

昨晚有一头鹿(母鹿)钻进了谷仓。不知道它是怎么进来的，门是关着的。

昨天忘了说，我在院子里打死一条大蛇。它当时正躺在煤堆上。

汽油滴了许多，有 6 品脱半。

6 只蛋(87)。

1947 年 6 月 23 日

整个白天都很阴沉，大部分时间都在下雨。傍晚天晴了一些。

海面起伏不定，不过白天有段时间海湾里的浪头很大。

头茬豌豆开了一两朵花。我给它们施了粪肥。鼻涕虫毁掉了两株西葫芦中的一株。我不应该那么早就给它们间苗的。末茬豌豆刚刚发芽。

汽油滴了许多，有 7 品脱。

水玻璃里的鸡蛋现在有 12 只。

6 只蛋(93)。

煤油桶里现在有大约 20 加仑煤油(大概的)。我要赶快再订一桶了。

1947 年 6 月 24 日

整个白天几乎不停地在下雨。寒冷风大，大部分时间都是西南风。海面波涛汹涌。

我开始清理草莓圃。是时候用草把它们给盖住了。草莓好像结得不少，但都很小。

从利尔特那边跑来一群奶牛，动了我的泥炭，不过到目前为止还没有造成太大的损失。

汽油滴了许多，有 7.25 品脱，算 1 加仑，这样总共消耗 16 加仑了。

水玻璃里现在有 17 只蛋。

5 只蛋(98)。母鸡送到一个月了，这段时间里它们每周下 2 打左右的蛋。

1947 年 6 月 25 日

上午晴朗有风，有段时间看上去像要下雨，但是没下——下午干燥一些，而且温暖得多。傍晚再度阴云密布。

我用草盖住了草莓(草不够多)。

两只母鸡开始抱窝了，有 6 只在下蛋。

5 只蛋（103）。

1947 年 6 月 26 日

风大寒冷。下午出了一点太阳，但不怎么暖和。没有下雨，但空气中有一股潮气。傍晚阴云密布，像是要下雨的样子。海面波涛汹涌。

今天种了胡萝卜和少量的小萝卜。

安维尔和比尔·邓恩昨晚去捕鱼了——但一无所获。海面浪头非常大，去年有浪的时候我们通常也抓不到东西，除了几条鳕鱼。不过那时候我们在巴恩尔还从没有两手空空过。

昨天一只鹰从我们家上空飞过。

汽油滴了许多（包括昨天的），半品脱。

水玻璃的鸡蛋现在有 20 只。

3 只蛋（106）。

1947 年 6 月 27 日

阴沉，闷热。下午刮过一段时间的强风，但白天大部分时间里都没有风。有一两次看上去像是要下雨了，但没有下。

我开船出发前往利尔特附近的海滩收集浮木。同往常一样，船开始启动得很顺利，但在巴恩尔停下接了安维尔和理查德后就发动不起来了。我费了半个小时才重新发动，然后开回基努亚德拉赫。安维尔登上了海港入口处的小岛，那里有一打左右的燕鸥蛋——蛋太小了，不值得拿；还有 3 只海鸥蛋，这些我们拿了。*

红门兰开了许多，非常漂亮。要是到了秋天我们能分辨出它们的球茎的话，这些花很值得拿回家栽培。安维尔找到一株蝴蝶兰。许多野鸢尾花开了。

---

* 蛋都坏了，里面的雏鸟都发育得很大了。［奥威尔写在迎面页上的原注］

汽油又滴了许多，1品脱。

今天取了半加仑，共计16加仑半。

防风草还没有发芽——也许种子是死的。

5只蛋(111)。

1947年6月28日

闷热无风。大部分时间都很阴沉，但偶尔也有阳光。海面平静。

我把剩下的泥炭块摞成了三块一组。又被奶牛碰过了，不过损失不太严重。其中有些没被动过的已经晒得很干了。如果干燥的天气再持续两三天的话，我就可以把它们堆成小堆了。

几株防风草发芽了，但长得不太好。

完全复合饲料今天送到了，好像有12磅，一个月的量。

产蛋箱里的一只鸡蛋被什么东西给吃了——蛋无疑是被意外打碎的。这只除外，今天4只蛋(115)。

1947年6月29日

昨晚下了点雨。上午闷热，下午有些冷。风大了一些。整个白天都很阴沉。偶尔会下几滴雨。上午海面波涛汹涌，到了傍晚平静了一些。

我给房子前面的地除了草；移植了几株莴苣苗。最后一株西葫芦被鼻涕虫给吃了——它也许还能幸存，但生长点已经被吃了。昨晚发现一只大得吓人的鼻涕虫；就算我撒了一圈烟灰和沙子也没用。

昨晚出去捕鱼了——一无所获，但我们确实看到了一条鱼跃出水面。

5只蛋(120)。

1947 年 6 月 30 日

风很小，整个白天都阴沉潮湿。天很闷热，到了傍晚稍凉快了些。整个下午都下着毛毛细雨，还有浓雾。雨水把一切都浸湿了。海面平静得像玻璃。

今天没法做太多的户外工作。我给草莓罩上了网。昨晚我试着用掺了聚乙醛[19]的麦麸来对付鼻涕虫。今天上午发现许多被毒死了——但我不确定这样做会不会反倒把鼻涕虫吸引到我本来要保护的作物生长区去。

香豌豆芽长得老高了，不过数量很少——每包种子只有一打左右发芽的。

4 只蛋(124)。

---

19 聚乙醛，1924 年起被用作固体块状燃料，1938 年起被人们用来杀灭鼻涕虫。

1947 年 7 月 1 日

上午风很小，有浓雾，后来逐渐散去了。天很闷热。傍晚凉快些了，起了一点小风，晚上六点起下起了毛毛雨。海面非常平静。

今天我去了在前往阿德卢萨的路上发现的那片海湾，收集了 4 英担的浮木。那里还有很多，包括矿柱和大木板。回来的路上，我把安维尔和理查德在巴恩尔的树林边放下了，然后在返回基努亚德拉赫的半道上汽油用光了，不得不费了九牛二虎之力划船回来。我们出发时只有 3/4 加仑油，只够往返阿德卢萨——即返程的 5 英里——显然不够跑全程。全程往返阿德卢萨需要 1 加仑半。我注意到油箱里还有半英寸深的油时，马达就停火了。现在启动容易多了。

我给那一两株快开花的玫瑰施了液态粪肥。

小鸬鹚在海里和母亲一起游泳——举止行为很像鸭子。四只野鸭一起从空中飞过——其中两只是今年出生的。花园里有两只我认不出的小鸟，其中一只很引人注目，红棕色的臀部，黑头，头顶一颗白点。*其他鸟似乎对草莓很感兴趣，尽管上面罩着防护网——野玫瑰花开了(白花，但我不清楚它们会不会就是普通的石南)。头茬豌豆中有许多开花了。

今天取了半加仑汽油，总计 17 加仑。滴油现在可以忽略不计了。

2 只蛋(126)。

1947 年 7 月 2 日

上午有浓雾。下午天晴了些。下午五点左右下了场雨。天挺暖和，风很小。海面非常平静。

几株芜菁(4 月 17 日播种的)差不多能收获了。

野玫瑰花开了。今天取了 2 加仑汽油，共计 19 加仑。

安维尔和比尔·邓恩昨晚出去捕鱼了——2 条鱼。

R. R.[20]今天从塔伯特穿过海峡过来的，说在海峡里看到一条大鲨鱼。

3 只蛋(129)。

---

20 理查德·里斯爵士(1900—1970)，编辑，画家，评论家；他和奥威尔通过《阿德尔菲》杂志成为朋友，里斯后来担任奥威尔的遗稿保管人。他当时来到朱拉岛作画，在奥威尔家住到 9 月份。在他所著的《乔治·奥威尔：胜利者阵营的逃亡者》一书中，他详细地描述了奥威尔在朱拉岛上的生活；另见《追忆奥威尔》中的转载段落(pp. 115－123)。其中一段话是奥威尔在朱拉岛上的一个精彩缩影：“朱拉岛上的生活清晰地揭示了奥威尔的另一种个性——即，他对孤注一掷的英雄主义疗法的热情。这样的个性在他身上一点也不突兀。当地据说有蝰蛇滋生［见日记 1947 年 6 月 22 日］，奥威尔津津乐道的一个疗法——尽管我想象不出有谁会比他更害怕使用这个疗法了——是用雪茄治蛇咬。据他说，这要点燃一根雪茄，然后拿烟头去烫伤口。”(p. 152；《追忆奥威尔》，p. 122)

---

* 红尾鸲？［奥威尔写在迎面页上的原注］

1947 年 7 月 3 日

糟糕的天气一直持续到晚上八点。又是下雨又是起雾，有时候只是毛毛雨，有时候是大雨。傍晚时天放晴了些。海面平静。

一些草莓红了。

我担心这些母鸡中有一只是食蛋鸡。如果真是这样，那我一发现是哪一只就宰了它。

汽油滴了 3/4 加仑，这是因为我让龙头朝下了。我把这些汽油倒进了汽车油箱里。算 1 加仑，这样总共 20 加仑。

3 只蛋(132)。

1947 年 7 月 4 日

天气很糟糕。风大，阴冷，雨时下时停，有时还很大。海面波涛起伏。

利尔特那边的牛群又过来了(吸引它们来这里的原因肯定是那头高地公牛)，踩到了泥炭，还好损失不大。我把它们踢翻的泥炭块重新垒了起来。其中许多都已经很干了。如果再来三个晴好天的话，我就能把它们堆成小堆了。

今天做不了多少户外工作。我又给几株玫瑰施了液态粪肥。除了 3 株，其他的玫瑰都吐花蕾了。

野鸭带着小鸭(看不出品种来，但不像麻鸭)在靠近基努亚德拉赫的海湾里游泳。

安维尔和比尔 · 邓恩昨晚去捕鱼了——又是一无所获。从卢宁岛[21]过来的那个捕虾人说，凌晨一点左右有可能捕到些鱼。

2 只蛋。我怀疑母鸡当中肯定有只食蛋鸡。(134)

---

21 奥威尔的原稿中写的是 Ling(林岛)，但他肯定说的是卢宁岛(Luing)，而不是旁边的伦加岛(Lunga)或大陆上另一个叫伦加的地方；这三处地点都距离朱拉岛北端约 6 英里。之所以卢宁岛的可能性最大，是因为

1947年8月30日版的《格拉斯哥先驱报》中记录了奥威尔从考里夫雷肯漩涡中逃脱的经历。根据这篇报道，两个渔民搭救了奥威尔一行，而他们的出发地正是卢宁岛上的Toberonochy。见1947年8月19日，注35。

1947年7月5日

今天天好些了。整个白天风都很大(西风)，大部分时间都有阳光，但很冷。除了下午两点下了一场短暂的阵雨外，其他时间都没有下雨。海面波涛汹涌，不时传来浪花拍打海岸的声音。

我今天去阿德卢萨还了那匹小马驹。我大半路程是走着去的，因为小马驹没有鞍，骑着很累。唐纳德·达洛克骑着“王子”。我给小马驹钉了掌，借了马鞍，然后骑着去了塔伯特。那儿只有6英里远，但这是我许多年来第一次骑马，[22]骑得我很酸。

我在靠近塔伯特的地方看到一只山兔，个头明显比灰野兔小，屁股周围有许多白毛。我还看到许多贼鸥——这是我第一次看到这种鸟，但我相信它们在这一带很常见。

阿德卢萨的玫瑰盛开了，一些羽扇豆已经结籽了。一朵剑叶兰正在盛开。

今天移栽了25株花椰菜*苗，它们是昨天邮递送到的。这样的天气不适合移栽，尤其是在这些幼苗已经离地几天的情况下。

2只蛋(136)。

取了1加仑汽油，共计21加仑。

---

22 我们在翻阅过奥威尔在1922年取得的印度皇家警察入职考试成绩后发现，尽管他在希腊语和拉丁语考试中取得了高分，但他的骑术考试成绩在23名求职者中只位列第21位，满分200分中只得了104分(及格线是100分)。此后他应该还骑过马，尤其是在缅甸。

---

* 卷心菜。[奥威尔写在迎面页上的原注]

1947年7月6日

今天晴朗风大，不太暖和。天空中偶尔飘过黑云，但没有下雨。

安维尔摔了一跤，肩膀脱臼了。理查德·里斯带她去克雷格豪斯看医生了。[23]

我给虾笼换了新绳子；我发现了船上一根松脱的龙骨，涂上了一小块漆。给红花菜豆做了间苗。给“野生”红醋栗也上了防护网。

一些草莓红了。一朵玫瑰显露出了颜色（粉色）。几朵金银花开了，其中有些就长在几乎浸没在海水里的岩石上。

今天取了4加仑汽油，总计25加仑。如果我们的记录准确，而且没有显著浪费的话，汽油桶里应该还有25加仑，需要维持到8月末。这意味着从现在开始我们每周的消耗量必须控制在3加仑以内。往返阿德卢萨需要消耗约1加仑半汽油，不管是开车还是开船。所以我们应该可以控制得了。

5只蛋（141）。

---

23 里斯在书中回忆道：“他的妹妹在翻墙时手臂脱臼了。奥威尔冲回家对我叫道：‘你做过急救对不对？［里斯在西班牙内战期间曾在马德里前线的一个野战医院中服役。］安维尔把胳膊弄脱了。你能帮她复位吗？只要把胳膊突然往上一拉就行了，对不？’这种疗法没有奏效，也许是因为我的速度不够快（奥威尔没有做尝试），我们不得不驱车25英里去找医生，结果医生也没有成功。”（见里斯的《乔治·奥威尔》，p.152；《追忆奥威尔》，p.122）另见1947年7月7日日记。

1947年7月7日

天气寒冷风大，阴沉，有雨。海面波涛汹涌。

医生也弄不好安维尔的胳膊，D.D.、R.R.和B.D.只能开船送她去海峡对面的克里南。他们晚上十一点左右才趁潮返回。旅途显然很不顺利。安维尔的胳膊是在洛赫吉尔普黑德治好的，现在看上去没问题了。[24]

今天忙着带理查德了，没能做任何户外工作。[25]

今天取了1¾加仑汽油，就算2加仑，总计27加仑。

2只蛋(143)。

---

24 克雷格豪斯的医生治不好安维尔的胳膊脱臼，唐纳德·达洛克，比尔·邓恩和理查德·里斯只能送她穿过朱拉海峡(直航距离6英里左右——另见1947年8月16日)，在大陆上的一个小港克里南登陆，再沿公路行驶6英里来到位于芬湖岸边的洛赫吉尔普黑德。安维尔带着脱臼的胳膊在朱拉岛那坑洼不平的路面上行驶了50英里，坐了6英里的船，接着又坐了6英里的车，这才治好了胳膊，最后还要踏上12英里左右的返程路。

25 里斯在《乔治·奥威尔》一书中写道，奥威尔在朱拉岛上"非常快乐"；"他在花园里劳动，在船上钓鲭鱼，还被他的养子欺负"。(p. 149；《追忆奥威尔》，p. 120)

1947年7月8日

白天大部分时间都寒冷阴沉，有阵雨。昨晚下了些雨。今天傍晚晴朗怡人。海面很平静。

今天摘了刚好一捧草莓，这是花园里出产的第一批水果，醋栗不算。6月26日种下的胡萝卜发芽了。

燕麦地里许多莴苣*也发芽了。莴苣上面还播种了黑麦草，它们会在燕麦收割后发芽，成为来年的干草。我不知道他们是不是撒错了种子(燕麦草的种子非常小)，还是仅仅是种子不纯。

地里又出现了一头鹿——我必须封住那个缺口。

4只蛋(147)。

1947年7月9日

晴朗，阳光明媚，风很大。不太暖和。海面平静。地上的东西

---

* 菊苣。播种时有意混在种子里，据说能改善土质。[奥威尔写在迎面页上的原注]

都干了许多。

我把泥炭块堆成了小堆。其中许多块都已经很干了，尤其是那些小块的（明年我要把它们切成薄块）。我拔出了郁金香球茎。

2只蛋（149）。

几乎整个白天都很阴沉，但没有雨。不太暖和。海面平静，到了傍晚时静得就像玻璃。

我收获了第一批芜菁。

安维尔昨晚去钓鱼了——6条绿鳕，2条青鳕。

我放了捕虾篮（今天头一次）。篮上的网已经很旧了，也许会脱落，但我刚换了新绳子，所以篮筐应该不会掉。

煤油的存量已经很少了。一桶新的已经备好了，但不清楚什么时候能送到。

酒今天喝完了——12瓶只喝了3个月。[26]新的还没有送到。

2只蛋（151）。

---

26 也许是白兰地；见1947年4月14日日记。

1947年7月11日

天好些了。昨晚下过小雨。今天白天下过几分钟的毛毛雨。风不太大。海面平静。

我把捕虾笼收上来了——一无所获。我现在才发现，其中一个笼子靠近底部的位置破了，龙虾完全可以从那里爬出去。草莓被鼻涕虫啃得厉害，我在周围喷上了聚乙醛。

几朵吐苞的玫瑰开花了——我很高兴不是白色的。今天下午采了一捧野玫瑰。有三种截然不同的玫瑰。一种粉色的，看上去就像平常的石南，只是它的花香味好像是石南没有的。另一种是娇弱的白玫瑰，我想这就是“苏格兰的白玫瑰”。还有一种也是白玫瑰，长得更粗壮些——叶子好像更宽。这两种白玫瑰的花香味都有点像石南花的甜香。

今天取了1加仑汽油，共计28加仑。我把汽油桶顶部的通气孔打开了，量了一下剩余的汽油量。汽油桶现在差不多半满，所以我之前的记录大体是准确的。

2只蛋(154)。

1947年7月12日

白天大部分时间都很阴沉，中间出过几阵太阳。傍晚下了很少的几滴雨，风变大了。海面直到傍晚都很平静，之后波浪大了起来。

理查德踩到两株花椰菜。其他的好像都生根了。第一朵玫瑰花开了(浅橙色)。

7只蛋(5只下在外面)(160)。

1947年7月13日

昨晚好像下了点雨。今天上午有濛濛细雨，到了下午和傍晚天就放晴了，阳光明媚，风和日丽。海面很平静。

我给一棵苹果树的枝条做了支撑，因为枝头已经被果实压弯了。我摘了少量的草莓，不到半磅。更多的草莓正在生长。红花菜豆长出了许多枝条。它们显然很适应这个环境，今年秋天我会试着多种一些，只要我能腾出地来。

2只蛋(162)。

1947年7月14日

温暖，有一点南风，有段时间天很阴沉，但没有下雨。海面平静。

我今天又下海去收集浮木。船运行得很好。就在我们收集浮木的时候潮退了，我们费了好大力气才让船在那片多石的水域上重新浮了起来。我今后要注意，在驾驶一艘这般重量的船只时应该把它抛锚在相对较深的水域。

又有一朵玫瑰花开了（深红色的多花蔷薇）。我除去了一些苹果。

汽油又滴了，2 品脱。

4 只蛋(166)。

1947 年 7 月 15 日

白天天很好，是我们遇到过的最好的天气。几乎没有风。海面非常平静。

我把泥炭堆成了一堆，约 4 × 5 英尺见方。其中大部分都很干了。

安维尔昨晚去钓鱼了——一无所获。显然他们在阿德卢萨也几乎捕不到什么。

我摘了很少的一点草莓。

3 只蛋(169)。

1947 年 7 月 16 日

今天天很糟糕。雨连续不停地下，直下到晚上七点左右。显然昨晚也下过雨。海面平静。

我给头茬胡萝卜做了间苗（最后一次间苗）。

3 只蛋(172)。

1947 年 7 月 17 日

温暖，闷热，大部分时间都很阴沉，但没有下雨。海面平静。

我给萝卜间了苗，在第三茬豌豆周围搭了网（没有杆子了）。又有一朵玫瑰开花了。屈曲花吐苞了，罂粟花也是。

汽油滴了3/4加仑(换过龙头了)。加上之前的1品脱，算作1加仑。总计29加仑。

2只蛋(174)。

1947年7月18日

今天闷热无风，大部分时间都很阴沉，但直到傍晚六点才下了一场猛烈的阵雨。海面平静得像玻璃。上午安静极了，当一只鸬鹚从海面起飞时我甚至能从房间里听到它拍动翅膀的声音(距离约400码)。

今天种下了多年生香雪球；给房子前面的地除了草，撒上盐。

今天取了1加仑汽油，共计30加仑。这样我们还剩20加仑，需要支撑到8月末，每周配给3加仑。不过我们有可能额外弄到7加仑。

3只蛋(177)。

1947年7月19日

昨晚下了大雨。今天温暖闷热，大部分时间里都很阴沉，但没有下雨。海面波浪大了些。马蝇滋生得厉害。

我挖出了一些头茬种的土豆(在地里3个月了)——个头实在太小了，还得再让它们在地里长3周左右。我还摘了一点草莓，不到半磅。

我开始在田间铺路了。

醋栗变颜色了。花园里所有的醋栗加起来可能有1磅左右。第三朵即将开花的玫瑰好像和第一朵是一样的。我去年种的一打玫瑰当中，只有3株是灌木玫瑰，其余的都是多花玫瑰、蔓生玫瑰或攀缘玫瑰。玫瑰现在多起来了，今年也许能弄到些好品种。

3只蛋(180)。

这罐液化气今天用光了。这次只用了4周。我换上了最后一桶。注意：需要尽快订购新的。

1947 年 7 月 20 日

晚上下了点雨。今天温暖阴沉，直到晚上七点才下了一场小阵雨。海面不太平静。

我开始在计划建起大门的地方把老树移走。又有一朵玫瑰开了（深红色的多花玫瑰，就像前面一朵）。

汽油滴了 1 品脱。

3 只蛋(183)。

1947 年 7 月 21 日

雨一直不停地下到下午五点，之后天空放晴，刮起了猛烈的南风和西南风。整个白天海面都波涛汹涌，到了傍晚浪头更大了。

今天做不了太多户外工作。只是给防风草间了苗。

几只母鸡换羽了。今天有一只双黄蛋，可能是坏兆头，据说这标志着这只母鸡这窝下的最后一只蛋。

4 只蛋(187)。

今天一只鹰在花园上空展翅高飞。看到它们总是在风大的日子里。

1947 年 7 月 22 日

上午十点左右下过几滴雨。其他时间都很干燥，有大风。下午还很暖和。海面波涛汹涌。

我铺好了路，但今天没法播种，因为风太大了。

今天又有鹰飞过花园。乌鸦对它群起围攻，好像成功地迫使它降落在了地上。泥炭相当干燥了，尽管昨天下过雨。再有两三天大风的日子，它们就可以干得足以收进来了，之后再在谷仓里放上几周就可以完工了。

汽油滴了半加仑（我把这些倒进了汽车油箱里）。

3 只蛋（190）。

1947 年 7 月 23 日

整个白天雨几乎下个不停。上午有些雾。下午风很大，大部分时间是南风。海面平静。

我原本想试着放些捕虾篮，但船根本开不出海，潮位太低了。我在靠近抛锚的地方放了个浮标。

安维尔和比尔·邓恩昨晚捕到了 11 条鱼。

唐纳德·达洛克开始割房子后面的那片草地。但他们没法在雨天里继续这项工作。

我摘了最后一捧草莓。总共有一到两磅——这收成对于头年来说也许还不算太差。

3 只蛋（193）。

1947 年 7 月 24 日

上午大部分时间都在下雨。下午天还算不错，但阳光不大。白天大部分时间都有强风，到了傍晚风力开始减弱。海面平静。

我在田间小道上撒了种（小道的一头撒得很稀，因为种子不够了）。

安维尔开始摘第二茬芜菁了（5 月 22 日播种的）。头茬豌豆再过一周左右就可以采摘了。

我修好了捕虾篮；把理查德·里斯伐的木材移进了马厩。我要留意看看木材在那里会不会干一些。

我注意到一只母鸡下的蛋一直只有未成年小母鸡的大小。我想这只母鸡之前一定在抱窝，现在刚恢复。另外两只母鸡几乎同时开始抱窝了，它们都只下了很少的一窝蛋。母鸡有可能在下完小母鸡蛋之前就开始抱窝，因此在抱完窝后下的还是小蛋。

屈曲花开了。又有两朵多花蔷薇快开了（比其他几朵红得浅些）。

4只蛋（197）。

1947年7月25日

今天天很好。上午阴沉，温暖，无风，下午阳光明媚。几乎一丝风都没有。海面非常平静。

我把盖在草莓圃上的稻草移走了；在红花菜豆地里。

从房子后面的那片地里割下来的干草已经堆成小堆了。草的质量并不好，其中一半是灯芯草。

安维尔昨晚去捕鱼了——一无所获。

一些胡萝卜可以收上来了。醋栗快熟了。

今天看到一对红腹灰雀。雄鸟的毛色很引人注目。这是我第二次看到这种鸟。

汽油滴了3/4加仑。

4只蛋（201）。母鸡在这两个月差不多正好产了200只蛋，每周2打。如果这是8只母鸡的平均产蛋量的话，那还不错，但等到它们换羽的时候产量肯定会下降的。

1947年7月26日

温暖无风的一天，但阳光不太强烈。海面平静。

房子后面的部分空地上已经堆起了小堆的干草，当地人叫小草垛子，约8英尺高。如果干草的质量不好的话，比如像这里，每堆一个草垛子好像都需要割400到500平方码的草地。在天气好的情况下，工序一般如下：草刚割下来后不久（也许是24小时）就被耙成几排，然后用耙子堆成2英尺高的小堆；第二天再把它们铺开，然后再耙成几排，之后再耙成一个个圆圈，每个圈的干草量正好可以堆成一个草垛子。然后两个人拿着干草叉站在圆圈里面堆草垛子，堆到五六英尺高的时候就越堆越尖直到封顶。草垛子的侧面用耙子梳理一遍，剔除零散的草秆；然后用一根绳子捆住草垛子的顶端，两头分别拴在草垛子底部两侧的粗草卷上（通常用两根绳子，有些人还会用石头把它们压住）。天气好的话，整个工作只需要3天左右，但草垛子里的干草还得再风干一些时日才能再堆成大草堆。

今天拔了第一批胡萝卜。

打死一条很大的蛇。它一看见我们就摆出对抗的姿势，转过身来嘶嘶吐信。我之前还没有见到过蛇摆出这副样子来。

4只蛋（205）。

1947年7月27日

白天晴朗炎热。没有风。海面平静得像玻璃。

我移栽了3株羽扇豆苗——这样的天气和时节并不太合适。

我收上来一只捕虾笼，里面有一只龙虾和一只螃蟹。这是我今年捕到的第一只龙虾。虾笼的做工不太令人满意，里面的开孔太多了，不能很好地浸在水里。我们的饵用完了，所以也没法再放捕虾笼了。

3只蛋（208）。

1947年7月28日

今天天气非常糟糕。上午八点左右下起一阵猛烈的雷暴雨，雨非常大，一直持续了几个小时。小河瞬间变成了湍流，淹没了整片田地。一些地方的路面也被冲毁了。基努亚德拉赫附近的那座木桥被冲垮了。唐纳德·达洛克的两片芜菁地被毁了。正午时分天稍稍好了些，但下午大部分时间还是有雷雨。傍晚时有山霭。花园里所有的东西看上去都被糟蹋得不像样子，溅满了泥巴。

下午我试着在利尔特河[27]里钓鱼，因为我们就要去见J了[28]。

结果只钓到一条很小的鳟鱼。河里的鱼还有很多，但没有船我们没法到达它们浮上水面的位置。

5 只蛋(213)。

---

27 利尔特河从巴恩尔西南处不远的两个小湖中流出，流入巴恩尔以南5英里处的朱拉海峡；利尔特村就在连接巴恩尔—阿德卢萨的道路与利尔特河的交汇处。

28 奥威尔的外甥女简·戴金。克里克写道："那年夏天汉弗莱·戴金(现在已是一名鳏夫)让他年方豆蔻的女儿露西和她刚刚离开女子陆军队的姐姐简去她们的舅舅阿姨家过长假。她们的哥哥亨利也回来了，他那时是一名陆军少尉，正在休假。他们都很喜欢艾瑞克舅舅，虽然有时除了吃饭时间好几天都不怎么看到他，就像当年在利兹［她们的家乡］时一样，那时她们都还是小孩子，因为奥威尔工作起来几乎没有停歇。"(p.527)。另见谢尔登，p.461。

1947 年 7 月 29 日

白天晴朗，有一点西风。海面平静。

我做了一个捕虾笼。我只能用两个笼子，因为没有大到足够分隔成几个小间的笼子。

D. D. 又把草翻了个个儿，但外面的草太湿了，没法堆成草垛子。我采了几朵玫瑰——这是我采的第一批。我担心撒在田间小道上的草种被雨水冲走了，但很难确定。

3 只蛋(216)。

1947 年 8 月 1 日

过去三天里一直呆在格兰加里斯戴尔。[29] 这段时间的天气都棒极了。海面非常平静。不管走哪个方向，开船都只需 2 个小时甚至不到一点，耗油不到 1 加仑。去时我们算好时间，在满潮前半小时经过基努亚德拉赫，返回时在退潮前一个小时离开格兰加里斯戴尔。

昨天在南湖岛[30]上钓鱼。钓到 6 条大鳟鱼和几条小鱼。最大的两条鱼有半磅左右重，其余的重约5到6盎司。其中大部分都是用一种深红色的苍蝇钓到的。逃脱的鱼和我钓的几乎一样多，因为一只手操作袋网很困难。

岛的西边有大量的角嘴海雀——我们这一边很少看到这种鸟。

花园里的一小块地好像在星期一的暴风雨中被闪电击中了。暴雨过后的第二天，我注意到土豆似乎开始枯萎了。现在5平方码大小的一块地上几乎所有的土豆，大部分红花菜豆，部分芜菁和萝卜，部分豌豆苗，甚至连一些杂草都枯萎了，好像有一道火焰席卷过一样。这一定和暴风雨有关，我觉得这不太可能是因为洪水把什么有毒物质冲到园圃里来的缘故。奇怪的是，所有被毁的庄稼都在同一小块地里，花园里其余的作物都毫发无损。不过，这小块地里的确还有一排豌豆似乎也没有受到影响。

从30日到现在的鸡蛋数(3天)(223)。

---

29 在朱拉岛大西洋一侧的一个牧羊人小屋里露营，差不多正对着巴恩尔。

30 南湖岛在西海岸格兰加里斯戴尔处往内陆方向1英里左右，与巴恩尔的直线距离约2英里半到3英里。

1947年8月2日

温暖阴沉。正午左右下了几滴雨。傍晚有毛毛雨。海面平静。

我收了一些豌豆(这是我采的第一批豌豆，4月12日播种的)。

前面忘了说了，我为往返格兰加里斯戴尔的航程取了3加仑汽油，总计33加仑。我之前有些用油量可能忘了记了，所以就算35加仑。我从9月起的汽油配给量略有增加。牧草地现在大部分都收割了。地上现在堆起了一打左右的草垛子。今天必须把铺在地上的干草都堆成小堆，因为可能要下雨了。

2只蛋(225)。

1947 年 8 月 3 日

昨晚肯定下过大雨。今天上午有雾和小雨。下午很暖和，有阳光，没有风。海面平静。

我把捕虾篮收了上来——一无所获。我在新捕虾篮里放上饵，换上那两个新做的虾笼。储箱里的那只龙虾死了，也许是因为暴雨中落入淡水的缘故。那只螃蟹还行。我给胡萝卜间了苗。

花园里那一小块受灾的地不太可能直接被闪电击中，但我怀疑一道闪电有可能顺着雨帘一路下来，在接触到地面后使之充满电荷。无论怎样，这些作物都是在雷雨过后的那天开始枯萎的，而且受影响的只是这一小块地，所以这一定和雷雨有关。前面忘了说了，安维尔前天取了 1 加仑汽油，总计 36 加仑。

昨天在草地上打死一条小蛇。D. D. 前天也在那里打死一条。今天又吃了一只蛋。

3 只蛋(228)。

1947 年 8 月 4 日

晴朗的好天气一直持续到傍晚。今天风不小。傍晚有雾从山上飘下来。海面平静。

房子后面的那片草场都割干净了，草垛子占据了约一半面积，看上去有 28 到 30 个左右，可以再堆成 3 大堆。因此一个大草堆相当于约 10 个草垛子。等到干草差不多收集完毕后，堆一个草垛子只需要三个人花 20 分钟左右。一个人站在顶上堆，另外两个人在下面把草叉给他。

金盏花开了。玛格丽特 · 弗莱彻送给我们的那株粉色的花也开了(叫不出名字)。

4 只蛋(232)。

1947 年 8 月 5 日

山霭一直持续到下午四点钟。之后天空敞亮了些，但没有阳光。白天大部分时间都非常闷热，没有风。海面平静。

今天投了捕虾篮（总共 4 个）。尽管投放时差不多是低潮，我还是差点弄丢一个，因为港口左边 200 码处明显有一个洞。

几只小海鸥（灰色的羽毛）在飞翔。

理查德 · 里斯开始收泥炭了。它们已经挺干了，但还需要在谷仓里再晾几周。

3 只蛋（235）。

1947 年 8 月 6 日

整个白天都很阴沉，但没有下雨。白天大部分时间都挺暖和。今天有强西北风。海面平静。

我备好了苗床，把壁花、美洲石竹、羽扇豆、风铃草和其他几种花的幼苗都移栽了过去。这些苗之前都是安维尔播种的。我开始清理一块园圃。花园已经有一周没有料理了，现在状况很糟糕。

又有一朵玫瑰开花了（浅桃红色）。大门处的攀缘蔷薇刚刚开放（深红色）。

2 只蛋（237）。

1947 年 8 月 7 日

阳光明媚，晴朗温暖的一天。风很小。海面平静，海水碧蓝。

我把捕虾篮收了上来。四只篮子都空空如也。我试着把船停泊在了一处新位置。不确定我们是否能在涨潮时划到这里，但如果可以的话就能省去我们每次把船拖上拖下的麻烦。

今天割了房子前面的草；割掉了鸡圈里的刘寄奴。

4 只蛋。2 只下在了外面，其中一只看上去已经藏了好些时日了。还有一只蛋在鸡舍里被打碎了，也许是因为巢箱里的谷糠塞得

不够多。(241)

1947 年 8 月 8 日

晴朗的一天。吹起了猛烈的南风。海面的波浪比昨天大。

我又投了捕虾笼。我们昨天停船的位置不好，涨潮时过不去。我又试着把船停在了锚位前面，再往海里移了 5 码，并系了一根长岸绳，这样涨潮时可以拉着绳子把橡皮艇靠上去。

我剪去了草莓的纤匐枝，只留下两根打算用来插枝填补空缺的。

安维尔、简和比尔·邓恩昨晚捕到了 30 条鱼，其中有 8 条鲭鱼(这是今年的头一次)。

一两株山字草快开花了。

3 只蛋，第 4 只被理查德打了。蛋壳非常薄——我得再去弄一点蛋壳粉。

1947 年 8 月 9 日

今天干燥，温暖，有风。风向一直在变，但大部分时间吹的是南风和东风。上午海面有碎浪，下午和傍晚很平静。

我给木莓除了草；放火烧了侧田上的部分野草。

昨天在草场上打死了两条蛇。今天在花园里打死了一只大蛇蜥(约 1 英尺长)。

今天取了 2 加仑半的汽油，共计 38 加仑半(到 8 月末应该还剩 10 到 12 加仑，不过我们还有补充配给券[31])。

3 只蛋(247)。

---

31 燃料在当时是严格配给的，但有时可以凭特殊配给券取得补充配给。

1947 年 8 月 10 日

干燥温暖，阳光不那么强烈了，风非常小。海面非常平静。

今天开船去附近的一个海湾收集浮木，那里紧挨着巴恩尔湾。那儿的浮木很多，我们还捡到一个大木块，可以用来做个小木砧。

花园里今天干了许多。苗床里的幼苗每天傍晚都要浇水，但即便如此我还是觉得有些壁花已经死了。几株红花菜豆快开花了(5月6日播种的)。我又掘出了一些头茬的土豆，这时离播种已经有4个月了。这些土豆现在终于长好了，不过它们作为“嫩”土豆当然并不理想，因为不是早季的品种。我担心其他的土豆在经历了雷灾后不会有收成了。

今天取了半加仑汽油，共计39加仑。

2只蛋(249)。

1947年8月11日

今天大部分时间都很阴沉。比昨天气温低了些。我种下了芜菁和一些蕉青甘蓝(也许作为最后一季来说，播种还不算太晚)。我给红花菜豆施了液态粪肥。除了那一小块遭灾的地之外，其余的长得很好。

又有一朵攀缘蔷薇开花了(粉色)。

欧洲花楸上的浆果变红了。榛子长得挺大了。

4只蛋(253)。

1947年8月12日

温暖干燥，阳光明媚，有一点风。海面平静。地现在已经干了。

安维尔和其他人昨天晚上去钓鱼了——捕到30条左右，其中有一条鲭鱼。我把一支船桨拿回家给船做桅杆。

2只蛋(255)。

1947 年 8 月 13 日

今天酷热难耐。海面平静。

我给船做了个桅杆(6 英尺半高，从船舷上缘算起)。

新的一桶煤油送到了。

4 只蛋(259)。

1947 年 8 月 14 日

今天酷热难耐，这是我们遇到过的最热的一天。海面静得像玻璃。

我试着想把捕虾篮收上来——但没有成功，潮位不够低。之后又去钓鱼，但只捕到两条绿鳕。

一两朵高代花开了。

今天取了 1 加仑半汽油，共计 40 加仑半。

5 只蛋(264)。

谷仓里的老鼠肆虐成灾。我又设了些捕鼠夹，捉到一只老鼠。

1947 年 8 月 15 日

天气和昨天类似。

一切都在迅速地干涸。水箱里的水位很低了——我估计只有两天的存量了，除非下雨。

新的一桶汽油昨天送到了，但旧的那桶还没有用完。这桶是 5 月 6 日打开的。如果它还能再用两周的话(根据它的重量判断，我估计能行)，我们这个夏季的平均消耗量还不到每周 3 加仑。

今天换了一桶新的液化气。上一桶昨天用完，是 7 月 19 日换上的，又用了不到 4 周。

4 只蛋(268)。

1947 年 8 月 16 日

今天晴朗炎热，风很小。海面非常平静。

我今天去克里南买燕麦片。去时花了 1 小时 10 分钟(路程在 8 英里左右),回时花的时间更久,因为我把航向设得太靠南了,还被潮水冲到了海峡。

今天取了 3/4 加仑汽油,共计 41 加仑半。

昨晚第一次看到了北极光。长条白色的东西,像云彩,在天空中形成一道弧线,时不时地发出一阵奇异的闪烁,就好像探照灯打在上面一样。

3 只蛋(271)。

1947 年 8 月 19 日

自从 8 月 17 日从格兰加里斯戴尔回来后,一直都是晴天。海面平静。储备用水已经空了,在有降雨之前是得不到补充的。田里的井水还有很多。

去格兰加里斯戴尔的行程需要 1 小时 45 分钟左右。今天我们返航时被卷进了那个漩涡,[32]差点全被淹死。船上的马达被海水卷了进去,沉入了海底。我们竭尽全力才用船桨把船稳住,在两度穿过漩涡后终于驶入了静水区,这时我们发现距离艾琳·莫尔[33]只有 100 码远了,于是迅速靠近并设法爬上岸来。汉弗莱·戴金第一个拉着绳子跳上岸,这时船翻了,把露西·戴金、理查德和我掀到海里去了。理查德有一段时间被困在了船下,但我们成功地把他救了出来。船里的大部分东西都丢了,包括船桨。艾琳·莫尔比看上去的要大——我觉得至少有 2 英亩。整个地表都被角嘴海鸥巢给掏空了。这里的野生鸟类不计其数,其中有许多正在学习飞行的小鸬鹚。奇怪的是,这里有一个大湖,而且似乎是淡水湖,所以当地一定有一眼泉。岛上根本没有木头,因为这里没有什么地方能拦住浮木。不过我们设法晾干了我的打火机,用枯草和几块从地面上揭下来的干泥炭生了一堆火,烘干了衣服。3 小时后,一群开船接送郊游客的卢宁岛渔民碰巧路过,救下了我们,我们于十点半左右离开格兰加里斯戴尔，此时满潮已过去约2小时。因此我们一定是在十一点半左右来到考里夫雷肯漩涡的，此时退潮已持续了约3小时。这好像是最危险的时间点，我们应该算准时间在憩潮时经过的。船还好。唯一的严重损失是马达和12条毯子。

昨天在南艾琳湖和阿布拉湖[34]钓鱼，收获了12条鳟鱼，大部分都是小鱼。阿布拉湖里有许多鱼，但我没有捕到一条超过5盎司重的。湖水很浅，湖底是沙石。

今天取了1加仑半汽油，共计43加仑。

过去三天里的鸡蛋数为15只(286)。

---

32 这个漩涡在考里夫雷肯海峡，位于朱拉岛和斯卡巴岛之间，过去和现在都十分危险。奥威尔对这次逃脱轻描淡写，但其实他们没被淹死真的是万幸。克里克复述了亨利·戴金的生动描述(pp. 527－529)，书中还提到奥威尔曾说过他们的故事上了《每日电讯报》(见奥威尔于1947年9月8日写给安东尼·鲍威尔的信)。大英图书馆收藏的《每日电讯报》伦敦版中没有找到相关报道；海伦·斯托克斯太太和特尔弗·斯托克斯先生分别代编者去位于爱丁堡的苏格兰国家图书馆和位于格拉斯哥的米切尔图书馆查阅了《苏格兰每日电讯报》，但都没有结果。爱丁堡的图书馆中没有收藏该报；格拉斯哥的图书馆中没有该报8月份的苏格兰版；9月刊中没有提及此事(从9月的第二刊开始该报报头从《每日电讯报》变为了《苏格兰每日电讯报》)。但1947年8月30日的《格拉斯哥先驱报》的确报道过此事。报道中写道："他们特意前去观看漩涡，结果摩托艇被吸进了其中那个较小的漩涡，船翻了。幸运的是，他们在布莱尔先生的帮助下爬上了一个小岛，数小时后被两个从卢宁岛托布罗诺奇来的渔民搭救。"卢宁岛在斯卡巴岛以北，托布罗诺奇距朱拉岛北端六七英里，距奥威尔提到的艾琳·莫尔稍远一些。唐纳德·达洛克和伊恩·麦基奇尼坚定地为奥威尔辩白：奥威尔完全清楚自己在做什么，尽管他也许可以事先多做些咨询：他只是看错了潮汐时间表，这样的错误是"很容易犯的"。(克里克，p. 529)

33 艾琳·莫尔是一个小岛，距朱拉岛西北端约500码。

34 阿布拉湖在南艾琳湖东南处不远，位于朱拉岛东西海岸的中点。

1947年8月20日

天气和前几天一样。海面非常平静。我们家已经有4天没水了。

我尽可能地填补了船上的缝隙，但我没有沥青或合适的填塞绳，黏土也很少。船体的损伤并不大，只是擦伤，另外少了个座椅，另外船头下面一块木板翘了起来，这我应该已经修好了。

高代花盛开了。除了一朵之外，其余的玫瑰都开了。西葫芦结了许多果实，但还没有开花。

昨天我给收音机里换了块低压电池。它们据说能用 2 个月，而高压电池能用 4 个月。所以我们需要在 10 月 20 日左右再各换一块。注意：我要在 10 月 10 日左右邮购。

5 只蛋(291)。

1947 年 8 月 21 日

天气和前几天一样。海面风浪大了一些。

我清理了草莓圃。纤匐枝还是长得很快。几株剑兰吐苞了。一两株木莓结出了果实(只有一两个)。

5 只蛋(296)。

1947 年 8 月 22 日

今天的云比昨天多。天还是很热。海面风浪大了些。

我开始试着在船上装一个新的座椅。

几株火炬花吐出了花苞。8 月 11 日种下的芜菁有些发芽了。忍冬快谢了。田间小道上有一只死地鼠。田里的一部分庄稼熟了。屈曲花快谢了。尽管天气干旱，但苗床里的幼苗大部分还活着。

8 只蛋(4 只下在外面)(304)。

那桶旧的煤油快用完了。这桶是 5 月 7 日打开的，共 40 加仑，用了 14—15 周。因此夏季的平均消耗量每周不到 3 加仑。

1947 年 8 月 23 日

温暖干燥，时而有大风(西风)，但没有下雨的迹象。海面平静。

我在原先种豌豆的地方移栽了25株嫩茎花椰菜。这样的天气并不太适合移栽，而且这些幼苗已经因为投递耽搁了几天了。

5只蛋(309)。

1947年8月24日

天气和前几天差不多。昨天深夜和今天清晨有浓雾，但没有下雨的迹象。海面非常平静。

我割了房子前面的草；挖出了土豆，因为它们已经开始干枯，再也长不大了。收成比我想象的要好一些，因为它们遭灾时离栽苗只有3个月。5排土豆共收了100磅左右(约25磅种子)，之前也许已经收了10到20磅左右。种子是大苏格兰品种，如果生长正常的话我估计这些种子本应该能产出2¾英担的收成。

4只蛋(313)。

1947年8月25日

天气和前几天一样。今天上午海面风浪大了一些，但到了下午又平静如镜了。

我修好了船。座椅装得不好。很难把它装进船里，除非有优质木材和用来塑形的老虎钳。

一两朵剑兰开花了(粉色)。几棵欧洲花楸果熟了。

今天开始用新的一桶煤油。应该至少能用到11月中旬。

7只蛋(320)。

1947年8月26日

天气和前几天一样。海面非常平静。

我把原先种土豆的那块地翻了一遍。土壤非常干燥，而且已经结块了。我打算在这里种上多年生的菠菜。我本应该在两三周前就播种的。我在田间小道上裸露的地方又撒了草种。

安维尔昨晚试了试船——还是进水进得厉害。船头附近还需要进一步填补缝隙。

理查德·里斯今天在海峡里看到一头虎鲸(或者类似的鲸类)。

3只蛋(323)。

1947年8月27日

天气同前几日。稍微凉了一些。海面平静。

我又修补了一些船上的缝隙，抹了一点沥青。我没有刷子，所以这很难弄。

液化气今天用完了。换了一桶新的。上一桶只用了12天。不过我们这段时间里煮饭烧水全都用的是液化气，因为水箱里没有水，生火的话太危险了。

红花菜豆和晚季豌豆长得很差，无疑是因为干旱。

5只蛋(328)。

1947年8月28日

天气和前几天一样。下午非常暖和。

我种下了多年生菠菜。本应该3周前就播种的，但那时我没有空地。

唐纳德·达洛克开始收割庄稼了。看上去比去年收成好，麦秆比去年长得多，长得好。

忍冬谢了；大部分欧洲花楸果熟了；珍珠菜快谢了；一些黑莓熟了；榛子结了许多，但还没熟。地里长出许多南茼蒿——安维尔说去年没有看见过这种草。露水现在很重了，这对花园里的芜菁来说是救星。

4只蛋(332)。

1947 年 8 月 29 日

天气和前几天一样。下午非常热。海面静得像玻璃。

我又试着让船下水；进水不那么严重了。我给嫩茎花椰菜浇了水，不然的话它们看上去长势太糟了。

我今天邮购了液化气。

4 只蛋(336)。

1947 年 8 月 30 日

天气同前几日。稍稍凉了一些。海面平静。

今天我又试着在利尔特湖钓鱼。湖水干涸成了一个个彼此不相连的浅水塘，里面的鱼其实很多，但都很小。我抓不到一条超过 1/4 磅的。还有，当湖水如此干涸时，里面的鱼可以看到你，除非你放钩的时候躲起来，不然它们不会浮上水面。

黄色的剑兰谢了。一两株香豌豆开花了。

4 只蛋(340)。

1947 年 8 月 31 日

今天凉了一些。天空阴沉，有时有雾。海面平静。

我大半个下午都在修打字机；我又剪掉一些草莓纤匐枝；开始给母鸡喂一包新的完全复合饲料。

1 只蛋(341)。

1947 年 9 月 1 日

天气和前几天类似。海面平静。

他们开始用收割机和割捆机收割 D. D. 的田地。这样收割的庄稼每捆的量大得多，我想这样更容易堆成谷堆。我今天瞥见了一头虎鲸。

1 只蛋，还有 1 只下在了外面(343)。

1947 年 9 月 2 日

今天凉快些，傍晚时能明显感到寒意。今天刮了好些时候的西风，厚厚的云层压得很低，但没有下雨。海面平静。今天头一次在起居室里生了火。

我在 G[35] 的帮助下给黑醋栗丛之间的那块地除了草，生了一堆篝火，希望能弄些草木灰施在地里。那一整块地好像土质都很酸，我觉得需要施碳酸钾和石灰。我会试着弄些 Kainit（钾盐镁矾）[36] 来。

D. D. 的庄稼都收割成堆了（割捆机今天开到了我们这里）。

---

35 也许是格温·欧肖尼斯，艾琳的嫂子；她当时带着孩子来到了朱拉岛。（克里克，p. 527）

36 Kainit 是钾盐镁矾的德语名称（存在于盐类矿物中）；可以用作化肥。

1947 年 9 月 3 日

寒冷阴沉，云层很低。下了很少的几滴雨，不足以滋润土壤。看上去还要下雨。吹着南风，海面风浪大些了。

今天不舒服，没有做户外工作。房子前面那片地里的庄稼今天收割成堆了，尽管割捆机中途出了许多故障（比如牵引绳断了）。6 只兔子在收割过程中丧命。现在有 3 只母鸡抱窝了。

这桶汽油用完了。

1 只蛋（346）。

1947 年 9 月 4 日

昨晚显然下过小雨。今天白天大部分时间里都持续不断地下着小雨，但雨量非常小。溪流和水箱依然是干的，土壤只湿了 1 毫米的深度。

海面的风浪大些了。

那辆新的独轮车送到了（太小了）。我开始给一块地施粪肥，打算种春季卷心菜；重新固定了一两棵苹果树。现在至少有3只母鸡开始抱窝了。

1只蛋（347）。

1947年9月5日

今天雨大了些，不过到了下午又放晴了。水罐还是空的。今天傍晚天空非常晴朗，出了点太阳。海面相当平静。

我不太舒服（胸痛）。几乎没有出门。8月11日种下的芜菁需要间苗。

1只蛋（348）。

1947年9月6日

下了些雨，其中还有过一两场猛烈的阵雨。明天我们打算把水罐的盖子拿掉，好让雨水直接落进去。我们之前就应该这样做了。摇蚊滋生得厉害。海面平静。

我给胡萝卜和芜菁间了苗，给醋栗丛间的地块除了草，把香雪球苗还有一两株已经生根的草莓纤匐枝移进了苗圃。醋栗的长势很不好，今年几乎没有结什么果。也许是因为土质太酸的缘故，尽管我今年春天的时候施了不少石灰。如果我能弄到钾盐镁矾的话，打算用它们配一点苛性钾，到来年春天再多施点石灰。我在苹果树下施了1磅的硫酸镁，因为我觉得苹果树缺镁。

1只蛋（349）。

1947年9月7日

白天大部分时间都在下毛毛雨。当中出过几次太阳。水龙头里现在有水了，但热水箱里还是没有水。海面平静。地下几英寸还是干的。

我开始做一个围栏打算养小鸭；邮购了6只(3星期)。

液化气用完了。在热水箱里有水之前不能在厨房里生火了。

今天吃了第一颗卷心菜(5月7日播种的)。

1只蛋(350)。

1947年9月8日

白天雨一直下下停停，偶尔有阳光出现。有时雨还下得很大。风很小。海面平静。我准备好了鸭圈。香豌豆开花了。土地还是非常干燥。

没有蛋(350)。

1947年9月9日

昨晚大部分时间都在下雨。今天白天大部分时间都有暴雨，伴有猛烈的南风或西风。海面波涛汹涌，一直持续到傍晚才稍许平复些。水龙头里的水量现在正常了。菠菜发芽了。

1只蛋(351)。

1947年9月10日

白天大部分时间都在下雨。微风一直持续到傍晚。海面相对平静。没有蛋(351)。

1947年9月11日

上午大部分时间有小雨。傍晚天晴了些。风很小。海面相对平静。

我收获了第一捆香豌豆。风雨将地面的一切都刮平了。山字草和高代花快谢了。

没有蛋(351)。

家庭生活日记第四卷的最后几页空白处被奥威尔写上了各种注意事项。这里的问号和钩号是按原稿照抄的。

以下内容写在反页上：

离开前：

收割所有的庄稼

给所有的地块锄草

施粪肥

在缺口处补上铁丝网

把木桩收进来

在樱桃树周围拉上铁丝网

割草

为来年要种的春季蔬菜翻好地

为果树备好地块

种下郁金香球茎和牡丹(？)

种下多年生花卉(如果有的话)

加固大门的底部，不让兔子钻进来

把鸡舍压住固定牢

把船拖上岸，用雨布盖好

给玫瑰丛(？)剪枝

确定所有的果树都固定牢

确定木头存放在干燥的地方

汽油/液化气

引擎？[37]

给工具上润滑油

给果树和浆果丛施粪肥✓

需要

围栏铁丝

带刺铁丝

铁丝网[38]

U 形顶(大)

木桩(用来竖铁丝网)

角铁

独轮车✓

雨布

迎面页：

《上来(透口气)》	不迟于 1948 年 4 月 30 日
《缅甸岁月》	不迟于 1948 年 10 月 31 日
《潦倒岁月》	不迟于 1949 年 4 月 30 日[39]
《向加泰罗尼亚致敬》	
《评论文章》	第一版绝版时
《动物农场》	

1947 年 9 月 12 日

——讲座，工人学院，科伦戴尔路，西北伦敦。时间？(讲座 45—60 分钟。)[40]

11 月——引荐(图书馆长，圣潘克拉斯区，市政厅，尤斯顿路 7070 号)

7826 英镑 8 先令 7 便士(1947 年 6 月 19 日)

(250 英镑)

(150 英镑)[41]

---

37 被划去了。

38 被划去了；似乎被改作了“带刺铁丝”。

39 这些日期也许是奥威尔预计自己的各部作品以统一规格版出版的日期。《上来透口气》于 1948 年 5 月出版；《缅甸岁月》，1949 年 1 月；《在巴黎和伦敦的潦倒岁月》，1949 年 9 月；《向加泰罗尼亚致敬》，1951 年 2 月；《评论文章》，1951 年 2 月 22 日。《动物农场》的定价较低，外观与同一规格版类似，于 1949 年 6 月出版，但直到 1965 年 10 月才重新编排为统一规格版。

40 奥威尔后来因为病重，无法按约做讲座。圣潘克拉斯区图书馆馆长弗里德里克·辛克莱当时正积极地推广文化活动，一定会乐意引荐奥威尔的。

41 也许是奥威尔收到的钱款。但我们不知道“7826 英镑 8 先令 7 便士”究竟是他在 1947 年 6 月 19 日收到的款项，还是到此时为止收到的钱款总数。《动物农场》出版后，他收到的版税和稿酬一定比账本中前些年记录的入项要多得多。

家庭日记第四卷到此结束。

家庭日记第五卷

1947 年 9 月 12 日—1947 年 10 月 29 日

奥威尔的家庭日记第五卷写在 33 页迎面页和 3 页反页上，用的是一本 9.75 × 7.75 英寸的笔记本，每页 26 行。奥威尔在 1947 年 10 月 29 日停笔，后由安维尔于 12 月 27 日开始代写，直到 1948 年 5 月 10 日。奥威尔在住院 7 个月后（照他的说法）重新开始写日记，直到 1948 年 12 月 24 日，当时他刚刚完成《一九八四》。安维尔代写的日记在此书中作了概述。原稿经她的丈夫威廉·邓恩同意，收录进了奥威尔的《全集》——两人于 1951 年结婚。安维尔死于 1978 年，比尔死于 1992 年。

脚注编号接上一卷日记。

1947 年 9 月 12 日

白天下了不少雨。大风持续到傍晚，主要是南风。海面波涛汹涌。

我给那片打算种上黑醋栗的地块施了鸡粪。我给几株木莓重新绑了固定桩，因为它们的根部已经松动了。

9 只蛋（下在外面）（360）。

1947 年 9 月 13 日

白天大部分时间没有下雨，但阴沉沉的。风很小。傍晚时下了几滴雨。不太暖和。今天大部分时间海面上都有碎浪。

我栽了 50 株春季卷心菜苗。

今天换了一桶新的液化气。

9 只蛋（下在外面）（369）。

1947 年 9 月 14 日

白天大部分时间都有大雨，一直持续到傍晚才稍许平复些。刮着猛烈的西南风，到了傍晚时风力减小一些。海面大部分时间都有大风浪。

没有蛋(369)。

1947 年 9 月 15 日

白天部分时间有雨。下午刮起了猛烈的南风。海面波涛汹涌。

我把那三只抱窝母鸡抱出了鸡舍，让它们在后院里自由活动，希望这样能结束它们的抱窝状态。

厨房水槽的下水管道堵住了，我今天大半个下午都在疏通。

15 加仑的汽油送到了(计划用到 10 月末)。另有 2 吨左右的煤炭送到了。

1 只蛋(370)。

1947 年 9 月 16 日

雨一直下到下午五点。

今天第一次修剪田间小道上的草，主要是控制蒲公英的高度。

9 只蛋(下在外面了)(379)。

1947 年 9 月 17 日

天好些了。只下了几滴雨。白天大部分时间都有阳光，但不太暖和。风很小。海面相对平静。

我把几只抱窝母鸡放回了鸡舍；暂时把下水道重新盖上。 沿小道漫步，看上去相当不错。

6 只蛋(4 只下在了外面)(385)。

1947年9月18日

除了下午五点左右下了一两滴雨之外，其他时间都是晴朗的秋日，有阳光但不太暖和。风很小，海面平静。

我给船的底部涂上了沥青，尽可能涂得周全，因为只剩下一点沥青了。

唐纳德·达洛克正在屋后的田里堆一个大草堆。他已经把一部分干草移进谷仓了。

我采了半磅左右的坚果，差不多熟了。安维尔采了1磅左右的黑莓(今年的头一批收成)。理查德·里斯采到些草莓，虽然不多，但又大又好。

2只蛋(387)。

1947年9月19日

天气和昨天差不多。没有雨。风几乎没有。海面相对平静。

我给醋栗丛施了草木灰(还有泥炭灰)。

比尔·邓恩买了22只羔羊，估计6个月左右大，每只43先令6便士。[42]

今天取了2加仑汽油。2加仑。

3只蛋(390)。

---

42 按今天的币制，相当于2英镑17.5便士(当时的购买力约为今天的20倍)。

1947年9月20日

上午下了大雨。白天其余时间都很阴沉，无风，相对温暖。海面平静。微风持续到傍晚。

今天收了末茬的豌豆。

取了1加仑汽油；3加仑。

现在晚八点时天已经很黑了。

3 只蛋(393)。

1947 年 9 月 21 日

今天阳光明媚，但不太暖和。下过几滴毛毛雨。海面平静。

2 只蛋(395)。

1947 年 9 月 22 日

大雨和大风几乎不间断地持续了整个白天。到了傍晚时稍稍减弱了些。大部分时间刮的是南风。海面波涛汹涌。

2 只蛋(397)。

1947 年 9 月 23 日

狂风大作，间或有些阳光，下过几阵急促的阵雨。海面风浪很大。

今天去卢萨河[43]钓鱼了。有一条鲑鱼上钩(看上去有 3 到 4 磅重)，但是一眨眼就逃脱了。鱼钩没有断，所以它可能吞得很浅。

取了 2 加仑半汽油；5.5 加仑。

4 只蛋(401)。

---

43 卢萨河贯穿朱拉岛的西南区域流入大海，途经阿德卢萨和因弗卢萨。

1947 年 9 月 24 日

上午大部分时间都有小雨。下午天放晴了些。大部分时间刮的是北风或西北风。上午海面波涛汹涌。下午平和了些。

理查德 · 里斯采了许多蘑菇。

我又从玫瑰丛上剪了几根纤匐枝下来(这一定是第四回或第五

回了）。

2 只蛋（403）。

1947 年 9 月 25 日

今天阳光明媚，大部分时间都有太阳。海面平静。

今天采了第一株西葫芦（也是唯一的一株，长得很差）。

从兰金[44]买的苹果送到了。约有 15—20 磅的生食苹果以及同等数量的熟食苹果，还有一些梨。

3 只蛋（406）。

44 兰金是位于英国本土的一家蔬果店。

1947 年 9 月 26 日

晴朗明媚的天气一直持续到傍晚，随后下起了小雨。今天相对温暖。海面平静。

今天房子前面的那片田里“竖起了茅屋”，也就是堆起了一个个的小干草堆。

2 只蛋（408）。

1947 年 9 月 27 日

今天天气非常糟糕。整个白天都下着倾盆大雨，刮着西风。天气相对温暖。海面风浪起伏不定，有时波涛汹涌。

我从 6 英寸地图上尽可能准确地估算了巴恩尔农场的面积。不算花园和沼泽，我得出的面积刚好超过 16 英亩。

今天开始用新的一袋小麦。3 只母鸡开始换羽了。一只在抱窝。

3 只蛋（411）。

1947 年 9 月 28 日

整个白天一会儿下雨一会儿出太阳。气温很低。海面相对平静。欧洲蕨的叶子大多变黄了。取了 2 加仑汽油；7 加仑半。

1 只蛋(412)。

1947 年 9 月 29 日

今天天气很糟糕。偶尔有阳光，但大部分时间都在下大雨。吹的是西风和北风。白天海面相对平静。

1 只蛋(413)。

1947 年 9 月 30 日

今天天气好些了。下了些小阵雨。海面相对平静。

3 只蛋(416)。

1947 年 10 月 1 日

今天天很阴沉。只下过几滴雨。海面平静。

几朵高代花和雪莉罂粟还有许多金盏花依然在开放，剑叶兰也是。今天收获了第一批欧防风——长得很差。

1 只蛋(417)。

1947 年 10 月 2 日

整个白天晴朗无风。有段时间多云，不过整个下午阳光明媚。海面静得像玻璃。

唐纳德 · 达洛克现在把所有的庄稼都堆成谷堆了。

今天采了一些黑莓。熟的依然不多。

2 只蛋(419)。

1947年10月3日

白天晴朗无风。不太暖和。海面平静。

3只蛋(422)。

1947年10月4日

白天晴朗怡人。下午四点左右起了阵雾，之后雾意渐浓。今天不是很暖和。海面平静。

我把菜豆的爬杆收起来了；收完了欧防风(长得很差)。

取了2加仑汽油；9加仑半。桶里已经几乎不剩了(本以为有15加仑的)。

3只蛋(425)。

1947年10月5日

昨晚有浓雾。今天无风，天空阴沉，太阳偶尔露露脸。不太暖和。海面平静。

我除去了草径上的蒲公英(已经太多了)。

安维尔采了许多黑莓。看见两只鹰飞过我们家上空。

3只蛋(428)。

1947年10月6日

白天无风，大部分时间都很阴沉，但没有下雨。不太暖和。海面平静。

我给所有的浆果丛都施了粪肥(我觉得黑醋栗丛还可以再多施一些)。

草莓上又长出些纤匐枝，被我剪掉了。一两株木莓刚刚熟，所以我觉得这些是秋季品种。

3只蛋(431)。

1947年10月7日

无风，阴沉，下午大部分时间都有小雨。海面风浪大了些。

今天把房子前面那片地里的谷堆移进了牛棚（非常潮湿）；马厩的窗户修好了。我邮购了液化气。

4只蛋（435）。

1947年10月8日

昨晚风大雨急。今天上午海面波涛汹涌，到了傍晚才平静下来。上午风雨交加，下午平和了些，偶尔有太阳雨。

我开始清除灌木，准备做郁金香圃。

4只蛋（439）。

1947年10月9日

上午天气很糟糕，海面波涛汹涌。下午天放晴了些，偶尔有阳光。海面也平复了些。

我清理掉了倒挂金钟的残根。

今天开始用新的一桶液化气。上一桶用了不到一个月，不过这段时间用得很多。

2只蛋（441）。

1947年10月10日

今天大部分时间天都不错，不过天空中云层很厚。下午一点左右下了一场短暂的小阵雨。海面相对平静。

4只蛋（445）。[45]

---

45 10月10日的444只蛋加上这4只蛋后，总数当然应该是448只。所以这里少算了3只。

1947年10月12日

昨晚风很大，今天上午海面波涛汹涌。白天下了不少雨，不过到了下午风力减弱。傍晚前海面相对平静。

今天有些冷，不过我没有出门。

4只蛋(449)。

1947年10月13日

白天晴朗怡人。上午有段时间阳光炙热。海面平静。

我不太舒服，没有出门。

2只蛋(451)。

1947年10月14日

大部分时间都很晴朗，间或有阵雨。海面平静。

今天开始给郁金香圃翻地。

3只蛋(454)。[46]

---

46 10月14日和15日之间的一则日记被划去了。日期无法辨认了，日记的内容如下："昨晚有暴风雨，今天上午海面波涛汹涌。白天下了不少雨，不过到了下午风力减弱。到傍晚时海面相对平静。"这说明日记并不总是在当天晚间或第二天写的；否则奥威尔肯定能记得10月15日当日的天气，尤其是这天的天气和14日大相径庭。不过话说回来，这也有可能是因为他的病情发展造成。

1947年10月15日

今天天气很糟糕。天空阴沉，寒冷，有雾，大部分时间有大雨。刮着西风。靠岸处的海面平静，远处的海面风浪很大。

4只蛋(458)。

1947年10月16日

晴朗怡人的一天，有阳光但不太暖和。没有风。海面平静。

我翻好了郁金香圃（可以种 150 株），开始清理窗户下面的园圃。

两棵“金顶”苹果树上的苹果熟了，我们摘下来一些尝了尝。苹果又脆又甜，有柠檬味。

牡鹿整晚都在嚎叫。我也就是从差不多 10 天前开始听到它们在叫。

唐纳德·达洛克把最后一批干草收进屋了（从他家房子后面的那片地里）。比尔·邓恩把羊群赶到了山坡上，它们必须在霜降开始前被赶到那里。

4 只蛋，但我怀疑还有一只被打破吃掉了（462）。

1947 年 10 月 17 日

今天天气很糟糕，非常潮湿，但没有下太多的雨，也没有风。海面平静。

煤油的存量很少了（6 周前开始换用这桶的）。我又订购了一桶新的。

今天取了 1 加仑汽油；10 加仑半。桶里只剩下一点点了。

2 只蛋（464）。

1947 年 10 月 18 日

阴沉无风的一天。几乎没下雨。海面平静。

我开始清理花圃。

3 只蛋（467）。

1947 年 10 月 19 日

阴沉的一天，没有下雨，不太冷。下午有风。海面波涛汹涌，尤其是在上午。

我继续清理花圃，施了一点粪肥（粪肥的存量很少了）。

今天第一次用新煤油炉(瓦勒牌)。

我觉得燕子像是都飞走了。上一次看到燕子是1周到10天前了。花鸡正大群地飞离。

4只蛋(471)。

1947年10月20日

今天阳光明媚，有风。上午和傍晚都很冷。海面波涛汹涌。

我种下了郁金香(用的是新球茎，约100—150株)。给它们施了少量的硫酸钾。我清理完了花圃。

新煤油炉的每个灯口一小时好像要用1品脱左右的煤油(其中一个灯口加热烘箱)。

一只母鸡因为换羽几乎成了光鸡，另外几只开始有些攻击它。我在想是不是要把它隔离出来，因为它好像吃不到足够的东西。

3只蛋(474)。

1947年10月21日

今天阳光明媚，有些雾，很冷。海面相对平静。

我种下了白百合花(好像是6株)。

3只蛋(477)。

1947年10月22日

晴朗寒冷的天气一直持续到晚上八点，之后开始下雨。海面相对平静。

我又种了些郁金香(120株左右)，移栽了一两株美洲石竹。

3只蛋(480)。

1947年10月23日

昨晚显然下过大雨。今天阴沉无风，间或有雨雾。海面非常平静。

今天种了番红花，应该有200株，但我觉得不到这个数。球根的质量很差，数量也不足。我还得再订购100株。我还得再买一些绵枣儿。

4只蛋(484)。

在对着10月23日日记的迎面页上，奥威尔写下了“订购番红花”并且在旁边打了个钩，表明他已经下了单。

1947年10月24日

白天晴朗无云，早上相对温暖。海面波涛汹涌。

今天一根水管破了，给我惹了不少麻烦，但幸好这根水管是在厨房水槽下面，不是在楼上。没人知道总开关在哪里，估计是在地下的某个位置，可能在牛棚的门附近。切断水源的唯一方法就是断开连接溪流与水箱的那段水管。这样做能很快放空水箱，阻断水流，不过坏处是在整个维修期间水会从水箱外面白白流走，在干旱季节里要把水箱再放满可能不太容易。需要注意的是，要断开那截水管，需要一把大活动扳手，可我们没有。

3只蛋(487)。

[在对着这则日记的迎面页上，奥威尔写道：]

订购活动扳手。

1947年10月25日

今天晴朗怡人，没有风。海面平静了一些。

我给醋栗丛(老的)剪了枝；给浆果丛和草莓还有那两棵墙式苹果树施了硫酸钾。

我给收音机换了电池。注意：我们在1948年2月25日之前和1947年12月25日之前分别需要拿到新的高压电池和低压电池。订单需要提前10天发出。

昨天看到一株忍冬开花了，就在一丛结着熟浆果的灌木丛中。海石竹开出了一两朵花，这一定是第二次开花。前面忘了说了，我一星期前看到一些八哥。

3只蛋(490)。

在对着这则日记的迎面页上奥威尔写道：

1948年2月15日订购高压电池

1947年12月15日之前订购低压电池。[47]

---

47 奥威尔的收音机(同三四十年代的许多收音机一样)不是靠总电源供电的，而是用两个蓄电池(高压和低压)，必须不时更换。

1947年10月26日

今天无风，比昨天阴沉，但没有下雨。海面平静。

新的西红柿暖房和暖房门送到了。一同送到的还有半吨干草、一桶煤油和液化气。门柱有8英尺半高，必须截短，因为在这样的土质里没法把它们打得足够深。

1只蛋(496)。

1947年10月28日

今天晴朗无风，阳光不太强，风很小，寒冷。海面平静。

我开始清理马厩。注意：需要订购大硬扫帚。

我开始用新的一桶煤油。如果每周用5加仑的话，这桶应该能用到1947年12月28日。一定不能在圣诞节前用光。我要在12月初订购一桶新的。

3只蛋(499)。

[在对着这则日记的迎面页上奥威尔写道：]

订购大扫帚。

12月1日订购煤油。

1947年10月29日

晴朗的一天，不太暖和，出了点太阳。海面波涛汹涌。

安维尔和比尔·邓恩继续清理马厩。我割了草坪（今年的最后一次）。

3只蛋（还有一只我怀疑被偷吃了）（502）。

写完这则日记后，奥威尔由于病重停止了日记。从这时起一直到1948年内的很长一段时间里，他的笔迹都是卧床手写的。他的妹妹安维尔接替他记录各项事宜——主要是天气和收集到的鸡蛋数——还有一次次的汽车爆胎。

安维尔的日记概要

1947 年 12 月 27 日—1948 年 5 月 10 日

奥威尔的妹妹安维尔（她在奥威尔死后收养了奥威尔的儿子理查德）同奥威尔一起住在巴恩尔，并照顾他的生活。她努力地工作，干农活，料理牲口——维持着他们那份小小的农产。从 1947 年 12 月 27 日到 1948 年 2 月 22 日，她代奥威尔在“家庭生活日记”中记下简短的日记，此后一度前往伦敦。3 月 9 日她在返回农场后继续记录简短的日记，直到 1948 年 5 月 10 日。奥威尔从 1948 年 7 月 31 日开始继续自己的日记。

安维尔的所有日记都有一段对天气的描述，而且通常作为开头。例如：“斯卡巴山上盖着一层厚厚的雪”，“猛烈的东南风”，“天气依然很糟糕”，“今天天气非常糟糕”，而出现“今天晴朗怡人”的频率较少。她这样写无疑是遵循奥威尔的习惯。斯卡巴山坐落在朱拉岛以北的斯卡巴岛上（距巴恩尔只有五六英里），占据了岛上的大部分面积，主峰海拔 1 474 英尺。只有最后一则日记没有提到天气。安维尔还总会记录收到的鸡蛋数目，在动身前往伦敦前也总会累加鸡蛋总数，一如奥威尔的习惯。也许是因为她不清楚离开期间的产蛋数目，所以她在返回后决定不再记录总数。（根据记录，在她的日记结束时的鸡蛋总数应该是 777 个。）她还简单地叙述了她在巴恩尔干的农活，并提到了那些施以援手的人的名字，尤其是比尔·邓恩——其中有播撒肥料，收进干草，接收送到的配给物资，以及其他类似的活动。她显然工作很努力。1948 年 2 月 13 日的日记清楚地显示了她的努力付出：“我在罗甘莓周围打下木桩，拉上了铁丝网；清理了鸡舍；开始翻侧花园里的那片地。这项工作很辛苦，因为那里全是石头。”3 月 19 日的日记中写道：

“我撒了一点粪肥，在花园里的某些地方翻土除草。我给大黄施了粪肥。”随后她又在4月11日写道：“比尔和我开始种土豆，累得腰都断了。”除了这些她还要做普通的家务活儿：“我把衣服都洗掉了”；“把所有的衣服都洗烫了”（当时还没有洗衣机和烘干机）。不过她在3月20日的日记中写道，新送到的物资中包括“我那台新轧干机”。放松的时候非常少。她在2月7日写道：“我带里克（奥威尔的儿子理查德）去阿德卢萨参加儿童聚会，回来的路上看到一只白山兔。”阿德卢萨在巴恩尔以南，有一条长约7英里的公路相连，路况很差。糟糕的路面质量（或者说是缺乏质量）无疑导致了车胎一次又一次地爆胎。以下3则日记很能说明问题：3月26日的日记中写道，“比尔和我修补了一只被刺破的轮胎，在从阿德卢萨返回的途中又修补了两只”；4月10日的日记中写道，“今天开车前往阿德卢萨，轮胎一如既往地爆胎”；之后4月29日的日记中又写道，“在回家的途中爆胎了，只能把车留在了拉格”——拉格是一个距巴恩尔以南约15英里的小村落。日记中还提到射杀兔子；麦克唐纳一家（住在距巴恩尔以南5英里左右的利尔特）在3月13日送给他们一只小山羊；但是到了18日它“走失了”。信件一直要从阿德卢萨取回，途中经常发生爆胎。不过日记中也有成功的时刻。如3月10日，“我把拖拉机开起来了”（轮胎在2月17日和土豆种子一起送到的）。还有收获的时刻：“我从海滩上捡了一袋木头，结果找到一把完好无缺的梳子”，随后又“在花园里翻了一点地”。同她的哥哥一样，安维尔也十分享受身边的大自然。她在1948年3月13日写道：“番红花盛开了”；4月14日，第一朵郁金香开了；第二天她采了第一株大黄。随后在5月9日，荷兰豆和香豌豆“刚刚开花”。尽管经历了许多次爆胎和繁重农活的考验，安维尔还是能够抽出几天时间“在绿草带上播下了矢车菊、罂粟、山字草、高代花、芬芳矢车菊、屈曲花和石碱草种子”。

奥威尔笔记中的相关日记条目

约1948年2月20日—1948年5月21日

本章收录了奥威尔的第五卷日记以及第二本日记和最后一本写作笔记的部分相关条目。

海尔玛斯医院时刻表，约1948年2月20日
奥威尔的第二本写作笔记中的日记条目
（CW，XIX，p. 274）

我们无法精确地确定这份时刻表的日期，但这一定是奥威尔在1948年2月19日或20日开始接受链毒素注射疗程后写的。这样的界定只能说是姑且为之，谈不上准确。（文中的星号来自奥威尔的原稿）

这座医院的时刻表如下（时间都是大概的）

＊午夜12点——注射

清晨5:30——吵闹声（人们走来走去，打水的声音）开始了

上午6:30——叫床，送来热水

上午7点——测体温

上午7:30——早饭

＊上午8点——注射

上午8:15——开始打扫（断断续续地持续2个小时左右）

上午9点——铺床

……吃药

上午10点——量体温

上午10:30——医生来查房

中午11到12点——拍X光片，打吊针等一般在这段时间里进行，虽然不是每天都有

正午12点——午餐

下午2点——量体温

下午3点——下午茶

＊下午4点——注射

下午6点——量体温

下午6:30——晚餐

晚上10点——量体温

熄灯

注意：注射只是一种暂时性的特点

奥威尔的第二本写作笔记中的日记条目

（CW，XIX，pp.307－328）

手写：这里没有列出字体差异，但可以在《全集》中查到。

1948年3月30日

当你真的生病时，或是在大病后的休养期间，你的脑子是处于罢工状态的，这时只能看看画报，做做简单的猜字游戏。但是如果你得的是慢性病，即身体虚弱，没有胃口，但没有发烧或病痛，你会感觉此刻大脑的运作是正常的。你的思维和正常时一样活跃，你依然会对同样的事物感兴趣，你的谈吐似乎正常，你也能够阅读任何平时接触的读物。只有当你试图写作时，甚至是写最简单、最无

聊的报刊文章时，你才会意识到你的脑壳里面发生了怎样的退化。一开始你根本在纸上写不出任何东西来。你的思维会天马行空，随处乱飘，但就是没法集中在你的写作主题上。甚至连写字本身都麻烦得令你无法忍受。接着，你也许能够写出一点点东西来，但不管你写的是什么，一旦落在纸上，立刻显得愚蠢无趣。你无法驾驭语言了，或者说你能够想到的只有那些平白无味的表达方式——你连一个生动精彩的词句都想不出。甚至当你开始重新找到写作的感觉时，你还是没法把它保持下去。你偶尔会灵光一现，写出一个漂亮的句子，但要写出一组连贯的句子却极度困难，句子和句子之间好像一点关联都没有。其中的缘由是，你无法集中注意力超过几秒钟，因此甚至记不得你刚刚写的是什么。这些现象中最令人诧异的是你表面正常的思维和当你试图将任何想法付诸纸上时的那种无助感之间的鲜明反差。当你的思绪自然流淌出来时，它们似乎和平常没有任何差别，可一旦你赋予它们任何条理，就会发现它们立刻变成了表达蹩脚的陈词滥调。

我想知道的是，目前对于大脑功能分区的了解是否足以解释这类现象。我们会自然而然地以为疾病会直接阻止思维活动，可事实并非如此。事实上你的思维和平时一样活跃，甚至更加活跃，但就是不在点上。你能够用词，但用词不当；你会有想法，但没法把它们组合起来。如果精神的活跃性是由大脑供血量决定的话，那看起来人在生病时的供血能够保证产生愚蠢想法的区域正常运作，却无法保证产生聪明点子的区域。

以下是奥威尔的第二本写作笔记中的日记条目

（CW，XIX，pp. 310－311）

这篇手写日记摘自奥威尔的最后一本写作笔记(不是第二本)。尽管日记是在他接受治疗后一年写的。

1949年3月24日

在我把这件事忘掉前，我最好写下去年接受链毒素疗法时的副作用。链毒素当时是一种新药，之前从未在这家医院用过。我遭遇到的副作用同我们事先阅读的美国医学杂志上所说的差异很大。

一开始，链毒素好像能立竿见影地改善我的健康状况，而且没有副作用，除了指尖和脚指甲似乎有些变色。接着我的脸会明显变红，皮肤变得容易脱落，身体上出现了类似皮疹的症状，尤其是背部，但是不痒。3周后我的喉咙开始疼得厉害，而且无法消除，甚至服用青霉素喉糖片后也没有好转。吞咽变得十分痛苦，我只能连续几个星期吃特殊餐食。这时我的咽喉处和腮帮内侧开始出现溃疡和水泡，血液不断地涌入嘴唇上的小水泡。晚上睡觉时水泡会破裂，流了很多血，早上起床时我的嘴唇总是被血粘在了一起，只有先用水清洗后才能张嘴。与此同时我的指甲从根部开始龟裂，一路向上蔓延，同时在下面生出了新指甲。我的头发也开始脱落，后脑勺出现了一两片雪白的头发(而之前我的头发只是有点斑白)。

链毒素疗法施行50天后停止了，之前每天注射1克。我的嘴唇立刻就愈合了，皮疹也消失了，虽然没有那么快。我的头发停止了脱落，而且恢复了原来的颜色，虽然我觉得好像比以前灰了一些。老指甲盖完全脱落了，出院几个月后我的指尖还是参差不齐的，新的角质还在不断分裂，形成新的指甲。不过有些脚指甲没有脱落。甚至是现在，我的指甲还没有恢复正常，比以前要粗糙得多，而且薄许多，如果不剪短的话很容易开裂。

当时贸易委员会不允许进口链毒素，除了指定的几家以临床实验为目的医院。只有走暗箱操作才有可能得到这种药物。每克链毒素售价1英镑，外加60%的购买税。

奥威尔的第二本写作笔记中的日记条目

（CW，XIX，pp. 19－20）

手写：此处没有列出字体差异，但可以在《全集》中查到。

1948 年 4 月 18 日

记忆是怎样发生或消失的？昨晚熄灯后，我躺在床上时，突然不知为什么想起了战争期间的某些事情。我想不起来具体是什么时候，但肯定是很久以前的事了——当时有人给我看了一份绝密文件，与之相关的内阁大臣，或者是他的秘书（我想是他的秘书）甚至得到命令：文件不得离手。因此我不得不走到他的桌边，视线越过他的肩膀去读这份文件。那是一份简短的手册或备忘录，打在上好的白纸上，用绿丝线装订。奇怪的是，虽然我能生动地回忆出那个场景——尤其是他手拿文件让我阅读的那种神秘的姿势——但我完全记不得那份文件说的是什么了。

今天上午我仔细想了想这件事，作出了一点推断。战争期间我唯一有所接触的部长是克里普斯，他的在任时间是 1942—1943 年，出使印度之后。那份文件一定同印度或缅甸有关，正是因为这个关系（我当时在 BBC 印度分部工作）我才会偶尔见到克里普斯。那个给我看文件的人一定是大卫·欧文，克里普斯的秘书。想到这儿，我又记起了自己读完文件后说了一句："我认为你们应该对此事保密。"这增加了这份文件与印度有关的可能性。下午我对理查德·里斯说起此事，之后我又想起了一些细节，但准确性值得怀疑。我想——但我对这件事的回忆远比不上对印刷和纸张的记忆——那份文件是关于战后如何对待缅甸的备忘录，当时缅甸为日军占领；文件说缅甸必须回到"直接管制"（也就是实行军事管制）状态，数年之后再恢复文官政府。当然，这和我们在宣传中所说的完全不同。我还依稀记得(但是我关于此事的任何记忆都非常模糊)我根据这份文件的内容，给伦敦的一个缅甸人丢了个暗示，警告他不要过于相信英国政府。

如果我真的给过这样的暗示，那无疑是对他人信任的背叛，也许这就是为什么我倾向于忘记此事的原因。但是，为什么我现在又突然想起这件事了呢？最令我吃惊的是[48](甚至比我记得当时的场景却记不清文件内容更令我奇怪)，这对我来说居然是全新的记忆[49]。我刚刚想起这件事，立刻就意识到在过去的几年里它一次都没有进入过我的脑海。在被遗忘了长达(我想)5 年[50]之后，突然之间它又浮出了记忆的表层。

---

48 手稿中“是”的后面开始还有一句话：“这件事在被遗忘数年后突然重新出现在脑海里”，后被划去了。

49 “记忆”后面原来有“我意识到在过去的数年里它从未划过我的脑海”，后被划去。

50 见 1942 年 8 月 12 日日记，其中可能提到了这件事的来源。

奥威尔的第二本写作笔记中的日记条目

(CW，XIX，pp. 497 – 498)

在海尔玛斯医院中手写

1948 年 5 月 21 日

上午 9.45。现在能同时听到以下几种声音：收音机广播；留声机；吸尘器开开停停的声音；时断时续的歌声；外面的敲锤声；靴子和婴儿车经过时的嗒嗒声；口哨声，海鸥和乌鸦的鸣叫声，远处母鸡的咯咯声，水龙头的声音，开关门的声音，断断续续的咳嗽声。

就在这页上，紧接着写在下面的是：

年轻时想象不到的中年问题。

腿脚总是乏力，膝盖酸痛。从腰背部到腰部僵硬甚至疼痛。牙龈疼痛。胸口总是有些发闷。早上觉得站不起来。只要不出太阳就觉得冷。胃部胀气(妨碍思考)。眼睛总是流泪。

像齿板下卡了个葡萄籽一样难受

像老鼠钻进一包通心粉一样吵闹

像鱼贩子一样傲慢

家庭日记第五卷

1948 年 7 月 31 日—1948 年 12 月 24 日

这卷日记是手写的。注释从 1 开始编号。

1948 年 7 月 31 日

在住院（海尔玛斯医院）几个月后重新开始记日记。我在 7 月 28 日返回这里（巴恩尔）。现在的天气非常炎热干燥，没有风。燕麦秆长得很矮，也许是因为春季干旱的缘故。干草大都收割完毕并堆成了草垛子。玫瑰、罂粟、美洲石竹和金盏花都已盛开，羽扇豆还没有全谢，屈曲花差不多谢了，山字草快开花了。除了木莓，其他浆果丛都长得不好，我要把其中的大部分移走。果树长得不错。1946 年种的苹果树结了许多果子，但长得不大。草莓长得最好。安维尔说，他们已经采了 20 磅了（50 株），后面还会有更多，不过果实肯定变小了。头茬豌豆可以摘了。莴苣和芜菁长得不错，红花菜豆不太好。所有洋葱类的作物在这里总也长不好。两拨小鸡正在成长，一拨 5 只，10 周大；另一拨 10 只，6 周大，都是红毛罗得岛鸡和来亨鸡的杂交种。小鸡体格健康，大小都非常接近。一头 3 月份出生的小猪，品种非常好，几乎只喂它土豆和牛奶，小鸡要喂燕麦和牛奶。两头母牛都还在产奶。第一头（罗齐）2 月份的时候生了牛犊，现在好像又怀孕了（种牛是高原牛）。草长得很好，蓟草长得比以前好多了。

我有一段时间不能下地干活了，除了剪枝一类非常轻体力的工作。

捕鱼的收获颇丰。他们有一天晚上抓到了80条鱼，一周内捕到了8只龙虾。

灯坏了，需要零件维修。我们还缺许多工具。

在迎面页的页尾，奥威尔写了以下的清单。除了锤子，其他的都打钩了；第三行被划去了，也打了钩。

订购蒂利灯罩和汽化器

锤子

垫圈(龙头用)

浴缸塞

玻璃灯罩

1948年8月1日

昨天傍晚和夜间下了小雨。今天天很阴沉，气温也低了些。海面平静得像一张铅皮。摇蚊滋生得厉害。

1948年8月2日

白天大部分时间晴朗但不太热。今天傍晚有雾和雨。海面平静。

安维尔昨天换了一桶新的液化气。

鲍勃[1]今天被送去了塔伯特。10月的第一周送回。

---

1 鲍勃是匹马。

正对着1948年8月2日日记的迎面页上，奥威尔写下了这两样东西并打了勾：

订购液化气

订购花椰菜苗

1948年8月3日

晚上下了点小雨。今天没有风，阴沉，相对温暖，不过晚上八点后起了寒意。海面非常平静，灯塔[2]的闪光依稀可见(据说是要下雨的征兆)。

一只罗得岛红鸡病了——鸡冠的颜色不错，胃口也好，但腿像是麻痹了。

---

2 这一定是克里南灯塔，位于本土，距巴恩尔东—南—东方向6英里。从巴恩尔东面的山脊上望去，本土的海岸线清晰可见。

1948年8月4日

白天大部分时间都没有风，多雾，相对温暖。傍晚下了点小雨。比尔割完了另一块地里的干草。

拖拉机非常胜任这项工作，不过它原本不是设计用来挂收割机的，因此必须用一种非常别扭的方式来给它导向。

一些香豌豆长出来了，不过长得不好。前面忘了说了，昨天有3只鹰飞过房子前面的那片地(我觉得是3只，尽管我在同一时间只看到两只)。一只在攻击另一只，迫使它放开猎物(好像是只老鼠或兔子)，然后自己俯冲下来一把抓住。它们会发出尖叫般的声音，我以前以为只有秃鹰会这样叫。

1948年8月5日

阴沉无风，海面波浪大了一些。昨晚下了点雨。昨晚好像下了点雨。

安维尔和比尔今天上午收上来一些捕虾笼，抓到3只螃蟹。安格斯[3]昨天带了些比目鱼来，我想他是在蚊子湾[4]里用鱼叉捕到的。

姬唐菖蒲快开了。几朵剑叶兰正含苞待放。几株剑兰长出了新芽(长得不太好)。

在正对着1948年8月5日日记的迎面页上奥威尔写了以下两行字并打了钩：

订购吊灯的灯芯

还有瓦尔莱灯

---

3 安格斯·麦基奇尼是名住在阿德卢萨的渔民(但不受埃斯特的雇佣)。我们不清楚奥威尔写的是Mckechnie还是M'Kechnie；这个版本中用的是后一种拼法。

4 也许是奥威尔一家给当地一个海湾起的昵称；反映了当地蚊子的泛滥成灾。

1948年8月7日

阴沉，偶尔有阳光。风大寒冷。比尔把后院那片地里的干草铺成了一个个圈。

正对着1948年8月7日日记的迎面页上，奥威尔写了这样一行字并打了勾：

订购甲基盐(从格拉斯哥)

1948年8月8日

晴朗寒冷。吹着北风。海面平静。一些山字草现在开花了。一棵李子树从下面长出一根很长的新枝，这我想必须剪掉。周围有许多小野兔，但是很难射中。我给两个不同的地址写了信，询问船的事情。[5]

---

5 不详。

1948年8月9日

晴朗但不太温暖。现在到了晚上都想生火了。大丽菊的花苞长势很好。剑叶兰的嫩芽长得很快，三四天好像就能长出 1 英尺嫩芽。周围有许多野兔。

1948 年 8 月 10 日

晴朗但不太温暖。风向以北风居多。本土看上去好像比以前更近了一些。比尔和他的朋友把后院里的干草堆成了草垛子。我从草莓上剪下了一些长势最差的纤匐枝。

1948 年 8 月 11 日

无风，阴沉，相对温暖。下午下了几滴雨。蚊子滋生得厉害。海面平静。

1948 年 8 月 12 日

无风。上午晴朗，下午阴云密布。傍晚和夜间下了一点点雨。海面平静。我们收进了一些干草。堆垛机运行得非常令人满意。安维尔和比尔·邓恩出海捕鱼，捕到了 13 条绿鳕。

1948 年 8 月 13 日

晴朗炎热的一天。海面平静，下午平滑得像玻璃。我又收进了几堆干草垛。安维尔在房子前面割草。比尔和其他几个人[6]傍晚时出海捕鱼，抓到 70 条绿鳕。

---

6 克里克在版画 30 中描绘了 1948 年的巴恩尔屋前搭着一顶帐篷的情景。根据鲍克版的插图文字，帐篷里住的是收获季节的工人——这也许就是奥威尔此处所说的“其他人”。关于帐篷被风刮倒一事，见 1948 年 8 月 23 日日记。

1948 年 8 月 14 日

天冷了，海面有些风浪。傍晚下了几滴雨。比尔和其他人外出捕鱼时，那头小牛一直跟着他们，甚至跟在他们身后游泳。

1948 年 8 月 15 日

阴沉无风，不太暖和。白天部分时间有小雨。海面风浪大了些。安维尔移栽了一些花椰菜苗。这些幼苗在路上递送的时间和送达后存放的时间里，已经发芽至少 1 周了。花鸡好像已经开始成群飞离了。

1948 年 8 月 16 日

阴沉潮湿。海面相对平静。

1948 年 8 月 17 日

上午阴沉，下午有阳光。今天上午抓到了一只很大的龙虾(4 磅半重)。液化气用光了。罐子肯定漏了。

1948 年 8 月 18 日

晴朗，阳光明媚的一天，风不太大。海面平静。B. D. 把一些干草收了进来，并把后院里的一些堆成了草垛子。谷仓现在堆满了干草，必须把它们堆成一个大草垛。我重新捆绑固定了樱桃树，砍去了枯枝。我开始给花坛锄草。打死了第一只蜂王。

1948 年 8 月 19 日

晴朗的一天，阳光明媚，有一点微风。海面相对平静。比尔和 R[7] 开始堆小草垛，上面盖上防水雨布。现在只剩一个草垛子还没有收进来了。猪圈现在移到了大门外，不过没有离得太远。我又给一部分花坛锄了草。

甲基肥快没了。

在正对着18日和19日日记的迎面页上，奥威尔写了以下几项东西，除了紫菀其他的都打了勾：

订购水仙花球

番红花

绵枣儿

牡丹根茎

温柏树［被划去了］

羽扇豆

紫菀

1英担石灰

草夹竹桃

7 也许是理查德·里斯爵士，但也有可能是奥威尔的波兰邻居托尼·罗斯加，甚至有可能是他的儿子理查德（见奥威尔于1948年8月22日写给迈克尔·迈耶的信，CW，XIX，pp.423－424）。在他的1948年8月31日日记中，他曾叫罗斯加"托尼"。安维尔在1948年7月29日给迈克尔·肯纳德的信中写道，"理查德·里斯也在我们家住了一两天"；他也许住了更长时间，或者来过不止一次。不管怎样，罗斯加家的某人完全有可能帮助奥威尔家做给羊用杀虫液洗澡之类的工作（1948年8月23日）。

1948年8月20日

晴朗的一天，阳光明媚。风很小。海面平静。B和R收割了最后一块干草地。我又除了些杂草。

1948年8月21日

今天天气很糟糕，从早上开始就一直是狂风大雨。花园里的花大多被风雨打落了。比尔和安维尔昨晚捕到了9条鲭鱼。

1948年8月22日

今天天气略好一些。上午有大风，不过有阳光。下午下起了猛烈的暴风雨，不过间歇中天也亮过几次。风还是很强，大部分是西风，有时也有南风。海面风浪很大。灯塔周围有许多浪花。比尔把羊群从山上带了下来，把它们放在田里，打算给它们用杀虫液洗澡。

1948 年 8 月 23 日

今天天气非常糟糕。大风刮个不停，风向一直在变。上午有阳光，下午下起了猛烈的阵雨。帐篷被刮倒了。一些苹果也被吹落了。海面波涛汹涌。浪花很大。B 和 R 用盛雨水的小铁槽给羊群洗了澡。接近傍晚时分风力减小了。

在正对着 1948 年 8 月 23 日的迎面页上，奥威尔写了一项内容并打了勾：

订购煤油

1948 年 8 月 24 日

今天天好些了。正午时分下了点阵雨，其他时间晴朗明媚，风不大。海面平静些了。我给几株大丽菊竖了爬杆。

1948 年 8 月 25 日

昨晚有雾。今天大部分时间都很干燥，有大风，阴沉，间或有雨。海面风浪小些了。

1948 年 8 月 26 日

晴朗无风，阳光明媚的一天。比尔在竖铁丝网，和地界平行，把麦捆依靠在铁丝网上，省得堆成垛了。新的甲基肥送到了，1 加仑左右。我们还从麦基奇尼那里弄到了一瓶，因此我们手头就有 9 品脱了。我会留意这些能用多久。我把壁花上的种子荚摘了下来，这些会种在地里。人们通常把它们作为两年生作物，但我觉得它们是多年生的，头年后应该还能开一次花。[8]安维尔割了草。

在正对着1948年8月26日的迎面页上，奥威尔写下了一项内容并打了勾：

订购防水雨布

8 壁花如果留在地里的话，第二年通常还能再开一次花，但花茎一般会变细。

1948年8月27日

晴朗温暖的一天。没有风。海面非常平静。B和R[9]开始割麦子。这活儿很费劲，因为麦子秆太短。

9 我们还是不清楚此处指的是谁在割麦——是理查德·里斯还是托尼·罗斯加。不过这里更有可能是罗斯加。

1948年8月28日

直到傍晚都很晴朗，风比昨天大。海面风浪大了些。B和R继续割草。他们今天把一些麦捆倚靠在了铁丝网上，没有堆成垛。我把小公鸡放进鸡圈养肥。好天气持续到了傍晚六点，之后下了点小雨。

1948年8月29日

昨晚下了大雨，刮了大风。今天潮湿阴沉，风很大，但很温暖。尽管昨晚下了雨，但麦捆依然没有倒，所以这种方法是可行的。我给果树重新做了绑扎固定，之前因为用绳子绑扎的缘故，树皮都有破损。

一些剑兰开花了。它们今年长得不太好。玫瑰花开得漂亮。高代花正在盛开。

在正对着1948年8月29日的迎面页上，奥威尔写了一项内容并打了勾：

写信询问船的事

1948年8月30日

今天天气非常糟糕。潮气太重，没能做任何户外工作。海面平静了些。今天傍晚时天空好像亮堂了些。

1948年8月31日

今天天气非常糟糕。雨断断续续地下到差不多五点，之后放晴了两个小时，接着又下起了雨。大部分时间雨都不大，但晚上有过一阵瓢泼大雨。海面相对平静。托尼在基努亚德拉赫湾里看到一条鲨鱼或虎鲸，据他说它跃出水面捕到一只海鸥。

牡丹现在涨到6便士一株了！

在1948年8月31日日记的后面一页纸上，奥威尔将给果树喷洒农药的计划列成了一张表：

果树喷洒

苹果树		备注
1. 12月—2月中旬	沥青(3.5—50)	
2. 5月上旬(吐苞)	石硫合剂(1—50)	避免阳光暴晒
3. 5月下旬(花落)	波尔多剂	

李子树		
1. 12月到1月中旬	沥青(3.5—50)	
5月中旬(开花后)	鱼藤剂(1磅—50加仑)	

樱桃树	
12 月到 1 月	沥青(3.5—50)
6 月中旬	鱼藤(1 磅—50)

黑醋栗	
12 月 1 日—2 月	沥青(3.5—50)
4 月初	石硫合剂(1—50)
7—8 月 (水果采摘后)	波尔多剂(？)

红醋栗	
1. 12 月—2 月	沥青(3.5—50)

醋栗	
1. 12 月—2 月	沥青(3.5—50)
6 月	鱼藤(比李子树和樱桃树的要稀一些)

注意：沥青制法——与等量的水混合，搅拌均匀再加入大量的水
石硫合剂——所有的苹果树在开花前都能用

1948 年 9 月 1 日

今天天气略好些。上午和下午下了点阵雨和毛毛雨，但白天大部分时间都晴朗无风。海面平静。B 和 R 又割了些麦子，但割得很辛苦，因为镰刀在这个季节很容易沾上泥巴。泥炭里长出了些蠕动缓慢的大虫子，这显然是个常见现象，因为我以前已经看到过好几次了。也许这就是理查德说的在那里看到的“蛇”。我又重新绑扎了些樱桃树。

1948 年 9 月 2 日

坏天气一直持续到下午，之后放晴了些。海面风浪更大了，有一些碎浪。农场花了 10 英镑买了第二头牛犊(2 个月大)。显然这是个公道的价格，因为它是纯种(小母牛)，而且已经吃了 60 加仑的奶了。

晚上一直在下雨。

1948年9月3日

今天天好些了。下午下了场阵雨，早上下了场小雨，其他时间晴朗无风。海面相对平静。B和R今天继续割麦子。

1948年9月4日

晴朗无风，温暖的一天。有一点微风。海面平静。B和R继续割麦。我开始给房子下面的花坛除草。

1948年9月5日

今天天很糟糕，潮湿风大，一直持续到下午四点。之后下了点阵雨，但总体上天晴了一些。海面波涛汹涌。我给醋栗丛除了草。醋栗丛还是长得很小，不过好像没有得病。

1948年9月6日

天气非常糟糕，下午放晴了一些。我开始给醋栗丛除草。我决定不把它们移走了，因为长势比我之前预料的要好。

小猪不停地钻过围栏跑进院子，甚至有可能这样闯进了花园。这必须设法阻止。

今天用完了8月26日打开的那瓶甲基肥。这意味着一瓶可以用10—12天，因此1加仑(6瓶？)最多应该可以用2个月。

在正对着1948年9月6日的迎面页上，奥威尔写了这几行字并在头两项上打了勾：

10月20日左右种芜菁

邮购汽油

灰[10]

橡胶管

订购园艺叉(2)

灯罩垫圈(泵)

船用工具

---

10 这里“灰”的含义有些模糊；奥威尔也许想要买一点来铺路。

1948 年 9 月 7 日

天气很糟，海面波涛汹涌；没有做户外工作。

1948 年 9 月 8 日

今天天好多了，阳光明媚，相对温暖，海面也平静了些。B 和 R 割完了麦子。我给剩下的醋栗丛除了草。

1948 年 9 月 9 日

今天晴朗但不暖和。白天风不太大，海面相对平静。晚上八点左右开始起风，到了夜间变得十分猛烈。我给木莓除了草。吸根很多，可以种下去填补空缺。一些羽扇豆还在开花。

1948 年 9 月 10 日

今天有阳光，风很大。海面波涛汹涌。麦子太湿了，没法堆成垛，只能再铺在地里晾干。

我开始给另外一茬醋栗丛除草。

1948 年 9 月 11 日

上午天很糟糕，风大雨急。海面波涛汹涌。下午好了一些，但还是有阵雨。海面平静了下来。

1948 年 9 月 12 日

夜间有大雨大风，上午天晴了些。下过些阵雨，不太暖和，但白天总体上天还算好。海面平静。B 和 R 从科伦赛[11]买了一条新船。似乎大西洋的海面波涛汹涌，海峡里却相对平静。下午我沿着围栏拉上了铁丝网，防止小猪钻进来。它现在还是能钻进来，但如果我把铁丝网的底部固定住的话应该就可以了。

11 科伦赛比朱拉岛小得多，距朱拉以西 15 英里；乘船的航程是直线距离的两倍左右。

1948 年 9 月 13 日

天气非常糟糕，海面波涛汹涌。到了傍晚天放晴了些。B 和 R 没法把船的引擎发动起来，也许是因为火花塞沾灰的缘故。我订购了一些小火鸡(3—4 个月大)。(买不到。)

1948 年 9 月 14 日

(海尔玛斯医院)[12]：今天天好多了，有一段时间相当温暖。海面相对平静。我们在登上吉哈岛[13]的航程中只遇到一丁点颠簸。一个孩子病了。本土上人们收集的干草相对较少。

12 奥威尔返回了海尔玛斯医院由迪克大夫做复查。见他于 1948 年 10 月 9 日写给大卫·埃斯特的信。
13 吉哈岛是一个位于朱拉岛西南的小岛。

1948 年 9 月 15 日

晚上下了雷雨。

1948 年 9 月 16 日(格拉斯哥)

天空灰暗阴沉，但没有雨或只下过毛毛雨。前两天晚上周边郊区显然下过暴雨。海尔玛斯医院周围的一些田地完全被水淹没了。我非常不舒服，昨晚体温升到了 101 华氏度。

1948 年 9 月 17 日

（巴恩尔）：天气不错，但有风。穿过海峡时风浪很大，但还没有到晕船的程度。石灰刚刚送到。

在正对着 1948 年 9 月 17 日日记的迎面页上，奥威尔写了两行字并打了勾：

种牡丹花

给木莓树剪枝

1948 年 9 月 18 日

晴朗的一天，不太暖和。上午下了点雨，下午和傍晚起了点风。B 和 R 堆起了麦垛，麦子在过去的两天里好像干了不少。安维尔采了黑莓（今天的第一批收成）。

1948 年 9 月 19 日

天空时阴时晴。下过几场小阵雨，不太暖和。近海处海面平静。靠近克里南的地方有碎浪。我试了试船，很容易操纵。我种下了牡丹（6 朵，红色）。种得很马虎。我还给木莓剪了枝。不确定我剪得对不对。

1948 年 9 月 20 日

今天下过一阵急促的阵雨，其他时间天还不错，晴冷。刮着一点西风。B 和 R 堆完了麦子，上面还要盖防水雨布。我发现一棵黑莓旁长出了一株小苗，也许是通过自压条长出来的。

1948 年 9 月 21 日

晴朗的一天，非常冷。风很小。近海处海面平静。我开始焚烧垃圾制草木灰。安维尔在苗床里种下了美洲石竹。

1948 年 9 月 22 日

昨晚下了大雨。从上午十点开始天空晴朗，阳光明媚，相对温暖。我驾船前往最近的海湾收集柴火。安维尔种下了冬季菠菜。

1948 年 9 月 23 日

下过几场小阵雨。不过白天大部分时间都只是比较阴沉寒冷。上午有西风。安维尔和比尔经克里南前往塔伯特的奶牛市场。船运行得很好。B 买了 48 只羔羊，每只 24 先令。去年的价格是 43 先令。我今天很不舒服，没有出门。

1948 年 9 月 24 日

今天整个白天天气都很糟糕，海面波涛汹涌。今天舒服，卧在床上。比尔的羊送到了。

1948 年 9 月 25 日

昨晚和今早天气很糟糕。下午天稍亮了些。风不算大。海面平静些了。我起床了一小会儿。猫一直在抓小老鼠——我觉得是小老鼠，不是田鼠。我以前还不知道它们能在这么晚的季节里繁殖。

1948 年 9 月 26 日

今天天很糟糕。晚上下了大雨，整个白天雨几乎下个不停。上午有强风，大部分时间是南风。我们得给船盖上雨布，因为这种强度的降雨可以把船舱里灌满水，把船弄沉。地上到处都是泥潭。

1948 年 9 月 27 日

昨晚有雨，不过今天天好多了，阳光明媚，有风。海面波涛汹涌。晚上又下了点雨。

1948 年 9 月 28 日

今天上午天很糟糕，下着大雨，刮着猛烈的南风，海面波涛汹涌。不太冷。下午间或出过几次太阳。

1948 年 9 月 29 日

今天天好些了，阳光明媚，风很大。上午下过一场短促的阵雨。海面相对平静。

1948 年 9 月 30 日

上午无风，阳光明媚，相对温暖，下午阴沉无风。上午海面平静，之后波浪起伏稍大了些。树木开始落叶了。

1948 年 10 月 1 日

整个白天天气都很糟糕。船里进了许多水，显然是从缝里漏进来的。

1948 年 10 月 2 日

晴朗明媚，无风的一天，相对温暖，这样的天气持续到傍晚。海面平静。A 和 B 驾船前往阿德卢萨采购物资。从巴恩尔到阿德卢萨好像需要半个小时左右。我开始清理草莓丛。一只杓鹬把果树园当作了自己的地盘，大部分时间都在那里。燕子好像已经飞走了。地里的欧洲蕨都泛黄了。

1948年10月3日

晴朗的一天，除了上午下过一场短促的阵雨。我种下了番红花(200株，黄色)。

1948年10月4日

晴朗的一天。安维尔摘了许多黑莓。我种下了海葱(100株)。

昨天一只羊羔死了，就是腿瘸了的那只。死因也许是仰面摔倒了爬不起来，或是摔进了犁沟里爬不上来。因为它死去没多久，其他人把它炖炖吃了，我可不愿意吃。那头较大的牛犊好像生了环癣病。一些羽扇豆还在开花，甚至还长出了新的花苞。每天晚上牡鹿都叫个不停。

1948年10月5日

昨晚好像下了点小雨。今天无风阴沉，不太暖和；海面平静得像玻璃。鸬鹚的振翅声从海岸上就能听到(约400码远)。今天一对母鹿和幼鹿闯进了地里，鲍勃追赶它们的时候那只母鹿撞上了铁丝网，弄断了后腿，鲍勃不得不射杀了它。我移植了几株木莓的吸根填补空缺；但书上说不能这样做。

1948年10月6日

今天风非常小，下午有阳光。海面平静。A和I.[14]搭了个新猪圈，墙体就用两层铁丝网中间填充稻草，似乎还能挡风。现在长得最好的浆果就是欧洲花楸。黑莓结了许多，个头很大。

在正对着5日和6日日记的迎面页上，奥威尔写下了四行字并在最后三行边打了勾，在“订购干草”和“煤油”两项下划了线：

订购阿拉丁[15]烟囱

订购干草

煤油

第二台拖拉机

14 也许是安维尔和伊恩·麦基奇尼，一名阿德卢萨的农场工人，住在因弗卢萨。这里的"I."不可能是"我"即奥威尔本人：字母后面的那个点非常清晰。

15 一种以煤油作燃料的室内取暖器的品牌。

1948年10月7日

晴朗无风的一天，温暖的天气持续到傍晚。我清理完了草莓丛。纤匐枝的长势比去年要好。其他人今天驾船出海，把投放在另一个海湾里的捕虾篮收了上来。船的输油管出了点问题，不过引擎第一次把四个油缸都发动起来了。我今天傍晚很不舒服(体温101华氏度)。

1948年10月8日

整个白天都有强风。海面波涛汹涌。深夜时有雨。我不舒服，卧病在床(体温99华氏度)。

1948年10月9日

今天整个白天天气非常糟糕。海面波涛汹涌。没法出门采购给养。

奥威尔返回了海尔玛斯医院由迪克大夫作复检。在他于1948年10月9日写给大卫·埃斯特的信中(CW, XIX, pp. 450 - 451)，奥威尔写道："迪克大夫好像对于检查结果非常满意，但前往医院的行程让我很难受。现在只要出门好像都会让我难受。医生让我保持现在的作息，每天卧床半天，这我很乐意遵从，因为我好像没法应对任何劳累。步行1英里，搬运任何稍有分量的物品，还有着凉——这个是最要命的——都会立刻让我不舒服。即使是晚上出门把牛群赶回家也会让我发烧。另一方面，只要我像老年人一样作息，就会感觉还不错，好像还能像平时一样写作。我已经习惯于躺在床上写作了，当然这个姿势打字是困难的。我正在努力给这本该死的书收尾［《一九八四》］，计划在12月前完成；如果我不再病倒的话应该做得到。如果不是因为前面生病，我本应该在春天就完成的。”

1948年10月10日

昨晚下了大雨。上午到处都是水洼。今天天空阴沉，雾气很重，无风，整个上午都在下小雨。下午雨停了，雾更重了。比尔和伊恩开船前往克里南，这在大雾天是很危险的，因为他们没有罗盘。新猪圈里面进了很多水，因为雨水沿着山坡淌了下来。我们可以在墙的周围挖一道地沟来应对。

1948年10月11日

昨晚有浓雾，好像下过点雨。今天风大阴沉，不过直到傍晚才开始下雨。海面波涛汹涌。伊恩和比尔驶往克里南的航程并不顺利，因为船里进了许多水，渗进了引擎。返程还算顺利。伊恩把船开到阿德卢萨，让马尔科姆[16]看看有没有哪块船板松了。今天和昨天有鹰飞过农田。猫不断地抓到地鼠，它们肯定躲在干草垛里。昨天我们吃了第一只小公鸡(5月孵化的)。味道很好，够6个人吃一顿。还有3只即将长成。今天送到一箱酒(12瓶)。比尔的幼犬送到了(母犬)。安维尔在猪圈周围挖了一道深沟。

16 马尔科姆·麦基奇尼，伊恩的父亲。

1948年10月12日

整个白天风都很大。只下了几滴雨。海面波涛汹涌，海港外有碎浪。安维尔挖过深沟后，猪圈现在应该没事了。苹果还不太熟。花坛需要清理了。

1948 年 10 月 13 日

白天有阳光，间或下过几场急促的阵雨。安维尔和伊恩开始清理那些较大的花坛。我的肋部疼得厉害。海面平静。

1948 年 10 月 16 日

（我好像漏掉了几天。）[17] 阳光明媚，下过点阵雨。今天很冷，海面平静。我继续清理花坛。煤油快没了。40 加仑一桶装的柴油在目前这个时节好像能用 6 周左右。我采了“金顶”苹果，采了 3 棵最大的。这种苹果生吃味道很好，但我觉得它其实是熟食品种。

肋部的疼痛厉害得很，疼得一阵一阵的。体温（夜间）升到了 100 度。

---

17 虽然这里有“好像”字样，但这确实是奥威尔自己写的。

1948 年 10 月 17 日

白天有阳光，间或下过几场阵雨。今天很冷。海面平静。我没有出门。

1948 年 10 月 18 日

今天晴冷，有阳光。直到晚上才开始下雨。海面平静。安维尔继续清理花坛。

1948 年 10 月 19 日

今天阴沉。直到夜间才开始下雨。海面相对平静，比尔刚从克里南回来，但据他说海峡中央的风浪很大。

1948 年 10 月 20 日

今天白天阴沉，下午有雨。供水突然断了，比尔和安维尔只能出门检查，疏通了连接小溪和水箱的水管，原来是水管被一团泥堵住了。今年许多土豆都烂在地里了，因为土壤被水浸透了。据说在过去的两个月里已经下了 20 英寸的降水了。我们这里还不算最严重，听说阿德卢萨那边的损失就大了。煤油马上就没了。

1948 年 10 月 21 日

今天阴沉，偶尔有毛毛雨。海面平静。A 和 B 驾船前往阿德卢萨买回来 5 加仑煤油。船运行正常，但还是有一处地方漏水，位置不明。

1948 年 10 月 22 日

今天晴冷风大。我摘了 4 磅半的苹果。

1948 年 10 月 23 日

今天天气很糟糕。大部分时间都在下毛毛雨。海面在下午五点前一直很平静。其他人驾船前往阿德卢萨采购补给，并赶在涨潮前返回。船运行良好，但进了点水。新的一桶煤油送到了，还有一桶液化气。

1948 年 10 月 24 日

今天天气糟糕，也许是我们遇到过的最坏的一天。雨下个不停，风很大，海面波涛汹涌。不过气温不低。安维尔和比尔把船包裹了起来，船舱里面进满了水。屋顶漏水漏得厉害(2 处漏水)。

注意：我要叫罗伯特 · 肖[18]来修屋顶的瓦片。

今天换上新的一桶液化气，还有煤油。煤油应该能用6周。

在正对着1948年10月24日日记的迎面页上，奥威尔写了两行字并在“1948年11月15日”下划了线：

找罗伯特·肖来修屋顶

在1948年11月15日前后订购柴油

18 罗伯特·肖是一名建筑承包商，住在拉格，距巴恩尔以南15英里左右，两地有海岸公路相连。

1948年10月25日

今天天好些了，有阳光，不太冷。吹着北风。海面相对平静。兔子坐在岸上晒太阳。

1948年10月26日

昨晚有霜冻。今天上午下过几阵短促的冰雹和冻雨，下午下过一场短暂的阵雨。其他时间都晴冷，有阳光。海面非常平静。比尔说他找到了船体漏水的地方了，就在驱动轴那里。他用机油把那里封住了，这应该就行了。我给红醋栗剪了枝(只剪了一点点)。

1948年10月27日

昨晚又有霜冻，就在雨后的前半夜里。今天晴朗明媚，没有风，但很冷。海面波浪大了些。安维尔清理完了花坛。霜冻过后果树开始落叶了。我又给木莓剪了些枝，剪去了所有已经结过果实的枝条。鹿不停地闯进田里。

1948年10月28日

今天晴朗明媚，非常冷。船里还是有积水，所以显然漏水的地方不在那里。

1948 年 10 月 29 日

今天天空晴朗，但风大寒冷。干草送到了(1 吨，25 捆)。可能的话，明天要把船拖上岸，因为它还在进水。安维尔耙了另一片花坛。海面波涛汹涌。

1948 年 10 月 30 日

昨晚下了大雨。今天晴冷。其他人把船拖上了岸并把它撑了起来，这样也许可以在退潮时修补船尾。比尔打死一只兔子，结果刚剥好皮就被狗从厨房桌子上叼走了。克洛克一家今晚回去。

1948 年 10 月 31 日

昨晚下过雨。今天整天都在刮大风，但不太冷。海面波涛汹涌。

1948 年 11 月 1 日

今天晴冷。

1948 年 11 月 2 日

今天天很糟糕，雨几乎下个不停。屋顶滴水滴得厉害。圆珠笔没油了，只用了 6 周。[19]海面波涛汹涌。鹰从头顶飞过。

---

19 奥威尔在 1947 年 12 月 26 日请朱利安 · 西蒙斯代买了一支圆珠笔，并在信中附了 3 英镑。没有其他记录显示他曾在 1948 年买过圆珠笔。

1948 年 11 月 3 日

白天出过一段时间的太阳，下过些阵雨。傍晚下了大雨。海面波涛汹涌。奶牛的产奶量上升了一些，无疑归功于新买的干草。比尔又看到几只浅毛色的兔子。

1948 年 11 月 4 日

天好些了，但很冷。安维尔种下了绣线菊和草夹竹桃。

1948 年 11 月 5 日

今天很冷。间或出过几阵阳光，也下过些毛毛雨。上午有冰雹。海面平静。吹着北风。安维尔种下了多花蔷薇。

1948 年 11 月 6 日

晴朗无风的一天。阳光下很暖和，阴影处很冷。海面平静。安维尔和 I.[20]种下了芜菁，约有 100 株。安维尔开始清理窗台下的园圃。我今天下午和傍晚时感到很难受，肯定是因为外出的缘故。[21]

---

20 伊恩·麦基奇尼。

21 根据前面的日记，我们很清楚奥威尔此时已经几乎做不了任何农活了；11 月 15 日他曾对安东尼·鲍威尔说，自己甚至拔不动一根草了，走上几百码的路也会难受。因此，他这次身体不舒服只是因为外出的缘故，不是因为他帮忙做了什么农活。这段时期他正在打《一九八四》的终稿，另外从他用光圆珠笔墨一事判断，他这时也还在做修改工作。

1948 年 11 月 7 日

晴朗明媚的一天，没有风。天很冷。海面的风浪大了些。

1948 年 11 月 8 日

昨晚有霜冻。今天晴朗无风，阳光明媚。气温很低。海面相对平静。比尔把那头小奶牛带到公牛那里配种。到了 8 月应该会产牛犊。安维尔继续清理房檐下的花坛。给黑醋栗剪了枝（只剪了一点）。海葱发芽了。我不知道是不是应该给它们盖上东西。拖拉机的电路出了点问题。酒快喝完了。我要再订购些。今天看到一些黑鹂。它们很少出现在这一带，不能不让人怀疑这些到底是什么鸟。海湾里那艘小艇的一支桨被浪冲走了。剑兰和大丽菊谢了。玫瑰枝上还在吐新的花蕾。

在正对着1948年11月8日日记的迎面页上，奥威尔写了一行字并打了勾：

订购杜松子酒

1948年11月9日

昨晚下了大雨。海面波涛汹涌。下午下了点小雨，雨后海面平静了些。

1948年11月10日

今天无风阴沉，天气温暖。海面略有些波浪起伏。

1948年11月11日

无风，阴沉，温暖。昨晚有雨。海面不太平静。其他人在巴恩尔捕鱼，捕到15条。那支被冲走的桨又回来了。新种的多花蔷薇快开花了。

1948年11月16日

有好几天没写日记了。前两天潮湿风大，之前无风阴沉。不太冷。今天海面波涛汹涌。安维尔清理完了窗台下的那块园圃，重新种下了勿忘我。猪瘸了，之前有一天都不吃东西。现在好些了，但腿还是有些跛。也许是因为猪圈过于潮湿染了风湿。它现在暂时被移进了车库。比尔得了腰痛。那几只杂交小母鸡（5月孵化的）看上去能下蛋了，但还没有开始产蛋。注意：需要邮购煤油和甲基肥。

在正对着1948年11月16日日记的迎面页上，奥威尔写了这两行字并在第一项边上打了勾：

邮购煤油

邮购甲基肥

1948年11月17日

潮湿阴沉，下了点雨。傍晚下了大雨。海面波涛汹涌。新买的那头公牛送到了，是头年轻的白毛短角牛(肉牛)。它在船上漂了15天了，看起来又瘦又弱。

1948年11月18日

今天天气宜人，相当暖和。海面平静。安维尔给攀缘蔷薇围好了铁丝网。我给李子树剪了枝。这些树的生长情况非常差。有些玫瑰还在开花。壁花藤上也还有一两朵花。

1948年11月19日

今天天气很糟糕，风大雨急。海面波涛汹涌。第一只小母鸡(5月孵化的)开始产蛋了。那头猪又活跃了起来。谷架上有老鼠。比尔的腰痛好些了。R[22]昨天捕到几条鱼。

---

22 估计是奥威尔的儿子理查德。在他于1948年11月19日写给大卫·埃斯特的信中，奥威尔说理查德“前几天和其他人一起出海捕鱼了，还抓到几条鱼”。

1948年11月20日

下过几场急促的阵雨，夹有冰雹，但大部分时间天气晴朗。安维尔和比尔把那辆新货车开回了家(雪佛兰)。又有一只小母鸡下蛋了(我觉得)。我给醋栗丛剪了枝。

1948 年 11 月 21 日

下过一场阵雨，其他时间天都很好。海面非常平静，海水的颜色美不胜收。比尔试图把后院里的泥巴清理掉。但他需要水管。我给苹果树剪了枝(剪得不多)。除了一棵墙树外，其他几棵几乎都没怎么生长。我不知道它们是需要更多的粪肥还是盖草盖早了。

在正对着 1948 年 11 月 21 日日记的迎面页上，奥威尔写了一项内容并在旁边打了勾：

邮购水管(60 英尺 3/4 英寸长)

1948 年 11 月 22 日

白天晴朗无云。海面平静。一只小母鸡死了(之前胸口曾受过伤的那只)。

1948 年 11 月 23 日

今天很阴沉，乌云密布。寒冷多雾，看不见大陆。3 只蛋。这些罗得岛红鸡还在换羽。

1948 年 11 月 24 日

夜里有些冷。今天天气晴朗，阳光明媚，但很冷。有东风。壁花还在开花。

1948 年 11 月 25 日

天很冷。刮着东风或东南风。

1948 年 11 月 26 日

天还算晴，但非常冷。刮着东风和东南风。海面相对平静。一只罗得岛红鸡开始下蛋了。

1948 年 11 月 27 日

无风寒冷。

1948 年 11 月 28 日

天气晴朗，没有风，海面静得像玻璃。有薄雾，看不见大陆。

1948 年 11 月 29 日

无风阴沉的一天。但不太冷。海面风大了些。鲍比今天回家了。看上去很邋遢，但健康状况似乎还不错。今天又有一只双黄蛋，显然是一只小母鸡下的。

1948 年 11 月 30 日

今天晴朗风大，有些冷。海面波涛汹涌。好像有两只罗得岛红鸡开始下蛋了。

1948 年 12 月 1 日

晴朗风大，海面波涛汹涌。傍晚晚些时候下了点雨。现在大多时候每天都有三四只蛋。

1948 年 12 月 2 日

昨晚和今天整个白天都刮着大风。有大雨。海面波涛汹涌。海面上升到了通常是陆地的位置，那艘平艏小艇[23]因此被海浪打成了碎片。货车的给油管出了问题，化油器不能自动装油。

---

23 平艏小艇是一种平底小船，船头是方的。

1948年12月3日

白天阴沉有雨，风力逐渐减弱。海面有风浪，但比不上昨天。现在大多数母牛都会自己进牛棚了。煤油快用完了。货车好像好了。

1948年12月4日

白天晴朗无风，阳光明媚。下午下过一场短促的阵雨。天空中出现了两道平行的彩虹，一道比另一道淡。不知道为什么这种现象有时会出现在下太阳雨的时候。海面平静。好像那头公牛是1947年7月出生的，16个月大左右，因此相对它的年龄来说它发育得算挺超前了，尽管目前体质很差。我给浆果丛施了石灰（一点点）。

1948年12月5日

昨晚起了大风。今天几乎不间断地刮风下雨。海面波涛汹涌。我很不舒服。这桶液化气快用光了（10月29日换上的，用了5周）。换上一桶新的。

1948年12月6日

昨晚风小了。今天白天晴朗无风，阳光明媚。海面非常平静。我不太舒服，不能外出。猪今天被送去屠宰了。其他人上克雷格豪斯取煤油了，但只拿到1加仑。在新的供给还没有运到岛上的这段时间里，几乎无法可想了。今天新的朗姆酒送到了。收音机的电池快没电了(忘了什么时候换上的了)。

1948 年 12 月 7 日

无风晴朗的一天。上午有小雨。海面波浪大了些。安维尔把那头猪的腹油拿回家了，还有大块的猪头肉和肥肉。屠宰这头猪并买下猪蹄花了 1 英镑。我感觉很不舒服。

奥威尔在 1948 年 12 月 19 日之前都没有再记日记；1948 年 12 月 19 日日记在同一页上紧接着 1948 年 12 月 7 日日记。

1948 年 12 月 19 日

前几天不舒服，没法写日记。在过去的几天里大部分时间风都很小，天空阴沉，不太冷，有时天色暗得都像黄昏。海面大部分时间都很平静。起过一两次大风，但雨很少。一株海葱快开花了。比尔说在过去的两周里野草也开始生长了。今天他们带回家一只鹅(用做圣诞晚餐)。还有一头小野山羊(母的)。那头猪去掉猪头和猪蹄后重 2 英担(差不多 9 个月大)。

今天开始用新的一桶煤油。我们还欠 10 加仑，所以事实上我们手头只有 30 加仑上下。

注意：应该立即订购新的煤油。那桶液化气今天也空了。一定是漏气了，可能是在变压器那里。换上了一桶新的。(我们现在只有这一桶了。)

在正对着 1948 年 12 月 19 日日记的迎面页上，奥威尔写了以下几项条目并在最后一项上打了钩：

订购煤油

订购液化气

取得保险印花[24]

订购干草(1 吨)

---

24 法定要求的社保印花，也许是奥威尔以自由职业者身份为他本人购买的，或是为他和理查德·里斯的雇工比尔·邓恩购买的。

1948 年 12 月 22 日

过去的两天里天空晴朗，无风，寒冷。海面非常平静。现在下午三点到三点半左右就要点灯了。今天海面上出现了奇怪的白色条纹，也许是大群的鱼苗在四处游荡，但没有引起鸟群的注意。

两个月前收到的 25 捆干草还剩 8 捆半。因此在每年的这个时节，1 吨(25 捆)干草够两头奶牛和一头牛仔吃差不多 3 个月。

1948 年 12 月 24 日

前两天晚上都下了寒霜。白天阳光明媚，没有风，海面平静。安维尔得了重感冒。那头买来做圣诞晚餐的鹅不见了，后来发现它在锚位附近的海面上游着，离我们家这边的海滩有 1 英里左右。比尔认为它一定是绕过去的。他只能划着小艇过去，开枪把它打死。拔毛放血前的毛重有 10 磅半。

随处可见雪花莲盛开。几株郁金香露出了花苞。一些壁花还在试图开花。

奥威尔家庭生活日记第五卷到此结束。

最后一本写作笔记上的相关日记

1949年3月21日—1949年9月

在经历了一次严重的旧病复发后，奥威尔于1949年1月2日被带离朱拉岛，送进格洛斯特郡斯特劳德附近的格拉姆疗养院。

奥威尔的最后一本写作笔记（见CW，XX，p.200）里有几篇关于格拉姆疗养院和大学学院医院的手写日记，里面记录了每家医院的作息时间表，就像他记录海尔玛斯医院的作息表一样。除此以外日记里还有简短的描述性细节，并标有日期。本书收录的格拉姆疗养院日记日期分别为3月21日、24日以及1949年4月17日。其中第一则和第三则日记请见下文，第二则日记因为记录了奥威尔于1948年在海尔玛斯医院接受链霉素疗法一事，因此被编排在了书中与奥威尔当时接受治疗相关的位置。关于格拉姆疗养院的作息时间，见CW，XX，pp.69－70。

注释的编号从1开始。

1949年3月21日

这里的作息时间（格拉姆疗养院）与海尔玛斯医院的差别很大。虽然海尔玛斯那边的所有人对我都很友善体贴——甚至于友善得都令我吃惊——但你还是没法不时时刻刻地感受到自费带来的生活上一点一滴的差别。

这里最显著的差异是比医院要安静许多，所有事情都做得更从容。我住在一间所谓的小木屋里，是一整排相同规格的木屋中的一间，每间都有玻璃门，面积有 15 × 12 英尺大小。屋里有热水供应，一个洗脸盆，一个组合抽屉和衣柜，除此以外还有通常的床头柜等物件。门外是一个有玻璃屋顶的阳台。所有东西都是工作人员用手递过来的——没有那些咯哒咯哒响得烦人的手推车，而在医院里这样的噪声一直响个不停。这里也听不到太多收音机的响声——所有的病人都有耳机。（这里所有的收音机都被固定在了国内节目台上。而在海尔玛斯一般是调在休闲娱乐台上。[1]）这里持续时间最长的声音是鸟叫声。

白天的作息时间如下：

7am. 测量体温和脉搏。我只需要把温度计含进嘴里就行了，不需要完全清醒过来。我这时一般迷迷糊糊的，也不去看读数。

7:30 换痰杯

8:00 早餐。早餐后我起床洗漱。我每周只被允许洗两次澡，因为洗澡被认为“令人虚弱”。

9:30（左右）铺床

11:00 咖啡

12:00（左右）房屋打扫除尘

12:00—12:40 午休。这段时间要求静卧。医生通常在这个时候进来。

12:40 午餐

2:00—2:40 饭后休息。我通常从 2:30 睡到 3:30

3:30 下午茶

6:00 测量体温和脉搏

6:00—6:40 休息时间

6:40 晚餐

9:30（左右）茶歇

10:30 熄灯

通常一个月才称一次体重，做一次体检。这里的收费标准是 12

英镑12先令一周，但这基本只是食宿费，特殊药物和手术等还要额外收费。

---

1 国内节目台相当于现在的广播四台，休闲娱乐相当于一台和二台。三台当时就叫广播三台，内容风格基本没有改变。

1949年4月17日

格拉姆：复活节那天，这片“小木屋”里（这里收费最高[2]的一片区域）的病人大多有人来探望，我听了许许多多上层社会的口音后忽然有一种很奇怪的感觉。我已经有两年几乎不怎么听到上层社会的人说话了，偶尔最多听到一两个人操这种口音。我的耳朵已经越来越习惯于工人阶级和中下层阶级的苏格兰口音了。比如在海尔玛斯医院，我根本听不到所谓的“文雅”口音，除非有人来访。因此我感觉就像是第一次听到这种口音一样。而这是怎样的一种声音啊！从中我能感觉到他们的脑满肠肥，愚蠢的自以为是，为些鸡毛蒜皮哈哈傻笑个不停，最可厌的是他们的大腹便便，腰缠万贯，同时骨子里透着股恶意——虽然看不到他们，但你能本能地感觉到，这些人与一切聪慧、敏感、美丽的人或物为敌。难怪所有人都这样恨我们。

---

2 1948年7月5日，全民医疗开始了其“从摇篮到坟墓”式的医疗服务。但对于那些愿意出钱的人，依然有私人医疗服务。

1949年6月8日，《一九八四》由塞克与沃伯格出版社出版，5天后由纽约的布雷斯·哈考特出版社出版。这本书的影响是如此之巨，甚至早在1949年8月27日就以NBC大学广播系列剧的形式由电台播出。剧本由米尔顿·韦恩精心改编，大卫·尼文扮演温斯顿·史密斯；小说家詹姆斯·希尔顿在剧中插播评论。

9 月 3 日，奥威尔被转入伦敦的大学学院医院。以下是奥威尔在最后一本写作笔记中写下的一则日记，日期是 1949 年 9 月，记录了这所医院的作息时间(CW，XX，pp. 165 - 166)。日记中还描述了他本人的房间。[3]

大学学院医院的每日作息(私人副楼)

7—7:30am. 量体温。例行问题："睡得怎么样？"

7:30—8:00 湿毯浴。铺床。用水剃胡须。擦背。

8:45(左右)早餐。报纸送到

9:30(左右)护士送来邮件

10:00 量体温

10:30(现在)我的床背"升起"。服务员进来打扫房间。

11:00(左右)清洁工进来除尘

12:30 床背放下。

12:45pm. 午餐

2:00 量体温

2:30 床背"升起"

3:30 床背放下

3:45 下午茶

5:00 量体温

5:30(左右)擦洗腰部以上的身体。擦背

6:45 晚餐

10:00 量体温；喝点东西

10:30(左右)床背"升起"，过后不久熄灯。

医生查床没有固定时间。没有例行日检。

房间里有：洗脸盆，柜橱，床头柜，床桌，五斗柜，衣橱，两面镜子，收音机(开关在床头)，电热炉，暖气片，圈椅和另一把椅子，床头灯和另两盏灯，电话。费用是每周 15 几尼，医生需另外付费，但特殊药物显然包含在里面。不包括电话费和收音机费。

（收音机每周收费 3 先令 6 便士。）

---

3 汤普森的《奥威尔在伦敦》一书中配有插图描绘奥威尔的房间——私人副楼里的 65 号病房(p. 102)。101 页上描绘了私人副楼。

奥威尔的日记到此结束。

在大学学院医院住院期间，奥威尔于1949年10月13日同索尼亚·布劳内尔结婚。他希望自己的健康状况能改善到足以去瑞士疗养，他的朋友们(尤其是书商)于是集资好让他成行。遗憾的是，在能够动身前，奥威尔于1950年1月21日周六清晨死于肺部大出血。他心爱的鱼竿依然立在病房的角落里。他的葬礼由马尔科姆·马格里奇安排在了伦敦NW1区奥尔巴尼街的基督教堂。奥威尔生前要求入土安葬，不要火葬。大卫·埃斯特于是安排将他安葬在了伯克郡萨特市考特尼区的圣徒墓地。他的墓志铭上只有一行字：“艾瑞克·亚瑟·布莱尔在这里长眠”，后面是他的生卒日期。

图书在版编目(CIP)数据

奥威尔日记/(英)奥威尔(Orwell, G.)著;(英)戴维森编;宋金译.
—上海:上海译文出版社,2014.6(2020.6重印)
书名原文:Orwell: Diaries
ISBN 978-7-5327-6436-5

Ⅰ.①奥… Ⅱ.①奥… ②戴… ③宋… Ⅲ.①日记—
作品集—英国—现代 Ⅳ.①I712.65

中国版本图书馆CIP数据核字(2013)第266347号

George Orwell
Diaries

奥威尔日记
〔英〕乔治·奥威尔 著 彼得·戴维森 编 宋 金 译
策划/冯 涛 责任编辑/管舒宁 装帧设计/胡 枫

上海译文出版社有限公司出版、发行
网址:www.yiwen.com.cn
200001 上海福建中路193号
江阴金马印刷有限公司印刷

开本850×1168 1/32 印张21.75 插页5 字数421,000
2014年6月第1版 2020年6月第2次印刷
印数:7,001—9,000册

ISBN 978-7-5327-6436-5/I·3848
定价:98.00元